Gisa Pauly
Vogelkoje

PIPER

Zu diesem Buch

Dieses Mal reist Mamma Carlotta aus einem ganz besonderen Anlass nach Sylt: Ihre Enkelin Carolin wird 18! Im Gepäck hat sie natürlich wieder die besten Rezepte für ein Geburtstagsdinner dabei. Diese Pläne werden allerdings durchkreuzt, denn Carlottas Schwiegersohn, Kriminalhauptkommissar Erik Wolf, hat alle Hände voll zu tun: Seit einiger Zeit machen illegale Autorennen zwischen Kampen und List die Straßen unsicher und Erik ist fest entschlossen, die Rowdies zu schnappen. Dann wird er Zeuge eines schrecklichen Unfalls – ein Leichenwagen rammt einen Pkw, der sich überschlägt. Ein Sarg fällt aus dem Leichenwagen, der Deckel hat sich geöffnet. Und als Erik sieht, was sich darin befindet, ist es sowieso Schluss mit der Feierlaune. Natürlich unterstützt Mamma Carlotta ihren Schwiegersohn tatkräftig bei den Ermittlungen. Schließlich ist auch sie von der schnellen Sorte. Doch schon bald nimmt der Fall Fahrt auf und es wird nicht nur rasant, sondern auch ganz schön brenzlig für Mamma Carlotta ...

Gisa Pauly arbeitete viele Jahre als Lehrerin und lebt heute als freie Schriftstellerin, Journalistin und Drehbuchautorin in Münster. Ihre Ferien verbringt sie am liebsten auf Sylt und in Italien. Mit ihren Sylt-Krimis um Mamma Carlotta erobert sie Jahr um Jahr die Spiegel-Bestsellerliste.

Gisa Pauly

VOGELKOJE

Ein Sylt-Krimi

PIPER
München Berlin Zürich

Mehr über unsere Autoren und Bücher:
www.piper.de
Aktuelle Neuigkeiten finden Sie auch auf Facebook, Twitter und YouTube.

Von Gisa Pauly liegen im Piper Verlag vor:
Die Tote am Watt
Gestrandet
Tod im Dünengras
Flammen im Sand
Inselzirkus
Küstennebel
Kurschatten
Strandläufer
Sonnendeck
Gegenwind
Vogelkoje

Schöne Bescherung (Hrsg.)
Der Mann ist das Problem
Dio mio!

MIX
Papier aus verantwortungsvollen Quellen
FSC® C083411

Originalausgabe
Mai 2017
© Piper Verlag GmbH, München/Berlin 2016
Umschlaggestaltung: Eisele Grafik-Design, München
Umschlagabbildung: Life on White/Bigstock (Möwe), Juras/Bigstock (Straße mit Grünstreifen), Eduardo Luzzatti/GettyImages (Auto), Yastremska/Bigstock (Schal), MicroOne/Bigstock (gebrochenes Glas), kunertuscom/Bigstock (Leuchtturm), Paul Tessier/iStockphoto (fliegende Ente), Natalya Aksenova/Bigstock (Ente im Auto)
Satz: Kösel Media GmbH, Krugzell
Gesetzt aus der Scala
Druck und Bindung: CPI books GmbH, Leck
Printed in Germany ISBN 978-3-492-30876-2

Carlotta Capella kannte sich aus. Die Anordnung der Stewardess »Bitte bleiben Sie so lange sitzen, bis die Anschnallzeichen über Ihnen erloschen sind« musste man nicht unbedingt befolgen. Das war so wie Geschwindigkeitsbeschränkungen und Parkverbote in bella Italia: Sie dienten nur dazu, im Falle einer Gerichtsverhandlung zu einem schnellen Schuldspruch zu kommen. Früher hätte sie sich das niemals getraut, aber mittlerweile, nachdem sie mehr als zehnmal von Rom nach Hamburg geflogen war, löste sie trotz der Warnung der Flugbegleiterin genauso gleichmütig den Gurt wie die meisten anderen. Sie wusste nun auch, wie man zum richtigen Gepäckband kam, ohne zu fragen, und schaffte es sogar, niemanden an ihrer Sorge teilhaben zu lassen, das Gepäck könne in ein falsches Flugzeug geraten sein. Sogar den Ausgang fand sie, ohne zu zögern, und war nicht mehr darauf angewiesen, einem Mitpassagier unauffällig zu folgen, den sie für flugerfahren befunden hatte. Auf diese Weise war sie einmal vor der Tür der Herrentoilette gelandet und daraufhin zu der Ansicht gekommen, dass es Zeit wurde, sich unabhängig von fremder Hilfe zu machen. So unterschied sie sich mittlerweile, jedenfalls auf den ersten Blick, nicht mehr von den erfahrenen Geschäftsreisenden, die auf alles so abgebrüht reagierten, als wären sie nur zwei Stationen mit der Straßenbahn gefahren.

Das Schweigen dieser Vielflieger allerdings war nichts, was ihr imponierte. Schweigende Menschen mochte sie nicht, basta! Und die, die mit einem unsichtbaren Gesprächspartner redeten, dessen Stimme über Ohrstöpsel zu ihnen drang, ebenso wenig. Die Blasiertheit, mit der sich manche Fluggäste Distanz zu ihren Mitreisenden verschafften, war nicht ihr Ding. Nebeneinander am Gepäckband stehen und schweigend warten? Nein, nicht Carlotta Capella! Noch bevor der erste Koffer erschien, wusste die Frau, die neben ihr wartete, dass Carlottas Enkeltochter an diesem Tag achtzehn wurde. »Madonna, wie die Zeit vergeht!« Auch dass sie keinen frühzeitigeren Flug gefunden hatte, der von ihrer schmalen Witwenrente zu bezahlen war, tat sie unüberhörbar kund. Und damit, dass sie eigentlich gern die Einkäufe für die kleine familiäre Feier am Abend selbst erledigt hätte und am liebsten so viel kochen würde, dass die ganze Nachbarschaft auch noch satt werden konnte, hielt sie ebenfalls nicht hinterm Berg. »Aber la famiglia auf Sylt ist ja klein. Nur mein Schwiegersohn und die beiden ragazzi. Zu Hause, in meinem Dorf, hätte es für mindestens zwanzig Familienangehörige reichen müssen.«

Als die Frau höflich nickte, ihr Gepäck vom Band nahm und sich Richtung Ausgang begab, nahm sie sich den Nächsten vor. Der erfuhr, ob er wollte oder nicht, dass Carlotta Capella aus dem kleinen umbrischen Dorf Panidomino stammte und ihre Tochter einen Deutschen geheiratet hatte, der Kriminalhauptkommissar auf Sylt war.

»Madonna, diese Friesen! Wie meine Lucia die Einsilbigkeit ertragen hat, weiß ich wirklich nicht.«

Dass Lucia nicht mehr lebte, weil sie einem Autounfall zum Opfer gefallen war, konnte sie gerade noch anbringen, doch als sie erzählen wollte, dass sie selbst schon mit sechzehn geheiratet und sieben Kinder zur Welt gebracht hatte, wankte mit einem Mal ihr eigener Koffer an ihr vorbei, und sie musste feststellen, dass sie vor lauter Reden gar nicht mehr aufs Gepäck geachtet hatte. Schnell griff sie zu, strich sich so energisch ihr Blümchenkleid glatt wie Geschäftsreisende ihre Krawatten und richtete sich kerzengerade auf, wie es viele Männer taten, die auf einen Geschäftsfreund stoßen würden, der mit Würde beeindruckt werden sollte. Dann marschierte sie so energisch

Richtung Ausgang, als werde sie bei einem Vorstandsmeeting erwartet. Ihre dunklen Locken wippten erwartungsvoll, ihre Augen sprühten.

Die Türen öffneten sich automatisch, wie ein schwerer Vorhang, und Carlotta Capella hatte ihren Auftritt auf der Bühne der Ankunftshalle, den sie wie immer genoss. Sie hatte ihre Enkelin noch gar nicht in der Menge ausgemacht, als sich jemand in ihre Arme warf. »Nonna!« Carolins komplizierte Frisur, die nur minimale Gefühlsaufwallungen vertrug, schien ihr ausnahmsweise egal zu sein.

Carlotta war fassungslos. Dies war einer der ersten emotionalen Ausbrüche, die sie bei ihrer Enkelin erlebte, die sie sonst mit einem Händedruck und einem lapidaren »Moin!« zu begrüßen pflegte. Hatte Carolins achtzehnter Geburtstag etwa bewirkt, dass auch ihr Temperament volljährig und damit stark und selbstbewusst geworden war?

»Congratulazioni, Amore!«, rief Mamma Carlotta so laut, dass sich Carolin prompt von ihr löste und verlegen umsah. Ihre Befürchtung hatte sich bewahrheitet. Einige Umstehende waren auf sie aufmerksam geworden und sahen aus, als wollten sie in die Hochrufe ihrer Oma einstimmen oder »Happy Birthday« singen.

Hastig griff sie nach Mamma Carlottas Arm. »Schon gut, Nonna! Komm! Lass uns gehen!«

Aber so leicht kam sie ihrer Großmutter nicht davon. »Achtzehn Jahre! Dio mio! Dabei kommt es mir vor wie gestern, als deine Mama zum ersten Mal mit dir nach Italien kam. Drei Monate warst du alt. Und so niedlich! Eine Nase wie ein Druckknopf und so helle Haare, wie sie in Panidomino niemand hat.«

»Ruhig, Nonna! Lass uns gehen!« Carolin griff fester zu und versuchte, ihre Oma aus der Masse der Wartenden herauszudirigieren. Mit der anderen Hand bemühte sie sich, die aufwendig gedrehten Haarspiralen zu richten, die bei der Begrüßung ihrer Großmutter ihr Gesicht freigelegt hatten. Schon bald hingen sie wieder vor ihren Augen, sodass die dick getuschten Wimpern regelmäßig mit ihnen kollidierten.

»Ma no! Nicht so eilig.« Carlotta löste sich aus Carolins Griff, stellte den Koffer ab und zupfte an ihrem Kleid herum, bis es nicht mehr an ihren Schenkeln klebte. »Wo ist dein Vater? Und Felice? Ah, naturalmente! Felice muss zur Schule. Aber Enrico?«

Nun fiel der Wunsch, sich unauffällig zu verdrücken, von Carolin ab. Sie schien schlagartig vergessen zu haben, wie unangenehm es ihr war, wenn die Nonna mit ihrer lauten Stimme und ihren überschäumenden Gesten für Aufsehen sorgte. Ihr blasses Gesicht rötete sich, in ihre Augen trat ein verschmitzter Ausdruck. Mamma Carlotta sah die Aufregung in der Miene ihrer Enkelin, ein Zustand, in dem sich eine Italienerin wie ein Kreisel gedreht, mit beiden Armen gestikuliert und so viele Worte herausgesprudelt hätte, dass man sie unmöglich verstehen konnte. All das kam für Carolin, die so friesisch wie ihr Vater war, natürlich nicht infrage. Aber ihr Mund und ihre Augen lächelten, sie schob die Unterlippe vor, pustete ihr Blickfeld frei und griff sich mit so theatralischer Geste in die hochtoupierten Haare, dass Mamma Carlotta alarmiert war.

Carolin schob das kunstvolle Gebilde, das sie sich jeden Morgen auf den Kopf türmte, ein paar weitere Millimeter höher, sodass eindeutig das Maximale sowohl ihrer Frisur als auch ihrer Gefühlsaufwallung erreicht war. »Ich bin allein nach Hamburg gekommen.« Nun zitterte ihre Stimme sogar, als könne sie es nicht abwarten, ihrer Nonna eine Neuigkeit zu verkünden, die aus Felix längst herausgeplatzt wäre.

»Mit dem Zug?« Mamma Carlotta starrte ihre Enkelin an, und mit einem Mal begriff sie. Aber um nichts auf der Welt hätte sie die Pointe verdorben, mit der ihre Enkelin so lange hinterm Berg hielt. »Wie lange dauert die Zugfahrt? Dio mio! Hatte Enrico keine Zeit? Ein neuer Fall? Schon wieder ein Mord? Madonna! Wie kommen wir überhaupt zum Bahnhof?«

Carolin machte keinen Versuch, den Redeschwall ihrer Großmutter zu unterbrechen. Sie wartete geduldig, bis die Worte weniger wurden, und sagte dann mit ihrer leisen Stimme: »Ich zeige dir, wie.« Dann nahm sie den Koffer ihrer Großmutter und ging ihr voran ...

Erik sah zum hundertsten Mal auf die Uhr und dann zum Telefon, als wollte er es zum Klingeln zwingen. Seufzend lehnte er sich zurück, streckte die Beine von sich, dehnte sich und stellte verärgert fest, dass sein Bauch dadurch nicht flacher wurde. Seufzend starrte er zur Decke seines Büros. Er konnte sich einfach nicht auf die Arbeit konzentrieren, solange er nicht wusste, ob Carolin und seine Schwiegermutter gut auf Sylt angekommen waren. Wann riefen sie endlich an?

Er stand auf, ging zum Fenster und blickte auf die Keitumer Landstraße. Die Hochsaison hatte noch nicht begonnen, aber die Autos stauten sich bereits vor der Ampel, die den Verkehrsstrom zum Bahnhof regelte. Während Erik sich nachdenklich den Schnauzer glattstrich, sah er in den Himmel und folgte dem Flug einer Möwe. Ärgerlich runzelte er die Stirn, als ein ungeduldiger Autofahrer hupte.

Sylt war im Mai besonders schön. Das fanden auch die Touristen, die bereits in Scharen auf die Insel kamen, so früh im Jahr oft nur für einen Kurzurlaub, von dem sie aber keine Stunde verschwenden, jede Minute ausnutzen wollten und deswegen auch kurze Wege mit einem schweren Wagen fuhren, sodass sich regelmäßig eine Fahrzeugschlange träge und stockend durch Westerland wand.

Er drehte sich um, als die Tür seines Büros geöffnet wurde. Sören Kretschmer trat ein, ein junger Kommissar von Ende zwanzig, mit einem runden Gesicht, roten Wangen und schütteren blonden Haaren. Er grinste, als er die besorgte Miene seines Chefs sah. »Es wird schon alles gut gehen«, tröstete er.

»Ich weiß.« Erik verkniff sich nur knapp die Frage, was Sören eigentlich meinte. Das wäre dann wohl der Heuchelei zu viel gewesen. »Natürlich wird alles gut gehen. Im Übrigen habe ich gar nicht an Carolin gedacht.« Er blickte über das Grinsen seines Assistenten hinweg, der die Lüge offenbar durchschaut hatte. »Ich habe nur gerade überlegt, wie wir mit dem Anruf umgehen, der in den frühen Morgenstunden kam.«

Sören hielt ein Blatt in die Höhe. »Darüber wollte ich auch gerade mit Ihnen reden. Es sind noch zwei weitere Anzeigen eingegangen. An der Sache scheint was dran zu sein.«

Erik steckte die Hände in die Hosentaschen und dehnte sie, bis die Nähte knirschten. »Illegale Autorennen auf Sylt? Was wird eigentlich noch alles kommen?«

Sören zuckte mit den Schultern. »Erst dachte ich ja auch, da hätten nur ein paar Verrückte mal tüchtig aufs Gas gedrückt, aber was der eine Anrufer Rudi erzählt hat, hörte sich wirklich nach einem Straßenrennen an. Kein spontanes, sondern ein genau geplantes. Gut organisiert. Da versammelt sich eine Gruppe mit ihren Autos auf dem Parkplatz von Buhne 16, immer erst weit nach Mitternacht, wenn auf den Straßen nur noch wenig los ist. Wer den besten Start hat, kommt als Erster durch die Ausfahrt auf die Straße. Und dann geht's richtig los! Auf beiden Fahrspuren! Wenn denen mal ein Fahrzeug entgegenkommt...«

»Was sind das für Idioten?«, schimpfte Erik. »Hoffentlich bringen sie sich wenigstens selbst damit um und keine unbeteiligten Autofahrer.«

»Bevor das passiert, müssen wir sie uns schnappen.« Sören setzte sich auf Eriks Schreibtisch und stellte die Füße auf den Bürostuhl.

Erik verzichtete darauf, ihn zu maßregeln. Er lehnte sich an die Fensterbank und verschränkte die Arme vor der Brust. »Sie meinen, wir sollen uns auf die Lauer legen und sie beobachten?«

Sören nickte. »Vielleicht haben wir Glück, und sie machen es in der kommenden Nacht wieder. Wenn nicht, müssen wir eben so lange die Nächte dort verbringen, bis wir sie erwischen.«

Erik seufzte. Diese Aussicht behagte ihm ganz und gar nicht. »Eigentlich gehe ich gern gegen elf schlafen. Rudi Engdahl und Enno Mierendorf müssen mitmachen. Noch besser, wir holen uns ein paar Leute von der Bereitschaft.«

»Okay, machen wir. Aber erst mal gucken wir selbst, wie das läuft.« Sören schien von Abenteuerlust gepackt zu werden. »Heute wird das natürlich nichts. Ich weiß ja, Carolins achtzehnter Geburtstag, aber ...«

»Die Party findet erst am Wochenende statt. Heute feiern wir nur im Kreis der Familie.« Ein Lächeln flog über Eriks Gesicht, das aus einer seltsamen Mischung aus Vorfreude und Unlust entstanden war. »Meine Schwiegermutter hat Carolin am Telefon eine lange Einkaufsliste diktiert. Heute Nachmittag wird bei uns gekocht und gebraten.«

Sören nahm die Füße vom Stuhl und stand auf. »Dann werde ich versuchen, mich wach zu halten. Und Sie rufen mich an, wenn alles aufgegessen ist und die Wein- und Grappaflaschen leer sind. Was halten Sie davon, Chef? Wir sollten sowieso mit dem Fahrrad zum Parkplatz fahren. Ein Auto würde auffallen. Sie können also beim Rotwein zuschlagen wie gewohnt. Einverstanden?«

Erik stieß sich von der Fensterbank ab und ging zu seinem Schreibtisch. »Ich soll Sie anrufen? Sie sind natürlich ebenfalls eingeladen, Sören. Für meine Schwiegermutter gehören Sie zur Familie. Sie wäre tödlich beleidigt, wenn Sie ausgerechnet heute am Tisch fehlten.« Er stutzte und runzelte die Stirn. »Oder haben Sie schon was vor?«

Sörens Wangen färbten sich noch dunkler, sein Gesicht sah

aus wie ein überreifer Apfel. Erik kam prompt der Verdacht, dass er sich den Abend freigehalten, seinen Sportsfreunden abgesagt oder eine andere Einladung abgelehnt hatte. Er lächelte, als Sören stotterte: »Nein, das nicht, aber ich dachte ...«

Erik ließ ihn nicht zu Ende sprechen. »Sie wissen doch, meiner Schwiegermutter macht das Kochen noch mehr Spaß, wenn viele Gäste am Tisch sitzen.«

»Wird Ihre ... wird Frau Gysbrecht auch da sein?« Sören fuhr sich mit beiden Händen durch die Haare, ohne zu merken, dass sie nun über den Ohren abstanden wie der Flaum bei einem Gänseküken. Anscheinend fiel es ihm schwer, Svea Gysbrecht als die neue Freundin seines Chefs zu bezeichnen.

Erik half ihm. »Klar, meine Freundin wird auch da sein. Und ihre Tochter natürlich ebenfalls.«

Nun war es endlich einmal ausgesprochen worden. Seine neue Freundin! Sören kannte sie kaum, wohl aber Ida, ihre Tochter, die im März bei Erik gewohnt hatte, weil ihre Mutter beruflich in New York zu tun gehabt hatte. »Weiß Ihre Schwiegermutter davon?«

Erik wiegte den Kopf, was ein Nicken bedeuten, aber auch das Abwägen zwischen zwei Unannehmlichkeiten ausdrücken konnte. »Sie hat sich noch nicht damit abgefunden, dass es aus ist zwischen Wiebke und mir. Sie hat ja bis zum Schluss versucht, uns wieder zusammenzubringen.«

Auch Sören wirkte mit einem Mal so, als würde er von Angst und Sorge bedrängt. »Weiß sie auch, was es mit ... mit Frau Gysbrecht ... ich meine, kennt sie schon deren ...«

Erik unterbrach sein Stottern. »Nein, davon hat sie keine Ahnung. Ich wusste nicht, wie ich es ihr beibringen sollte.«

Beide schwiegen sie nun, Erik starrte auf seine Schreibtischplatte, Sören auf den Wandkalender, der jeden Monat eine andere der großen Sturmfluten des letzten Jahrhunderts zeigte.

Schließlich sagte Erik leise: »Schlimm genug, dass sie sich mit einer neuen Frau an meiner Seite abfinden muss. Wenn sie dann auch noch erfährt ...« Nun gab er sich einen Ruck und stellte sich seiner Feigherzigkeit. »Ich dachte, es ist am besten, sie mit der Tatsache zu überrumpeln. Höflichkeit geht ihr über alles. Sie wird sich nichts anmerken lassen.« Und nach einem weiteren langen Augenblick des Schweigens ergänzte er: »Hoffentlich ...«

Wie immer, wenn er sich Sorgen machte, wurde sein kantiges Gesicht grimmig, seine Augenbrauen schienen dichter zu werden, und sein Schnauzer wirkte streng. Sogar sein Körperbau wurde dann noch breiter, als er sowieso war, noch derber und unbeweglicher. Erst wenn er lächelte, wurden seine Augen wieder groß und hell, die Brauen hoben sich, der Schnauzer wurde zu einer harmlosen Linie. Wenn er aber lachte, wirkte er manchmal wie ein Fremder sogar auf diejenigen, denen er vertraut war. Doch Erik Wolf lachte selten laut heraus. Wenn es geschah, kam er sich selbst fremd vor.

Dass Enrico das erlaubt hat!« Mamma Carlotta hatte es mindestens schon ein Dutzend Mal herausgestöhnt.

»Hör auf, Nonna! Sonst werde ich ganz nervös.« Mit konzentrierter Miene drehte Carolin den Schlüssel und atmete auf, als der Motor ansprang. Sie strich sogar die Haarspiralen hinter die Ohren, damit sie ihr Gesichtsfeld nicht einschränkten. Carlotta war erstaunt: Sie versuchte das vor jedem Schulbesuch, um ihrer Enkelin ausreichend Durchblick zu verschaffen, was ihr jedoch jedes Mal sehr übel genommen wurde. »Ich habe gestern die Prüfung bestanden und gleich heute Morgen den Führerschein abgeholt. Ich kann fahren. Sonst hätte ich nicht bestanden.«

Ihre Großmutter biss sich auf die Lippen und zwang sich, alle Sorgen und Ängste, die sie überfielen, ungesagt zu lassen. Sie schaffte es sogar, zu dem Schutzheiligen ihres Dorfes zu beten, ohne ein einziges Wort von sich zu geben.

Carolin hatte es abgelehnt, sich von ihr aus der Parklücke

dirigieren zu lassen, von ihr verlangt, auf dem Beifahrersitz hocken zu bleiben und sich ruhig zu verhalten. »Du verwechselst immer rechts und links, schon vergessen? Und wenn du schreist, denke ich, mir ist ein Kind unter die Räder geraten. Weißt du noch, wie du Papa einmal in Panidomino beim Einparken geholfen hast? Am Ende gab es zwei zerkratzte Autos, und wir hatten die Polizei am Hals.«

Mamma Carlotta machte eine wegwerfende Handbewegung. »Das war ja nur Leopoldo. Mit dem bin ich zur Schule gegangen. Der hat den beiden anderen erklärt, dass sie selbst schuld seien, wenn sie ihre Autos so schief abstellen. Leopoldo kann reden, bis man ihm alles glaubt. Das hat damals auch geklappt.« Sie zupfte mit fahrigen Fingern am Ausschnitt ihres Blümchenkleides herum, das sie sich vor einigen Jahren für ihre erste Reise nach Sylt gekauft hatte. »Aber wir sind nicht in Italien, sondern in Hamburg. Wir kennen hier niemanden, den wir mit einer Flasche Grappa bestechen können.«

Carolin bat ihre Großmutter noch einmal, den Mund zu halten, umklammerte das Lenkrad und bewegte den Wagen zentimeterweise rückwärts. Ihr Blick hetzte zwischen den beiden Außenspiegeln und dem Rückspiegel hin und her. Sie schien die Luft anzuhalten und atmete erst aus, als die Gefahr gebannt war, der alte Ford könne sich mit einem der beiden Neuwagen anlegen, zwischen denen er geparkt worden war. Und als kurz darauf die Motorhaube in die richtige Richtung zeigte, wagte Mamma Carlotta ein Lob, wenn auch mit zitternder Stimme: »Grande, Carolina! Du bist eine großartige Autofahrerin. Bravissima!«

Carolin entspannte sich prompt und bewegte den Wagen ohne Zwischenfälle zur Ausfahrt, so langsam, wie ihr Vater auch heute noch fuhr, und sie reagierte mit demselben stoischen Gleichmut, als jemand sie mit aggressiven Handzeichen und dichtem Auffahren zu einer zügigeren Fahrweise nötigen wollte. Vor der Schranke gab es einen kleinen Disput, wer das

Ticket an sich genommen hatte, warum Carlotta es in Händen hielt und warum sie es derart zerknüllt hatte, dass es kaum noch in den Schlitz passte. Aber die Schranke öffnete sich schließlich, und Carolin gab Gas, weil sie Angst hatte, sie könne sich schließen, bevor das Auto ihrem Wirkungskreis entkommen war.

Danach war es mit dem Optimismus vorbei. Jammernd und klagend begab sie sich in das Gewirr von Ein- und Ausfahrten, Abzweigungen, Über- und Unterführungen, an Hinweisschildern vorbei oder ihnen nach, von ihrer Großmutter angefeuert, die Nerven zu bewahren und auf keinen Fall zu verzweifeln oder gar zu bremsen und umzukehren.

»Ich weiß nicht, in welche Richtung wir müssen! Auf dem Hinweg sah alles ganz anders aus!«

»Fahr den anderen hinterher, das wird schon richtig sein.«

Dieser Rat erwies sich als vernünftig. Carolin folgte dem Verkehrsstrom, wenn auch so zaghaft, dass sie immer wieder durch aggressives Hupen verunsichert wurde. Ihre Großmutter legte sich dann jedes Mal mit dem Verkehrsgegner an und zeigte ihm durch unmissverständliche Gesten, was sie von seiner rüden Fahrweise hielt, doch es erfüllte nicht den Zweck, den Mamma Carlotta verfolgte. Carolin gewann keineswegs an Sicherheit, wenn ihre Nonna die Seitenscheibe heruntergedrehte und »Pirata della strada!« oder »Teppista!« hinausschimpfte, sondern wurde noch unsicherer, drosselte das Tempo weiter, blieb aber bei dem Vorsatz, den Weg zu nehmen, den die meisten anderen ebenfalls einschlugen. So gelangten sie tatsächlich auf eine Straße, die gen Norden wies, und als Carolin die Nummer 433 auf einem Verkehrsschild entdeckte, entspannte sie sich merklich. Die Haare fielen ihr wieder über die Augen, sie krümmte sich nicht mehr über das Lenkrad, als wolle sie der Gefahr besonders nahe sein, ihr fiel wieder ein, dass auch der Fahrersitz eine Rückenlehne besaß. Der Hinweis zur A7 entlockte ihr sogar ein kleines Lächeln. »Alles richtig, Nonna!«

Der Verkehr wurde schwächer, und Mamma Carlotta schaffte es, den Blick von all den Gefahren zu nehmen, die einer Fahranfängerin drohten – von Lastwagen, die die Sicht versperrten, überholenden Fahrzeugen, die in den toten Winkel gerieten, und Hinweisschildern, die Carolin entgehen konnten.

»Carolina, du machst das ganz wunderbar! Meraviglioso!«

Diesen Satz konnte Carolin nicht oft genug hören und kam anscheinend gar nicht auf die Idee, dass sich ihre Nonna damit vor allem selbst Mut zusprach. Sie fuhr auf der Autobahn sogar einigermaßen zügig und schaffte es auch manchmal, der Landschaft zuzulächeln, den Schafen, den Windrädern, den weiten Wiesen, dem Horizont. Und sie brachte es fertig, der Erzählung zu lauschen, die sie an jedem Geburtstag von ihrer Großmutter zu hören bekam.

»Dein Nonno war ja damals schon so krank. Ich musste bei ihm bleiben und konnte nicht nach Sylt kommen, um deiner Mama vor und nach deiner Geburt beizustehen. Madonna, das war nicht leicht für mich! Aber dann haben Lucia und Enrico dich endlich nach Italien gebracht. Was war das für eine Freude!«

Das unbeschwerte Gefühl, das sich während Mamma Carlottas Plauderei eingestellt hatte, verschwand allerdings wieder, als sie der Verladestation näher kamen. Nun galt es, besonders genau auf die Verkehrsschilder zu achten und den Kreisverkehr genau dort zu verlassen, wo es zum Autozug Richtung Sylt ging. Mamma Carlotta fand das nicht leicht, aber Carolin erwischte auf Anhieb den richtigen Weg. Und die Schranke bewältigte sie ebenfalls ohne Schwierigkeiten, sie hatte eben oft genug auf dem Beifahrersitz gesessen. Nur das Auffahren auf den Autozug versetzte offenbar nicht nur Mamma Carlotta einen Adrenalinstoß. Carolin wollte partout nicht so weit auf ihren Vordermann auffahren, wie es der Ordner verlangte, der von Wagen zu Wagen ging und dafür sorgte, dass kein Platz vergeudet wurde. Nur nach gutem Zureden und schließlich einer

Drohung – »Wenn Sie nicht sofort zehn Zentimeter vorfahren, mache ich Ihnen Beine!« – riskierte sie es. Und während der Fahrt über den Hindenburgdamm saß sie da, als hätte sie soeben einen Sieg errungen. Sie richtete den Blick aufs Watt wie die Queen auf ihre Untertanen und legte den linken Arm mit einer Grandezza aufs Lenkrad, als posierte sie für ein Foto, das eine versierte Porschefahrerin zeigen sollte. Keine Frage, sie war stolz auf ihre Leistung, und ihre Nonna bestärkte sie darin, indem sie unermüdlich versicherte, dass sie selbst niemals eine solche Meisterleistung vollbracht hätte.

Als der Zug in den Bahnhof einfuhr, entstand noch einmal Nervosität, als Carolin beim ersten Versuch zu starten den Motor abwürgte. »Mist! Das ist mir auf dem Hinweg auch schon passiert!« Aber schließlich fuhren sie durch Westerland, als sei das Automobil gerade neu erfunden worden, ließen die Seitenscheiben herunter und die Ellbogen hinausschauen. Carolin drehte das Radio auf, sodass Justin Bibers Frage »What do you mean?« von allen Fußgängern vernommen werden konnte.

Kurz darauf fiel ihr ein, dass sie am Vormittag zwar alles eingekauft hatte, womit sie telefonisch von ihrer Oma beauftragt worden war, frisches Brot allerdings hatte sie noch nicht besorgt. »Wir fahren bei Feinkost Meyer vorbei.«

Mamma Carlotta gab zu bedenken, dass der Parkplatz davor immer sehr voll war, dass sich die Autos drängten und die Kunden sich zwischen ihnen hindurchschoben, aber Carolin hatte an diesem denkwürdigen Tag schon so viele Kilometer zurückgelegt und Schwierigkeiten gemeistert, dass sie nichts mehr schreckte. »Notfalls stelle ich den Wagen hinter dem Geschäft ab, da ist immer Platz. Vielleicht parke ich sogar rückwärts ein.«

Dieser heroische Entschluss fiel in sich zusammen, als Carolin auf den Parkplatz eingebogen war. Eine große, dicke Frau mit kinnlangen schwarzen Haaren, in einem hellen Mantel und mit einer Einkaufstasche am Arm drängte sich durch die parkenden Autos. Carolin, die sich auf ein anderes Fahrzeug konzentrierte, fuhr an, als es endlich eingeparkt hatte ... und übersah dabei die große, dicke Frau. Mamma Carlotta stieß einen Schrei aus, Carolin trat auf die Bremse, die Frau fuhr herum, erstarrte vor Angst und war unfähig, einen Schritt zur Seite zu machen, um sich in Sicherheit zu bringen. Sie blieb wie angewurzelt stehen und kippte dann langsam, wie in Zeitlupe, zur Seite, als der linke Kotflügel von Eriks altem Ford sie berührte. Es war nur ein leichter Stoß, aber zusammen mit dem Schreck reichte er, die Frau zu Fall zu bringen.

Carolin würgte den Motor erneut ab, riss die Fahrertür auf und eilte zu der Frau, die sich gerade mithilfe von zwei Passanten erhob. Mamma Carlotta stand im selben Augenblick neben ihr und griff nach ihrem Arm. »Sind Sie verletzt?«

Die Frau schüttelte benommen den Kopf und wischte sich den hellen Mantel ab. Mit einer barschen Bewegung wehrte sie die Hände der beiden Passanten ab, die ihr geholfen hatten. »Schon gut. Ist ja nichts passiert.«

»Es tut mir so leid«, begann Carolin zu schluchzen. »Ich habe Sie zu spät gesehen.«

Der Ärger verschwand aus dem Gesicht der Frau. »Das war meine Schuld. Ich habe nicht aufgepasst.« Sie rieb noch immer an einem Fleck herum, den ihr heller Mantel abbekommen hatte.

»Mein Fahrlehrer hat gesagt ...«, begann Carolin.

Aber die Frau ließ sie nicht zu Ende reden. »Sie haben gerade erst Ihren Führerschein gemacht? Oje. Aber wie gesagt ... es ist wirklich nicht schlimm.«

»Lassen Sie uns wenigstens für die Kosten der Reinigung aufkommen«, bat Mamma Carlotta. »Das ist das Mindeste.«

»Und wir sollten Namen und Adressen austauschen«, fuhr Carolin fort. »Falls es Spätfolgen gibt. Man kann nie wissen ...«

»Hat das auch Ihr Fahrlehrer gesagt?«

Carolin nickte. »Ich will nichts falsch machen.«

Die Frau lächelte. »Der Mantel muss sowieso in die Reinigung, der hat schon gestern was abbekommen. Und mir ist nichts passiert. Also keine überflüssigen Formalitäten, so was ist nur lästig.« Sie lächelte Carolin und Mamma Carlotta freundlich an und schritt dann zügig auf den Eingang von Feinkost Meyer zu.

Carolin starrte der Frau hinterher, als hätte ihr eine Fee drei freie Wünsche offeriert. »Die ist aber nett!«

Trotz dieser positiven Erfahrung war sie jedoch nicht mehr bereit, einen Parkplatz zu suchen, vom Rückwärtseinparken ganz zu schweigen. Sie beschloss, nach Hause zu fahren und dort den Wagen sicher vor der Haustür zu parken. »Ich gehe dann zu Fuß zu Feinkost Meyer.«

Und Mamma Carlotta lobte sie für ihre Vernunft.

Das Telefon klingelte, und Erik lehnte sich lächelnd zurück, als er Sveas Stimme erkannte. Er sah ihr schmales, blasses Gesicht vor sich, die grauen Augen, die glatt zurückgekämmten blonden Haare, die große schlanke Figur. »Ich wollte dir nur schnell sagen, Erik ...« Mal wieder war sie in Eile, irgendein Termin drängte, eine Verabredung wartete, ein Telefongespräch war unaufschiebbar. »Kann sein, dass ich heute Abend nicht kommen kann. Du weißt ja ...« Oft führte sie ihre Sätze vor lauter Eile nicht zu Ende, sondern ließ Erik raten, was sie ihm sagen wollte.

»Deine Arbeit oder deine Mutter?«

»Das Altersheim hat angerufen.«

Erik erschrak. »Hat sich ihr Zustand verschlechtert?«

»Scheint so.« Sveas Stimme klang bedrückt. »Ich habe Angst, dass ...«

Im Hintergrund hörte Erik ein weiteres Telefon schellen, er rechnete damit, dass Svea das Gespräch beenden wollte. Doch sie ließ es läuten, sprach jetzt allerdings noch schneller.

»Vielleicht kann ich später dazustoßen. Ich hoffe, deine Schwiegermutter nimmt es mir nicht übel, wenn ich ... Und noch was, Erik ... Moment, das hier ist wichtig ...«

Svea unterbrach das Telefonat, sprach mit einer Person, deren Stimme nur schwach durchs Telefon drang, während Erik geduldig wartete.

Als Svea sich auf Sylt als Innenarchitektin selbstständig gemacht hatte, war es ihr darum gegangen, sich nicht mehr von einem Acht-Stunden-Tag bestimmen zu lassen und ihr Leben flexibler gestalten zu können. Sie wollte mehr Zeit für ihre Tochter haben und auch für ihre Mutter, die im Westerländer Altenheim lebte. Aber dieser Wunsch hatte sich nicht erfüllt, die Unabhängigkeit von einem Arbeitgeber war zur Abhängigkeit von der Auftragslage geworden. Sie musste ständig akquirieren, um genug Aufträge zu erhalten, wagte es nicht, Mitarbeiter einzustellen, weil sie Angst vor den zusätzlichen Kosten hatte, konnte die freie Zeit nicht genießen, wenn kein Auftrag in Sicht war, weil sie dann von Sorgen zerfressen wurde, und musste auf Freizeit verzichten, wenn sie mehrere Aufträge gleichzeitig bekam und nicht wusste, wie sie alles bewältigen sollte.

»Hier bin ich wieder«, kam ihre Stimme zu Erik zurück. »Was wollte ich dir noch sagen?«

Erik antwortete nicht, sondern wartete, bis es ihr selbst einfiel.

»Ach ja ... morgen kommt ein gewisser Ronni zu dir. Nur dass du Bescheid weißt.«

»Der Anstreicher?«

»Ja, er kann mit deinem Schlafzimmer anfangen. Er ist ... wie soll ich sagen ... also, ich hoffe, deine Schwiegermutter kann ihm ein bisschen auf die Finger schauen.«

Mit diesem Anstreicher hatte es offenbar etwas Besonderes auf sich. »Was ist das für ein Mann?«

»Ida hat ihn angeschleppt. Ich weiß nicht, wo sie ihn kennengelernt hat ... jedenfalls braucht er dringend Arbeit. Ida hat mich überredet, ihn demnächst öfter für mich arbeiten zu lassen. Bei dir kann er zeigen, was er draufhat.«

»Ida?« Erik war nun alarmiert. Wenn Sveas Tochter jemanden unter ihre Fittiche nahm, dann hatte das meistens gute Gründe. Im Allgemeinen handelte es sich um einen Menschen, der aus gutem Grunde ihre Unterstützung suchte. Dann schaffte er es anscheinend nicht, sich allein auf dem Arbeitsmarkt etwas Passendes zu suchen.

»Vorbestraft? Alkohol- oder drogenabhängig?«

Während Ida im Hause Wolf gelebt hatte, war es Erik nur mit Mühe gelungen, einen Hund, zwei Goldhamster und einen Wellensittich abzuweisen, die Ida irgendwo entdeckt hatte und vor dem Verhungern retten wollte. Auch zwei junge Männer, die angeblich dringend Obdach brauchten, hatte er nur im allerletzten Moment von seiner Schwelle weisen können. Bei der Katze, die Ida neben einem Müllcontainer entdeckt hatte, war er leider nicht schnell genug gewesen. Kükeltje wohnte schon seit zwei Wochen in seinem Haus, ohne dass er es bemerkt hatte, und als es ihm endlich aufging, war es zu spät gewesen, sie ins Tierheim zu bringen. Er hätte sich seine ganze Familie zum Feind gemacht.

Es beunruhigte ihn, dass Svea zögerte. »Ja, vorbestraft. Aber nur Ladendiebstahl. Ida sagt, der Junge sei total in Ordnung. Pass einfach auf, dass nichts Wertvolles herumliegt.«

»Das sind ja schöne Aussichten.« Erik wollte gerade fragen, ob er demnächst sein Portemonnaie einschließen müsse, wenn er nach Hause kam, seine Armbanduhr nicht ablegen dürfe und sein Handy immer am Körper tragen müsse, damit es nicht wegkam – aber da begann im Hintergrund schon wieder ein Telefon zu läuten. Und diesmal hielt Svea den Anruf für so wichtig, dass sie ihn annehmen musste. »Ich melde mich, wenn ich weiß, wann ich heute Abend kommen kann. Und ob überhaupt ...«

Das Gespräch brach ab, Erik legte den Hörer kopfschüttelnd zurück. Das konnte ja heiter werden! Andererseits spürte er auch eine gewisse Erleichterung, dass Svea beim Abendessen vielleicht nicht dabei sein würde. Das Damoklesschwert hing zwar weiterhin über ihm, dennoch war er froh, dass Carolins achtzehnter Geburtstag ohne Störungen im Familienkreis gefeiert werden konnte, solange seine Schwiegermutter nicht wusste, was es mit Svea auf sich hatte ...

Madonna!« Mamma Carlotta war sofort alarmiert gewesen, als ihr beim Eintreten der Farbgeruch auffiel. Nun stand sie in der Wohnzimmertür und schlug die Hände über dem Kopf zusammen. »Was ist denn hier los?«

Carolin warf einen gleichmütigen Blick über die Schulter ihrer Nonna. »Wir renovieren. Genau der richtige Moment! Übermorgen kann hier die Party steigen. Eine Theke, die Musikanlage, basta! So passen locker dreißig Leute mehr rein. Und die Gläser können wir an die Wand werfen, wenn wir Lust haben. Die wird ja sowieso gestrichen.«

»Carolina!« Mamma Carlotta war entrüstet. »So etwas würdet ihr tun?«

Carolin grinste. »Ich sage ja, wenn wir Lust haben. Wahrscheinlich haben wir keine.«

»Mussten denn alle Möbel herausgestellt werden? Wo sind sie überhaupt, der Schrank, der Tisch, die Polstergarnitur?«

»Weg!«, kam es von der Tür. Felix hatte unbemerkt das Haus betreten, warf nun seinen Rucksack in die Ecke und sich selbst in die Arme seiner Nonna. Sosehr er bei anderen Gelegenheiten auf Coolness achtete, wenn es um seine Großmutter ging, war er noch immer der kleine Junge, der sich über den Besuch seiner Nonna freute. Er ließ sich an ihr Herz drücken, das Gesicht mit Küssen bedecken und wehrte auch nicht ab, als sie zärtlich ihre Nase an seiner rieb, während Carolin danebenstand und die beiden mit unverhohlenem Widerwillen beobachtete. »Bei uns wird jetzt alles schick und modern«, rief Felix lachend, während er seinen Pferdeschwanz im Nacken richtete, der die Begrüßung seiner Oma nicht überstanden hatte. »Designermöbel!«

Mamma Carlotta hätte sich jetzt gern in den weichen Sessel fallen lassen, in dem sie bisher die Siesta verbracht hatte, wenn sie auf Sylt zu Besuch war. Aber da er nicht mehr vorhanden war, konnte sie sich nur ans Herz fassen und Halt in der Türöffnung suchen. »Alles neu? Ma ... perché? Warum?«

»Weil Papa jetzt mit einer Innenarchitektin zusammen ist«, antwortete Felix.

»Die Schlafzimmermöbel hat sie auch rausgeschmissen«, ergänzte Carolin. »Da oben steht nur noch eine Liege, auf der Papa schläft, bis das neue Bett geliefert wird.«

»Aber in mein Zimmer habe ich sie nicht reingelassen«, stellte Felix klar. »Da bleibt alles, wie es ist.«

»Bei mir auch«, betonte Carolin.

Mamma Carlotta drehte sich um und machte einen zaghaften Schritt auf die Küchentür zu. »Und dort?«

»... ist alles noch beim Alten.« Felix ging an ihr vorbei und riss grinsend die Tür auf. »Ecco! Du kannst sofort damit anfangen, uns die Reste von gestern Abend aufzuwärmen.«

Erleichtert folgte Mamma Carlotta ihm und betrachtete mit einem ganz neuen Gefühl für die Kostbarkeit der Dinge, die ihren Wert behielten, die Küchenschränke, die ihre Tochter mit viel Liebe ausgesucht hatte, den Tisch, den sie bei einem Schreiner in Panidomino hatte anfertigen und nach Sylt bringen lassen, und die typisch friesischen Stühle mit den aus Binsen geflochtenen Sitzflächen, die Erik so mochte und Lucia vom ersten Augenblick an gefallen hatten.

Mamma Carlotta holte eine Tischdecke aus der Schublade, die mit blau-weißen Windmühlen und Segelschiffen bedruckt war, wie man sie in friesischen Häusern häufig sah. Felix öffnete eine andere Schublade. »Tischsets aus Filz«, erklärte er, schob die Lade aber gleich wieder zu. »Demnächst wird es hier nur Accessoires in Grau und Türkis geben. Papas neue Freundin findet unsere Ausstattung megaspießig.«

»In meiner Küche?« Mamma Carlotta starrte ihn entsetzt an, dann korrigierte sie: »In der Küche eurer Mama?«

Felix wich aus: »Papa hat ihr gleich gesagt, die Küche muss erst mal so bleiben, wie sie ist. Jedenfalls, bis du wieder in Italien bist.«

»Erst mal?«, wiederholte Mamma Carlotta erschrocken. »Und wenn ich wieder weg bin, dann ...« Sie schaffte es nicht, den Satz zu beenden, betrachtete stumm jedes einzelne Teil der Einrichtung und stellte sich vor, wie diese Küche aussehen würde, wenn sie das nächste Mal zu Besuch kam. Aber ihre Vorstellungskraft versagte. Sie hatte in Katalogen schon Küchen gesehen, die aussahen wie ein Raumfahrtzentrum, mit technischen Raffinessen, die kein Mensch brauchte. Würde es demnächst hier auch so seelenlos und steril aussehen?

Carolin unterbrach ihre düsteren Zukunftsvisionen, indem sie das Fenster öffnete und die schwarze Katze hereinholte, die davor hockte. »Schau! Kükeltje will dich begrüßen.«

Kurz fragte sich Mamma Carlotta, wie die Katze demnächst über hochglänzenden Marmor oder blank polierten Edelstahl in die Küche gelangen sollte. Womöglich würde es bald auch keine Blumenkästen mehr vor den Fenstern geben, in die sie springen konnte, weil die auch megaspießig waren?

Sie wischte die Sorge weg, die nach ihr greifen wollte, und hob das schwarze Kätzchen auf ihre Arme, das seit zwei Monaten bei der Familie Wolf wohnte. Kükeltje hatte es sich hier schnell gemütlich gemacht, sodass Erik nicht mehr an der Erkenntnis vorbeigekommen war: Eine Katze war bei ihm eingezogen, ohne dass er es bemerkt hatte, und das, obwohl er seiner Familie vorgegaukelt hatte, er sei allergisch gegen Tierhaare. Ehe er sich auf Diskussionen über den Wahrheitsgehalt dieser Behauptung einließ, hatte er dann aber lieber die Katze akzeptiert. Dass er schon mehrmals dabei ertappt worden war, wie er mit Kükeltje auf dem Schoß die Fernsehnachrichten verfolgte, sprach niemand an. Zu fragil war sie noch, die Beziehung zwischen dem Hausherrn und dem Haustier, das er auf keinen Fall hatte haben wollen.

»Kükeltje!«, rief Mamma Carlotta, die nach wie vor große Schwierigkeiten mit diesem friesischen Namen hatte, und drückte das Tier an ihre Brust, das prompt zu schnurren anfing. Es schien, als könne Kükeltje sich gut an diese Brust erinnern, in der ein Herz für kleine schwarze Katzen schlug. Sie revanchierte sich, indem sie sich mit einer Engelsgeduld, die sonst nicht zu ihren Stärken gehörte, drücken, den Rücken streicheln, den Bauch kraulen und mit Koseworten überschütten ließ. Dann erst wehrte sie sich gegen die Enge der Umarmung und sprang zu Boden. Aber als Mamma Carlotta ihre Schritte in die Vorratskammer lenkte, folgte sie ihr mit aufgestelltem Schwanz. Und während die Nonna für ihre Enkel Nudeln aufbriet, die sie im Kühlschrank gefunden hatte, zwei Zucchini zerkleinerte und in Olivenöl dünstete, wich Kükeltje nicht von ihrer Seite. Mit vibrierendem Schwanz stand sie neben Mamma Carlottas Füßen, den Kopf nach oben gerichtet, und wartete auf die Dinge, die zu ihr herabfallen würden, Schinkenstücke, Käsewürfel, Nudelreste.

Während Mamma Carlotta Schinken würfelte, fragte sie die Kinder: »Habt ihr was von Wiebke gehört?«

Felix antwortete mit einer Gegenfrage: »Glaubst du etwa immer noch, dass Papa sich mit Wiebke wieder vertragen könnte? Nee, das wird nix, Nonna. Er ist jetzt mit Svea Gysbrecht zusammen. Aber er hat uns versprochen, dass sie nicht hier einziehen wird. Ida will das zum Glück auch nicht.«

»Wird Signora Gysbrecht heute Abend zum Essen kommen?«

Mit einem Mal veränderte sich etwas in den Gesichtern der Kinder. Felix fiel schlagartig ein, dass er einen Klassenkameraden anrufen musste, und Carolin wollte noch vor dem Essen eine Liste der Getränke schreiben, die sie ihren Gästen am nächsten Abend anbieten wollte. »Ich rechne fest damit, dass du uns Nudeln mit Tomatensoße machst, Nonna!«

Mamma Carlotta kam nicht einmal zum Antworten, so schnell waren Carolin und Felix aus der Küche verschwunden. Gedankenvoll starrte sie die geschlossene Tür an. Sie hatte so eine Ahnung, dass da etwas nicht stimmte. Hier schlummerte Dynamit, der jeden Augenblick zu einer Detonation führen konnte. Und irgendwie hatte das mit Eriks neuer Freundin zu tun ...

Polizeiobermeister Rudi Engdahl betrat Eriks Büro. Er war ein kleiner, drahtiger Mann, der aussah wie ein Langstreckenläufer, sich aber in Wirklichkeit ungern bewegte und die sportliche Figur lediglich seinen guten Genen verdankte. »Schon wieder ein Anruf wegen dieser nächtlichen Autorennen«, sagte er. »Diesmal leider anonym. Der Mann wollte seinen Namen partout nicht nennen.«

»Warum nicht?« Erik sah Engdahl erstaunt an.

»Angeblich hat er Angst, dass man sich dafür an ihm rächen könne.«

Erik griff sich an den Kopf. »Soll das heißen, wir haben es hier nicht mit leichtsinnigen jungen Kerlen, sondern mit organisierten Rennen zu tun?«

Rudi Engdahl nickte bedrückt. »Sieht so aus, als gäbe es einige, die daran verdienen. Der Anrufer glaubt jedenfalls mitbekommen zu haben, dass den Rennen Wetten vorausgehen. Er will gesehen haben, wie die Wettgewinne ausgezahlt wurden.«

»Er glaubt, er will, er meint?« Erik warf sich zornig auf seinen Bürostuhl. »Aber seinen Namen will er nicht nennen?«

Engdahl schüttelte den Kopf. »Er sagte, er sei ein verantwortungsbewusster Bürger, der dafür sorgen wolle, dass es mit diesen Autorennen ein Ende hat.« Diese Worte hatte er gekünstelt vorgebracht. Anscheinend imitierte er die Ausdrucksweise des unbekannten Anrufers.

Erik überwand seinen Ärger, dachte nach und strich sich dabei den Schnauzer glatt. »Abgeschlossen werden die Wetten vermutlich nicht dort, wo die Autos starten oder ins Ziel gehen. Vielleicht in einer Kneipe?«

»Wer ist denn so blöd, sich auf so was einzulassen? Wenn er dabei erwischt wird, ist er seine Konzession los.«

»Wir werden uns in den nächsten Nächten auf die Lauer legen.« Mit einer Geste gab Erik zu verstehen, dass Engdahl wieder an seinen Arbeitsplatz zurückgehen dürfe.

Als er die Tür hinter sich geschlossen hatte, stand Erik auf und schob den Bund seiner neuen Jeans so weit wie möglich herab, damit sich sein Bauchansatz gemütlich darüber wölben konnte und ihn nicht mehr störte. Gut, dass er seine bequemen Cordhosen nicht weggeworfen hatte, wie es eigentlich Sveas Wunsch gewesen war, sondern in einen Karton gepackt und in die Waschküche geräumt hatte. Er würde sie hervorholen, wenn sie nicht da war, und es genießen, dass ihn dann nichts kniff und einengte. Natürlich hatte Svea recht, wenn sie sagte, dass seine Figur in diesen schmalen Jeans besser zur Geltung kam, aber irgendwann, wenn ihre Beziehung sich stabilisiert hatte, würde er sie fragen, warum es ihr eigentlich so wichtig war, dass seine Figur gut zur Geltung kam. Sie sollte ihn so lieben, wie er war, mit dem Bedürfnis, es bequem zu haben.

Mamma Carlotta war allein. Nicht allein im Haus, aber allein mit ihren Gedanken, ihren Fragen und ihrem Groll. Alle waren sie in Carolins Zimmer verschwunden. Dass noch frisches Brot gekauft werden musste, war völlig in Vergessenheit geraten, von Carlottas Gesprächsbedarf ganz zu schweigen. Eigentlich hatte sie ausgiebig mit den Kindern erörtern wollen, was von Svea Gysbrecht und ihren Plänen, Eriks Haus nach ihren Vorstellungen zu verändern, zu halten war. Doch kaum war das erste Mal die Türklingel gegangen und jemand erschienen, der Carolin gratulieren wollte, war Mamma Carlottas Hoffnung, es könne noch jemand an ihren Sorgen interessiert sein, versiegt. Sie würde wohl selbst zum Bäcker gehen müssen. Aber vorher wollte sie ihre Freundin Marina in Panidomino anrufen, um ihr zu erzählen, dass Erik nun tatsächlich mit Idas Mutter zusammen war, dass es wohl keine Chance mehr gab, ihn mit Wiebke zu versöhnen, und dass sich schon jetzt so manches im Haus verändert hatte, das von Lucia mit viel Liebe ausgesucht worden war. Das musste sie jetzt einfach loswerden.

Gerade wählte sie Marinas Nummer, als es erneut an der Tür klingelte. Carlotta warf den Hörer zurück und öffnete. Ida stand vor ihr, Svea Gysbrechts Tochter, das Mädchen, das Carlotta im März für eine Weile bemuttert und währenddessen ins Herz geschlossen hatte. »Cara! Che gioia! Welche Freude!«

Als sie Ida in die Arme nahm, wusste sie, dass das Telefonat mit Marina überflüssig geworden war. Eine Frau, die dieses Kind großgezogen hatte, konnte kein schlechter Mensch sein. Bevor sie Svea etwas vorwarf, sollte sie die Frau, die anscheinend Eriks Herz erobert hatte, erst besser kennenlernen. Im März war keine Zeit dafür gewesen. Nur ein einziges Mal hatte sie Svea Gysbrecht gesehen, als diese aus New York zurückgekommen war, und dieses Kennenlernen hatte sich auf eine halbe Stunde beschränkt.

Erst nachdem sie sich von Ida hatte versichern lassen, dass es ihr gut ging, dass auch Bello, Idas Hund, wohlauf war und dass das bevorstehende Abitur ihr keine Angst mache, ließ sie das Mädchen los. Und als Ida ihr dann noch ausführlich über den Zustand ihrer Großmutter Bericht erstattet hatte, wurde sie in die erste Etage entlassen. Mamma Carlotta war froh, dass sie ihre kurze Abneigung gegen Eriks neue Freundin mit diesem Wiedersehen überwunden hatte. Wenn Svea jemals Teil ihrer Familie werden sollte, würde auch Ida dazugehören, und das wäre eindeutig eine positive Entwicklung. Gut, dass sie nicht dazu gekommen war, sämtliche Bedenken von Sylt nach Panidomino zu transportieren, wo sie vermutlich auf Marinas Zustimmung gestoßen wären und sich damit in Sekundenschnelle aufgeblasen hätten zu echten Sorgen. Da war es doch besser, vor dem Besuch beim Bäcker einen Abstecher in Käptens Kajüte zu machen. Dabei könnte sie auch einmal den Namen von Eriks neuer Liebe fallen lassen und herausfinden, ob Svea Gysbrecht womöglich bei Tove Griess oder Fietje Tiensch bekannt war. Es konnte jedenfalls nicht schaden, dort einmal Erkundigungen einzuholen.

»Nuovo amore di Enrico«, murmelte sie vor sich hin und stellte fest, dass die Unzufriedenheit sie schon wieder beschlich, während sie dem Klang dieser Worte lauschte. Hätte sie dabei an Wiebke denken können, die sie schon mit ihrem Schwiegersohn vor dem Traualtar gesehen hatte, wären ihre Gefühle freundlicher gewesen ...

Während sie den Süder Wung hinabging und auf die Westerlandstraße zuhielt, wanderten ihre Gedanken zu dem Menü, das sie am Abend servieren wollte. Natürlich musste es besonders gut werden, schließlich wurde ihre Enkelin nur einmal im Leben volljährig. Erik hatte sogar versprochen, eine Flasche Champagner zu spendieren. Es würde sicherlich ein schöner Abend werden.

Energisch bog sie in den Hochkamp ein, ging am Hotel Wiesbaden vorbei und auf Käptens Kajüte zu. Die Tür stand offen, Stimmen waren bis auf die Straße zu hören, obwohl die Musik versuchte, sie zu übertönen. *Hier fliegen gleich die Löcher aus dem Käse ...*

Gelächter drang heraus, das Klirren von Gläsern, ein vielstimmiges »Prost!«. Mamma Carlotta überlegte, ob es besser gewesen wäre, erst zum Bäcker zu gehen und das Brot zu besorgen. Sie mochte es nicht, wenn in Käptens Kajüte viel los war. Nur gut, dass das selten vorkam. Das kleine Bistro an der

Seestraße lag näher am Strandübergang, sodass sich nur dann Gäste zu Tove verirrten, wenn es dort sehr voll war. Nicht selten prophezeite Tove Griess, wenn Carlotta sich von ihm verabschiedete, dass seine Kneipe bei ihrem nächsten Besuch schon pleite sein und er wieder zur See würde fahren müssen, um sich seinen Lebensunterhalt zu verdienen. Aber zum Glück war er bisher jedes Mal dort anzutreffen, wo sie sich von ihm verabschiedet hatte.

Sie betrat die Imbissstube und sah sich um. Hoffentlich würden sich die Männer schnell verdrücken. Vermutlich handelte es sich um Arbeiter einer Baustelle, die ihre Mittagspause in Käptens Kajüte verbrachten und bald wieder zurück an ihren Arbeitsplatz mussten.

Aber die Stimmung war anders, als sie erwartet hatte. Tove, der sonst groß, breit und mürrisch am Zapfhahn stand und darauf aufpasste, dass jeder, dessen Bier zur Neige ging, sofort ein neues bekam, hatte sich unter seine Gäste gemischt. Er beugte sich mit ihnen zusammen über etwas, das auf der Theke lag, dann holte er eine Blechkassette unter der Theke hervor und klappte den Deckel hoch. Nun erst wurde er von einem jungen Mann im weißen Arbeitsoverall mit einem warnenden Blick darauf aufmerksam gemacht, dass sie nicht mehr allein waren. Erschrocken sah er auf und schob die Kassette unter die Theke, noch ehe er Mamma Carlotta erkannt hatte. Sein grobes Gesicht mit der vorgewölbten Stirn und den buschigen Augenbrauen sah aus wie das eines Käptens, dem gerade eine Sturmwarnung zu Ohren gekommen war und der sich Sorgen um sein leckgeschlagenes Schiff machte.

Dann grinste er breit. »Ach, Sie sind es! Mal wieder auf Sylt, Signora?« Der Blick, den er den Männern zuwarf, schien zu sagen, dass er die Lage im Griff habe. »Jungs, das ist die Schwiegermutter von Hauptkommissar Wolf.« Er stieß ein Lachen aus, das dem Bellen eines Seehundes ähnlich war.

Die Reaktion war so, als wäre in einem Kreis von Klosterfrauen ein unanständiger Witz erzählt worden. Stumm kehrten sie sich von der Theke ab und setzten sich an den Tisch, der am weitesten entfernt war. Fietje Tiensch, der Strandwärter von Wenningstedt, war der Einzige, der blieb, wo er war: auf seinem Stammplatz am schmalen Ende der Theke, gebückt, so klein wie möglich, den Blick auf den Grund seines Glases gerichtet, die Bommelmütze auf dem Kopf und Bierschaum im Bart.

»Cappuccino?«, fragte der Wirt so freundlich, wie er nur war, wenn er ein schlechtes Gewissen hatte. »Oder ein Rotwein aus Montepulciano?«

»No, grazie!«, wehrte Carlotta ab. »Un Espresso, per favore.«

Tove fragte sie mit lauter Stimme nach ihrem Befinden, wollte hören, wie es ihr seit März ergangen war, berichtete ausführlich, wie es zurzeit um die Gastronomie auf Sylt bestellt war, und vergewisserte sich immer wieder, dass sie ihm aufmerksam zuhörte. Aber Mamma Carlotta war Mutter von sieben Kindern und hatte außerdem jahrelang einen schwerkranken Mann versorgt – sie konnte durchaus dem einen zuhören und gleichzeitig auf etwas anderes lauschen, konnte aus drei Worten, die sie aufschnappte, einen sinnvollen Satz bilden und im selben Moment auf eine Frage antworten, von der sie ebenfalls nur drei Worte mitbekommen hatte. Sie führte also die Unterhaltung mit Tove, ohne dass er merkte, wie sie sich auf das konzentrierte, was unter den Männern gesprochen wurde. Sie hörte etwas von Wettquoten, Wetteinsätzen, Gewinnern und Verlierern, von frisierten Motoren, schnellen Autos und völlig untermotorisierten Karossen, die ohne Chance waren. Und sie schnappte auf, dass jemand darüber nachdachte, demnächst mit einem alten Porsche zu erscheinen, den er sich irgendwo leihen wollte. Sogar von einem Leichenwagen schien die Rede zu sein – auch wenn sie sich in diesem Fall nicht sicher war, ob sie sich verhört hatte oder von ihren Deutschkenntnissen im Stich gelassen worden war.

»Wenn ein Porsche mitmacht, müssen sich die Einsätze ändern!«, zischte jemand, und diesen Satz bekam sie sogar vollständig mit. Dass sie den Namen von Svea Gysbrecht hatte fallen lassen wollen, hatte sie schon fast wieder vergessen.

Als Tove an den Tisch der sechs Männer gerufen wurde, rückte sie ihren Barhocker näher an Fietje Tiensch heran. Der Strandwärter musterte sie argwöhnisch und tat dann so, als hätte er nicht bemerkt, dass sie sich näherte. Er hob sein Bierglas, ließ das Jever an seine Lippen spülen, ohne zu trinken, setzte es ab und starrte wieder hinein, als sähe er auf dem Grund des Glases etwas derart Faszinierendes, dass er für nichts anderes Augen hatte.

Aber Mamma Carlotta ließ sich nicht beirren. »Was ist da los, Signor Tiensch?« Sie nickte zu dem Tisch, über dem die Männer die Köpfe zusammensteckten und miteinander flüsterten.

Fietje kraulte erst lange seinen schütteren Bart und schob die Bommelmütze auf seinem Kopf hin und her, ehe er antwortete: »Was soll schon sein?«

Mamma Carlotta wurde ärgerlich. »Sie wissen, was ich meine. Was hat es mit dieser Geldkassette auf sich?« Sie nickte dorthin, wo Tove die flache Schatulle hatte verschwinden lassen.

Aber Fietje Tiensch besaß viel Übung darin, sich ahnungslos zu geben, damit er nicht antworten musste, und Fragen zu überhören, die ihm nicht behagten. »Kann sein, dass Tove einen Kartenclub aufgemacht hat. Schafkopf!«

»Come?« Mamma Carlotta sah aus, als fühlte sie sich gefoppt. »Was hat der Kopf von einem Schaf damit zu tun?«

Nun wurde Fietje lebhafter, er redete sogar vier bis fünf Sätze an einem Stück. Denn so lange dauerte es, bis er Mamma Carlotta erklärt hatte, dass Schafkopf ein Kartenspiel war, das Tove besonders gern spielte. »Das hat ihm mal ein Gast aus München beigebracht. Da kann er mogeln, und keiner merkt es.«

Mamma Carlotta glaubte ihm kein Wort, ließ ihn spüren, dass sie sehr enttäuscht von ihm war, und ärgerte sich, weil Fietje sich daraus überhaupt nichts machte. Als Tove Griess wieder hinter die Theke kam, schob sie ihre Tasse weg und verweigerte einen zweiten Espresso mit der Miene einer Filmdiva, die gefragt worden war, ob sie bereit sei, eine kleine Nebenrolle zu übernehmen. Dass sie sich sehr langsam von ihrem Barhocker schob, dass sie sehr langsam ihre Jacke überzog, dass sie sehr langsam zur Tür ging und dort noch eine Weile mit der Klinke in der Hand wartete, machte Tove derart nervös, dass sie nun ganz sicher war: In Käptens Kajüte ging etwas vor, was niemand erfahren sollte. Vielleicht sogar etwas Ungesetzliches? Der Mann im weißen Maleroverall wurde erneut auf sie aufmerksam, stieß seinen Nebenmann an und riss warnend die Augen auf, sodass alle, die eben noch flüsternd miteinander geredet hatten, auf einen Schlag verstummten.

»Arrivederci, Signori«, sagte Mamma Carlotta in die Stille hinein, öffnete die Tür und verließ Käptens Kajüte.

Das fahle Mondlicht gab den Dünen scharfe Umrisse, grenzte sie deutlich vom Nachthimmel ab, verlieh ihnen eine Helligkeit, in der Erik sich nicht wohlfühlte. Die Nacht schien keinen Schutz zu bieten, es war, als müssten die Schatten von zwei ermittelnden Polizeibeamten von weit her zu sehen sein.

Er duckte sich noch tiefer ins Dünengras neben dem Fahrradweg, der oberhalb des Parkplatzes entlangführte, und stellte fest, dass Sören es genauso machte. Bäuchlings lagen sie da, das Kinn auf die verschränkten Hände gestützt, den Blick auf den asphaltierten Parkplatz von Buhne 16 gerichtet. Daneben gab es noch einen weiteren Parkplatz, der erst geöffnet wurde, wenn der andere gefüllt war, ein unbefestigter Ascheparkplatz mit zwei Auffahrten, die schmal waren und zur Straße hinaufführten. Von ihm konnten sie nur einen kleinen Teil überblicken, aber das würde ausreichen, um eine Bewegung wahrzunehmen oder zu bemerken, wenn ein Wagen auf einen der beiden Parkplätze einbog. Noch war jedoch alles still. Gelegentlich ein Motorgeräusch, ein Wagen, der von Kampen nach Wenningstedt fuhr, aber kein einziges Mal nahm der Fahrer das Gas weg und bog von der Straße ab. Nein, das Brummen des Motors und das Zischen der Räder wurden schnell wieder leiser, bis die Stille der Nacht sie verschluckt hatte.

Erik legte die Stirn auf die Hände und schloss die Augen. Er war müde. Zwar hatte er während des Abendessens versucht, den Rotweinkonsum in Grenzen zu halten, aber besonders gut gelungen war es ihm nicht. Seine Schwiegermutter hatte häufig nachgeschenkt, sein zur Hälfte geleertes Glas immer wieder gefüllt, sodass er schnell den Überblick verloren hatte und jetzt nicht mehr sagen konnte, wie viel er eigentlich getrunken hatte.

»Deine Tochter wird nur einmal volljährig, Enrico!« Mit diesem Argument, das nur schwer zu widerlegen war, hatte sie ihn zum Trinken animiert und Sören gleich mit.

Erik hob den Kopf und warf einen Blick zur Seite. Sören wirkte kein bisschen müde. Seine Augen waren groß und klar, seine Aufmerksamkeit schien kein bisschen zu schwächeln. Er fing den Blick seines Chefs auf, sah aber gleich wieder geradeaus und nickte verständnisvoll, als wollte er ihm sagen, dass er ruhig die Augen schließen dürfe, er würde schon achtgeben.

Erik stöhnte leise und erschrak dann, wie laut es geklungen hatte, trotz der Brandung, trotz des Windes, der im Dünengras raschelte. Eine Nacht, die auf Sylt eine stille Nacht war! Die Brandung dröhnte nicht, sondern schleppte sich Woge für Woge an den Strand, der Wind heulte und fauchte nicht. Der Schlaf wehte auf Erik zu, wogte über seinem Kopf, als wollte er sich über ihn senken und die Gegenwart zudecken, bis sie nicht mehr zu sehen und zu erkennen war. Er musste unbedingt dafür sorgen, dass er wach blieb, obwohl die Zeit auf eine Stunde zurückte, in der er normalerweise im Tiefschlaf lag.

Erik zwang sich, an den vergangenen Abend zu denken und sich zu überlegen, wie der folgende verlaufen würde, wenn das Unvermeidliche eintreten würde. Heute war der Kelch an ihm vorübergegangen, und er war noch immer froh und dankbar, dass Svea es tatsächlich nicht mehr geschafft hatte und Carolins achtzehnter Geburtstag harmonisch und ungestört verlaufen war. Gleichzeitig hatte er ein schlechtes Gewissen, dass er erleichtert gewesen war, als Svea absagte. Er legte die Stirn erneut auf die Hände und schnaubte, als ließe sich seine Beschämung wegpusten, als wäre der Sand, den er auf den Augenlidern spürte, derselbe, den er sich selbst in die Augen streute, um nicht sehen zu müssen, dass er sich schämte. Er hatte sich natürlich nichts anmerken lassen, obwohl ... wenn er an den Blick seiner Schwiegermutter dachte, hielt er es für möglich, dass sie ihn durchschaute. Für so was hatte sie ja einen sechsten Sinn. Wenn sie auch nicht wissen konnte, warum Sveas Absage ihn erleichterte, so schien sie doch zu spüren, dass es etwas gab, was nicht zu den Worten passte, mit denen er über Svea gesprochen hatte.

Sein Schuldbewusstsein verstärkte sich, als er an den Grund für Sveas Absage dachte. Ihre Mutter lag im Sterben, das Leben der alten Frau Gysbrecht schien nur noch aus Stunden, höchstens aus wenigen Tagen zu bestehen. Und sein erstes Gefühl war nur Erleichterung darüber gewesen, dass einem harmonischen Abend nun nichts im Wege stand! Doch als Svea dann am Telefon zu weinen begonnen hatte, war dieses Gefühl so schnell verflogen, wie es gekommen war.

Erik fragte sich gerade, ob er darauf hätte bestehen müssen, bei Svea zu sein in dieser schweren Stunde, ihr und auch Ida beizustehen, aber er hatte sich davon überzeugen lassen, dass Carolins Geburtstag wichtiger war und seine Ermittlungen im Fall der illegalen Autorennen ebenfalls. Es war ihm sogar so vorgekommen, als wollte Svea ihn ausschließen, weil er nicht zu ihrer Familie gehörte und bis jetzt nichts anderes war als ihr

Freund. Kein Lebensgefährte, kein Verlobter, allenfalls ihr Geliebter. So jemand gehörte nicht ans Sterbebett ihrer Mutter, das sah Erik ohne Weiteres ein.

Er wurde aus seinen Gedanken gerissen, als Sören sich bewegte. »Ich glaube, es geht los.«

Erik spürte, wie die Erwartung durch ihn hindurchfuhr und sich sein Körper anspannte. Tatsächlich! Ein Motorengeräusch war zu hören, das allmählich leiser wurde, dann knirschten die Räder, der Motor heulte noch einmal auf ... und erstarb.

Erik und Sören reckten die Hälse. Auf dem Ascheparkplatz der Buhne 16 stand ein Wagen. Schwer zu erkennen, um welches Fabrikat es sich handelte, vielleicht ein Ford Escort. Er blieb nicht lange allein, schon zwei, drei Minuten später wehte von Kampen ein weiteres Motorengeräusch heran. Auch diesmal nahm der Fahrer kurz vor der Buhne 16 den Fuß vom Gas, und das Fahrzeug rollte auf den Parkplatz. Nun stieg der Fahrer des ersten Wagens aus und wartete darauf, dass sich die Tür des zweiten öffnete. Ein schwarzer Kia Sorento, den erkannte Erik sicher, da er sich mit dem Gedanken trug, sich einen solchen SUV anzuschaffen.

Kurz hintereinander kamen fünf weitere Autos an. Die Fahrer schienen nicht die Absicht zu haben, sich lange auf diesem Parkplatz aufzuhalten, vermutlich um kein Aufsehen zu erregen. Es wurden ein paar Worte gewechselt, dann hörte Erik das helle Lachen einer Mädchenstimme. Kurz darauf schlugen die Fahrertüren, Füße spielten mit dem Gaspedal, das Röhren der Motoren übertönte die Brandung und den Wind.

Erik und Sören warteten schon gespannt auf das Zeichen, mit dem das Rennen gestartet werden würde, als ein weiteres Fahrzeug in der Einfahrt erschien. Ein großer, lang gestreckter Wagen.

»Das darf doch nicht wahr sein«, flüsterte Sören.

Die Motorengeräusche erstarben augenblicklich. Wieder öffneten sich Türen, Gelächter drang zu ihnen herauf.

»Ein Leichenwagen!« Erik stieß es so leise hervor, dass er nicht sicher war, ob es überhaupt zu hören war.

Nun vernahmen sie eine Stimme, die zu drängen schien, mahnend und vorwurfsvoll klang. Sofort hörte man erneutes Türenschlagen, dasselbe Spiel der Füße mit dem Gaspedal. Die Wagen formierten sich zu einer Zweierreihe, so weit wie möglich von der schmalen Einfahrt des Parkplatzes entfernt. Das Zeichen zum Start bekamen Erik und Sören nicht mit, aber es musste eins gegeben haben. Urplötzlich gaben die Fahrer der beiden ersten Autos Gas und rasten über den Platz auf die Einfahrt zu. Viel zu schnell! Als sie auf die Straße einbogen, schlingerten beide, die Karosserien schlugen kurz aneinander, aber das hielt keinen der beiden Fahrer davon ab, das Gaspedal durchzudrücken. Einer musste sich schließlich geschlagen geben und dem anderen die Vorfahrt lassen. Dann schossen sie nacheinander über die Straße Richtung Norden, das Röhren der Motoren durchschnitt die Nacht. Selbst als es leiser wurde, empfand Erik den Lärm immer noch als eine schwere Verletzung der Inselruhe, die er so liebte.

»Sie werden nicht bis List rasen«, raunte Sören. »Vielleicht bis zur Vogelkoje? Der Parkplatz davor ist groß genug für eine Wende. Kann nicht lange dauern, bis sie wieder zurück sind, das sind maximal zweieinhalb Kilometer.«

Erik nickte, obwohl Sören es nicht sehen konnte. »Morgen alarmieren wir die Bereitschaft. Diese Idioten müssen gestoppt werden.«

Das Dröhnen der Motoren schwoll erneut an, kurz darauf quietschten die Bremsen, die beiden Wagen schossen auf den Parkplatz, einer voran, aber der zweite hatte sich noch nicht geschlagen gegeben. Er versuchte, den Vordermann zur Seite zu drängen. Wieder schrammten die Karosserien aneinander, aber der Versuch war nicht von Erfolg gekrönt. Der Fahrer des zweiten Wagens war der Verlierer dieses Rennens.

Nur einen Augenblick später starteten die nächsten beiden

Autos. Diesmal gelang es Erik, nicht auf die Motorengeräusche zu achten, sondern zu beobachten, was auf dem Parkplatz geschah. Der Mann, der offenbar als eine Art Organisator fungierte, winkte die nächsten beiden Autos heran. Ein alter Mercedes und der Leichenwagen rückten vor für die dritte Runde.

»Ob der geklaut wurde?«, fragte Sören so leise wie nötig, aber laut genug, dass Erik es trotz des Motorenlärms auf dem Parkplatz verstehen konnte.

Die nächsten beiden Wagen legten fernsehreife Bremsmanöver hin. Die Rangfolge war klar, der Abstand zwischen ihnen so groß, dass der Verfolger keine Chance hatte, seinen Herausforderer zu schlagen. Als das zweite Auto auf den Parkplatz einbog, trat der Fahrer so heftig auf die Bremse, dass es ausscherte und auf die Einfahrt zuschleuderte. Der Wagen drehte sich und schien für ein paar erschreckende Augenblicke außer Kontrolle zu geraten. Erst im letzten Moment gewann der Fahrer wieder die Kontrolle über das Auto und kam zum Stehen, ohne einen anderen Wagen gerammt zu haben.

Dann begann die vorletzte Runde. Der Fahrer des Leichenwagens reagierte schneller als sein Gegner und raste als Erster Richtung Kampen, verfolgt von dem Mercedes, der offenbar seinen Fehler beim Start wiedergutmachen wollte. Das Gasgeben tönte aggressiv und gefährlich, während der Motor des Leichenwagens zwar auf Hochtouren lief, aber dunkler und unerschütterlich klang, auch dann, wenn er aufheulte.

Als die Scheinwerfer über den Dünen aufblitzten, wagte Erik es, sich ein wenig aufzurichten und den Hals zu recken. Sein Interesse galt dem Mann, der den Start organisierte. Kannte er ihn? Er war noch zu keinem Ergebnis gekommen, als die beiden Wagen zurückkamen. Erik spürte sofort, dass diesmal etwas anders war. Die Fahrer nahmen zu spät den Fuß vom Gas, später als die anderen, die vor ihnen dran gewesen waren. Sie lagen gleichauf, der Leichenwagen und der alte Mercedes, und beide steuerten gleichzeitig auf die schmale Einbiegung des Parkplatzes zu. Die Geschwindigkeit war viel zu hoch, bei beiden. Für einen kurzen Moment glaubte Erik, dass sie an der Einfahrt vorbeischießen würden, weil sie einsahen, dass jedes Bremsmanöver zu spät kam. Doch dann trat der Fahrer des Leichenwagens so heftig auf die Bremse, dass die Räder blockierten. Der andere hielt es genauso. Sie schleuderten auf die schmale Einfahrt zu, beide darauf bedacht, als Erster zu passieren und den anderen daran zu hindern. Weder der eine noch der andere Fahrer gab klein bei. Die Wagen schlingerten, die Hecks schlugen aus, Metall krachte aneinander, schepperte, kreischte. Und dann geriet der Mercedes mit den beiden rechten Rädern in eine Vertiefung, sodass die linken vom Boden abhoben und der Wagen in eine kritische Seitenlage geriet. Er fiel zurück, aber das Tempo war zu hoch, um ihn wieder in die Spur zu bringen. Womöglich war der Fahrer derart erschrocken, dass er falsch reagierte. Er bremste viel zu scharf und verlor damit endgültig die Macht über sein Fahrzeug. Der Wagen drehte sich, schlug mit dem Heck gegen das Kassenhäuschen und entzog sich nun jeder Kontrolle. Durch den Schwung wurde er auf die linke Seite geworfen. Nach einer kurzen Verzögerung, in der Erik hoffte, er möge auf seine vier Räder zurückfallen, geschah das genaue Gegenteil. Er fiel aufs Dach. Der Leichenwagen hatte dagegen mehr Glück, mehr Bodenhaftung, mehr Gewicht. Der seitliche Aufprall hatte auch ihn kurz von den Rädern geholt, aber er fiel zurück, noch immer in hohem Tempo. Der Fahrer bremste verzweifelt, der lange Wagen begann sich zu drehen, schlingerte über den Parkplatz, raste auf ein Auto zu, verfehlte es nur knapp, schlug dann mit dem Heck an einen Papierkorb, der am Rande des Parkplatzes stand, und kam endlich zum Stehen. Die Hecktür war aufgesprungen, und etwas fiel aus dem Wagen.

Zu seinem eigenen Erstaunen war Erik schneller auf den Füßen als sein Assistent. Er rannte los, jetzt nur noch den Wagen im Blick, der auf dem Dach lag. Eine feine, weiße

Rauchsäule stieg aus der aufgesprungenen Motorhaube. Es blieb still in dem Wagen, gespenstisch still, während sich die Fahrertür des Leichenwagens öffnete und eine Gestalt herausschwankte. Eine Stimme schrie, Schatten huschten über den Parkplatz, Autotüren wurden aufgerissen. Erik begriff, dass er bemerkt worden war. Er lief weiter, jetzt nicht mehr darauf bedacht, sich unauffällig zu nähern. Er wusste, dass er sich von den hellen Dünen abhob. In diesem Moment heulte der erste Motor auf, ein Wagen schoss vom Parkplatz, die nächsten folgten unverzüglich. Sekunden später standen nur noch zwei Autowracks auf dem Parkplatz der Buhne 16.

Lautes Quietschen von Bremsen ließ Erik zusammenfahren. Noch ein Unfall? War nun ein unbeteiligter Autofahrer in das Geschehen hineingezogen worden? Aber der kleine Fiat, der auf den Parkplatz einbog, war unversehrt, die Fahrerin, die die Seitenscheibe herunterließ, schien bemerkt zu haben, dass an der Buhne 16 etwas passiert war.

»Kann ich helfen? Soll ich die Polizei rufen?« Ihre Stimme klang jung und ängstlich.

Erik warf ihr nur einen kurzen Blick zu. »Die Polizei ist schon vor Ort.«

Dann wandte er sich wieder dem verunglückten Mercedes zu. Der Rauch, der unter der Motorhaube hervorquoll, wurde zum Glück dünner. Sören lief zu ihm, während Erik auf den Leichenwagen mit der Aufschrift ›Bestattungsunternehmen Freesemann‹ zuging. Die Fahrertür stand offen, aber der Sitz war leer. Wo war der Fahrer? Abgehauen? Oder aus dem Wagen geschleudert? Erik wollte die Umgebung des Wagens absuchen ... da wurden seine Schritte gestoppt. Er blieb wie angewurzelt stehen. Vor ihm lag ein Sarg. Ein Sarg, der sich geöffnet hatte.

Carlotta Capella konnte nicht schlafen. Das passierte ihr auf Sylt öfter, wenn der Wind an den Fensterläden und Dachtraufen rüttelte, wenn er ums Haus heulte und alle anderen Geräusche der Nacht hin und her trieb. Nicht, dass in ihrem Dorf die Nächte immer still waren! Dass sie dort vom Wind geweckt wurde, kam jedoch nie vor. In Umbrien waren es kläffende Straßenhunde, schreiende Katzen, der Gesang eines Mannes, der heimwärts torkelte, oder ein weinendes Baby, dessen Mutter am offenen Fenster stand, das Kind auf dem Arm.

Diesmal jedoch war es etwas anderes, was sie wach hielt, nicht der Wind, erst recht nicht die Angst vor einem Sturm. Es war die Sorge, die sie manchmal auch in ihrer Heimat nicht schlafen ließ, die Sorge, wenn ein Familienmitglied noch nicht zu Hause war. Früher waren es die Kinder gewesen, die gerade flügge geworden waren und gern über die Stränge schlugen, ihre Söhne, die vielleicht zu viel getrunken hatten, ihre Töchter, die sich womöglich verführen ließen. Aber es hatte nicht aufgehört, als die Kinder erwachsen geworden waren. Wenn einer von ihnen nicht zu Hause war, dachte sie an schwere Autounfälle, an Vergewaltigungen, Entführungen und Schlägereien mit schrecklichen Folgen.

Obwohl sie immer wieder einnickte, wusste sie jedes Mal, wenn sie erneut erwachte, dass Erik noch nicht zurück war. Sie hatte das Licht im Flur brennen lassen, das unter der Tür ihres Zimmers hindurchschien. Erik würde es löschen, wenn er nach Hause kam, aber noch immer war die waagerechte helle Linie am Fuß der Tür zu erkennen, wenn sie die Augen aufschlug. Dabei würde schon bald die Sonne aufgehen! Ein Blick zur Uhr zeigte ihr, dass es kurz vor fünf war. War ihrem Schwiegersohn etwas zugestoßen? Sie wusste nicht genau, um welche Ermittlungen es ging, als er sich mit Sören auf den Weg gemacht hatte, nur dass sie an der Buhne 16 etwas beobachten wollten, hatte sie aus den beiden herausbekommen. Dann waren sie auf ihre Fahrräder gestiegen und in der Dunkelheit verschwunden.

Mamma Carlotta schob sich ein Kissen in den Nacken. Es würde ihr ja doch nicht mehr gelingen, noch einmal einzuschlafen. Wenn es um Carolin oder Felix ginge, würde sie jetzt die Nummer des Notrufs wählen. Aber bei der Polizei anrufen, weil ein Polizeibeamter des Nachts nicht nach Hause gekommen war? Nein, das würde Erik ihr nie verzeihen. Was, wenn er gar nicht mehr auf dem Parkplatz von Buhne 16 war, sondern längst bei Svea Gysbrecht im Bett lag? Sie spürte, wie ihr der Schweiß ausbrach. Konnte das sein? Würde Erik es fertigbringen, an der Einmündung in den Süder Wung vorbeizufahren, bei Svea zu klingeln und erst zum Frühstück wieder in seiner Küche aufzutauchen? Oder vielleicht sogar noch später? Sie dachte an die behelfsmäßige Liege im Zimmer nebenan und wurde sich immer sicherer, dass Erik es vorgezogen hatte, in dem vermutlich breiten, weichen Bett seiner neuen Freundin zu nächtigen statt auf dieser unbequemen Pritsche.

Sie spürte, wie ihre Müdigkeit allmählich verflog, ihr Geist immer reger wurde, ihre Aufnahmefähigkeit schon fast so groß war, als wäre es mitten am Tag. Dass sie auf dem besten Wege war, sich eine Meinung über Svea Gysbrecht zu bilden, die durch keine sichere Erkenntnis gestützt wurde, spürte sie auch, aber sie war einfach nicht in der Lage, sich um Objektivität zu bemühen.

Zum Glück wurde sie in ihrer Subjektivität bald unterbrochen. Ein Schlüssel drehte sich im Schloss, die Tür fiel zu, Schritte waren auf der Treppe zu hören. Mamma Carlotta sprang aus dem Bett und riss die Tür auf. »Enrico?«

Sie blickte in das erschrockene Gesicht ihres Schwiegersohns, der das Haus extra leise betreten hatte, damit niemand geweckt wurde. Blass sah er aus, übermüdet und so, als hätte er etwas Schreckliches erlebt.

»Du bist schon wach?«

Sie kam ihm entgegen und verhinderte auf diese Weise, dass er die Treppe weiter hinaufstieg. »Was ist passiert?«

Erik machte bereitwillig kehrt und ging in die Küche. Als Mamma Carlotta sich eine Strickjacke von der Garderobe geschnappt und über ihr Nachthemd gezogen hatte, saß er schon am Tisch. Mit hängendem Kopf und schweren Lidern. Mamma Carlotta wusste von ihrer Tochter, dass Erik, wenn er zu einem abscheulichen Verbrechen geholt worden war, hinterher Zeit brauchte, bis er zur Ruhe fand. Lucia hatte immer auf ihn gewartet oder war aufgestanden, wenn er heimkehrte, um ihm Gelegenheit zum Reden zu geben. Manchmal hatten auch ein Glas Rotwein oder ein Espresso ausgereicht, ein paar Worte, eine Umarmung, ein gemeinsames Schweigen ... und Erik war zur Ruhe gekommen und hatte erkennen können, dass das Leben in seinem Haus ganz normal weitergegangen war, auch wenn da draußen etwas Schreckliches geschehen war.

»Vino rosso oder Espresso?«

»Rotwein. Espresso würde mich wach machen. Aber ich muss gleich unbedingt noch ein paar Stunden schlafen.«

Erik gestand es sich ungern ein, aber er war dankbar, dass seine Schwiegermutter ihn nicht allein ließ. Er hätte es nicht geschafft, jetzt einfach ins Bett zu gehen und zu schlafen. Es wäre unmöglich gewesen. Er hätte, wenn er allein geblieben wäre, zu viel Rotwein getrunken und damit alles noch schlimmer gemacht. Er wusste, dass die Bilder am ehesten zu verdrängen waren, wenn es jemanden gab, der sich um ihn sorgte. Früher hatte er es genossen, wenn Lucia ihn erwartete, nicht viel Worte machte, ihm etwas vorsetzte, egal was, und ihm zeigte, dass sie für ihn da war, dass er reden konnte, wenn er wollte, dass es aber ebenso in Ordnung war, wenn er schwieg. Ihr selbst war das Schweigen schwergefallen, aber bei Gelegenheiten wie diesen hatte sie es fertiggebracht, sich ohne ein Wort mit ihm zu verbinden. Und tatsächlich schaffte es auch seine Schwiegermutter, die eine gute Intuition besaß, ihn nicht mit Fragen zu bedrängen, sondern den Rotwein einzugießen, sich zu ihm zu setzen und ihn nur ermunternd anzusehen.

Er wusste, dass es ihm guttun würde, über die Ereignisse zu

sprechen. »Ein schwerer Unfall«, sagte er. »Mit einem Toten. Ein junger Mann, Anfang zwanzig, schätze ich.«

»Madonna! Wie konnte das passieren?«

Eigentlich wollte Erik nicht über die illegalen Autorennen sprechen, aber wenn er über den toten Jungen redete, musste er wohl auch erklären, wie es zu dem Unfall gekommen war.

Seine Schwiegermutter schlug die Hände über dem Kopf zusammen. »Dio mio! Ein Autorennen auf einer ganz normalen Straße? Was da alles passieren kann!«

»Er war nicht angeschnallt.«

»Konntest du das nicht verhindern, Enrico?«

Erik hatte prompt das Gefühl, sich verteidigen zu müssen. »Wir waren dort, um herauszufinden, ob es diese Rennen wirklich gibt. Bisher hatten wir nur Vermutungen.«

»Habt ihr euch die anderen geschnappt?«

»Die waren sofort über alle Berge.«

»Aber ihr habt ... come si dice? Diese Nummern ...«

»Kfz-Kennzeichen? Nein, die hatten sie unkenntlich gemacht. Alle waren mit Dreck beschmiert. Nicht zu entziffern.«

»Madonna!«

»Aber jetzt wird wohl Schluss sein mit diesen Rennen.« Erik strich sich den Schnauzer glatt, überlegte, ob er sich seine Pfeife holen sollte, war aber viel zu kraftlos und griff stattdessen zu seinem Rotweinglas. »Die Nachtschicht muss sich um die Identität des Toten kümmern. Ich glaube, ich habe sein Gesicht schon mal gesehen, aber ich bin mir nicht sicher. Sören geht's genauso. Ihm fällt der Name auch nicht ein.«

»Also ein Sylter? Kein ... turista?«

»Scheint so.« Erik schob den Daumen hinter den Bund seiner Jeans und dehnte ihn. Schon als er mit Sören in den Dünen lag, hatte er sich geärgert, dass er die engen Jeans nicht gegen seine bequeme Cordhose eingetauscht hatte. »Der Junge wird sicherlich morgen vermisst. Dann muss ich nur noch den Fahrer finden, der den Unfall mitverschuldet hat.«

»Wieso finden?« Mamma Carlotta sah ihn entgeistert an. »Ist der etwa auch geflohen?«

»Das Auto hat er stehen lassen. Anscheinend war er unverletzt. Als wir an seinem Wagen ankamen, war er weg. Vermutlich durch die Dünen zum Strand.«

Erik sagte nichts zu den Mutmaßungen seiner Schwiegermutter, die prompt auf ihn herabprasselten, nickte nur, als sie mit Vorschlägen kam, wie dieser Kerl zu finden sei, und nickte wieder, als sie ihn anfeuerte: »Du wirst schon herausbekommen, wer das Auto gefahren hat und wem es gehört, Enrico! Das ist für dich doch eine sciocchezza, eine ... Kleinigkeit!«

Erik antwortete nicht, sondern nickte nur ein ums andere Mal. Dass es sich um einen Leichenwagen gehandelt hatte, erwähnte er mit keiner Silbe. Mamma Carlottas Fantasie würde prompt ausufern, sie würde Geschichten erfinden, die keinerlei Bezug zur Realität hatten, in Windeseile vergessen, dass sie nur erfunden waren, und schon nach dem ersten Erzählen glauben, dass sich wirklich alles so verhielt, wie sie es sich ausgemalt hatte. Und sie würde, wenn sie wüsste, dass die Geschichte noch viel verrückter war, so lange lamentieren, bis die angenehme Schwäche, die sich allmählich in ihm ausbreitete, verschwunden war und er Mühe haben würde, in den Schlaf zu finden. Aber genau das brauchte er jetzt. Mindestens zwei bis drei Stunden Schlaf!

Er trank sein Glas aus und erhob sich. »Weck mich bitte gegen acht. Dann wird auch Sören hier auftauchen.«

Mamma Carlotta versprach es ihm, führte ihn wie einen Schwerkranken zur Treppe und hätte ihn sogar gestützt, bis er in der ersten Etage angekommen war, wenn sie nicht ärgerlich abgeschüttelt hätte.

»Ich bleibe auf«, rief sie ihm nach, »und backe Panini. Selbst gebacken schmecken sie viel besser als die Brötchen vom Bäcker.«

Das Wort ›Brötchen‹ sprach sie so aus wie Lucia, mit einem

rollenden R, einem blökenden Ö und einer Nachsilbe, die irgendwie verächtlich klang. Erik brachte nur ein zustimmendes Brummen zustande, dann betrat er sein Schlafzimmer und betrachtete die Liege, den provisorischen Kleiderständer und die nackten Wände. Er hätte viel dafür gegeben, jetzt die gewohnte Möblierung vorzufinden und sich in der Behaglichkeit seines früheren Schlafzimmers wohlfühlen zu können.

Es fehlte ihm die Energie, ins Bad zu gehen, die Zähne zu putzen und sich auszuziehen. Er ließ sich einfach auf die Liege fallen, schloss die Augen und hoffte, dass der Schlaf sich bald einstellte. Auf keinen Fall wollte er an den Sarg denken, an den schimmernden weißen Stoff der Kissen … Er drehte sich auf den Bauch, als könnte er die Erinnerung ins Kissen drücken und dort vergessen. Schrecklich, die tote Frau vor seinen Füßen! Noch mit gefalteten Händen, in dem weißen Totenhemd, das verrutscht war und ihre blassen Beine zeigte, die knöchernen Waden, die kein Muskelfleisch mehr besaßen, so als hätte die Frau lange gelegen, Wochen, Monate. Und dann die schlaffen Oberschenkel, die so deutlich machten, wie vergänglich das Leben war, noch deutlicher als viel Blut. Der Blick auf diese Leiche setzte ihm mehr zu als manches andere, was er im Dienst gesehen hatte. Strangulationsspuren, Stichwunden, Würgemale, zertrümmerte Schädeldecken …

Fassungslos hatte er dagestanden und sich nicht rühren können, während Sören bei dem jungen Mann kniete, der neben den Trümmern seines Autos lag. Mit schweren Schädel- und Gesichtsverletzungen, einem eingedrückten Brustkorb und verdrehten Gliedern. Dass er nicht mehr lebte, war auf den ersten Blick zu erkennen. Sören hatte sich nur kurz vergewissert, nach Herzschlag und Puls gesucht, dann aber kopfschüttelnd sein Telefon gezückt.

»Dem ist nicht mehr zu helfen«, hatte Erik ihn sagen hören.

Steif und starr war er stehen geblieben, während sein Assistent die Kollegen an den Unfallort rief. Erst als Sören hinter ihn trat, beugte er sich zu der toten Frau hinab, um ihr ins Gesicht zu sehen. Sie war ihm fremd. Entweder war sie ihm nie begegnet, oder der Tod hatte sie derart verändert, dass er sie nicht erkannte.

Erik ging zum Leichenwagen und sah hinein. Ein großer Kranz, der vermutlich auf dem Sarg gelegen hatte, war völlig unversehrt. Er griff nach der grün-weißen Schleife und legte sie so, dass die Inschrift zu erkennen war: ›Klara Seeberg‹ stand auf der einen Seite, auf der anderen: ›In Liebe – dein Heio‹.

»Klara Seeberg«, murmelte Erik. »So muss die Tote heißen.« Er drehte sich zu Sören um. »Haben Sie den Namen schon mal gehört?«

Sören stand da wie vom Donner gerührt. Mit großen Augen starrte er die Tote an und antwortete erst, als Erik seine Frage wiederholte. »Ja, Klara Seeberg kenne ich. Die ist schon lange krank. Ich habe auch gehört, dass sie gestorben ist. Morgen Nachmittag soll die Beerdigung sein.«

»Dann sollte sie wohl zum Wenningstedter Friedhof überführt werden. Zum Aufbahren in der Friesenkapelle.«

Sören blickte derart entgeistert und verstört, dass Erik unruhig wurde. »Was ist los?«

Es fiel Sören schwer, die Worte herauszubringen. »Das ist nicht Frau Seeberg. Die sah ganz anders aus.«

In diesem Moment hörte er, wie ein Motor aufheulte, wie jemand Gas gab, wie Räder durchdrehten, die aber schnell wieder in den Kies griffen. Der Wagen kam zum Stehen. Zwei-, dreimal wurde das Gaspedal im Leerlauf betätigt. Erik blickte auf und sah, wie der Fiat mit der jungen Fahrerin am Steuer auf die Straße einbog. Nun hatte sie wohl eingesehen, dass sie hier nichts ausrichten konnte. Ganz schwach war schon das Martinshorn der Kollegen zu hören, die Sören alarmiert hatte, und der kleine Fiat fuhr dem blauen Flackern des Streifenwagens entgegen.

Als der Duft der Panini durch die Küche zog, holte Mamma Carlotta die Müdigkeit wieder ein. Die unruhige kurze Nacht machte ihr nun zu schaffen. Am liebsten hätte sie sich noch einmal ins Bett gelegt, aber dann würde sie vermutlich so fest schlafen, dass sie nicht rechtzeitig aufwachen würde, um Erik zu wecken und für ihn und Sören ein gutes Frühstück zuzubereiten. Das brauchten die beiden nach einer so langen Nacht unbedingt. Sie würde nach dem Mittagessen wohl eine ausgedehnte Siesta halten müssen, damit sie am nächsten Tag, wenn Carolin ihre Party in dem ausgeräumten Wohnzimmer feierte, voll auf der Höhe war. Carolin war zwar der Meinung, dass die Nonna und auch ihr Vater dann ins Bett gehen sollten, am besten mit Ohrstöpseln, aber Mamma Carlotta fand, dass mindestens ein Erwachsener in der Nähe bleiben sollte, wenn eine Horde Jugendlicher feierte. Davon war sie nicht abzubringen, seit sie erfahren hatte, dass schon am Nachmittag ein Bierfass geliefert werden würde und bereits viel Wein und Sekt für eine Erdbeerbowle im Haus war. Die Zubereitung der Spaghetti mit Tomatensoße und der Erdbeerbowle würde ein guter Grund sein, sich morgen den ganzen Abend in der Küche aufzuhalten und darauf zu achten, dass nebenan nichts geschah, was nicht geschehen sollte, dass zum Beispiel kein Pärchen die Treppe hochhuschte, um in Carolins oder Felix' Zimmer allein zu sein. Vorsichtshalber würde sie ihrer Enkelin erzählen, was sich vor vielen Jahren auf der Geburtstagsfeier ihres Onkels zugetragen hatte. Carlottas Ältester hatte ebenfalls den Eintritt in die Volljährigkeit groß gefeiert, und sie konnte sich bis heute nicht verzeihen, dass ihr die Abwesenheit zweier junger Leute nicht aufgefallen war. Den Sohn des Metzgers und die Tochter der Blumenhändlerin hatte sie erst am nächsten Morgen schlafend im Garten hinter einem Johannisbeerbusch gefunden. Und neun Monate später war ein kleiner Junge geboren worden. Eine ganze Zeit lang hatte ihr der Metzger den Schinken verkauft, ohne vorher den breiten Fettrand abzuschneiden, und in der Blumenhandlung hatte man ihr stets eine Rose in den Strauß gemogelt, die schon am nächsten Tag das Köpfchen hängen ließ und nicht erblühen wollte. Die unvorbereiteten Großeltern hatten es Carlotta Capella nachgetragen, dass sie nicht verhindert hatte, was geschehen war, und sogar ganz offen von der Verletzung ihrer Aufsichtspflicht gesprochen. Erst als der Kleine zum Liebling beider Familien geworden war, erhielt sie den Parmaschinken wieder in bester Qualität und auch wieder die frischesten Blumen.

Während sie sich einen doppelten Espresso kochte, hoffte sie, dass diese Geschichte Carolin zu denken geben würde. Besonders optimistisch war sie jedoch nicht. Ihre Enkeltochter neigte dazu, über ihre Erzählungen, die der Mahnung dienen sollten, nur verächtlich zu lachen und mit einer überheblichen Geste beiseitezuwischen. Und da ihr Onkel Guido schon seinen fünfzigsten Geburtstag gefeiert hatte, gehörte er für sie längst zum alten Eisen, zu einer anderen Generation. Erfahrungen, die älter als zehn Jahre waren, weckten in Carolin keinerlei Nachdenklichkeit.

Während sie den Espresso schlürfte und spürte, wie die Lebensgeister allmählich zurückkehrten, hörte Mamma Carlotta ein Geräusch, ein feines Zirpen, das aus der Diele kam. Sie lief aus der Küche und lauschte noch einmal. Nun begriff sie: Es war Eriks Handy, das in der Tasche seiner Jacke steckte, die er beim Heimkommen an die Garderobe gehängt hatte. Sie zögerte. Ob das ein wichtiger dienstlicher Anruf war? Ob Erik geweckt werden wollte, damit er nichts versäumte? War womöglich ein Mitarbeiter des Kommissariats am anderen Ende, der eine wichtige Entscheidung treffen musste, für die er die Zustimmung seines Chefs brauchte?

Sie griff mit spitzen Fingern in die Innentasche von Eriks Jacke, als ginge es darum, keine Fingerabdrücke zu hinterlassen. Dann starrte sie auf das Display, über das ein letztes Mal ein Name flackerte, ehe es erlosch. Svea! Eriks neue Freundin hatte angerufen, dabei war es gerade erst sieben Uhr! Was hatte das zu bedeuten? Wusste sie nicht, dass Erik die ganze Nacht mit Observierungen zu tun gehabt hatte? Oder gehörte sie etwa zu den Frauen, die immer nur an ihre eigenen Bedürfnisse dachten und darüber vergaßen, dass ein schwer arbeitender Mann seinen Schlaf brauchte?

Mamma Carlotta spürte schon wieder das Brennen auf ihrer Loyalität und ihrer Sympathie. Sie hatte gerade erst damit begonnen, sich andere Gründe für den frühen Anruf Svea Gysbrechts auszumalen, als das Festnetztelefon läutete. Sie riss es aus seiner Ladestation, damit das Klingeln nicht das ganze Haus aufwecke. »Pronto!«

Die Stimme am anderen Ende begann zu stottern. »Oh, Signora ... ich hoffe, ich störe Sie nicht. Hab ganz vergessen, dass Sie ... Aber Erik geht nicht an sein Handy ...«

»Er schläft.« Mamma Carlotta erschrak über ihre eigene Stimme, die auf keinen Fall so unfreundlich hatte klingen sollen, wie sie sich nun angehört hatte.

»Ich dachte, er müsste schon früh ... Habe ich Sie geweckt?«

»No, no.« Mamma Carlotta spürte die echte Sorge von Svea Gysbrecht, und im selben Augenblick fiel ihr ein, was sie vor lauter Bedenken vergessen hatte: Sveas Mutter ging es nicht gut, sie lag womöglich im Sterben. Das Mitgefühl schoss wie eine Stichflamme in Mamma Carlotta hoch und wurde, angefeuert von ihren Schuldgefühlen, zu einer lodernden Fackel. Wie hatte sie vergessen können, dass in der vergangenen Nacht vielleicht noch ein weiteres Schicksal entschieden worden war?

Wenn Carlotta Capella ein schlechtes Gewissen hatte, war sie immer besonders höflich und freundlich. »Wie geht es Ihrer Mutter, Signora? Ich bin sehr früh aufgewacht, weil ich an sie denken musste und für sie beten wollte.«

Svea Gysbrecht begann zu weinen. »Sie ist gestorben. Vor einer Stunde. Ich wollte Erik Bescheid sagen und ihn bitten ...« Sie schluchzte auf, ehe sie weitersprechen konnte. »Es wäre schön, wenn er mich begleiten könnte. Ich will gleich heute Morgen zum Bestatter gehen, um alles in die Wege zu leiten. Freesemann in Kampen.«

»Mein ... come si dice? Condoglianze! Mitleid, Beileid!« Nun war Mamma Carlotta bis oben hin mit Warmherzigkeit gefüllt. »Ich sage Enrico Bescheid, Signora. Um acht soll ich ihn wecken. Dio mio, dann hat er gerade mal drei Stunden Schlaf bekommen. Viel zu wenig! Aber was soll ich machen? Wenn er sagt, ich soll ihn wecken, dann muss es sein.« Noch einmal versicherte sie Svea Gysbrecht ihr Mitgefühl, obwohl ihr die entsprechenden deutschen Vokabeln fehlten, und versäumte es auch nicht, ihr Mitleid für Ida zum Ausdruck zu bringen und Mutter und Tochter jede Hilfe anzubieten, die sie nötig haben könnten.

Dann fiel ihr ein, dass auch Svea Gysbrecht Schlaf nachzuholen hatte, und sie empfahl ihr, sich erst mal hinzulegen, ehe sie den Bestatter aufsuchte. »Und was ist mit Ida? War sie dabei, als ihre Nonna starb?«

Svea verneinte. Sie hatte ihre Tochter ins Bett geschickt, nachdem das Mädchen im Sitzen eingeschlafen war. »Im Altenheim gibt es einen Raum für Angehörige, in dem sie sich ausruhen können. Ich werde Ida gleich wecken, dann fahren wir gemeinsam nach Hause.«

»Sie müssen versuchen, Schlaf zu finden«, riet Mamma Carlotta eindringlich. »In den nächsten Tagen werden Sie viel Kraft nötig haben.«

Aber Svea widersprach. »Ich bin selbstständig ... ich habe Termine ... wichtige Meetings ...«

Sie wollte nichts davon hören, dass nach dem Tod ihrer Mutter alles andere unwichtig geworden war. Mamma Carlotta konnte reden, wie sie wollte, Svea Gysbrecht sagte lediglich zu, sich ein wenig auf dem Sofa auszuruhen, ehe sie ins Büro gehen wollte. Mamma Carlotta war damit zwar nicht zufrieden, gab es aber schließlich auf, an Sveas Vernunft zu appellieren.

Sie verabschiedete sich voller Herzlichkeit und kochte sich einen weiteren doppelten Espresso. Den hatte sie jetzt nötig. Erstens, weil ein Todesfall immer einen doppelten Espresso erforderte. Und zweitens, weil ihr vor lauter Erleichterung ganz schwindelig war. Was für ein Glück, dass es ihr gelungen war, im allerletzten Moment aus ihrer Schroffheit ein angemessenes Entgegenkommen zu machen! Bei der Vorstellung, wie sehr sie sich hätte schämen müssen, wenn sie bei ihrer Ablehnung geblieben wäre, brauchte sie glatt einen dritten Espresso.

Das Klopfen dröhnte in seinem Kopf, direkt hinter der Stirn, sehr laut und so, als käme es aus einem Hohlkörper. Erik zog sich die Decke über die Ohren, doch das Klopfen war nach wie vor zu hören, leiser und gedämpft zwar, aber immer noch so störend, dass er nicht würde weiterschlafen können, wenn es nicht bald aufhörte.

Er wälzte sich auf die andere Seite, und prompt gesellte sich ein anderes ungewohntes Geräusch hinzu, das ihn endgültig aus dem Schlaf riss. Dieses helle Knarzen, dazu das unangenehme Wackeln, wenn er sich bewegte, das Gefühl, auf einem Untergrund zu liegen, der jeden Augenblick unter ihm zusammenbrechen konnte ... Erik war nun schlagartig hellwach. Mit glasigen Augen sah er sich um und blickte auf die nackten Wände. Langsam fiel ihm wieder ein, dass er auf der unbequemen Pritsche lag, weil sein Doppelbett auf dem Sperrmüll gelandet war. Und nun begriff er auch, dass seine Schwiegermutter an die Tür klopfte.

»Enrico! Es ist acht Uhr!«

Am liebsten hätte er gerufen, sie solle ihn in Ruhe lassen, er habe es sich anders überlegt, er wolle noch ein paar Stunden schlafen, aber er wusste, dass er keine Wahl hatte. Von einem Augenblick zum anderen erinnerte er sich wieder an das, was in der vergangenen Nacht geschehen war. Der verunglückte Wagen, der tote junge Mann, der stark beschädigte Leichenwagen, der leere Fahrersitz und der Sarg! Davor die Leiche mit gefalteten Händen. Er musste sich umgehend darum kümmern, dass die Angehörigen des Toten verständigt würden. Und dass Rayk Freesemann, der Bestatter, erfuhr, was mit seinem Leichenwagen geschehen war. Hoffentlich konnte er der Polizei erklären, wie es zu der Verwechslung zweier Verstorbener gekommen war. Sofern Sören sich nicht irrte. Der hatte gestern Nacht ständig diesen einen Satz wiederholt: »Die Tote ist nicht Klara Seeberg.«

Sörens Mutter war mit Frau Seeberg bekannt gewesen, gelegentlich hatte sie mit ihr Tee getrunken und geklönt. Wie sie sich kennengelernt hatten, wusste Sören nicht. Nur dass Klara Seeberg sich bei seiner Mutter meldete, wenn sie mal wieder Zeit in ihrem Zweitwohnsitz in Kampen verbrachte. Auch dass Klara Seeberg krebskrank war, wusste er, und dass es ihr derart schlecht ging, dass Heio Seeberg keine Besucher mehr zu ihr ließ.

»Heio Seeberg kennen Sie auch?«

Sören hatte den Kopf geschüttelt. »Ich habe ihn mal gesehen. Von Weitem. Mehr nicht.«

»Und Klara Seeberg?«

»Die saß mal bei meiner Mutter in der Küche, als ich auch zufällig hereinschneite.«

»Fand Ihre Mutter es nicht merkwürdig, dass sie nicht zu der Kranken gelassen wurde?«

»Nein, sie hatte Verständnis dafür. Sie hat auch nicht weiter insistiert. Zwar hätte sie Frau Seeberg besucht, wenn diese es gewünscht hätte, aber sie war auch ganz erleichtert, dass sie sich dem Elend nicht stellen musste.«

Von da an hatte sich Frau Kretschmer gelegentlich nach dem Befinden Frau Seebergs erkundigt und jedes Mal von ihrem Mann zu hören bekommen, dass sie keine weitere Chemotherapie wolle, dass sie austherapiert sei, dass man jetzt nur noch für einen gnädigen Tod sorgen könne. Und da seine Frau sich gewünscht habe, auf Sylt zu sterben und beigesetzt zu werden, würde sie nun in seinem Haus in Kampen versorgt. Eine Pflegerin stehe ihm zur Seite, ein Arzt sorge dafür, dass sie ohne Schmerzen sei und nicht leiden müsse.

Mehrmals hatte Erik nachgehakt: »Kann es nicht sein, dass das lange Leiden und der Tod die Frau so verändert hat, dass Sie sie nicht wiedererkennen?«

Aber Sören hatte ein ums andere Mal den Kopf geschüttelt. »Nein, Frau Seeberg war ein ganz anderer Typ.«

Wieder klopfte es. »Enrico!«

Erik erhob sich stöhnend und brummte etwas in Richtung Tür, damit seine Schwiegermutter wusste, dass er ihren Weckruf gehört hatte und gleich in der Küche erscheinen würde.

Er war gespannt, wie der Bestatter reagieren würde, wenn er erfuhr, dass er zwei Tote verwechselt hatte. Erik stand vor seiner Liege, schüttelte den Kopf und murmelte: »Unglaublich!« Da wären die Angehörigen heute für einen letzten Besuch zu ihrer geliebten Verstorbenen gegangen und hätten vor einer Fremden gestanden! »Nicht zu fassen!«

Er dachte an den entsetzlichen Tag, als er zu Lucia gegangen war, um sich von ihr zu verabschieden, sie ein letztes Mal zu berühren, ihr ein letztes Mal ins Gesicht zu sehen ... und stellte sich vor, er wäre mit einer solchen Schlamperei konfrontiert worden. »Empörend!« Rayk Freesemann, dem Bestatter, würde er was erzählen.

Als er die Schlafzimmertür öffnete, erschrak Erik fast zu Tode: Seine Schwiegermutter stand immer noch davor, als hätte sie auf sein Erscheinen gewartet. »Ist was?«

»Signora Gysbrecht hat vor einer Stunde angerufen.«

Erik ahnte, was sie ihm sagen wollte. »Sveas Mutter ist tot?«

»Heute Nacht gestorben.«

Erik stützte sich auf das Geländer der Treppenbrüstung. »Das war zu erwarten. Aber für Svea ist es trotzdem schrecklich.«

Mamma Carlotta seufzte. »Sie hat sehr geweint. Sie braucht jetzt deine Unterstützung.«

Er sah sie verzweifelt an. »Ausgerechnet heute! Ich habe jede Menge zu tun. Der Unfall letzte Nacht! Das war ja kein simpler Verkehrsunfall. Das war ...«

»Sie möchte aber gerne, dass du sie zum Bestatter begleitest. In Kampen! Wie hieß er noch gleich ...?«

»Freesemann!«

»Sì! Um elf will sie hingehen.«

»So früh? Hat das nicht Zeit? Sie sollte sich erst mal ins Bett legen und Schlaf nachholen.«

»Das habe ich ihr auch geraten, aber sie hat viele Geschäftstermine heute, sagt sie. Später hat sie keine Zeit.«

»Termine! Termine!« Erik bemühte sich nicht, seine Ungeduld vor seiner Schwiegermutter zu verbergen. Selbst wenn ihre Mutter starb, hatte Svea nur ihr Geschäft im Kopf?

»Anscheinend schafft sie es nicht, sich um alles alleine zu kümmern«, fuhr Carlotta fort. »Den Sarg aussuchen, den Blumenschmuck, die Trauerkarten ... Ida ist ja noch zu jung, um ihr eine Stütze zu sein.«

Erik fiel ein, dass er sowieso zu dem Beerdigungsinstitut in Kampen fahren wollte, dem der Leichenwagen gehörte, der in der vergangenen Nacht verunglückt war. »Ich rufe Svea später an.«

Er ging ins Bad, begnügte sich mit einer kurzen Morgentoilette, kehrte ins Schlafzimmer zurück und suchte sich frische Kleidung heraus. Der engen Jeans warf er einen zornigen Blick zu, ehe er sich hineinzwängte. Er musste den Bauch einziehen, um den oberen Knopf schließen zu können. Mit gekrauster Stirn betrachtete er seinen Bauchansatz, der sich über den engen Bund wölbte.

Als er die Treppe hinunterging, klingelte es an der Haustür. Sören sah genauso übernächtigt aus wie Erik. Daran änderte auch die Tatsache nichts, dass er mit dem Rennrad zum Süder

Wung gefahren war und seine Wangen, die sowieso immer frisch und gerötet aussahen, die Farbe eines überreifen Boskops angenommen hatten. Seine Augen blickten stumpf, sein Lächeln war gequält.

Ein wenig entspannte er sich, als er von Mamma Carlotta begrüßt wurde, wie er es gewöhnt war: laut, mit vielen Worten und ausladenden Gesten. »Il caffè ist besonders stark! Das ist heute wohl nötig.«

Während sie am Herd hantierte, die Pfanne für das Rührei aufsetzte und den Schinken briet, den sie bereits gewürfelt hatte, sagte Sören leise: »Ich habe schon im Büro angerufen. Enno Mierendorf sagt, der Tote sei identifiziert.«

»Ein Sylter?«

Sören nickte betreten. »Roluf van Scharrel.«

»Vom Hotel van Scharrel?«

»Der Erbe.«

Mamma Carlotta fuhr herum. »Der junge Mann, der bei dem Straßenrennen ums Leben gekommen ist?«

Erik warf seinem Assistenten einen entschuldigenden Blick zu, aber Sören winkte ab. Er wusste, wie schwierig es war, der Schwiegermutter seines Chefs etwas vorzuenthalten. Entweder fragte sie so lange, bis sie erfahren hatte, was sie wollte, oder sie verhielt sich so still, dass man sie vorübergehend vergaß und etwas von sich gab, was nicht für ihre Ohren bestimmt war. Irgendwie schaffte sie es jedes Mal, ihre Neugier zu befriedigen.

»Und der ... der andere Wagen?« Erik warf Sören einen vielsagenden Blick zu, der sofort verstand. Dass ein Leichenwagen in diesen Unfall verwickelt gewesen war, sollte die Signora nicht erfahren. Und erst recht nicht, dass er einen Sarg enthalten hatte, aus dem eine Tote auf den Parkplatz von Buhne 16 gefallen war. Sören kannte die Schwiegermutter seines Chefs inzwischen gut genug, um zu wissen, dass es ihr schwerfallen würde, mit solchen makabren Details so diskret umzugehen, wie es nötig war.

»Der Fahrer ist nirgendwo aufgetaucht«, gab Sören zurück. »Ob er den Wagen geklaut hatte?«

»Möglich. Vielleicht war es aber auch ein Angestellter, der ihn gefahren hat. In so einem ... so einer Firma haben wahrscheinlich mehrere Leute Zugang zu den Autoschlüsseln.«

»Wir werden sehen.« Sören strahlte Mamma Carlotta an, die ihm die Feigenmarmelade hinschob und erklärte, dass sie extra seinetwegen drei Gläser im Koffer untergebracht hatte. »Ich weiß doch, wie gut sie Ihnen schmeckt.«

Für eine Weile vergaßen sie die Vorkommnisse der vergangenen Nacht, ließen es sich schmecken und von Mamma Carlotta ermahnen, dass es wichtig sei, einen Arbeitstag mit einem nahrhaften Frühstück zu beginnen.

»Ich hoffe, du hast morgen Abend frei, Enrico! Wenn Carolina ihre Party feiert, möchte ich nicht allein dafür verantwortlich sein, dass nichts passiert.«

»Was soll schon passieren?«, gab Erik zurück, wartete aber eine Antwort nicht ab. Er wusste, was seine Schwiegermutter meinte. Während er darauf achten würde, dass sich der Alkoholkonsum in Grenzen hielt, dass niemand angetrunken mit dem Auto nach Hause fuhr und keine Joints die Runde machten, dachte Mamma Carlotta vor allem an die Babys, die neun Monate später geboren werden könnten. »Carolin ist alt genug. Volljährig! Wir können ihr vertrauen.«

Damit sie begriff, dass er dieses Thema nicht vertiefen wollte, wandte er sich an Sören. »Ich hoffe, wir finden diese Rennfahrer. Ich will auch wissen, wo sie ihre Wetten abgeschlossen haben. Wenn sich irgendeine Kneipe als Wettbüro hergegeben hat, dann kann der Wirt sich auf was gefasst machen!«

Mamma Carlotta lauschte ins Haus hinein. Alles war ruhig, aus den Kinderzimmern drang kein Laut. Carolin und Felix hatten schulfrei, sie würden bis in die Puppen schlafen, Kükeltje lag wahrscheinlich an einem der Fußenden, wo sie so lange ausharren würde, bis die Kinder aufwachten. Niemand würde merken, wenn ihre Nonna auf einen Cappuccino in Käptens Kajüte vorbeischauen würde, vor allem dann nicht, wenn sie später erzählte, dass sie einen Besuch an Lucias Grab gemacht hatte. Alle wussten ja, dass sie sich häufig sehr lange dort aufhielt, jedenfalls dann, wenn das Wetter gut war. In dem Fall setzte sie sich gern auf die Bank in der Nähe, genoss die Sonne und unterhielt sich in Gedanken mit ihrer Tochter.

Sie knöpfte ihre Strickjacke bis oben hin zu, denn auf Sylt war es auch im Mai noch kühl, viel kälter als in Umbrien. Und während sie sich einen Schal umband, fiel ihr Eriks letzter Satz wieder ein. Er wollte wissen, wo die Wetten für die illegalen Autorennen abgeschlossen wurden. Wenn er herausbekam, dass es Tove Griess war, der sich damit einen Nebenverdienst verschaffte, dann würde es bald vorbei sein mit Käptens Kajüte, mit ihren Besuchen dort, dem Rotwein aus Montepulciano, mit dem Ort, an dem sie alle Geschichten erzählen konnte, die am Süder Wung und in Panidomino längst jeder kannte. Sie musste Tove warnen!

Mamma Carlotta holte das Fahrrad aus dem Schuppen, das früher Lucia gehört hatte. Im selben Augenblick brach der Himmel auf, die Sonne schaute durch einen Wolkenspalt. Der leichte Wind blies die Wärme zwar sofort wieder von der Haut, aber der Tag würde freundlich werden, und sie nahm sich vor, nach dem Besuch in Käptens Kajüte zum Strand zu gehen und das Meer zu begrüßen. Es würde helle Schaumkronen haben, davon war sie überzeugt, und die Brandung würde spielerisch sein, nicht heranrollen und lärmen, sondern hüpfen und klatschen.

Mamma Carlotta trug die Hose, die sie nur auf Sylt anzog. In Umbrien trug sie Kleider und Kittelschürzen wie alle Frauen ihres Dorfes, jedenfalls diejenigen, die in ihrem Alter waren. Aber in Panidomino fuhr sie auch nicht mit dem Rad, und dort war es niemals so kalt wie auf Sylt. Eine Hose war hier so praktisch, wie die dunkle Kittelschürze es in Panidomino war, mit der man weit ausschreiten konnte, wenn es eine steile Gasse hinaufging.

Als sie in den Hochkamp einbog, stieg ein bekanntes Gefühl in ihr hoch. Sie fragte sich, ob sie das Vertrauen ihres Schwiegersohns missbrauchte, ob sie illoyal war und vor allem, ob ihr später jemand vorhalten würde, dass sie nicht geschwiegen hatte, wenn sie Tove jetzt warnte. Dazu kam noch die unumstößliche Gewissheit, dass die Familie immer und überall Vorrang hatte. Nach diesem Grundsatz hätte sie Erik verraten müssen, dass die Wetten, von denen er gesprochen hatte, in Käptens Kajüte abgeschlossen wurden. Aber einen Freund der Polizei ausliefern? Nein, das brachte Mamma Carlotta nicht fertig. Nicht einmal dann, wenn es sich bei der Polizei um ihren Schwiegersohn handelte.

Unter der Last ihrer schweren Gedanken betrat sie die Imbissstube nicht so forsch wie sonst, jubilierte ihren Gruß nicht und ließ die Tür auch nicht so laut ins Schloss fallen, dass die Gläser in Käptens Kajüte erzitterten, sondern drückte sie leise zu und grüßte erst, als sie vor der Theke stand. »Buon giorno!«

»So früh?« Tove war wieder so mürrisch wie eh und je. »Wollen Sie ein Frühstück? Toast mit Marmelade, Käse oder Wurst. Rührei kostet zwei Euro extra.«

Mamma Carlotta winkte ab. »Nur ein Cappuccino, per favore.«

Fietje, der wieder an seinem Stammplatz saß, hob den Kopf. »Moin, Signora.« Er hob sein Bierglas. »Mir geht's genauso. Das bisschen, was ich esse, kann ich auch trinken.«

Tove nickte bestätigend, als gefiele ihm Fietjes Aussage, dann drückte er einen Knopf an seiner Musikanlage und ließ eine Frau zu Wort kommen, die nach seinen Angaben Madonna hieß, aber nichts mit der Gottesmutter gemein zu haben schien. Währenddessen hatte sich Mamma Carlotta für einen Kompromiss entschieden, mit dem sie sowohl Erik als auch Tove gerecht wurde. Sie würde zwar eine Warnung aussprechen, aber nichts verraten, was Erik vermutlich ein Dienstgeheimnis nannte. Als der Cappuccino vor ihr stand, warf sie einen langen Blick zur holzvertäfelten Decke, um zu zeigen, wie nachdenklich sie war, ließ ihn dann die schlammgrünen Wandfliesen entlangwandern, damit Tove merkte, wie sehr sie mit sich rang und sich um die richtigen Worte bemühte, und zeichnete schließlich die Ringe nach, die die Gläser vom Vortag auf Toves Theke hinterlassen hatten. »Sie sollten vorsichtig sein«, sagte sie so leise, dass Tove sich vorbeugte und Fietje nervös die Bommelmütze auf seinen Kopf drückte. »Letzte Nacht ist etwas geschehen, was Ihnen nicht egal sein kann.«

»Hä?« Tove gab sich verständnislos, aber Mamma Carlotta sah doch, dass in seinen Augen etwas aufglomm, was Sorge genannt werden konnte.

»Hä?«, machte auch Fietje, der anscheinend in Toves neue Geschäfte eingeweiht war und Wert darauf legte, ebenso ahnungslos zu erscheinen.

Mamma Carlotta antwortete zunächst nicht, sondern trank in Ruhe ihren Cappuccino, scharf beobachtet von den beiden Männern. Erst als sie die Tasse absetzte, ergänzte sie: »Könnte sein, dass es zu einer Durchsuchung kommt.« Sie richtete die Augen dorthin, wo Tove gestern die Geldkassette hatte verschwinden lassen. »Forse ... vielleicht ... wenn jemand seinen Mund nicht hält ...«

Sie legte ein Geldstück auf die Theke, lächelte erst Tove, dann Fietje freundlich an und fühlte sich in allem bestätigt, als keiner der beiden ein Wort herausbrachte. Sie hatte getan, was man für einen Freund tut, und ebenso verschwiegen, was ein Angehöriger ihr als Geheimnis anvertraut hatte. Wenn Tove jetzt nicht dafür sorgte, dass er ungeschoren davonkam, dann war er selbst schuld.

Das Beerdigungsinstitut Freesemann lag in der Kurhausstraße, am Anfang einer Reihe großer Wohnhäuser, aus denen irgendwann vermutlich Apartmentkomplexe werden würden. Das große Wohnhaus der Freesemanns war im friesischen Stil erbaut, aus roten Ziegelsteinen, mit einem Reetdach und dem typischen spitzen Giebel über dem Eingang. Er sollte dafür sorgen, dass im Falle eines Brandes das lodernde Reet zur Seite und nicht vor der Haustür herunterfallen und den Bewohnern den Fluchtweg abschneiden konnte. Die blau-weiß gestrichene Haustür und die weißen Sprossenfenster wirkten einladend. Die kurzen Gardinen machten das Haus freundlich, und die hölzernen Möwen und Leuchttürme auf den Fensterbänken zeigten, dass die Besitzer das Haus liebevoll eingerichtet hatten.

Der Anbau mit dem separaten Eingang dagegen sah anders aus. Hier waren die Fenster mit dichten Gardinen zugehängt, es gab keinen Blumenschmuck vor dem Eingang, nur eine große gläserne Laterne, in der eine Kerze flackerte. Ein Schild neben der Tür bestätigte, was Sören und Erik auf den ersten Blick erkannt hatten: Dies war der Eingang zum Bestattungsunternehmen.

Erik zögerte, es war erst halb elf. Sollte er auf Svea warten? Der Besuch im Hotel van Scharrel hatte nicht lange gedauert. Von den Eltern des toten jungen Mannes hatte er nicht viel erfahren können. Ihr Leid war ihm nahegegangen, ihre Verzweiflung über den Tod des Sohnes hatte ihn hilflos gemacht. Und ärgerlich! Wenn er an den Leichtsinn dachte, den er vergangene Nacht beobachtet hatte, und sich bewusst machte, dass ein junger Mensch deswegen sein Leben gelassen hatte, wurde er wütend.

Die Mutter von Roluf van Scharrel, eine Frau von etwa fünfzig Jahren, hatte die Polizisten weinend empfangen, der Vater hatte nur kurz versucht, Haltung zu bewahren, und war dann ebenfalls in Tränen ausgebrochen. Erik hatte ihn erzählen lassen, was er wusste. Roluf van Scharrel hatte das Haus verlassen, um Freunde zu treffen. Im Kliffkieker, das hatten seine Eltern angenommen. In das Lokal ging er oft, aber immer zu Fuß. Seit Wochen nahm er jedoch den Wagen, wenn er sich mit Freunden traf. Dass er sich mittlerweile in einem anderen Freundeskreis bewegte, war ihnen schon vorher in den Sinn gekommen, aber dass ihr Sohn an illegalen Autorennen beteiligt gewesen war, wollten sie nicht glauben.

Erik machte einen Schritt auf den Eingang des Beerdigungsinstitutes zu. »Wir gehen schon rein. Svea sieht meinen Wagen, dann wird sie nachkommen. Ich hoffe, wir sind dann fertig.« Und leise ergänzte er: »Kranz, Blumenschmuck und Trauerkarten! Ich habe Sveas Mutter ja nicht mal gekannt.«

Er ging auf die Tür zu und klingelte. Die Reaktion darauf war ein Geräusch, das durch das leicht geöffnete Küchenfenster drang. Eine Tür schlug, kurz darauf waren Schritte zu vernehmen. Zwischen dem privaten Teil des Hauses und dem Bestattungsunternehmen gab es offenbar eine Verbindung.

Kurz darauf öffnete sich die Tür, Rayk Freesemann, der Bestatter von Kampen, erschien. Sein Gesicht kam Erik bekannt vor. Das Beerdigungsunternehmen machte häufig Werbung im Inselblatt, dort war das Konterfei seines Besitzers zu sehen, der mit seinem seriösen Aussehen eine zuverlässige und diskrete Abwicklung versprach.

Er trat einen Schritt zur Seite, sein Gesicht nahm den professionellen Ernst an, den man von einem Bestatter erwartete. »Bitte, treten Sie ein.«

Erik hatte das Bedürfnis, von vornherein klarzustellen, warum er gekommen war. Er zog seinen Dienstausweis hervor und hielt ihn Rayk Freesemann hin. »Wir haben ein paar Fragen an Sie.«

Der Bestatter sah erschrocken aus. »Ist was passiert?«

Erik und Sören traten ein, dann erst antwortete Erik: »Vermissen Sie einen Ihrer Leichenwagen?«

Freesemann sah aus, als wollte er lachen, unterließ es dann aber. »Ich besitze drei davon. Sie sind in einer Garage untergebracht. Dort bin ich heute noch nicht gewesen.«

»Wo ist die Garage?«

Rayk Freesemann ging in einen Raum, dessen Tür offen stand. Anscheinend das Büro, in dem er die Angehörigen von Verstorbenen beriet. Bei der Einrichtung hatte er sich darum bemüht, die praktische Ausstattung des Raums durch Blumenschmuck und penible Ordnung zu mildern.

Erik folgte ihm und schaute durchs Fenster auf ein Gebäude, auf das Freesemann wies. Eine Garage mit fünf Schwingtüren. »Schauen Sie bitte nach, ob alle Wagen dort sind!«

Freesemann runzelte die Stirn. »Verraten Sie mir, warum?«

»Heute Nacht ist einer Ihrer Leichenwagen verunglückt. Ich bin sicher, dass in Ihrer Garage nur zwei Wagen stehen.«

Freesemann wollte es erst glauben, als er es sah. Einer der Leichenwagen fehlte tatsächlich. »Dann hat Wyn ihn nicht zurückgebracht. Ist ihm etwas zugestoßen?«

»Wer ist Wyn?«

»Wyn Wildeboer, einer meiner Angestellten. Ich habe ihm gestern den Auftrag gegeben, eine Tote in die Friesenkapelle zu bringen. Aber natürlich nicht nachts. Allerdings ... am späten Abend, nach Einbruch der Dunkelheit oder heute Morgen in aller Frühe. So ist es mit dem Verkehrsverein abgesprochen. Die Touristen sollen nicht verschreckt werden. Ein Leichenwagen gehört nicht ins Straßenbild eines Ortes, in dem die Menschen Erholung suchen.«

Erik sah ihn erstaunt an. »Ehrlich?« Von dieser Bestimmung hatte er noch nie gehört.

»Natürlich ist das kein Gesetz, sondern nur eine Empfehlung. Aber ich halte mich daran.«

Nun platzte es aus Sören heraus: »Heute Nachmittag ... findet da die Beerdigung von Klara Seeberg statt?«

Rayk Freesemann nickte. »Richtig.«

»Und noch eine andere?«

»Nein. Wieso?«

Erik überließ Sören nun das Gespräch. Dieser berichtete dem Bestatter, dass sein Leichenwagen so schwer verunglückt war, dass der Sarg herausgefallen war und der Deckel sich gelöst hatte. Rayk Freesemann legte erschrocken die Hand auf den Mund, als er hörte, dass der Leichnam auf dem Parkplatz von Buhne 16 gelandet war. »Um Gottes willen!« Aber es verschlug ihm die Sprache, als Sören ergänzte: »Und dieser Leichnam war nicht Frau Seeberg. Die kannte ich, habe sie gelegentlich gesehen, als sie noch lebte. Diese Tote war eine andere.«

Erik ergänzte in das fassungslose Gesicht des Bestatters: »Sie haben zwei Leichen verwechselt. Oder ... drücken wir es freundlicher aus: Sie haben die Kränze vertauscht. Das Ergebnis ist dasselbe. Also ehrlich, Herr Freesemann ... Meine Freundin will gleich zu Ihnen kommen, weil ihre Mutter in der vergangenen Nacht gestorben ist. Ich weiß nicht, ob ich ihr raten kann, Sie als Bestatter zu beauftragen!«

Nun regten sich Freesemanns Lebensgeister wieder. »Das ist völlig unmöglich«, stieß er hervor. »Ich hatte ja nur diese eine Verstorbene hier, keine zweite, mit der ich sie oder die Kränze hätte verwechseln können.« Energisch schloss er die Garage wieder.

Erik wurde unsicher und hatte Mühe, einen misstrauischen Blick in Richtung Sören zu unterdrücken. Hatte sich sein Assistent getäuscht? Wurde jetzt eine Menge Staub aufgewirbelt, für den man sich später würde entschuldigen müssen? »Diese Frau ist bei Ihnen also als Klara Seeberg eingeliefert worden? Von wem?«

»Ihr Ehemann hat es veranlasst. Der Totenschein ist auf Klara Seeberg ausgestellt worden. Alles völlig normal.«

Nun sah Erik doch fragend zu Sören hinüber, aber dieser wollte sich dem Vorwurf, dass er sich geirrt haben musste, nach wie vor nicht stellen. »Haben Sie Frau Seeberg zu Lebzeiten gekannt?«

Rayk Freesemann schüttelte den Kopf. »Die Seebergs sind ja keine Sylter. Die hatten hier nur einen Zweitwohnsitz. Zwei-, dreimal im Jahr waren sie hier. Früher jedenfalls. Als Frau Seeberg schwer krank wurde, sind sie ganz nach Sylt gezogen, das hat Herr Seeberg mir erzählt. Aber da war die arme Frau schon bettlägerig. Ich habe sie nie zu Gesicht bekommen.«

Mamma Carlotta blieb neben dem Strandwärterhäuschen am Ende der Seestraße stehen, in dem Fietje Gästekarten kontrollierte, Tageskarten verkaufte und darauf achtete, dass die Strandordnung eingehalten wurde. Er hatte Hunde zu vertreiben, Diebstähle zu vereiteln, Schlägereien zu unterbinden und dafür zu sorgen, dass niemand Müll am Strand zurückließ. Dazu fühlte er sich jedoch immer erst in der Lage, wenn er sein Frühstück in Käptens Kajüte eingenommen, also zwei Gläser Jever getrunken hatte.

Sie lächelte, während sie das Meer betrachtete. Es hüpfte und klatschte tatsächlich, sie hatte recht gehabt. Es gab keine weit auslaufende Brandung, die Wellen waren kurz, sie sprangen auf den Sand und schienen sich selbst zu applaudieren.

Mamma Carlotta betrachtete das Schauspiel eine Weile, dann stieg sie wieder aufs Fahrrad, fuhr am Dünenhof zum Kronprinzen vorbei, dem großen Apartmenthaus, warf dem neuen Gosch einen Blick zu und stieg ab, als die Straße bergan führte. Am neuen Wenningstedter Kurhaus, dem ›Haus am Kliff‹, fuhr sie nie vorbei, ohne einen Blick in die Schaufenster der Buchhandlung und des Modehauses zu werfen oder sich ein Eis bei Iismeer zu kaufen. Diesmal begnügte sie sich damit, die Muscheln zu bewundern, mit denen der Buchhändler die Bücher in seinem Schaufenster dekoriert hatte, und radelte dann weiter. Die große neue Treppenanlage, die zum Strand hinunterführte, würde sie sich später ansehen. Eilig fuhr sie am Minigolfplatz vorbei, in die Berthin-Bleeg-Straße hinein und von dort zum Dorfteich. Wieder einmal war er eine Oase der Stille. Auf den Bänken saßen ein paar Feriengäste, Enten ließen sich auf den spielerischen Wellen schaukeln oder ins Schilf treiben. Nur eine Fahrradklingel schnitt kurz in den Frieden, dann war wieder nichts als das Rauschen des Verkehrs in der Ferne zu hören. Das weiße Friedhofstor leuchtete in der Sonne, die Glocke der Friesenkapelle schlug einmal, als Mamma Carlotta das Tor öffnete und den Friedhof betrat.

Lucias Grab lag in der Mitte der großen Rasenfläche, inmitten der Toten, aber auch umgeben vom Leben, so kam es Mamma Carlotta vor. Nicht an den Rand, an eine Hecke gedrängt, sondern dort, wo die Sonne schien, wo der Wind zu spüren war, wo Friedhofsbesucher vorbeikamen. Ja, dort gehörte Lucias Grab hin, an so einem Platz hatte sie gelebt.

In der Nähe war ein frisches Grab ausgehoben worden, was Mamma Carlotta mit Ehrfurcht erfüllte. Da gab es also irgendwo, vermutlich in der benachbarten Kirche, einen Toten, um den geweint wurde, auf den die Angehörigen einen letzten Blick warfen, der betrauert wurde, der womöglich ein schweres Leiden hinter sich hatte oder der völlig unerwartet aus dem Leben gerissen worden war, so wie Lucia. Ein frisches Grab weckte in Carlotta Capella immer eine Geschichte, die damit endete, dass der Tod den Überlebenden eine neue Chance bot. Nach Lucias Tod allerdings hatte ihre Vorstellungskraft versagt, nach dem Tod ihres Mannes ebenfalls. Doch immerhin wusste sie heute, dass das Leben weiterging, dass sich die Starre irgendwann löste und der Moment kam, in dem man plötzlich wieder lachen konnte. Der Tote, der in dem frisch ausgehobenen Grab seine letzte Ruhe finden würde, war vielleicht ein Mensch gewesen, der viele Freunde hatte, die bemüht gewesen waren, ihm seine schwere Krankheit erträglicher zu machen. Oder aber jemand, der sich mit seinen Angehörigen zerstritten hatte und einsam sterben musste. Vielleicht auch ein Mensch, der auf Partys der heitere Mittelpunkt gewesen war, jedoch keine echten Freunde gehabt hatte, oder jemand, der in übergroßer Liebe an einem einzigen Menschen gehangen, ihn beinahe erdrückt und nun für dessen Befreiung gesorgt hatte. Jemand...

Mamma Carlottas Geschichten endeten abrupt, als sie die Frau bemerkte, die auf der Bank saß, auf der sie selbst sich oft niederließ, um Zwiesprache mit Lucia zu halten. Sie kannte diese Frau, die auf das frisch ausgehobene Grab starrte und anscheinend alles um sich herum vergessen hatte. Dass sie vielleicht allein sein, sich den Gedanken an den Toten hingeben wollte, der dort seine letzte Ruhestätte finden sollte, fiel Mamma Carlotta nicht ein, denn wenn sie jemanden erkannte, dessen Freundlichkeit sie einmal genossen hatte, dachte sie an nichts anderes als daran, die Bekanntschaft schleunigst zu erneuern und zu vertiefen.

»Buon giorno!« Freudestrahlend trat sie auf die Frau zu, die erschrocken aufblickte und eine Weile brauchte, bis sie sich ein Lächeln abringen konnte. »Wie nett, Sie wiederzusehen! Che bello!« Ohne dazu aufgefordert worden zu sein, ließ sich Mamma Carlotta neben der Frau nieder. »Meine Enkelin war Ihnen sehr dankbar, dass Sie so freundlich mit ihrem Missgeschick umgegangen sind. Sie hat ja gestern erst ihren Führerschein bekommen und dann gleich die lange Fahrt von Sylt zum Flughafen nach Hamburg! Madonna! Ich kann meinen Schwiegersohn nicht verstehen, dass er das erlaubt hat. Aber er meinte, es sei besser, wenn man ins kalte Wasser geworfen wird und schwimmen muss.« Sie lachte laut, damit die Frau sich endlich anstecken ließ und sich ein Lächeln abrang. »Das meint er natürlich ... come si dice? Figurativamente! Im übertragenen Sinne.«

»Verstehe schon«, murmelte die Frau, und nun lächelte sie endlich. »Ach ja, ich erinnere mich. Der kleine Unfall auf dem Parkplatz vor Feinkost Meyer!«

»Sì! Sie waren so freundlich!«

Die Frau winkte ab. »Schon gut.«

Nun endlich wehte Mamma Carlotta der Verdacht an, sie könne die Frau in ihrer Trauer, ihrer Andacht, ihren schweren Gedanken stören. »Scusi, Signora! Ich wollte Sie nicht belästigen, nur noch einmal grazie sagen. Wie ich sehe, haben Sie einen Verlust erlitten? Jemand wird beerdigt, den Sie gut gekannt haben? Mit dem Sie vielleicht sogar verwandt waren?«

Die Frau riss sich nun vom Anblick des frischen Grabes los und wandte sich Mamma Carlotta zu. »Eine alte Freundin. Heute Nachmittag ist die Beerdigung. Ich bin extra nach Sylt gekommen, um dabei zu sein.«

»Che tragedia!«, rief Mamma Carlotta. Dann mäßigte sie ihren Ton und stellte sich vor: »Sono Carlotta Capella.« In Windeseile erklärte sie der Fremden, dass sie aus Umbrien stammte, die Familie ihrer verstorbenen Tochter besuchte, dass es in ihrer Heimat im Mai viel wärmer sei, sie sich aber mittlerweile an den kühlen Wind auf der Insel gewöhnt habe. Dann sah sie die Frau neugierig an, bis diese endlich begriff, was von ihr erwartet wurde.

»Lilly Heinze«, stellte sie sich zögernd vor. »Ich komme vom Bodensee.« Nervös strich sie sich den Rock glatt und legte dann sorgfältig den Mantel darüber zusammen. Ihre dicken Oberschenkel, der vorgewölbte Bauch und die große, schlaffe Brust gaben Mamma Carlottas Selbstbewusstsein einen angenehmen Schub. So dick war sie selbst auch einmal gewesen. Erst nach dem Tod ihres Mannes hatte sie aufgehört, ihre Lebensfreude in Schokolade und Sahnesoße zu suchen, sich wieder mehr bewegt, nachdem sie die Tage nicht mehr am Krankenbett zubringen musste, hatte wieder mit den Kindern gespielt, war zum Markt gelaufen und in die Weinberge gestiegen, um bei der Lese zu helfen. Dass sie es auf diese Weise geschafft hatte, wieder in eine Hose der Größe 44 zu passen, während sie vorher 48 getragen hatte, machte sie heute noch glücklich. Dass sie sogar einmal ein Kleid in Größe 42 anprobiert hatte, das nur ein ganz klein wenig zu eng gewesen war, hätte sie am liebsten erzählt. Aber natürlich verschloss sie ihre Lippen, um die nette Dame nicht zu kränken, die vermutlich unter ihrer Leibesfülle litt und nicht beschämt werden sollte.

Mit besonderer Liebenswürdigkeit bat Carlotta darum, sich erkenntlich zeigen zu dürfen. Sie warf einen Blick zum Saum des Mantels, wo noch immer die Spuren des Unfalls, den Carolin verursacht hatte, zu sehen waren. »Darf ich Sie zu einem Kaffee einladen? Wenn Sie schon darauf verzichten, sich die Kosten für die Reinigung erstatten zu lassen ...«

Lilly Heinze wehrte ab. »Ist doch nicht der Rede wert.«

»Auf der Berthin-Bleeg-Straße gibt es ein gutes Café. Gar nicht weit von hier. Sind Sie zu Fuß zum Friedhof gekommen?«

»Ich habe mir ein Fahrrad geliehen.«

»Wie schön! Ich bin auch mit dem Rad gekommen. Dann sind wir im Nu im Café Lindow. Es ist wirklich sehr nett dort, und die Friesentorte ist deliziosa. Leider ist das Café immer sehr gut besucht, ich hoffe, wir finden einen Platz.« Mamma Carlotta erhob sich und sah Lilly Heinze aufmunternd an. Sie war entschlossen, sich nicht zurückweisen zu lassen, obwohl sie durchaus merkte, dass diese nach Gründen suchte, die Einladung abzulehnen. Mamma Carlotta kannte das. Auf Sylt war ihr Derartiges schon öfter passiert. Die Norddeutschen freuten sich nicht so wie sie selbst darauf, eine neue Bekanntschaft zu machen und einen Fremden näher kennenzulernen. »Man kann auch sehr nett im Garten sitzen. Dort haben sie Strandkörbe aufgestellt.«

Lilly Heinze machte einen letzten Versuch, der Einladung zu entkommen. »Bestimmt ist das Café nur nachmittags geöffnet.«

»No, no! Im Café Lindow wird auch Frühstück angeboten.« Mamma Carlotta warf einen vielsagenden Blick auf das Grab. »Sicherlich können Sie Ablenkung gebrauchen.«

Nun kapitulierte Lilly Heinze, erhob sich und strich ihren Mantel glatt. Sie sah mit einem Mal sehr verlegen aus. »Dieses Café ist immer sehr gut besucht, sagen Sie? Nein, dann ist das nichts für mich.«

»Überall, wo der Kuchen lecker und il caffè sehr gut ist, kehren die Leute gerne ein.«

»Dann ... sollte ich mich dort lieber nicht blicken lassen.«

»Warum nicht?«

»Weil ...« Wieder strich Lilly Heinze sich den Mantel glatt und zupfte auch an den Ärmeln herum, bis sie schließlich antwortete: »Es gibt da ein kleines Problem.«

Erik drehte sich weg, damit der Bestatter sein ratloses Gesicht nicht sehen konnte. »Wyn Wildeboer hat also den Leichenwagen benutzt. Zweckentfremdet! Er hat damit an einem Straßenrennen teilgenommen. Auf dem Weg zur Friesenkapelle, wo der Sarg hingebracht werden sollte.«

»Straßenrennen?«, wiederholte Freesemann. »So was gibt's doch nicht! Nicht hier auf Sylt!«

Erik drehte sich wieder um. »Wo finde ich Wyn Wildeboer?«

Freesemann zuckte die Achseln. »Hier ist er nicht. Er hat erst Montagmorgen wieder Dienst. Aber ich kann Ihnen seine Adresse geben.« Er ging auf die hintere Tür seines Büros zu, durch die sie das Haus in Richtung Garage verlassen hatten.

Erik und Sören folgten ihm. »Welche Aufgaben hat er?«, fragte Erik in Freesemanns Rücken.

Die Antwort klang ein wenig verächtlich. »Mädchen für alles.« Der Bestatter blieb in der Tür stehen und wandte sich zu Erik um. »Keine Leuchte, aber einigermaßen zuverlässig. Und vor allem nicht zimperlich. Den Umgang mit Toten verkraftet ja nicht jeder. Für Wyn ist das kein Problem. Der ist froh, dass er überhaupt einen Job hat.« Freesemann stieß ein böses Lachen aus. »Aber nicht mehr lange, wenn das stimmt, was Sie sagen.«

»Abwarten«, entgegnete Erik. »Erst mal wollen wir hören, was er zu der Sache zu sagen hat.«

Freesemann gewann allmählich seine Sicherheit zurück. Er setzte sich an den Schreibtisch, Erik und Sören nahmen auf den Besucherstühlen Platz.

»Wo ist der Leichnam hingekommen?«, fragte Freesemann.

»In die Gerichtsmedizin.«

»Warum dorthin? Gibt es etwa Zweifel an der Todesursache?«

»In so einem Fall ist eine Untersuchung notwendig.«

»Und die Beerdigung heute Nachmittag?«

»Daraus wird nichts«, antwortete Erik. »Erst müssen wir feststellen, um wen es sich handelt. Sie haben sicherlich die Adresse des Witwers? Dem werden wir jetzt einen Besuch abstatten.« Er sah wieder auf seine Armbanduhr, die nun kurz nach elf zeigte. »Frau Gysbrecht wird jeden Augenblick hier sein. Ich fürchte, sie muss die Formalitäten für ihre Mutter ohne mich erledigen. Das heißt... wenn sie sich nicht von dem abschrecken lässt, was hier passiert ist.«

Freesemann warf ebenfalls einen Blick zur Uhr. »Sie hat mir am Telefon erklärt, dass sie nur heute Vormittag Zeit hat.«

Dazu wollte Erik nichts sagen. Er konnte nicht nachvollziehen, dass Svea, so kurz nach dem Tod ihrer Mutter, ihre beruflichen Termine nicht abgesagt hatte. Die Vorbereitungen auf die Beerdigung mussten sich nach ihrem Terminkalender richten, die Kunden durften nicht verunsichert werden, weil ihre Innenarchitektin einen persönlichen Schicksalsschlag erlitten hatte. Der Besuch beim Beerdigungsunternehmer musste zur passenden Zeit stattfinden, auch nach einer Nacht, in der sie kein Auge zugetan hatte, weil es später keine Lücke in ihrem Terminkalender gab.

»Ja, sie hat immer viel zu tun«, murmelte er schließlich. »Wie das so ist bei Selbstständigen.«

Freesemann nahm einen Zettel zur Hand, kritzelte eine

Adresse darauf und reichte sie Erik ohne Erklärung. Es musste sich um die Anschrift von Wyn Wildeboer handeln. Erik steckte den Zettel ein, ohne etwas zu sagen.

Dann stand er auf, ging zur Haustür, gefolgt von Sören. Freesemann wieselte hinter ihnen her. »Ich kann nichts dafür.« Er warf Sören einen finsteren Blick zu. »Wer sagt überhaupt, dass Sie recht haben? Vielleicht irren Sie sich. Manche Menschen verändern sich im Laufe einer so schweren Krankheit.«

»Ich bin ganz sicher«, sagte Sören laut und deutlich, und Erik nickte, weil er seinem Assistenten vertraute. Dass es auch in ihm einen winzigen Zweifel gab, wollte er nicht zu erkennen geben. Nein, die tote Frau war nicht Klara Seeberg. Und sie mussten unbedingt herausfinden, um wen es sich handelte. Das war womöglich noch wichtiger, als die illegalen Autorennfahrer dingfest zu machen. Schließlich war nicht auszuschließen, dass hinter dieser falschen Leiche ein Gewaltverbrechen steckte ...

»Ein DNA-Test wird Ihnen zeigen, dass ich recht habe«, sagte Sören nun.

Carlotta Capella stellte das Fahrrad vor Käptens Kajüte ab und sah Lilly Heinze entgegen, die auf den letzten Metern ihr Rad rollen ließ und erst ankam, als Mamma Carlotta schon ihr Fahrrad abschloss. Laute Stimmen drangen aus der Tür von Käptens Kajüte, die nicht ganz geschlossen war, und Lilly Heinzes Gesicht wurde prompt misstrauisch.

»Keine Sorge«, beruhigte Mamma Carlotta sie. »Hier kehrt sicherlich niemand ein, der Sie kennt.«

Lilly Heinze hatte ihr, bevor sie losgeradelt waren, erklärt, dass sie auf der Insel nicht gesehen werden wollte. Weder von dem Bekanntenkreis ihrer verstorbenen Freundin noch von deren Nachbarn in Kampen, die ebenfalls Zweitwohnungsbesitzer waren. Und erst recht nicht von den Verwandten der Toten, die Lilly Heinze kannten, und von Freunden, die teilweise auch ihre Freunde waren. Ärzte, Rechtsanwälte, Geschäftsleute. Also hatte sich Mamma Carlotta für Käptens Kajüte entschieden, denn solche Menschen gingen nicht zu Tove Griess, wenn sie einen Kaffee, ein Glas Wein oder gar Champagner trinken wollten.

Lilly Heinze schien es endlich glauben zu wollen, als sie sich neben Mamma Carlotta an die Theke setzte, sah aber immer noch so aus, als hätte sie die Einladung lieber abgelehnt und als fragte sie sich, warum ihr das nicht gelungen war. Sie betrachtete die dunkle Holzvertäfelung, die schlammgrünen Bodenfliesen, die schäbige Möblierung und schüttelte den Kopf. »Das ist ja eine schrecklich Kneipe.« Kurz lauschte sie auf die Musik, dann schüttelte sie noch einmal den Kopf, als wäre sie mit der lauthals vorgetragenen Behauptung *Wunder gibt es immer wieder* nicht einverstanden. »Und hier gehen Sie öfter hin?« Sie blickte Carlotta zweifelnd an, als bereute sie zutiefst, dass sie sich von einer Frau hatte übertölpeln lassen, die einen so schlechten Geschmack besaß. »Ich hatte Ihnen doch gesagt, dass Sie sich bei mir nicht bedanken müssen. Und ich brauche auch keinen Schadenersatz.«

Mamma Carlotta legte ihr zunächst ausführlich ihre Ansichten über Undankbarkeit dar und versuchte dann zu erklären, warum sie sich in Käptens Kajüte trotz der seltsamen Atmosphäre wohlfühlte. Sie erzählte von ihrem ersten Besuch bei Tove Griess, von dem Rotwein aus Montepulciano, der ihr sehr gut schmeckte, und behauptete, der Wirt hätte seine Imbissstube schon längst renovieren lassen, wenn er nicht unter der starken Konkurrenz zu leiden hätte. »Das Bistro ›Ivo‹ in der Seestraße liegt näher am Strandübergang, und Gosch ist auch nicht weit entfernt. Es ist schwer, sich gegen so viel Konkurrenz zu behaupten. Man muss ihn unterstützen.«

Toves Bärbeißigkeit, seinen schlechten Ruf, sein ungenießbares Essen und die mangelnde Hygiene in Käptens Kajüte ließ sie vorsichtshalber unerwähnt, sonst wäre Lilly Heinze wahrscheinlich auf der Stelle in die Flucht geschlagen worden. Aber Carlotta wollte jetzt wissen, was es mit diesem kleinen Problem auf sich hatte, von dem sie auf dem Friedhof gesprochen hatte. Diese Frau wurde von einem Geheimnis umgeben. Und wenn Carlotta so etwas witterte, dann war sie nicht abzuschütteln, bis man sie ins Vertrauen gezogen hatte.

Nun wurde Tove auf die beiden Frauen aufmerksam, der bis dahin an einem Tisch in der Ecke der Imbissstube gesessen hatte, an dem vier der Männer hockten, die auch am Vortag bei ihm zu Gast gewesen waren. Diesmal aber hatten sie eine junge Frau in ihre Mitte genommen.

Eilig sprang er auf und kam zur Theke. Aber Mamma Carlotta ahnte, dass diese Beflissenheit nichts damit zu tun hatte, dass Tove seine Gäste nicht warten lassen wollte – wahrscheinlich ging es ihm eher darum, sie abzulenken, damit sie nichts von dem Gespräch mitbekam, das dort geführt wurde. »Was darf's sein?« Er sprach sie sogar freundlich an, was bei Tove Griess immer ein Grund war, misstrauisch zu werden.

Lilly Heinze entschied sich für einen Espresso, nachdem sie ihre Leibesfülle auf einem der Hocker vor der Theke untergebracht hatte, und Mamma Carlotta schloss sich ihr an. Sie war froh, dass sie sich auf die rechte Seite ihrer neuen Bekannten gesetzt hatte, so konnte sie unauffällig den einen oder anderen Blick nach links zu dem Tisch werfen, an dem so heftig diskutiert wurde, dass es Tove erneut die Sorgenfalten auf die Stirn trieb. Kein Zweifel, er wollte verhindern, dass sie etwas von dem Gespräch mitbekam.

»Klappe halten!«, rief er zu dem Tisch. »Hier sitzen zwei Ladys, die ihre Ruhe haben wollen.«

Mehrere Gesichter wandten sich zur Theke, und Mamma Carlotta sah, dass Tove einen warnenden Blick zurückwarf, er sich zu dem Kaffeeautomaten umdrehte. Sie musste jetzt ihre geistigen Fähigkeiten anheizen, damit sie nicht nur der Geschichte folgen konnte, die Lilly Heinze ihr hoffentlich in aller Ausführlichkeit erzählen würde, sondern auch etwas von dem Geflüster an dem Tisch mitbekam. Wieder war da von einem Leichenwagen die Rede, aber auch diesmal glaubte Mamma Carlotta, sich verhört zu haben. Verbotene Straßenrennen, für die Tove Griess die Wetten entgegennahm, konnten unmöglich etwas mit einem Leichenwagen zu tun haben. Vielleicht hatte diese verschworene Gruppe doch nichts mit dem Autorennen zu tun, das Erik in der vergangenen Nacht beobachtet hatte?

Tove setzte ihnen den Espresso vor und blieb stehen, als wollte er sichergehen, dass sich Mamma Carlotta und ihre neue Bekannte gut unterhielten. So gut, dass sie für nichts anderes Augen und Ohren hatten.

Mamma Carlotta versuchte es mit einem Schuss ins Blaue, mit dem sie schon oft Erfolg gehabt hatte, wenn eine Erzählung, von der Aufschlussreiches zu erwarten war, nicht recht in Gang kommen wollte. »Sie sind also in Wirklichkeit gar nicht wegen der Beerdigung Ihrer Freundin nach Sylt gekommen?«

Lilly Heinze blickte sie überrascht an, dann aber wandte sie sich ihrem Espresso zu und nahm einen Schluck. Nun sah sie so aus, als hätte sie sich damit abgefunden, dass ihre neue Bekannte eine Frau war, der man nur schwer entkommen konnte. Nach einem letzten resignierten Blick in das bärbeißige Gesicht des Wirtes seufzte sie und antwortete: »Eigentlich bin ich hier, um meinen Mann zu beobachten. Deswegen will ich mich nirgendwo blicken lassen, wo ich ihm begegnen könnte. Oder jemandem, der ihm erzählen könnte, dass ich ebenfalls auf Sylt bin.«

Mamma Carlotta, die immer an außergewöhnlichen Ehegeschichten interessiert war, vergaß dennoch nicht, was an dem Tisch in der Ecke getuschelt wurde, und bekam mit, dass der Mann im weißen Anstreicheroverall gerade einem anderen sagte: »Jorin ist wie vom Erdboden verschluckt. Das hat nichts Gutes zu bedeuten.«

Mamma Carlotta lächelte Lilly Heinze liebenswürdig an. »Ihr Mann betrügt Sie?« Zu solch leichten Schlussfolgerungen konnte sie auch kommen, während sie sich gleichzeitig um ein anderes Gespräch kümmerte. Wenn eine Frau heimlich ihren Mann beobachten wollte, ging es immer um Ehebruch, das war auf Sylt nicht anders als in Umbrien und in vornehmen Kreisen genauso wie in den Ehen von Weinbauern oder Pizzabäckern.

Lilly Heinze schien sich längst über nichts mehr zu wundern. »Als er hörte, dass Klara gestorben ist, war er gleich bereit, zu ihrer Beerdigung zu fahren. Sie müssen wissen ... eigentlich hatte ich keine Zeit.« Sie wedelte die Frage, zu der Mamma Carlotta ansetzte, aus der Luft. Sehr schöne, gepflegte Hände hatte sie, mit sorgfältig manikürten Nägeln, die nicht recht zu ihrer übrigen Erscheinung passen wollten. Ihre Kleidung und ihre Frisur erweckten den Eindruck, sie hätte es aufgegeben, sich um Anziehungskraft zu bemühen. »Es führt zu weit, Ihnen das zu erklären.«

Dieser Meinung war Mamma Carlotta nicht, es kränkte sie sogar ein wenig, dass Lilly Heinze ihr offenbar nur das verraten wollte, was nun einmal gesagt werden musste, nachdem sie sich auf dem Friedhof zu der Aussage hatte hinreißen lassen, es gäbe ein delikates Problem. Aber andererseits fiel ihr so die Unhöflichkeit leichter, dem Gespräch nicht mit Hingabe zu folgen, wie es der Anstand verlangte, sondern ihre Aufmerksamkeit gleichzeitig auf die Unterhaltung zu richten, die nun wieder lauter und damit verständlicher wurde.

Es war das erste Mal, dass die Stimme des jungen Mädchens zu hören war. »Die Polizei hat schon mit den Ermittlungen angefangen. Das kann nicht gut gehen.«

Lilly Heinze sprach nun sehr leise und zögerlich: »Mein Mann mochte Klara nicht besonders, und der Weg vom Bodensee nach Sylt ist weit. Warum also war er trotzdem bereit, zur Beisetzung zu fahren?«

Mamma Carlotta verstand sie sofort. »Sie haben schon länger den Verdacht, dass Ihr Mann Sie betrügt?«

Lilly Heinze nickte. »Vermutlich ist seine Freundin unterwegs zugestiegen. So hatten sie eine lange gemeinsame Reise. Und natürlich war eine Übernachtung nötig, die Fahrt mit dem Auto ist einfach zu weit, um in einem Rutsch durchzufahren.«

Mamma Carlotta stellte sich vor, dass diese Freundin jung, hübsch und schlank war, Reizwäsche und High Heels trug, ihren langen Haare täglich hundert Bürstenstriche zukommen ließ und sich nicht mit einer Frisur begnügte, die vor allem praktisch war. Als sie spürte, dass in ihr so etwas wie Verständnis für den Ehemann geweckt wurde, schüttelte sie sich, damit dieses Gefühl schleunigst wieder von ihr abfiel. Sie selbst war als Sechzehnjährige gertenschlank gewesen, hatte mit jedem ihrer sieben Kinder ein paar Kilos zugenommen und bei jeder Geburtstags-, Kommunions- und Hochzeitsfeier ein weiteres Kilo, bis sie schließlich nur noch in Größe 48 passte. Hatte sie nicht trotzdem erwartet, dass ihr Mann ihr treu blieb? Es fiel ihr allerdings schwer, sich ihren alten Dino mit einem hübschen jungen Mädchen vorzustellen, doch in den Kreisen, in denen Lilly Heinze verkehrte, ging es vermutlich wesentlich frivoler zu als in ihrem Dorf.

Verständnisvoll fragte sie: »Sie meinen, die beiden gönnen sich eine gute Zeit, während Ihr Mann Ihnen vorgaukelt, er sei nur hier, um einer Beerdigung beizuwohnen?«

Die Antwort bekam sie nicht richtig mit, doch dass Lilly Heinze nur etwas Verächtliches ausstieß, war sowieso klar. Aber was das Mädchen zu einem Mann sagte, der mit gesenktem Kopf dasaß und so aussah, als hörte er dem Gespräch der anderen gar nicht zu, das bekam Mamma Carlotta genau mit. »Du musst rauskriegen, was der Alte plant. Du sitzt ja an der Quelle. Die Bullen wollen natürlich wissen, wer den Wagen gefahren hat. Ist ja klar!«

Lilly Heinze schien nicht zu bemerken, dass sich Mamma

Carlottas Aufmerksamkeit nicht voll und ganz auf sie richtete. »Wetten, dass mein Mann mich heute noch auf meinem Handy anruft, um mir zu sagen, dass er ein oder zwei Tage auf Sylt bleiben will? Wenn er schon mal hier ist ... Das Wetter ist so angenehm ... Und die weite Fahrt lohnt sich doch nur, wenn man ein paar Urlaubstage dranhängen kann ...«

»Das haben Sie alles geahnt?«, fragte Mamma Carlotta und hörte, dass der Mann im Overall sagte: »Du hast ja immer die Klappe weit aufgerissen. Wenn Rolufs Eltern Bescheid wissen, dann könntest du jetzt ein Problem bekommen.«

Lilly Heinze zog verächtlich die Mundwinkel herab. »Ich kenne meinen Mann.«

Nun ging Tove zu dem Tisch und gesellte sich wieder zu der Runde. Anscheinend war er zu der Ansicht gekommen, dass zwei Frauen, die über männliche Untreue redeten, davon voll und ganz in Anspruch genommen wurden. Aber Mamma Carlotta bekam trotzdem mit, dass er erklärte, man müsse die Wetteinsätze jetzt aufteilen. »Ich will mit der Kohle nichts mehr zu tun haben.«

Zufrieden wandte Mamma Carlotta nun ihre ganze Aufmerksamkeit ihrer neuen Bekannten zu. »Dann können Sie gar nicht an der Beisetzung teilnehmen! Ihr Mann würde Sie erkennen.«

Lilly Heinze nickte bekümmert. »Aber ich werde hinter dem Holzhaus stehen, in dem die Friedhofsgärtner ihre Gerätschaften unterbringen, und von dort zusehen. Vielleicht bringt es sogar fertig, seine Geliebte mitzunehmen. Dann weiß ich wenigstens Bescheid. Das wäre der Beweis, dass er sich scheiden lassen will und diese ... diese Person schon als meine Nachfolgerin präsentiert.«

Mamma Carlotta redete ihr zu, sich diese Gewissheit unbedingt zu verschaffen. »Es ist schrecklich, um eine Ehe zu kämpfen, die längst gescheitert ist.«

Lilly Heinze wollte antworten, zuckte aber mit einem Mal

zusammen und drehte sich zu der Gruppe um. »Was habe ich da gerade gehört? Ein Leichenwagen ist verunglückt?«

Mamma Carlotta war verblüfft. Da hatte sie sich also doch nicht geirrt! Tatsächlich war von einem Leichenwagen die Rede gewesen! »Verunglückt? Terribile!«

Tove Griess hatte anscheinend mitbekommen, dass etwas von dem Gespräch an der Theke angekommen war. Schon sprang er auf und kam an den Zapfhahn zurück. »Habe ich auch gerade gehört«, behauptete er und zapfte ein Bier an, als die Tür sich öffnete und Fietje Tiensch hereinschlurfte, um sein Mittagessen einzunehmen. In Toves Blick flackerte Unsicherheit. Anscheinend fragte er sich, wovor Mamma Carlotta ihn eigentlich gewarnt hatte, wenn sie jetzt nicht wusste, dass es einen Unfall mit einem Leichenwagen gegeben hatte.

»Heute mal eine Fischfrikadelle«, brummte Fietje, ließ sich auf seinem Stammplatz nieder und sah zufrieden zu, wie Tove unaufgefordert sein Bier zapfte.

Lilly Heinze beachtete den Strandwärter nicht weiter. »Das ist ja gruselig, wenn ausgerechnet ein Leichenwagen verunglückt.«

Fietje hatte einen gesprächigen Tag. »Erst recht, wenn eine Leiche drin liegt.« Lächelnd hob er sein Glas, an dem der Schaum hinablief, trank einen Schluck und wischte sich dann die Hände an seiner Hose ab. »Ich bin da heute Nacht zufällig vorbeigekommen.«

»Zufällig?«, höhnte Tove. »Oder warst du wieder als Spanner unterwegs? In den Schlafzimmern der Kampener Villen ist doch sicherlich eine Menge los.«

Fietje blieb ungerührt, während Lilly Heinze zusammenzuckte und sich ein weiteres Mal zu fragen schien, wohin sie da geraten war. »Ich war bei meinem Freund Uwe. Strandwärter in List. Mit dem Fahrrad bin ich da eine ganze Weile unterwegs.«

»Hast du wenigstens Erste Hilfe geleistet?«, fragte Tove.

Fietje zuckte gleichmütig die Schultern. »War nicht nötig. Der eine Fahrer war mausetot, der andere noch ganz schön munter. Und für die tote Frau, die aus dem Sarg gefallen war, konnte erst recht keiner mehr was tun.«

Lilly Heinze wurde blass. »Um Himmels willen! Das wird doch nicht meine Freundin gewesen sein!«

Mamma Carlotta griff sich ans Herz. »Madonna!«

»Ich war nicht der Einzige, der da vorbeigekommen ist«, fuhr Fietje fort. »Da kam ein Wagen an, ein kleiner. Die Fahrerin hat sich die Bescherung angesehen und dann Gas gegeben. Mannomann, ist die losgebraust! Ich konnte sie vom Radweg aus sehen.«

Damit war Fietjes Potenzial an Wörtern, Sätzen und Neuigkeiten erschöpft. Mamma Carlotta vermutete, dass er die nächsten drei Tage kein Wort herausbringen würde, nachdem er sich heute derart verausgabt hatte. Der Unfall schien ihn sehr mitgenommen zu haben, anders war Fietjes Redseligkeit nicht zu erklären. Genau wie Erik. Er war ja auch vollkommen erledigt gewesen, als er heimkam.

»Madonna!«, flüsterte sie noch einmal. Mit Schaudern erinnerte sie sich an ihre einzige Fahrt in einer Geisterbahn, zu der ihre älteste Enkelin sie vor Jahren überredet hatte, als in Città di Castello ein großer Lunapark aufgebaut worden war. Nie wieder würde sie sich in einen dieser rasenden Wagen setzen und viel Geld dafür bezahlen, dass sie sich gruseln musste und anschließend mehrere Nächte nicht schlafen konnte. Als sich vor ihnen ein Sarg geöffnet und sich kurz darauf ein Gerippe in den Weg gestellt und mit seinen Gebeinen geklappert hatte, war sie zu Tode erschrocken. Vielleicht so wie Erik, als sich der Sarg geöffnet und die Leiche herausgefallen war. Dass er ihr nichts davon erzählt hatte!

In das Mitleid für ihren Schwiegersohn mischte sich prompt ein bisschen Häme. Das hatte er nun davon! Hätte er ihr verraten, was er Schreckliches erlebt hatte, wäre er von ihr so lange abgelenkt worden, bis das Bild aus seinem Kopf verschwunden gewesen oder zumindest verblasst wäre. Wie konnte man über etwas derartig Dramatisches wie eine aus dem Sarg gefallene Tote schweigen? Mamma Carlotta stellte sich vor, ihr wäre etwas Ähnliches passiert – sie hätte drei Tage über nichts anderes geredet! Aber sie war eben eine Italienerin und keine Friesin ...

Erik hatte wohlweislich die Nummer des Büros gewählt, nicht Sveas Privat- und auch nicht ihre Handynummer. Und er war froh über diesen Entschluss, als er von ihrer Mitarbeiterin zu hören bekam: »Frau Gysbrecht ist nach Hause gefahren. Sie musste sich hinlegen. Sie hat ja die ganze Nacht kein Auge zugetan.«

Erik war erleichtert. »Wenn sie ins Büro kommt, sagen Sie ihr bitte, dass ich den Termin beim Bestatter abgesagt habe.« Er war schon auf dem Weg zu seinem Auto gewesen, da hatte er kehrtgemacht und sich das Recht herausgenommen, für Svea diese Entscheidung zu treffen. Ein bisschen unwohl war ihm schon dabei, weil er nicht wusste, wie Svea auf seine Eigenmächtigkeit reagieren würde.

Auf der anderen Seite der Leitung war jedenfalls Erleichterung zu spüren. »Das ist gut. Ich habe alle anderen Termine ebenfalls abgesagt. Wenn einem die Mutter stirbt, muss ein Kunde doch Verständnis für einen geplatzten Termin haben.«

Erik hörte den Trotz in der Stimme der jungen Frau und fragte beunruhigt: »Etwa nicht? Gibt es Auftraggeber, die erwarten ...«

Sveas Mitarbeiterin ließ ihn nicht ausreden. »Jeder, mit dem ich telefoniert habe, hatte Verständnis. Wirklich jeder! Frau Gysbrechts Sorgen sind völlig unbegründet.«

Erik atmete auf und beendete das Gespräch. »Wir fahren jetzt zu dem Witwer«, sagte er zu Sören. »Der ist der Einzige, der Klarheit in die Sache bringen kann.«

Das Haus der Seebergs lag am Hans-Hansen-Wai, eine lange Straße, an der sich ein Zweitwohnsitz an den anderen reihte. Erik drückte den Klingelknopf, aber im Haus rührte sich nichts. Er versuchte es noch zweimal, doch weiterhin blieb hinter der Eingangstür alles ruhig. »Ausgeflogen«, murmelte er. »Macht wahrscheinlich einen Spaziergang am Watt. Will sich noch mal richtig durchpusten lassen, bevor er heute Nachmittag seine Frau beerdigt.« Erschrocken wurde ihm klar, was er gesagt hatte. »Ich meine natürlich ...« Er brach ab, weil sich nicht erklären ließ, was er gemeint hatte. Dabei glaubte er Sören doch. Ja, ja, er hatte keinen Zweifel daran, dass die angebliche Frau Seeberg in Wirklichkeit eine Fremde war. Andererseits ... Erik schlug sich vor die Stirn, als wollte er dahinter etwas in Gang setzen, was ihn auf die richtige Spur führte.

Sören war nicht zu besänftigen. Er wurde so grantig, als hätte ihm Erik in aller Deutlichkeit gesagt, dass er ihm die Geschichte von dem vertauschten Leichnam nicht abnahm. »Es ist heute fast windstill. Am Watt kann höchstens ein laues Lüftchen wehen«, sagte er in ruppigem Ton.

Erik zog es vor, ihm zuzustimmen. »Sicherlich hat er einiges zu erledigen. Und die Pflegerin hat womöglich ihre Koffer schon gepackt. Die wird ja jetzt nicht mehr gebraucht.«

Er zögerte, aber dann entschloss er sich, an der Haustür vorbei und ums Haus herumzugehen. Die Gardinen des Wohnzimmers waren nicht ganz geschlossen, er konnte durch einen Spalt hindurchsehen. Der Raum war leer.

Sören stand an seiner Seite. »Sieht so aus, als käme er jeden Augenblick zurück.« Er zeigte auf ein benutztes Glas, das noch auf dem Tisch stand, auf aufgeschlagene Zeitungen und einen Schal, der über einer Sessellehne hing. »Abgereist ist der Seeberg jedenfalls nicht.«

»Natürlich nicht! Wenn überhaupt, wird er erst nach der Beisetzung wegfahren.« Erik wies zu einem leeren Kfz-Stellplatz in der Nähe der Haustür, der sorgfältig gepflastert worden war.

»Eine Garage gibt es nicht. Dann steht dort vermutlich normalerweise sein Auto.« Er drehte sich zu Sören um. »Wo haben die Seebergs ihren Erstwohnsitz?«

»In Dortmund.« Sören ging ärgerlich zur Haustür zurück und starrte sie an, als könnte er an diesem Tag auf alles wütend sein, sogar auf die Tür eines Hauses, die sich nicht öffnen wollte. »Er sollte endlich erfahren, dass aus der Beisetzung heute Nachmittag nichts wird.«

Erik folgte ihm und versuchte nun, einen Blick durch die matten Scheiben der Haustür zu werfen. Doch vergeblich, durch das Milchglas waren keine Einzelheiten zu erkennen, nur das helle Rechteck der geöffneten Wohnzimmertür. »Es bleibt uns nichts anderes übrig, als zu warten. Vielleicht holt er Besuch vom Bahnhof ab. Verwandte, Freunde, die zur Beerdigung kommen.«

Sören starrte eine Weile auf seine Fußspitzen. »Wie wär's mit einer Befragung der Nachbarn? Oder sind Sie der Meinung, dass wir ins Haus eindringen dürfen?«

»Natürlich nicht! Es ist keine Gefahr im Verzug.«

»Wer weiß, was hinter dieser falschen Toten steckt.«

»Was wir wissen«, gab Erik laut und deutlich zurück, »reicht auf keinen Fall, um gewaltsam in dieses Haus einzudringen.«

Sörens Gesicht verschloss sich erneut. Er sah so beleidigt aus, als hätte Erik mit diesen Worten die Vermutung geäußert, dass ihr Wissen genauso gut auf einem Irrtum beruhen könne.

Lilly Heinze hatte zum Abschied gesagt: »Vielleicht war die Tote in dem verunglückten Leichenwagen ja gar nicht meine Freundin.« Dann hatte sie sich stöhnend auf den Fahrradsattel gewuchtet und war losgeradelt, Richtung Meer. Über die Schulter hatte sie noch zurückgerufen: »Danke für den Espresso!«

Mamma Carlotta hatte ihr nachgewinkt, aber Lilly Heinze hatte sich nicht mehr umgedreht. Während Carlotta in entgegengesetzter Richtung auf die Westerlandstraße zufuhr, fiel ihr ein, dass sie nicht wusste, wo Lilly Heinze wohnte. Ärgerlich trat sie auf die Bremse und überlegte, ob sie ihr nachfahren und nach der Adresse fragen sollte.

Aber sie unterließ es dann doch. Es wurde Zeit, dass sie zum Bäcker kam, denn die Reste des Abendessens sollten wenigstens mit frischem Ciabatta-Brot verfeinert werden. Dass sie sich dort etwas länger aufhalten würde, wusste sie im selben Augenblick, in dem der Bäcker aus der Backstube kam und darauf bestand, sie persönlich zu bedienen. Dass seine Schwester einen Brief aus der Türkei geschrieben hatte, der Anlass zur Sorge gab, bekam sie in aller Ausführlichkeit zu hören. Und die Ratschläge, die der Bäcker von ihr erwartete, durften natürlich nicht kurz und knapp ausfallen, dafür war das Eheproblem, das der Bäcker vermutete, viel zu dramatisch. Wenn er recht hatte und sein türkischer Schwager nicht bereit war, mit seiner Ehefrau auf Sylt Urlaub zu machen, dann handelte es sich wirklich um einen äußerst wichtigen Fall, der von allen Seiten beleuchtet werden musste.

So verging noch eine weitere halbe Stunde, bis sie endlich nach Hause kam, um die Reste des gestrigen Abendessens aufzuwärmen, die an diesem Mittag ausreichen sollten, um die Familie satt zu machen. Carolin und Felix hatten angekündigt, dass sie keine Zeit für ein ausgedehntes Essen haben würden, weil sie sich um die Vorbereitung der Party kümmern mussten, und Erik und Sören wussten nicht, wie ihr Arbeitstag verlaufen und ob die Zeit reichen würde, zum Essen heimzukommen. Zum Glück war sehr viel übrig geblieben. Da die Aussicht bestanden hatte, dass Svea Gysbrecht zum ersten Mal in den Genuss ihrer Kochkünste kommen konnte, hatte Mamma Carlotta von allem reichlich zubereitet, um besonders gastfreundlich zu erscheinen. So würden die Reste ohne Weiteres für einen hastig im Stehen eingenommenen Imbiss ausreichen.

Felix sah ihr fragend entgegen, als sie die Küche betrat. »Wo bist du gewesen?« Er hatte gerade die Kühlschranktür geöffnet, als suchte er nach etwas Essbarem, Kükeltje zu seinen Füßen, die das Geräusch der Kühlschranktür inzwischen genau kannte. »Du warst ja ewig weg!«

Mamma Carlotta wurde nervös. Sie hatte angenommen, die Kinder würden lange schlafen und es würde reichen, eine Ausrede für höchstens ein bis zwei Stunden parat zu haben. Aber dann war es doch kein Problem, ihr langes Fernbleiben zu begründen. Es genügte, dass sie ihrem Enkel erzählte, sie habe einen Besuch am Grab seiner Mutter gemacht und bei dieser Gelegenheit eine Dame kennengelernt, mit der sie aufs Angenehmste geplaudert habe. Dass sie dabei hin und wieder die Zeit vergaß, wusste jeder. Und als sie dann noch den Bäcker erwähnte und die Tatsache, dass er sich Sorgen um seine Schwester machte, brauchte sie nichts mehr hinzuzufügen.

»Was gibt's zu essen?« Felix' Interesse verweilte zum Glück nie lange bei den Erklärungen seiner Großmutter.

»Die Reste von gestern Abend.« Bevor Felix protestieren konnte, fragte sie zurück: »Wo ist Carolina?«

»Könnte sein, dass die heute nur von Luft und Liebe satt wird«, gab Felix grinsend zurück. »Ronni ist da.«

»Ronni? Wer ist das?«

»Kannst ja nachgucken«, schlug Felix vor und machte eine Kopfbewegung, die in die erste Etage wies.

Das ließ sich Mamma Carlotta nicht zweimal sagen. Schon am Fuß der Treppe erkannte sie, dass die Geräusche, das Klappern von Gerätschaften, Carolins leises Lachen, die männliche Stimme aus Eriks Schlafzimmer drangen. Was ging da vor?

Die Tür war angelehnt, durch den schmalen Spalt drang frischer Farbgeruch. Ein Anstreicher? Tatsächlich! In der Mitte des Raums standen mehrere Farbeimer, darüber beugte sich ein junger Mann im weißen Arbeitsoverall, der seine Pinsel sortierte, während Carolin sich an die Wand lehnte, in einer Pose, die ihre Großmutter alarmierte. So ähnlich hatte Gina Lollobrigida auf den Plakaten dagestanden, als der Film ›Der

Glöckner von Notre Dame‹ Jahrzehnte nach seiner Uraufführung im Jugendzentrum ihres Dorfes gezeigt wurde. Zwar war das, was Carolin vorreckte, nicht mit dem zu vergleichen, was die Lollo zu bieten hatte und mit einem tiefen Ausschnitt betonte, und natürlich trug Carolin auch kein Mieder, das ihre Taille zu einem Minimum zusammenschnürte, genauso wenig wie eine Lockenmähne und riesige Ohrhänger. Aber dass sie den Anstreicher verlocken wollte, wie damals Gina Lollobrigida die Menschen verlocken wollte, ins Kino zu gehen, das erkannte Mamma Carlotta sofort.

»Moin, Nonna.« Sie griff sich affektiert in ihre hochtoupierte Frisur, um sie noch ein paar Zentimeter höher aufzutürmen. »Das ist Ronni. Der soll hier alles streichen.«

Der junge Mann richtete sich auf und lächelte Mamma Carlotta an. »Hi! Frau Gysbrecht schickt mich.«

»D'accordo«, antwortete Mamma Carlotta vorsichtig – und dann fiel ihr auf, was sie über Carolins alarmierendes Verhalten im ersten Augenblick nicht bemerkt hatte. Diesen jungen Anstreicher kannte sie! Erschrocken fuhr sie herum, als könnte sie sich damit noch rechtzeitig seinen Augen entziehen, aber natürlich war es zu spät.

»Sie habe ich doch vor ein paar Minuten noch in Käptens Kajüte gesehen!«

Dio mio! Einer dieser rücksichtslosen Rennfahrer, nach denen Erik suchte! So einer hielt sich in seinem eigenen Hause auf?

Carolin mischte sich ein. »Du warst in Käptens Kajüte, Nonna?« Sie warf Ronni einen Blick zu, der ihn wohl maßregeln sollte, für diesen Zweck aber sicherlich nicht geeignet war. »Da gehst du auch hin? In diese schreckliche Bude?«

Ronni fand den richtigen Pinsel und öffnete den ersten Farbeimer. »Ich treffe mich da immer mit meinen Kumpels.«

Mamma Carlotta war froh, dass ihre Antwort nicht aus der Pistole geschossen kommen musste. Mittlerweile war ihr eine ausgezeichnete Antwort eingefallen. »Ich habe die reizende Signora wiedergesehen, der du auf dem Parkplatz von Feinkost Meyer den Mantel ruiniert hast. Auf dem Friedhof! Sie saß auf der Bank neben dem Grab deiner Mama, Carolina! Wir haben sehr nett geplaudert, und dann wollten wir gerne noch einen Espresso zusammen trinken. Aber im Café Lindow war es so voll, da kam die Signora auf die Idee, es in Käptens Kajüte zu versuchen.«

Carolin zog die Mundwinkel herab. »Die Bude ist ja wirklich noch nie aus allen Nähten geplatzt.«

Carlotta zog sich eilig zurück. Als sie in der Küche angekommen war, hatte sie ihre Fassung wiedergewonnen. Und zum Glück war Felix so hungrig, dass er ihr dabei zusah, wie sie aus den Resten des Abendessens etwas machte, was wie ein frisch zubereitetes Mittagessen aussah, und sie ihn unauffällig ausfragen konnte. »Was ist das für ein ... tipo, Felice?«, erkundigte sie sich so beiläufig wie möglich. »Dieser Anstreicher?«

Felix zog Küleltje auf seinen Schoß, die genauso interessiert zusah, was auf den Tisch kam. »Den hat Ida angeschleppt.«

»Mir hat er gesagt, Signora Gysbrecht hätte ihn geschickt.«

»Ida hat ihrer Ma so zugeredet, bis sie Ronni eine Chance geben wollte. Erst mal privat, ehe sie ihn auch für ihre Kunden arbeiten lässt.« Felix drehte an seinem Ohrring, während er ergänzte: »Ich weiß nicht, was der hat, aber alle Mädchen sind in den verknallt. Nicht nur Caro, auch Ida selbst. Könnte sein, dass das Probleme gibt.«

»Dio mio!« Das wurde ja immer schlimmer! »Warum musste Ida denn so lange auf ihre Mutter einreden? Stimmt was nicht mit diesem Ronni?«

Nun löste Felix seinen Pferdeschwanz und ließ seine dunklen Locken bis auf die Schultern fallen. Beides, Ohrringe und lange Haare, fand Mamma Carlotta für einen jungen Mann völlig unpassend. Für diesen Moment verkniff sie sich jedoch die Frage, wann ihr Enkel endlich einen Friseur aufsuchen wolle, um nicht vom Thema abzulenken. »Ja, ja, hast schon recht. Zu Ida laufen ja alle, die was brauchen. Und wenn man vorbestraft ist ...«

Mamma Carlotta ließ beinahe die Auflaufform mit den gefüllten Zucchini fallen, die sie in den Ofen schieben wollte. »Vorbestraft? Madonna!«

»Nix Schlimmes. Nur Ladendiebstahl.«

»Non male?« Mamma Carlotta schnappte nach Luft. »Un Criminale? In unserem Haus? Im Hause eines Polizeibeamten?«

»Pscht!« Felix sah unruhig zur Tür. »Das muss er ja nicht unbedingt hören. Ronni ist total in Ordnung. Die Sache mit dem Ladendiebstahl ... das tut ihm jetzt unheimlich leid. Aber er kriegt einfach keinen Job, weil das in seinen Papieren steht.«

Mamma Carlotta hätte ihrem Enkel gerne erzählt, dass Ronni augenscheinlich alles andere als geläutert war. Madonna! Sie musste Erik irgendwie einen Hinweis geben, damit er sich diesen Ronni näher ansah und ihn nicht mehr in sein Haus ließ! Ein Ladendieb und ein Raser, der die allgemeine Sicherheit gefährdete! Womöglich mitschuldig am Tod des jungen Mannes, der auf dem Parkplatz von Buhne 16 sein Leben gelassen hatte. Und dann noch attraktiv, sodass sich Carolin in ihn verliebt hatte. Und nicht nur das, ihre Freundin Ida gleich mit! Als die Zucchini im Ofen waren, ließ sich Mamma Carlotta schwer atmend auf einen Stuhl fallen. Aber wie? Erik würde nachfragen, sie würde sich in Widersprüche verwickeln, und am Ende wären ihre Besuche in Käptens Kajüte kein Geheimnis mehr und Tove würde womöglich im Knast landen.

»Papa hat angerufen«, unterbrach Felix ihre Gedanken. »Er kommt mit Sören zum Essen. Ida und ihre Ma kommen auch, soll ich dir sagen.«

Mamma Carlotta fuhr wieder in die Höhe. »Wir haben Gäste? Warum sagst du das jetzt erst?«

Felix bewegte sich Richtung Küchentür, die Atmosphäre war

ihm anscheinend zu aufgeheizt. Was er murmelte, ehe er die Tür hinter sich schloss, verstand seine Oma nur im Wortlaut, der Sinn ging ihr jedoch nicht ein: »Svea brauchst du nur einen Teller mit einer Möhre hinzustellen. Alles andere wird sie sowieso nicht essen.«

Was meinte Felix damit? War Svea Gysbrecht dem Schlankheitswahn verfallen? Dio mio! Das wurde ja immer schöner!

Die Befragung der wenigen Nachbarn, die zurzeit ihr Ferienhaus bewohnten, hatte nicht viel ergeben. Alle kannten die Seebergs, die meisten jedoch nur flüchtig. Sie wussten von Klara Seebergs schwerer Krankheit, dass sie auf Sylt sterben und auf der Insel ihre letzte Ruhe finden wollte. Und alle hatten sie die Absicht, am Nachmittag an der Beerdigung teilzunehmen. Niemand jedoch hatte Klara Seeberg in den letzten Wochen gesehen. Einige hatten sich pflichtschuldig bei Heio Seeberg nach ihrem Befinden erkundigt, aber eine sterbende Frau hatte niemand besuchen wollen, kein Einziger hatte den Mut aufgebracht, sich ihrem schweren Leiden zu stellen.

Eine Nachbarin nannte es sogar, wenn auch schuldbewusst, beim Namen: »Ich war ganz froh, als Herr Seeberg erwähnte, seine Frau könne keinen Besuch mehr empfangen. Man fährt ja nicht nach Sylt, um sich mit dem Tod zu konfrontieren.«

Alle hatten Erik und Sören bestätigt, dass Heio Seeberg sich aufopferungsvoll um seine Frau gekümmert habe, jedenfalls soweit man das beurteilen konnte, und die Pflegerin, die er eingestellt hatte, war auch allen bekannt.

Aber wo sich die beiden zurzeit aufhielten, wusste niemand. Von allen Seiten bekam Erik zu hören, dass die beiden sicherlich bald wieder auftauchen würden. Am Abend zuvor waren sie noch gesehen worden. Heio Seeberg hatte einen Spaziergang am Watt gemacht und die Pflegerin, an deren Namen sich leider niemand erinnern konnte, das Sterbezimmer von Klara Seeberg gelüftet und eine Weile am offenen Fenster gestanden.

Das hatte der Nachbar zur Linken beobachtet. Herr Öding hatte auch versucht, sich in die Lage der Krankenschwester zu versetzen, die er auf Ende dreißig schätzte. »Sie sah nachdenklich aus. Wahrscheinlich musste sie sich jetzt einen neuen Job suchen.«

»Haben die Seebergs ein Auto?«, fragte Erik.

»Natürlich!« Der Nachbar sah ihn an, als hätte er gefragt, ob das Haus über fließendes Wasser verfügte. »Was denken Sie?«

»Was für eins?«

»Einen Kia Sorento. Schwarz. Zu Hause steht ein Mercedes in der Garage, hat mir Herr Seeberg erzählt.«

»Kennen Sie zufällig das Kfz-Kennzeichen?«

Herr Öding legte die Stirn in Falten. »Der Kia war hier zugelassen. Ein Auto nur für Sylt. Also NF …« Er dachte angestrengt nach, dann schüttelte er den Kopf. »Mehr weiß ich nicht, tut mir leid.«

»Macht nichts«, beruhigte Erik ihn. »Das finde ich im Büro schnell heraus.«

»Die Pflegerin fuhr einen Fiat 500 L«, fuhr Öding fort. »Den habe ich mir mal genauer angesehen, weil meine Tochter mit diesem Modell liebäugelt. Aber die Kfz-Nummer? Sorry, auf so was achtet man ja nicht. Wer ahnt schon, dass die Polizei einen danach fragen wird? Rot war er, das kann ich genau sagen.«

»Wo parkte die Pflegerin ihr Auto normalerweise?«

»Auf der Straße.«

Erik sah sich um. »Da steht kein Wagen.«

»Dann ist sie wohl schon abgereist. Ihre Patientin ist tot. Was soll sie noch hier?«

Erik blieb mitten auf der Straße stehen und sah sich um, als überlegte er, ob er sich in dieser Gegend ein Haus zulegen sollte. Ein schwarzer Kia Sorento! So ein Modell hatte auch am Straßenrennen teilgenommen. Ob es da einen Zusammenhang gab?

Erik drehte sich zu Sören um. »Sagen Sie Enno oder Rudi Bescheid. Sie sollen das Kfz-Kennzeichen rauskriegen.«

Sören holte sein Handy heraus und folgte telefonierend seinem Chef, der sich wieder in Bewegung setzte. In einigen Häusern wurden die Gardinen zur Seite geschoben, unsichere Blicke begegneten ihnen.

Natürlich waren sie gefragt worden, warum sie nach dem Witwer suchten, aber darauf hatte niemand eine Antwort erhalten. Erik hatte sich auch nicht entschließen können, die Nachbarn darüber zu informieren, dass aus der Beerdigung nichts würde. Den vielen Fragen, die er damit heraufbeschwören würde, wollte er sich nicht stellen. Das sollte Freesemann erledigen. Oder der Pfarrer!

Sören sah bedrückt aus, als sie wieder ins Auto stiegen. »Herr Seeberg wird nicht begeistert sein, wenn er zurückkommt. Dass wir in seiner Abwesenheit die Nachbarschaft befragt haben …«

Erik unterbrach ihn: »Dafür wird er Verständnis haben müssen. Es geht schließlich um einen toten jungen Mann und um eine Verstorbene, die anders aussieht, als sie aussehen sollte.«

Den letzten Satz hatte er vorsichtig formuliert, dennoch runzelte Sören die Stirn und sah wieder so aus, als hätte man ihm vorgeworfen, ein böses Gerücht in die Welt gesetzt zu haben.

Erik fühlte sich zu kraftlos für Sörens Empfindlichkeit. Er lehnte sich zurück und schloss die Augen. »Verdammt, bin ich müde!« Ohne die Augen zu öffnen, fragte er Sören: »Sie nicht?«

»Es geht.«

»Sie haben nicht mehr Schlaf bekommen als ich.«

»Ich bin eben ein paar Jährchen jünger.«

Erik seufzte und setzte sich gerade hin, ehe er wendete und zur Hauptstraße zurückfuhr. »Wir fahren jetzt erst mal zum Resteessen. Danach versuchen wir es noch einmal bei Heio

Seeberg. So gegen zwei, halb drei. Dann muss er zu Hause sein. Die Beerdigung beginnt ja um vier.«

»Und dann sagen wir ihm, sie kann leider nicht stattfinden?«

»Es sei denn, er kann uns die Sache erklären.«

Sie sprachen eine Weile kein Wort, sahen hinaus, und während sie durch Kampen rollten, tat Sören sogar so, als interessierten ihn die Läden von Hermés, Louis Vuitton und Burberry. Dass sie schwiegen, wenn sie auf die Dünenlandschaft zufuhren, war nichts Ungewöhnliches, diesmal aber war das Schweigen anders, belastend. Eine tote Frau, die in der Gerichtsmedizin lag statt in ihrem Sarg in der Friedhofskapelle, stand zwischen ihnen.

»Lassen Sie uns endlich einen DNA-Abgleich machen«, sagte Sören. »Wir holen uns ihre Zahnbürste oder ihren Kamm...« Er starrte auf das Weiß der Dünen, das in der Sonne von geradezu gleißender Helligkeit war, dann wechselte er unvermittelt das Thema: »Heute sitzt Ihre Freundin also das erste Mal mit Ihrer Schwiegermutter am Tisch?«

Erik wusste, was er sagen wollte. »Der Augenblick ist günstig. Svea hat gerade ihre Mutter verloren und Ida ihre Oma. Meine Schwiegermutter wird sich zusammenreißen. Sie wissen doch, Höflichkeit geht ihr über alles. Einen Menschen, der in Trauer ist, wird sie niemals kränken wollen.«

Svea hatte angerufen, als sie gerade mit der Befragung der Nachbarn fertig gewesen waren. Sie war empört gewesen, hatte Erik mit Vorwürfen überhäuft, weil er nicht dafür gesorgt hatte, dass sie pünktlich beim Bestatter erschienen war. Und als sie von ihm erfuhr, dass ihre Mitarbeiterin alle Termine abgesagt und Herr Freesemann ihr zugestanden hatte, jederzeit in sein Büro kommen zu können, war sie nicht etwa erleichtert gewesen, sondern noch zorniger geworden. Allerdings nur kurz. Bald hatte sie eingesehen, dass es alle nur gut mit ihr meinten und dass sie an einem Tag wie diesem nicht an Termine, zufriedene Kunden und die Auftragslage denken musste.

Erik nahm den Fuß vom Gas, als der Parkplatz vor der Buhne 16 in Sicht kam, und fuhr sehr langsam vorbei. Es waren noch Spuren der Ermittlungsarbeit zu erkennen. Der Wind hatte ein Stück rot-weißes Band an die Räder eines parkenden Autos geweht, und dort, wo der Leichnam wieder in die weißen Kissen gelegt worden war, gab es viele Abdrücke von Füßen und auch von dem Sarg. Vorn am Eingang, wo es ein paar Meter abwärts ging und sich der Wagen überschlagen hatte, war ein Stück Rasen aufgerissen worden. Frische Erde quoll heraus wie Blut aus einer Wunde.

Erik trat wieder aufs Gas, bis der Kreisverkehr vor Feinkost Meyer in Sicht kam. Er fuhr rechts ab und folgte der abbiegenden Vorfahrt in die Westerlandstraße. Sveas Wagen kam aus der entgegengesetzten Richtung. Sie bog vor ihm in den Süder Wung ein, und er folgte ihr. Als er ausstieg, stand sie schon neben seinem Wagen und fiel ihm in die Arme. Obwohl sie flache Schuhe trug, hatte er das Bedürfnis, sich auf die Zehenspitzen zu stellen. Sie weinte, und auch Ida drängte sich schluchzend an ihn. Erik murmelte tröstende Worte in Sveas Haar und auf Ida hinab, drückte beide an sich und ließ sie erst wieder los, als sie zu weinen aufhörten. Währenddessen ging Sören, nachdem er ein paar Worte des Beileids gemurmelt hatte, aufs Haus zu und drückte den Klingelknopf.

Sekunden später toste Mamma Carlottas Mitgefühl über den Süder Wung. So laut und überschwänglich, wie es in Italien üblich war, aber auf Sylt niemals vorkam. Erik schämte sich in Grund und Boden, als Begriffe wie ›Trost und Hoffnung‹, ›Liebe und Dankbarkeit‹, ›Erlösung‹, ›Tor zum Licht‹, ›ausgelitten‹, ›nie vergessen‹ und ›im Herzen weiterleben‹ auf Svea und Ida hinabprasselten, mal auf Deutsch, mal auf Italienisch. Er hoffte, dass in diesem Augenblick nicht das Fundament für eine Antipathie gelegt wurde, die fortbestehen würde, obwohl sich später niemand mehr an ihren Ursprung erinnern konnte. Auch Sören sah nicht besonders glücklich aus, der zwar einerseits oft behauptete, er liebe das Temperament Mamma Carlottas, aber in Augenblicken wie diesem ebenso hilflos erschien wie Erik.

Doch Svea ertrug Mamma Carlottas lärmendes Mitgefühl mit stoischem Gleichmut, während Ida die geräuschvollen Gefühlsausbrüche längst kannte und darauf reagierte, als täte ihr das Mitleid gut, das aus unzähligen Worten, theatralischen Gesten und mehrfach hervorgestoßenen »Madonna!« bestand. Sveas schmales Gesicht war blasser als sonst, aber ihre Augen waren nun ohne Tränen, und ihr Mund lächelte, als Mamma Carlotta ihr so heftig die Hand schüttelte, dass ihre Gelenke knackten.

Dann kam der Augenblick, vor dem sich Erik am meisten gefürchtet hatte. Die Kinder ließen sich nur zögernd am Tisch nieder und sprachen verdächtig ausführlich darüber, dass Ronni es vorgezogen hatte, sich in Käptens Kajüte eine Bratwurst zu besorgen, während Mamma Carlotta lamentierte, dass Svea Gysbrecht etwas vorgesetzt bekam, was aufgewärmt worden war und vermutlich einen Teil seiner Qualität verloren hatte. »Mi dispiace, Signora! Gestern hätte alles besser geschmeckt. Der Zucchiniauflauf hat wohl keinen Schaden genommen, aber die Penne mit Safran? Und das Huhn auf Ratatouille könnte trocken geworden sein ... Doch die Mascarponecreme ist sicherlich noch so lecker wie gestern.«

Erik fing einen fragenden Blick von Svea auf. Verzweifelt zog er die Schultern hoch und litt unter der winzigen Herablassung, die prompt aus ihren Augen sprach. Ja, er war feige, sie hatte recht. Sogar Sören schien dieser Meinung zu sein, der sich intensiv mit seiner Serviette beschäftigte, als wollte er herausfinden, wie sie gefaltet worden war.

Erik musste nun seinen ganzen Mut zusammennehmen. »Der Thunfisch in dem Zucchiniauflauf ...« Er rang nach Worten. »Svea isst keinen Thunfisch.«

Carlotta schlug die Hände über dem Kopf zusammen. »Warum sagst du mir das erst jetzt, Enrico? Ich hätte ihn separat servieren können.« Aufgeregt erzählte sie von einem Freund ihres verstorbenen Mannes, der ebenfalls keinen Thunfisch mochte, während seine Frau nichts lieber aß als Thunfisch und ständig versuchte, ihn in die Gerichte zu mogeln, die sie ihrem Mann vorsetzte. »Jedes Mal hat sie bestritten, dass sie Thunfisch verwendet hatte. Ist das nicht ... una pazzia? Verrückt?«

Erik, die Kinder und auch Sören versuchten es mit ausgelassenem Lachen, aber Svea lächelte nur ganz leicht. »Macht ja nichts. Mir reicht ein bisschen eingelegtes Gemüse.«

»No, no, Signora! Ich mache schon die Penne mit Safran warm. Ganz ohne Thunfisch!«

»Die Nudeln ... mit Eiern?«

Mamma Carlotta betrachtete Svea befremdet. »In einen Nudelteig gehören Eier. Naturalmente!«

Sveas Gesicht war nun genauso ernst wie Mamma Carlottas. »Erik hätte es Ihnen sagen sollen. Ich bin Veganerin.«

Mamma Carlotta griff sich an den Hals, als müsste sie etwas herunterschlucken, was nicht durch ihren Schlund wollte. »Vegetariana?« Dieses Wort kam ziemlich flüssig heraus. Die deutsche Vokabel brachte sie nur abgehackt hervor, Silbe für Silbe: »Ve-ge-ta-ri-er-in?« Die Verachtung, die sie zum Ausdruck brachte, ging Erik durch und durch.

Während Mamma Carlotta von einem Verwandten sprach, der von einem Tag auf den anderen Vegetarier geworden war und den niemand gemocht hatte, versuchte Erik mehrmals, sie zu unterbrechen. Aber jedes Mal ohne Erfolg. Er konnte nicht verhindern, dass seine Schwiegermutter ohne jede Freundlichkeit, mit der sonst alle Gäste überschüttet wurden, erklärte: »Penne mit Safran ist auch für Vegetarierinnen geeignet. Ganz ohne Fleisch.«

Nun gelang es Erik einzuwerfen: »Nicht Vegetarierin, sondern Veganerin.«

Mamma Carlotta starrte ihn an. Erst jetzt schien ihr der kleine sprachliche Unterschied aufzufallen. »Veganerin?«, wiederholte sie vorsichtig. »Che cos'è?«

Svea setzte sich sehr aufrecht hin, als sie antwortete: »Ich esse nicht nur keine Tiere, sondern lehne auch die Nutzung von Tieren und tierischen Produkten ab.«

Erik wollte helfen: »Also auch keine Eier, keine Milch, kein Käse, kein Honig, Gelatine, Sahne und Joghurt natürlich auch nicht.«

»Genau«, sagte Sören leise, weil er wohl das Gefühl hatte, seine Anwesenheit an diesem Tisch mit der Teilnahme am Gespräch zu honorieren.

Mamma Carlotta musste sich setzen. Sie hatte vor lauter Entgeisterung sogar Schwierigkeiten mit den deutschen Wörtern, die ihr sonst, sobald sie Sylter Boden betrat, ohne Probleme von der Zunge rollten. »Ma senza uova, panna, formaggio ... questo è impossibile. Das geht nicht. Völlig unmöglich!«

Sveas Haltung wurde noch ein bisschen steifer. »Das geht sogar sehr gut. Man muss sich nur mal gründlich mit Tierethik, Tierrechten, Tier- und Umweltschutz auseinandersetzen. Und mit Gesundheit, Verteilungsgerechtigkeit und der Welternährungsproblematik.«

Ida sah aus, als schäme sie sich für ihre vegane Mutter, Erik spielte mit seinem Besteck, als wünschte er sich aus dieser Küche fort, Sören gab sich blind und taub, und Carolin und Felix fiel mit einem Mal ein, mit Kükeltje zu spielen, die sich immer gern in der Nähe des Tisches herumdrückte, wenn es etwas zu essen gab. Die Stille, die entstand, hatte nichts Gutes zu bedeuten, das wurde Erik sofort klar. Dass seine Schwiegermutter schwieg, statt laut zu lamentieren und Svea zu überreden, sich die Sache mit dem Veganismus noch mal zu überlegen, machte klar und deutlich, dass an diesem Tag ein Problem in seinem Hause Einzug gehalten hatte, das nicht so leicht zu bewältigen sein würde.

Mamma Carlotta legte immer am ersten Tag ihres Aufenthaltes Gemüse ein, Zucchini, Auberginen, Champignons, Paprikaschoten, Zwiebeln, dazu Knoblauchzehen, Kräuter und kräftige Gewürze. So hatte sie, wenn alles ein paar Tage im Olivenöl mariniert worden war, immer Antipasti im Haus, falls die Zeit nicht reichte, vor dem Primo Piatto eine Vorspeise anzurichten. Aber diesmal war noch keine Zeit dafür gewesen. Sie war ja erst am Tag zuvor auf Sylt angekommen! Und selbst wenn sie neben der Zubereitung von Carolins Geburtstagsessen dazu gekommen wäre, hätte das Gemüse noch fade geschmeckt, weil es nicht lange genug in der Marinade gelegen hatte.

So saß Svea Gysbrecht am Tisch, hatte tatsächlich ein paar Möhren auf dem Teller liegen, wie Felix es prophezeit hatte, und lehnte den Dip ab, den Mamma Carlotta ihr aus Frischkäse zubereiten wollte. Wie ein Fremdkörper hockte sie zwischen ihnen. Das Knacken, wenn sie in eine Möhre biss, schien sie jedes Mal ein bisschen weiter zu entfernen, als bräche mit jedem Möhrenstück auch die Bindung zu den Menschen weg, die sich um diesen Tisch versammelt hatten. Ihre Haltung war aufrecht, ihr Blick sehr ernst. Während sie mit der rechten Hand die Möhre in den Mund schob, zupfte die linke den Kragen ihrer Bluse zurecht, als käme es ihr darauf an, mit blinkender Rüstung in den Krieg gegen Fleischkonsum und die radikale Nutzung von Tieren zu ziehen. Mamma Carlotta redete noch lauter als sonst, um das Knacken zu übertönen, richtete aber das Wort nie an Svea, als hätte sie Angst, noch einmal etwas von Massentierhaltung oder Tierversuchen zu hören, während die anderen den Zucchiniauflauf aßen, aber nicht den Mut hatten, ihn zu loben, weil die Erwähnung des Thunfisches womöglich weitere Diskussionen über Tierethik heraufbeschworen hätte.

Das Klingeln von Eriks Handy wurde geradezu wohlwollend zur Kenntnis genommen. Auch von Mamma Carlotta, die in diesem Fall nicht kritisierte, dass Erik das Telefongespräch annahm, ohne vom Tisch aufzustehen und sich dorthin zu begeben, wo niemand gestört wurde. Jede Ablenkung von der explosiven Stimmung war ihr recht.

»Herr Freesemann!« Erik begrüßte den Bestatter so laut, dass jedes andere Gespräch verstummen musste. »Sie warten auf Frau Gysbrecht?« Er lächelte und zwinkerte Svea besänftigend zu. »Sie wird bald bei Ihnen sein. Sagen wir, in ...«

»... zwei Stunden«, ergänzte Svea, und Erik versicherte dem Bestatter, dass seine Freundin nicht die Absicht habe, sich an ein anderes Beerdigungsinstitut zu wenden. »Obwohl diese mysteriöse Angelegenheit bis jetzt keineswegs geklärt ist.«

Mysteriöse Angelegenheit? Mamma Carlotta war alarmiert. Was meinte Erik damit? Den verunglückten Leichenwagen? Was war daran mysteriös? Schrecklich war es, ganz entsetzlich! Aber ... mysteriös?

Svea Gysbrecht war genauso erstaunt. »Was hast du damit gemeint?«, fragte sie, kaum dass Erik aufgelegt hatte.

Es war nicht zu übersehen, dass Erik erleichtert war, als es im selben Augenblick an der Haustür klingelte. Und da Carolin und Ida gleichzeitig aufsprangen, um zur Tür zu laufen, war ebenso klar, wer im Hause Wolf erwartet wurde.

Svea sah auf die Uhr und murmelte: »Pünktlich ist er ja. Eine Stunde Mittagspause, keine Minute länger!« Sie wandte sich wieder an Erik. »Ich schaue mir heute Abend an, wie der Anstreicher gearbeitet hat.«

Erik winkte ab. »Du hast Wichtigeres zu tun.«

Svea schob sich den Rest der Möhre in den Mund und fragte: »Kommst du mit mir zu Freesemann?«

Carlotta sah, wie schwer Erik die Antwort fiel: »Ich habe keine Zeit. Wichtige Befragungen! Spätestens um zwei muss ich in Kampen sein. Es gibt da ein paar Dinge zu klären, die keinen Aufschub dulden.«

»Ich kann ja stattdessen mitkommen«, warf Ida ein, die in

die Küche zurückkehrte. Anscheinend war sie die Verliererin im Kampf um Ronnis Gunst geworden. »Wenn du es nicht allein schaffst, helfe ich dir eben, den Sarg für Oma auszusuchen.«

Aber ihre Mutter wehrte ab. »Nein, Ida! Ich weiß, wie schwer dir das fällt. Ich schaffe das allein.«

In einem heroischen Kraftakt überwand Mamma Carlotta ihre Abneigung. »Ich kann Sie auch begleiten, Signora. Ich habe Zeit.« Dass sie sich eigentlich nach dem Essen eine Siesta hatte gönnen wollen, fiel ihr leider zu spät ein.

Aber dann sah alles danach aus, als wollte Svea Gysbrecht ablehnen, weil Carlotta ihre Mutter nicht gekannt hatte und eine Fremde nicht beurteilen konnte, was zu einer Frau passte, die sie nie gesehen hatte. Sie schüttelte den Kopf, suchte nach Worten ... Mamma Carlotta spürte schon die Zufriedenheit, die sie immer dann erfüllte, wenn sie alles getan hatte, was für einen trauernden Menschen, der aber sämtliche Hilfsangebote ausschlug, getan werden konnte. Doch da sah sie den Blick, den Erik und Svea wechselten. Eriks Augen baten: Nimm das Angebot an, dann werdet ihr euch näher kennenlernen, und Sveas Augen antworteten: Also gut, wenn's sein muss.

»Das ist sehr nett von Ihnen, Signora«, sagte sie freundlich. »Wenn es Ihnen wirklich nichts ausmacht ...«

»Klasse!« Ida gefiel diese Entscheidung. »Dann helfe ich weiter bei den Vorbereitungen für die Party.«

»Wie lieb von dir!« Mamma Carlotta tätschelte Idas Arm. »Obwohl du selbst nicht mitfeiern kannst ...«

Ida sah sie erstaunt an. »Wieso nicht?«

»Aber ... du bist in Trauer!«

»Natürlich kann Ida mitfeiern«, unterbrach Svea. »Niemand hat etwas davon, wenn sie morgen Abend allein zu Hause sitzt.«

Mamma Carlotta hatte etwas auf der Zunge liegen, aber Eriks warnender Blick verschloss ihr den Mund. Sie verstand, dass sämtliche Vorwürfe und Mahnungen, die in Panidomino in einem solchen Fall berechtigt wären, auf Sylt und in Svea Gysbrechts Gegenwart nur lästig waren. So trug sie die leere Auflaufform zur Spüle, holte die Nudeln mit der Safransoße auf den Tisch und lenkte ihre Mahnungen stattdessen auf Erik und Sören. Die beiden hatten eine Ruhepause nötig nach der kurzen Nacht. »Eine Siesta! Wenigstens eine halbe Stunde!«

Aber Erik winkte ab. »Wir müssen nach Kampen.« Er sah sogar so aus, als wollte er auf den Hauptgang verzichten.

»Sind diese Befragungen denn wirklich so wichtig?«

Doch Erik ließ sich zu keiner Erklärung hinreißen, und auch Sören konzentrierte sich auf die Penne, als äße er, um nichts sagen zu müssen. Jetzt erst fiel Mamma Carlotta auf, wie schweigsam er war, unsicher und nervös. Das Autorennen mit dem tödlich verunglückten jungen Mann schien ihn sehr mitzunehmen. Vielleicht kannte er den Toten? Sie würde in den nächsten Tagen versuchen, ihn mit seinen Leibgerichten ein wenig aufzubauen.

Carolin erschien erst wieder in der Küche, als ihre Nonna das Secondo auftrug, und wurde von Ida mit finsterem Blick empfangen. Madonna! Mamma Carlotta würde während ihres Aufenthaltes auf Sylt eine Menge zu tun haben, damit der Familienfriede nicht gefährdet war.

Das Huhn auf Ratatouille wurde lustlos verzehrt, und von der Mascarponecreme nahm jeder nur einen kleinen Löffel. Was war der Grund? Das Knacken der Möhren? Svea Gysbrecht, die sich damit aus dem Kreis der Familie ausschloss? Die Rivalität zwischen Ida und Carolin? Der Tod von Sveas Mutter? Oder war das Ratatouille nach dem Aufwärmen so trocken geworden, dass es niemandem mehr schmeckte? Nicht einmal Sören, der sonst immer mit großem Appetit zulangte, wollte einen Nachschlag haben.

Als auch partout niemand den Rest der Mascarponecreme aus der Schüssel kratzen wollte, erhob Mamma Carlotta sich.

»Ich werde mich umziehen.« Sie war froh, dass sie ein dunkles Kleid in den Koffer gepackt hatte, das ihr für den Besuch bei einem Bestatter geeignet erschien.

Zögernd sah sie Svea Gysbrecht an, die in Jeans, einer blau-weiß gestreiften Bluse und einer hellblauen Strickjacke am Tisch saß. Aber sie machte keine Anstalten, nach Hause zu fahren und sich schwarze Kleidung anzuziehen. Nun stand sie zwar auf, jedoch mit ganz anderen Absichten. »Ich schaue mir schon mal die Wände im Schlafzimmer an.«

Mit diesen Worten folgte sie Carlotta die Treppe hinauf. Ihre Stimme drang kurz darauf klar und hell durch die Wand, freundlich zwar, aber ebenso autoritär. Sie machte mehrere Vorschläge, die aber alle so klangen, als erteilte sie Befehle.

Erik drückte immer und immer wieder auf den Klingelknopf. »Das kann doch nicht wahr sein.«

Sören machte eine Bewegung, als wollte er Eriks Hand am weiteren Klingeln hindern. »Das hat keinen Sinn! Seeberg ist nicht zu Hause.«

»Zwei Stunden vor der Beerdigung seiner Frau?«

Sörens Stimme klang störrisch. »Vor der Beerdigung einer Frau, die angeblich seine Ehefrau ist.«

»Ja, ja.« Erik führte sein Gesicht nah an die Milchglasscheibe in der Eingangstür und schirmte mit beiden Händen das Tageslicht ab. Mit einem Mal fuhr er herum, sodass Sören erschrak. »Die Wohnzimmertür ist zu!«

Sören starrte ihn an, als verstünde er kein Wort. »Wohnzimmertür?«

»Ich konnte heute Morgen das helle Rechteck erkennen! Die geöffnete Tür! Jetzt ist alles dunkel.«

Sören lief, ohne lange zu fackeln, in den Garten. Als Erik bei ihm ankam, wandte er sich ihm mit ratlosem Gesichtsausdruck zu. »Die Gardine!« Er wies auf das Wohnzimmerfenster. »Heute Morgen war sie einen Spaltbreit geöffnet.«

Erik kam aufgeregt näher heran. Die Gardine war so sorgfältig verschlossen worden, dass das Innere des Hauses ein Geheimnis blieb. »Jemand war während der letzten beiden Stunden hier.«

»Oder es ist immer noch jemand im Haus«, gab Sören ebenso leise zurück. »Jemand, der nicht öffnen will.«

»Jetzt ist also doch Gefahr im Verzug«, beschloss Erik und zog sein Handy hervor. »Wir lassen die Tür öffnen.«

»Das dauert zu lange. Bis der Schlüsseldienst hier ist, kann da drinnen jemand verblutet sein.«

Erik erschrak. »Sie meinen …?«

Er sprach den Satz nicht zu Ende, und Sören antwortete nicht. Er zeigte zu dem kleinen Fenster neben der Haustür, das vermutlich zu einem Gäste-WC gehörte. »Da passe ich durch. Die große Wohnzimmerscheibe will ich nicht einschlagen, und unter dem Küchenfenster gibt es einen Gartenteich.«

»Häuser wie dieses haben alle eine Alarmanlage.«

»Dann werden die Nachbarn bei der Polizei anrufen. Prima! Wir bekommen Verstärkung, und die können wir vielleicht gebrauchen.« Sören zögerte. »Ist wirklich Gefahr im Verzug, Chef?«

Erik strich sich den Schnauzer glatt, eher er antwortete: »Alles hängt an Ihrer Aussage, Sören. Ob ein Ehemann vor der Beerdigung seiner Frau bei Gosch ein Fischfilet isst oder in der Kupferkanne gemütlich Kaffee trinkt, geht uns nichts an. Aber wenn die Umstände so merkwürdig sind wie hier …« Er räusperte sich umständlich und sprach nicht weiter.

Sören bückte sich nach einem heruntergefallenen Ast. Mit großer Kraft schlug er zu, aber das Fenster hielt stand. Immer und immer wieder versuchte er es, doch es war schwerer als gedacht. Er brauchte lange, bis endlich das Glas splitterte.

Die beiden sahen sich an und lauschten. Nichts geschah. Keine Alarmanlage, auch kein Nachbar, der auf den Plan kam. Sören rollte die Mülltonne unters Fenster, die in der Nähe des

Kellerabgangs stand, und kletterte darauf. Vorsichtig schob er seine Hand durch das zersplitterte Glas und erreichte den Griff. Das Fenster öffnete sich weit. »Richtig! Das Gäste-WC!«, rief er. »Und die Toilette steht unter dem Fenster. Das ist eine Kleinigkeit.«

Er stieg auf die Fensterbank, ließ sich darauf nieder, schwang die Beine ins Innere, sprang auf den Toilettendeckel und dann auf den Boden. »Geschafft!«

»Vorsichtig«, warnte Erik leise. »Kann sein, dass jemand im Hause ist, der Sie gehört hat.«

Er vernahm ein Klicken, das ihn beruhigte. Sören hatte seine Waffe gezogen und sie entsichert.

Erik lief zur Haustür, die kurz darauf von Sören geöffnet wurde. »Hier ist alles ruhig geblieben.«

Mit gezückten Pistolen stießen sie im Erdgeschoss eine Tür nach der anderen auf. »Polizei!«

Doch es blieb still, aus keinem der Zimmer drang ein Laut. Eins nach dem anderen durchsuchten sie und kamen schließlich zu dem Ergebnis, dass tatsächlich niemand im Hause war.

»Aber in der Zwischenzeit war jemand da«, beharrte Erik.

»Jemand, der nicht gesehen werden wollte.«

Erik schlug mit der Faust an die Wand. »Verdammt! Wo sind der Seeberg und diese Pflegerin?«

»Die Pflegerin wird schon auf dem Nachhauseweg sein. Ihr Auto ist nicht mehr da.«

»Vor der Beerdigung?«

»Kann doch sein. Ihr Job ist erledigt.«

»Wir müssen sie zur Fahndung ausschreiben.«

»Nein, nicht zur Fahndung. Was werfen Sie ihr denn vor? Als Zeugin brauchen wir sie.«

Sie durchsuchten das Haus noch einmal systematisch vom Keller bis zum Dachboden, aber es blieb dabei: Es war leer.

Im Wohnzimmer blieben sie stehen und sahen sich um. Gläser standen auf dem Tisch, ein Aschenbecher mit zwei, drei ausgedrückten Zigaretten war auf einer Kommode neben der Tür abgestellt worden, als hätte ihn jemand in die Küche bringen wollen, war aber daran gehindert worden. Daneben lag eine leere Zigarettenpackung.

Sören nahm sie zur Hand. »Peel Menthol Orange«, las er vor. »Was für eine ausgefallene Zigarettenmarke! Habe ich nie gehört.«

Erik nahm ihm die Packung aus der Hand und betrachtete sie ebenso erstaunt. Sie war orangefarben, mit Kreisen darauf in dunklem Orange, weiß und grün.

Sören hatte die Zigaretten schon wieder vergessen. »Bleibt uns nur, auf die Beerdigung zu warten. Auf dem Friedhof wird Herr Seeberg vielleicht erscheinen.«

»Es sei denn...« Erik drehte sich um und betrachtete alles, was er sah, noch einmal, als könnte es eine Kleinigkeit geben, die ihm die Wahrheit verriet. »Es sei denn, hier ist etwas faul. Richtig faul!« Ihn beschlich ein ungutes Gefühl. »Wenn nicht, wird es schwer sein, der Staatsanwältin dieses gewaltsame Eindringen zu erklären.«

In diesem Moment fiel ihm etwas auf, das ihn stutzig machte. Mit Nachdruck öffnete er die Schlafzimmertür erneut und riss dann eine andere Tür auf, die in ein Gästezimmer führte, das ein eigenes Bad besaß. Das Bett war frisch bezogen, aber unberührt, das Bad, in dem sie sich kurz zuvor gründlich umgesehen hatten, war in letzter Zeit nicht benutzt worden. Auf dem breiten Doppelbett im Schlafzimmer dagegen lagen zwei Bettdecken, im Bad nebenan fand Erik eine Männerunterhose auf dem Boden und einen roten Spitzen-BH, der an einem Haken hing. Kosmetikartikel standen in einem geöffneten Spiegelschrank, ein knallroter Lippenstift lag am Rande des Waschbeckens. Der Mann, der dieses Bad mit einer Frau zusammen benutzte, hatte nur eine Zahnbürste, einen Rasierer nebst Rasierschaum und ein Eau de Cologne hinterlassen. Alles andere gehörte der Frau, die viel Wert auf dekoratives Make-up legte.

»Fällt Ihnen was auf?«, fragte Erik.

Sören trat hinter ihn. »Die beiden sind nicht abgereist. Die kommen wieder. Wahrscheinlich jeden Augenblick. Und dann wird's hier richtig Ärger geben.«

»Ich meine was anderes …« Erik sicherte seine Pistole und steckte sie umständlich zurück, ehe er weitersprach: »Das sieht nicht so aus, als hätte in diesem Haus ein Mann mit der Pflegerin seiner Frau gelebt. Hier haben Mann und Frau zusammengewohnt. Ein Paar! Ein Liebespaar?« Erik ging zurück zum Ende des Flurs. Dort gab es einen Raum, der als Krankenzimmer gedient hatte. Ein Pflegebett stand in der Mitte des Raumes, von allen Seiten zugänglich, am Kopfende war ein Aufrichter mit Triangelgriff angebracht, das Bettzeug war ordentlich zusammengelegt, die Bettwäsche abgezogen worden. Ein Pflegebett, das nicht mehr gebraucht wurde. Ein Schränkchen stand voller Medikamente, in einem geöffneten Regal fand sich alles, was für eine pflegebedürftige Person benötigt wurde.

Erik nahm ein Fläschchen zur Hand. »Abstral«, las er.

Sören antwortete, ohne zu überlegen: »Ein Opiat für Tumorpatienten.«

Erik fiel ein, dass Sörens Schwester vor Jahren an Krebs gestorben war. Er hatte selten über ihre Behandlung gesprochen und würde es auch heute nicht tun.

Sören trat aus der Tür und sah den Flur entlang zum Schlafzimmer. »Sie meinen also … hier hat die todkranke Frau gelegen, und ihr Mann …« Er wies zur Schlafzimmertür, dann ließ er den Arm fallen und schüttelte heftig den Kopf. »Himmel, jetzt falle ich selbst schon darauf rein!«

»Sie wollten sagen, ihr Mann hat sich dort mit der Pflegerin vergnügt?«

»Nein«, entgegnete Sören mit lauter Stimme. »Nicht ihr Mann! Die Tote war nicht Frau Seeberg! Ich bleibe dabei!«

Mamma Carlotta fühlte sich in ihrer Rolle nicht wohl. Eine Statistenrolle! Sie saß neben Svea Gysbrecht, die kurz zuvor in Freesemanns Sarglager innerhalb weniger Minuten einen Sarg ausgesucht hatte und nicht auf Carlottas Erörterungen eingegangen war, die erst lang und breit das Für und Wider jedes einzelnen Sarges bedenken wollte.

»Dieser hier!«, hatte Svea beschlossen, ohne zu erklären, warum ihre Wahl auf den hellen, schlichten Sarg gefallen war. Genauso schnell und sicher suchte sie nun die Blumen aus, die den Sarg schmücken sollten, die Kissen, auf denen ihre Mutter ruhen, die Decke, die über sie gelegt werden sollte. Ein Totenhemd lehnte sie ab, ihre Mutter sollte in ihrem schönsten Kleid beerdigt werden. Auch diese Entscheidung traf sie, ohne Mamma Carlottas Meinung einzuholen.

Bis sie die Trauerkarte formuliert und über die Papierqualität entschieden hatte, war es Mamma Carlotta kein einziges Mal gelungen, einen Ratschlag zu erteilen, den Svea ernsthaft erwog. Warum war sie eigentlich mitgekommen? Warum hatte Svea ihren Schwiegersohn um Hilfe gebeten, wenn sie gar keine wollte? Oder hätte sie auf Eriks Meinung gehört? Waren es nur die Ansichten seiner Schwiegermutter, die sie nicht interessierten? Hätte Ida Wünsche äußern dürfen, wenn sie dabei gewesen wäre? Oder hätte Svea auch in diesem Fall jedes Wort zur Seite gewischt, wie sie es mit Mamma Carlottas Ratschlägen getan hatte? Die ganze Angelegenheit war wirklich sehr unbefriedigend. Und Mamma Carlotta bereute schwer, dass sie sich die Siesta versagt hatte, um neben Svea Gysbrecht zu sitzen, die an ihrer Meinung kein bisschen interessiert war.

Am Ende lehnte Herr Freesemann sich zufrieden zurück. »Alles andere werde ich für Sie regeln, Frau Gysbrecht. Das Gespräch mit dem Pfarrer, der Zeitpunkt der Beisetzungsfeier, die Beerdigung, die Zeremonie, die Bewirtung der Gäste...«

»Das Café Lindow ist sehr gut«, warf Mamma Carlotta ein, froh, endlich einmal etwas herausgebracht zu haben, was Svea

Gysbrecht nicht mit einer energischen Geste unterbunden hatte.

Spontane Zustimmung erntete sie dennoch nicht. »Mal sehen«, gab Svea zurück. »Darüber werde ich mit Ida sprechen.« Sie erhob sich und reichte dem Bestatter die Hand. »Das war's dann.«

Herr Freesemann dankte ihr überschwänglich und ergänzte: »Ich freue mich ganz besonders, dass Sie mir Ihr Vertrauen schenken. Ich hoffe, der Hauptkommissar ist mittlerweile der Ansicht, dass an seinen Vorwürfen nichts dran ist. Bei mir wird nicht schlampig gearbeitet, bei mir ...«

»Was für Vorwürfe?«, unterbrach Svea ihn.

Herr Freesemann sah sie erschrocken an. »Oh, Sie wissen gar nichts davon? Und ich dachte ...« Er lief rot an und wischte sich über die Stirn, als wäre ihm der Schweiß ausgebrochen.

»Was dachten Sie?«, erkundigte sich Mamma Carlotta, die in solch brisanten Momenten unmöglich den Mund halten konnte. Dass Svea Gysbrecht diese Einmischung nicht gefiel, bemerkte sie sofort, der Seitenblick, der sie traf, entging ihr nicht.

Herr Freesemann druckste ein paar Silben heraus, dann beschloss er: »Es ist wohl besser zu schweigen. Wenn der Hauptkommissar nichts gesagt hat, dann könnte es sich um ein Dienstgeheimnis handeln. Besser, ich rede nicht davon.«

Svea ließ keinen Zweifel daran, dass sie auf seine Informationen nicht angewiesen war. »Ich werde meinen Freund selbst fragen. Ich hoffe nicht, dass ich etwas erfahre, was mir nicht gefällt. Sie sind nicht der einzige Bestatter auf der Insel ...«

»... aber der beste«, ergänzte Freesemann größenwahnsinnig und rückte seine Aussage dann vorsichtshalber zurecht: »Das Bestattungsunternehmen mit dem ältesten Namen. Schon mein Vater und mein Großvater ...«

Mamma Carlotta hörte ihm nicht zu. Sie hatte damit zu tun, gegen die Sorge anzukämpfen, dass Svea von Erik mehr erfahren könnte als sie selbst. Es wurde wohl Zeit, dass Svea Gysbrecht erfuhr, wie vertrauensvoll Erik mit ihr, seiner Schwiegermutter, umging.

»Sie meinen den verunglückten Leichenwagen?«, fragte sie und weidete sich an dem Blick, den Svea ihr zuwarf. »Sì, das ist wirklich un ... scandalo.«

Zufrieden lehnte sie sich zurück und verzichtete darauf, noch weitere Einzelheiten von sich zu geben. Sveas Erstaunen reichte aus. Eriks Freundin hatte also nichts von dem schrecklichen Unfall erfahren, in dem einer von Freesemanns Leichenwagen verwickelt gewesen war. Aber sie, Eriks Schwiegermutter, wusste Bescheid. Es gefiel ihr, dass Svea einsehen musste, wie innig ihre Beziehung zu Erik war. Jeder Versuch, sich in diese Zusammengehörigkeit zu drängen, würde vergeblich sein, das war ihr jetzt hoffentlich klar geworden.

Freesemanns Telefon begann zu läuten, als sie sich gerade verabschiedet hatten. Svea bedeutete ihm, dass es nicht nötig war, sie zur Tür zu begleiten. »Gehen Sie ruhig dran. Wir finden alleine raus.«

Doch davon wollte Herr Freesemann nichts wissen. Er nahm das Telefon mit, das unentwegt klingelte, öffnete ihnen die Tür und nahm das Gespräch erst an, als sie die Treppenstufen hinabgingen.

»Herr Pfarrer!«, hörte Mamma Carlotta ihn rufen. »Sie warten noch immer auf den Sarg? Tut mir leid ...«

Die Tür fiel ins Schloss, Freesemanns Stimme wurde abgeschnitten. Unauffällig sah Mamma Carlotta auf ihre Armbanduhr, während sie auf Sveas Auto zusteuerten. Kurz nach drei. Genau die richtige Zeit! Zufrieden sah Mamma Carlotta an sich herab. Wie gut, dass sie für eine Beerdigung richtig angezogen war.

»Setzen Sie mich bitte am Friedhof ab«, sagte sie, als das Ortsschild von Wenningstedt in Sicht kam. »Ich möchte einen Besuch bei Lucia machen.« Dass sie noch am Vormittag am

Grab ihrer Tochter gewesen war, wusste Svea ja nicht. »Den Rückweg gehe ich dann zu Fuß. Das ist ja nicht weit.«

Mehrere Herren in dunklen Anzügen und Damen in schwarzen Kostümen standen vor dem Eingang der Friesenkapelle und schienen auf etwas zu warten. Mamma Carlotta sah sich unauffällig um, nachdem sie sich von Svea verabschiedet hatte und ausgestiegen war. Hielt sich auch Lilly Heinze in der Nähe auf? Nein, das würde sie nicht wagen. Sie hatte gesagt, sie wolle hinter dem Holzhaus am Ende des Friedhofs Stellung beziehen, von dort die Trauergesellschaft beobachten und herausfinden, ob ihr Mann sich mit seiner Geliebten dort zeigte.

Mamma Carlotta zauderte noch, da fiel ihr die merkwürdige Stimmung unter den Wartenden auf. Ratlosigkeit stand auf den meisten Gesichtern, andere steckten die Köpfe zusammen und tuschelten. Der Pfarrer erschien in der Tür und sagte etwas, was für große Betroffenheit unter den Trauergästen sorgte. Und dann fuhr ein Wagen vor, den Mamma Carlotta gut kannte. Sie hatte gerade noch Zeit, ihm den Rücken zuzudrehen und zügig auf die Friedhofspforte zuzuschreiten. Sollte Erik sie dennoch gesehen haben, würde er keinen Verdacht hegen. Es gab eben Tage, da zog es sie sowohl vormittags als auch nachmittags zu Lucias Grab.

Auf dem Friedhof blickte sie sich um. Niemand zu sehen! Weder Lilly Heinze noch ein Friedhofsbesucher! Mamma Carlotta eilte zum Grab ihrer Tochter, flüsterte ihrem Namen auf dem Grabstein zu, dass sie leider keine Zeit für einen längeren Besuch habe, sicherte Lucia jedoch zu, bald wiederzukommen und ihr alles zu erzählen. Dann lief sie an dem offenen Grab vorbei zu dem Holzhaus, das den Friedhofsgärtnern gehörte. Von ihnen und ihren Gerätschaften war nichts zu sehen, das Haus war verschlossen. Vorsichtig ging Mamma Carlotta um die rechte Hausecke – und stand vor einer Frau, die sie erschrocken ansah.

Stöhnend griff sich Lilly Heinze an die Brust. »Sie sind es! Und ich dachte schon ...« Was sie befürchtet hatte, sprach sie nicht aus.

»Sie sind früh dran«, stellte Mamma Carlotta fest. »Die Trauerfeier hat noch nicht begonnen.«

Lilly Heinzes Atmung regulierte sich erst allmählich wieder. »Ich wollte rechtzeitig Posten beziehen. Sicher ist sicher.«

Carlotta nickte verständnisvoll. »Damit Sie niemand sieht.«

Lilly Heinze drängte sich an die Rückwand des Holzhauses. Sie sah ängstlich aus. Nein, nicht ängstlich, eher scheu und besorgt. So, als gefiele es ihr nicht, dass sie sich verstecken musste, als wäre ihr Selbstbewusstsein zu stark für eine so schwache Haltung, ihr Stolz zu aufrecht für dieses Sichducken.

Auch sie hatte sich dunkel gekleidet. Obwohl sie nicht gesehen werden wollte, war es ihr wohl dennoch darum gegangen, unauffällig zu erscheinen. »In einer halben Stunde werden sie kommen.« Sie lehnte sich an die Rückwand des Holzhauses und schloss die Augen. »Sind Sie meinetwegen hier?«

Mamma Carlotta lehnte sich neben Lilly Heinze, ließ die Augen aber offen und schaute durch die Bäume des dünnen Waldes, der sich dem Holzhaus anschloss, in den Himmel. »Frauen müssen zusammenhalten. Wenn Ihr Mann Sie betrügt, dann kriegen wir das raus.«

Lilly Heinze ließ die Augen geschlossen. »Nett von Ihnen.«

Mamma Carlotta fragte sich nicht, wie ehrlich diese Antwort war. Das tat sie nie, wenn sie ahnte, dass jemand nur höflich war und nicht den Mut hatte, ihre Hilfe als Einmischung zu bezeichnen. »Irgendwas ist komisch«, flüsterte sie. »Die Leute sind nicht in die Kirche gegangen. Sie stehen vor der Tür und reden. Der Pfarrer ist rausgekommen, und gerade ist auch die Polizei vorgefahren.« Sie wollte eigentlich noch erwähnen, dass der Hauptkommissar von Sylt ihr Schwiegersohn war, aber sie kam nicht dazu.

Lilly Heinze stieß sich von der Wand ab und starrte sie an. »Polizei? Warum?«

»Nessuna idea. Keine Ahnung!« Mamma Carlotta stand nun auch fest auf ihren beiden Beinen. »Soll ich hingehen und mich umhören?« Für eine ausführliche Erläuterung der Verwandtschaftsverhältnisse war nun keine Zeit, das musste warten.

Endlich erschien auf Lilly Heinzes Gesicht die Verbundenheit, auf die Carlotta bisher vergeblich gewartet hatte. »Wenn es Ihnen nichts ausmacht...«

Mamma Carlotta klemmte energisch die Handtasche unter den Arm. »Wahrscheinlich geht es um den Leichenwagen, der verunglückt ist. Dann war die Tote, die aus dem Sarg gefallen ist, wohl doch Ihre Freundin. Nun ist sie vielleicht keine Tote mehr, die bestattet werden muss, sondern so etwas wie... wie...« Sie rang nach Worten, fuhr mit dem linken Arm durch die Luft, als wollte sie die richtige Vokabel von einem Ast pflücken, und meinte schließlich: »Ein Beweisstück!«

Lilly Heinze starrte sie entsetzt an. »Beweisstück?«

»Scusi, Signora!« Mamma Carlotta wurde nervös. »Mir ist gerade kein besseres Wort eingefallen. Sie wissen doch, sono una Italiana. Die deutsche Sprache ist nicht leicht.«

»Schon gut.« Lilly Heinze unterband ihre Entschuldigungen. »Ich glaube, ich weiß, was Sie meinen.«

»Dass der Leichenwagen verunglückt ist, hat nämlich etwas mit unerlaubten Straßenrennen zu tun. Dio mio! Was es alles gibt!« Carlotta war bis zum Rand gefüllt mit dem Wunsch nach Wiedergutmachung. »Ich könnte versuchen herauszufinden, was mit Ihrer Freundin geschehen ist. Kann sein, dass es schon zu spät ist, aber...«

»Ja, laufen Sie!« Lilly Heinze machte einen Schritt auf sie zu, als wollte sie Mamma Carlotta wegdrängen. »Ich muss wissen, was mit Klara passiert ist.«

»Certo!« Mamma Carlotta hätte Lilly Heinze eigentlich gern

erklärt, dass es womöglich reichen würde, beim Abendessen das Gespräch auf diese Beerdigung zu lenken, um etwas von ihrem Schwiegersohn zu erfahren, aber dafür war nun keine Zeit mehr. »Sie bleiben hier! Ich bin gleich zurück.«

Zügig, so als wäre sie ein verspäteter Gast, ging sie auf die Kirche zu und tat so, als hielte sie nach einem Bekannten Ausschau, an dessen Seite sie dem Sarg zum Friedhof folgen konnte. Tatsächlich schien sie niemandem aufzufallen. Ihr Verhalten war vollkommen unscheinbar. Genauso benahm sich eine Frau, die zur Beisetzung einer flüchtigen Bekannten oder Nachbarin ging und nicht allein bleiben wollte.

Aber dann sah sie Erik und Sören, die mit dem Pfarrer und dem Bestatter etwas abseits standen. Nun zögerte sie. Wie sollte sie sich in ihre Nähe begeben, ohne aufzufallen? Nein, völlig unmöglich! Aber sie musste unbedingt erfahren, was vorgefallen war, musste also etwas von dem Gespräch mitbekommen, das dort geführt wurde. Die vier steckten die Köpfe zusammen, sie sprachen leise, darauf bedacht, niemandem etwas zu Ohren kommen zu lassen.

Es war Zufall, dass ihr das geöffnete Seitenfenster auffiel. Vielleicht gehörte es zur Sakristei, vielleicht aber auch zum Kirchenraum. Die Männer standen direkt darunter. Im Innern der Kirche, dort, wo es still war, konnte sie womöglich etwas von dem Gespräch verstehen.

Die hölzerne Eingangstür stand offen, und Carlotta huschte hindurch. Sie befand sich nun in einem winzigen Vorraum, öffnete die nächste Tür und betrat die Kirche, voller Ehrfurcht wie immer, wenn sie ein Gotteshaus besuchte. Dieses hatte keinen Mittelgang wie die Kirche in Panidomino, sondern zwei Gänge an beiden Außenseiten der Kirche. Der, den sie betrat, führte auf ein Wikingerschiff an der gegenüberliegenden Wand zu, das mit vielen Teelichtern besetzt war, die Gläubige angezündet hatten, um das Schicksal zu bestechen, so wie Carlotta in ihrer Kirche Kerzen anzündete, wenn sie einen Wunsch durchsetzen wollte, für den sie göttlichen Beistand brauchte. Ein Durchlass führte auf dieses Schiff zu. Auf einem Balken darüber stand ›Gott, der Herr, ist Sonne und Schild‹, und darauf erhob sich ein mächtiger Viermaster.

Das offene Fenster befand sich auf der rechten Seite, darunter gab es eine Bank, die sich an der Wand entlang zog. Mamma Carlotta dachte kurz daran, darauf zu klettern, und wenn es die gepolsterten Sitze nicht gegeben hätte, wäre sie in Versuchung geraten. Aber mit schmutzigen Schuhen auf eine stoffbezogene Sitzfläche? Nein, so was gehörte sich nicht. Sie hätte die Schuhe ausziehen müssen. Aber wie sollte sie das erklären, wenn jemand die Kirche betrat und sie auf Strümpfen erwischte? Die Behauptung aufstellen, in Italien hielte man die Schuhe in der Hand, wenn man zu seinem Herrgott ging? Das würde ihr niemand glauben.

Also hockte sie sich auf die Bank, reckte ein Ohr so weit wie möglich in die Höhe, konnte aber dennoch nichts von dem verstehen, was vor dem Fenster gesprochen wurde. Es war sinnlos. Sie würde Lilly Heinze gestehen müssen, dass sie vergeblich versucht hatte, hinter das Geheimnis um den Tod ihrer Freundin zu kommen.

Sie betrachtete den gemauerten, weiß gestrichenen Altar, darauf die dicke Holzplatte, über der ein Kruzifix hing. Das weiß gestrichene Mauerwerk setzte sich über dem Altar fort, mit einem erhöhten Mittelteil. Mamma Carlotta stand auf und sah ihn sich genauer an. Jetzt bemerkte sie, dass es an der linken Seite einen Aufgang gab, der aus drei, vier Stufen bestand. Die Kanzel! Zurzeit standen dort einige künstliche Blumensträuße, die wohl hervorgeholt wurden, wenn in den Gärten keine Blumen mehr wuchsen. Wenn der Pfarrer diese Stufen emporstieg, um von dort seine Predigt zu halten, hatten sie sicherlich irgendwo einen dekorativen Platz gefunden.

Die Wand dahinter war in Form einer Kirchenfassade hellblau gefliest, nach oben in kurzen Strebungen geöffnet, in der Mitte ein Kreuz, das durch dunklere Fliesen entstanden war.

Mamma Carlotta zögerte. Wie kam sie hier wieder raus? Die Tür öffnen, ohne zu wissen, was sie davor erwartete? Sie stellte sich vor, in viele fragende Gesichter zu sehen, wenn sie auf den Stufen der Kirche erschien, und zauderte. War es ein Fehler gewesen, hier einzudringen? Würde Erik glauben, wenn er sie beim Verlassen der Kirche bemerkte, dass sie nur an der Architektur dieses Hauses interessiert gewesen war? Sie musste es einfach versuchen. Vielleicht sah er sie ja nicht. Und wenn doch, musste er ihr die Ausrede einfach abnehmen. Das Gegenteil konnte er ihr jedenfalls nicht beweisen.

Sie war noch nicht weiter als bis zur ersten Bankreihe gekommen, als sie scharrende Schritte hörte, das Schließen der Tür und eine Stimme, die sagte: »Lassen Sie uns hier drinnen weiterreden. Da draußen gibt es zu viele Lauscher.«

Erschrocken fuhr sie herum. Das war die Stimme des Pfarrers. Wenn er in die Kirche kam, befanden sich Erik, Sören und Rayk Freesemann in seiner Begleitung. Sie musste sich unsichtbar machen. So schnell wie möglich! Dies war eine wunderbare Gelegenheit, mehr zu erfahren. Carlotta Capella aus Umbrien gehörte nicht zu denen, die eine solche Chance vorüberziehen ließen.

Es waren nur zwei, drei Schritte bis zum Altar, dahinter nur die paar Stufen, die in die Nische dahinter führten, die die Kanzel bildete. Mamma Carlotta duckte sich genau in dem Augenblick, in dem sich die Tür des Vorraums öffnete.

Herr Freesemann war direkt nach Erik und Sören vor der Tür der Friesenkapelle erschienen. Den Trauernden, die ratlos dastanden und jeden fragend ansahen, der einen kompetenten oder auch nur tatkräftigen Eindruck machte, hatte er keinen Blick geschenkt. Unverzüglich war er dem Wink des Pfarrers gefolgt, der sich mit den drei Herren so weit wie möglich von der Trauergemeinde entfernte. Doch die vier hatten schnell gemerkt, dass ein ungestörtes Gespräch nicht möglich war. Die Neugier um sie herum war zu groß, die Aufmerksamkeit richtete sich mit einer so pfeilgeraden Wachsamkeit auf sie, dass der Pfarrer sich bald etwas Besseres einfallen lassen musste. Mit einer winzigen Kopfbewegung hatte er zur Kirchentür gedeutet, und Erik, Sören und Freesemann waren ihm gefolgt, ohne auch nur einem einzigen der Trauernden einen Blick zu gönnen. Bloß keine Frage herausfordern!

Erik drängte sich hinter dem Pfarrer in den kleinen Vorraum der Kirche, der mit drei Personen bereits überfüllt war, Sören blieb auf der Schwelle stehen. Der Pfarrer stieß die Tür zum Kirchenraum auf und schritt hinein, langsam und würdevoll, wie er es gewöhnt war. Freesemann überholte ihn in seiner Erregung, die sich nicht mit gemessenen Bewegungen vertrug, lief an den grau gestrichenen Bankreihen vorbei und baute sich vor dem Altar auf. Für die Schönheiten der Kirche hatte er keinen Blick, nicht nur, weil er sie hinreichend kannte, sondern auch, weil er viel zu erregt war.

»Mich trifft keine Schuld, Herr Pfarrer! Es ist mir selbst ein Rätsel, warum die Leiche nicht freigegeben wurde. Damit habe ich nichts zu tun. Ich habe nur meine Pflicht getan…«

Erik unterband die aufgebrachte Rede mit einer energischen Geste, und Sören machte einen Schritt auf Freesemann zu, als rechnete er damit, dass der Bestatter nicht aufgeben, sondern so lange wettern würde, bis der Pfarrer auf die Würde dieses Hauses verweisen müsste.

Aber Freesemann schwieg schlagartig, als Erik den Pfarrer fragte: »Wo ist Herr Seeberg? Haben Sie schon mit ihm gesprochen?«

Der Pfarrer ließ sich auf die hölzerne Bank neben zwei großen Kerzen sinken, die auf ihren schmiedeeisernen Ständern den Altar schmückten. Er sah aus, als wäre er hoffnungslos überfordert. »Ich habe vergeblich versucht, ihn zu erreichen.

Er sollte längst hier sein. Was ist eigentlich los? Warum ist der Sarg noch immer nicht gebracht worden?« Er warf dem Bestatter, der nach wie vor am Altar stand, als wollte er eine Predigt halten, einen misstrauischen Blick zu. »Herr Freesemann konnte mir nichts Genaues sagen. Dass Herr Seeberg nicht erscheint und auch nichts von sich hören lässt ... ich verstehe das alles nicht.«

Erik vergewisserte sich: »Sie haben heute nichts von ihm gehört?«

»Nein!« Der Pfarrer wurde ungeduldig und stand wieder auf. »Ich habe ihn mehrfach angerufen, aber er geht nicht ans Telefon. Und dass er bisher nicht erschienen ist ...« Er schüttelte den Kopf und hob die Hände, als wollte er den Himmel anflehen. »Was soll jetzt geschehen?«

Erik sprach sehr langsam und betonte jedes Wort. »Wir haben Grund zu der Annahme, dass unter dem Namen Klara Seeberg eine andere Frau beerdigt werden sollte.« Er warf einen Blick zu Freesemann, der den Mund bereits geöffnet hatte, um weiter zu lamentieren. »Den Bestatter trifft keine Schuld.«

Herr Freesemann klappte den Mund wieder zu.

»Wir haben gerade den Arzt aufgesucht, der den Totenschein ausgestellt hat.«

Zum Glück hatte einer der Nachbarn doch noch Auskunft geben können. Er kannte den Arzt, hatte ihn gelegentlich in das Haus der Seebergs gehen sehen und Erik den Namen nennen können. »Dr. Bendixen! Ein guter Arzt! Im letzten Sommer hatte ich einen Hexenschuss. Eine Spritze von Dr. Bendixen, und ich war bald wieder beschwerdefrei.« Der Nachbar hatte auch erzählt, dass er einmal mit Heio Seeberg über die Behandlung gesprochen hatte. »Es ging nur darum, der armen Frau die Schmerzen zu nehmen. Dr. Bendixen soll das prima hingekriegt haben. So durfte sie zu Hause sterben, das war ja ihr letzter Wunsch. Wie Herr Seeberg sagt, wollte seine Frau auf keinen Fall in eine Klinik.«

Das war Erik und Sören von dem Arzt bestätigt worden. Dr. Bendixen war äußerst bestürzt gewesen, als er hörte, worum es ging. »Ein falscher Name? Das kann nicht sein! Herr Seeberg hat mir die Patientenunterlagen ausgehändigt.«

»Und darauf stand der Name Klara Seeberg?«

»Selbstverständlich.«

Der Arzt war erst nach längerem Zögern bereit gewesen, Erik die Unterlagen ohne richterliche Verfügung zu zeigen. »Sie sind vermutlich gefälscht worden«, hatte Erik erklärt. »Das ist gar nicht so schwierig, da reicht schon ein guter Kopierer. Wenn der Arzt ahnungslos ist ...«

Daran gab es keinen Zweifel. Dr. Bendixen hatte geschildert, dass ihm die Patientin von Herrn Seeberg als seine Frau vorgestellt worden war. Zu diesem Zeitpunkt war sie noch ansprechbar gewesen. »Geistig ganz klar!« Er hatte sie mit ihrem Namen begrüßt, und sie hatte, wenn sie von Herrn Seeberg sprach, von ihrem Mann geredet. »Kein Zweifel! Das war Frau Seeberg!« Er hatte zu stottern begonnen. »Will sagen ... für mich war das Frau Seeberg. Es konnte gar nicht anders sein.«

Als sie wieder im Auto saßen, hatte Sören gesagt: »Sie sollten Frau Dr. Speck anrufen. Möglicherweise haben wir einen Mordfall am Hals.«

»Klara Seeberg?«

»Es muss ja einen Grund geben, dass Heio Seeberg eine andere Frau als seine eigene ausgibt.«

»... und dass diese Frau bereitwillig die Rolle von Klara Seeberg übernimmt.«

»Ein Komplott? Die Tote, die aus dem Sarg gefallen ist, war Heio Seebergs Komplizin?«

Erik war sich mit der Hand über die Stirn gefahren. »Das ist doch völlig verrückt, Sören!«

»Eins steht fest, Chef! Wir brauchen jetzt einen DNA-Abgleich.«

Eriks Stimme hallte durch den Kirchenraum. »Herr Seeberg muss von dem Unfall erfahren haben. Irgendjemand hat ihm zugetragen, dass der Sarg aus dem verunglückten Leichenwagen gefallen ist und sich geöffnet hat.«

Mamma Carlotta machte sich hinter dem Altar so klein wie möglich. Jetzt durfte sie unter gar keinen Umständen mehr gesehen werden. Wer sie hier, in dieser Lage, entdeckte, würde ihr keine Ausrede abnehmen. Nein, ihr würde nicht einmal eine einfallen. Und die Vorstellung, wie Erik reagieren würde, wenn er seine Schwiegermutter auf diesem Horchposten erwischte, trieb ihr den Schweiß auf die Stirn.

»Wir müssen mit Ihrem Mitarbeiter sprechen, der den Wagen gefahren hat«, sagte Erik. »Ich hoffe, er kann uns helfen.«

Freesemann murmelte etwas, was sich nicht besonders zuversichtlich anhörte. Anscheinend glaubte er nicht daran, dass dieser Mann etwas zur Klärung beitragen konnte.

Der Hall des Kirchenraums trug jedes von Eriks Worten an Mamma Carlottas Ohren. »Bevor die Identität der Frau nicht geklärt ist, wird es keine Beerdigung geben.«

»Wie soll ich das begründen?«, begann der Pfarrer zu jammern.

»Die Wege des Herrn sind unergründlich ...« Eriks Stimme klang so zynisch, dass Mamma Carlotta beinahe entsetzt in die Höhe gefahren wäre. Zwar wusste sie, dass Erik nie in die Kirche ging und von Geistlichen nicht viel hielt, aber dass er derart respektlos mit einem Pfarrer reden könnte, hätte sie niemals für möglich gehalten. »Dem Herrn hat es gefallen ... Sie haben doch für alles, was sich mit dem gesunden Menschenverstand nicht erklären lässt, so wunderbare Formulierungen.« Sie riskierte einen Blick und sah, dass Erik lächelte. Aber es war das Grinsen der Schadenfreude. »Natürlich können Sie auch einfach die Wahrheit sagen. Es gibt keine Leiche, also auch keine Beerdigung. Basta!«

Carlotta hörte, wie der Pfarrer nach Luft schnappte, während von Freesemann kein Laut zu hören war. Sörens leise Stimme mahnte: »Chef...«, als wollte er verhindern, dass Erik weitere despektierliche Äußerungen machte. Dann hörte Mamma Carlotta Füße scharren, sie spürte, dass die Männer in Kürze die Kirche verlassen würden. Und richtig! Aus dem Scharren wurden hörbare Schritte. Sie entfernten sich vom Altar, bewegten sich auf die Kirchentür zu. Die Schritte von zwei Männern! Das wurde Mamma Carlotta jedoch erst klar, als sie Eriks Stimme hörte, die in ihrer Nähe geblieben war.

»Wir machen uns vom Acker«, raunte er. »Mit diesem Problem soll der Pfarrer allein fertigwerden.«

Sören gab etwas von sich, was sich wie ein Kichern anhörte. »Sie haben recht. Wir haben Besseres zu tun.«

»Kommen Sie!«

Aber Sören schien zu zögern. »Müssen wir jetzt eigentlich Klara Seeberg suchen? Ihre... Leiche?«

Erik stöhnte leise. »Ja, natürlich müssen wir sie suchen. Aber nicht unbedingt ihre Leiche. Sie kann ja noch leben. Wer weiß! Aber vor allem müssen wir herausfinden, wer die Tote ist, die in ihrem Grab verscharrt werden sollte.«

»Und Heio Seeberg – den müssen wir auch suchen.« Sörens Stimme klang jetzt sehr deprimiert. »Als Mörder?«

»Zunächst mal als Zeuge. Jetzt schon von Mord zu reden, ist reichlich verfrüht, Sören.«

Mamma Carlotta hätte gerne den Versuch unternommen, über den Rand der Kanzel zu blicken. Nur mit größtem Aufwand an Disziplin schaffte sie es, ihre Neugier zu bändigen.

»Eins nach dem anderen«, sagte Erik. »Jetzt hören wir uns erst mal an, was Wyn Wildeboer zu erzählen hat.«

»Und wir müssen verhindern«, sagte Sören, aber seine Stimme wurde nun leiser, »dass Seeberg die Insel verlässt. Wenn es dafür nicht schon zu spät ist. Eine Personenbeschreibung muss an die Verladestation und zum Lister-Hafen gegeben werden...«

Nun hörte sie, dass die beiden dem Pfarrer und dem Beerdigungsunternehmer folgten. Kurz darauf hörte sie die Tür zum Vorraum klappen und die Kirchentür ins Schloss fallen. Carlotta richtete sich auf, sah sich vorsichtig um, vergewisserte sich, dass sie allein war, und lief die Treppe hinab, an den Bankreihen vorbei, zur Tür, die in den Vorraum führte. Kaum hatte sie diese geöffnet, wurden die Stimmen vor der Kirchentür lauter. Und dann bemerkte sie, dass der Pfarrer direkt davor stand, denn er richtete das Wort an die Wartenden, die im selben Augenblick verstummten. »Verehrte Trauergemeinde ...«

Mamma Carlotta zog sich wieder zurück. Sie würde ausharren müssen, bis der Pfarrer mit seiner Ansprache fertig war. Anschließend würde niemand mehr darauf achten, ob jemand die Kirche verließ. Langsam ging sie zum Altar zurück, die Worte des Pfarrers interessierten sie nicht. Sie kniete nieder, legte die Handflächen vor der Brust aneinander und begann zu beten. »Santa Madre di Dio ...« Aber in ihr Gebet mischten sich schnell die vielen Fragen, die in ihrem Kopf kreisten. »Die Identität der Toten muss erst geklärt werden? Die Verstorbene war gar nicht Klara Seeberg? Madonna! Hilf mir, Licht in das Dunkel zu bringen.«

Sie erhob sich bald wieder und ging erneut zur Tür. Die Stimmen dahinter hatten sich entfernt. Anscheinend war der Pfarrer die Treppe hinuntergegangen, hatte sich zu den Wartenden gesellt und versuchte nun, im Gespräch zu erklären, was nicht zu erklären war.

Mamma Carlotta öffnete die Kirchentür, sah nach rechts und links und stellte fest, dass sich niemand um sie kümmerte. Eriks Wagen setzte sich gerade in Bewegung, und sie lief an dem Pfarrer vorbei, ohne sich die Männer anzusehen, mit denen er sprach, oder sich zu überlegen, ob einer von ihnen der untreue Ehemann von Lilly Heinze sein konnte. Dieser Seitensprung interessierte sie nun nicht mehr. Sie musste ihrer neuen Freundin unbedingt erzählen, was sie erfahren hatte.

Wyn Wildeboer wohnte in einem winzigen Zimmer am Lüng Wai, bei einem alten Ehepaar, dem er in Haus und Garten behilflich war. Nein, er wohnte nicht dort, er hauste. Das Zimmer war so schmal und klein, dass gerade mal sein Bett hineinpasste, für einen Kleiderschrank war kein Platz mehr. Wyn Wildeboer hatte vor dem Fenster eine Stange angebracht, die von einer Wand zur anderen reichte, darauf klapperten ein paar Kleiderbügel. Auf einem hing ein weißes Hemd, die anderen waren leer. Auf einem halbhohen Schränkchen stand eine Kochplatte, darüber hatte er ein Regalbrett angebracht, auf dem sich seine Kleidung stapelte, Jeans, T-Shirts, Pullover. Seine Jacken hingen an drei Haken an der Tür. Die Schiebetüren des Schränkchens standen offen, Erik konnte ein paar Kaffeebecher, einen Topf, eine Pfanne und einen kleinen Stapel Teller erkennen.

»Auf Sylt muss man froh sein, wenn man überhaupt eine Bleibe findet«, erklärte Wyn Wildeboer. Er hatte Eriks Blick richtig gedeutet. »Ein Freund von mir hat den Winter in einem Zelt verbringen müssen. Wer einen Wohnwagen auf dem Campingplatz hat, ist da noch ziemlich gut bedient.«

Erik kannte die Situation der Wohnungssuchenden auf Sylt, er wusste, dass jeder Wohnraum an Feriengäste vermietet wurde, die mehr einbrachten als die Menschen, die auf Sylt arbeiteten, oder gar Familien, die auf der Insel leben wollten. Viele zogen aufs Festland und kamen morgens mit dem Zug nach Sylt.

»Das kam für mich nicht infrage«, erklärte Wyn Wildeboer. »Bei meinen Arbeitszeiten!«

Er war ein vierschrötiger junger Mann mit einem breiten, flachen Gesicht, hohen Wangenknochen und kleinen Augen. Die Haare trug er kurz geschoren, sein Lächeln war gutmütig, wenn auch ein wenig einfältig.

»Die Lüders lassen mich billig hier wohnen, weil ich ihnen den Garten mache und im Haus alles Schwere für sie erledige. Diese Bude ist ja auch an Feriengäste nicht zu vermieten.«

Er wies zu seinem Bett, damit Erik und Sören sich dort niederließen, während er sich selbst auf den einzigen Stuhl hockte, der unter dem Fenster stand. Er musste das weiße Hemd, das dort baumelte, zur Seite schieben, um freie Sicht zu haben.

Erik setzte sich auf das Bett, das sofort unter ihm nachgab. Um einigermaßen aufrecht sitzen zu können, rutschte er auf die vordere Kante, und Sören machte es genauso.

»Es geht um den Unfall in der vergangenen Nacht«, begann Erik.

»Was für ein Unfall?« Wyn Wildeboers Gesicht färbte sich rot, ein dünner Schweißfilm legte sich auf seine Stirn. Das konnte natürlich damit zu tun haben, dass es in diesem Zimmer warm war. Erik hätte gern darum gebeten, das Fenster zu öffnen, nahm sich aber stattdessen vor, mit dieser Befragung schnell fertig zu werden.

»Besitzen Sie ein Auto?«

»Sehe ich so aus? Ich habe ein Moped, das reicht.«

»Mit welchem Wagen nehmen Sie an den Straßenrennen teil?«, fragte Erik ins Blaue hinein. »Holen Sie sich dann immer einen Leichenwagen Ihres Arbeitgebers?«

Wyn Wildeboer sprang auf, als wollte er fliehen. Vermutlich wäre er aber nur gerne die zwei Schritte zur Tür und wieder zurückgegangen, weil die Nervosität ihn nicht auf dem Stuhl hielt. Doch die Füße der Polizisten standen ihm im Wege. Also ließ er sich wieder nieder. »Ich? Einen Leichenwagen? Wer hat Ihnen denn so was erzählt?«

Erik öffnete seine Jacke, den oberen Knopf seines Hemdes und zog den Kragen vom Hals weg. Sören ertrug die Wärme nicht länger, zog seine Jacke aus und legte sie sich auf den Schoß.

»Sie wollen mir erzählen, dass Sie nichts von den Straßenrennen wissen, die seit einiger Zeit zwischen Kampen und Wenningstedt veranstaltet werden?«

»Keine Ahnung, wovon Sie reden.«

Erik hatte keine andere Antwort erwartet. »Herr Freesemann hat ausgesagt, dass Sie die Aufgabe hatten, einen Sarg nach Wenningstedt zu bringen. Gestern, am späten Abend.«

»Wollte ich auch.« Wyn Wildeboer zögerte. »Aber dann kam es mir nicht gut aus. Ein Freund hatte angerufen, er wollte mich treffen.«

»Da haben Sie den Auftrag Ihres Chefs einfach vergessen?«

»Quatsch! Herr Freesemann hatte gesagt, ich soll den Sarg am späten Abend oder am nächsten Morgen, noch vor Geschäftsbeginn, nach Wenningstedt bringen. Also habe ich beschlossen, die Sache heute in aller Frühe zu erledigen.«

»Und?«

»Da war der Wagen nicht mehr da. Ich dachte, Jorin hätte die Sache erledigt. Der Sohn vom Chef.«

»Und dann?«

»Dann bin ich auf mein Moped gestiegen und wieder nach Hause gefahren. Ich war stinkig, weil Jorin mir nicht Bescheid gesagt hat, dann hätte ich ausschlafen können.«

»Wo waren Sie in der vergangenen Nacht? Sagen wir ... ab Mitternacht?«

»Hier! In meinem Bett.«

Erik sah ihn zweifelnd an. »Und Ihr Freund? Mit dem Sie sich treffen wollten?«

»Dem war plötzlich was dazwischengekommen, und er hat kurzfristig abgesagt. Ich bin dann früh ins Bett gegangen.«

»Kann das jemand bezeugen?«

»Nee!«

»Sie haben also kein Alibi.«

»Brauche ich eins?«

»Besser wäre es, Herr Wildeboer.«

»Was soll ich denn verbrochen haben?«

»Wir vermuten, dass Sie nicht nur mit dem Leichenwagen Ihres Arbeitgebers an einem Straßenrennen teilgenommen, sondern dabei auch noch einen Unfall verursacht haben, der einem jungen Mann das Leben gekostet hat.«

Wyn Wildeboer sprang wieder auf und machte einen so drohenden Schritt auf Erik zu, dass Sören ebenfalls in die Höhe schoss. »Vorsichtig!« Er hob die Hände, als wollte er Wyn Wildeboer zurückdrängen.

Aber dieser ließ sich schon wieder auf seinem Stuhl nieder und antwortete: »Das stimmt nicht.«

Erik tat so, als hätte es den kleinen Zwischenfall nicht gegeben, und fuhr fort: »Der Verunglückte heißt Roluf van Scharrel. Kannten Sie ihn?«

Wyn Wildeboer beugte sich vor, die Ellbogen auf die Knie gestützt, den Blick zu Boden gerichtet. Erik konnte seine Worte kaum verstehen. »Klar kenn ich den. Ich habe mitbekommen, dass er letzte Nacht hopsgegangen ist. Echt Scheiße!«

»Wer hat es Ihnen erzählt?«

»So was spricht sich schnell rum.«

»Aber Sie waren nicht dabei, als er starb?«

»Nein!«

»Und die Straßenrennen? Haben Sie davon gehört?«

»Nein! Den Leichenwagen muss jemand geklaut haben.«

»Um damit bei einem Straßenrennen mitzumachen?« Erik runzelte die Stirn. »So jemand würde doch ein flotteres Modell knacken.«

»Flotte Modelle haben Alarmanlagen und werden immer gut abgeschlossen.«

Als Erik und Sören wieder auf der Straße standen, genossen sie zunächst mal die kühle Luft und den Wind, der über ihre erhitzten Gesichter strich.

»Wie manche Leute leben müssen...«, stöhnte Sören.

Erik wollte sich nicht von seinem Mitgefühl beeinflussen lassen. »Wir beide haben eben in der Schule besser aufgepasst. Deswegen haben wir vernünftige Berufe und sind nicht darauf angewiesen, einen Job zu machen, den sonst keiner will.«

»Leichen transportieren.«

»Zum Beispiel.«

»Glauben Sie ihm?«, fragte Sören, während sie zu Eriks Wagen zurückgingen.

»Ich weiß nicht …« Erik reichte Sören den Autoschlüssel und nahm selbst auf dem Beifahrersitz Platz. »Es wird schwer sein, ihm etwas nachzuweisen.«

Sören setzte sich hinters Steuer. »Ich bin gespannt, ob er heute zu der ärztlichen Untersuchung erscheint. Pünktlich!«

»Wenn nicht, macht er sich verdächtig.« Erik holte sein Handy hervor. »Das weiß er.«

Sie hatten beide, ohne dass Wyn Wildeboer es bemerkte, seine Hände und Arme, Hals und Kopf genau betrachtet, aber nichts entdeckt. Nun würde es Dr. Hillmots Aufgabe sein, nach typischen Verletzungen Ausschau zu halten, die beispielsweise ein Sicherheitsgurt im Brustbereich hinterließ. Wenn sich keine fanden, hieß das zwar noch lange nicht, dass Wyn Wildeboer unschuldig war, wenn Dr. Hillmot jedoch etwas entdeckte, würden sie den jungen Mann so lange ins Kreuzverhör nehmen, bis er zugab, dass er sich an einem Autorennen beteiligt hatte.

Sie wollten gerade wieder in Eriks Auto steigen, da fiel ihnen ein alter Mann auf, der auf der anderen Seite des Hauses an einem Wagen herumpolierte. Das musste Wildeboers Vermieter sein! »Warten Sie mal«, sagte Erik zu Sören und ging auf den Mann zu. »Herr Lüders?«

Der Alte drehte sich um und stützte sich an der Karosserie seines alten Polos ab. Er trug eine Hose, die viel zu weit war und durch breite Hosenträger gehalten wurde, ein verwaschenes Hemd und darüber einen Troyer, der genau wie die Hose zeigte, dass Herr Lüders mal dreißig Kilo schwerer gewesen war.

Erik hielt ihm seinen Dienstausweis hin und fragte nach seinem Untermieter. »Haben Sie ihn in der letzten Nacht gesehen oder gehört?«

»Wir gehen immer früh schlafen.« Lüders wies auf seine Ohren. »Und wenn mein Hörgerät auf dem Nachttisch liegt, kriege ich nichts mit.«

»Und Ihre Frau?«

»Die kriegt auch mit Hörgerät nicht viel mit.«

Auf Wyn Wildeboer ließ er nichts kommen. »Wenn wir den nicht hätten! Unsere Tochter in Kiel sagt bei jedem Besuch: Seid bloß nett zu ihm. Eine billigere Hilfe bekommt ihr nirgendwo.«

»Er macht Ihnen den Garten? Und die Einkäufe?«

»Wir sind nett zu ihm. Er darf unser Auto haben, wann immer er will. Und Gemüse aus dem Garten darf er sich auch holen.«

Dass Wyn etwas Ungesetzliches getan hatte, hielt er für ausgeschlossen. »Wyn ist ein guter Junge. Straßenrennen? Niemals! Der hat ja gar kein Auto.«

Erik schenkte dem alten Polo einen bedeutungsvollen Blick, musste aber grinsen, als Herr Lüders ihm die PS-Zahl dieses Wagens vor Augen führte. »Der zieht keinen Hering vom Teller. Für ein Rennen ist der nun wirklich nicht geeignet.«

Erik lenkte das Gespräch von Lüders' Auto auf seinen Untermieter zurück. »Hat Wyn eigentlich Freunde?«

»Klar! Alles nette junge Leute. Dani, Andi, Ronni ...« Er dachte nach, ehe er fortfuhr: »Und Jorin und Lasse. Mit denen trifft er sich oft in Käptens Kajüte. Sie wissen doch ...«

»... die Imbissstube am Hochkamp.«

»Manchmal habe ich Wyn hingefahren.« Ein verschmitztes Lächeln huschte über sein Gesicht. »Dann konnte ich mir selbst auch mal einen genehmigen. Meine Olske sieht so was ja nicht so gern.«

Erik zückte seinen Notizblock. »Können Sie mir die vollen Namen dieser Freunde nennen?«

Lüders' Gesicht wurde misstrauisch. »Warum fragen Sie Wyn nicht selbst?«

Erik warf einen verzweifelten Blick zu dem kleinen Fenster im ersten Stock. »Dann müsste ich extra noch mal da hoch.«

Lüders kannte die steile Stiege, die in die erste Etage seines Hauses führte, und zeigte Verständnis. Dennoch dauerte es eine Weile, bis er sich an die Namen der Freunde erinnerte, mit denen sein Untermieter sich gelegentlich traf. »Nein, nicht gelegentlich«, korrigierte er, »eigentlich ziemlich regelmäßig.« Er lehnte sich an die Karosserie des alten Polos, und als er eine bequeme Haltung gefunden hatte, kam sein Denkapparat allmählich auf Touren. »Dani ist Zimmermädchen im Hotel van Scharrel. Daniela Scheele ist ihr vollständiger Name. Andi ... der heißt, glaube ich, André Jensen, kein Sylter, der arbeitet nur auf der Insel. Lasse, das ist Lars Bongartz, der ist auf Sylt geboren, aber seine Familie lebt schon seit Jahren auf dem Festland. Ich glaube, er selbst auch, der verdient auf Sylt nur sein Geld, aber sicher bin ich nicht.«

Damit schien der Erinnerungsstrom zu versiegen. Eriks Stift zitterte über seinem Notizblock. »Das sind alle? Wyn hat auch von einem gewissen Jorin gesprochen ...«

»Richtig!« Lüders' Miene erhellte sich. »Jorin ... wie heißt er doch gleich? Ja! Freesemann!«

»Der Sohn des Bestatters?«

»Kann sein, den kenne ich nicht. Noch brauchen wir ihn ja nicht.« Er fuhr abwehrend mit der rechten Hand durch die Luft, wodurch er beinahe das Gleichgewicht verloren hätte. »Aber wenn es so weit ist, müssen wir uns ja nicht selbst darum kümmern, das ist dann Sache unserer Tochter.«

Erik befürchtete, dass dieses Thema zu weit von seinem Anliegen wegführte. »Jorin Freesemann also ... Sonst noch jemand? Roluf van Scharrel zum Beispiel?«

»Ja, ja, der auch. Hätte ich fast vergessen.« Von dessen tragischem Ende schien er nichts zu wissen. »Und dann noch Ronald Borix. Aber den habe ich nur einmal gesehen. Von dem weiß ich nichts. Nur dass er auf dem Campingplatz in einem

Wohnwagen lebt, weil er kein Zimmer auf Sylt gefunden hat.« Er stieß sich vom Auto ab und schwankte eine Weile hin und her, bis er wieder sicher auf beiden Beinen stand. »Zustände sind das! Wyn kann froh sein, dass er bei uns untergekommen ist.«

Dazu wollte Erik lieber nichts sagen. Er verabschiedete sich von Lüders und kehrte zu seinem Auto zurück, wo Sören ihn erwartete.

Zweifelnd sah er seinen Chef an. »Haben Sie was erfahren?«

Erik nickte zufrieden, nahm auf dem Beifahrersitz Platz und winkte Sören hinters Steuer. »Die Namen von ein paar Leuten, mit denen sich Wyn Wildeboer regelmäßig getroffen hat. Roluf van Scharrel gehörte auch zu ihnen. Und Jorin Freesemann, der Sohn des Bestatters. Kann doch sein, dass es sich um die Rennfahrer handelt. Dass sie sich in Käptens Kajüte treffen, passt auch. Es würde mich nicht wundern, wenn Tove Griess seine Kaschemme zu einem Wettbüro umfunktioniert hat.«

Erik wartete eine Entgegnung nicht ab, sondern wählte, als Sören den Motor startete, Sveas Handynummer. Sie meldete sich sofort. »Wie geht es dir?«, fragte er. »Hast du bei Freesemann alles erledigen können? War dir meine Schwiegermutter eine Hilfe?«

An der Art, wie sie antwortete, merkte er, dass sie nicht zu Hause, sondern im Büro war. »Ja, ja, alles so weit geregelt. Deine Schwiegermutter? Ja, war nett, dass sie mich begleitet hat. Aber jetzt ... ich rufe später zurück, Erik.«

Lilly Heinze lehnte mit geschlossenen Augen an der Rückseite des Holzhauses und hörte sich an, was ihr erzählt wurde.

»Dio mio!«, schloss Mamma Carlotta. »Was mag mit Ihrer Freundin geschehen sein? Und wer ist die Frau, die beinahe als Klara Seeberg beerdigt worden wäre? Wenn es diesen Unfall nicht gegeben hätte ...«

Mamma Carlotta hatte der eigene Wortschwall aus der Puste gebracht. Schwer atmend lehnte sie sich neben Lilly Heinze.

Diese war es, die den Satz zu Ende führte: »... dann hätte niemand gemerkt, dass in dem Sarg die falsche Leiche lag.«

»Wie bekommen Sie nun heraus, ob Ihr Mann mit dieser jungen Freundin nach Sylt gefahren ist? Ob er Sie betrügt?«

Für Lilly Heinze schien das mit einem Mal nicht mehr wichtig zu sein. »Ich muss nachdenken, was da passiert sein kann. Heio Seeberg, der Mann meiner Freundin ... der war mir immer schon suspekt.«

»Wie meinen Sie das?« Mamma Carlotta war alarmiert.

Aber Lilly Heinze winkte ab. »Ach, nichts ...«

Mamma Carlotta insistierte nicht weiter. »Dass er nicht zu der Beerdigung seiner eigenen Frau erschienen ist ... sehr verdächtig! Beim Abendessen werde ich versuchen, meinen Schwiegersohn auszufragen. Vielleicht kriege ich was heraus.«

Lilly Heinze sah sie verständnislos an. »Ihr Schwiegersohn? Was hat der damit zu tun?«

Mamma Carlotta schlug sich mit der flachen Hand vor die Stirn. »Das habe ich ganz vergessen ... Mein Schwiegersohn ist un commissario. Hauptkommissar! Er wird herausfinden, was mit Ihrer Freundin geschehen ist.«

»Ach! Das ist ja interessant.« Nun wurde Mamma Carlotta von Lilly Heinze endlich so angesehen, wie sie es sich vom ersten Augenblick an gewünscht hatte: aufmerksam und interessiert. »Ich wohne in Westerland. Sollen wir uns morgen bei Leysieffer zum Kaffee treffen? Halb vier?«

Beinahe hätte Mamma Carlotta zugesagt, aber dann fiel ihr gerade noch rechtzeitig ein, dass der nächste Nachmittag mit Vorbereitungen auf Carolins Party angefüllt sein würde. »Mi dispiace! Aber vielleicht zum Frühstück?«

»Also gut! Halb zehn? Passt das?« Lilly Heinze hatte es mit einem Mal eilig. »Dann können wir in aller Ruhe über die

Sache reden. Und uns überlegen, wie ich meinen Mann überführe. Sie wollten mir doch dabei helfen.«

Mamma Carlotta versicherte es voller Freude und Tatendrang. »Wir werden den Kerl zur Strecke bringen«, rief sie halblaut und ballte die Faust.

Daniela Scheele war die Einzige gewesen, die sie erreicht hatten. Beide, Erik und Sören, waren erleichtert gewesen, dass sie das Zimmermädchen im Vorgarten des Hotels van Scharrel antrafen und nicht klingeln mussten. Der Trauer der Hotelbesitzer um ihren einzigen Sohn wollten sie nicht begegnen. Und erst recht wollten sie sich nicht der Frage stellen müssen, die in solchen Fällen unweigerlich kam: »Wann finden Sie endlich heraus, wer für den Tod unseres Jungen verantwortlich ist?«

Das Gespräch mit Daniela Scheele war nicht ergiebiger gewesen als das mit Wyn Wildeboer. Von illegalen Autorennen wollte sie nichts wissen, hatte angeblich nie davon gehört und stellte ihre Bekanntschaft mit Wyn in einem etwas anderen Licht dar als dessen Vermieter. »Freunde? Das ist übertrieben. Wir kennen uns, sehen uns manchmal in Käptens Kajüte. Das war's.«

Ob sie ein Alibi habe? Daniela Scheele war empört. »Wozu brauche ich ein Alibi? Wenn ich Ihnen sage, dass ich mit diesen Autorennen nichts zu tun habe, dann müssen Sie mir das glauben.« Dass sie zum Zeitpunkt des Unfalls in ihrem Bett gelegen hatte, konnte sie nicht beweisen, schließlich lebe sie allein. »Da können Sie mir keinen Strick draus drehen.«

»Wenn die anderen auch kein Alibi haben«, sagte Sören, als sie wieder ins Auto stiegen, »könnte das ein Indiz dafür sein, dass sie in jener Nacht alle zusammen waren.«

Aber Erik schüttelte den Kopf. »So weit können wir nicht gehen. Haben Sie für die fragliche Nacht ein Alibi?«

Sören grinste. »Ja, ich habe mit Ihnen zusammen in den Dünen gelegen.«

Auch über Eriks Gesicht zog ein Lächeln. »Aber normalerweise können Sie auch nicht beweisen, dass Sie im Bett gelegen und geschlafen haben. Wer allein lebt und sich zur üblichen Zeit zur Ruhe begibt, hat eben nachts kein Alibi. Völlig normal!«

»Fingerabdrücke bringen uns auch nicht weiter. Dass Wyn Wildeboer den Leichenwagen gefahren hat, wissen wir ja.«

»Natürlich werden sich seine Spuren im Leichenwagen finden.«

»Und von anderen auch. Von Freesemanns Sohn zum Beispiel.«

Erik seufzte. »Und sämtliche Fußspuren auf dem Parkplatz sind längst zugeweht.«

»Vielleicht findet die KTU ja noch irgendetwas, was uns auf die Spur dieser verantwortungslosen Raser führt.«

»Kann sein, dass wir auf dem Holzweg sind, dass Wyn Wildeboer nichts damit zu tun hat. Und die anderen, von denen Herr Lüders geredet hat, auch nicht.«

»Aber an den Leichenwagen konnte nur jemand kommen, der sich bei Freesemann auskennt.«

Erik zog den Zettel hervor, auf dem er die Namen geschrieben hatte, die ihm von dem alten Lüders genannt worden waren. »Enno und Rudi müssen die Adressen und Telefonnummern herausfinden. Die beiden sollen auch die Alibis überprüfen. Wir haben keine Zeit dafür.« Er stöhnte auf. »Aber jetzt erst mal die verschwundene Leiche und die falsche Leiche! Ich muss die Staatsanwältin anrufen.«

Sören wusste, dass sein Chef ein Gespräch mit Frau Dr. Speck so lange aufschob, wie es eben ging. Er mochte ihre Art zu sprechen nicht, litt darunter, dass sie ihn am Anfang des Gesprächs nicht begrüßte und es auch grußlos beendete, hasste ihren knappen Redestil, wie sie ihre Worte auf ihre Gesprächspartner abschoss, und wusste überdies, dass sie nicht viel von der Arbeit der Sylter Polizei hielt. Kein Wunder also, dass Erik sich vor einem Anruf drückte, wenn es eben ging. Aber nun war es so weit. Es musste sein.

»Wenn wir zu Hause angekommen sind«, murmelte er.

»Aber noch vor dem Essen«, warnte Sören. »Sonst wird das wieder nichts. Könnte ja sein, dass die Staatsanwältin mal pünktlich Feierabend macht.«

»Die sitzt doch die halbe Nacht im Büro.«

Aber Sören ließ nicht mit sich handeln. »Vor dem Essen anrufen!«, verlangte er. »Dann können Sie so richtig genießen, was Ihre Schwiegermutter gekocht hat.«

Erik seufzte nur tief auf und wählte ein weiteres Mal Sveas Handynummer. Aber diesmal nahm sie nicht ab.

Wie gut, dass Mamma Carlottas Unzufriedenheit von vielen aufregenden Gedanken verdrängt wurde. Dass es in diesem Haus unangenehm nach Farbe roch, konnte sie vergessen, wenn sie daran dachte, was ihr in der Kirche zu Ohren gekommen war. Dass Carolin sich in Eriks Schlafzimmer herumdrückte, dem Anstreicher schöne Augen machte und ihn womöglich von der Arbeit abhielt, konnte sie ebenfalls aus ihren Gedanken vertreiben, während sie über den skandalösen Umstand grübelte, dass Lilly Heinze zu der Beerdigung ihrer Freundin gekommen war, deren Leiche wie vom Erdboden verschluckt war. Dass Erik sich in eine Frau verliebt hatte, für die man kein gutes Essen kochen konnte, war eigentlich nicht zu vergessen, aber während sie darüber nachdachte, wie sie ihrem Schwiegersohn weitere Einzelheiten zu seinem neuen Fall entlocken konnte, quälte die Verständnislosigkeit schon nicht mehr ganz so sehr. Sie würde Erik sogar freiheraus fragen können, was es mit dem verunglückten Leichenwagen auf sich hatte. Der Anstreicher hatte sie in Käptens Kajüte gesehen, hatte diesen Umstand in Carolins Gegenwart erwähnt, und sie musste sowieso damit rechnen, dass Erik von ihrem Besuch dort erfuhr. Da sie aber Lilly Heinze in die Schuhe schieben konnte, dass sie in der Imbissstube eingekehrt waren, war das nicht besonders schlimm. Was konnte sie dafür, dass sie in Käptens Kajüte etwas aufgeschnappt hatte? Das durfte Erik ihr nicht vorhalten!

Blieb nur die Frage, wie sie ihm verriet, dass einer der Rennfahrer, denen er das Handwerk legen wollte, in seinem Hause ein und aus ging, in seinem Schlafzimmer die Wände strich und von seiner Tochter mit verliebten Augen betrachtet wurde. Am besten gar nicht! Warum auch? Erik war ein guter Polizist, er würde auch alles ohne die Hilfe seiner Schwiegermutter herausbekommen. Madonna! Dass in Käptens Kajüte die Wetten für die Straßenrennen abgeschlossen wurden, durfte ihr bei diesem Gespräch auf keinen Fall herausrutschen! Sie würde ihre Gedanken zusammennehmen müssen, damit ihr kein Wort entfuhr, das zu einer Explosion führen konnte. Immer den Überblick behalten! Darauf kam es jetzt an.

Es war nicht leicht, unter dieser emotionalen Belastung den hauchdünnen Bresaola auf den Tellern anzurichten und den Zitronensaft und das Olivenöl nicht mit Schwung darüber zu kippen, wie es ihrem aufgewühlten Innenleben entsprach, sondern mit Fingerspitzengefühl zu träufeln.

Als Erik und Sören eintrafen, mit vor Müdigkeit grauen Gesichtern, fiel alles von ihr ab, was sie beschäftigte und bedrückte. Sie fing schon an zu wehklagen, noch bevor die beiden ihre Jacken an die Garderobe gehängt hatten. »Dio mio! Ihr habt den ganzen Tag gearbeitet! Ohne Siesta! Und das nach nur drei Stunden Schlaf letzte Nacht!« Sie hastete in die Küche zurück, während Erik und Sören ihre Jacken aufhängten. »Wird Signora Gysbrecht auch zum Essen kommen? Dio mio, was soll ich ihr dann vorsetzen? Wieder ein paar Möhren oder diesmal ein Stück Kohlrabi?« Erik gelang es nicht zu antworten, Mamma Carlotta redete schon weiter. »Aber sicherlich hat sie genug zu tun mit den Vorbereitungen für die Beerdigung. E allora ... außerdem bleibt man zu Hause, wenn es einen Todesfall in der Familie gegeben hat. Es könnte jemand zum Kondolieren kommen, Nachbarn, Freunde. Wahrscheinlich erwartet die Signora auch Besuch von Angehörigen? Hat sie Verwandte auf dem Festland, Enrico? Onkel, Tante, Cousins und Cousinen, die nun nach Sylt kommen werden?«

Dazu konnte Erik nichts sagen, glaubte jedoch, dass Svea kein Interesse an Gesellschaft haben würde.

»Hast du mit ihr gesprochen?«

Erik schien nachzudenken, als bereitete es ihm Schwierigkeiten, diese Frage zu beantworten. Schließlich erwiderte er zögernd: »Ja, kurz. Sie hatte viel zu tun.«

»Naturalmente! Wenn jemand stirbt, ist immer viel zu tun. Oft ist nicht mal richtig Zeit zum Trauern. Also wird sie nicht zum Essen kommen?«

Eriks Antworten kamen noch immer zögerlich. »Sie wird wohl nicht mehr ausgehen wollen. Ich sollte heute Abend noch zu ihr fahren. Ausgerechnet an dem Tag, an dem ihre Mutter starb, hatte ich keine Zeit für sie.«

Mamma Carlotta fuhr herum, mit einem Messer in der Hand, als wollte sie ihren Schwiegersohn bedrohen. »No, Enrico! Du hast viel Schlaf nachzuholen. Oder kannst du morgen ausschlafen?« Sie ließ ihn nur zu einem verzagten Kopfschütteln kommen. »Morgen ist Sabato! Aber ich weiß ja, wie das ist, wenn du einen neuen Fall hast...«

»Richtig!«, bestätigte Sören. »Wir müssen morgen arbeiten.«

»Und dann am Abend Carolinas Party!« Mamma Carlotta griff sich an die Brust, als wollte sie demonstrieren, dass ihrem Schwiegersohn ein Herzinfarkt drohte, wenn er sich nicht schonte. »Da kannst du nicht einfach schlafen gehen, Enrico, und die jungen Leute unbeaufsichtigt lassen.«

Erik betrachtete die Vorspeise, die Mamma Carlotta auf den Tisch stellte, und lächelte. »Das wirst du sicherlich für mich erledigen.« Nun grinste er seine Schwiegermutter breit an.

Die Diskussion darüber, ob ein Erziehungsberechtigter sich

auf die Volljährigkeit seines Kindes berufen und sich frohgemut zurücklehnen dürfe, nur weil seine Tochter nun achtzehn und damit selbstverantwortlich war, unterband Sören, indem er auf den Unterarm seines Chefs klopfte. »Sie wollten noch vor dem Essen die Staatsanwältin anrufen.«

Erik stöhnte auf und erhob sich wieder. Während er die Küche verließ, um in seiner Jacke nach dem Handy zu suchen, rief Mamma Carlotta ihm nach: »Grüß la dotoressa von mir! Vielleicht macht sie mal wieder einen Besuch auf Sylt?«

»Mal den Teufel nicht an die Wand«, brummte Erik und zog die Küchentür hinter sich ins Schloss, obwohl Mamma Carlotta noch ein Gespräch über die Staatsanwältin mit ihm führen wollte, das ihr schon länger auf der Seele brannte. Aber leider konnte Sören ihr nicht viel dazu sagen, dass Frau Dr. Speck sich zu der Zeit, in der sie mit einem TV-Produzenten liiert war, Tilla genannt hatte, während sie eigentlich Eva hieß.

»Sie heißt Eva-Mathilda«, so viel wusste Sören immerhin. »Vielleicht gefiel diesem TV-Futzi der Name Eva nicht. Und er hat sie Tilla genannt ...«

Seine Meinung, dass dieser Name überhaupt nicht zu der Staatsanwältin passte, führte zu einer so lebhaften Diskussion, dass Sören sich wünschte, sein Chef hätte das Telefonat in der Küche erledigt ...

Erik wollte ins Wohnzimmer gehen, prallte jedoch in der geöffneten Tür zurück. Da hatte er doch tatsächlich vergessen, dass es sein gemütliches Sofa nicht mehr gab! Wohin sollte er sich jetzt setzen, um in Ruhe zu telefonieren? In seinem Schlafzimmer sah es alles andere als anheimelnd aus, und in den Kinderzimmern würde er nicht ungestört und noch dazu nicht willkommen sein. Blieb nur das Bad oder das Zimmer seiner Schwiegermutter.

Er wählte die Flensburger Nummer, während er die Treppe hochstieg, und steuerte den Raum an, der früher Lucias Nähzimmer gewesen war, in dem jetzt Mamma Carlotta übernachtete.

Wie immer meldete sich die Staatsanwältin schon nach dem ersten Klingeln. »Speck!«, schoss sie ihren Namen in seinen Gehörgang. »Was gibt's, Wolf?«

Erik blieb stehen, weil es ihm schwerfiel, sich gleichzeitig zu den vorsichtig formulierten Erklärungen fortzubewegen. »Wir haben einen merkwürdigen neuen Fall. Eigentlich zwei! Wieweit sie zusammengehören, ist noch nicht klar.«

Er vernahm aus seinem Schlafzimmer Geräusche, und ihm fiel ein, dass der Anstreicher wohl noch im Hause war. Dann drang ein Kichern auf den Flur, das nicht von Carolin stammte. Ida? Erik machte einen Schritt auf die weit geöffnete Schlafzimmertür zu, bis er genug Einblick hatte. Tatsächlich! Es war Ida, die ihr Möglichstes tat, den Anstreicher von der Arbeit abzuhalten. Damit war sie derart beschäftigt, dass sie Erik nicht bemerkte. Und auch dem jungen Anstreicher, der mit dem Rücken zur Tür stand, fiel nicht auf, dass er beobachtet wurde.

»Geht's ein bisschen genauer, Wolf?«, fragte in diesem Augenblick die Staatsanwältin, und ihre Stimme klang gereizt.

Erik hatte große Schwierigkeiten, das Geschehen in seinem Schlafzimmer einerseits nicht aus dem Blick zu verlieren und andererseits sachlich Bericht zu erstatten. »Wir haben eine Leiche mit einem falschen Namen ...«

Wieder das Kichern im Schlafzimmer und nun die tiefe männliche Stimme des Anstreichers, der sehr leise sprach und sich dabei an Idas Ohr beugte. In diesem Augenblick wurde die Tür zu Carolins Zimmer derart heftig aufgerissen, dass Erik erschrak und den Faden verlor. »Wir wissen nicht«, stotterte er, »wo diese Klara Seeberg ist ...«

Carolin rauschte an ihm vorbei und stürmte auf die Schlafzimmertür zu. Ihre eckigen Bewegungen, die gerade noch ihre Wut verraten hatten, wurden im selben Moment weich und geschmeidig, als sie des Anstreichers ansichtig wurde. Sie trat auf ihn zu und schaffte es dabei, Ida zur Seite zu schieben, ohne sie zu berühren.

»Du kommst doch morgen auch zu meiner Party?«, hörte Erik seine Tochter mit einem Timbre in der Stimme fragen, das er noch nie gehört hatte.

»Weiter, Wolf!«, knallte es an sein Ohr.

»Äh ... also, der Ehemann ist verschwunden, die Pflegerin auch. Und diese Autorennen ...«

Der Anstreicher antwortete Carolin nicht, sondern fuhr herum und starrte Erik an, bis diesem einfiel, dass er ein dienstliches Gespräch vor den Ohren eines Fremden führte.

Die Staatsanwältin wurde ungeduldig. »Was ist nun? Haben wir einen Mord oder nicht?«

Der Anstreicher machte einen Schritt auf die Tür zu, als wollte er Erik ansprechen, aber Carolin kam ihm zuvor und warf die Tür vor der Nase ihres Vaters ins Schloss. Peng!

Eilig betrat Erik Mamma Carlottas Zimmer, dessen Tür er normalerweise nicht öffnete, wenn sie im Hause war. Während er versuchte, kurz und knackig Bericht zu erstatten, betrachtete er das Zimmer und kam sich prompt wie ein Eindringling vor. An der Lehne eines Stuhls hing ein BH, eine Strumpfhose, die hastig ausgezogen worden war, lag zusammengeknüllt auf der Sitzfläche und eine Zeitschrift der Regenbogenpresse auf dem Nachttisch. Er mochte sich nicht auf den Stuhl setzen, an dem der BH hing, und auch die Strumpfhose nicht zur Seite legen. Aber auf die Bettkante setzen wollte er sich erst recht nicht, also lehnte er sich an die Fensterbank und sah in den Garten, während er versuchte, der Staatsanwältin auseinanderzusetzen, was geschehen war.

»Die Beerdigung ist kurzfristig abgesagt worden«, schloss er. »Wir wissen nichts über die Tote. Über Klara Seeberg und ihren Mann auch nicht ...«

Kurz darauf wurde er von Frau Dr. Speck mit Argumenten,

Fragen und Vorhaltungen beworfen. Als könne er den Geschossen ausweichen, duckte er sich unwillkürlich, zog es nun doch vor, sich auf die Bettkante zu hocken, und beugte sich vornüber, als versuchte er, sich so klein wie möglich zu machen ...

Während die Kartoffel-Sellerie-Suppe auf dem Herd köchelte, kümmerte sich Mamma Carlotta um die Vollendung des Puten-Senf-Topfes. Von dem Wein, der dem Eintopf zugegeben wurde, erhielt Sören ein außerplanmäßiges Gläschen, und sie gönnte sich ebenfalls einen Schluck außer der Reihe. Sören stieß erfreut mit ihr an, und sie betonte, wie wichtig es sei, die Qualität des Weins zu kontrollieren, ehe er zum Fleisch gegeben wurde. Währenddessen versuchte sie, ihn unauffällig auszufragen, was ihr jedoch nicht so gut gelang, wie sie gehofft hatte. Möglicherweise lag das daran, dass Sören nicht wesentlich mehr wusste als sie selbst, dass er ebenso im Dunklen tappte. Sie merkte schnell, dass das Gespräch unergiebig wurde, und nutzte daraufhin die Gelegenheit, es auf Eriks neue Freundin zu lenken. Passte eine Frau mit so merkwürdigen Essgewohnheiten zu ihrem Schwiegersohn? Doch auch dazu hatte Sören keine ausgeprägte Meinung. Seine Entgegnung, jeder Mensch müsse auf seine Art glücklich werden, gefiel Mamma Carlotta gar nicht. Und dass er nicht beurteilen wollte, ob sein Chef mit einer Veganerin glücklich werden konnte, gefiel ihr noch weniger. Leider gelang es ihr nicht, ihn zu einer Stellungnahme zu überreden, weil Felix mit geschulterter Gitarre vom Musikunterricht zurückkam. Er hob den Topfdeckel, warf einen sehnsüchtigen Blick auf den Puteneintopf, erzählte, welchen Song der Toten Hosen er gerade einübte, und verkündete, dass er Ben und Finn, die beiden anderen Mitglieder seiner Band, unbedingt davon berichten müsse. ›Kauf mich!‹ müsse natürlich umgehend in das Programm der Verbotenen Dosen aufgenommen werden. »Ich kann mir das Essen warm machen, wenn ich zurückkomme.«

Prompt entspann sich eine hitzige Debatte. »Du kannst auch nach dem Essen zu Ben und Finn gehen, Felice.«

»Gibt's heute kein Antipasto, Primo, Secondo und Dolce?«, fragte Felix listig zurück.

»Naturalmente!«

»Na also! Bis wir damit fertig sind, ist es viel zu dunkel, um allein über die Westerlandstraße zu radeln.«

Lammfromm sah Felix seine Oma an, die sofort begriff, dass sie mit ihren eigenen Waffen geschlagen worden war. Ihre stets wache Sorge um die Kinder, die sie selbstverständlich niemals in sich einschloss, sondern jederzeit nicht nur laut und deutlich, sondern auch lang anhaltend in Worte kleidete, nämlich so lange, bis Felix und Carolin aus dem Haus waren, richtete sich nun gegen sie selbst. Der schwache Versuch, Felix dazu zu bringen, den Besuch bei Ben und Finn auf den nächsten Tag zu verschieben, war von vornherein zum Scheitern verurteilt.

Währenddessen saß Sören mit staunenden Augen am Tisch, beobachtete die gestenreiche Diskussion zwischen der umbrischen Nonna und dem Enkel mit dem italienischen Erbe und sah so aus, als wollte er sich die Ohren zuhalten, als Mamma Carlotta den Himmel anflehte und Felix auf die Schnelle mit der Luftgitarre und dröhnender Stimme den Song der Toten Hosen vortrug. Dann nahm er seine echte Gitarre und verschwand. Auf den Hinweis seiner Nonna, sich mit seinem Vater auseinanderzusetzen, ehe er dem Abendessen fernblieb, winkte er nur ab. »Papa hat einen neuen Fall, dann kann er nicht bis drei zählen. Der merkt gar nicht, wenn ich nicht am Tisch sitze.«

Das hielt Mamma Carlotta für ausgeschlossen und beklagte die Respektlosigkeit ihres Enkels seinem Vater gegenüber. Aber Felix ließ sich auf keine Diskussion mehr ein. Die Haustür knallte ins Schloss, noch bevor alle Argumente vorgebracht waren, die dafür sprachen, dass ein Sohn seinen Vater um Erlaubnis zu fragen hatte, wenn er den Abend außer Haus verbringen wollte.

Erik hatte Glück, dass er erst die Treppe herunterkam, als Felix bereits das Weite gefunden hatte, und es sah überdies so aus, als hätte Felix recht gehabt, als könnte er auf die Anwürfe seiner Schwiegermutter mit der Frage reagieren: »Was für ein Sohn?«

Er schien mit seinen Gedanken weit weg zu sein, sehr weit weg. Als Carolin in der ersten Etage am Treppengeländer auftauchte, schien er sie ebenso vergessen zu haben. »Kann ich das Auto haben, Papa? Ich muss noch Getränke besorgen.«

»Auto?« Erik war auf der letzten Stufe angekommen und sah sich verdutzt um. Anscheinend war ihm nicht einmal mehr gegenwärtig, dass seine Tochter neuerdings einen Führerschein besaß. »Du willst …« Es verschlug ihm die Sprache, denn anscheinend ging ihm jetzt erst auf, dass mit Carolins Volljährigkeit ein neues Konfliktpotenzial in die Familie eingedrungen war.

Seine Tochter hatte Glück. Mamma Carlotta beobachtete, wie er versuchte, sich zu einem pädagogischen Statement durchzuringen, es aber dann bleiben und bei einem vagen Kopfnicken bewenden ließ. Carolin reichte diese Antwort voll und ganz. Sie ging ins Schlafzimmer und verkündete dort, man würde sich aufmachen, sobald Ronni Feierabend habe und beim Transport der Getränkekisten helfen könne.

Dass sich damit auch der zweite Enkel dem Abendessen entzog, fiel Mamma Carlotta erst später auf. Sie war voll und ganz mit der skandalösen Tatsache beschäftigt, dass Carolin sich von einem jungen Mann helfen ließ, der von ihrem Vater gesucht wurde, weil er ein verantwortungsloser Raser war. Die Frage, wie sie mit ihrem Wissen umgehen sollte, beschäftigte sie derart, dass ihr diverse Rucolablätter von den Tellern fielen und es ihr zunächst nicht gelang, sich auf das kurze Gespräch zu konzentrieren, das Erik mit Sören führte.

»Die Staatsanwältin hat mich zur Schnecke gemacht«, raunte er seinem Assistenten zu. »Und sie hat recht! Was haben wir uns nur dabei gedacht? Ich glaube, drei Stunden Schlaf sind wirklich zu wenig. Nach einer ausgedehnten Nachtruhe wäre uns das nicht passiert.«

Sören, der kurz vorher noch auf seinem Stuhl gedöst hatte, war mit einem Mal hellwach. »Was meinen Sie?«

»Die Staatsanwältin hat mich gefragt, was die Vernehmung der Trauergäste ergeben habe. Von ihnen müssten wir doch erfahren haben, wie es um Klara und Heio Seeberg bestellt sei. Der Zustand der Ehe, die Persönlichkeit des Ehemannes, die Lebensumstände des Paares ...«

Sören sah Mamma Carlotta entsetzt an, die durch diesen Blick auf das Gespräch aufmerksam wurde und den Eindruck hatte, dass Sören Hilfe von ihr erwartete. »Come?«, fragte sie interessiert, bekam jedoch keine Antwort.

Sören wandte sich wieder seinem Chef zu. »Wie konnten wir nur ...?«

Erik nickte düster. »Wir haben ungefähr zwanzig Leute laufen lassen, von denen wir vielleicht interessante Informationen bekommen hätten.«

Sörens Gesicht färbte sich dunkelrot, Schweiß perlte auf seiner Stirn, seine Hände zitterten, während Erik dasaß und auf seinen Teller starrte, ohne den Bresaola zur Kenntnis zu nehmen. »Zwanzig Leute, deren Namen wir nicht kennen!«

Mamma Carlotta rührte eine Weile in der Kartoffel-Sellerie-Suppe herum, dann hatte sie begriffen, worum es ging. Sie stellte die Herdplatte unter dem Suppentopf ab und wandte sich den beiden Männern zu. »Ihr müsst mit jemandem reden, der die Seebergs kennt?«

Erik blickte auf und sah seine Schwiegermutter ungehalten an. »Was hast du schon wieder mitbekommen?«

Mamma Carlotta setzte sich ihm gegenüber. »Du hast mir doch selbst von dem schrecklichen Unfall erzählt.«

Erik brauchte eine Weile, um sich zu erinnern, was er ihr verraten und was er wohlweislich verschwiegen hatte. Das dauerte bei ihm länger als bei Sören.

»Sie wissen auch, dass ein Leichenwagen daran beteiligt war?« Er ignorierte den strafenden Blick seines Chefs, dem gerade in Erinnerung kam, dass er seiner Schwiegermutter dieses pikante Detail aus gutem Grunde unterschlagen hatte.

Nun wagte Mamma Carlotta aufzutrumpfen. »Ich weiß sogar, dass er einen Sarg enthielt und darin eine falsche Leiche lag.«

Da sie außerdem wusste, dass Erik schon dann, wenn er ausgeschlafen war, länger brauchte, einen neuen Sachverhalt zu erfassen, nahm sie erst mal ein paar Gabeln Rucola und schob sich eine Scheibe Bresaola in den Mund. Sören verzichtete darauf, Carlottas Aussage zu kommentieren, mit der Erik noch zu tun hatte, und griff ebenfalls zum Besteck.

Nun war Erik wieder eingefallen, dass seine Schwiegermutter eigentlich nichts von der Besonderheit dieses Falles wissen konnte, und fragte: »Wie hast du das rausbekommen?« Sein Ton wurde drohend, als wolle er ihr im nächsten Augenblick unverzeihliche Neugier unterstellen.

Mamma Carlotta wehrte erschrocken ab. »Ich kann nichts dafür, ich habe es in Käptens Kajüte gehört.« Noch ehe Erik fragen konnte, was sie dort zu suchen gehabt hatte, fuhr sie schon fort: »Ich habe eine neue Bekanntschaft gemacht. Lilly Heinze. Die habe ich auf dem Friedhof kennengelernt. Sie saß auf der Bank in der Nähe von Lucias Grab.«

Erik begann nun auch die Vorspeise zu essen, weil er ahnte, dass die Geschichte länger dauern könnte.

»Wir waren uns sympathisch und beschlossen daher, gemeinsam Kaffee zu trinken. Aber du weißt ja, wie das ist, Enrico. Überall ist es sehr voll. Im Café Lindow war kein Platz mehr.« Mamma Carlotta zögerte nur kurz, dann fühlte sie die weiche, puddingartige Überzeugung in sich, die die Fugen zwischen den Fragen, die sich aus ihrem schlechten Gewissen ergaben, ausfüllten. Da im Café Lindow mit großer Wahrscheinlichkeit tatsächlich kein Tisch mehr frei gewesen wäre, hatte sie nicht wirklich gelogen, sondern ihre Geschichte nur ein wenig beschönigt. Und da sie einmal das Deckmäntelchen herausgeholt hatte, konnte sie es gleich der nächsten Behauptung umhängen. »Lilly Heinze hatte dann die Idee, in Käptens Kajüte einzukehren. Ich weiß zwar, Enrico, dass dir diese Imbissstube nicht gefällt, aber es war ja nur eine Ausnahme.«

Erik machte den Versuch, Mamma Carlottas Bericht abzukürzen. »Was willst du mir jetzt eigentlich sagen?«

»Dass ich dort gehört habe, was du mir nicht erzählt hast. Ein Leichenwagen war an dem Unfall beteiligt. Und der Sarg ist rausgefallen und die Tote gleich mit.«

Nun war Erik voll auf der Höhe. »Wer hat das verraten? Der Wirt?«

»No, no ... ein Gast.« Das stimmte! Fietje Tiensch war ein Gast, und wenn sie seinen Namen verschwieg, konnte von einer Lüge keine Rede sein. Damit Erik sie nicht nach dem Namen fragte, redete sie schnell weiter: »Er war wohl nachts mit dem Fahrrad nach Hause gefahren und hatte den Unfall beobachtet.«

Erik wollte etwas sagen, Sören ebenfalls, aber Mamma Carlotta ließ sie beide nicht zu Wort kommen. »Das ist es ja gar nicht, was ich erzählen wollte.« Sie setzte sich in Positur, um die Wichtigkeit dessen, was nun kommen sollte, klarzumachen. »Lilly Heinze ist eine Freundin von Klara Seeberg. Sie ist extra vom Bodensee gekommen, um bei der Beerdigung dabei zu sein.«

»Eine Freundin?« Erik begriff nun, dass ihm etwas hingehalten wurde, wonach er unbedingt greifen musste. »Wo wohnt sie?«

»Das weiß ich nicht. Aber ich treffe mich morgen mit ihr zum Frühstück. Sicherlich kann sie dir etwas von Klara Seeberg erzählen. Und dann wird die Staatsanwältin beruhigt sein und dir keine Vorwürfe mehr machen.«

Tatsächlich ging es Erik viel besser, als die Suppe auf den Tisch kam, wenn er sich auch redlich Mühe gab, seine Zufriedenheit zu verbergen. Seine Schwiegermutter sollte nicht einmal ahnen, wie erleichtert er war, sonst würde sie es demnächst zu ihrer Zuständigkeit machen, ihm dort zu helfen, wo er selbst nicht weiterkam. Aber dass sie eine Freundin von Klara Seeberg kennengelernt hatte, war wirklich ein außergewöhnlicher Glücksfall. Vielleicht konnte er nach einem Gespräch mit dieser Frau viele Fragen beantworten, die jetzt noch offen waren, und die Staatsanwältin würde ihre Vorhaltungen vergessen.

Sören erschien ebenso befreit wie er selbst. Dazu hatte auch der Anruf von Rudi Engdahl beigetragen, der zwischen Bresaola und Suppe gekommen war. Engdahl hatte die Kfz-Nummer des Kia Sorento herausgefunden, der auf Seeberg zugelassen war. Erik hatte ihn angewiesen, eine Fahndung nach dem Wagen herauszugeben. Wenn er noch auf der Insel war, würden sie ihn bald haben. Jeder Streifenpolizist sollte nach ihm Ausschau halten.

Eriks Erleichterung erzeugte auch eine Entspannung, die seine Müdigkeit noch vergrößerte. Der Weg über die Suppe, den Eintopf und den Grießpudding bis zu seinem Bett erschien ihm mit einem Mal schrecklich lang wie eine beschwerliche Strecke, auf der es ständig bergauf ging. Er musste ins Bett! Einen kurzen Anruf bei Svea würde er vielleicht noch schaffen, ein Besuch bei ihr ginge über seine Kräfte. Trost zusprechen, Hilfe anbieten? Er würde es nicht schaffen.

Seine Lebensgeister wurden aufgeschreckt, als die Türglocke ging. Jetzt bloß kein Besuch, der Gastfreundschaft, Rotwein und eine Einladung zum Essen erwartete! Und bitte auch nicht Svea, die Mitgefühl und Beistand haben wollte! Völlig zu Recht, das machte Erik sich sofort klar. Sveas Mutter war gestorben!

Dass sie sich von ihrem Freund Hilfe wünschte, war normal. Schlimm genug, dass er den ganzen Tag keine Zeit für sie gehabt hatte! Womöglich hatte sie sich entschieden, das Abendessen mit ihm und seiner Familie einzunehmen, weil sie Gesellschaft nötig hatte und dafür bereit war, anderen beim Verzehr von Tieren und Tierprodukten zuzusehen. Erschrocken fuhr er in die Höhe. Oder stand etwa die Verkehrspolizei vor der Tür, weil Carolin einen Unfall gehabt hatte?

Erleichtert sank er zurück, als er den dröhnenden Bass des Gerichtsmediziners vernahm. Von vielen Übeln war Dr. Hillmot das geringste. Erik hätte damit rechnen müssen, dass ihm die Ergebnisse seiner Untersuchungen diesmal ins Haus geliefert wurden. So geschah es immer, wenn Mamma Carlotta auf Sylt war. Und der Gerichtsmediziner hatte einen guten Riecher dafür, wann im Hause Wolf gegessen wurde.

Kaum hatte Dr. Hillmot mit viel Stöhnen, unzähligen Erklärungen und diversen Entschuldigungen das Haus betreten, ließ er sich von Mamma Carlotta in die Küche schieben und führte das Stück auf, das bei ihrem ersten Besuch auf Sylt Premiere gehabt hatte. Der Ablauf war immer der gleiche: Er gab sich total überrascht, als er den gedeckten Tisch sah, versicherte, dass er auf keinen Fall stören wolle, dass er niemals gekommen wäre, wenn er geahnt hätte, dass die Familie gerade beim Essen säße, ließ sich nur unter vielen Beteuerungen Mamma Carlottas und Zurückweisungen seinerseits am Tisch nieder und wies jedes Angebot zwei- bis dreimal zurück, ehe er es beim vierten Mal dann doch annahm. Danach fiel der Vorhang, aus dem rücksichtsvollen Zeitgenossen wurde wieder Dr. Hillmot. Für dieses Stück erntete er zwar keinen Applaus, aber alles, was Carlottas Kochkünste hergaben. Und da sie immer reichlich kochte, weil sie in Panidomino daran gewöhnt war, dass regelmäßig mehr Personen an ihrem Tisch Platz nahmen, als sich angekündigt hatten, reichte es jedes Mal auch für Dr. Hillmot und seinen guten Appetit.

Erik lächelte ihn an, als er sich auf einen Stuhl fallen ließ, der bedenklich unter seinem Gewicht knirschte, als er sich den Schweiß abwischte und die Jacke öffnete. Das Erscheinen des Gerichtsmediziners hatte Erik aus seiner Lethargie gerissen und Sören aus seiner Sorge, mit gefülltem Magen noch müder zu werden und den Heimweg auf seinem Fahrrad nicht zu schaffen.

»Dottore!«, rief Mamma Carlotta. »Es ist noch von der Vorspeise da. Carolina, Felice und auch Ida sind nicht zu Hause, es ist also genug von dem Bresaola übrig.«

Dr. Hillmot lehnte alles kategorisch ab, griff aber umgehend zur Gabel, als es ihm vorgesetzt wurde. Er war Junggeselle, ernährte sich weitgehend von Fast Food und hielt Kartoffelsalat mit gebratenem Fischfilet für den Gipfel kulinarischer Raffinesse. Dass ein gewöhnliches Essen an einem normalen Alltag aus vier Gängen bestehen konnte, machte ihn immer wieder fassungslos, und die Vielfalt der italienischen Küche, wie die Schwiegermutter von Hauptkommissar Wolf sie darreichte, brachte ihn ein ums andere Mal zum Staunen. Um sich einen Platz an diesem Tisch zu erschleichen, war ihm keine Heuchelei zu abgedroschen.

Die nächste Viertelstunde verbrachte er damit, die Vorspeisen der drei Kinder zu verputzen und die Hausfrau mit übertriebenen Komplimenten zu ehren, dann erst kam er auf den eigentlichen Grund seines Besuches zu sprechen. Wyn Wildeboer war tatsächlich pünktlich bei ihm erschienen und hatte sich untersuchen lassen. »Typische Verletzungen habe ich nicht gefunden«, erklärte Dr. Hillmot, während Mamma Carlotta ihm einen Teller Suppe hinstellte, mit deren Verzehr er den Stand der Mahlzeit erreicht hatte und genauso hoffnungsfroh wie Erik und Sören dem Secondo entgegensehen konnte. »Natürlich kann ich nicht ausschließen, dass er das Unfallauto gefahren hat, aber Beweise dafür kann ich Ihnen auch nicht liefern. Es gibt ein paar Hautabschürfungen und blaue Flecke, aber die hat er sich angeblich bei der Gartenarbeit zugezogen. Das ist schwer zu widerlegen.« Er richtete seine Aufmerksamkeit auf Mamma Carlottas Tätigkeit am Herd, während er fortfuhr: »Ich habe natürlich auch die beiden Unfallwagen in Augenschein genommen. Die Kollision war nicht sehr heftig, ein Fahrer, der durch einen Gurt gesichert war, kann mit leichten Verletzungen davongekommen oder sogar unverletzt geblieben sein.«

»Wie Wyn Wildeboer?«, fragte Sören.

Dr. Hillmot nickte. »Kann sein, dass er Beschwerden hat, die er verschweigt. Zu erkennen sind sie jedenfalls nicht.«

»Und der Unfallgegner?«, erkundigte sich Erik.

»Da sieht es natürlich ganz anders aus. Dessen Fahrzeug hat sich überschlagen, was immer erhebliche Folgen für den Fahrer hat. Erst recht, wenn er nicht angeschnallt ist und aus dem Auto geschleudert wird. Die Wahrscheinlichkeit von tödlichen Verletzungen ist in einem solchen Fall um das Fünfundzwanzigfache erhöht. Das Opfer ist mit dem Kopf auf einem spitzen Gegenstand aufgeprallt, vielleicht auf einem Stein, und das mit großer Wucht. Er hat sich das Genick gebrochen und war sofort tot. Wäre er angeschnallt gewesen, hätte er den Unfall mit großer Wahrscheinlichkeit überlebt, trotz des Fahrzeugüberschlags. Die Geschwindigkeit war ja nicht hoch.«

Erik erinnerte sich daran, was er mit Sören in der Nacht des Unfalls beobachtet hatte. Ja, beide Fahrer hatten das Tempo gedrosselt, weil sie in den Parkplatz einbiegen wollten, wenn sie auch beide noch viel zu schnell gefahren waren. Dadurch, dass der alte Mercedes mit den seitlichen Rädern in eine Vertiefung geraten war, hatte sich ein Schwung gebildet, der für den Überschlag sorgte.

Dr. Hillmot bestätigte den Gedanken, der in Erik entstand. »Ja, er hat Pech gehabt. Unter glücklicheren Umständen wäre er nur leicht verletzt worden. Aber dadurch, dass er aus dem Wagen geschleudert wurde ...« Er brach ab, da Mamma Carlotta den Puten-Senf-Eintopf auf den Tisch stellte. Genießerisch schloss er die Augen und hielt sein Gesicht dem Duft entgegen, der aus dem Topf stieg. »Signora! Das ist einfach ...« Er suchte nach einer italienischen Vokabel und fand sie schließlich nach mehreren Versuchen: »Eccellente!«

Erik sah ihm zu, wie er beherzt zur Gabel griff und seinen Beruf fürs Erste vergaß. So erkundigte Erik sich erst, als dem Gerichtsmediziner zum zweiten Mal aufgetan wurde: »Die Leiche, die aus dem Sarg gefallen ist, haben Sie auch untersucht?«

Dr. Hillmot nickte, weil er den Mund voll hatte, und Erik hoffte, dass er auf die Schilderung von unappetitlichen Einzelheiten verzichten würde. Leider zeichnete Dr. Hillmot sich nicht durch besondere Sensibilität aus, wenn es um seinen Beruf ging. Er selbst war in der Lage, ein belegtes Brötchen in der Nähe des Seziertisches zu deponieren, von dem er ungerührt wieder abbiss, wenn seine Arbeit erledigt war. Dass es Menschen gab, die während einer Mahlzeit nichts von Organentnahme hören mochten, vergaß er gelegentlich.

Diesmal jedoch verzichtete er zum Glück auf abschreckende Schilderungen. »Alles, was ich gesehen habe, deckt sich mit dem Totenschein und dem Krankheitsbericht. Die Frau hat ein langes Krebsleiden hinter sich. Schon seit Monaten muss festgestanden haben, dass ihr nur noch mit Palliativmedizin zu helfen war. Also keine Maßnahmen mehr, die zur Heilung führen konnten, sondern nur zur Erleichterung ihrer Situation.«

»Kein Hinweis darauf, dass die Tote eine andere ist als Klara Seeberg?«

Dr. Hillmot strich sich über den gut gefüllten Leib, ehe er antwortete: »Die Tote hat vor ungefähr zehn Jahren eine Strumaresektion gehabt und vor etwa zwanzig Jahren eine Hysteroktomie. Es ist Ihre Sache, Wolf, herauszufinden, ob auch Klara Seeberg an der Schilddrüse operiert wurde und ob ihr die Gebärmutter entfernt worden ist.«

Dr. Bendixen war zum Glück schon früh zu erreichen gewesen. Und er hatte nicht von seiner ärztlichen Verschwiegenheitspflicht gesprochen, sondern Erik den Namen von Klara Seebergs Hausärztin sofort genannt. Frau Dr. Mielke allerdings war zunächst zugeknöpft und wollte sich nicht zu ihrer Patientin äußern. Doch schließlich bat sie darum, zurückrufen zu dürfen. Als sie sich somit die Gewissheit verschafft hatte, tatsächlich mit einem ermittelnden Polizeibeamten zu sprechen, wurde sie zugänglich. »Ich habe Frau Seeberg lange nicht gesehen«, berichtete sie. »Sie war das letzte Mal bei mir ...« Erik hörte sie blättern. »... vor fast eineinhalb Jahren.«

»Vor so langer Zeit? Hat Sie das nicht gewundert?«

»Frau Seeberg war eine gesunde Frau.« Ihre Stimme wurde nun spöttisch. »Außerdem kontrolliere ich nicht, wie oft meine Patienten mich aufsuchen. Es kann ja auch sein, dass jemand den Arzt wechselt.«

»Warum war Frau Seeberg bei Ihnen in Behandlung?«

»Sie kam nicht häufig, sie war selten krank.«

»Und wenn sie kam? Was hatte sie dann für Beschwerden?«

»Mal eine Erkältung, mal einen Hexenschuss. Frau Seeberg war eine gesunde, vitale Frau. Eine Gürtelrose vor ein paar Jahren war das Schlimmste, was ich bei ihr diagnostiziert habe. Sie lebte gesundheitsbewusst, trieb Sport, war schlank, ernährte sich vielseitig ... Was ist denn nun eigentlich los mit ihr?«

Als sie hörte, dass Klara Seeberg an Krebs gestorben sein sollte, war sie erschüttert. »Dann hat sie sich wohl von einem Spezialisten behandeln lassen?«

Erik erzählte ihr von dem Verdacht, dass eine andere Frau an Klara Seebergs Stelle beerdigt werden sollte, und fuhr gleich mit der Frage fort: »Wurde Klara Seeberg jemals an der Schilddrüse operiert? Und hat sie eine Gebärmutterentfernung hinter sich?«

Die Ärztin brauchte erst mal Zeit, um sich zu fassen. »Nein! Keine derartigen Operationen!« Wieder hörte Erik sie blättern.

»Keine Schilddrüsenerkrankung, kein Bericht vom Gynäkologen. Dorthin ging Frau Seeberg, soviel ich weiß, nur zur Vorsorgeuntersuchung. Von einer Hysteroktomie wüsste ich.«

»Was können Sie mir von ihr erzählen? Von ihrer Familie, ihrer Ehe? War Heio Seeberg auch Ihr Patient?«

Dr. Mielke verneinte. »Die Seebergs besitzen ein Bauunternehmen, viel mehr weiß ich nicht. Ich selbst kenne die Firma nur vom Hörensagen, wir haben nie private Gespräche geführt.« Sie schwieg und schien nachzudenken, dann ergänzte sie mit fester Stimme: »Ich fürchte, mehr kann ich Ihnen nicht erzählen.«

Sören sah sehr zufrieden aus, als sein Chef auflegte. Erik hatte den Lautsprecher angestellt, damit Sören das Telefonat mithören konnte. Nun war seine Behauptung, die Tote sei nicht Klara Seeberg, definitiv bewiesen. »Jetzt kriegen wir einen Durchsuchungsbeschluss. Wir müssen uns auch das Haus in Dortmund ansehen.«

»Erst mal das Gespräch mit dieser Frau Heinze. Vielleicht kann ich der Staatsanwältin danach noch weitere Einzelheiten präsentieren.« Erik lehnte sich zurück, zog den Bauch ein und versuchte, den Bund seiner Jeans an eine Stelle zu zerren, wo er nicht drückte.

Als er die Augen wieder aufschlug, sah er, dass Sören lächelte. »Sieht trotzdem schick aus, Chef«, sagte er, und es hörte sich so an, als wollte er ihn trösten.

Erik machte eine ärgerliche Handbewegung, weil er sich nicht anmerken lassen wollte, wie unwohl er sich in der engen Jeans fühlte, und erst recht nicht eingestehen mochte, dass er sich von seiner Freundin etwas hatte aufschwatzen lassen, was er nie haben wollte. Nicht einmal Lucia hatte ihn dazu bewegen können, es mit aktueller Mode zu versuchen, wenn sie ihn einengte.

»Hoffentlich habe ich bald Zeit, mich um Svea zu kümmern. Ich habe ein schlechtes Gewissen. Heute ist Samstag, ihr Büro

ist geschlossen... sicherlich hätte sie mich gern an ihrer Seite.«
Er sah Sören erschrocken an, weil ihm in diesem Moment bewusst wurde, wie privat ihr Gespräch geworden war. Obwohl die beiden schon seit Jahren zusammenarbeiteten und Erik sich keinen besseren Mitarbeiter vorstellen konnte, war ihr Kontakt immer streng dienstlich geblieben. Nur in kleinen Gesten oder Andeutungen war zum Ausdruck gekommen, wie sehr sie sich wertschätzten und dass es sogar ein Gefühl gab, das auf Eriks Seite väterlich war. Wie Sören es genannt hätte, konnte er sich nicht vorstellen.

Sören sah seinen Chef verständnisvoll an. »Wir dürfen die Rennfahrer nicht vergessen. Wir haben jede Menge zu tun.«

»Ja, es gab immerhin ein Todesopfer.« Erik setzte sich aufrecht hin und widerstand der Versuchung, den Knopf der Jeans zu öffnen. »Haben die Kollegen von der Streife die Buhne 16 im Auge?«

»Zurzeit ist dort alles ruhig. Aber vielleicht warten diese Idioten nur darauf, dass Gras über die Sache gewachsen ist.«

»Vielleicht hilft uns weiter, was Vetterich gefunden hat.«

Der Leiter der Kriminaltechnischen Untersuchung, kurz KTU, war am Abend im Hause Wolf erschienen, als Dr. Hillmot sich gerade über den Grießpudding hermachte und darüber schwadronierte, dass seine Mutter ihm häufig Grießpudding gekocht hatte, um ihn zu verwöhnen. Seit ihrem Tod musste er auf Grießpudding verzichten und genoss den großen Augenblick und dazu die Erinnerung an seine Mutter, während er sich einen Löffel auftat, dann noch einen ... und erst zögerte, als Kommissar Vetterich eintrat, weil ihm aufging, dass dieser vielleicht ebenfalls etwas davon wollte.

Aber Vetterich war ein anderer Mensch als Dr. Hillmot. Er war tatsächlich nur gekommen, um seine Ermittlungsergebnisse abzuliefern. Vetterich freute sich auch nicht darüber, dass er ins Abendessen platzte, er war im Gegenteil peinlich berührt und suchte verzweifelt nach Entschuldigungen, die dem Ausmaß seines Fehlers gerecht wurden. Dass die Schwiegermutter des Hauptkommissars meinte, was sie sagte, konnte er sich einfach nicht vorstellen. Sie freute sich, weil ein unerwarteter Gast eingetroffen war? Ihm und auch seiner Frau wäre nichts lästiger gewesen als ein Besuch, der das Abendessen störte. Dass Carlotta Capella sich über jeden freute, der an ihren Tisch fand, war ihm unbegreiflich.

Trotzdem saß er kurz darauf neben Dr. Hillmot, bekam ein Schälchen Grießpudding gereicht und außerdem das Angebot, dass die Suppe und der Eintopf für ihn aufgewärmt wurden. Beides lehnte er so erschrocken ab, dass sogar Mamma Carlotta verstand, wie ernst es ihm damit war, und nicht weiter insistierte.

Er war froh, als er zum dienstlichen Teil seines Besuches kommen konnte. »Wir haben einen deutlichen Fußabdruck sichern können. Während die Spuren auf dem Parkplatz sehr schnell verweht waren, hat sich dieser Abdruck gehalten. Er lag im Windschutz eines dichten Grasbüschels. Nach der Lage des Unfallautos muss der Abdruck von dem flüchtenden Fahrer stammen. Wir konnten seine Spur verfolgen, ohne genaue Abdrücke zu erkennen. Er ist aus dem Wagen gesprungen und losgelaufen.«

Erik nickte. »Er hat uns bemerkt, danach war er nur noch auf Flucht aus. Vermutlich hat er später erst erfahren, dass sein Unfallgegner tot ist.«

»Womöglich erst durch die Zeitung«, ergänzte Sören.

Erik schob seinen Grießpudding zur Seite und beugte sich vor. Wie aufmerksam seine Schwiegermutter das Gespräch verfolgte, entging ihm. »Hat der Fußabdruck Wiedererkennungswert?«

Vetterich nickte zufrieden. »Ein Trekkingschuh mit einer auffälligen Sohle.« Er erlaubte sich ein Lächeln, das Erik befremdete, weil Vetterich eigentlich immer ernst blieb. Er kannte dieses Gesicht kaum lächelnd, was ihm immer dann bewusst wurde, wenn Vetterich ausnahmsweise einmal den Mund verzog und dann derart fremd erschien, dass Erik froh war, wenn er wieder so ernst und mürrisch war wie zuvor. »Ein Salewa-Schuh mit einem groben Profil, ohne Führungsrinnen, mit steilen Profilzähnen und einem ausgeprägten Absatz. Diesen Schuh gibt es mit Wander-, Trekking-, Bergsteigersohlen und mit Sohlenprofilen für Hochtouren. Der Fahrer des Leichenwagens trug die Trekkingausführung.«

»Heißt das, er ist Bergsteiger?«

Wieder grinste Vetterich. »Meine Patentochter hat mir gesagt, solche Trekkingschuhe seien zurzeit modern. Auf der Strandstraße in Westerland gibt's einen Laden, der die Dinger verkauft. Aber meine Patentochter sagt, sie kennt nur Leute, die sie online bestellt haben.«

»Trotzdem werden wir es versuchen«, meinte Erik. »Vielleicht kann sich in dem Geschäft jemand erinnern, der so einen Schuh gekauft hat. Welche Schuhgröße?«

»45!«

»Also ein Mann.«

Erik schüttelte die Erinnerung ab, schob seinen Bürostuhl nach hinten und stand auf. Er brauchte Sören nicht an das Gespräch mit Vetterich zu erinnern. »Wir machen einen Besuch in dem Laden auf der Strandstraße. Das liegt ja praktisch auf dem Weg zu Leysieffer.«

In seiner Bürotür stieß er mit Polizeiobermeister Engdahl zusammen. »Ich habe jetzt alle nach ihren Alibis gefragt, Chef.«

»Sie meinen die Leute, deren Namen wir von Wyn Wildeboers Vermieter erfahren haben?«

»Genau! Es ist bei allen das Gleiche. Sie waren angeblich im Bett, aber niemand kann das bezeugen.«

Mamma Carlotta flog die Westerlandstraße entlang. Der Wind stand günstig, er schob sie vor sich her. Als es hinter dem Ortsausgang von Wenningstedt bergab ging, konnte sie das Rad laufen lassen und hätte am liebsten gejauchzt. So herrlich war diese Fahrt, so frei fühlte sie sich, wie abgeschnitten von einer Leine, an der sie sonst festgehalten wurde. An der Ampel vor der Nordseeklinik musste sie leider bremsen und von da an wieder in die Pedalen treten und auf den Verkehr achten. Die Steinmannstraße besaß keinen Radweg, am Syltness-Center gab es diese unübersichtliche Rechts-links-Kurve, danach musste sie auf diejenigen achten, die auf der Strandstraße zum Meer gingen oder von dort zurückkehrten. Als sie auf die Friedrichstraße stieß, stieg sie vom Rad ab und stellte es zu einigen anderen Rädern, die dort auf ihre Besitzer warteten, die Brötchen kauften oder in der Nähe frühstückten. Die Cafés und Bistros öffneten nicht vor halb zehn, die hohen Tische und Stühle vor Leysieffer waren gerade erst aufgestellt worden.

Als Mamma Carlotta darauf zusteuerte, wurde sie von hinten angesprochen. »Signora!«

Sie fuhr herum und sah Lilly Heinze auf sich zukommen, dick und kurzatmig, mit kleinen Schritten. Der Versuch, schnell aufzuschließen, trieb ihr den Schweiß auf die Stirn. Mamma Carlotta sah ihr mitleidig entgegen. Lilly Heinze gehörte wohl zu den Menschen, die sich aufgrund ihrer Leibesfülle ungern bewegten, erst recht nicht schnell, weil jeder Schritt beschwerlich war, in den Gelenken schmerzte und die Atmung beeinträchtigte. Mamma Carlotta kannte das, sie war ja auch einmal so dick gewesen wie Lilly Heinze. Allerdings hatte es ihrer Beweglichkeit nicht viel anhaben können. In ihrem Dorf waren die Gassen steil, ohne Anstrengung kam sie dort nicht hinauf und wieder zurück, der Gemüsegarten hinter ihrem Haus forderte ihren Betätigungsdrang, die Enkelkinder, die in ihrem Hause aufwuchsen, ließen ihr keine Ruhe. Und dann kam natürlich noch die ihr angeborene Bewegungsfreude hinzu. Die schien Lilly Heinze nicht zu kennen. Sie war froh, als sie einen der hohen Stühle vor Leysieffer erklommen und ihre Leibesfülle dort untergebracht hatte. Sie sah so aus, als wollte sie sich so schnell nicht wieder von diesem Platz erheben.

So übernahm Mamma Carlotta es, zur Theke zu gehen und Espresso und belegte Brötchen zu besorgen. Staunend betrachtete sie Leysieffers Angebot, während die Verkäuferin ihr Frühstück auf einem Tablett anrichtete. Was für ein Unterschied zu dem, was Tove Griess in Käptens Kajüte anbot! Ob er jemals hier gewesen war und diese Köstlichkeiten gesehen hatte?

Sie trug das Tablett vorsichtig nach draußen und freute sich anschließend darüber, dass sie mühelos auf den hohen Stuhl kam. Unauffällig betastete sie die Außenseiten ihrer Oberschenkel. Sie quollen nur geringfügig über den Rand des Stuhls hinaus, während sie bei Lilly Heinze an beiden Seiten herüberhingen. Ihre neue Bekannte hatte sich so gesetzt, dass sie der Straße den Rücken zudrehte. Mamma Carlotta war natürlich klar, warum sie das getan hatte. Sie wollte von ihrem untreuen Ehemann, sollte er vorbeikommen, nicht erkannt werden. Außerdem hatte sie sich eine riesige Sonnenbrille auf die Nase gesetzt, die einen großen Teil ihres Gesichts verdeckte.

Mamma Carlotta rieb sich die Hände, als die Espressotassen und die Teller mit den belegten Brötchen vor ihnen standen. »Haben Sie etwas von Ihrem Mann gehört?«

Lilly Heinze wirkte mit einem Mal sehr traurig. »Es ist genau so gekommen, wie ich es vorhergesagt habe. Er hat mich auf dem Handy gerufen und gesagt, das Wetter sei so schön auf Sylt, er wolle ein paar Tage dranhängen.«

»Das war noch vor der Beerdigung?«

»Ja, gestern Mittag. Am Abend hat er sich noch kurz gemeldet, um mir zu erzählen, dass die Beerdigung geplatzt sei.« Lilly Heinze lachte bitter. »Stellen Sie sich vor, er hat mir sogar Vorwürfe gemacht! Merkwürdige Freunde hätte ich da, hat er gesagt. Vertauschte Leichen! Und der Ehemann sei gar nicht auf dem Friedhof erschienen. Davon müsse er sich erst mal erholen. Und so weiter ...« Mit zusammengekniffenen Augen starrte sie die Gäste des Leysieffer an, als befürchtete sie, dass auch ihr Ehemann darunter sein könnte. »Wenn ich mir vorstelle, dass er hier irgendwo rumläuft, mit dieser Tussi im Arm ...« Sie konnte nicht weitersprechen, weil ihr die Stimme versagte.

Mamma Carlotta griff nach ihrer Hand. »Wir werden ihn erwischen und ihn stellen. Dann kann er sich nicht mehr rausreden. Und dann wissen Sie, woran Sie sind.« Der Espresso schmeckte wunderbar, die Brötchen waren frisch und knusprig, die Marmelade derart lecker, dass Mamma Carlotta sich fragte, wie sie an das Rezept kommen könnte. Sie genoss es, hier zu sitzen, als gehörte sie zu den Touristen, die sich einen Sylturlaub leisten konnten. Sie versuchte sogar, die gleiche blasierte Miene aufzusetzen, die sie überall an den Nebentischen sah. Diese leicht überhebliche Gleichgültigkeit, mit der einerseits demonstriert wurde, dass man zu genießen verstand, die andererseits aber auch vermittelte, dass man es sich selbstverständlich leisten konnte.

Sie merkte allerdings schnell, dass ihr dieser Gesichtsausdruck nicht gelang. Da fehlte ihr wohl die Begabung. Sie schaffte es nicht, ihre Neugier, ihre Begeisterung, die Freude hinter Aufgeblasenheit zu verstecken. Bei ihr musste jedes Gefühl raus, ehrlich und offen!

»Meraviglioso! Einfach wunderbar! Und das Wetter ist so schön! Auch wenn es in meiner Heimat natürlich viel wärmer ist um diese Jahreszeit. Aber man weiß das ja ... der Wind auf Sylt ist immer da. Und er ist immer kalt, sogar im Hochsommer.« Nun beugte sie sich vor und versuchte es mit leisen Worten: »Haben Sie eine Ahnung, wo Ihr Mann abgestiegen ist?«

»Leider nicht. In den großen Hotels habe ich schon angerufen, aber da wohnt er nicht. Oder er hat einen falschen Namen angegeben. Ich nehme aber eher an, dass er eine Wohnung gemietet hat. Das ist anonymer.«

»Naturalmente!« Carlotta hatte Mühe, sich zu konzentrieren, als sie eine Frau sah, die ein winziges Hündchen auf dem Arm trug, das sie zunächst für ein Stofftier gehalten hatte. »Was hat Ihr Mann Ihnen von der Beerdigung erzählt, die gar nicht stattgefunden hat? Ist ihm etwas aufgefallen, hat er was mitbekommen? Gibt es Vermutungen?«

Lilly Heinze schüttelte den Kopf. »Er ist natürlich zu Heio nach Kampen gefahren.« Erklärend fügte sie an: »Klaras Mann! Aber er sagt, dort habe niemand geöffnet.« Sie schüttelte den Kopf, als verstünde sie die Welt nicht mehr. »Was sagt denn Ihr Schwiegersohn zu dieser mysteriösen Angelegenheit? Hat die Polizei eine Ahnung, was passiert sein könnte?«

»No! Er tappt völlig im Dunkeln!« Mamma Carlottas Stimme war voller Bedauern. »Deswegen wird er auch gleich hier vorbeikommen, um mit Ihnen zu sprechen. Er muss unbedingt etwas über die Familie Seeberg erfahren.«

Erik war schlecht gelaunt. Die Frage nach den Trekkingschuhen war ergebnislos verlaufen, Schuhe dieser Marke waren in dem Geschäft an der Strandstraße länger nicht verkauft worden. Anfang des Jahres hatte es einen Ausverkauf gegeben, bei dem vor allem die Trekkingschuhe über die Ladentheke gegangen waren. Aber natürlich konnte sich keiner der Verkäufer an die Kunden erinnern, auch der Ladenbesitzer hatte Erik nicht weiterhelfen können.

»War doch zu erwarten«, besänftigte Sören seinen Chef. »Aber einen Versuch war's wert.«

Das war jedoch nicht alles, was Eriks Laune beeinträchtigte. Er fühlte sich nach wie vor müde, schrecklich müde. Die letzte Nacht, in der er tief und traumlos geschlafen hatte, schien seine Erschöpfung nur noch verstärkt zu haben. Dass Sören an diesem Morgen frisch und ausgeschlafen wirkte, hob seine Laune nicht, und dass er heute mit dem Fahrrad nach Westerland fahren musste, machte die Angelegenheit auch nicht besser. Angeblich hatte er seiner Tochter versprochen, dass ihr das Auto am Tag ihrer Geburtstagsfeier zur Verfügung stehen würde. Zumindest behauptete das Carolin, auch wenn er selbst sich nicht an diese Zusage erinnern konnte. Vermutlich hatte er sie leichtsinnig gegeben, als seine Tochter der Fahrprüfung derart angstvoll entgegensah, dass er sie ermuntern und motivieren wollte. Das hatte er nun davon!

Der eigentliche Grund für seine Verstimmung war jedoch das kurze Telefonat mit Svea gewesen. Wie befürchtet hatte sie an diesem Tag mit ihm gerechnet. Sie wollte nicht allein sein, wollte Ida aber nicht drängen, zu Hause zu bleiben. Sie wollte den Tag mit Erik verbringen. »Du kennst Ida. Sie will mir alles abnehmen, für mich auf alles verzichten, aber das möchte ich auf keinen Fall. Sie soll heute Carolins Geburtstag feiern. Ganz unbeschwert.«

Ja, er wusste, wie Ida war, und er verstand auch, dass Svea einen Erwachsenen an ihrer Seite haben wollte, jemanden, dem es selbst ein Bedürfnis war, in dieser schweren Stunde bei ihr zu sein. »Ich komme, sobald ich kann«, hatte er immer wieder gesagt. »Aber die Staatsanwältin macht mir Druck. Vielleicht habe ich Luft, wenn ich diese Frau gesprochen habe, mit der meine Schwiegermutter mich bekannt machen will.«

Svea hatte tief geseufzt und dann klein beigegeben. Zum Glück wusste sie ja selbst am besten, dass berufliche Anforderungen manchmal alle anderen Pläne boykottieren konnten.

»Was macht übrigens Ronni?«, fragte sie, als Erik gerade auflegen wollte. »Arbeitet er vernünftig?«

»Von wem sprichst du?« Erik musste erst überlegen, um wen es sich handelte. »Ach so, der Anstreicher, den Ida angeschleppt hat...« Er dachte nach, und ihm fiel auf, dass er sich noch kein einziges Mal darum gekümmert hatte, ob und wie der junge Mann seine Schlafzimmerwände bearbeitete. »Ich glaube, der macht das ganz gut«, behauptete er dann der Einfachheit halber.

»Hast du deiner Schwiegermutter gesagt, dass sie ihm auf die Finger gucken soll?«

Nein, das hatte er nicht, aber auch hier entschied er sich für den Weg des geringsten Widerstandes. »Sie wird schon aufpassen.«

»Wenn er vernünftig arbeitet, kann er nächste Woche im Wohnzimmer weitermachen. Die Möbel werden pünktlich geliefert, dann muss alles fertig sein.«

Erik verriet nicht, dass ihm vor den neuen Möbeln graute, dass er eigentlich lieber die altmodische Schrankwand und das Sofa behalten hätte. Svea hätte ihm dann wieder vorgehalten, dass er Angst vor Veränderungen habe, dass Stillstand Rückschritt gleichkomme und jemand, der nicht offen für etwas Neues sei, so alt war wie Methusalem. Er hielt seinen Mund und versicherte noch einmal, er würde so bald wie möglich zu ihr kommen. Danach war er zwar dankbar für ihr Verständnis und auch erleichtert gewesen, aber dennoch unzufrieden mit sich selbst, mit seinem Beruf ... ach, einfach mit allem.

Sie schoben die Räder über die Elisabethstraße auf die Friedrichstraße zu. Schon von Weitem war die lange Schlange zu erkennen, die sich an der Hausecke gebildet hatte. Dort verkaufte Leysieffer Eis in frisch gebackenen Waffeltüten. Die Kunden waren anscheinend alle ganz wild darauf. Sie warteten geduldig, blinzelten gelegentlich in die Sonne, rückten ihre Sonnenbrillen zurecht, öffneten ihre Steppwesten und beklagten sich nicht. Wenn auf Sylt etwas hipp war, murrte niemand, wenn er dafür anstehen musste.

Erik stellte sein Rad vor McDonald's ab, Sören wollte, während sein Chef mit Lilly Heinze sprach, alle anderen Schuhgeschäfte Westerlands abklappern und nach den Trekkingstiefeln fragen. Auch wenn sie sich wenig davon erhofften, wollten sie nichts unversucht lassen.

Erik sah seine Schwiegermutter sofort und erkannte an ihrer Haltung, ihren Gesten, den ruckartigen Bewegungen ihres

Oberkörpers, wie sie sich fühlte. Sie genoss! Er kannte keinen Menschen, der so durchdringend und leidenschaftlich genießen konnte wie Mamma Carlotta.

Die Frau, die mit dem Rücken zur Friedrichstraße saß, reichte ihm mit einem kühlen Lächeln die Hand, ohne ihre Sonnenbrille abzunehmen. Besonders angenehm schien ihr der Besuch der Polizei nicht zu sein. Aber das war ja nichts Neues. Entweder waren die Leute begierig darauf, etwas loszuwerden, oder sie hatten Angst vor den Fragen der Polizisten, auch dann, wenn sie nichts zu verbergen hatten. Aber wer besaß schon ein durch und durch reines Gewissen?

Erik schob die linke Körperhälfte auf einen dieser hohen Stühle, die nicht besonders bequem aussahen, und ließ den rechten Fuß auf dem Boden. Mit besonderer Freundlichkeit erklärte er Frau Heinze, warum er mit ihr sprechen wolle. »Ihre Freundin ist wie vom Erdboden verschluckt. Außerdem wissen wir nicht, wer die Tote ist, die an ihrer Stelle beerdigt werden sollte.«

»Das weiß ich natürlich auch nicht«, antwortete Lilly Heinze schnell.

»Es geht mir um Frau Seeberg. Bitte, erzählen Sie mir von ihr und ihrem Mann, von ihren Lebensumständen. Ich brauche Informationen, um mir ein Bild machen zu können. Wir müssen sie finden, stochern aber im Nebel. Ihr Mann ist verschwunden, die Pflegerin ebenfalls ...« Er sah Lilly Heinze fragend an und ärgerte sich über seine Schwiegermutter, die es sich nicht verkneifen konnte, seine Frage zu bestärken.

»Erzählen Sie meinem Schwiegersohn einfach alles, was Sie wissen, Signora. Er ist ein guter Commissario. Er wird schon wissen, was wichtig ist und was nicht.«

Der Blick, mit dem er ihr bedeuten wollte, dass sie sich raushalten solle, traf sie natürlich nicht. Carlotta Capella hatte es mal wieder geschafft, sich ins Zentrum eines mysteriösen Falls zu begeben, sie würde sich daraus nicht vertreiben lassen.

Lilly Heinze zuckte die Schultern. »Was soll ich Ihnen erzählen? Ich habe Klara lange nicht gesehen. Im Grunde haben wir uns, seit sie verheiratet ist, nur noch selten besucht. Unsere Telefongespräche wurden auch immer weniger. Zu Weihnachten und zum Geburtstag, aber sonst ...« Sie seufzte auf, als käme nun der tragische Teil der Erzählung. »Als Heio mich anrief, war ich gleich besorgt. Er hatte mich noch nie kontaktiert. Mit ihm habe ich nur gesprochen, wenn ich anrief und er zufällig am Telefon war. Dann gab es ein paar Floskeln, bevor er mich an Klara weiterreichte, das war's.«

»Was wollte er von Ihnen?«, fragte Erik.

»Er hat mir mitgeteilt, dass Klara an Krebs erkrankt ist. Schon seit Längerem, sie hatte mir nichts davon erzählt. Kein Sterbenswörtchen! Aber ich hatte auch seit mindestens einem Vierteljahr nichts von ihr gehört. Ich wollte mich immer bei ihr melden, aber ...« Sie brach verzweifelt ab.

»Dann verschiebt man es immer wieder auf den nächsten Tag«, ergänzte Erik verständnisvoll, dem es häufig ebenso ging. »Warum hat Klara Seeberg ihre Krankheit zunächst verschwiegen?«

»Heio hat gesagt, sie habe nicht darüber reden wollen. Das passte zu ihr. Klara gestand sich keine Schwäche zu. Sie war eine Powerfrau, immer voll da, als Erste im Büro, als Letzte wieder draußen. Schwere Erkältungen, Hexenschuss, nicht einmal ein Rippenbruch konnte sie dazu bewegen, sich zu schonen. Eine Chemotherapie hatte sie bereits hinter sich, ohne dass ich es ahnte, eine zweite lehnte sie ab. Typisch Klara. Wenn sie nicht mit ganzer Kraft weitermachen konnte, dann lieber gar nicht.« Lilly Heinze nickte, als wollte sie ihre eigenen Worte bestätigen. »Sie hatte nur noch einen einzigen Wunsch, und den wollte Heio ihr erfüllen.«

Erik glaubte zu wissen, was sie damit meinte. »Sie wollte in ihrem Haus in Kampen sterben?«

Lilly Heinze kämpfte nun mit den Tränen. Das merkte Erik,

obwohl die Sonnenbrille nach wie vor ihre Augen verdeckte, denn ihre Stimme zitterte, und sie presste die Lippen aufeinander. »Er hat alles für sie getan, das muss man wohl anerkennen. Er hat eine Pflegerin engagiert, weil er allein überfordert gewesen wäre ...« Sie brach ab, weil ihre Stimme versagte.

Wieder mischte sich Mamma Carlotta ein. »Aber dann haben Sie sicherlich oft mit Ihrer Freundin telefoniert?«

Lilly Heinze schüttelte den Kopf. »Kein einziges Mal. Sie konnte nicht mehr telefonieren, sagte Heio, und sie wollte es auch nicht. Er ließ immer Grüße ausrichten, aber sonst ...«

»Der Mutter meines Mitarbeiters ging es so wie Ihnen«, warf Erik ein. »Auch Frau Kretschmer kannte Klara Seeberg, aber sie ist immer abgewiesen worden, wenn sie versucht hat, Kontakt aufzunehmen. Seine Frau wolle keinen Besuch, sie sei zu schwach.«

»Schade«, flüsterte Lilly Heinze. »Ich hätte gerne mit ihr gesprochen, hätte gerne teilgenommen an ihrem Leiden. Natürlich wäre ich auch nach Sylt gekommen, wenn es ihr Wunsch gewesen wäre. Es hat mir wehgetan, dass ich außen vor bleiben musste. Manchmal hatte ich das Gefühl, dass unsere Freundschaft zusammen mit Klara zugrunde ging.«

»Immerhin haben Sie es auf sich genommen, vom Bodensee nach Sylt zu reisen, um an ihrer Beerdigung teilzunehmen«, ermunterte Erik sie.

»Ja, stimmt ...« Lilly Heinze warf Mamma Carlotta einen verlegenen Blick zu, der Erik sofort alarmierte. Was ging zwischen diesen beiden Frauen vor?

»Das hat noch einen anderen Grund, Enrico«, half Mamma Carlotta. »Signora Heinze wollte erst gar nicht nach Sylt kommen, weil sie keine Zeit hatte. Ihr Mann war bereit, für sie an der Beerdigung teilzunehmen ...« Nun begann sie sogar zu flüstern: »Die Signora glaubt, dass er sie betrügt. Dass er mit einem jungen Mädchen hier herum ... herumscharwenzelt – sagt man das so? Und sie ist ihm gefolgt, um ihn zu überführen.«

»Ach so!« Erik war derart überrascht, dass er erst einmal schwieg, um sich zu überlegen, wie er nun weiter vorgehen sollte. »Dann waren Sie gar nicht auf der Beerdigung?«

»Ich war auf dem Friedhof«, entgegnete Lilly Heinze, obwohl Mamma Carlotta schon für sie antworten wollte. »Aber ich habe mich im Hintergrund gehalten, weil ich natürlich nicht wollte, dass mein Mann mich bemerkt. Er denkt ja, dass ich in Lindau geblieben bin.«

»Aber Sie haben ihn nicht gesehen«, konstatierte Erik.

»Wie denn? Es hat ja keine Beerdigung gegeben.«

Erik gab sich Mühe, die Ehegeschichte, die ihn nicht interessierte, aus dem Kopf zu kriegen. Was ging es ihn an, dass Frau Heinze von ihrem Mann betrogen wurde? »Bitte erzählen Sie mir von Klara und Heio Seeberg.«

Lilly Heinze holte tief Luft, ehe sie begann. »Klara war eine ungewöhnliche Frau. Was hätte aus ihr werden können, wenn sie in anderen Verhältnissen groß geworden wäre! Wenn sie bessere Chancen bekommen hätte!« Sie erzählte, dass Klara elternlos aufgewachsen war. Der Vater war unbekannt, die Mutter starb früh, und Klara landete im Heim. »Sie war eine hervorragende Sportlerin. Beim Volleyball unschlagbar. Im Sportverein lernten wir uns kennen.« Sie sah an sich herab und lächelte. »Damals war ich noch schlank. Wie Klara! Sie ist nicht aus der Form gegangen, so wie ich. Sie ist so gertenschlank geblieben, wie sie schon als junges Mädchen war.« Klara habe den Hauptschulabschluss gemacht, obwohl sie intelligent genug gewesen wäre, das Abitur zu schaffen. »Aber sie wollte so schnell wie möglich selbstständig sein, ihr eigenes Geld verdienen. So landete sie in der Bauunternehmung Seeberg und machte dort eine Ausbildung.« Schon während der Lehrzeit war dem alten Seeberg klar geworden, dass er mit Klara ein Juwel in die Firma geholt hatte. Sie wurde von ihrem Arbeitgeber sehr geschätzt und machte sich unentbehrlich. Als Seeberg mitbekam, dass sein Sohn mit Klara flirtete, unterstützte er dessen Bemühungen. »Heios Mutter war zwar nicht so begeistert«, erklärte Lilly Heinze. »Aber der Senior machte ihr klar, dass ihnen nichts Besseres passieren könne. Der familiäre Background, auf den Heios Mutter großen Wert legte, fehlte Klara natürlich gänzlich, andererseits wäre sie bei ihrer Intelligenz und ihrem Geschäftssinn nie in der Bauunternehmung Seeberg gelandet, wenn sie Eltern gehabt hätte, denen ihre Zukunft am Herzen lag.« Heio Seeberg, das hatte sein Vater schnell erkannt, war nicht der geborene Geschäftsmann, er würde die Firma zugrunde richten, das befürchtete er schon lange. Mit Klara an Heios Seite würde es jedoch weiter aufwärts gehen. »Tatsächlich hielt Klara die Zügel fest in der Hand, während Heio nur die Kontakte knüpfte und Bekanntschaften pflegte, die wichtig waren. Der Laden brummte, das wurde mir klar, als Klara mir am Telefon von dem Haus in Kampen erzählte. Ich war von den Socken! Wer sich ein Haus in Kampen leisten kann, der hat's geschafft.«

Es entstand eine Gesprächspause. Ehe sie zur Last werden konnte, fragte Erik: »Mochten Sie Heio Seeberg?«

Wieder blieb es eine Weile still, dann schüttelte Lilly Heinze den Kopf. »Nein, nicht besonders.«

»Warum nicht?«

»Er war ein Gernegroß. Ein schwacher Mann, der sich mit Angebereien eine Bedeutung geben wollte, die er nie haben würde. Er hat Klara oft traktiert. Sie war erfolgreich, sie hatte die Firma im Griff, sie machte alles, was ihm sehr schwerfiel, mit links. Statt ihr dankbar zu sein, hat er sie oft gequält mit Eifersucht, mit Streitereien. Er konnte es nicht ertragen, mit einer starken Frau verheiratet zu sein. Wo immer es ging, versuchte er, sie klein zu machen.«

»Gibt es dafür konkrete Beispiele?«

Lilly Heinze schüttelte den Kopf. »Sie hat sich mir nie anvertraut. Was ich Ihnen jetzt verrate, war zwischen den Zeilen zu lesen. Ich kannte sie gut, ich wusste, was sie mir sagen wollte, auch wenn sie es nicht beim Namen nannte.« Ihr Blick wanderte an der Fassade des Hauses hoch. »Er hatte so was ... Verschlagenes. Auf mich wirkte er unehrlich. Ich hätte ihm niemals vertrauen können. Allerdings ...« Ihr Blick kehrte zurück. »Anscheinend hat er Klara wirklich geliebt. Er ist die ganze Zeit mit ihr auf Sylt geblieben, wie es ihr Wunsch gewesen war. Die Firma hat er links liegen lassen, seine Freunde, die ihm sonst so wichtig waren, das Schickimicki-Leben, das er führte, während seine Frau das Geld verdiente ...«

»Wer leitet die Firma im Moment?«, unterbrach Erik.

Lilly Heinze zuckte die Achseln. »Keine Ahnung.«

»Können Sie sich vorstellen, Frau Heinze, was geschehen ist? Wo mag Ihre Freundin sein? Ist Heio Seeberg geflüchtet oder vielleicht entführt worden? Was ist mit dieser Pflegerin? Wer ist die Tote, die an Klara Seebergs Stelle beerdigt werden sollte? Haben Sie irgendwelche Vermutungen?«

Lilly Heinze brauchte nicht nachzudenken, sie schüttelte auf jede Frage den Kopf.

»Trauen Sie Heio Seeberg eine Straftat zu?«

Nun zögerte sie und sah Erik nicht an, während sie fast unmerklich nickte.

Die Bowle war angesetzt, die Tomatensoße köchelte in einem riesigen Topf auf dem Herd, die Nudeln lagen bereit. Es war still im Haus. Carolin war mit dem Auto nach Westerland gefahren, um bei Famila Plastikteller und -becher sowie Chips und Salzstangen zu kaufen. Ida hatte sich auf ihr Fahrrad geschwungen und war nach Hause gefahren, um sich für die Party umzuziehen. Felix war bei Ben und Finn, dem Keyboarder und Schlagzeuger der Verbotenen Dosen, die Carolin zu Ehren am Abend ein ›Konzert‹ geben wollten, wie Felix es nannte. Mamma Carlotta hätte von einem Ständchen gesprochen.

Sie trat aus der Küche, von Kükeltje umschmeichelt, die sich maunzend an ihre Beine drängte. Zögernd öffnete sie die

Wohnzimmertür und sah sich kopfschüttelnd um. Nichts war übrig geblieben von dem, was Lucia mit viel Liebe ausgesucht hatte, was Erik aus seinem Junggesellen- in sein Eheleben mitgenommen hatte, und all die Dinge, die Kompromisse gewesen waren, wenn zwei Menschen unterschiedliche Vorstellungen hatten. Aber ein gelungener Kompromiss war eben auch eine schöne Form der Einigkeit. Erik und Lucia hatten sich immer einigen können, mal hatten die Vorstellungen des einen, mal die des anderen überwogen, mit dem Kompromiss waren beide immer zufrieden gewesen. Jetzt jedoch schien es so, als sei es nur um die Wünsche einer einzigen Person gegangen: Svea Gysbrecht. Mamma Carlotta hatte längst erkannt, dass Erik nicht derjenige war, der eine neue Einrichtung haben wollte, der demnächst den Feierabend auf einem Designersofa und die Nacht in einem Boxspringbett verbringen wollte, dessen Preis er geheim hielt. Dieses Haus war fremd geworden, durch den Geruch, durch die Leere, die durch die geschlossenen Türen zu spüren war, durch den Hall, der durch nichts Warmes, Weiches gedämpft wurde. Es würde womöglich noch fremder werden, wenn der Farbgeruch verflogen und die Leere gefüllt worden war. Würde dann auch die Erinnerung an Lucia verfliegen? Würde es Svea gelingen, Stück für Stück aus dem Haus zu schaffen, was Lucia hineingetragen hatte?

Mamma Carlotta betrachtete die drei Stehtische, die für Carolins Party hereingetragen worden waren, die Musikanlage, den Tisch, auf dem die Bowle, Teller und Becher stehen sollten, und zog hastig die Wohnzimmertür wieder ins Schloss, ohne zu merken, dass Kükeltje zurückgeblieben war, und ohne zu hören, wie empört sie hinter der geschlossenen Tür miaute. Deprimiert kehrte Carlotta in die Küche zurück, betrachtete jedes einzelne Möbelstück, als wollte sie es sich einprägen. Schließlich musste sie damit rechnen, dass es bei ihrem nächsten Besuch nicht mehr da sein würde. Sie musste Erik unbedingt das Versprechen abnehmen, wenigstens in der Küche alles beim Alten zu lassen. Hier hatte Lucia mit den Kindern am Tisch gesessen und sich ihre Sorgen angehört, hier hatte sie auf Erik gewartet, wenn er spät von einem Tatort zurückgekehrt war. Diese Küche gehörte nach wie vor Lucia! Wenn er sich auch von diesem Raum trennte, würde es Mamma Carlotta so vorkommen, als trenne er sich ebenfalls von der Erinnerung an seine Frau. Nein, das durfte nicht sein!

Sie hob den Topfdeckel und kontrollierte den Zustand der Soße, drehte die Hitze ein wenig herunter und fragte sich, ob die Zeit reichen würde, Käptens Kajüte einen schnellen Besuch abzustatten. Noch immer hatte sie mit Tove Griess nicht vertraulich reden können, war kein einziges Mal mit ihm allein gewesen. Ob er ihre Warnung verstanden hatte, war ihr nicht vollkommen klar geworden. Sie wollte ihm noch einmal deutlich zu verstehen geben, dass ein für alle Mal Schluss sein musste mit den Autorennen und den Wetten, die in Käptens Kajüte abgeschlossen wurden. Hoffentlich kam Erik nicht dahinter, was sich in der Imbissstube abspielte! Nur gut, dass der Fall der verschwundenen Klara Seeberg seine ganze Aufmerksamkeit in Anspruch nahm!

Sie dachte an die interessanten Dinge, die Erik von Lilly Heinze erfahren hatte. Seit diese wusste, dass Carlotta Capella die Schwiegermutter des ermittelnden Hauptkommissars war, hatte sie sich ihr mit größerem Interesse zugewandt. Und schon wenige Minuten, nachdem Erik sich verabschiedet hatte, waren die beiden Frauen zu echten Komplizinnen geworden. Danach war Mamma Carlotta sicher gewesen, dass Lilly Heinze von nun an ihre Freundschaft suchen würde. Ein schönes Gefühl!

Zunächst war sie ja erschrocken gewesen, als Lilly Heinze plötzlich den Kopf eingezogen und sich ganz klein gemacht hatte. Als sie nach der Speisekarte gegriffen und sich vors Gesicht gehalten hatte, war es Mamma Carlotta wie Schuppen von den Augen gefallen. »Ihr Mann?«

Lilly Heinze hatte tief aufgeseufzt, eine Antwort, die Mamma Carlotta sofort verstand. »Dass er mich nur nicht sieht.«

Vorsichtig hatte Carlotta sich umgedreht. Auf der Friedrichstraße war es belebt. Die Sonne schien, das Meer und der Strand lockten, viele Touristen mit Badetaschen über den Schultern gingen auf den Strandübergang zu. Carlottas Augen waren von einem zum anderen gehetzt, bis sie schließlich an einem älteren Herrn hängen geblieben waren, der ein junges Mädchen an seiner Seite hatte. Das musste er sein! »Groß, schlank, graue Haare?«, hatte sie aufgeregt gefragt.

Lilly Heinze hatte »ja, ja« geflüstert, sich noch nicht hinter ihrer Deckung hervorgewagt.

Mamma Carlotta hatte versucht, sich die beiden einzuprägen, die hohe Gestalt des Mannes, die kleine, zierliche der Frau, seine grauen Locken, ihre langen blonden Haare, sein blaues Polohemd, ihr pinkfarbenes Shirt. Sie reichte ihm nur bis zur Schulter, er hatte besitzergreifend seinen Arm um sie gelegt.

»Soll ich ihnen folgen?«, hatte Carlotta aufgeregt gefragt.

»Was bringt das?« Lilly Heinze war sehr mutlos geworden. »Ich habe keinen Fotoapparat dabei.« Sie hatte vorsichtig die Speisekarte zur Seite gelegt, sich aufgerichtet und die Friedrichstraße hinaufgeblickt. »Ich brauche keine weiteren Beweise«, hatte sie mit leiser, trauriger Stimme erklärt. »Nun habe ich es mit eigenen Augen gesehen, das reicht.«

Mamma Carlotta rührte nachdenklich in der Tomatensoße herum. Nach wie vor war sie der Meinung, dass der untreue Gatte wissen sollte, dass er entlarvt worden war. So leicht durfte er nicht davonkommen. Was, wenn er später alles abstritt? Mamma Carlotta fehlte bei dieser Angelegenheit ganz entschieden die Dramatik. Ehestreitigkeiten wurden in Italien mit fliegenden Fetzen ausgetragen, ein untreuer Ehemann wurde mit Blumentöpfen beworfen und nächtelang nicht ins Haus gelassen. Dass man ihn einfach mit seiner Geliebten zum Strand schlendern ließ, damit er sich dort in Ruhe neben ihr sonnen und ihren jungen Körper genießen konnte, gefiel Mamma Carlotta überhaupt nicht. Ein Ehebrecher durfte nach seiner Entlarvung keine ruhige Minute mehr haben, so sah ihr Gerechtigkeitssinn aus. Sie würde Lilly Heinze noch zu einer ganz fiesen und gemeinen Rache überreden müssen. Das hatte der Kerl verdient!

Entschlossen stellte sie den Herd ab und suchte nach dem Fahrradschlüssel. Das Alleinsein in diesem Haus war einfach nicht zu ertragen. Kein Mensch, mit dem sie plaudern konnte, nicht einmal Musik, die aus einem der Kinderzimmer drang! Auch in der Nachbarschaft war es still, vor dem Haus war niemand zu sehen. Aber Mamma Carlotta wusste, dass die Nachbarin, wenn sie sich auf dem Süder Wung gezeigt hätte, vorübergegangen wäre, ohne die Gelegenheit zu nutzen, auf einen Espresso hereinzukommen. Auf Sylt waren die Häuser nicht offen, auch nicht im Sommer, sodass eine Nachbarin nicht hereinspazieren und ein bisschen über ihren Mann schimpfen und die Sorgen um ihre Kinder loswerden konnte. In ihrem Dorf würde sie jemandem, der am Haus vorbeiging, etwas zurufen, sodass er stehen bleiben musste, um ein paar Worte zu wechseln. Aber auf Sylt war alles anders. Bei ihrem letzten Besuch war eine Verkäuferin von Feinkost Meyer am Haus vorbeigegangen, Mamma Carlotta hatte an die Fensterscheibe geklopft, um sie auf einen Vin santo einzuladen, da sie gerade Cantuccini gebacken hatte. Die junge Frau hatte jedoch mit verwirrter Miene abgelehnt und nur immer wieder gefragt, ob mit dem Dorsch, den sie Mama Carlotta am Vortag verkauft hatte, etwas nicht in Ordnung gewesen sei.

Mamma Carlotta schloss das Fahrrad auf und hielt ihr Gesicht kurz dem Wind entgegen, ehe sie aufstieg. Was sie früher befremdet hatte, gefiel ihr nun: die Sonne auf ihrer Haut, deren Wärme vom Wind in seinem Rhythmus vertrieben und wieder zugelassen wurde. Es war angenehm, den Wechsel von warm und kalt zu spüren, schön und ungewöhnlich.

Als sie in den Hochkamp einbog, sah sie Fietje auf die Tür von Käptens Kajüte zuschlurfen. Auf ihr »Huhu!« reagierte er nicht, sondern verschwand, ohne den Blick von seinen Füßen zu nehmen, in der Imbissstube. Die Tür blieb offen stehen, heraus drang die Stimme von Adriano Celentano: »Azzurro!« Mamma Carlotta summte mit, während sie das Fahrrad abstellte. Sie hörte keine Stimmen, was völlig normal war, wenn außer dem Wirt und seinem Stammgast niemand anwesend war. Die beiden gingen in ihrer Gesprächsbereitschaft selten über ein »Moin« hinaus und konnten sich stundenlang anschweigen. Es schien so, als könne sie sich Tove Griess in aller Ruhe vorknöpfen ...

Die Staatsanwältin war nicht so zufrieden gewesen, wie Erik gehofft hatte. »Wir brauchen Informationen über die Bauunternehmung Seeberg. Und wir müssen das Wohnhaus in Dortmund durchsuchen.« Sie ließ Erik keine Zeit zu einer Entgegnung. »Ich regle das von hier aus.«

Erik schien es so, als wollte sie bereits wieder auflegen. »Ich brauche einen Durchsuchungsbeschluss für das Ferienhaus der Seebergs in Kampen.«

»Faxe ich Ihnen sofort.« Erik vernahm Geräusche in der Telefonleitung, vermutlich war die Staatsanwältin aufgestanden. Er sah sie vor sich, wie sie sich die Hände rieb und überlegte, welche Aufgaben von ihr selbst erledigt werden könnten. Mal eben so, noch kurz vor Feierabend. »Sie kümmern sich um den Schuhabdruck.« Es raschelte in der Leitung, Erik rechnete damit, dass das Telefongespräch im nächsten Moment beendet sein würde. Die Zeit für Abschiedsworte ließ sich die Staatsanwältin nie. Aber dann war ihr offenbar noch etwas eingefallen. »Was ist mit dieser Pflegerin? Kennen Sie den Namen?«

»Sie ist in der Nachbarschaft bekannt. Ihren Namen kannte jedoch niemand. Den werde ich hoffentlich bei der Durchsuchung der Villa herausbekommen.«

Dass er bereits in das Haus eingedrungen war, ließ er vorsichtshalber unerwähnt. So würde die Staatsanwältin auch erst später erfahren, dass Heio Seeberg mit der Pflegerin zusammengelebt hatte wie Mann und Frau.

»Ihr Auto ist ebenfalls verschwunden. Ich weiß, dass sie einen Fiat 500 L fährt, kenne auch die Farbe, aber nicht das Kfz-Kennzeichen. Ohne ihren Namen kriege ich das nicht raus. Ich weiß nur, wo sie das Auto normalerweise geparkt hat. Dort steht es nicht mehr.«

»Dann mal los!«, blaffte Frau Dr. Speck, und im selben Moment war das Gespräch beendet.

Erik legte das Telefon gar nicht erst weg, sondern wählte sofort die Nummer von Wyn Wildeboer.

Er meldete sich schon nach dem ersten Klingeln. Auf die Frage nach seiner Schuhgröße schwieg er zunächst verblüfft und reagierte dann mit einer Gegenfrage, die Erik erwartet hatte, weil sie von allen gestellt wurde, die von der Polizei vernommen wurden. »Warum wollen Sie das wissen?«

Erik wiederholte einfach seine Frage und notierte sich dann ›45‹ auf seinem Notizzettel. »Besitzen Sie Trekkingschuhe?«

Wieder schien es so, als sollte die erwartete Gegenfrage kommen, aber dann antwortete Wildeboer: »Nö.«

»Wir werden uns dennoch Ihr Schuhwerk ansehen. Es werden gleich ein paar Kollegen vorbeikommen.«

Wyn Wildeboer wurde ungehalten, aber Erik hörte sich seinen Protest nicht an. Er legte auf und wählte die Nummer des Bestattungsunternehmens.

Freesemann war alarmiert, als Erik sich meldete. »Gibt's was Neues?«

Erik antwortete nicht. »Ich möchte Ihren Sohn sprechen.«

»Der ist auf einer Fortbildung.«

»Wo?«

»In der Nähe von Bad Kissingen. Unser Verband veranstaltet regelmäßig Fortbildungstagungen. Diesmal geht's um die Erstberatung im Trauerfall. Das wichtigste Thema überhaupt. Gerade für einen jungen Bestatter, dem die Erfahrung noch fehlt.«

»Seit wann ist er weg?«

»Gestern Morgen ist er losgefahren.«

»Am Tag nach dem Unfall mit Ihrem Leichenwagen also.«

Das war keine Frage, aber Freesemann antwortete dennoch: »Die Fortbildung hat eigentlich schon am Mittwoch begonnen, aber ich konnte Jorin im Geschäft nicht entbehren. Er wird frühestens Montag zurückkommen. Wer weiß ... vielleicht macht er auch noch einen Besuch bei einem alten Kindergartenfreund.«

»Was hat Ihr Sohn für eine Schuhgröße?«

»45.«

»Das wissen Sie auf Anhieb?« Erik fragte sich, ob ihm die Schuhgrößen seiner Kinder bekannt waren, und musste passen.

»Wir haben dieselbe Größe. Wenn's mal schnell gehen muss, springe ich in Jorins Gummistiefel und umgekehrt.«

Eine einleuchtende Erklärung. »Hat Ihr Sohn Trekkingschuhe?«

»Ja, wieso?«

»Von der Firma Salewa?«

»Keine Ahnung. Kann sein.«

»Wir möchten uns die Schuhe ansehen. Wir sind gleich da.«

Erik starrte das Telefon an, bis Sören sich besorgt erkundigte: »Ist was, Chef?«

Erik schreckte auf. »Ich muss gerade an den Fiat denken, der auf den Parkplatz fuhr, nachdem der Unfall geschehen war.«

»Diese junge Fahrerin, die helfen wollte?«

»War das ein Fiat 500 L?«

Sören überlegte. »Kann sein, sicher bin ich mir nicht.«

»Rot?«

Nun begriff Sören. »Sie meinen, das war die Pflegerin?«

»Wenn die zufällig vorbeigekommen ist, dann hat sie mitbekommen, was auf dem Parkplatz geschehen ist. Dass da eine Leiche aus dem Sarg gefallen ist.«

»Womöglich auch, dass es die falsche Leiche war.«

»Und dann ist sie zu Heio Seeberg gefahren und hat die Sachen gepackt ...«

Fietje saß an seinem Stammplatz, die Bommelmütze tief ins Gesicht gezogen, den Blick auf den Grund des Bierglases gerichtet, während Tove am Zapfhahn lehnte und mit der Grillzange klapperte. Ein gewohntes Bild! Mamma Carlotta betrachtete es mit einer gewissen Rührung. Seit sich in Eriks Haus so viel veränderte, war ihr alles, was blieb, noch wichtiger geworden. Das Einzige, was sich hier in letzter Zeit verändert hatte, war das Schild über der Theke: ›Coffee to go‹. Aber Mamma Carlotta kannte es bereits. Bei ihrem letzten Besuch im März hatte Tove seine neue Geschäftsidee gepriesen, aber bisher sah es nicht so aus, als hätte er damit seinen Gewinn entscheidend vergrößern können.

»Buon giorno!« Mamma Carlotta entschloss sich, mit einer gemessenen Begrüßung in mittlerer Lautstärke von vornherein zu demonstrieren, dass sie nicht nur gekommen war, um einen Cappuccino zu trinken, sondern um etwas Wichtiges zu besprechen, etwas sehr Ernstes. Sie hatte Mühe, ihre reservierte Miene zu bewahren und ihre Stimme nicht singen zu lassen. Sie schwieg sogar, bis Tove ihre Bestellung ausgeführt hatte und ein Cappuccino vor ihr stand.

Das machte Fietje augenscheinlich nervös, der mit einem Mal aufblickte und seine Bommelmütze in den Nacken schob. »Ist was, Signora?«

Auch in Toves Gesicht stand eine Frage, er hatte nur noch nicht gewagt, sie zu stellen.

Mamma Carlotta sprach sehr leise. »Ich habe Sie gewarnt, Signor Griess. Ich hoffe, Sie haben mich gestern verstanden?«

Tove schien Schwierigkeiten mit dem Nicken zu haben, weil

das einem Eingeständnis gleichgekommen wäre. Er war froh, als die Tür sich öffnete und ein junger Mann nach einem ›Coffee to go‹ verlangte. Der Kunde war schnell bedient, und Tove drehte eine Weile an seiner Stereoanlage herum, als hoffte er, Mamma Carlotta könne vergessen, was sie ihm ins Gewissen pflanzen wollte. Aber kaum drang ›Ein bisschen Spaß muss sein‹ aus den Boxen, musste er einsehen, dass Roberto Blanco ihm nicht helfen konnte.

»Ich weiß, was hier passiert«, sagte Mamma Carlotta.

Tove tat so, als verstünde er kein Wort, da erschien schon wieder ein Gast in Käptens Kajüte. Auch er verlangte einen ›Coffee to go‹, aber er schob, während der Kaffee in einen Plastikbecher lief, einen Zettel über die Theke, den Tove mit einer schnellen Bewegung verschwinden ließ. Doch wenn er dachte, dass Mamma Carlotta das entgangen war, hatte er sich getäuscht. Ihr fiel auch auf, dass der Gast, ein Mann von knapp dreißig Jahren, seinen Kaffee nicht bezahlte, sondern im Gegenteil einen Betrag von Tove erhielt, der nicht unerheblich zu sein schien.

Der junge Mann lachte jedenfalls über das ganze Gesicht. »Bis zum nächsten Mal!«

Tove sah Mamma Carlotta nicht an, während er antwortete: »Kann sein, dass jetzt Schluss ist damit.«

Der Gast nickte und sprach nun sehr leise. »Dachte ich mir schon. Aber vielleicht, wenn sich alles beruhigt hat ...« Er sprach den Satz nicht zu Ende, nahm seinen Becher und verschwand.

Tove sah aus wie ein kleiner Junge, der Strafe erwartete, Fietje schien sich unsichtbar machen zu wollen, indem er den Kopf noch tiefer über sein Bierglas neigte und die Bommelmütze bis zu den Augenbrauen zog. Keiner der beiden sagte ein Wort.

Mamma Carlotta fand ihre eigene schauspielerische Leistung beachtlich, als sie mit düsterer Stimme, leise und gefährlich, weitersprach: »Noch weiß mein Schwiegersohn nichts davon. Aber wenn das nicht aufhört, wird er es erfahren. La famiglia geht immer vor, das wissen Sie doch! Eigentlich hätte ich es ihm schon längst verraten müssen. Ecco ... finito! D'accordo?«

Tove nickte, ohne sie anzublicken. »Geht in Ordnung.«

»Promessa? Versprochen?«

Tove nickte noch einmal, und Fietje, der einen scharfen Blick von Mamma Carlotta erhielt, entschloss sich ebenfalls, den Kopf von oben nach unten zu bewegen.

Sie trank ihre Tasse aus und suchte in ihrer Jackentasche nach einem Geldstück. Obwohl Tove hastig sagte: »Geht aufs Haus«, legte sie ein Zwei-Euro-Stück auf die Theke und rutschte von ihrem Barhocker. Gemessenen Schrittes ging sie zur Tür, vollauf zufrieden mit ihrer Darbietung. »Arrivederci, Signori!« Mit großer Geste drückte sie die Klinke herab und öffnete die Tür viel weiter, als nötig war. Beinahe hätte sie sie sogar schwungvoll ins Schloss geworfen, aber das schien ihr doch zu viel der Theatralik zu sein. Ihr Auftritt war auch so schon eindrucksvoll gewesen. Tove würde nun wissen, was zu tun war.

Erik und Sören fuhren mit dem Streifenwagen vor, den sie genommen hatten, weil Carolin noch mit Eriks Auto unterwegs war. »Ob das immer so weitergeht?«, hatte Erik verzweifelt gefragt, aber von Sören keine Antwort erhalten. Anscheinend war sein Assistent der Meinung, er solle sich keine allzu großen Hoffnungen machen, dass das Leben so weiterging wie bisher, wenn die Tochter den Führerschein gemacht hatte.

Freesemann schien es nicht zu gefallen, dass ein Streifenwagen vor seinem Haus stand, und war bemüht, den Besuch der Polizei so schnell wie möglich abzuwickeln. Er brachte die beiden Beamten an die hintere Tür, die in den Garten und zu den Garagen führte. Daneben stand ein Paar Trekkingschuhe der Marke Salewa.

Erik steckte sie wortlos in einen großen Beutel. »Die sind beschlagnahmt.«

»Wozu?«, begehrte Freesemann auf.

Erik erklärte ihm, dass der Fahrer des Leichenwagens Trekkingschuhe dieser Art getragen hatte. »Wenn das Sohlenprofil passt ...«

»... dann heißt das noch längst nicht, dass Jorin sie getragen hat«, führte Freesemann den Satz fort. Er zeigte auf die Stelle, wo die Schuhe gestanden hatten. »Jorin stellt sie meistens hier ab. In den Sohlen sammelt sich immer Dreck, ich möchte nicht, dass er damit durchs Haus läuft. Wyn hat sie gelegentlich angezogen, weil sie ihm gut gefallen. So eine Qualität kann er sich ja nicht leisten. Jorin war da immer großzügig und hat sie ihm geliehen, wenn er sie haben wollte.«

»Sie meinen, Wyn Wildeboer könnte sie getragen haben, als der Unfall geschah?«

»Mein Sohn jedenfalls nicht. Der hat mit mir im Wohnzimmer gesessen. Wir haben uns alte Urlaubsfilme angesehen.«

Rayk Freesemann drehte sich um und ging in sein Büro. Dort ließ er die Tür offen stehen und wartete darauf, dass Erik und Sören ihm folgten. Hoch aufgerichtet stand er neben seinem Schreibtisch, und Erik begriff, dass er etwas loswerden wollte, was sich schwer von seiner Zunge löste. Erwartungsvoll sah er Freesemann an und wartete schweigend.

Freesemann sprach erst, als Sören die Tür des Büros geschlossen hatte. »Ich wollte eigentlich nicht davon reden, wollte Wyn nicht anschwärzen, aber jetzt ... wenn er versucht, Jorin etwas anzuhängen, indem er seine Schuhe benutzt ... dann sieht die Sache anders aus.«

Eine halbe Stunde später saßen Erik und Sören wieder im Streifenwagen, Sören hinterm Steuer, Erik auf dem Beifahrersitz. »Schnappen wir uns den Kerl sofort?«, fragte Sören.

Aber Erik winkte ab. »Er hat ja keine Ahnung, dass wir Bescheid wissen. Lassen Sie uns erst mal recherchieren, ob es stimmt, was Freesemann sagt. Außerdem muss Vetterich feststellen, ob der Abdruck wirklich zu Jorin Freesemanns Schuhen passt.«

Sören drückte aufs Gas. »Dann besteht Fluchtgefahr.«

Erik schloss die Augen, während er sprach: »Wenn ich an den Unfall zurückdenke... Meinen Sie wirklich, es könnte Absicht gewesen sein?«

Sören zuckte mit den Schultern. »Ich glaube nicht, dass er mit dem Ziel gestartet ist, Roluf umzubringen. Aber ich könnte mir vorstellen, dass er die Gelegenheit beim Schopf gepackt hat. Roluf war nicht angeschnallt, das wusste Wildeboer wahrscheinlich. Ich habe recherchiert. Es gilt als uncool, sich bei so einem Autorennen anzuschnallen. Volles Risiko! Wenn Wyn Wildeboer aber selbst angeschnallt war, dann hatte er vielleicht schon länger die Idee, die Gelegenheit zur Rache zu nutzen, wenn sie sich ergeben sollte. Und diesmal hat sie sich ergeben. Kein Mord, aber fahrlässige Tötung.«

Als sie heimkam, war noch immer niemand zu Hause, aber kaum hatte sie ihre Jacke an die Garderobe gehängt, fuhr Eriks Auto vor. Mamma Carlotta band sich flugs ihre Schürze um und schuf in Sekundenschnelle die Geschäftigkeit, die entsteht, wenn in einer Küche seit Stunden gearbeitet wird. Die Herdplatten waren heiß, frische rote Spritzer rahmten den Topf mit der Tomatensoße ein. Die Fenster waren zwar noch nicht beschlagen, aber die Luft in der Küche fühlte sich bereits feucht und schwer an. Jedenfalls würde es jedem so vorkommen, der von der frischen Mailuft ins Haus kam und die flinken Schritte und das Geschirrklappern in der Küche vernahm. Es musste einfach so sein, dass die Köchin seit Stunden dort zu tun hatte.

Während Mamma Carlotta die Basilikumtöpfe von der Fensterbank nahm, hörte sie, wie nicht nur eine, sondern zwei Autotüren zuschlugen. Dann ein drittes ganz ähnliches Geräusch, tiefer: der Kofferraum! Mamma Carlotta machte einen langen

Hals. Ronni ging mit einem schweren Karton auf den Armen zur Haustür, er hatte Carolin also begleitet, um ihr zu helfen. Beinahe hätte sie vergessen, dass der Anstreicher kein hilfsbereiter junger Mann, sondern einer war, der von Erik gesucht wurde, weil er sich an illegalen Autorennen beteiligte, und der von Ida ins Haus geholt worden war, weil er als Vorbestrafter keinen Job gefunden hatte.

Mamma Carlotta konnte hören, wie er den Karton absetzte und sich die Hände rieb. »Dann mal los!« Im selben Augenblick begannen Flaschen und Gläser zu klirren, Ronni baute die Theke auf.

Carolin steckte den Kopf in die Küche. »Wir sind wieder da.« Ehe ihre Nonna etwas erwidern konnte, lief sie schon die Treppe hoch. Kurz darauf fiel ihre Zimmertür ins Schloss.

Nun war draußen das Klappern von Fahrrädern zu hören. Erik und Sören lehnten ihre Räder an den Zaun, Sören kettete sein teures Rennrad an, Erik verzichtete darauf, sein altes Rad zu sichern.

»Enrico!«

Erik trat eilig ein, während Sören in der Haustür stehen blieb und den Eindruck machte, als wollte er sofort wieder gehen. Mamma Carlotta nahm es nur am Rande zur Kenntnis, ihre ganze Aufmerksamkeit richtete sich auf ihren Schwiegersohn. Hatte er etwa früher Feierabend gemacht, um die Vorbereitungen der Party zu überwachen? Vielleicht wollte er dafür sorgen, dass kein harter Alkohol ins Haus geschmuggelt wurde und nur diejenigen hier auftauchten, die eingeladen waren? Mamma Carlotta war hocherfreut.

»Unsinn!«, brummte Erik, als sie ihm ihre Anerkennung über sein väterliches Verantwortungsgefühl entgegenjubelte. »Den Autoschlüssel will ich haben, mehr nicht. Ich hoffe, Carolin braucht den Wagen jetzt nicht mehr.«

Das hatte zu Mamma Carlottas Missvergnügen nichts mit väterlicher Pflichttreue zu tun. Nein, Erik wollte nicht verhindern, dass Carolin angetrunken zum Autoschlüssel griff, um an der Tankstelle noch einen Kasten Bier zu holen, er war das Fahrradfahren leid und wollte am Abend mit dem Auto zu Svea fahren. »Soll ich fragen, ob du mitkommen kannst? Aber du willst sicherlich hier die Gouvernante spielen?«

»Einer muss sich doch darum kümmern, dass hier nichts aus dem Ruder läuft.«

»Das sind alles vernünftige junge Menschen. Die meisten zudem volljährig!«

Mamma Carlotta war empört. Er wollte tatsächlich eine Horde Jugendlicher, die durch Erdbeerbowle womöglich enthemmt sein würden, ohne Aufsicht lassen? Er wollte nichts verhindern, was unbedingt verhindert werden musste? Und er wollte die ganze Nacht wegbleiben, wo doch jeder wusste, dass so eine Party nur durch elterliche Autorität beendet werden konnte? Ein Vater, erst recht ein Polizeibeamter, hatte dafür zu sorgen, dass sich niemand alkoholisiert ans Steuer setzte und sich nur derjenige auf einen Fahrradsattel schwang, der die Verkehrsordnung noch im Kopf hatte und sich danach richten konnte!

Erik nannte es Vertrauen, sie hingegen Leichtfertigkeit. Und Carlotta hatte eine ganze Reihe weitere abschreckende Trauerspiele parat, die sich in Panidomino zugetragen hatten, weil bedenkenlose Eltern ihrer Verantwortung nicht nachgekommen waren.

Aber Erik ließ sie nicht zu Wort kommen. »Carolin macht das schon. Sie kann mich anrufen, wenn was ist. Svea wohnt ja nicht weit weg. Ich wäre in zwei Minuten zur Stelle.«

Mamma Carlotta holte tief Luft, um Erik sämtliche Gefahren aufzuzählen, die auf dieses Haus zukamen, denn die letzte Party, die ihr jüngster Sohn gefeiert hatte, war noch nicht lange her. Und ihr ältester Enkel hatte schon im zarten Alter von vierzehn Jahren Alkohol ins Haus geschmuggelt und dann nach seiner Nonna gerufen, damit sie ihm bei der Beseitigung der

Folgen half. Doch sämtliche Warnungen verpufften, denn in diesem Augenblick klingelte Eriks Handy. Frau Dr. Speck sprach so laut, dass Mamma Carlotta ihre Stimme hören konnte, allerdings ohne ihre Worte zu verstehen. Natürlich machte sie trotzdem den Versuch, merkte aber schnell, dass es zwecklos war.

Erik ging zum Fenster, drehte seiner Schwiegermutter den Rücken zu, sagte immer wieder »ja, ja«, »hm« und schließlich »danke«. Dann steckte er das Handy weg und wandte sich an Sören, der noch immer in der Haustür stand. »Das Bauunternehmen Seeberg befindet sich in der Abwicklung. Konkurs! Im Büro sitzt nur noch der Konkursverwalter.«

Sören merkte nun, dass es doch etwas länger dauern würde, und schloss die Haustür hinter sich. Er war verblüfft. »Dann war Klara Seeberg wohl doch nicht so eine tolle Geschäftsfrau, wie Lilly Heinze sagt.«

»Die Staatsanwältin meinte, es sei Heio Seeberg gewesen, der eine schwerwiegende falsche Entscheidung getroffen hat. Ein einziges Mal hat er sich eingemischt und prompt sehr viel Geld verloren. Das hat die Firma nicht verkraftet.« Erik ließ sich am Tisch nieder und bedeutete auch Sören, sich zu setzen. Er betrachtete so lange den Kaffeeautomaten, bis Mamma Carlotta verstand. »Un Espresso?«

Das Mahlwerk dröhnte durch die Küche und verschluckte beinahe Eriks Worte. »Das hat der Konkursverwalter berichtet. Die Kollegen sind natürlich noch nicht fertig mit der Durchsuchung. Das Wohnhaus der Seebergs in Dortmund wird schnell erledigt sein. Alles sehr ordentlich, aufgeräumt und übersichtlich. Wie man das eben macht, wenn man lange nicht zurückkehren will. Aber DNA-Material ist bereits gesichert worden. Wir werden es also bald schwarz auf weiß haben, dass die Tote nicht Klara Seeberg ist. Ich denke, wir können Ihrer Mutter die Identifizierung ersparen.«

Sören war zufrieden. »Hat es eine Befragung der Nachbarn in Dortmund gegeben? Frühere Mitarbeiter, Freunde?«

»Die Nachbarn haben sich bereits geäußert, sagt die Staatsanwältin. Sie wussten alle von Klara Seebergs Krebserkrankung und bestätigten, was auch andere schon gesagt haben, Ihre Mutter, Frau Heinze, die Nachbarn in Kampen ... sie wollte niemanden sehen, wollte kein Mitleid, wollte nicht über ihre Krankheit sprechen.«

Sören sah seinen Chef nachdenklich an. »Vielleicht hat sich Frau Seeberg gar nicht wegen ihrer Krankheit zurückgezogen? Sie war nicht mehr da. Tot! Und das sollte vertuscht werden!«

Erik nippte an seinem Espresso, während Mamma Carlotta atemlos lauschte und in der Tomatensoße rührte, damit ihr Schwiegersohn nicht merkt, wie spannend sie dieses Gespräch fand.

»Aber wo ist ihre Leiche? Und wer ist die Tote, die als Klara Seeberg beerdigt werden sollte?«, fragte Erik.

»Enno ist alle Vermisstenfälle durchgegangen. Nirgendwo ist eine Frau verschwunden, auf die die Beschreibung passt.«

»Und wo ist Heio Seeberg? Und die Pflegerin? Wenn die Nachbarn nicht gesagt hätten, dass die ganz jung war, könnte man meinen, die wäre die falsche Tote.« Erik streckte die Beine aus und betrachtete seine Schuhspitzen. »Wenn ich nur wüsste, wo wir ansetzen können!«

Das schien Sören sich auch zu fragen, er flüchtete prompt in ein anderes Thema. »Außerdem müssen wir uns ja auch noch um die Rennfahrer kümmern. Es reicht nicht, dass es jetzt keine Rennen mehr gibt. Die werden irgendwann wieder anfangen.«

»Und auch da haben wir einen Todesfall.«

»Wenn es stimmt, was Rayk Freesemann sagt ...«

»Sie kümmern sich um den Fall, wenn wir wieder im Büro sind, in Ordnung? Anschließend nehmen wir Wyn Wildeboer vorläufig fest, und ich kümmere mich um einen Haftbefehl.«

Mamma Carlotta fuhr herum und starrte die offene Tür an. Im Wohnzimmer war alles ruhig. Nun fiel ihr ein, dass Carolin die Treppe hochgelaufen war, um etwas aus ihrem Zimmer zu holen. Ronni war allein im Wohnzimmer. Hatte er gelauscht?

»Was ist mit den anderen?«, fragte Sören. »Dani, Lasse, Andi ... und wie sie alle heißen.«

»Sie meinen, wir sollten sie alle vernehmen?« Erik wiegte den Kopf. »Von denen erfahren wir sowieso nicht die Wahrheit. Die werden die illegalen Rennen leugnen, und wir können sie ihnen nicht nachweisen. Jedenfalls noch nicht. Erst mal abwarten, was an dieser Geschichte zwischen Wildeboer und Roluf van Scharrel dran ist.«

Noch immer war es im Wohnzimmer still. Keine Schritte, kein Klappern und Klirren. Mamma Carlotta war davon überzeugt, dass Ronni genau zuhörte. Musste sie Erik verraten, dass er zu den Rennfahrern gehörte? Aber wie sollte sie erklären, dass sie bisher dazu geschwiegen hatte? Verraten, dass sie Tove Griess schützen wollte? Unmöglich! Nun fragte sie sich sogar, warum es ihr eigentlich darauf angekommen war, dass Tove ungestraft davonkam. Wenn er in Käptens Kajüte Wetten für ein illegales Straßenrennen annahm, dann hatte er Strafe verdient! Aber sie wusste auch, was ihm dann blühte und dass es anschließend mit Käptens Kajüte vorbei sein würde. Tove Griess konnte sich weder einen Gefängnisaufenthalt noch eine saftige Geldstrafe leisten. Beides würde das Ende für seine Imbissstube bedeuten.

Was ist das für eine Frau?«, fragte die Staatsanwältin.

»Eine Freundin von Klara Seeberg aus alten Tagen«, antwortete Erik und gab den Namen Lilly Heinze in seinen PC ein. »Ein unbeschriebenes Blatt.« Ihr Name tauchte nur auf der Website einer sozialen Einrichtung auf, die in Lindau Lebensmittel an Bedürftige verteilte. »Frührentnerin. Engagiert sich ehrenamtlich.«

»Was ist mit dem Haus in Kampen? Wissen Sie mittlerweile,

wie die Pflegerin heißt?« Die Stimme der Staatsanwältin klang ungeduldig.

Erik war entschlossen, sich nicht davon anstecken zu lassen. »Wir kümmern uns noch um den Fall Wyn Wildeboer. Diese Sache duldet keinen Aufschub. Wenn sich der Verdacht erhärtet, dass er sich an Roluf van Scharrel rächen wollte, besteht Fluchtgefahr.«

»Wann hat diese Pfeife von der KTU endlich die Trekkingschuhe untersucht?«

Erik musste an sich halten, um nicht mit einer scharfen Entgegnung zu antworten. Frau Dr. Speck war im März auf Sylt gewesen und hatte die ruhige, stoische, langsame Art von Kommissar Vetterich kennengelernt, der sich grundsätzlich nie beeilte, sondern seinen Dienst in der immer gleichen Weise verrichtete, gemächlich, aber gründlich. Vetterich brachte es auch fertig, mit dem Bericht über die Ergebnisse seiner Untersuchungen zu warten, bis er danach gefragt wurde, auch dann, wenn er wusste, wie eilig die Angelegenheit war. Andererseits reagierte er gefährlich wie ein hungriger Eisbär, wenn er mehrmals nach dem Resultat seiner Arbeit gefragt wurde, bevor er mit den Untersuchungen fertig war.

»Wenn ich auf Sylt wäre, würde ich ihm Feuer unterm Hintern machen!«

Erik war heilfroh, dass die Staatsanwältin blieb, wo sie war, und versprach, die Untersuchung der Trekkingschuhe voranzutreiben. Aber Frau Dr. Speck war schon zum nächsten Thema gesprungen und teilte ihm mit, dass sich die Kollegen in Dortmund in dieser Stunde das Wohnhaus der Seebergs vornehmen würden. »Bisher haben sie sich nur einen Überblick verschafft, jetzt geht's in die Einzelheiten. Wenn sie was finden, was von Bedeutung ist, melde ich mich noch mal.«

Damit hatte die Staatsanwältin das Gespräch so beendet, wie Erik es von ihr gewöhnt war. Für Abschiedsworte fehlte ihr die Zeit. Jemand, der sich am Anfang eines Telefonats nach dem

Befinden seines Gesprächspartners erkundigte oder ihm am Ende einen schönen Tag wünschte, hatte ihrer Meinung nach nicht genug zu tun.

Erik lehnte sich zurück und schloss die Augen. Er fror. Es war kalt im Büro, die Heizung war abgestellt worden, aber das alte Gemäuer hielt die Winterkälte fest und ließ die Frühlingswärme nicht herein. Er hätte jetzt gerne einen seiner Pullunder getragen, der Brust und Rücken warm hielt. Seit Jahren trug er Pullunder, am liebsten mit Querstreifen. Nur im Hochsommer hatte er bisher darauf verzichtet. Aber Svea hielt Pullunder für spießig, und als sie gemeinsam den Schlafzimmerschrank ausräumten, um Platz für eine Anbauwand zu machen, hätte sie am liebsten alle entsorgt. Sogar seinen liebsten Pullunder, den Lucia selbst gestrickt und ihm im zweiten Jahr ihrer Ehe zu Weihnachten geschenkt hatte, wollte Svea in einen Müllsack stecken. Mit Mühe hatte er das verhindern können und seine sämtlichen Pullunder im Wäschekeller versteckt. Der Gedanke, sie könnten in einem Reißwolf enden, war ihm unerträglich. Getragen hatte er seitdem jedoch keinen einzigen mehr, weil er Svea gefallen wollte. Und nun war ihm kalt ...

Sören kam herein, mit einem Blatt in der Hand, auf dem er sich Notizen gemacht hatte. »Freesemann hat recht. Vor einem guten Jahr hat es einen Prozess wegen Vergewaltigung gegeben. Eine junge Frau hatte Wyn Wildeboer angezeigt.«

»Wo war das?«

»In Hamburg, in der Nähe der Reeperbahn. Wildeboer, Roluf van Scharrel, Ronald Borix und Jorin Freesemann hatten zusammen einen Ausflug nach Hamburg gemacht. Sie wollten wohl mal so richtig einen drauf machen, sind in einer verrufenen Bar gelandet und haben dort die Bekanntschaft von zwei Damen gemacht, mit denen Wildeboer und van Scharrel weitergezogen sind. Von Ronald Borix und Jorin Freesemann hatten sie sich getrennt, sie wollten sich am Bahnhof wieder treffen, um gemeinsam heimzufahren. Zu dem, was in der Zwischenzeit geschah, gibt es widersprüchliche Angaben. Eine junge Frau gab an, von Wyn Wildeboer sexuell bedrängt und schließlich vergewaltigt worden zu sein, Wildeboer hat das aber bestritten. Er behauptete, er sei zur fraglichen Zeit mit seinem Freund Roluf in einem Sexkino in der Nähe gewesen. Den beiden Frauen hätten sie zu dieser Zeit längst den Laufpass gegeben. Nach Wildeboers Angaben hatten die beiden sie nur ausnehmen wollen und sogar versucht, ihnen ihre Armbanduhren zu stehlen. Die Anzeige war wohl ein Racheakt gewesen, weil bei den beiden nichts zu holen gewesen war. Aber Roluf van Scharrel hat die Aussagen nicht unterstützt. Er habe sich vorher längst von Wyn getrennt, hatte er ausgesagt, um die beiden anderen zu suchen, die sie verloren hatten. Angeblich wollte er so schnell wie möglich nach Sylt zurück, weil ihm dieser Ausflug nach Hamburg nicht gefiel. Er hat ausgesagt, er habe sich in diesem Milieu unwohl gefühlt, er sei von den anderen dorthin gelockt worden, habe selbst an einen Ausflug mit Hafenrundfahrt und einem Besuch im Miniaturwunderland gedacht. Wenn er gewusst hätte, was seine Freunde in Hamburg vorhatten, wäre er zu Hause geblieben.«

Erik zog die Augenbrauen hoch. »Der brave Sohn eines Hotelbesitzers mit untadeligem Ruf?«

»So hat er sich dargestellt. Wyn Wildeboer ist vor Gericht ausgerastet, hat ihn einen Feigling genannt, ein Muttersöhnchen, einen Lügner, der um jeden Preis den Schein wahren will, damit seine Mama ihn weiterhin für ein anständiges Kerlchen hält.«

»Hat Wildeboer recht?«

Sören zuckte die Schultern. »Wenn ja, dann ist sein Wunsch nach Vergeltung verständlich. Roluf hätte ihn reinwaschen können. So stand Aussage gegen Aussage, und Wyn Wildeboer wurde nur aus Mangel an Beweisen freigesprochen. Ein Freispruch zweiter Klasse. In den Augen vieler ist er vermutlich ein

Vergewaltiger geblieben. Und er soll mehr als einmal, immer wenn er getrunken hat, angekündigt haben, sich zu rächen.«

»Wir sollten mit den anderen sprechen«, meinte Erik. »Noch einmal mit Daniela Scheele und dann auch mit Andi, Lasse und diesem Ronald. Und natürlich mit Jorin Freesemann, wenn er am Montag von der Fortbildung zurückkehrt.«

Die Tür wurde aufgerissen, Vetterich platzte herein. So temperamentvoll war er nur, wenn er gute Nachrichten zu verkünden hatte. »Die Trekkingschuhe passen! Sie wurden von dem Fahrer des Leichenwagens getragen, ganz sicher.«

»Wildeboer«, flüsterte Erik. »Er hat sich Jorins Schuhe genommen, um notfalls die Schuld auf ihn schieben zu können.«

»Jorin hat ein Alibi.«

Erik zögerte. »Von seinem Vater. Viel ist das nicht wert.«

»Wildeboer hat aber ein Motiv.«

Erik stand auf. »Los, wir fahren zu ihm. Sagen Sie einer Streife Bescheid, dass es eine Verhaftung geben wird. Wir fahren dann gleich weiter in das Haus der Seebergs. Dort sehen wir uns mal gründlich um.« Er ging ins Revierzimmer und kam mit einem Fax zurück. »Der Durchsuchungsbeschluss von der Staatsanwaltschaft in Flensburg. Könnte ja sein, dass den jemand sehen will.«

Sören grinste. »Sie glauben daran, dass Heio Seeberg und die Pflegerin zurückgekommen sind?«

»Sicher ist sicher.« Erik tastete über seine Brust, als suche er nach der Wärme seines Pullunders. Dann griff er nach einer dünnen Jacke, die er, hätte er den warmen Strick auf Brust und Rücken gehabt, nicht benötigt hätte. Aber der Wind würde ihm durch das dünne Hemd fahren. Auf Sylt war der Wind ja immer kalt.

Als er vor Sören das Polizeirevier verließ, nahm er sich fest vor, sich über Sveas Geschmack hinwegzusetzen und aus einer der vielen Kisten, in die seine Kleidung gewandert war, den erstbesten Pullunder herauszuziehen. Vorausgesetzt, er hatte den Mut, Svea damit unter die Augen zu treten ...

Ida kam als Erste, in verblichenen Jeans und einem T-Shirt, unter dem sich ein reichlich ausgestopfter BH abzeichnete, mit goldenen Flipflops an den Füßen, einem asymmetrisch gebundenen Pferdeschwanz, der zu krauser Wolle auftoupiert worden war, einem Lidstrich, der sowohl an Amy Winehouse als auch an Cleopatra erinnerte, und einem kirschrot geschminkten Mund. Aus Ida war ein anderer Mensch geworden. Mamma Carlotta wusste nicht, was ihr am meisten missfiel, dass sie sich derart verkleidet hatte, um Ronni zu imponieren, oder dass sie es tat, obwohl ihre Großmutter gestorben und noch nicht einmal beerdigt worden war.

Ida war mindestens eine Stunde zu früh, aber sie war ja auch kein normaler Partygast. Sie gehörte praktisch zur Familie und konnte kommen, wann und wie sie wollte. Und als Mamma Carlotta einfiel, dass sogar die Haushälterin des Pfarrers beim Gemeindefest erschienen war, obwohl zwei Tage zuvor ihre Schwester verschieden war, ging es ihr besser. Blieb nur die Frage, warum Ida so früh gekommen war. Um Carolin nicht länger als nötig mit Ronni allein zu lassen? Mamma Carlotta beobachtete ihre besorgten Blicke genau und stellte fest, dass Ronni keins der Mädchen bevorzugte. Er war zu Carolin und Ida gleichermaßen freundlich, machte entweder beiden Hoffnungen oder beiden klar, dass er von keiner etwas wollte.

Das Wohnzimmer war inzwischen mit Girlanden dekoriert worden, die Musikanlage wurde ausprobiert und dröhnte durchs Haus, Chips und Salzstangen standen bereit, die Getränke lagen in einem Campingkühlschrank, den Ronni organisiert hatte. Er stand auf der Terrasse, sodass die Partygäste leichten Zugriff haben würden. Mamma Carlotta wurde immer unruhiger. Sie würde wahrscheinlich schnell den Überblick über den Alkoholkonsum verlieren. Lediglich die Bowle stand unter ihrer Herrschaft, auf alles andere würde sie keinen Einfluss haben.

Dass sie den allerdings ohnehin schon längst verloren hatte, wurde ihr klar, als Carolin in einem Minirock die Treppe herunterkam, der Carlotta den Schweiß auf die Stirn trieb. »Carolina!«

Doch ein Blick ihrer Enkelin brachte sie zum Schweigen. Noch nie war sie von Carolin so scharf angesehen worden, und Mamma Carlotta wurde schlagartig klar, dass eine Maßregelung in Ronnis Gegenwart garantiert nicht zum gewünschten Ziel führen würde. Mit Mühe schluckte sie herunter, was sie sagen wollte, und betrachtete mit großer Unruhe, dass nicht nur der Minirock Anlass zur Sorge gab, sondern auch alles andere an Carolins Outfit. Ihr Top war so tief ausgeschnitten, dass man Ronni seinen langen Blick wirklich nicht vorwerfen durfte. Ihre Haare waren so hoch toupiert, wie es gerade eben möglich war, die Strähnen, die ihr ins Gesicht fielen, waren mit Gel derart verstärkt worden, dass sie wie träge Hummerscheren vor ihrem Gesicht hin und her schwankten. Ihr rechtes Auge blickte mal links, mal rechts an einer Strähne vorbei, und Mamma Carlotta hätte sie gern darauf aufmerksam gemacht, dass sie vermutlich bald ein Fall für den Augenarzt werden würde, wenn sie ihr Sehvermögen derart strapazierte.

Stattdessen beschäftigte sich Mamma Carlotta damit, die Gäste in Empfang zu nehmen. Doch nachdem Carolin sie einige Male demonstrativ zur Seite geschoben und auch deutlich ihre Meinung dazu geäußert hatte, dass ihre Großmutter ein paar Gäste abfing, die durch den Garten das Haus betreten wollten, und diese darauf aufmerksam machte, dass das Gras, das an ihren Schuhsohlen klebte, das ganze Haus verschmutzen könne, gab sie es auf. Sie fand sich damit ab, nicht einmal Zaungast dieses Ereignisses zu werden, schon gar nicht der Cerberus vor dem Tor zum Sündenpfuhl, sondern bestenfalls ein Lauscher an der Wand. Ida war die Einzige, die an die einsame Großmutter in der Küche dachte und verstand, dass Mamma Carlotta sich Sorgen machte.

»Alles in Ordnung, Signora«, tröstete sie. »Sie können ganz beruhigt sein.«

Mamma Carlotta betrachtete sie dankbar und auch ein wenig mitleidig. Idas Jeans sah aus, als wäre sie einem Lumpensammler geklaut worden, aber Mamma Carlotta wusste mittlerweile, dass durchlöcherte Jeans nicht der Beweis für Armut oder Vernachlässigung, sondern für ausgeprägtes Modebewusstsein waren. Sie hatte zwar nicht das geringste Verständnis dafür, aber nachdem sie auch Felix mehrmals vergeblich angeboten hatte, ihm die löcherige Jeans zu flicken, würde wohl bei Ida dieses Anerbieten genauso wenig fruchten. Was Carlotta Capella verlottert nannte, hieß auf Sylt stylish. Bis nach Panidomino war dieser Trend noch nicht gelangt. Oder war die Tochter des Holzhändlers, der kürzlich Konkurs anmelden musste, modisch voll auf der Höhe? Carlotta hatte geglaubt, das arme Mädchen müsse sich aufgrund der finanziellen Misere des Vaters mit dem kleiden, was andere weggeworfen hatten. Madonna, wie gut, dass sie noch nicht dazu gekommen war, der Familie die abgetragene, aber noch gut erhaltene Kleidung vor die Tür zu legen, die ihre Schwiegertochter aussortiert hatte!

»Ich passe auf, dass keiner zu viel trinkt«, sagte Ida lächelnd und ging zur Küchentür. »Küketje habe ich übrigens in den Garten gelassen. Sie mag die laute Musik nicht.«

Mamma Carlotta lächelte noch, als Ida längst verschwunden war. Natürlich würde das Mädchen nichts verhindern können, trotzdem hatte ihre Zusicherung sie beruhigt. Ida war ein so vernünftiges Mädchen. Man konnte sich auf sie verlassen.

Mamma Carlotta stieg die Treppe hoch und ging in ihr Zimmer. Womit sollte sie sich die Zeit vertreiben, während sie die Bowle bewachte, darauf wartete, dass nach den Nudeln mit Tomatensoße gerufen wurde, und ansonsten das Schlimmste verhinderte? Ihr Blick fiel auf eine Zeitschrift, die sie sich bei

Feinkost Meyer gekauft hatte. Die würde ihr über die lange Wartezeit hinweghelfen.

Bevor sie in die Küche zurückging, warf sie einen prüfenden Blick aus dem Fenster. Das Wetter war trocken und mild, die Partygäste hatten sich über den Rasen verteilt, die Musik dröhnte aus der offenen Terrassentür, und Mamma Carlotta hoffte, dass es keine Beschwerden der Nachbarn geben würde. Besorgt beobachtete sie, wie Zigarettenstummel in die Beete flogen, wie einige Mädchen mit ihren hohen Stilettos Löcher in den Rasen traten und die Hollywoodschaukel am Ende des Gartens, die Lucia geliebt hatte, durch Übervölkerung zusammenzubrechen drohte. Das Kreischen der Scharniere war durchs geschlossene Fenster zu hören, als mehrere Mädchen versuchten, sie in Bewegung zu setzen.

Ein junger Mann fiel ihr auf, der gerade noch Teil einer Gruppe gewesen war und sich jetzt absonderte. Ronni! Er hatte ein Handy am Ohr und drehte den anderen den Rücken zu. Mamma Carlotta konnte erkennen, dass er erregt war. Er gestikulierte aufgeregt, machte kleine nervöse Schritte hin und her und zuckte häufig mit den Schultern. Nun drehte er sich um, warf einen prüfenden Blick zurück, als wollte er sichergehen, dass die Luft rein war, dann ging am Zaun entlang, der den Garten von dem der Nachbarn abgrenzte. Zur Straße? Was hatte er vor?

Mamma Carlotta lief die Treppe hinab, huschte an den Mädchen, die vor dem Gäste-WC warteten, vorbei in die Küche und trat ans Fenster. Tatsächlich! Ronni stand an der Bordsteinkante und schien auf jemanden zu warten. Nervös sah er den Süder Wung hinauf und hinab, dann näherte sich ein Wagen von rechts und blieb vor ihm stehen. Am Steuer saß ein junger Mann, der Mamma Carlotta bekannt vorkam. Ja, den hatte sie in Käptens Kajüte gesehen. Er musste einer der Rennfahrer sein, denen Erik das Handwerk legen wollte. Ronni griff in seine Hosentasche und holte etwas heraus, das er dem Fahrer durchs Fenster reichte. Ein paar Worte noch, dann startete der Wagen wieder, Ronni hob die Hand und schlenderte in den Garten zurück. Nachdenklich ging Mamma Carlotta zum Herd und stellte die Platte unter dem Topf mit dem Nudelwasser an. Was hatte das zu bedeuten? Natürlich konnte alles ganz harmlos sein, Ronni hatte vielleicht versehentlich den Schlüssel eines anderen eingesteckt und ihn jetzt ausgehändigt, hatte sich von jemandem Geld geliehen, das er zurückgeben musste, weil der andere es brauchte, oder ... Mehr Möglichkeiten fielen Mamma Carlotta nicht ein. Vielleicht auch deswegen nicht, weil ihr Instinkt ihr sagte, dass Ronni etwas im Schilde führte ...

Die KTU ging ihrer Arbeit nach, schweigend wie immer. Sie suchten nach Spuren, sicherten Fuß- und Fingerabdrücke, hielten nach Besonderheiten Ausschau, nach Zeichen und Anhaltspunkten, die auf ein Gewaltverbrechen hindeuteten, während Erik und Sören nach etwas suchten, was ihnen die Persönlichkeiten von Heio Seeberg, der Pflegerin und der todkranken Frau näherbrachte, die wahrscheinlich in diesem Haus ihr Leben beschlossen hatte.

Sören erschien mit einem Foto neben Erik, der in der Küche gerade einen Schrank nach dem anderen öffnete. »Hier! Habe ich in der Kommode gefunden. Das ist Klara Seeberg.«

Erik nahm das Bild zur Hand und ging damit zum Fenster, um besseres Licht zu haben. Ja, diese Frau hatte wirklich keinerlei Ähnlichkeit mit der Toten. Sie war sehr schlank, fast hager, und groß. Das Auto, neben dem sie stand, gab Erik die Möglichkeit, sie auf mindestens ein Meter fünfundsiebzig zu schätzen. Ihre blonden Haare trug sie raspelkurz geschnitten. Eine Frau mit einer herben, fast maskulinen Ausstrahlung, trotz des runden Gesichts, das das Überschlanke vergessen lassen konnte. Sportlich gekleidet war sie, in Jeans und einem schlichten T-Shirt. Eine Frau, die man sich nicht in einem Abendkleid oder einer Rüschenbluse vorstellen konnte. Die Tote dagegen war sehr klein gewesen, von zierlichem Körperbau, dünn, aber nicht sportlich schlank, sondern abgemagert. Man hatte ihr angesehen, dass sie einmal mollig gewesen war, dass die Krankheit ihren Körper ausgezehrt hatte. Klara Seeberg strahlte durch diese ranke, straffe Figur eine Dynamik aus, die zu dem Bild passte, das Lilly Heinze ihnen vermittelt hatte. Von ihrem Gesicht war zwar nicht viel zu sehen, da das Foto aus einiger Entfernung aufgenommen worden war, dennoch schien es Erik, als nähme er einen harten Zug um den Mund wahr, als blickten ihre Augen wachsam und kühl. Aber es war natürlich möglich, dass er voreingenommen war, dass er alles, was er von Lilly Heinze erfahren hatte, auf dieses Bild projizierte, das Zielgerichtete, Ehrgeizige, Leistungswillige. Eine Frau, die alles getan hatte, um den Makel ihrer Herkunft vergessen zu lassen. Womöglich war sie sogar machtgierig und kompromisslos gewesen und aufgrund ihrer Geltungssucht selbstherrlich und berechnend geworden. Ihm fiel auf, dass er bereits in der Vergangenheitsform an Klara Seeberg dachte. In Wirklichkeit jedoch gab es keinen Hinweis darauf, dass sie nicht mehr lebte oder sogar das Opfer eines Gewaltverbrechens geworden war, kein Indiz, erst recht keinen Beweis. Nur die Tatsache, dass eine andere ihre Rolle eingenommen hatte, dass sie selbst lange nicht gesehen worden war und niemand wusste, wo sie sich aufhielt.

»Doch, das ist ein Indiz«, sagte Erik und erklärte Sören, was er gerade gedacht hatte. »Ich glaube, wir müssen die Leiche von Klara Seeberg suchen.«

»Und herausfinden, wer die Tote ist.«

»Und rausbekommen, wo sich Heio Seeberg aufhält.«

»Und die Pflegerin aufspüren. Verdammt, es muss doch möglich sein, ihren Namen rauszukriegen.«

»Ist schon komisch, dass nirgendwo ihr Name auftaucht.«

»Nicht einmal auf den Kontoauszügen.«

»Dann hat sie ihren Lohn wohl bar auf die Hand bekommen. Unversteuert.«

In diesem Augenblick betrat einer der Spurensicherer die Küche. Er streckte Erik ein glänzendes Plastikkärtchen in der Größe einer Visitenkarte hin. »Das haben wir in einer Nachttischschublade gefunden, die ausgeräumt worden ist. Diese Versichertenkarte hatte sich in eine Ritze geschoben und war auf den ersten Blick nicht zu sehen.«

Erik nahm sie zur Hand und betrachtete das Gesicht, das ihn ernst anblickte. »Tabea Helmis«, las er.

Sören beugte sich über seine Schulter. »Die Pflegerin?«

»Womöglich hat sie die Schublade in großer Eile leer geräumt und diese Karte übersehen.« Erik lief durch die Diele und aus der Haustür, ohne ein Wort zu sagen. Sörens Ruf »Wo wollen Sie hin, Chef?« ließ er unbeantwortet.

Augenblicke später klingelte er an dem Nachbarhaus und war froh, dass der Mann öffnete, mit dem er bereits über die Pflegerin gesprochen hatte. So musste er keine langen Erklärungen abgeben. Nach einem flüchtigen Gruß hielt er Herrn Öding die Versichertenkarte hin. »Ist das die Pflegerin?«

Der Mann warf nur einen kurzen Blick darauf, dann war er sich bereits sicher. »Klar, das ist sie.« Nun kam er näher und las ihren Namen. »Tabea! Jetzt fällt's mir wieder ein. Ja, diesen Namen habe ich Herrn Seeberg einmal rufen hören.« Schuldbewusst sah er Erik an. »Sorry, das war mir entfallen.«

Erik winkte ab, um Öding zu zeigen, dass er ihm nicht böse war. Währenddessen steckte er die Karte in die Hosentasche, in der es knisterte. Überrascht holte er sie wieder heraus, und mit der Karte kam eine zerknüllte Zigarettenpackung zum Vorschein.

Öding betrachtete sie erstaunt. »Sie rauchen auch Peel Menthol Orange?«

Erik schüttelte den Kopf. »Die habe ich nebenan gefunden.«

»Heio Seebergs Marke. Eine chinesische Sorte. Er kaufte sie immer in Hongkong am Flughafen, hat er mir erzählt.«

Mamma Carlotta verlor mehr und mehr den Überblick. Als die Dunkelheit heraufzog, waren die Gruppen, die immer noch auf dem Rasen standen, nicht mehr auseinanderzuhalten, das Stimmengewirr im Wohnzimmer wurde so laut, dass kein Wort zu verstehen war, und das Hämmern der Musik übertönte sowieso jedes andere Geräusch. Sie kam sich mittlerweile vollkommen überflüssig vor. Was während dieser Party geschah, würde sie nicht verhindern können, das sah sie jetzt ein. Wahrscheinlich hatte Erik recht gehabt. Da konnte sie eigentlich genauso gut zu Bett gehen. Immerhin würde sie damit, im Gegensatz zu ihm, noch anwesend und im Bedarfsfall schnell auf Posten sein. Doch schlafen bei diesem Lärm? Undenkbar! Also doch besser in der Küche ausharren, bis das Schlimmste vorbei war? Bis die Gästeschar sich dezimierte und die Party in den Morgen sickerte? Andererseits würde die Situation in ein paar Stunden nur noch gefährlicher sein, wenn der Alkohol für Enthemmung gesorgt hatte und nicht mehr Tabak, sondern Gras geraucht wurde. Der Geruch, der in die Küche drang, kam ihr schon jetzt merkwürdig vor. Aber konnte sie mit Sicherheit sagen, was nebenan geschah? Nein!

Sie stellte den Bowletopf in die Spüle, der erschreckend schnell leer geworden war, und spülte ihn, was lange dauerte, denn das gute Kristall, ein Hochzeitsgeschenk für Lucia und Erik von Carlottas Bruder, musste sorgsam gereinigt werden. Als er endlich kopfüber auf dem Abtropfbrett stand, ging sie zum Fenster und sah hinaus in die Dunkelheit. Die Zeitschrift hatte sie längst durchgelesen, wusste über sämtliche amourösen Verstrickungen in der Promiszene Bescheid und kannte die Probleme in den europäischen Königshäusern. Außerdem wusste sie, wie man sich mit dem richtigen Make-up verjüngen konnte und welche Kleidung für ihre Figur die beste war. Als sie gelesen hatte, dass eine Frau mit Größe 44 unter einer Problemfigur litt, reichte es ihr. Sie hatte die Zeitschrift zugeschlagen und in die Altpapierkiste geworfen, in der alle ausgelesenen Zeitungen landeten.

Vor dem Haus tat sich etwas. Sie hörte Stimmen, das Schlagen von Autotüren und Schritte. Wollte sich etwa jemand alkoholisiert ans Steuer setzen? Sie löschte das Licht, damit sie nicht mehr ihr Spiegelbild in der Fensterscheibe sah, sondern erkennen konnte, was draußen vor sich ging. Parkende Autos reihten sich an der Bordsteinkante auf, auch die Einfahrt der Nachbarn war zugeparkt worden, und neben dem Haus standen drei Wagen, die vermutlich den Rasen hinter dem Fahrradschuppen ruiniert hatten. Empörend! Was würde Erik morgen dazu sagen? Aber er war ja selbst schuld. Wäre er zu Hause, hätte er das verhindern können.

Sie beugte sich vor, ungeniert jetzt, da sie sicher war, am dunklen Fenster nicht gesehen zu werden, und bemerkte drei, vier Mädchen neben einem Geländewagen, mit Zigaretten in der Hand, die sie so affektiert zwischen den Fingern hielten, dass man sie gleich als Nichtraucherinnen identifizierte. Auch Carolin hatte eine brennende Zigarette in der Hand, ihr Minirock schien noch kürzer geworden zu sein, ihr Top noch knapper. Ronni legte den Arm um sie und blickte sie an, als machte er ihr ein unmoralisches Angebot, und Carolin kicherte, als wollte sie es annehmen.

Die Mädchen warfen nun ihre Zigaretten auf die Erde und traten sie aus. Mamma Carlotta schnaubte ärgerlich. Am nächsten Morgen würde sie als Erstes sämtliche Kippen aus dem Rasen klauben müssen! Zu der Gruppe hatten sich mittlerweile junge Männer gesellt, paarweise gingen sie in den Garten, nur Carolin und Ronni blieben zurück. Ronnis Arm lag noch immer um Carolins Schultern, sie hatte den Kopf an seine Brust gelegt. Schritt für Schritt näherten sie sich dem Zaun zum Nachbargarten, hinter dem ein Holzhaus stand, das die Kemmertöns als Ferienwohnung vermieteten. Mamma Carlotta wusste, dass es zurzeit leer stand. Wollten die beiden sich etwa dorthin zurückziehen? Hatte sich Carolin den Schlüssel beschafft, um in dem breiten Doppelbett ein paar ungestörte Stunden mit Ronni zu verbringen?

Mamma Carlotta brach der Schweiß aus. Zwar konnte sie weder Drogenkonsum noch übermäßigen Alkoholgenuss verhindern. Aber dass sich ihre Enkelin mit dem falschen Mann einließ, das würde sie nicht zulassen. Auf keinen Fall!

Sie ignorierte die beiden Mädchen, die vor der Tür der Gästetoilette warteten, und verließ das Haus durch die vordere Tür. Als sie an der Hausecke ankam, waren Carolin und Ronni nicht mehr zu sehen.

»Madonna!« Worauf ließ sich ihre Enkelin ein? Sie wusste ja nicht, dass sie von einem Kriminellen geküsst wurde!

Lautlos schlich sie sich hinter einen Geländewagen, dessen Heckklappe offen stand. Im Kofferraum stapelten sich mehrere Bierkästen, als hätte jemand damit gerechnet, dass die Vorräte schnell zur Neige gehen würden. Oder hatte Carolin heimlich für Nachschub gesorgt?

Mamma Carlotta machte einen langen Hals und glaubte, das blaue Top ihrer Enkelin in der Nähe des Gartenzauns zu sehen, wo noch ein wenig Licht von der Straßenlaterne hinfiel. Gerade wollte sie ihre Deckung aufgeben und sich einen anderen Schutz suchen, der sie näher zu Carolin brachte, da hörte sie Idas Stimme. »Ich helfe dir tragen.«

Mamma Carlotta wich zurück und duckte sich hinter die Kühlerhaube, machte sich so klein wie möglich. Nun sah sie auch Felix' Füße. »Lass nur, Ida, ich mache das schon.«

Derart angespannt war sie, dass sie sich nicht über die Ritterlichkeit ihres Enkels freuen konnte. Die Karosserie schaukelte, als Felix die Kästen zu sich heranzog und dann in den Garten trug. Zweimal, dreimal das gleiche Geräusch, dieselbe Bewegung, dann schien der Kofferraum leer zu sein, die Heckklappe war jedoch offen geblieben. Mamma Carlotta wählte nun ein anderes Auto, hinter dem sie sich würde verstecken können. Damit wäre sie gute drei Meter näher herangekommen.

Doch in dem Moment, als sie geduckt vorwärtslaufen wollte, ging jemand auf gerade dieses Auto zu, öffnete die hintere Tür und suchte darin herum. Sie musste warten. Als sie sich reckte, um nach Carolin und Ronni zu sehen, waren beide verschwunden. Sie wurde nervös. Wenn sich Carolin und Ronni schon in das Holzhaus zurückgezogen hatten, würde es schwierig werden.

Dio mio, was suchte der Mann in seinem Auto? Konnte er es nicht endlich finden? Er versperrte ihr den Weg zu ihrer Enkelin! Aber die Tür blieb offen, der Rücken des jungen Mannes war nach wie vor zu sehen. Und dann plötzlich leise Schritte, die sich von hinten näherten, ein Flüstern, ein leises Lachen und eine Stimme, die fragte: »Hast du noch 'ne Dampfpappe?«

Schlagartig wurde ihr klar, in welche Situation sie sich begeben hatte, dass sie jeden Moment erwischt werden konnte. Lauernd hinter einem Auto! Sie sah feixende Gesichter vor sich und hörte lachende Stimmen. ›Schau mal, Caro, deine Oma!‹ Wieder mal hatte sie nicht richtig nachgedacht, ehe sie sich zu etwas entschloss, was nicht gut enden konnte. Sie hörte Dinos Stimme, der ihr zu Lebzeiten mehr als einmal vorgehalten hatte, dass sie, wenn sie einen Skandal witterte, vor lauter Jagdfieber das Denken vergaß. Wie hatte sie übersehen, in welch peinliche Situation sie geraten konnte! Carolin würde ihr nie verzeihen, dass sie von ihrer Nonna bespitzelt worden war. Noch dazu vor ihren Freunden!

Hastig sah sie sich um. Die Stimmen kamen näher. Sehen konnte sie niemanden, nur Füße im Gras, die sich gemächlich näherten. Hinter sich zwei Menschen, die sie entdecken würden, sobald sie noch zwei weitere Schritte gemacht hatten, vor sich der Mann, der noch immer in seinem Auto herumsuchte, dahinter Carolin mit Ronni, dazwischen der Geländewagen, hinter dem sie sich versteckte! Augenblicklich erkannte sie ihre Chance. Der Kofferraum war nach wie vor geöffnet, und er war leer, sämtliche Bierkisten waren entladen worden. Es war nur eine Körperdrehung, sie musste nur einen Schritt nach vorn machen, sich dann nach links werfen – und schon landete sie bäuchlings auf der Ladefläche. Im Nu saß sie aufrecht da, zog die Heckklappe leicht zu sich heran und erfreute sich an ihrer schnellen Reaktion. Sie duckte sich so tief, dass sie von außen nicht gesehen werden konnte, und atmete auf. Doch schon im nächsten Augenblick wurde aus ihrer Erleichterung neue Angst. Was, wenn der Besitzer dieses Autos noch einmal an den Kofferraum ging? Vielleicht sogar Ida oder Felix? Madonna! Dann saß hier eine Nonna, die sich an fremdem Eigentum vergriffen hatte, weil sie ihrer Enkeltochter nicht vertraute! Wenn Erik das zu hören bekam! Er würde kein Verständnis für sie haben. Und eigentlich verstand sie sich nun selbst nicht mehr. Unhörbar betete sie zum heiligen Arezzo, dem Schutzheiligen ihres Dorfes, er möge sie aus dieser peinlichen Situation befreien, und schloss auch gleich Dino und Lucia in ihr Gebet mit ein, die dafür sorgen sollten, dass sie ungesehen, und zwar so schnell wie möglich, aus diesem Kofferraum herauskam.

Aber anscheinend wollte ihr der heilige Arezzo – oder vermutlich Dino, Gott hab ihn selig – einen Denkzettel verpassen. Denn nun drückte jemand die Heckklappe fest ins Schloss, die Fahrertür wurde aufgerissen, jemand warf sich hinters Steuer. Und Mamma Carlotta blieb nur noch, sich auf den Rücken fallen zu lassen, die Beine anzuziehen und zu hoffen, dass sie nicht entdeckt wurde. Als der Motor gestartet wurde, hätte sie beinahe laut »Stopp!« geschrien. Aber eben nur beinahe …

Sören war wütend. »Wer kann ihm gesteckt haben, dass wir ihn holen wollen?«

Darauf antwortete Erik nicht. Er durchsuchte ein weiteres Mal das überschaubare Eigentum, doch es änderte nichts: Wyn

Wildeboer hatte die Flucht ergriffen. Seine Papiere fehlten, sein Waschzeug, der größte Teil seiner Kleidung. Alles weg!

Die alte Frau Lüders, die zu zittern begonnen hatte, als sie die Polizei in seine Wohnung lassen musste, jammerte: »Sicherlich ist er nur verreist. Er ist doch ein guter Junge. Er hat noch nie ...«

Erik unterbrach sie. »Würde er verreisen, ohne sich bei Ihnen abzumelden?« Er dachte an das, was Wyn Wildeboer gesagt hatte, dass er die beiden alten Leutchen unterstützte und dafür billig in ihrem Haus wohnen durfte.

Der alten Frau traten Tränen in die Augen. Sie musste den Kopf schütteln und zugeben: »Nein, niemals.«

»Also doch abgehauen.« Sören wiederholte es mehrmals, während sie Kampen hinter sich ließen. »Verdammt!«

»Unternehmen Sie alles, damit er nicht von der Insel runterkommt.«

Sören nickte und griff nach seinem Handy. »Vermutlich wird er einen Personenzug nehmen. Er hat ja kein Auto.«

»Oder die Fähre nach Römö.«

»Möglich aber auch, dass er auf Sylt bleibt und sich hier versteckt. Er hat kein Geld, keinen fahrbaren Untersatz, angeblich auf dem Festland auch keine Freunde oder Verwandte.«

Erik umklammerte wütend das Lenkrad. »Sorgen Sie trotzdem dafür, dass man am Bahnhof und am Hafen Bescheid weiß. Wenn er den Zug oder die Fähre nimmt, müssen wir ihn kriegen. Wir fahren jetzt zu den anderen.« Er deutete mit dem rechten Zeigefinger zu seiner Jackentasche, damit Sören den Zettel herauszog, den er dort hineingesteckt hatte, der Zettel, auf dem er die Namen der jungen Leute notiert hatte, die ihm von dem alten Herrn Lüders diktiert worden waren. Die Adressen hatte Enno Mierendorf hinzugefügt.

Sören verstand ihn sofort. »Alle wohnen in Westerland und Wenningstedt. Wenn er sich bei einem von ihnen versteckt, haben wir ihn schnell.«

Doch es war, als würden sie vom Pech verfolgt. Daniela Scheele, die im Hotel van Scharrel ein Zimmer hatte, öffnete nicht. Erik verzichtete darauf, sich beim Hotelier und seiner Frau zu erkundigen, weil er die Fragen fürchtete, die Rolufs Eltern dann an ihn richten würden. Er wollte jetzt keine Zeit verlieren. André, dessen Nachnamen er nicht entziffern konnte, obwohl er ihn selbst geschrieben hatte, war zum Glück trotzdem schnell auszumachen. Er wohnte in der Wilhelmstraße, in dem großen hellgrauen Gebäude mit der Friesenkate im Erdgeschoss. Es gehörte zu den wenigen Häusern, in denen Apartments nicht an Feriengäste, sondern an Menschen vermietet wurden, die auf Sylt arbeiteten, winzige Räume ohne jeden Komfort. An der Haustür gab es ein riesiges Klingelschild mit unzähligen Namen, was bereits einen Eindruck davon vermittelte, wie klein die Wohnungen waren, mit denen die Mieter auskommen mussten. Es stellte sich heraus, dass André Jensen erst seit Kurzem hier wohnte. Das erzählte einer seiner Nachbarn, der Eriks Schrift ohne Weiteres entziffern konnte. Aber an seiner Tür klingelten sie vergeblich, André war nicht zu Hause. Auch bei Lasse Bongartz waren sie erfolglos, der an der Westerheide in einer Dreizimmerwohnung lebte. Vermutlich zur Untermiete, denn am Klingelschild fanden sich zwei Namen.

Entmutigt stiegen sie die Treppe wieder hinab. Sören blieb neben dem Auto stehen und nickte zu einem der Häuser auf der anderen Straßenseite. Dass er ebenfalls an der Westerheide wohnte, hatte Erik total vergessen. »Sie wollen hierbleiben? Vernünftig. Spät genug ist es ja.«

Sören zögerte noch. »Mein Fahrrad steht bei Ihnen.«

»Hoffentlich gut abgeschlossen. Heute Nacht kann ich für nichts garantieren. Aber ich glaube nicht, dass Carolins Party aus dem Ruder laufen wird.« Erik schloss die Fahrertür auf und sah übers Autodach in Sörens Gesicht, auf dem sich ein harter Kampf abzeichnete. Dann setzte sich Sören doch auf den Beifahrersitz. »Ich fahre doch besser mit zu Ihnen.«

»Und dann mit dem Rad zurück?«

»Mein Rennrad hat zwei Riesen gekostet.«

Das war Erklärung genug. »Ich hoffe, wir haben einen freien Sonntag«, sagte Erik, als sie von der Westerheide in den Braderuper Weg einbogen. »Irgendwie sitzt mir diese Nacht immer noch in den Knochen.«

Sören wusste, welche Nacht er meinte. Die Nacht, in der sie vor einer Leiche gestanden hatten, die aus einem Sarg gefallen war. Diesen gruseligen Moment würde keiner von ihnen so schnell vergessen. »Wir wissen immer noch nicht, wer die Frau ist. Verdammt, die muss doch jemand vermissen!«

»Wir kommen einfach nicht weiter. Diese Tabea Helmis ist auch ein unbeschriebenes Blatt.« Sie hatten sofort, nachdem sie den Namen der Pflegerin herausgefunden hatten, mit dem Polizeirevier in Westerland telefoniert und Rudi Engdahl beauftragt, möglichst viel über Tabea Helmis in Erfahrung zu bringen. Sie war nicht polizeibekannt, nie auffällig geworden. Sie stammte aus einer ebenso unauffälligen Familie und hatte ein paar Jahre in einem Seniorenheim in Dinkelsbühl als Altenpflegerin gearbeitet. Dort hatte sie gekündigt und die private Pflegestelle bei den Seebergs angenommen. Das war das Einzige, was Rudi Engdahl herausgefunden hatte.

»Morgen früh rufe ich in diesem Seniorenheim an«, beschloss Erik. »Vielleicht gibt es jemanden, der sie näher kannte. Privat, meine ich. Ich will wissen, was sie für ein Mensch war.«

»War?«

»Ist«, korrigierte Erik. »Ich hoffe, dass sie noch lebt.«

»Warum auch nicht?«, fragte Sören zurück, aber es klang sehr verzagt. »Und Heio Seeberg? Meinen Sie, der weilt auch nicht mehr unter den Lebenden?«

»Das meine ich nicht!« Eriks Stimme wurde laut und unbeherrscht. »Aber man wird sich ja mal fragen dürfen, wohin ein Mann verschwindet, dessen Frau gerade gestorben ist. Noch vor der Beerdigung!«

Nun war Sörens Stimme ganz sachlich. »Nicht seine Ehefrau ist verstorben, sondern eine, die er als seine Ehefrau ausgegeben hat.«

Erik schlug sich vor die Stirn. »Ich verstehe das alles nicht. Und ich kann mir auch überhaupt nicht vorstellen, welchen Grund das alles haben könnte! Meine Fantasie reicht anscheinend nicht.«

Der Wagen war rechts in die Westerlandstraße eingebogen und dann der abknickenden Vorfahrt gefolgt, das hatte sie gespürt, wenn sie es auch nicht sehen konnte. Den Kreisverkehr vor Feinkost Meyer erkannte Mamma Carlotta ebenfalls, aber ob es dann nach Braderup oder nach Kampen ging, konnte sie nicht feststellen. Welches Ziel hatte der Fahrer? Was, wenn er irgendwo anhielt, sein Auto abschloss und sie ihrem Schicksal überlassen blieb? Aber selbst wenn sie die Gelegenheit bekam, sich ungesehen zu befreien, wie kam sie dann nach Hause zurück? Oder wollte der Fahrer nur etwas holen und danach zum Süder Wung zurückkehren? Diese Hoffnung machte sie stark, mit diesem Gedanken schaffte sie es, ruhig liegen zu bleiben, sich nicht zu rühren und keinen Mucks von sich zu geben. Die Scham stieg von dem kalten Bodenblech auf und kroch durch ihren ganzen Körper. Was hatte sie getan? Wie hatte sie sich in diese entwürdigende Situation bringen können? Auf dem Rücken liegend, mit angezogenen Beinen, auf der Ladefläche eines Wagens, dessen Fahrer keine Ahnung hatte, dass er eine lebendige Fracht beförderte! Dabei war sie noch froh, dass sie nicht in dem geschlossenen Kofferraum eines PKWs lag, sondern in einem Geländewagen. Sie musste unbedingt versuchen, sich selbst zu befreien, wenn der Wagen irgendwo anhielt. Unbedingt! Aber wie sollte sie dann nach Hause kommen?

Verzweifelt starrte sie aus dem Fenster in den Himmel. Er war nicht schwarz, sondern mit vielen grauen Schattierungen überzogen wie auf einer Tuschezeichnung, die mit einem riesigen Pinsel ans Firmament gestrichen worden war. Keine finstere Nacht. Den Mond konnte sie zwar nicht sehen, aber doch sein Licht erkennen.

Sie hatte keine Ahnung, wie spät es war. Viele Autos kamen ihnen entgegen, die ihre Scheinwerfer unter das Dach des Geländewagens warfen und wieder mit sich rissen. Auch hinter ihnen fuhr ein Wagen, vielleicht waren es sogar mehrere, die ihnen folgten. Es war erst kurz vor Mitternacht, die Insel war noch wach. Wenn sie irgendwo strandete, fand sie vielleicht jemanden, der sie nach Wenningstedt zurückfuhr, noch ehe sie vermisst wurde? Während sie lautlos den heiligen Adone von Arezzo anflehte, ihr zu helfen, betete sie gleichzeitig, es möge während ihrer Abwesenheit im Süder Wung nichts passieren, was sie verhindert hätte, wenn sie zu Hause geblieben wäre.

Ein melodisches Zirpen schreckte sie auf. Der Wagen verlangsamte sich, der Fahrer suchte nach seinem Handy. Dann hörte sie seine Stimme, eine fremde Stimme, die sie noch nie gehört hatte. »Bist du schon da?« Nach einer kurzen Pause sagte er: »Ich komme auch gleich. Nur noch ein paar Minuten. Ronni habe ich nicht gefunden. Der hat sich mit irgendeiner Tussi verdrückt.«

In Mamma Carlotta schoss die Empörung hoch und hätte sie beinahe unvorsichtig gemacht. Wie sprach dieser Schnösel von ihrer Enkeltochter? Tussi! Sie kannte dieses Wort, Felix hatte es schon oft benutzt.

»Aber er weiß Bescheid.« Nun lachte der Fahrer und gab wieder Gas, als wäre das Telefongespräch gleich zu Ende. »Besser, er verhält sich unauffällig. Im Hause eines Bullen sollte man vorsichtig sein.«

Diese Vokabel kannte Mamma Carlotta mittlerweile auch. Und sie wusste ebenso, dass es respektlos war, einen Polizeibeamten als Bullen zu bezeichnen. Üblich zwar, hatte Erik ihr erklärt, aber dennoch respektlos, dabei blieb sie.

Dann aber wurde ihr klar, wie lächerlich es war, sich über sprachliche Grobheiten den Kopf zu zerbrechen. Denn was immer der Fahrer dieses Wagens vorhatte, es musste um die Straßenrennen gehen, bei denen jemand zu Tode gekommen war. Er gehörte zu denen, die Erik und Sören suchte, das war Carlotta nach diesem Telefonat klar. Hatte sie sich nun zur Zeugin eines konspirativen Treffens gemacht und sich damit in Gefahr gebracht?

Sie verlor jegliches Zeitgefühl, während sie in den Himmel starrte und gelegentlich ein Mast oder eine Baumkrone vor dem Fenster vorbeiflog. Was sollte sie tun? Wie kam sie aus dieser schrecklichen Lage wieder heraus? Gern hätte sie sich ein wenig aufgerichtet, um sich zu orientieren, aber das wagte sie nicht. Mittlerweile war sie davon überzeugt, dass sie Richtung List fuhren. Der Braderuper Weg führte nicht so lange geradeaus.

Nun nahm der Fahrer das Gas weg, wahrscheinlich fuhren sie nach Kampen hinein. Ja, das Licht veränderte sich, es wurde heller, hohe Laternen blitzten vorüber, eine blieb über ihr stehen, als der Fahrer halten musste, vermutlich vor einer Ampel. Aber nicht lange, schon fuhr der Wagen an, es ging wieder stadtauswärts. Der Himmel über dem Watt wurde dunkler, kein Stern war zu sehen, nur das Licht des Mondes. Was wollte der Fahrer in List? Mamma Carlotta durchfuhr ein heißer Schreck, als ihr eine Antwort einfiel. Wollte er auf die Fähre? Fliehen vor der Polizei, die ihm auf den Fersen war? Ins Ausland, nach Dänemark übersetzen? Sie wusste ja nicht, wie weit Erik mit seinen Ermittlungen gekommen war.

Aber schon im nächsten Augenblick fiel die brennende Angst wieder von ihr ab. Nein, um diese Zeit ging keine Fähre mehr, da war sie sich ziemlich sicher. Und was hatte der Fahrer am Telefon gesagt? Er sei gleich da, nur ein paar Minuten noch. Das hörte sich nicht so an, als hätte er eine Fahrt nach Dänemark vor sich. Wie würde er reagieren, wenn ihm klar wurde, dass er die Schwiegermutter seines Verfolgers im Auto sitzen hatte? Sie musste unbedingt verhindern, dass er sie bemerkte. Die Rennfahrer waren Kriminelle. Und wie solche Menschen reagierten, wenn sie sich entlarvt glaubten, wusste man ja. Da würde es nicht helfen, wenn sie versicherte, dass es ihr nur um den Schutz ihrer Enkelin gegangen war, als sie sich in diesem Auto versteckte. Niemand würde ihr glauben.

Sie wartete darauf, dass sie vom Licht der Lister Straßen empfangen wurde, aber mit einem Mal nahm der Fahrer das Gas weg, setzte den Blinker und verließ die asphaltierte Straße. Er bog nicht ab, um dann wieder zu beschleunigen, nein, er fuhr immer langsamer und behielt die Richtung bei. Mamma Carlotta kam es so vor, als sei er auf einen Parkplatz gefahren. Er bremste, dann öffnete er die Tür und stieg aus. Seine Schritte entfernten sich.

Vorsichtig hob sie den Kopf und sah sich um. Ein dunkler, unbeleuchteter Platz, von Bäumen gerahmt, zur Straße hin offen. Sie verlief links, der Wagen stand parallel dazu. Nun fuhr ein Auto vorbei, schnell, mit rauschenden Rädern. Sie konnte den Lichtern folgen, die sich in einer leichten Rechtskurve entfernten.

In unmittelbarer Nähe des Wagens befand sich niemand. Aber weiter entfernt konnte sie eine Gruppe ausmachen, sechs oder sieben Leute, die neben ein paar Autos zusammenstanden und redeten. Manche mit großen Gesten, andere hörten nur zu. Zu ihnen hatte der Fahrer des Geländewagens sich offenbar gesellt. Einer schien das Wort zu führen und den anderen etwas zu erklären. Er zeigte mal hier- und mal dorthin, alle Blicke folgten seinen Bewegungen. Auf dem Platz parkten noch ein paar weitere Wagen, in einem von ihnen, ein 2CV, meinte Mamma Carlotta eine Bewegung auszumachen. Ihr war, als tauchten zwei Köpfe über dem Lenkrad auf, die jedoch gleich wieder verschwanden. Ein Liebespaar? Oder zwei Leute, die die Gruppe beobachteten? Sie konnte es nicht erkennen, war sich

Augenblicke später schon nicht mehr sicher, ob sie wirklich jemanden in dieser Ente gesehen hatte.

War dies der richtige Augenblick, sich zu verdrücken? Weit und breit war kein Haus zu sehen! Wenn sie unbemerkt aus dem Wagen flüchten konnte – wie würde sie dann zurück nach Wenningstedt kommen?

Mit einem Mal wusste sie, wo sie war. Das Schild, das sie von hinten sehen konnte, war ihr bekannt. Und die drei blauen Fahnen, die über ihr knatterten, hatte sie auch schon gesehen. ›Vogelkoje‹ stand auf ihnen und außerdem ›Fürst Metternich‹. Sie hatte es gesehen, als sie mit Erik und den Kindern zu Gosch nach List gefahren war. Die Vogelkoje von Kampen! Erik hatte ihr von der ehemaligen Entenfanganlage erzählt und in Aussicht gestellt, bald in dem dazugehörigen Restaurant mit ihr essen zu gehen. Und nun sah sie auch die große beleuchtete Ente, die den Weg zu dem Restaurant wies, das vom Parkplatz aus nicht zu sehen war. Dort brannten keine Lichter mehr, dort würde sie keinen Schutz finden. Und in der Nähe gab es keine Häuser, wo sie klingeln und um Hilfe bitten konnte. Allenfalls würde sie sich an die Straße stellen und den Daumen hochhalten können. Aber ... war das nicht viel zu gefährlich? Ihren Töchtern und Enkeltöchtern hatte sie mehr als einmal die Gefahren aufgezählt, die Anhalterinnen drohten. Aber es würde die einzige Möglichkeit sein. Sie hatte kein Handy, um jemanden herbeizutelefonieren. Sie musste es versuchen.

Ohne die Gruppe aus den Augen zu lassen, die noch immer intensiv diskutierte, tastete sie nach dem Verschluss der Heckklappe. Sie brauchte nicht lange, um festzustellen, dass sie sich nicht von innen öffnen ließ. Tränen der Verzweiflung stiegen ihr in die Augen. Da hatte sie so lange darüber nachgedacht, wie sie von hier wegkommen sollte, und dann kam sie nicht einmal aus diesem Auto heraus! Was sollte sie nur tun? Ihr musste bald etwas einfallen, bevor der Fahrer zurückkehrte. Oder den Wagen am Ende irgendwo abstellte, verschloss und erst zwei Tage später zurückkehrte! Nein, das konnte sie nicht riskieren. Vorher würde sie sich zu erkennen geben müssen, aber das konnte schlimm für sie enden. Die Rennfahrer würden nicht mit sich spaßen lassen. Und wie würde Carolin reagieren? Wenn sie sich die Scham im Gesicht ihrer Enkelin vorstellte, krampfte sich jetzt schon ihr Herz zusammen.

Plötzlich fiel ihr der Fuhrpark ihres Ältesten ein. Guido besaß eine kleine Spedition, zu der ein Dutzend Autos gehörte. Darunter war auch ein Geländewagen wie dieser, den er benutzte, wenn kleinere Transporte zu erledigen waren, wenn er sperrige Sportgeräte von einem Ort zum anderen befördern musste oder große Müllsäcke zur Deponie. Mit dem Wagen hatte er auch das Ölgemälde seiner Großtante zu deren Sohn gebracht, als sie ins Altenheim zog. Es war zu groß für den Kofferraum gewesen, und Guido hatte die Lehne der Rücksitze nach vorn gekippt, um mehr Ladefläche zu schaffen.

Mamma Carlotta kniff die Augen zusammen, konzentrierte sich und versuchte sich zu erinnern, was Guido getan hatte, bevor er die Rückenlehne bewegen konnte. Nun fiel es ihr wieder ein. Er hatte auf eine Taste an der Außenseite der Rückenlehne gedrückt. Ihre fliegenden Finger fuhren die Sitzkante hinauf und hinab, während sie die Gruppe der Rennfahrer weiterhin fest im Auge behielt. Es kam ihr so vor, als machten zwei einen Schritt zurück, als wollten sie sich verabschieden und zu ihren Autos zurückgehen. Sie musste sich beeilen! Sie musste diesen Knopf finden, ehe es zu spät war!

Da! Eine weiche Taste, die jedoch nicht reagierte, als Mamma Carlotta sie vorsichtig drückte. Dann aber, voller Verzweiflung, wandte sie alle Kraft auf, zu der sie fähig war ... und spürte im selben Augenblick, dass sich etwas gelöst hatte. Tatsächlich! Die Rückenlehne gab nach, als sie sich dagegen warf. Zwar fiel sie nicht flach auf die Sitzfläche, weil dort wohl irgendetwas lag, aber sie senkte sich doch weit genug, um auch einer vollschlanken Nonna zu ermöglichen, nach vorne zu klettern, wo sie eine Tür öffnen und verschwinden konnte.

Mit dem Mut der Verzweiflung warf sie sich über die Rückenlehne, die zum Glück nachgab, als sie bäuchlings darauf zu liegen kam. Ein hässliches Knirschen zeigte an, dass möglicherweise etwas kaputtgegangen war, aber das scherte Mamma Carlotta nicht. Noch eine weitere Körperdrehung, und sie rollte von der umgeklappten Lehne herunter. Beinahe in den Fußraum, aber dazu war sie zum Glück zu dick. Sie blieb zwischen Sitzkante und der Rückenlehne des Fahrersitzes hängen und schaffte es mit viel Strampelei, sich in die Aufrechte zu bugsieren. Irgendwann hatte sie ihre Ellbogen auf dem Rücksitz positioniert und konnte sich in die Höhe drücken. »Madonna!«

Sie warf einen Blick durchs Fenster und stellte zu ihrer Erleichterung fest, dass die Männer immer noch dort standen, wo der Parkplatz sich verjüngte und zu einem Weg wurde, der in einer Rechtskurve verschwand. Sie setzten das Gespräch unbeirrt fort, nur die einzige Frau der Gruppe hatte sich ein paar Schritte entfernt und stand nun an der Stelle, wo ein Schild zum Eingang der Vogelkoje wies. Es war, als witterte sie in die Vogelkoje hinein, als hätte sie dort etwas gesehen oder gehört, dem sie auf den Grund gehen wollte. Die Männer beachteten sie nicht, sondern redeten weiter, steckten nun sogar die Köpfe zusammen und schienen hitzig zu diskutieren. Die Frau ging langsam, Schritt für Schritt, in den dunklen, baumüberwucherten Gang hinein und verschwand.

Aber Mamma Carlotta hatte keine Zeit, sich darüber Gedanken zu machen. Sie saß geduckt hinter dem Fahrersitz, auf der heruntergeklappten Rückenlehne, und bemühte sich, die Tür unhörbar zu öffnen. Das gelang ihr zwar nicht, aber keiner der Männer schien etwas gehört zu haben, und auch die junge Frau kam nicht zurück.

Vorsichtig schob Mamma Carlotta die Tür weiter auf, und dann ließ sie sich herausfallen. Sie machte sich klein, bewegte sich vorsichtig zur Seite, so weit, dass sie die Tür herandrücken konnte, und wartete ab. Gab es eine Reaktion? Hatte jemand beobachtet, dass sich die rückwärtige Tür des Wagens bewegt hatte? Kam jemand angelaufen, um nachzusehen? Doch sie hörte keine Schritte, erst recht keine Stimmen, keinen einzigen Ruf. Jetzt erst merkte sie, dass sie die Luft angehalten hatte, und atmete erleichtert aus. Im selben Moment aber sprang sie die nächste Sorge an. Wie konnte sie sich von dem Wagen entfernen, ohne gesehen zu werden? Wo konnte sie sich verstecken, bis die Luft rein war? In der Nähe der Straße gab es keinen Schutz, und ungesehen in den hinteren Teil des Parkplatzes zu kommen, wo Gestrüpp und Bäume sehr dicht waren, schien unmöglich.

Hektisch sah sie sich um. Wohin sie sich auch flüchten konnte, immer war ein Weg von einigen Metern zurückzulegen, der sie verraten konnte. Die Männer waren jung und schnell, sie würde keine Chance haben, ihnen zu entkommen, wenn sie erst einmal auf sie aufmerksam geworden waren. Sie sah um das Heck des Wagens herum. Vielleicht sollte sie warten, bis die junge Frau zu ihnen zurückgekehrt war? Oder darauf, dass den Männern ihr Verschwinden auffiel und sie nach ihr suchten? Das konnte eine Gelegenheit sein, sich davonzumachen. Sie musste hoffen, dass sie ihr alle, wenigstens für Augenblicke, den Rücken zukehrten und ihr damit die Gelegenheit gaben zu verschwinden. Nur ... wohin?

Diese Frage hatte sie noch nicht beantwortet, als sich von Kampen ein Wagen näherte. Sie merkte sofort, dass er nicht vorbeirauschen würde, sondern die Absicht hatte, ebenfalls auf diesen Parkplatz einzubiegen. Der Wagen verlangsamte sich, das Motorengeräusch wurde schwächer. Ein Lieferwagen! Der Fahrer ließ ihn ausrollen, bis er nah an die Gruppe herangefahren war. Mamma Carlotta stockte der Atem. Den Wagen kannte sie! Sie sah die Buchstaben an der Seite des Lieferwagens, eine Schrift, die nicht mehr vollständig war, der ein paar Buchstaben verloren gegangen waren, deren Sinn sie aber dennoch verstand. Das konnte ihre Rettung sein!

Doch noch bevor die Hoffnung sie stark machen konnte, drang etwas an ihr Ohr, was sie lähmte und nichts als Schwäche erzeugte. Ein Schrei! Im Gebiet der Vogelkoje war er entstanden und kam nun auf den Eingang zu ...

Svea wohnte am Grenzweg, in einem der letzten Häuser von Wenningstedt. Es gehörte einer Frau, die in Oldenburg lebte und sich nur gelegentlich auf Sylt aufhielt. Sie hatte das Haus geerbt, verbrachte ihren Urlaub dort, hin und wieder auch ein verlängertes Wochenende und war froh, dass in der ersten Etage jemand wohnte, der auf das Anwesen achtgab. Sveas Wohnung war nicht groß, wirkte durch die Dachschrägen sogar noch kleiner, als sie war, aber sie war gemütlich. Was natürlich vor allem daran lag, dass Svea sie mit viel Liebe, Geschmack und Sachverstand eingerichtet hatte.

Die Wände waren allesamt hell gestrichen, für die Fußböden hatte Svea Holz in einem hellen Taupe ausgesucht. Die Ausstattung bestand aus grauen und weißen Elementen, Akzente hatte sie in Gelb und Bronze gesetzt. So hätte Erik es früher, wenn er jemandem Sveas Einrichtung hätte beschreiben sollen, nicht ausgedrückt, aber ihr Vokabular war ihm inzwischen vertraut, er wusste, wie eine Innenarchitektin einen Raum beschrieb.

Er begrüßte Bello, den kleinen weißen Hund, den Ida im Frühjahr neben einer Mülltonne gefunden hatte, wo er nach Fressen suchte. Sie hatte ihn umgehend in ihr großes Herz geschlossen und nicht wieder hergegeben. So ähnlich war es auch mit Küekeltje gewesen, die trotz Eriks Gegenwehr bei den Wolfs gelandet war, während Bello am Ende nicht nur Idas, sondern auch Sveas Herz erobert und ein Hundekörbchen in dieser Designerwohnung erhalten hatte, das sich harmonisch ins Ambiente einfügte. Dunkelgrau wie die Lampenschirme links und rechts des Spiegels und einem schwarzen Kissen. Nur Bellos giftgrüne Quietscheente, die er innig liebte, passte nicht ins Bild.

Erik folgte Svea in die Wohnküche und ließ sich auf einem der weißen Lederhocker am Frühstückstresen nieder, Bello zu seinen Füßen. Die Küchenmöbel waren schneeweiß lackiert, sehr kühl, auf nüchterne Weise blitzsauber, aber Svea hatte es geschafft, dem Raum dennoch Behaglichkeit zu geben, vielleicht durch den schwarzen Esstisch mit den klassischen Wishbone-Stühlen, die ein angenehmes Gegengewicht bildeten. Erik hielt sich gern in dieser Küche auf, wenn dort auch nie das gekocht wurde, was ihm schmeckte. Aber in der hellen Sitzlandschaft des Wohnzimmers mit den schwarz lasierten, handgeschnitzten Beistelltischen fühlte er sich immer ein wenig fremd. Als passte er nicht in dieses stilvolle Ambiente, das ihm einerseits zwar gefiel, ihn andererseits aber dennoch nicht anzog.

Auf dem Tisch lag ein aufgeschlagenes Fotoalbum, daneben eine Schachtel, die voller alter Dokumente war. Svea hatte also in Erinnerungen gekramt, bevor er gekommen war, hatte sich mit dem Leben ihrer Mutter beschäftigt, mit der Vergangenheit, an der sie vorher nur mäßig interessiert gewesen war.

»Mama ist als Pflegekind aufgewachsen«, erzählte sie Erik, während sie Teewasser aufsetzte. »Das habe ich erst erfahren, als ich schon fast erwachsen war. Sie wollte nie darüber reden.« Svea goss den Tee auf und holte zwei Teetassen aus dem Schrank, während sie berichtete, dass niemand je über dieses Thema gesprochen hatte. »Alles totgeschwiegen!«

Erik gefiel es, mit Svea über ihre Mutter zu reden, seinen Beruf zu vergessen, nicht mehr an die Frau zu denken, die in ihrem weißen Totenhemd vor ihm gelegen hatte, diesen Anblick, der ihn immer noch verfolgte, für eine Weile vergessen zu können. Damit fiel auch das Gefühl der Ohnmacht für kurze Zeit von ihm ab, das ihn bedrückte, weil er einfach nicht herausfand, wer diese Frau war und wo die Seebergs und die Pflegerin geblieben waren. Dass er keine Ahnung hatte, wie das alles zusammenhängen und wo er mit seinen Ermittlungen ansetzen konnte, war eine Last, die er förmlich auf seinen Schultern spürte. In Sveas Gegenwart, in ihren Armen, durch den Blick in ihre Augen würde er es vergessen können. Wenigstens bis morgen früh. Am liebsten wäre es ihm, sich einlullen zu lassen von Sveas Erzählungen, lange der Geschichte ihrer Mutter zu lauschen, nichts darauf sagen zu müssen, einfach nur zuzuhören und vielleicht auch mal den eigenen Gedanken zu folgen.

Ihr Gesicht war an diesem Abend noch schmaler als sonst, so blass, als hätte sie einen anstrengenden Tag hinter sich. Sie trug einen olivgrünen Pullover mit V-Ausschnitt und eine helle Jeans, die sehr knapp saß. Das war Sveas lässige Kleidung, die trug sie, wenn sie sich zu Hause aufhielt, auch dann, wenn sie allein war. Ein Jogginganzug oder eine Hose mit einem ausgeleierten Bund, ein weites Hemd, das alles überdeckte, was nicht passgenau war ... so was kam für Svea nicht infrage.

Er betrachtete ihre Figur, während sie von der Pflegefamilie ihrer Mutter sprach und dabei in der Küche hantierte, er bewunderte ihre schmalen Hüften und die schlanke Taille, als sie ihm den Rücken zudrehte, und ihre kleinen festen Brüste, als sie sich ihm zuwandte. Dass sie auf einen BH verzichtete, lag selbstverständlich nicht daran, dass er ihr zu unbequem war. Sie hatte diese Umpanzerung nicht nötig, das war der einzige Grund.

»Ist Ronni endlich fertig?«

»Ronni?« Erik runzelte die Stirn. »Wer ist das?«

Svea verdrehte die Augen. »Der Anstreicher! Ist er mit dem Schlafzimmer fertig?«

Erik dachte nach. Wie weit war der Anstreicher gekommen? »Ich weiß nicht ...«

»Er muss sich beeilen. Übermorgen kommen deine Schlafzimmermöbel.«

»Übermorgen schon?« Erik versuchte sich zu erinnern, was er ausgewählt hatte. Es fiel ihm schwer. Im Grunde hatte ja gar nicht er die Wahl getroffen, sondern Svea. Zwar hatte sie sich vor jeder Entscheidung vergewissert, ob er einverstanden sei, aber dass er jedes Mal genickt hatte, war vor allem Schwäche und Überforderung gewesen. Er wusste, dass er ein großes Bett bekommen würde, mit einer dekorativen Truhe am Fußende, auf der ein Fernseher stehen konnte, in den sogar ein versenkbarer Fernseher eingebaut werden konnte, was er jedoch auf später verschoben hatte, in der Hoffnung, dass es in Vergessenheit geraten würde. Rechts und links des Bettes würde es ein maßgeschneidertes Schubladenelement geben, an der Wand angebracht, ohne Verbindung zum Fußboden. Darauf sollten Lampen mit Milchglasfuß und schlichten weißen Leinenschirmen stehen.

»Im Schlafzimmer«, hatte Svea ihm erklärt, »zählt nicht nur die Optik, sondern vor allem, wie der Raum sich anfühlt. Es ist das Letzte, was du vorm Einschlafen siehst, und das Erste am Morgen. Hier darf sich deine Persönlichkeit auch in intimen Facetten ausdrücken.«

Er hatte keine Ahnung von seinen intimen Facetten, und erst recht wusste er nicht, wie sie sich ausdrücken sollten. Svea hatte von einem Seidenteppich gesprochen, der seinen Füßen schmeicheln sollte, weil sinnlicher Luxus im Schlafzimmer angeblich guttat. Und sie hatte auf Samtkanten an den Vorhängen bestanden, weil sie den Fingern bei jeder Berührung schmeichelten. Das Zimmer, das früher Lucias Nähzimmer gewesen war und in dem jetzt Mamma Carlotta nächtigte, wenn sie zu Besuch war, hatte sie eigentlich zu seinem Ankleidezimmer machen wollen, aber das hatte er zum Glück vereiteln können.

»Ein ganzes Zimmer nur zum An- und Ausziehen?« Beinahe hätte er sich an die Stirn getippt. »So weit muss man es mit dem Luxus nicht treiben. Ein schlichter Schrank genügt mir.«

Er wollte auch keine neue Bettwäsche, solange die alte noch nicht schäbig war, und fand es nicht notwendig, dass sie genau zu den Farben der Ausstattung passte. Einer Garnitur in Silbergrau hatte er dann trotzdem zugestimmt, um seine Ruhe zu haben, und um eine Tagesdecke mit Kaschmiranteil war er auch nicht herumgekommen. Dass sie sich großzügig auf dem Boden bauschen musste, hatte er unpraktisch gefunden, aber schließlich akzeptieren müssen. Genau wie die vielen Zierkissen, die farblich genau zu dem Kopfteil des Bettes passten, das aus einem weichen, gepolsterten, senkrecht gesteppten Velours bestand.

»Wenn Carolins Party vorbei ist, werden wir uns das Wohnzimmer vornehmen«, sagte Svea. »Die neuen Möbel kann ich jederzeit abrufen.«

Erik nickte ergeben. »Wo ist eigentlich die alte Schrankwand geblieben? Und wo sind die Polstermöbel hingekommen?«

»In den Second-Hand-Laden«, antwortete Svea. »Bei Niebüll gibt's doch dieses Integrationsunternehmen. Menschen mit und ohne Behinderung arbeiten dort zusammen. Für viele ergibt sich da zum ersten Mal eine Chance, sich auf dem Arbeitsmarkt zu behaupten und Fuß zu fassen. Die haben eine Fahrradwerkstatt, eine Tischlerei und eben den Second-Hand-Laden mit Möbeln.«

Erik mochte sich nicht vorstellen, wie sich sein Schrank und seine Sitzgarnitur, die er ungern hergegeben hatte, in diesem Laden ausnahmen, und beschloss, an etwas anderes zu denken. In den Erinnerungen an Sveas Mutter hatte er sich wohler gefühlt.

»Erwartest du Besuch von Verwandten?«

Svea schüttelte den Kopf. »Es gibt nicht mehr viele. Die meisten leben nicht mehr, andere sind so alt, dass eine Reise nach Sylt völlig unmöglich ist. Eine Cousine wird bei der Beerdigung dabei sein, die jüngste Tochter meines jüngsten Onkels, der nach dem Tod seiner Frau noch einmal geheiratet hat. Eine sehr junge Frau, mit der er noch ein Kind bekam. Aber die beiden, Onkel und Tante, sind auch schon tot, beide früh gestorben.« Sie lachte mit einem Mal, als hätte sie einen Witz gehört, über den eine Dame eigentlich nicht lachen sollte. »Tina ist schon seit zwei Tagen auf Sylt, aber ich habe sie erst einmal kurz gesehen. Sie hat was Besseres zu tun.«

Erik runzelte die Stirn, er verstand kein Wort. »Besseres?«

»Sie nutzt die Gelegenheit, sich mit ihrem Lover zu treffen und ein paar schöne Tage mit ihm zu verbringen.« Wieder lachte Svea. »Die Liebe muss noch geheim bleiben. Er arbeitet in einer großen Firma. Elektrotechnik, glaube ich. Seit Jahren ist er mit der Chefsekretärin liiert, die große Pläne mit ihm hat. Du weißt schon, Ehe, Kinder, Familie ...«

Erik kam nicht gegen die Verächtlichkeit an, die er in sich spürte. »Er will sich nicht binden und hält die Frau so lange hin, bis sie zu alt ist, um Kinder zu bekommen?«

Svea gefiel sein Sarkasmus nicht. Sie sprach jetzt mit Erik wie eine Lehrerin, die von einem Schüler eine unbequeme Antwort bekommen hat, nachdem sie vorher um freie Meinungsäußerung gebeten hatte. »Er hat die Chance auf einen Karrieresprung, kann stellvertretender Direktor werden. Da darf er sich nicht ausgerechnet jetzt von seiner Freundin trennen. Er sagt, sie würde ihm das Leben zur Hölle machen und dafür sorgen, dass sein Ruf ruiniert ist, noch bevor er die Stelle sicher hat. Sobald er auf dem Chefsessel sitzt, wird er sich zu Tina bekennen.«

»Oder einen neuen Grund finden, um sie hinzuhalten. Beide Frauen! Solche Typen kennt man doch.« Nun aber zog Erik es vor, das Thema zu wechseln, weil es ihm so vorkam, als könnte das Schicksal von Sveas Cousine diesen Abend verderben. »Was kochst du da?«, gab er sich interessiert.

»Polenta mit Reis und Bohnen«, antwortete sie, während sie eine Masse in eine Auflaufform gab, die ihm suspekt war. Obwohl die Tomaten, die Zwiebeln und der Knoblauch, die in der

Pfanne dünsteten, genauso gut rochen wie bei Mamma Carlotta, war er froh, dass er nicht hungrig war. Zwar schalt er sich wegen seiner Vorurteile und schämte sich dafür, dass er jedes vegane Essen so misstrauisch beäugte, als sollte er vergiftet werden, aber er hob trotzdem abwehrend die Hände. »Ich habe schon gegessen.«

Sie sah ihn erstaunt an. »Deine Schwiegermutter hatte noch Zeit für Antipasti, Primo, Secondo und Dolce?«

»Ich war mit Sören bei Gosch.« Dass die Zeit nur für ein Fischbrötchen gereicht hatte, erwähnte er nicht ausdrücklich. Und erst recht verriet er nicht, dass er auf keinen Fall mit leerem Magen bei Svea hatte erscheinen wollen. Dann wäre er am Ende noch in Versuchung geraten, dieses vegane Mahl zu sich zu nehmen. Bisher hatte ihm nichts, was Svea ihm vorsetzte, geschmeckt. Ob das ausschließlich an ihrer Ernährungsentscheidung lag, mochte er nicht beurteilen. Vielleicht war sie einfach eine schlechte Köchin, so wie eine der vielen Tanten Lucias in Italien, deren Essen er auch nicht gemocht hatte, weil alles gleich und fast alles fade schmeckte. Wenn ein Besuch bei Tante Fabiella anstand, hatte Erik immer dafür gesorgt, dass er keinen Hunger hatte. Genauso hielt er es bei Svea.

»Meine Schwiegermutter musste heute Berge von Nudeln kochen und einen riesigen Topf Tomatensoße. Da war keine Zeit für ein Abendessen.«

Svea grinste. »Und jetzt hat sie damit zu tun, auf Sitte und Anstand zu achten?«

Erik hatte das Bedürfnis, seine Schwiegermutter zu verteidigen. »In ihrem Bergdorf gehen die Uhren anders als auf Sylt.« Er sah zu, wie Svea die schwarzen Bohnen zu den Tomaten gab und alles verrührte. »Habt ihr euch verstanden, als ihr gemeinsam zu Freesemann gefahren seid?«

Svea sah ihn nicht an, während sie antwortete: »Ich glaube, sie hätte gerne mehr Einfluss genommen.«

»Ja, ihre Hilfe hat manchmal viel Ähnlichkeit mit Einmischung.« Er erkannte an Sveas Miene, dass sie glaubte, was auch er selbst anfangs angenommen hatte, als er seine Schwiegermutter kennenlernte. Damals war er froh gewesen, dass er nicht mit ihr in einem Haus wohnen und nicht einmal häufige Besuche fürchten musste. Sie war ihm dominant erschienen, rechthaberisch und intolerant. Heute sah er sie anders. Er wusste mittlerweile, dass es ihr immer um das Wohl ihrer Familie ging, dass sie dabei nur manchmal übers Ziel hinausschoss, dass jede ihrer Emotionen so bombastisch daherkam, dass man als Friese darüber erschrak und sich vor ihnen in Sicherheit brachte, dass sie aber dennoch ehrlich waren. Bei Lucia war es ja genauso gewesen, sie hatte viel Ähnlichkeit mit ihrer Mutter gehabt. Aber Lucia hatte er geliebt und nie an ihr gezweifelt. Ihre Mutter zu lieben, das hatte er erst lernen müssen, bevor er ihre überdimensionierten Gefühle ertragen konnte.

Der Gedanke fuhr wie ein kurzer Schreck durch seinen Körper, wie das Zurückzucken vor etwas, das tückisch erschien und dann doch ganz harmlos war. Liebte er seine Schwiegermutter wirklich? Er zog sein Taschentuch hervor, schnäuzte sich umständlich und strich lange seinen Schnauzer glatt, während Svea sich darauf konzentrierte, die Avocado zu zerdrücken und mit Zitronensaft und Knoblauch zu vermischen. Dann erst gestand er sich ein, wie viel ihm Mamma Carlotta bedeutete. Von Liebe sollte in seinen Gedanken nicht noch einmal die Rede sein – wie hatte er nur dieses große Wort in Verbindung mit seiner Schwiegermutter bringen können? –, aber dass sie ihm ans Herz gewachsen war, durfte er sich eingestehen. Dass sie ihm oft schrecklich auf die Nerven ging, war eine andere Sache.

»Toleranz scheint nicht gerade ihre Stärke zu sein«, sprach Svea in seine Gedanken hinein.

Er gab ihr mit einem Kopfnicken recht. Nein, Svea konnte nicht damit rechnen, dass Mamma Carlotta ihren Veganismus tolerierte, sie würde immer wieder versuchen, ihr ein tierisches Produkt auf den Teller zu schmuggeln und sich dann darüber beklagen, dass Svea es liegen ließ. Andererseits war Mamma Carlotta durchaus tolerant, wenn es um Mitglieder der Familie ging. Wiebke hatte für sie dazugehört, und was sie getan hatte, war von ihr immer akzeptiert oder wenn nötig beschönigt worden.

»Wie war dein Tag heute?«, fragte Svea nun, als wollte sie sich selbst vom Tod ihrer Mutter und der bevorstehenden Beerdigung ablenken.

Eigentlich hatte Erik sich geschworen, sich ganz auf Svea und ihre Probleme einzulassen und seinen Beruf zu vergessen. Er hatte Schuldgefühle, weil er ihr in dieser schwierigen Situation nicht hatte beistehen können. Ihm war klar, dass er viel mehr Zeit für sie aufbringen müsste, wusste aber gleichzeitig, dass es nicht möglich war. Trotzdem konnte er jetzt der Versuchung nicht widerstehen, sich seine Sorgen von der Seele zu reden. Manchmal half es ja, laut zu resümieren, um zu einer klaren Beurteilung zu kommen, und oft konnte ein Außenstehender den Finger eher in die Wunde legen als er selbst, dem die Distanz zu dem Fall verloren gegangen war.

Er erzählte also, dass Wyn Wildeboer vor dem Zugriff der Polizei geflüchtet war, dass der Unfall, den er mit Sören beobachtet hatte, vermutlich provoziert worden war, dass Wyn Wildeboer die Gelegenheit zur Rache genutzt haben könnte und dass er selbst nach wie vor keine Ahnung hatte, wer die tote Frau war, die als Klara Seeberg ausgegeben worden war. Und wo Heio Seeberg und die Pflegerin steckten, wusste er auch nicht. Der einzige Erfolg war, dass sie nun den Namen der Pflegerin kannten. Aber da sie polizeilich nicht bekannt war, half ihnen das nicht weiter. »Ich habe mit dem Seniorenheim telefoniert, in dem sie vorher gearbeitet hat. Sie war eine total unauffällige Mitarbeiterin.«

Zunächst hatte er die Leiterin des Heims befragt, dann auch

eine Pflegerin, mit der Tabea Helmis befreundet gewesen war. So hatte es die Heimleiterin jedenfalls behauptet, die Pflegerin sah das etwas anders. »Ja, wir hatten mehr Kontakt als zu anderen. Aber befreundet? Nein! Ich habe von ihr nichts mehr gehört, seit sie weggegangen ist.« Tabea habe immer gesagt, sie wolle etwas erleben, ein Abenteuer, irgendetwas, das ihre Mutter niemals gewagt hätte. »Das war dann wohl ihr Entschluss, eine private Pflegestelle anzunehmen. An einem interessanten Ort. Die Aussicht, auf Sylt zu arbeiten, hat ihr gefallen. Sie sah sich wohl am Strand liegen, im Meer baden, in den Dünen spazieren gehen ...« Sie lachte spöttisch. »Ob das geklappt hat? Vermutlich hat sie zwischendurch auch mal arbeiten müssen.«

»Wie ist sie an die Stelle gekommen?«, hatte Erik gefragt.

»Eine Zeitungsanzeige! Sie hat gekündigt, ohne mit diesem Herrn Seeberg persönlich gesprochen zu haben. Ohne die kranke Frau vorher zu sehen oder sich anzugucken, wo sie leben würde. Also... ich hätte das nicht gewagt.«

»Und dann haben Sie nichts mehr von ihr gehört?«

»Eigentlich wollte sie sich melden, zumindest mal eine Ansichtskarte schreiben. Aber nichts.«

Erik sah Svea an, die ihm aufmerksam zugehört hatte. »Mysteriös, dieser Fall!«

»Vielleicht ist sie dahintergekommen, dass die todkranke Frau Seeberg in Wirklichkeit eine andere ist. Dann wollte sie den Ehemann anzeigen, und er ...« Svea fuhr sich mit der Handkante über die Kehle.

»Er hat sie umgebracht?« An diese Möglichkeit hatte Erik auch schon gedacht. »Aber wo ist ihre Leiche? Und wo ist Heio Seeberg? Und wo ist Klara Seeberg?«

»Puh!« Svea pustete sich eine Haarsträhne aus der Stirn. »Dein Job ist wirklich nicht leicht. Da plage ich mich doch lieber mit Hotelbesitzern ab, die keinen Geschmack haben.« Sie sah in den Backofen und stellte fest, dass die Polenta beinahe fertig war. »Du musst sie wenigstens probieren. Eigentlich habe ich sie doch für dich gemacht.«

Erik nickte, ohne sie anzusehen und ohne laut zu seufzen. Natürlich, das musste er wohl. Wenn Svea sich seinetwegen so viel Mühe gemacht hatte ...

Sie verteilte gerade die zerdrückten Avocados über den Auflauf und streute Meersalz darüber, als sein Handy klingelte. Auf dem Display erschien der Name von Enno Mierendorf. »Hoffentlich ist nichts passiert«, murmelte er, ehe er das Gespräch annahm.

Eine Frau war es, die aus dem Eingang der Vogelkoje herausstürzte. Es war nicht die, die Mamma Carlotta zuvor im Kreis der Männer gesehen hatte. Sie blickte sich um, als suchte sie Hilfe, dann aber, als sie bemerkte, dass sie nicht allein war, schloss sie den Mund, der noch zum Schrei geöffnet war, ließ die Arme hängen und wartete schweigend, bis ein Mann hinter sie trat und die Arme um sie legte.

»Was ist los, Dani?«, hörte Mamma Carlotta jemanden rufen. Und sie sah, dass die Männer zu der jungen Frau blickten, die sich aus ihrem Kreis gelöst hatte, um auf den Eingang der Vogelkoje zuzugehen. Vermutlich hatte sie zu diesem Zeitpunkt schon etwas gehört, Schreie oder Rufe, war sich aber noch nicht sicher gewesen.

Vorsichtig zog Mamma Carlotta sich an der Karosserie des Geländewagens in die Höhe und schaute über die Motorhaube. Die Männergruppe löste sich auf, einige machten ein paar Schritte auf den Eingang der Vogelkoje zu, wo das Paar noch immer stand und nicht zu wissen schien, was zu tun war. Aber nur langsam, zögernd kamen zwei, drei näher, die anderen blieben stehen und beobachteten aus der Ferne, was geschah. Die Scheinwerfer des Lieferwagens erloschen jedoch nicht, der Fahrer schien zu spüren, dass etwas im Gange war. Er öffnete die Tür vorsichtig, beinahe geräuschlos, als hätte er Angst, gehört zu werden. Das Licht im Wageninneren sprang an. Und das Gesicht, das nun zu erkennen war, war Mamma Carlotta nur allzu vertraut. Tove Griess!

»Was ist los?«, rief einer der jungen Männer erneut, ohne einen Schritt auf die Frau zuzumachen, die schreiend aus der Vogelkoje gelaufen war.

Ihr Begleiter war es, der zurückrief: »Eine Leiche! Da drinnen! Wir haben sie gesehen.«

»Ach, du Scheiße!«

»Ihr müsst die Polizei rufen.« Das war die Stimme des Mannes, dem der Geländewagen gehörte.

»Haben wir längst. Die muss gleich hier sein.«

Mamma Carlotta sah, wie alle zurückwichen, ein, zwei Schritte nur, bei manchen war es auch nur eine Neigung des Körpers nach hinten. Wie ein Blitz durchfuhr sie die Angst, der Fahrer des Geländewagens könnte zu seinem Auto laufen, sich hineinwerfen und davonbrausen. Sie musste eine Entscheidung treffen. Auf der Stelle! Noch richtete sich die allgemeine Aufmerksamkeit auf das Paar, das auf eine Leiche gestoßen war, aber das konnte in wenigen Augenblicken anders sein. Sie musste es riskieren. Jetzt oder nie!

Geduckt lief sie los, den Blick auf das Geschehen vor dem Eingang gerichtet. Tove Griess war gerade aus seinem Wagen geklettert, hatte die Tür aber offen gelassen. Das Licht brannte noch. Sechs, sieben, acht Schritte! Nun war sie hinter dem Lieferwagen in Sicherheit. Vorsichtig sah sie um die Ecke und atmete erleichtert auf. Niemand hatte sie bemerkt.

Aus der Ferne war nun das Martinshorn zu hören, das wie eine starke Windbö herankam, wie der Vorbote eines Sturms, vor dem sich alle in Sicherheit bringen wollten. Die Männer liefen zu ihren Wagen, Motoren sprangen an, ein Auto nach dem anderen setzte sich in Bewegung. Vor der jungen Frau, die Dani genannt worden war, stoppte ein Wagen, und sie sprang hinein. Er fuhr schon weiter, ehe sie die Beifahrertür geschlossen hatte. Auch der Motor des Geländewagens heulte auf, der Fahrer wendete und fuhr Richtung Kampen davon. Das Pärchen, das in der Vogelkoje auf eine Leiche gestoßen war, blieb zurück. Mit offenem Mund sahen sie den Autos hinterher.

Mamma Carlotta huschte an der rechten Seite des Lieferwagens entlang, während sie Toves Schritte hörte. Nun gab sie sich keine Mühe mehr, sich leise und unauffällig zu verhalten. Sie riss die Beifahrertür auf und saß schon auf dem Sitz, ehe Tove sich hinters Steuer schwingen konnte. Als er sah, dass er nicht allein war, entfuhr ihm ein erschrockener Laut. »Sie? Was machen Sie denn hier?«

Das Martinshorn näherte sich, das grelle Geräusch kam auf einer pfeilgeraden Linie heran, das flackernde Blaulicht schien es zu verfolgen. Erst als auch die Umrisse des Polizeiwagens zu erkennen waren, wurde es eins, das Licht und das entnervende Signal.

»Schnell weg«, keuchte Mamma Carlotta. »Avanti, avanti!«

Zunächst sah es so aus, als wollte Tove Griess darauf bestehen, erst den Grund dieses Überraschungsbesuchs zu erfahren, aber dann fiel ihm wohl auf, dass es wichtiger war, nicht gesehen zu werden, wenn die Polizei auftauchte. Mittlerweile hatte sich die Männergruppe komplett aufgelöst, sämtliche Autos fuhren Richtung Kampen, weg von dem nahenden Streifenwagen. Nur zwei Autos waren übrig geblieben, eins davon gehörte vermutlich dem Pärchen, das von einer Frauenleiche erschreckt worden war.

Tove drehte den Schlüssel, aber der alte Lieferwagen gab nur ein klagendes Geräusch von sich, der Motor sprang nicht an. »Verdammt!« Wieder und wieder versuchte er es, doch die Reaktion war immer die gleiche.

»Fahren Sie! Avanti!« Mamma Carlotta war den Tränen nahe. »Wie sollen wir erklären, was wir hier machen?«

Das Paar lief dem Streifenwagen winkend entgegen. Der Fahrer nahm das Gas weg und stellte das Martinshorn aus. Die

Stille, die sich auftat, zeigte erst, wie schmerzhaft das laute Tatütata gewesen war.

Tove versuchte es noch einmal, aber es half nichts: Sein Lieferwagen hatte im genau falschen Moment den Geist aufgegeben. Wütend warf er sich gegen die Rückenlehne, immer und immer wieder, und schlug im selben Rhythmus die flachen Hände aufs Lenkrad. »Verdammt, verdammt, verdammt!« Einen sehnsüchtigen Blick schickte er Richtung Kampen, wo die Rücklichter des letzten Wagens verschwanden.

»Was tun wir jetzt?« Wie versteinert saß Mamma Carlotta neben Tove und beobachtete gebannt, wie einer der Polizisten auf das Paar zuging. Der Mann zeigte aufgeregt zum Eingang der Vogelkoje, die Frau redete auf ihn ein und griff sogar nach seinem Arm, als hätte sie Angst, er könnte ihr nicht glauben. Sein Kollege war mittlerweile hinterm Steuer hervorgekommen und sah sich um. Er kümmerte sich nicht um die aufgeregte Zeugenaussage, sondern ging auf das Auto zu, in dem Mamma Carlotta kurz vorher zwei Köpfe gesehen hatte. Er klopfte an die Seitenscheibe der Ente, und sofort war ein erschrockenes Gesicht zu erkennen. Mit einer autoritären Geste verlangte er, dass die Fahrertür geöffnet wurde, dann sagte er ein paar Worte und drückte die Tür eigenhändig wieder zu.

»Ein Liebespaar«, rief er seinem Kollegen zu. »Zum Anziehen hatten sie keine Zeit mehr. Hier geht es nachts also immer noch zu, als leuchtete hier irgendwo ein rotes Herz.«

Dann wurde er auf Toves Lieferwagen aufmerksam und kam auf ihn zu. Verzweifelt drehte Tove noch einmal den Schlüssel, aber auch diesmal ohne Erfolg.

Mamma Carlotta saß da wie ein Kaninchen vor der Schlange und wagte kaum zu atmen. »Madonna«, flüsterte sie. »Was nun?«

Es war das erste Mal seit ihrer Bekanntschaft mit Tove, dass seine Geistesgegenwart ihrer eigenen weit voraus war. Und es war ebenfalls das erste Mal, dass sie von ihm derart überrumpelt wurde, dass sie nicht nur sprachlos, sondern auch wehrlos war…

Svea gehörte nicht zu den Frauen, die nörgelten, wenn der Beruf des Mannes private Planungen zunichtemachte. Ihr eigener Job hatte ja auch schon oft genug alles durcheinandergebracht. Für den Anruf eines Kunden ließ sie den Kaffee kalt werden und ein Eis bei Leysieffer schmelzen. Dass sie traurig war, war ihr trotzdem deutlich anzusehen. Erik tat es weh, dass er sie schon wieder allein lassen musste, und bereute nun, dass er viel zu viel von seinem Fall gesprochen hatte, statt mit Svea über ihre Mutter und ihre Kindheitserinnerungen zu reden. Er wusste aus eigener Erfahrung, dass der Tod eines Elternteils immer mit dem Zurückschauen auf die Vergangenheit zu tun hatte, auch auf das, was jahrelang keine Bedeutung gehabt hatte. Als er selbst in Sveas Lage gewesen war, hatte er Lucia an seiner Seite gehabt, der er sich anvertrauen konnte. Svea jedoch blieb allein. Ida feierte Carolins Geburtstag, und er selbst musste zu einem neuen Tatort. Obwohl Svea nichts unternahm, um ihn aufzuhalten, fühlte er sich schlecht, als er sah, wie sie am Fenster stand und ihm mit einer kleinen, schwachen Handbewegung nachwinkte. Ihr Lächeln, mit dem sie ihn aufmuntern wollte, bewirkte das Gegenteil. Es zerriss ihm das Herz.

Als er in die Westerlandstraße einbog, konnte er nur noch an das denken, was ihm bevorstand. Eine Leiche in der Vogelkoje! Das Naturreservat wurde nachts abgeschlossen, wie sollte dort ein Mord geschehen sein? Oder wie konnte jemand die Möglichkeit haben, eine Tote dort abzulegen? Erik spürte die Hoffnung in seiner Körpermitte, so intensiv wie großer Hunger oder ein zu gut gefüllter Magen. Vielleicht war es ja falscher Alarm, und er würde schon bald zu Svea zurückkehren können.

Als er an der Einbiegung in den Süder Wung vorbeikam,

nahm er den Fuß vom Gas und warf einen Blick zu seinem Haus, als könnte es sein, dass der Dachstuhl brannte oder ein Notarztwagen vor der Tür stand. Ärgerlich gab er wieder Gas. Er war doch entschlossen gewesen, sich nicht von seiner Schwiegermutter anstecken zu lassen. Hatte sich ihre völlig übertriebene Sorge nun etwa doch auf ihn übertragen? Er vertraute Carolin! Und er wusste, dass sie nicht zögern würde, ihn um Hilfe zu bitten, sollte die Party aus dem Ruder laufen. Aber sie hatte ihn nicht angerufen, also war alles in bester Ordnung.

Als er vor dem Haus ankam, in dem Sören wohnte, hatte er den Gedanken abgeschüttelt. Sein Assistent stand am Straßenrand und wartete auf ihn, das Gesicht mürrisch, mit zusammengekniffenen Lippen, als wollte er sich zwingen, seinen Zorn herunterzuschlucken. Allerdings gelang es ihm nicht.

»Ich hatte mir gerade eine Flasche Bier aufgemacht!«

»Tut mir leid«, gab Erik zurück. »Da hat sich doch wieder mal ein Mörder nicht an unsere Dienstzeiten gehalten.«

»Haha.« Sörens Humor hielt sich in Grenzen. »Was ist denn nun eigentlich passiert?«

Erik erzählte ihm, dass in der Vogelkoje eine Frauenleiche gefunden worden sei. »Ein Pärchen, das einen romantischen Spaziergang machen wollte, ist anscheinend darüber gestolpert.«

»Ich denke, die Vogelkoje wird nachts abgeschlossen.«

Erik sah stur geradeaus, um sich von Sörens schlechter Laune nicht anstecken zu lassen. »Abwarten! Wir werden ja gleich sehen, was passiert ist.«

Dass etwas geschehen war, konnten die beiden schon von Weitem erkennen. Ungewohnte Aktivität herrschte auf dem Parkplatz vor der Vogelkoje. Mehrere Autos standen dort, das Licht ihrer Scheinwerfer wurde ständig durchkreuzt von Personen, die hin und her liefen.

Erik stellte das Auto neben einem Bully ab, der zur KTU

gehörte. Kommissar Vetterich, der Leiter der Kriminaltechnischen Untersuchungsstelle, stand daneben und stieg gerade in seinen weißen Overall. Er nickte zum Eingang der Vogelkoje. »Die Kollegen sind schon vor Ort.«

Erik wollte losgehen, bemerkte aber den Kleinwagen, der auf den Parkplatz schlich, als hätte er Angst, sich dieser hektischen Betriebsamkeit zuzugesellen. »Wann will sich Dr. Hillmot endlich mal ein vernünftiges Auto zulegen?«, fragte er Sören.

»Vermutlich erst, wenn er hinterm Steuer eingeklemmt ist und nicht mehr hervorkommt. Wenn er nach dem Einsteigen einen Hamburger isst, kann es sein, dass sein Bauch genau den einen Zentimeter dicker ist, der ihn am Aussteigen hindert.«

Tatsächlich schien es, als wüsste der Gerichtsmediziner nicht, wie er sich aus seinem Auto winden sollte. Aber schließlich gelang es ihm doch mit einer dynamischen Linksdrehung seines Körpers, wenn es im ersten Moment auch so aussah, als würde er auf alle viere fallen und nicht zum Stehen, sondern ins Stolpern kommen. Doch Dr. Hillmot schien Erfahrungen mit dieser Form des Aussteigens zu haben. Er griff im letzten Augenblick zum Türholm und bremste damit seinen Schwung. Stöhnend dehnte er den Rücken, dann erst fühlte er sich stark genug für den ersten Schritt. »Die Leiche wird hoffentlich nicht in der Nähe des Deichs liegen. Dann bin ich ja eine halbe Stunde unterwegs. Oder darf ich ausnahmsweise …?« Er sprach den Satz nicht zu Ende. Ein Blick auf das schmale Tor der Vogelkoje reichte aus, um zu sehen, dass das Befahren des Naturschutzgeländes mit dem Auto absolut nicht möglich war. Außerdem schienen ihm nun die Holzstege einzufallen, die sich durchs Dickicht schlängelten, und die vielen Gräben und zugewucherten Pfade.

Erik reagierte nicht auf das Lamentieren, er kannte es zur Genüge. Dr. Hillmot machte sich immer erst an die Arbeit, wenn er sich ausgiebig darüber beschwert hatte, dass seine

Bandscheiben, seine verkalkten Schultern und erst recht die Kniegelenke den Anstrengungen seines Berufs nicht mehr gewachsen seien. Erst als das erledigt war, holte er seinen Koffer aus dem Auto und prustete dem Eingang der Vogelkoje entgegen.

Erik wollte ihm folgen, wurde dann aber von einer Beobachtung aufgehalten. Am Rande des Parkplatzes stand ein Lieferwagen, der aussah, als hätte er schon bessere Tage erlebt. An der Seite prangten ein paar Buchstaben, der komplette Schriftzug war längst nicht mehr zu erkennen. Erik las ›K...tens Ka...te‹, die kleineren Angaben zur Adresse und Telefonnummer waren nicht zu entziffern, trotz der brennenden Scheinwerfer des Wagens, der davor stand. Ein Streifenwagen, nicht etwa der Pannendienst! Hennes, Streifenpolizist aus List, zog gerade ein Fremdstartkabel von seiner aufgeklappten Motorhaube zu der des Lieferwagens.

»Tove Griess?«, murmelte Erik. »Was macht der denn hier?«

Sören interessierte eine ganz andere Frage: »Leisten die Kollegen nun auch Pannenhilfe?«

Sie gingen auf den uniformierten Kollegen zu, der Tove Griess gerade aufforderte, sich hinters Steuer zu setzen und den Anlasser zu betätigen. Kurz darauf sprang der Lieferwagen an. »Alles klar«, rief Hennes. »Sie brauchen eine neue Batterie.«

»Danke!« Tove Griess sah konsequent über Erik und Sören hinweg. »Da habe ich ja echt Glück gehabt.«

»Jetzt müssen Sie eine Weile fahren, bis die Batterie wieder aufgeladen ist, sonst erleben Sie morgen früh dasselbe noch einmal.«

Tove Griess zog die Tür ins Schloss und wartete, bis das Fremdstartkabel entfernt worden und seine Motorhaube geschlossen war. Dann setzte er unverzüglich und sehr rasant zurück, noch immer, ohne Erik und Sören zu beachten. Erik hob die Hand und rief: »Stopp!«

Sören machte sogar ein paar schnelle Schritte, als wollte er den Lieferwagen verfolgen und anhalten. Aber Tove Griess hatte ihn schon auf die Straße gesetzt, knallte hörbar den ersten Gang rein und gab ordentlich Gas.

»Hat der uns nicht gesehen?«, fragte Erik stirnrunzelnd.

»Der wollte uns nicht sehen«, gab Sören zurück.

Hennes sah dem Wagen grinsend hinterher. »Je öller, je döller.«

»Was wollen Sie damit sagen?«, fragte Erik.

Hennes grinste noch breiter. »Der hatte wohl auf ein Schäferstündchen gehofft, aber wir haben ihm einen Strich durch die Rechnung gemacht.«

Erik sah ihn ungläubig an. »Tove Griess? Mit einer Frau?«

Hennes zeigte zu dem 2CV, der sich an den Rand des Parkplatzes gedrängt hatte, als wollte es eins werden mit der Dunkelheit. »Die beiden haben ein bisschen länger gebraucht. Bis die ihre Klamotten zusammengesucht haben, das hat gedauert. Jetzt sitzen sie da drin mit roten Köpfen und erzählen jedem, der vorbeikommt, sie hätten nichts gesehen und gemerkt.« Hennes lachte leise. »Ich glaub's ihnen sogar.«

Erik war immer noch bei dem, was er zuvor gehört hatte. »Sie wollen wirklich sagen, Tove Griess hatte eine Frau bei sich?«

Hennes nickte. »Die knutschten, als gäbe es kein Morgen.«

»Ich habe gar keine Frau gesehen.«

»Kein Wunder, die ist sofort auf Tauchstation gegangen. Hat sich ganz fürchterlich geschämt. Ist vermutlich verheiratet. Als wir kamen, wollten sie natürlich abhauen. Aber der Motor sprang nicht an.«

»Ich hätte mit ihm reden müssen. Vielleicht hat er was gesehen.«

Hennes bemerkte den Vorwurf in Eriks Stimme und sah betreten drein. »Ich habe die beiden gefragt. Denen ist nix aufgefallen. Das klang echt glaubhaft.«

»Einem Typen wie Tove Griess glauben Sie?«

»Ich habe keine Ahnung, wer das ist.« Hennes reagierte nun eingeschnappt. »Wenn Sie seinen Namen kennen, können Sie ihn ja morgen selbst fragen.« Er verstaute das Fremdstartkabel, als wäre er froh, Erik und Sören nicht mehr ansehen zu müssen. »Die beiden jungen Leute haben übrigens erzählt, dass sie hier nicht allein waren. Mehrere Männer und ein Mädchen hatten sich hier getroffen. Als wir kamen, haben sie sich davongemacht.«

»Nehmen Sie die Personalien auf.« Erik sah sich um. »Wer hat die Tote entdeckt?«

»Ein Mann und eine Frau. Sie haben zufällig bemerkt, dass der Eingang offen war, und sind durchspaziert. Jetzt führen sie die Kollegen dorthin, wo die Leiche liegt.« Er zeigte in die Vogelkoje hinein. »Immer dem Licht nach.«

Erik ging zum Eingang, betrachtete kurz das aufgebrochene Schloss, winkte dann einen Mitarbeiter der KTU heran und verlangte, dass er umgehend sämtliche Spuren sicherte. »Schauen Sie sich auch die nähere Umgebung sehr genau an.«

Während Sören sich schon an den Lichtern der KTU orientierte und den Weg entlanglief, wandte sich Erik noch einmal um und sah zu dem Fleck, an dem der Lieferwagen von Käptens Kajüte gestanden hatte.

Ungeduldig rief Sören, als er merkte, dass Erik nicht folgte: »Was ist, Chef?«

Erik drehte sich um und ging zu ihm. »Können Sie sich das vorstellen, Sören? Eine Frau, die mit Tove Griess turtelt?«

»Auf jeden Pott passt ein Deckel.« Sören fand, dass sie Wichtigeres zu tun hatten, als sich um die Liebesgeschichten anderer Leute zu kümmern. Und wenn das so war, vergaß er manchmal, dass er seinen Chef vor sich hatte. »Nun kommen Sie endlich!«, rief er ungeduldig. »Wir sind zum Arbeiten hier! Was geht uns Tove Griess an? Nichts! Erst recht nicht die Tussi, die sich mit dem einlässt.«

Erik folgte ihm bereitwillig. »Trotzdem werde ich morgen einen Besuch in Käptens Kajüte machen. Vielleicht hat Tove Griess doch was gesehen.«

Tun Sie das nie wieder! Nie! Niemals! Mai più!«
»Regen Sie sich ab, Signora. Meinen Sie etwa, mir hätte das Spaß gemacht? Sagen Sie mir lieber, wie Sie in mein Auto gekommen sind!«

Aber Mamma Carlotta war noch viel zu aufgewühlt für sachliche Erklärungen. Was sie soeben erlebt hatte, war ihr direkt ins Sprachzentrum gefahren, wo fast alles landete, was sie echauffierte, woraufhin sie entweder so schnell und lange redete, bis ihr die Luft wegblieb, alles durcheinanderwarf und das Wichtige nicht mehr den Bagatellen unterscheiden konnte oder verstummte, was aber nur eine theoretische Möglichkeit war. Tatsächlich hatten weder Tove noch sie selbst es je erlebt, dass sie im Angesicht irgendeiner Ungeheuerlichkeit überhaupt kein Wort mehr herausbrachte.

»Wie konnten Sie nur? Das ist ... una impertinenza. Eine Unverschämtheit!«

»Nun hören Sie schon auf zu meckern. Was meinen Sie, was die Polizei mit uns gemacht hätte, wenn ich nicht auf diese Idee gekommen wäre? Vorladung, Verhör, Verdächtigungen! Also, ich kann so was nicht gebrauchen. Sie etwa? Oder haben Sie nicht mitgekriegt, dass da eine Leiche gefunden worden ist?«

Mamma Carlotta wehrte sich dagegen, eine von Toves Fragen zu bejahen. Alles in ihr schrie »No!«, egal, was Tove sagte. Sie war dagegen! Komplett dagegen, und zwar gegen alles! »Stellen Sie sich vor, man hätte mich erkannt. Was wäre gewesen, wenn mein Schwiegersohn ...?«

»Schluss, Signora! Sie hätten ja nicht mitzumachen brauchen.«

»Mitmachen?« Dieses Wort brachte Mamma Carlotta noch

weiter in Aufruhr. »Ich habe nicht mitgemacht, ich habe ... das war Gewalt. Violenza!«

»Nun machen Sie mal 'nen Punkt. Haben Sie vergessen, dass ich Ihnen gerade den Arsch gerettet habe?«

»Den ...?« Nun verschlug es Mamma Carlotta doch die Sprache, wenn auch nur kurz. »Was ist das für ein Wort?«

»Wollen Sie wirklich, dass ich es Ihnen genauer erkläre? Nicht, dass Sie hinterher wieder meckern, weil Sie es doch nicht hören wollten. Genauso, wie Sie sich erst in mein Auto flüchten und sich dann darüber aufregen, dass ich Sie aus dem Schlamassel raushole.«

»Schla... come?« Aber sie winkte ab, ehe Tove zu Erklärungen ansetzen konnte. Sie wollte nichts mehr hören von seinen Ausflüchten, Beteuerungen und Rechtfertigungen. Was Schlamassel bedeutete, konnte sie sich auch selbst erklären.

Die Dunkelheit lichtete sich, als Kampen in Sicht kam, stieg plötzlich auf, wo die Amüsiermeile glitzerte, und fiel wieder herab, als es stadtauswärts ging. Mamma Carlotta beruhigte sich allmählich. Der Schreck, die Angst, der Schock, das quälende Schamgefühl – auch das stieg nun alles auf, verließ den engen Brustkorb und verbündete sich ganz allmählich mit der Erleichterung, die sie vor Empörung zunächst gar nicht hatte zulassen wollen.

Als Tove sie einfach an sich gezogen und geküsst hatte, war in ihr eine Menge durcheinandergeraten. Ein Überfall! So hatte sie es empfunden. Und dazu noch etwas, was sie leider in ihrem Dorf nicht würde erzählen können, was die Angelegenheit noch schlimmer machte. Wenn, dann hätte sie hundertmal betonen müssen, dass sie zu konsterniert gewesen war, um zu reagieren. So wie damals Signora Esposito, der ein Maskierter die Kasse ihres Alimentari ausgeräumt und sie dabei mit der Pistole bedroht hatte. Eine Spielzeugpistole, aber davon hatte sie später nichts wissen wollen. Sie bestand darauf, dass es sich um einen Revolver gehandelt hatte, und brachte später sogar gelegentlich ein Maschinengewehr ins Spiel. Dass ihr am Ende auch das niemand mehr glaubte, was am Anfang noch Gewissheit gewesen war, brachte Signora Esposito noch heute in Wallung. Und Mamma Carlotta ging es ähnlich. Schon in diesem Augenblick erschien ihr das, was sie soeben erlebt hatte, wie ein schwerer Angriff auf Leib und Leben. Und bereits jetzt, wenige Minuten später, kam es ihr ein bisschen so vor, als hätten Toves Hände ihren Hals umklammert und als hätte er ihr Drohungen ins Ohr gezischt, sodass sie es nicht gewagt hatte, sich zur Wehr zu setzen. Dass sie in Wirklichkeit nichts getan hatte, um ihn abzuwehren, musste sie unbedingt schleunigst vergessen. Ebenso wie seine feuchten Lippen, seinen Atem, der nach dem Frittierfett in seiner Imbissstube schmeckte, seinen bratwurstschweren Körpergeruch, der auch in seiner Kleidung steckte. Das alles hatte sie derart überrumpelt, dass sie zu keiner Objektivität fähig war. Dass er sie damit tatsächlich gerettet hatte, hätte sie am liebsten abgestritten. Obwohl sich dieser Gedanke nun doch derart aufdringlich an sie heranmachte, dass sie wohl nicht mehr drum herumkommen würde. Ja, Tove Griess hatte recht. Dass der Polizist sie für ein Liebespaar hielt, hatte sie vor unangenehmen Fragen verschont. Zwar hatte er wissen wollen, ob sie etwas beobachtet hätten, sich aber genauso schnell wie bei dem anderen Pärchen zufriedengegeben, als Tove mit einem schmierigen Grinsen erklärte, er hätte nichts anderes als die Frau neben ihm gesehen. Sie hatte den Polizisten lachen hören, der augenscheinlich Verständnis dafür hatte, dass sie sich abwandte und ihr Gesicht versteckte. »Dann lassen Sie sich mal nicht weiter stören.«

Zu seinem Kollegen hatte er etwas gesagt, was Mamma Carlotta nicht verstehen konnte, aber der Tonfall und die Körperhaltung des Polizisten machten klar, dass es etwas Despektierliches gewesen war. Kein Wunder! Wenn sich zwei in ihrem Alter auf einem dunklen Parkplatz in einem alten Lieferwagen küssten, dann durfte sie sich nicht wundern, dass man sich über sie lustig machte. Ja, eigentlich hatten sie insgesamt großes Glück gehabt. Es hatte sich sogar jemand gefunden, der Toves altersschwacher Autobatterie auf die Sprünge half. Das war ebenfalls mehr, als sie hatten erwarten können. Hilfe von der Polizei, mit der Tove sonst nichts zu tun haben wollte! Ein geradezu unfassbares Glück. Aber in Panidomino würde sie von dieser Geschichte kein Wort verlauten lassen. Sicher war sicher!

Noch immer wollte sie Tove für das, was er getan hatte, keine Anerkennung zollen. Dass ein Mann wie er überhaupt wusste, wie man küsste, versetzte sie schon in Entrüstung. Und dass eine seiner großen Pranken, die er vermutlich nicht einmal gewaschen hatte, als er Käptens Kajüte abschloss, nach ihrer Brust gegrabscht hatte, musste sie unbedingt vergessen. Sie wollte auch nicht darüber diskutieren, dass diese Geste notwendig gewesen war, um ihrer Notlüge Glaubhaftigkeit zu verleihen.

»Was hatten Sie hier eigentlich zu suchen?«, fragte sie aufgebracht.

Tove reagierte nicht minder gereizt. »Haben Sie mir nicht ausdrücklich aufgetragen, den Autorennen ein Ende zu machen? Ich wusste von dem Treffen heute Abend. Bisher liefen die Rennen von der Buhne 16 bis zur Vogelkoje. Dort wurde gewendet, und dann ging's zurück. Die nächsten Rennen sollen zwischen List und der Vogelkoje stattfinden. Der Parkplatz soll Start und Ziel sein. Ich wollte den Jungs sagen, dass jetzt Schluss sein muss. Oder ...« Er nahm den Fuß vom Gas und ließ den Lieferwagen auf den Kreisverkehr vor Feinkost Meyer zurollen. »Zumindest sollten sie erfahren, dass die Wetten nicht mehr in Käptens Kajüte stattfinden können.« Er schlitterte, ohne zu bremsen, rechts aus dem Kreisverkehr, sodass Mamma Carlotta sich am Türgriff festhalten musste, weil sie sich nicht angeschnallt hatte. »So wollten Sie es doch haben, oder?«

Ja, so hatte sie es haben wollen. Ihre ganze Empörung fiel

mit einem Mal in sich zusammen, als hätte jemand ein Ventil geöffnet und die Luft rausgelassen. Ihr Ärger wurde schlaff und schrumpelig.

»Das hätte mich beinahe den Kopf gekostet«, schimpfte Tove weiter. »Wenn die Jungs nicht vorher abgehauen wären, hätte ich mit dringehangen. Oder meinen Sie, die Bullen hätten mir geglaubt, dass ich ausgerechnet heute Abend dafür sorgen wollte, dass die Autorennen in Zukunft nicht mehr stattfinden? Ihr Schwiegersohn hätte Namen hören wollen, ich hätte die anderen verraten müssen. Und morgen wäre es mit Käptens Kajüte vorbei gewesen! Wetten? Nee danke! Aber was hätte ich sonst sagen sollen? Dass ich mich nachts öfter mal auf den Parkplatz der Vogelkoje stelle und dumm in die Gegend gucke? Besonders gerne dann, wenn dort gerade eine Leiche gefunden wird?«

Nein, das hätte die Polizei einem Mann wie Tove Griess natürlich nicht geglaubt. Wenn Erik begriffen hätte, dass das konspirative Treffen auf dem Parkplatz der Vogelkoje eine Zusammenkunft der Autorennfahrer war, wäre Tove nicht ungeschoren davongekommen. Von der Gegenwart Mamma Carlottas in seinem Lieferwagen ganz zu schweigen. Tove hatte recht. Sie musste froh sein, dass alles so gekommen war. Und sie musste ihm sogar dankbar für seine Geistesgegenwart sein. Durch sein schamloses Verhalten hatte er sie beide gerettet. Unerträglich, dass sie das nun eingestehen musste. Genau genommen müsste sie sich sogar bei ihm bedanken.

Tove bremste scharf, als sie an der Einbiegung in den Süder Wung ankamen. »Besser, ich lasse Sie hier raus.«

Sie öffnete die Tür, zögerte ... dann rang sie sich ein »Grazie« ab, sprang heraus und schlug die Tür zu. Unglücklicherweise war das Fenster der Beifahrertür nicht ganz geschlossen, sodass sie leider hören musste, was Tove ihr nachrief: »Übrigens schmecken Sie ganz lecker, Signora! Und Sie fühlen sich verdammt gut an!«

Sie sah ihn grinsen und meinte sogar, sein meckerndes Lachen zu hören, als er davonfuhr. Wütend blickte sie ihm nach, einerseits empört über seine unverschämten Worte, andererseits heilfroh, dass sie ihm wieder böse sein und die Dankbarkeit vergessen konnte. Dieses Gefühl war viel leichter zu ertragen.

Der schmale Weg wurde auf der linken Seite von einem winzigen Bachlauf begleitet, von rechts wuchsen Farne und dornige Ranken auf den Weg. Es war stockdunkel, trotz der Scheinwerfer der KTU, die weiter entfernt zu sehen waren. Dieser Weg war auch tagsüber düster, das Laub der hohen Bäume war sehr dicht, ihre Kronen wuchsen ineinander und bildeten ein undurchlässiges Blätterdach.

Die Erinnerung, die Erik plötzlich kam, zwickte ihn, und er hätte sie gerne abgeschüttelt wie eine lästige Dornenranke, die sich in seinem Pullover verfangen hatte. Aber es ging nicht. Sie verhakte sich in seinen Gedanken, er kam nicht davon los. Von der Erinnerung an Wiebke ...

Er war diesen Weg einmal mit ihr gegangen, an einem Spätsommertag, dem letzten sonnigen Sonntag des vergangenen Jahres. Er hatte ein freies Wochenende genießen können, Wiebke war nur für ihn nach Sylt gekommen, war nicht auf der Suche nach einer Sensationsstory gewesen. Die Kinder hatten nicht mitkommen wollen, so waren sie alleine in der Vogelkoje spazieren gegangen. Die Hochsaison war vorbei, nur wenige Touristen hielten sich in der Vogelkoje auf, alle anderen waren zum Strand gegangen, um die letzten Strahlen der Sonne zu genießen, während der Wind schon den Duft des nahen Herbstes mit sich führte. Erik hatte Wiebke an seine Seite gezogen, den Arm um sie gelegt und ihr erzählt, was es mit der Vogelkoje auf sich hatte. Ihr Gesicht stand ihm noch deutlich vor Augen, ihr Lächeln und ihr Schaudern, als sie erfuhr, dass noch bis 1913 in der Vogelkoje jährlich etwa fünfundzwanzigtausend Enten gefangen wurden, die den Inselbewohnern so manche warme Mahlzeit beschert hatten. Ein ausgeklügeltes System war es, das die Tiere übertölpelte. Erst wurden sie mit Lockenten in eine einladende Süßwasser-Teichlandschaft geholt und dann mit einem raffinierten Fang-Reusen-System daran gehindert zu fliehen. »1935 wurde die Koje unter Naturschutz gestellt«, hatte er Wiebke erklärt. »Seitdem gibt es Ausstellungen zur Naturgeschichte und einen Naturlehrpfad durch den Erlenbruchwald. Von dem herrlichen Ausblick übers Watt ganz zu schweigen.«

Wiebke hatte sich staunend umgesehen. »Wie groß ist die Vogelkoje eigentlich?«

»Fast fünf Hektar. Das ganze Naturschutzgebiet umfasst etwa zehn Hektar. Eine der vier Fangpfeifen wurde übrigens in den Achtzigerjahren nach dem historischen Vorbild wieder aufgebaut.« Es war schön gewesen, Wiebke von seiner Heimat zu erzählen, er hatte es genossen und sich gefreut, weil sie so aufmerksam zuhörte, als wäre er ein Interviewpartner, der ihr Informationen für einen interessanten Zeitungsartikel lieferte. Svea brauchte er mit solchen Erzählungen nicht zu kommen. Sie war auf Sylt geboren und aufgewachsen, sie wusste so gut wie Erik alles über ihre Insel.

Er war so in Gedanken versunken, dass er nicht merkte, als Sören nach links in einen schmalen Pfad einbog, und beinahe weitergelaufen wäre. Dabei wies ihnen das Licht ganz unmissverständlich die Richtung. Sören lief über Holzplanken voraus, jetzt schneller, als könnte er es nicht erwarten, zum Ziel zu kommen. Und kaum hatte Erik sich dem Verbrechen genähert, hatte er Wiebke vergessen und nichts anderes im Sinn als die Aufgabe, die ihm bevorstand. Anders als Sören blieb er ein paar Meter vorher stehen, als hätte ihn das Grauen, das er zu sehen bekommen würde, auf den Fleck gebannt. Aber so war es nicht. Polizeihauptkommissar Erik Wolf hatte viel Schreckliches gesehen, er fürchtete sich schon lange nicht mehr vor dem Anblick einer Leiche. Es war mehr die Angst vor der Erkenntnis, wozu

Menschen fähig sind, die ihn dazu brachte, kurz stehen zu bleiben. Außerdem war es ein Innehalten vor einem bedeutungsvollen Schritt. Er ging immer bedächtig und respektvoll auf einen toten Menschen zu, dessen Intimstes er antasten musste, der ihm wehrlos ausgeliefert war, noch wehrloser als dem Mörder. Außerdem ließ Erik immer den Gesamteindruck auf sich wirken, wollte nicht nur das Opfer sehen, sondern auch die Umgebung, in der es aufgefunden worden war. Dabei ging es ihm nicht um Spuren, dafür war die Kriminaltechnische Untersuchungsstelle zuständig, sondern um die Atmosphäre, die der gewaltsame Tod geschaffen hatte. Er glaubte, auf diese Weise den Tod riechen, die Angst spüren zu können und auch zu fühlen, wie der Hass des Täters gebrannt hatte.

Ein paar Meter entfernt, vor einer Bank, stand das Paar, das auf die Leiche gestoßen war, die Augen gebannt auf das gerichtet, was im grellen Licht der Scheinwerfer geschah. Erik gab Sören einen Wink, damit er sich um sie kümmerte. »Nehmen Sie die Personalien auf und schicken Sie die beiden nach Hause.«

Sören folgte seiner Anweisung, und Erik wandte sich wieder der Leiche zu. Dr. Hillmot versperrte ihm zunächst den Blick darauf. Er kniete vor ihr, beugte sich über sie, richtete sich aber auf, als er spürte, dass Erik hinter ihn getreten war. Er streckte den rechten Arm nach hinten aus, damit er ihm beim Aufstehen half, und stöhnte ausgiebig, als er endlich einen sicheren Stand hatte. »Erdrosselt«, stieß er atemlos hervor.

»Wann?«, fragte Erik.

»Vor etwa drei bis vier Stunden.«

»Also nachdem die Vogelkoje geschlossen worden war.«

»Dann ist es hier ja schlagartig leer. Nur im Restaurant ist zu dieser Zeit noch was los.«

»Tatwerkzeug?«

»Vermutlich ein festes Tuch.«

»Ist dies der Tatort?« Diese Frage richtete Erik an Kommissar Vetterich, den Leiter der KTU.

Vetterich schüttelte den Kopf. »Sieht nicht so aus. Mir scheint, sie ist hierhergeschleppt worden. Wir sichern gerade einige Schleifspuren.«

Die Tote lag auf dem Bauch. Obwohl Erik ihr Gesicht nicht sehen konnte, wusste er doch gleich, dass sie noch jung war. Sie trug einen grauen Jogginganzug mit pinkfarbenen Paspeln an Nähten und Kanten, dazu Turnschuhe mit rosa Schnürbändern. Man konnte meinen, sie sei beim Joggen von ihrem Mörder überrascht worden.

»Können wir sie umdrehen?« Erik sah erst Vetterich und dann Dr. Hillmot fragend an.

Beide nickten, und zwei KTU-Mitarbeiter machten sich daran, die tote Frau auf den Rücken zu legen, während hinter ihnen ein vertrautes Klappern darauf hinwies, dass der Sarg unterwegs war, der die Tote in die Gerichtsmedizin bringen würde.

Ihr Gesicht war bleich, ein Auge geschlossen, das andere weit aufgerissen. Nase und Stirn waren schmutzig, ebenso die rechte Wange, während die linke noch bleicher wirkte, als sie ohnehin war, weil sie sauber geblieben war. Die Drosselmarke war deutlich zu erkennen. Erik musste schlucken, als er die roten Spuren an dem weißen Hals sah. Eine doppelte Spur.

Dr. Hillmot schien zu ahnen, was Erik auffiel. »Beim Erdrosseln kommt es fast immer zur Bildung von zwei Strangulationsfurchen. Häufig rutscht das Tatwerkzeug nach, dadurch entsteht die Wunde doppelt.«

»Müssen wir einen männlichen Täter suchen?«

Dr. Hillmot dachte eine Weile nach, ehe er antwortete: »Nicht unbedingt. Zwar braucht man viel Kraft, aber wenn das Opfer überrascht wird und die Schlinge schnell zugezogen wird, tritt fast sofort Bewusstlosigkeit ein. Gegenwehr unterbleibt dann. Das sieht in diesem Fall ganz so aus. Es gibt auf den ersten Blick keine weiteren Verletzungen, das Opfer ist nicht mehr dazu gekommen, sich zu wehren. Sie müssen wissen, dass der

Vorgang des Erdrosselns etwa vier bis fünf Minuten dauert. Bei heftiger Gegenwehr, wenn das Opfer bei Bewusstsein bleibt, werden beide verletzt, Opfer und Täter.«

»Dann könnten wir DNA-Spuren am Opfer finden.«

»Wir werden natürlich auch die Kleidung untersuchen. Manchmal kniet sich der Täter während des Erdrosselns auf sein Opfer oder stützt sich mit dem Fuß ab.«

Erik hätte sich beinahe geschüttelt, schaffte es aber, kühl und sachlich zu bleiben. Er nickte, und Dr. Hillmot fuhr mit seinen Erläuterungen fort: »Für den Eintritt des Todes ist vor allem die unterbrochene Blutzufuhr verantwortlich. Im Gegensatz zum Erhängen, wo der Hals durch das Eigengewicht des Körpers zusammengeschnürt wird. Man erkennt auf den ersten Blick, ob ein Opfer erhängt oder erdrosselt wurde. Bei der Erdrosselung verläuft die Furche zirkulär, beim Erhängen steigt sie an.«

Während Dr. Hillmot redete, betrachtete Erik nachdenklich das Gesicht der Toten, das ihm mit einem Mal bekannt vorkam. Er begriff, dass er es schon mal gesehen hatte, und wurde bestätigt, als er hörte, dass Sören hinter ihm scharf die Luft einsog.

Er fuhr herum und starrte Sören an, der den Blick nicht von der Frau lassen konnte. »Ja«, stieß er hervor, »das ist sie.«

Mamma Carlotta schlich den Süder Wung entlang wie ein Einbrecher, der nicht gesehen werden wollte, oder eine Ehefrau, die auf Abwege geraten war und hoffte, dass ihr Mann nichts davon mitbekam. Und da sie an diesem Abend geküsst worden war, fühlte sie sich tatsächlich so ähnlich. Wenn Carolin und Felix davon wüssten! Wenn Erik eine Ahnung hätte, dass er beinahe seine Schwiegermutter im Auto des verrufenen Kneipenwirtes entdeckt hätte! Und das noch in einer absolut kompromittierenden Situation! Wie hätte sie ihm erklären sollen, warum sie im Lieferwagen von Tove Griess saß und sich von ihm küssen ließ? Ihr wurde übel bei diesem Gedanken. Heiliger Adone von Arezzo! Wenn er ihr jetzt half, ungesehen ins Haus zu kommen, und wenn er dafür sorgte, dass Carolin und Felix ihr Fernbleiben nicht bemerkt hatten, dann würde sie kein Wort über den Fehltritt von Signora Evangelisti verlieren, die sie am Abend vor ihrer Abreise nach Sylt in zärtlicher Umarmung mit dem Leiter des Postamtes von Città di Castello gesehen hatte. Sie war sogar drauf und dran, ein entsprechendes Gelübde abzulegen, besann sich dann jedoch anders, weil ihr plötzlich Pater Angelo in den Sinn kam, der Mönch, der täglich singend durch die Weinberge von Panidomino zog. Er hatte gerade ein Engagement an der Mailänder Scala erhalten, als er der Mafia in die Hände gefallen war. Und während er in seinem Gefängnis auf sein Ende wartete, gelobte er, auf seine Karriere als Tenor zu verzichten und stattdessen ins Kloster zu gehen, wenn der heilige Adone von Arezzo dafür sorgte, dass er befreit würde. Tatsächlich stürmte die Polizei schon tags darauf das Haus, und Angelo war gezwungen, sein Leben als Pater zu fristen und nur noch in der freien Natur statt auf einer großen Bühne zu singen. Zwar sagte er es nie laut und deutlich, aber Mamma Carlotta war ganz sicher, dass Pater Angelo dieses Gelübde bereute. Besser also, sie beließ es bei einem schlichten Versprechen, das notfalls dehnbar und auslegungsfähig war.

Die Musik war schon zu hören, als sie das Haus noch gar nicht sehen konnte, das Wummern der Bässe dröhnte auf die Straße. Leider standen ein paar Mädchen vor der Haustür, die rauchten, und neben dem Haus, in der Nähe des Fahrradschuppens, tanzten vier junge Männer Sirtaki und forderten die Mädchen lautstark auf, sich ihnen anzuschließen. Wie sollte sie ins Haus kommen, ohne gesehen und aufgehalten zu werden? Durch die Haustür? Unmöglich! Wenn sie dabei auf Carolin, Felix oder Ida traf, würde ihr eine Erklärung schwerfallen. Besser durch den Garten! Wer sie dort antraf, würde denken, dass sie den Zustand des Rasens kontrollierte und darauf aufpassen wollte, dass die Blumenbeete nicht zertrampelt wurden. Das würde ihrer Enkelin zwar nicht gefallen, aber immerhin würde sie das nicht in Erklärungsnöte bringen.

Sie wechselte auf die andere Straßenseite, wo es dunkel war und sich außerdem der Schutz parkender Autos bot. So ging sie am Haus und auch am Nachbarhaus vorbei und kehrte erst dort auf die richtige Straßenseite zurück. Mit dem harmlosesten Gesichtsausdruck, der ihr zur Verfügung stand, ging sie am Zaun der Familie Kemmertöns zurück und huschte, als die Luft rein war, durch die Gartenpforte der Nachbarn. Diese gingen früh schlafen, das wusste sie. Wenn sie auch an diesem Abend vermutlich nicht so bald zur Ruhe finden würden, lagen sie sicher schon im Bett. Morgen würden sie sich darüber beklagen, dass der Partylärm ihnen den Schlaf geraubt hatte, aber sie würden nichts tun, um ihn zu unterbinden. Dass Mamma Carlotta einen der beiden am Gartenzaun antraf, wo sie sich über die laute Musik beschwerten, war sehr unwahrscheinlich.

Und sie hatte recht. Im Nachbarhaus war alles dunkel, als sie durch den Garten schlich. Am Ende der Hecke, die die beiden Grundstücke voneinander trennte, gab es ein Loch, durch das Kükeltje oft schlüpfte, um sich von Frau Kemmertöns ein paar Leckerchen aus der Küche zu holen. Es war auch groß genug für eine italienische Mamma. Dort blieb sie stehen und witterte in Eriks Garten hinein. Auf der Hollywoodschaukel saßen drei Mädchen und schwatzten leise miteinander. Immer wenn sie kicherten, blickten sie zu ein paar jungen Männern, die mitten auf dem Rasen standen und ihre Coolness präsentierten. Keiner von ihnen würde Augen für Mamma Carlotta haben, wenn sie durch das Loch schlüpfte. Und wenn sie dann zu ihnen gehen und den überquellenden Aschenbecher nehmen und ins Haus tragen würde, hatte sie es geschafft. Sollte sie in den vergangenen zwei Stunden gesucht worden sein, würde sie sich damit rausreden können, dass sie im Garten auf ein besonders nettes junges Mädchen gestoßen sei, dessen Onkel in Italien lebte und in einer Firma arbeitete, deren Besitzer ein Ferienhaus in Panidomino besaß. Oder eine Tante, die eine entfernte Verwandte des Pfarrers war. So etwas glaubte ihr jeder, und dass sie sich über solche Zufälle gerne sehr ausgiebig unterhielt, wussten ihre Enkelkinder genau. Das Schlimmste, was ihr dann noch passieren könnte, war eine Rüge von Carolin, weil ihre Nonna die Gäste belästigte.

Als sie gerade die Gelegenheit für günstig erachtete, weil niemand in ihre Richtung blickte, wurde sie von einer Stimme zurückgehalten. Ein junger Mann stand in der Nähe der Hecke und telefonierte mit seinem Handy. Er gab sich Mühe, leise zu sprechen, aber Mamma Carlotta konnte ihn dennoch gut verstehen.

»Ich war da. Früher bin ich hier nicht weggekommen. Aber alles war voller Polizei, da habe ich gleich wieder die Biege gemacht.« Er lauschte eine Weile ins Telefon, dann sagte er: »Wir müssen darüber reden. Morgen in Käptens Kajüte. Was da mit Wyn abgeht…« Er sprach den Satz nicht zu Ende. »Solange die Bullen hinter ihm her sind, müssen wir vorsichtig sein. Er darf sich nicht auf der Straße blicken lassen.«

Mamma Carlotta machte einen langen Hals. Zwar glaubte sie, die Stimme erkannt zu haben, wollte sich aber vergewissern.

»Weiß eigentlich jemand, wo Jorin ist?«

Jetzt konnte sie ihn sehen. Ja, es war Ronni, der da telefonierte. Er machte ein paar Schritte in Mamma Carlottas Richtung, und sie duckte sich erschrocken. »Wie vom Erdboden verschluckt. Bei keinem hat er sich gemeldet. Da stimmt doch was nicht.« Er lachte leise, ehe er ergänzte: »Den alten Freesemann fragen? Ich bin doch nicht verrückt.«

Er beendete das Telefongespräch und ging über den Rasen aufs Haus zu. Mamma Carlotta drückte sich durch die Hecke und lief, als hätte sie es eilig, auf die Hollywoodschaukel zu. Kaum hatte sie den überfüllten Aschenbecher in der Hand, fühlte sie sich sicher. Sie rief den drei Mädchen, die sich augenscheinlich durch ihr Auftauchen gestört fühlten, ein paar freundliche Worte zu, dann bewegte sie sich aufs Haus zu, hob Teller vom Rasen auf und fischte leere Gläser aus den Blumenbeeten.

Als sie die Küche betrat, wurde sie nur von Kükeltje empfangen, die sich anscheinend an den Lärm gewöhnt hatte, zurückgekehrt war und die Gunst der Stunde nutzte, um sich über die Nudelreste herzumachen. Ihre rote Schnauze zeigte, dass sie auch von der Tomatensoße einiges abbekommen hatte.

Mamma Carlotta beschloss, sich einen Espresso außer der Reihe zu genehmigen, selbst wenn sie danach Schwierigkeiten mit dem Einschlafen haben würde. Nach all dem Schrecklichen, was sie an diesem Abend erlebt hatte, würde sie sowieso keine Ruhe finden, selbst wenn es im Haue still und heimelig wäre. Sie brauchte unbedingt die Hilfe des Koffeins, um ihre Gedanken zu ordnen.

Erik war also hinter einem der Rennfahrer her. Und dieser war offenbar untergetaucht. Ronni wusste davon und schien ihn zu schützen. Erschrocken dachte Mamma Carlotta an den Nachmittag zurück. Ahnungslos hatte Erik darüber gesprochen, während Ronni im Wohnzimmer war und angeblich bei den Partyvorbereitungen half. Erik selbst hatte es ihm also verraten, weil er nicht wusste, dass der Anstreicher, den Ida vermittelt hatte, zu den Rennfahrern gehörte. Ronni musste gehört haben, dass Wyn Wildeboer verhaftet werden sollte.

»Madonna!« Sie, Eriks Schwiegermutter, hätte verhindern können, dass es dazu kam. Wie sollte sie Erik je wieder in die Augen schauen? Das würde er ihr nie verzeihen!

Aber dieser Wyn war wohl nicht der Einzige, der sich verdrückt hatte. Jorin Freesemann schien ebenfalls verschwunden zu sein. Ob Erik das wusste? Wenn der Sohn des Bestatters untergetaucht war, hatte er sicher einen guten Grund dafür. Aber welchen? Hatte das alles etwas mit der toten Frau zu tun, die bei dem schweren Unfall aus dem Sarg gefallen war?

Die Tote, die als Klara Seeberg ausgegeben worden, aber in Wirklichkeit eine ganz andere war? Sie musste unbedingt mit Lilly Heinze reden. Gleich morgen früh würde sie sich mit ihr in Verbindung setzen. Erik rechnete damit, dass Klara Seeberg nicht mehr lebte. Sie musste unbedingt erfahren, wie Lilly Heinze mit diesem schrecklichen Verdacht umging.

Sie schlürfte ihren Espresso, streckte die Beine aus und lehnte sich weit zurück. Die arme Lilly! Die Freundin unter so schrecklichen Umständen verloren, verheiratet mit einem Mann, der sie betrog ... darüber konnte Carlotta glatt die Fahrt im Kofferraum des Geländewagens vergessen und sogar die Episode mit Tove Griess. Zum Glück war ja alles gut gegangen, wenn sie auch die Erinnerung an Toves Kuss und an seine Hände nicht einfach abstreifen konnte. Am besten würde es wohl sein, wenn sie sich in den nächsten Tagen nicht in Käptens Kajüte blicken ließ. Vielleicht würde sie bis zu ihrer Abreise die Imbissstube nicht mehr besuchen. Wenn sie dann im Spätsommer oder im Herbst wieder nach Sylt kam, war dieses Erlebnis hoffentlich vergessen.

Sie stellte die Tasse weg und dachte an die Leiche, die in der Vogelkoje gefunden worden war. Wie brutal konnte die Welt doch sein! Wie gut ging es ihr dagegen! Sie hatte sich aus einer sehr unangenehmen Lage befreien können und saß nun in der warmen Küche, konnte Espresso trinken und sogar einen Rotwein, wenn sie wollte und wenn sie die Kraft aufbrachte, aufzustehen und in den Vorratsraum zu gehen. Ihre Lider begannen zu flattern. Ein bisschen die Augen schließen, das würde ihr guttun. An die Musik nebenan konnte man sich gewöhnen, die Stimmen der jungen Leute wurden leiser, die Mädchen lachten nicht mehr so laut. Ein wenig ausruhen, anschließend würde sie einen Rundgang durch den Garten machen, ganz unauffällig, ohne dass ihre Argusaugen jemandem auffallen würden. Aber sie wollte sich blicken lassen. Eine Großmutter in der Nähe, das würde das Schlimmste verhindern.

Sie schrak zusammen, als Kükeltje auf ihren Schoß sprang. Aber dann legte sie die Arme um die Katze, streichelte ihr Fell und ließ sich von dem zufriedenen Schnurren einlullen ...

Der Süder Wung lag still und ruhig da, wie immer nachts um drei. Für einen Augenblick hatte Erik die Hoffnung, dass Carolins Party zu Ende sein und er in ein schlafendes Haus zurückkehren würde. Als es jedoch in Sicht kam, wurde ihm schnell klar, dass ihm dieser Wunsch nicht erfüllt wurde. Zwar standen keine parkenden Autos mehr am Straßenrand, aber noch einige Fahrräder neben der Haustür. Und kaum hatte er die Fahrertür geöffnet, drang Musik an sein Ohr. Nicht so laut, dass er um das gute Verhältnis zu seinen Nachbarn fürchten musste, aber eindeutig zu laut, um ins Bett zu gehen und auf Schlaf zu hoffen. Die Stimmen, die aus dem Wohnzimmer drangen, als er die Tür aufschloss, klangen müde und verwaschen, manche auch aggressiv, als wollten sie eine Reaktion herbeireden, die einfach nicht kommen wollte. Das Gekicher ließ darauf schließen, dass das Tanzen und Trinken nicht mehr das Wichtigste war, sondern die Paare, die sich zusammengefunden hatten und ihre ersten Erfahrungen miteinander machten.

Erik stand unschlüssig neben der Flurgarderobe und lauschte zur Küchentür. Seine Schwiegermutter hatte offenbar kapituliert und war zu Bett gegangen. In der Küche regte sich nichts. Ob er auch versuchen sollte, auf der unbequemen Liege in seinem Zimmer zur Ruhe zu kommen? Mit dem scheußlichen Farbgeruch in der Nase?

Kaum hatte er einen Schritt auf die erste Treppenstufe gesetzt, da entschloss er sich anders. Er spürte, dass er so bald keinen Schlaf finden, dass er eine Weile brauchen würde, bis er vom Tatort in sein Privatleben zurückgefunden hatte. Zehn Minuten Stille und ein Glas Rotwein! Und wenn es keine Stille sein konnte, dann musste es wenigstens Ungestörtheit sein! Das würde ausreichen, um das Bild der toten Tabea Helmis mit dem Weichzeichner zu versehen, den es nötig hatte, damit es ihm nicht mehr so klar vor Augen stand, wenn er später einschlafen wollte.

In der Küche brannte Licht, er sah die waagerechte helle Linie zwischen Tür und Fußboden. Im Wohnzimmer dagegen war es ziemlich dunkel. Durch die milchige Glasscheibe in der Tür flackerte nur der Schein von ein paar Kerzen. Dort wurde nun wohl geknutscht, was das Zeug hielt. Er selbst hatte im selben Raum auch schon gefeiert und geknutscht, als dieses Haus noch seinen Eltern gehört hatte. Hundert Jahre schien das her zu sein, in Wirklichkeit waren es nur gut zwanzig. Wo war die Zeit geblieben?

Erik erschrak heftig, als er die Küche betrat. Seine Schwiegermutter am Tisch, mit geschlossenen Augen, die Beine weit von sich gestreckt, den Kopf auf die Brust gesunken! Kükeltje lag auf ihrem Bauch und hob ungehalten den Kopf, als fühle sie sich gestört. Der gequälte Laut, den Erik von sich gab, erschreckte sie, und den Schritt, den er auf sie zumachte, empfand sie wohl als Bedrohung. Sie sprang zu Boden, und davon erwachte Mamma Carlotta. Erik musste sich an der Tischkante festhalten, weil ihm mit einem Mal schwindelig wurde. Noch nie hatte er seine Schwiegermutter schlafend irgendwo vorgefunden, er kannte sie nur hellwach und lebendig, voller Unruhe und Bewegungslust. Dieses Bild, diese Leblosigkeit, hatte ihn dermaßen erschreckt, dass sein Herz ins Stolpern geraten war. Jetzt sah sie ihn mit glasigen Augen an, schien Mühe zu haben, in die Realität zu finden, und wäre beinahe vom Stuhl gefallen, als ihr klar wurde, dass sie womöglich alles, worauf sie aufpassen wollte, verschlafen hatte.

Erik atmete geräuschvoll aus, sein Kreislauf beruhigte sich, die Angst plumpste aus seinem Herzen direkt in die Füße. Er zog einen Stuhl heran und ließ sich darauf fallen.

»Enrico! Was machst du hier?« Mamma Carlotta war schon wieder voll auf der Höhe, sprang auf und lief zum Fenster und wieder zurück, als wollte sie testen, ob ihre Beine noch funktionierten. »Du hast gesagt, du wirst bei Signora Gysbrecht übernachten!«

Erik hatte noch immer Mühe, seine Atmung zu regulieren und gleichzeitig seine Schwiegermutter nicht merken zu lassen, welche Angst ihn beim Anblick ihrer reglosen Gestalt angefallen hatte. »Ich musste noch mal weg. Zu einem Tatort. Svea schläft sicherlich schon. Ich wollte sie nicht wecken.«

»Möchtest du einen Vino rosso? Oder einen Grappa? Von den Nudeln und der Tomatensoße ist leider nichts mehr übrig, aber ich könnte ...«

»Ein Rotwein reicht mir. Ich muss erst mal runterkommen.«

Eigentlich hatte er nur das Bild der toten Tabea Helmis von sich wegrücken wollen, nun musste er auch noch den Schreck verarbeiten, den der Anblick seiner scheinbar leblosen, hingestreckten Schwiegermutter erzeugt hatte.

Mamma Carlotta verschwand im Vorratsraum und kehrte schon Sekunden später mit einer Rotweinflasche zurück. Wie aus dem Nichts erschien ein Weinglas vor Erik, das nur einen Augenblick später gut gefüllt war. »Salute, Enrico!«

Er nahm einen Schluck und fühlte sich schon viel besser. Nicht frischer, aber entspannter, so als könnte er sich mit diesem Glas die Bettschwere antrinken, die er brauchte.

»Was ist passiert, Enrico? Warum musstest du noch mal weg? Was für ein Tatort? Etwa schon wieder ein Mord?«

Am liebsten hätte er sie gebeten, ihn ruhig da sitzen zu lassen, ihm schweigend zuzusehen, wie er den Rotwein trank, und ihn dann ohne Erklärung ins Bett gehen zu lassen. Aber da dieser Wunsch niemals erfüllt werden würde, entschloss er sich, Auskunft zu geben. Das war die einzige Möglichkeit, der ganzen Fragerei ein Ende zu machen. »Eine Leiche in der Vogelkoje.«

»Madonna! Eine Frau?«

»Ja.«

»Etwa Klara Seeberg?«

»Wie kommst du denn darauf?«

Carlotta griff sich ans Herz. »Oder etwa ... Lilly Heinze?«

»Nein, die Pflegerin.« Erik biss sich auf die Lippen. Dass er diese Antwort gegeben hatte, zeigte ihm, wie müde er war. Er wurde unvorsichtig.

»Die Pflegerin von Signora Seeberg? Ich meine ... von der Frau, die aus dem Sarg gefallen ist?«

Er konnte nur nicken und sich ärgern, dass er sich auf diese Befragung einließ.

»Wer hat sie umgebracht, Enrico?«

Nun musste sein Ärger raus. »Meinst du, es lag eine Visitenkarte mit dem Namen des Mörders neben der Leiche?«

Mamma Carlotta konnte ohne Weiteres überhören, was ihr nicht in den Kram passte. »Was ist mit diesem Herrn Seeberg? Frau Heinze hat ja keine besonders gute Meinung von ihm.«

Erik trank das Glas in einem Zug leer. »Ich beginne morgen mit den Ermittlungen. Jetzt muss ich schlafen, damit ich morgen früh fit bin.«

»Certo, Enrico! Noch ein Vino rosso? Wie sagen i tedeschi immer? Auf einem Bein kann man nicht stehen.«

Er fragte sich, warum er ihr sein Glas hinschob und zuließ, dass sie es erneut füllte. Aber er tat es.

»Wer hat die Tote gefunden?«

»Ein Pärchen, das einen romantischen Spaziergang in der Vogelkoje machen wollte.«

»Sie waren ganz allein? Terribile! Wie gut, dass heutzutage jeder ein Telefonino hat!«

»Nein, ganz allein waren sie nicht ...« Diese Antwort gab Erik sich selbst, nicht seiner Schwiegermutter. »Da hatten sich welche getroffen ...« Aber bevor die Polizei eintraf, waren sie in ihre Autos gestiegen und weggefahren. Womöglich geflüchtet? Leute, die prinzipiell vor der Polizei wegliefen, weil sie immer ein latent schlechtes Gewissen hatten? Oder Leute, die aus gutem Grunde den Kontakt zur Polizei mieden? Die Rennfahrer! Erik stöhnte auf. Er konnte nicht fassen, dass er nicht früher darauf gekommen war.

Er stöhnte noch einmal, diesmal über den sechsten Sinn seiner Schwiegermutter. »Du meinst, diese jungen Leute, die die Straßenrennen veranstalten?«

Erik stand auf, zog eine Schublade auf und holte seine Pfeife heraus. Umständlich setzte er sie in Brand und paffte den Qualm in die Küche, ohne Beanstandungen zu erwarten. Seine Kinder behandelten ihn stets wie einen Schwerverbrecher, wenn er im Hause rauchte, Mamma Carlotta war Derartiges gewöhnt. Ihr Vater hatte geraucht, ihr Mann ebenfalls, und ihre Söhne hatten auch ständig einen Glimmstängel im Mundwinkel hängen.

»Du wolltest einen von ihnen verhaften. Der schuld ist an dem Unfall. An dem Tod des anderen Fahrers. Hast du ihn geschnappt?«

Die kurzen, unvollständigen Sätze zeigten ihm, dass Mamma Carlotta sich mit ihren Fragen vorantastete und damit rechnete, dass er nicht nur jede Auskunft verweigern, sondern sie neugierig und aufdringlich nennen würde.

Ja, das war sie. Neugierig und aufdringlich! Aber er antwortete ihr trotzdem. »Er hat sich abgesetzt. Es muss ihm jemand einen Tipp gegeben haben. Wenn ich nur wüsste, wer.«

Es war ihm klar, warum er ihr antwortete. Früher hatte er Lucia sein Herz ausgeschüttet, wenn er heimkam und sich von der Seele reden musste, was er erlebt hatte, um die Bilder zu vergessen, ehe er schlafen ging. Es war schwer, nicht darüber zu sprechen. Und es tat ihm gut, dass seine Schwiegermutter ein offenes Ohr für ihn hatte.

»Vielleicht hat Freesemann gequatscht. Womöglich hat er irgendwas gesagt, was Wyn gewarnt hat. Der hat sich ja die Schuhe von Jorin Freesemann ausgeliehen. Vermutlich wollte er die Schuld auf ihn lenken.«

»Aber der Sohn des Bestatters war es nicht?«

»Der hat ein Alibi. Sein Vater sagt, er war zu Hause. Am nächsten Tag musste er zu einer Fortbildung.«

»Ein Alibi vom Vater? Ich würde jedem meiner Kinder ein Alibi geben, auch wenn ich nicht wüsste, wo sie gewesen sind.«

»Jorin Freesemann hat kein Motiv.«

»Aber dieser Wyn ... der hat eins?«

»Ja.« Erik gähnte, ohne die Hand vor den Mund zu nehmen. Und dann fiel ihm ein, womit er seine Schwiegermutter von seinem neuen Fall weglocken konnte. Sosehr sie auch an seiner Arbeit interessiert war, an zwischenmenschlichen Verwicklungen und heimlichen Liebschaften war sie noch weitaus mehr interessiert. »Du kennst doch den Wirt von Käptens Kajüte?«

»Dieser furchtbare Kerl, vor dem du mich oft gewarnt hast?«

»Ein Mann kann anscheinend gar nicht furchtbar genug sein, es gibt immer noch eine Frau, die sich in so einen verguckt. Die hat mit ihm auf dem Parkplatz der Vogelkoje herumgeschmust! Vermutlich ist die genauso furchtbar wie er.«

Aber das Interesse seiner Schwiegermutter an dieser Geschichte war erstaunlich gering, viel geringer, als er erwartet hatte. Sie wollte nur wissen, ob er die Frau gesehen und erkannt hatte, und ereiferte sich, als er verneinte, darüber, dass er ihr vielleicht unrecht tat und sie gar nicht so furchtbar war, wie er glaubte. »Wie nennt ihr Deutschen das? Vorurteile?«

»Ja, ja, schon gut.« Erik trank sein Glas leer und löschte die Pfeife. »Wir sollten schlafen gehen.« Er sah, dass Mamma Carlotta zögerte. »Du auch! Die Party ist quasi vorbei. Aber wenn es dich beruhigt: Ich schaue kurz nach dem Rechten, ehe ich ins Bett gehe.«

Das hatte er zwar nicht vor, aber da es seiner Schwiegermutter die Sorge nahm, hatte er kein schlechtes Gewissen.

Sie erhob sich bereitwillig, Kükeltje stand sofort neben ihr, als hoffte sie auf einen gemeinsamen Besuch in der Vorratskammer.

»Schlaf gut.«

»Grazie, Enrico. Anche tu.« Sie ging zur Tür, von Kükeltje umschmeichelt. »Morgen ist Domenica. Aber du ...?«

»Ich muss trotzdem arbeiten, ja.«

Er wartete, bis er ihre Schritte auf der Treppe hörte, dann erst stand er ebenfalls auf, stellte sein Glas in die Spüle und löschte das Licht.

Als er aus der Küche trat, öffnete sich die Wohnzimmertür. Ein Mädchen kam heraus, sah ihn erstaunt an, murmelte etwas, was er nicht verstand, und verschwand im Gäste-WC. Die Wohnzimmertür hatte sie offen gelassen.

Erik ging zur Kellertreppe. Besser, er sah nach, ob die Tür, die in den Garten führte, verschlossen war. Dass er an dieser Stelle, vor der Tür, die in den Keller führte, einen Blick ins Wohnzimmer hatte, war der zweite Grund dafür, dass er in den Keller gehen wollte. Niemand konnte ihm Neugier vorwerfen, schließlich sorgte er jeden Abend dafür, dass sämtliche Türen verschlossen waren.

Er wurde nicht bemerkt, konnte sich die Zeit lassen, die er brauchte, um seine Augen an die Dunkelheit zu gewöhnen. Dann erst erkannte er Carolin, die in der Nähe der Terrassentür auf dem Boden saß und sich in den Arm eines jungen Mannes schmiegte, der neben ihr hockte. Der Anstreicher! Ida stand neben der Musikanlage, tat so, als suchte sie eine CD, beobachtete aber Carolin genau. Jedenfalls so lange, bis sie auf den Lichtschein aufmerksam wurde, der aus dem Keller heraufkam. Sie sah Erik an, der daraufhin hastig die Treppe hinabstieg. Als er wieder hochkam, war die Wohnzimmertür geschlossen.

Kurz darauf kniff er die Augen zusammen, weil ihn das Licht der nackten Glühbirne, die an der Decke seines Schlafzimmers baumelte, blendete. Wie schrecklich, dieser kahle Raum, dessen einziges Dekor das Malerwerkzeug und die unvollendete Arbeit eines Anstreichers war! Warum nur hatte er sich darauf eingelassen, eine neue Einrichtung anzuschaffen? Die alte hatte ihm doch gefallen! Auch in den Wohnzimmermöbeln hatte er sich wohlgefühlt. Natürlich waren sie weder modern gewesen noch von einem bekannten Designer entworfen worden. Lucia und er hatten auch nicht ›Schöner wohnen‹ oder eine andere Zeitschrift zurate gezogen, die den Durchschnittsbürger mit aktuellem Wohndesign vertraut machte. Sie hatten sich ausgesucht, was ihnen gefiel, und sich später an ihrer behaglichen Einrichtung erfreut. Die schöne, geräumige Schrankwand, in die alles hineinpasste, was nicht herumliegen sollte, in der es auch genug Stauraum für ungeliebte Geschenke und all die Dinge gab, die jahrelang auf Verwendung warteten, ehe sie dann unbenutzt entsorgt wurden. Die gemütlichen, wenn auch leicht durchgesessenen Polstermöbel standen nun in einem Second-Hand-Laden bei Niebüll, wurden von fremden Menschen kritisch, schief oder geringschätzig betrachtet und für wenig Geld an den Mann gebracht. Nur gut, dass er seine geliebten grünen Kissen, die Svea bei ihrem ersten Besuch angesehen hatte, als hausten Flöhe darin, behalten hatte. Zwar würde er sie vermutlich nie wieder hervorholen können, aber die Tatsache, dass er in diesem Fall seinen Willen durchgesetzt hatte, bereitete ihm dennoch Vergnügen.

Er zog automatisch den Bauch ein, als er seine Jeans öffnen wollte, und stellte erfreut fest, dass es nicht nötig war. Anscheinend hatte er abgenommen. Kein Wunder eigentlich, wenn ein Fall den anderen jagte und er kaum zum Essen kam.

Er löschte das Licht, bevor er sich auszog und ins Bad ging. Dort vermied er den Blick in den Spiegel und putzte sich die Zähne, während er gedankenvoll in den Garten blickte, ohne etwas zu sehen. Was mochten diese leichtsinnigen Rennfahrer auf dem Parkplatz der Vogelkoje gesucht haben? Einen neuen Start und ein neues Ziel für ihre Rennen? Die Straße zwischen der Vogelkoje und List war dafür bestens geeignet, übersichtlich, teilweise schnurgerade, die wenigen Kurven lang gezogen. Je länger er nachdachte, desto sicherer wurde er, dass die jungen Leute, die sich in der Nacht an der Vogelkoje getroffen hatten, wirklich die Rennfahrer waren, die er suchte. Kein Wunder, dass sie geflüchtet waren, als die Polizei sich näherte. Er würde Tove Griess fragen, ob er jemanden erkannt hatte. Aber der hatte vermutlich nur Augen und Ohren für die Frau gehabt, die sich mit ihm eingelassen hatte.

Der Geruch war schrecklich. Abgestandenes Bier, verschüttete Bowle, kalter Zigarettenrauch und dazu noch ein paar scharfe und saure Gerüche, die Mamma Carlotta nicht identifizieren konnte und wollte. Als sie die Treppe hinabstieg, Kükeltje voraus, die die Nacht am Fußende ihres Bettes verbracht hatte, befürchtete sie das Schlimmste. Erbrochenes vor der Toilettentür, unerwünschte Gäste, die den Weg nach Haus nicht gefunden hatten, zerbrochene Gläser, beschmierte Wände. Aber nichts dergleichen fand sie vor. Es war still, sehr still sogar, und kalt, denn irgendjemand hatte die Fenster geöffnet, um zu lüften. Sicherlich eine gute Idee, wenn das Ergebnis auch noch nicht überzeugend war. Mamma Carlotta entschied sich dennoch gegen die Kälte des frühen Maimorgens, der erst später und nur, wenn die Sonne sich erbarmte, zu einem milden Tag werden würde. Sie schloss das Küchenfenster eilig und stellte fest, dass alles noch genauso aussah, wie sie es in der Nacht verlassen hatte. Eigentlich ziemlich ordentlich. Jedenfalls so, dass sie das Frühstück zubereiten konnte, ohne vorher sauber machen zu müssen. Sie hatte ja in der vergangenen Nacht alle Gläser, die den Weg in die Küche fanden, unverzüglich in die Spülmaschine gestellt, hatte die Plastikteller mit den Nudelresten entsorgt und die Aschenbecher regelmäßig geleert. Wie es im Wohnzimmer aussah, wollte sie nicht wissen. Damit konnte sie sich später beschäftigen. Jetzt galt es, das Frühstück vorzubereiten, damit Erik, wenn er schon am Sonntag arbeiten musste, wenigstens gut versorgt war, ehe er mit Sören aufbrach.

Sie blickte zur Uhr. Zehn nach acht! Erik hatte gesagt, spätestens um neun müsse er im Büro sein. Besser also, sie ging nicht zum Bäcker, um Brötchen zu holen, das nahm viel zu viel Zeit in Anspruch. Sie wusste, dass noch einige Panini in der Tiefkühltruhe lagen, die würde sie schnell in den Backofen schieben. Das hatte zudem den Vorteil, dass sie Erik und Sören mit Brötchenduft empfangen konnte. So etwas belebte!

Sie war gerade mit dem Tischdecken fertig, als Erik in der Küche erschien. Er lächelte sie so freundlich an, dass Mamma Carlotta das Herz aufging. Unverblümte Nettigkeit von einem Menschen, der seine Gefühle nicht gern zeigte, war etwas Besonderes. »Buon giorno, Enrico!«

Prompt verzog er das Gesicht, weil ihm ihre Stimme natürlich zu laut und ihre Laune zu unbeschwert war und weil ihm alles viel zu schnell ging, was er direkt nach dem Aufstehen noch weniger ertragen konnte als im Verlauf des Tages, wenn sich seine psychische Kondition verbessert hatte. Das Fenster, durch das sie einen Blick in sein Herz geworfen hatte, schloss sich sofort wieder.

»Das Rührei ist gleich fertig.«

»Erst mal ein Espresso«, brummte Erik und schob eine Tasse unter den Kaffeeautomaten. »Du auch?«

»Sì, volentieri!« Mamma Carlotta riss die Kühlschranktür auf, holte den Schinken heraus, warf die Tür mit der Hüfte schon wieder ins Schloss, als ihre Hände noch gar nicht wieder in Sicherheit waren, schrie auf, als ein Finger eingeklemmt wurde, machte aber weiter, als wäre nichts geschehen. Der Eier lagen schon neben dem Herd, sie wurden in einer Geschwindigkeit aufgeschlagen und verquirlt, dass Erik leise stöhnte. »Mach langsam, auf fünf Minuten kommt es nicht an.« Er stellte ihr den Espresso hin und nippte an seiner eigenen Tasse.

Mamma Carlotta wandte sich erstaunt zu ihm um. »Langsam? Aber ich mache doch langsam.«

Erik winkte ab, scheinbar wollte er sich auf keine Diskussion über das Tempo einlassen, das für eine Italienerin normal und für einen Friesen unerträglich war. Mamma Carlotta wusste auch so, dass das Frühstück frühestens in einer Stunde fertig sein würde, wenn Erik allein dafür zuständig wäre.

Die Schinkenwürfel waren gerade im ausgelassenen Fett gelandet, als Sören an der Tür klingelte. Erik wollte sich erheben, um zu öffnen, aber Mamma Carlotta war natürlich schneller. Sören sah müde aus, seine Lebensgeister reckten jedoch prompt die Köpfe, als er die Küche betrat. Fragend sah er sich um und deutete dann auf den leeren Bowletopf und die Gläser, die nicht mehr in die Spülmaschine gepasst hatten. »Das ist alles? Ich dachte, hier sähe es aus wie nach dem Weinfest auf der Kurpromenade.«

»No, no!«, rief Mamma Carlotta. »Ich habe heute Nacht alles gespült. Und aufgeräumt habe ich auch, jedenfalls hier in der Küche.«

Erik warf seinem Assistenten einen vielsagenden Blick zu. »Als ich nach Hause kam, war meine Schwiegermutter noch auf.« Grinsend ergänzte er: »Nicht wirklich wach, aber auch nicht im Bett.«

Mamma Carlotta wollte sich dazu nicht äußern, der es wie persönliches Versagen erschien, wenn sie im Sitzen einschlief. Im Nu wechselte sie das Thema: »Wie wollt ihr heute vorgehen? Nach Heio Seeberg suchen?«

Erik war peinlich berührt und sagte, ehe Sören seine Verwunderung äußern konnte: »Ich habe heute Nacht noch ein bisschen erzählt. Ich musste erst mal runterkommen, ehe ich schlafen gehen konnte.«

Sören nickte verständnisvoll, trotzdem biss sich Carlotta auf die Lippen. Sie musste vorsichtig sein. Erik konnte derart direkte Fragen nicht leiden. Wenn er annahm, dass sie neugierig war, erzählte er ihr gar nichts. Sie musste sich unauffällig verhalten, dann würde er mit Sören über die Arbeit sprechen und sie würde mehr erfahren, als wenn sie Fragen stellte.

Das Rührei war fertig, die beiden Männer griffen nach ihren Gabeln. Schon nach dem ersten Bissen hielt Sören sich erst mal eine Weile damit auf, die Hausfrau zu loben und ihr zu versichern, dass das Rührei mal wieder fantastisch sei, der Schinken so wunderbar kross, und dass sie sich die Mühe mache, nach einer so kurzen Nachtruhe das Frühstück für sie zu bereiten, sei einfach großartig. Anschließend dauerte es eine ganze Weile, bis Mamma Carlotta sämtliche Komplimente zurückgewiesen und Sören klargemacht hatte, dass alles, was sie tat, selbstverständlich sei. Erst danach normalisierte sich das Gespräch. Erik seufzte erleichtert auf. Mamma Carlotta wusste, dass er die ganze Höflichkeit mal wieder total übertrieben fand. Er sah mal wieder so aus, als wäre er froh, nicht in Italien zu leben, sondern in Norddeutschland, wo es hieß: Schweigen ist das Lob der Friesen.

»Mein Vater sagte immer«, unterbrach er die Lobhudelei, zu der Sören schon wieder ansetzen wollte, »nicht gemeckert ist genug gelobt.«

Dazu hätte Mamma Carlotta einiges zu sagen gehabt, wollte dieses Thema aber nicht vertiefen, damit die Zeit reichte, etwas über den neuen Mordfall zu erfahren. Mit großer Cleverness, wie sie selbst fand, lenkte sie das Gespräch in die Richtung, die sie eigentlich interessierte. »Enrico hat mir erzählt, dass der Wirt von Käptens Kajüte letzte Nacht eine Frau in seinem Auto hatte. Und die beiden haben ... geknutscht?« Dieses Wort brachte sie nur mit Mühe hervor.

Sören lachte. »Die Alte hätte ich gern gesehen.« Und dann geschah genau das, was Mamma Carlotta gehofft hatte. Er wandte sich an Erik: »Was können wir noch tun, um Heio Seeberg zu finden? Ob er schon gar nicht mehr auf der Insel ist? In keinem Hotel ist er gemeldet, keiner der Wohnungsvermittler hat ein Apartment an einen Mann vermietet, auf den die Beschreibung von Seeberg passt. Aber an der Fähre und an der Verladestation ist er auch nicht aufgefallen.«

Erik legte die Gabel zur Seite, sein Teller war leer. »So genau gucken die ja auch nicht hin.«

»Aber wohin wird er sich wenden, wenn es ihm gelungen ist, von Sylt abzuhauen? Nach Dortmund? Hat er da womöglich Freunde, die ihn unterstützen?«

Erik zerteilte ein Brötchen und bestrich die beiden Hälften mit Butter. »Wir wissen ja gar nicht, ob wir ihn als Täter oder als Opfer suchen müssen. Vielleicht taucht auch seine Leiche in den nächsten Tagen auf.«

»Meinen Sie wirklich?«

»Ich meine gar nichts. Aber es gibt auch keinen wirklichen Anhaltspunkt dafür, dass Heio Seeberg die Pflegerin seiner Frau umgebracht hat. Kann sein, kann auch nicht sein. Aber ... warum sollte er das überhaupt tun?«

Sören griff nun auch nach einem Brötchen und stellte erfreut fest, dass die Feigenmarmelade, die Mamma Carlotta immer aus Umbrien mitbrachte, auf dem Tisch stand. Sie hätte sich gerne einen zweiten Espresso genehmigt, aber sie hatte Angst, dass sie beim Mahlen der Kaffeebohnen nicht alles verstand, was zwischen Erik und Sören gesprochen wurde.

»Das muss etwas mit der falschen Leiche zu tun haben«, meinte Sören und erntete damit keine Anerkennung von seinem Chef. An diesem Punkt waren sie mit ihren Überlegungen schon ein paarmal angelangt. »Wahrscheinlich hat die Pflegerin begriffen, dass Seeberg seine Frau umgebracht hat, und wollte ihn anzeigen. Dafür musste sie sterben.«

»Wir wissen aber nicht, ob Klara Seeberg wirklich tot ist.«

»Natürlich nicht. Das ist alles rein hypothetisch.«

»Und die Tote, die die Rolle von Klara Seeberg übernommen hat? Die nirgendwo vermisst wird? Die nicht abgewehrt hat, wenn man sie für Klara Seeberg hielt? Die von ihrem Mann gesprochen hat, wenn von Heio Seeberg die Rede war?«

Als Eriks Handy klingelte, nutzte Mamma Carlotta schnell die Gelegenheit, den Espressoautomaten in Gang zu setzen. Von dem Telefonat konnte sie ja sowieso nichts mitbekommen. Aber später würde Erik seinem Assistenten natürlich erklären, wer angerufen hatte und warum. Dann wollte sie am Tisch sitzen und die Tasse zum Munde führen, als konzentrierte sie sich auf nichts anderes als den Kaffeegenuss.

Erik warf das Handy auf den Tisch, als wäre er sehr ärgerlich. Aber als Sören ihn erschrocken ansah, ging ein Lächeln über sein Gesicht. »Das war Enno. Seebergs Auto ist gefunden worden. Auf dem Parkplatz vom Aquarium. Enno hat es schon abschleppen und in den Hof des Reviers bringen lassen.«

»Hat er daran gedacht, nach dem Fiat von Tabea Helmis Ausschau zu halten?«

Erik schlug sich vor die Stirn und wählte die Nummer von Enno Mierendorf. »Sie haben doch das Kfz-Kennzeichen von dem Fiat herausgefunden. Schauen Sie mal nach, ob der auch dort steht, wo Sie den Kia gefunden haben.« Er lächelte väterlich. »Nicht dran gedacht? Macht nichts. Darin werden sich keine Spuren finden. Aber man weiß ja nie...« Er legte auf und sagte zu Sören: »Ich werde immer sicherer, dass Tabea Helmis auf dem Parkplatz der Buhne 16 war.«

»Die mit dem Fiat?«, erkundigte sich Sören vorsichtshalber. »Haben Sie sich die Frau eigentlich gar nicht angesehen?«

»Sie meinen, ob ich sie wiedererkannt habe? Nee. Erstens war es dunkel, zweitens hatte ich was anderes im Kopf. Nur dass sie jung war, kann ich sagen.« Er seufzte tief auf. »Wäre sie nicht zufällig Zeuge des Unfalls geworden, hätten wir die beiden zu Hause erwischt. Noch vor der Beerdigung.«

Es dauerte nur zehn Minuten, und Mierendorf rief zurück. Erik stellte den Lautsprecher seines Handys an, damit er während des Gesprächs in Ruhe weiterfrühstücken konnte. »Sie hatten recht, Chef. Der Fiat stand nur drei Parkboxen weiter. Ich habe Vetterich bereits verständigt.«

Erik nickte zufrieden, beendete das Gespräch und sagte zu Sören: »Vetterich muss auch auf den Sonntag verzichten.«

»Hoffentlich findet er was«, meinte Sören. »Was ist übrigens mit der Staatsanwältin? Wollen Sie versuchen, sie anzurufen? Vielleicht hat sie Sonntagsdienst.«

Eriks gute Laune erlosch schlagartig. »Ich hoffe, nicht.« Er sah seine Schwiegermutter entschuldigend an. »Können wir dich mit den Resten der Party allein lassen?«

»Certo!«

»Aber du wirst hier nicht aufräumen, verstanden? Das muss Carolin selbst erledigen. Du hast schon in der vergangenen Nacht genug getan. Felix wird ihr helfen, Ida sicherlich auch. Vermutlich auch dieser Anstreicher. Wie heißt der noch?« Aber er wehrte eine Antwort ab. »Auch schon egal. Wenn ich richtig interpretiere, was ich gestern gesehen habe, hat es zwischen den beiden gefunkt.«

»No!« Mamma Carlotta sah ihn erschrocken an. »Das darf doch nicht wahr sein!«

Erik interpretierte ihr Entsetzen falsch. »Ida hatte sich auch Hoffnungen gemacht? Oje, Rivalität bekommt einer Freundschaft nicht gut.«

Mamma Carlotta schluckte herunter, was ihr auf der Zunge lag. Erik hatte ja keine Ahnung, dass Carolin sich in einen der Rennfahrer verliebt hatte. Und Ronni? War er auch verliebt in ihre Enkelin? Oder wollte er sich nur in das Vertrauen der Wolfs schleichen, um sie auszuhorchen? Um herauszubekommen, was Erik im Kampf gegen die illegalen Autorennen plante?

»Madonna!«

Erik und Sören fuhren am Polizeirevier vorbei bis zu der großen Garage einer ehemaligen Kfz-Werkstatt, wo die Autos hingebracht wurden, die erkennungsdienstlich behandelt werden mussten. Als sie eintrafen, hielt Vetterich ihnen eine Plastiktüte entgegen, in der ein Tuch steckte. Ein Seidentuch, vermutete Erik. »Das haben wir im hinteren Fußraum von dem Kia Sorento gefunden.«

Erik betrachtete die Tüte von allen Seiten. »Die Mordwaffe?« Von einem Moment zum anderen entstand die Kurzatmigkeit, das Vibrieren in seinem Körper, das flaue Gefühl in der Magengegend, so ähnlich, als hätte er etwas Falsches gegessen und müsse bald mit den Folgen rechnen. Das alles kannte er. So war es immer, wenn seine Ermittlungen mit einer scharfen Bremsung angehalten wurden und in eine andere Richtung wiesen. Ein Bild explodierte vor seinen Augen, das nur er sah, und sein Herz wurde umkreist und erst nach zwei, drei Atemzügen wieder freigelassen. Atemlos wiederholte er: »Die Mordwaffe?«

»Kann sein«, flüsterte Sören, der plötzlich ein feierliches Gesicht zog, als hätte er im Verlaufe eines Gottesdienstes zum ersten Mal einen Sinn in den Worten des Pfarrers erkannt.

Erik dagegen schien nur auf das Amen zu warten. Seine Miene war alles andere als feierlich, sondern angespannt und geradezu gequält. »Ist die Frau in dem Kia umgebracht worden?«

Vetterich beugte sich wieder ins Wageninnere, aber Erik konnte seine Worte trotzdem verstehen: »Sieht so aus.«

»Und der Fiat?«

»Bis jetzt nix.«

Auf Sörens Gesicht lag noch immer eine fromme Erkenntnis. »Von nun an müssen wir wohl davon ausgehen, dass Heio Seeberg ein Mörder ist.«

»Wir müssen eine bundesweite Fahndung ausschreiben.«

»Und wir müssen Klara Seeberg suchen.«

»Wer weiß, wo die verscharrt ist. Das soll uns Heio Seeberg erklären, wenn wir ihn haben.«

»Wenn«, wiederholte Sören sehr betont. »Wenn die Frau tot

ist, wenn Seeberg ein Mörder ist, wenn ...« Er unterbrach sich selbst. »Wir sollten jetzt endlich auch ein Foto der Toten veröffentlichen. Irgendjemand muss sie kennen.«

Erik zauderte, stimmte dann jedoch zu. »Ich werde heute noch Fotos in Auftrag geben. Vielleicht kann der Fotograf die Tote so herrichten, dass sie sich selbst ähnlich sieht. Der Tod verändert viel, erst recht nach einer so langen, schweren Krankheit.«

»Trotzdem müssen wir es versuchen.«

Erik trat wieder ins Freie, Sören folgte ihm. Sie blieben schweigend nebeneinanderstehen, sahen in den Himmel, der von einem blassen Blau war und von zarten Wolkenschleiern überzogen wurde, blickten derselben Möwe nach und legten beide die Hand über die Augen, als sie auf die Sonne zuflog.

»Ich rufe in Flensburg an«, sagte Erik, ohne den Blick aus dem Himmel zu nehmen.

Sören wusste, dass er die Staatsanwaltschaft meinte, und nickte. Und er nickte noch einmal und sehr nachdrücklich, als er hörte, wer an diesem Wochenende den Notfalldienst versah. Frau Dr. Speck, die immer im Dienst zu sein schien, von der sie beide sogar glaubten, dass sie sich um jede Wochenendbereitschaft riss.

»Sie?«, sagte Erik erstaunt. »Was für ein Zufall!«

»Kein Zufall, Wolf, sondern das Ergebnis eines Dienstplans! Was gibt's?«

»Wir haben eine weitere Tote«, begann Erik und bemühte sich, kurz und bündig und so zackig wie möglich von dem jüngsten Mordfall zu berichten, der auf Sylt geschehen war.

Die Staatsanwältin stellte keine überflüssigen Fragen, sondern versprach, sich umgehend um die Fahndung nach Heio Seeberg zu kümmern. Die Fotos der Toten solle er noch im Laufe des Sonntags nach Flensburg schicken, damit sie gleich am Wochenbeginn in die Zeitungen kamen. »Montag, spätestens Dienstag.«

Während sie zum Auto zurückgingen, klingelte Eriks Handy. Er lächelte, nachdem er es erneut aus der Jackentasche gezogen und aufs Display gesehen hatte. »Carolin! Du bist schon wach?«

Sie war nicht nur wach, sondern sogar schon so weit auf der Höhe, dass sie ihrer Empörung freien Lauf lassen konnte. »Ich brauche das Auto, Papa!«

Erik war verwirrt. »Mein Auto? Wieso?«

»Dennis will die Boxen, die er mir geliehen hat, bis heute Mittag zurückhaben. Das habe ich dir gesagt.«

»Ach, wirklich?«

»Soll ich die etwa nach Morsum tragen?«

»Nein, natürlich nicht.«

»Es ist Sonntag.«

Erik versuchte es mit Gegenwehr. »Was kann ich dafür, wenn ich sonntags arbeiten muss?«

»Ich kann auch nichts dafür. Wo bist du überhaupt?«

»In Westerland.«

»Wieso konntest du nicht das Fahrrad nehmen?«

Erik sah Sören an, als wüsste er nicht weiter. »Daran habe ich überhaupt nicht gedacht.« Und kleinlaut ergänzte er: »Wir wollen sowieso zurück nach Wenningstedt. Ich bringe dir den Wagen, Sören und ich steigen dann aufs Fahrrad um.«

Mit einem verlegenen Lächeln steckte er sein Handy wieder weg. »Wir wollten doch Käptens Kajüte einen Besuch abstatten. Ich denke, wir sollten Tove Griess fragen, ob ihm letzte Nacht auf dem Parkplatz etwas aufgefallen ist, was uns weiterhilft.«

»Genau«, bestätigte Sören. »Und das können wir wirklich per Fahrrad erledigen.«

Ida, die im Hause Wolf übernachtet hatte, sagte es immer wieder: »Wir machen das allein, Signora. Sie brauchen uns nicht zu helfen.«

Carolin und Felix sahen sie ungehalten an, bestätigten dann aber notgedrungen: »Geht schon in Ordnung, Nonna. Wir räumen allein auf. War ja so verabredet.«

Dass sie dennoch fest mit ihrer Hilfe gerechnet hatten, war ihren Gesichtern abzulesen. Wer hatte je gesehen, dass Carlotta Capella die Hände in den Schoß legte, wenn in ihrer Nähe etwas erledigt werden musste?

Ida war sogar der Meinung, dass sie sich auch allein das Frühstück machen könnten, aber während Carlotta alles andere mit Gesten zurückgewiesen hatte, mit denen sie auch lästige Fliegen verscheuchte, wurde sie nun deutlicher. »Nonsenso! Ich mache euch ein gutes Frühstück, und dann sehen wir weiter.«

Zufrieden ließen sich die Kinder am Tisch nieder und kicherten gemeinsam über die Ereignisse des Vorabends. Eine Freundin von Carolin hatte sich mit dem attraktivsten Typen der Klasse eingelassen, nur um ihren Freund zu ärgern, denn dieser hatte sich unterstanden, so viel zu trinken, dass er einem Mädchen in die Arme gefallen war, das niemand leiden konnte. Felix hatte heftig mit einem Mädchen geflirtet, das einen Kopf größer war als er, und nach Aussage seiner Schwester die ganze Nacht die Nase in ihr Dekolleté gesteckt. Und ein gewisser Lasse hatte Ärger mit seiner eifersüchtigen Freundin bekommen, weil er für eine Weile verschwunden gewesen war und sie, als sie mit ihm nach Hause fahren wollte, ein Spitzentaschentuch im Kofferraum seines Geländewagens entdeckt hatte.

Erschrocken griff Mamma Carlotta in die Tasche ihrer Kittelschürze, bevor ihr einfiel, dass sie am Vorabend ihr gutes rotes Kleid getragen hatte, das ihr für den achtzehnten Geburtstag ihrer Enkelin angemessen erschienen war. Das schöne Taschentuch, das ihre Mutter noch eigenhändig umhäkelt hatte!

»Sie meint, das Teil stammt von Anja. Die hat ja manchmal so altmodische Sachen am Start.«

»Aber Anja hat alles abgestritten. Und Lasse auch.«

Ida sah besorgt von einem zum anderen. »Irgendwie muss das Taschentuch ja ins Auto gekommen sein. Ich finde, wenn Lasse mit Anja was angefangen hat, dann sollte er dazu stehen.«

Felix griff sich an die Stirn. »Der Geländewagen hat die ganze Zeit neben dem Haus gestanden. Glaubst du wirklich, Lasse und Anja haben es im Kofferraum miteinander getrieben, ohne dass es einer mitbekommen hat?«

Mamma Carlotta wurde dieses Gespräch zu schlüpfrig, außerdem brach ihr der Schweiß aus bei dem Gedanken, ihre Enkelkinder könnten herausfinden, dass hier nicht von Anja, sondern von ihrer Großmutter die Rede war. Sie war sehr dankbar, als das Telefon klingelte und sie damit nicht mehr Zeuge weiterer Mutmaßungen wurde.

Als sie die Stimme am anderen Ende erkannte, vergaß sie sogar auf der Stelle, dass sie gerade noch gegen ein schlechtes Gewissen und die Angst vor Entdeckung gekämpft hatte. »Signora Heinze! Was für eine Freude!«

Lilly Heinze lachte leise, als würde sie von Mamma Carlottas Glück verblüfft. »Mir ist eingefallen, dass ich Ihnen meine Handynummer nicht gegeben habe.« Sie diktierte die Nummer, die Carlotta eifrig mitschrieb. »Wir wär's mit einem zweiten Frühstück?«, fragte sie dann.

»Meraviglioso!« Mamma Carlotta war begeistert. »Wo sollen wir uns treffen?«

Sie spürte, dass Lilly Heinze zögerte, und glaubte zu wissen, warum. Vorsichtshalber flüsterte sie: »Bei Leysieffer ist es nicht günstig, e vero? Wenn Ihr Mann wieder vorbeikommt ...«

»Genau!« Lilly Heinze flüsterte nun ebenso. »Lieber wäre es mir, wir könnten uns wieder in dieser ... dieser Kaschemme treffen. Käptens Kajüte! Da fühle ich mich sicherer.«

Erik stieg vom Fahrrad und betrachtete es, als taxierte er dessen Wert. »Ich glaube, das Leben wird nicht leichter, wenn die Tochter einen Führerschein hat.«

Er seufzte und ging auf die Tür von Käptens Kajüte zu. Sören folgte ihm erst, als sein Chef die Imbissstube schon betreten hatte. Sein teures Rennrad sicherte er immer besonders gründlich.

Tove Griess sah nicht so aus, als freute er sich über die Gäste, obwohl sie seine einzigen waren und womöglich sogar die ersten. »Moin.«

Erik ließ sich auf einem Barhocker nieder und wartete, bis Sören an seiner Seite saß. Erst dann grüßte er zurück: »Moin. Wir möchten noch mal über den vergangenen Abend mit Ihnen reden, Herr Griess.«

»Was gibt's da zu reden? Ich bin ein freier Bürger. Ich darf meine Karre abstellen, wo es mir passt.« Vorsichtshalber ergänzte Tove: »Und wo das Parken nicht verboten ist.«

Erik winkte ab. »Geschenkt. Wir wollen nicht einmal den Namen der Frau wissen, die in Ihrem Auto saß.«

»Den würde ich Ihnen sowieso nicht verraten. Ich bin ein Gentleman.«

Erik zog erstaunt die Brauen hoch. »Ein Gentleman? So, so.«

Tove krempelte seine Hemdsärmel hoch, als bereite er sich auf eine körperliche Auseinandersetzung vor. »Was wollen Sie trinken? Dies ist ein Restaurationsbetrieb und keine Wartehalle.«

Erik nickte friedfertig und bestellte zwei Tassen Kaffee. »Ich möchte wissen, ob Sie irgendetwas beobachtet haben.«

»Das hat mich der Bulle ... Ihr Kollege aus List vergangene Nacht schon gefragt.«

»Könnte ja sein, dass Ihnen inzwischen was eingefallen ist.«

»Nö!« Tove stellte die erste Tasse vor Erik hin und begab sich an die Produktion eines zweiten Kaffees.

Sören mischte sich ein. »Ein schwarzer Kia Sorento! Haben Sie den gesehen?«

»Nö!«

»Oder einen Mann, der aus der Vogelkoje kam?«

»Nö!«

»Da waren junge Leute auf dem Parkplatz. Als die Polizei auftauchte, haben sie es aber vorgezogen zu verschwinden.«

»Habe ich nicht so drauf geachtet.«

»Sie kannten die also nicht?«, erkundigte sich Erik.

»Nie gesehen.«

»Wegen der Frau, die neben Ihnen saß.«

»Genau!«

»Warum haben Sie die Dame nicht mit in Ihre Wohnung genommen? Oder leben Sie nicht allein?«

Tove musste nicht lange überlegen. »Das wollte sie nicht. Sie ist verheiratet und kennt meine Vermieterin.« Nun erlaubte er sich sogar ein kleines Lächeln, das er immer gern aufsetzte, wenn er sich überlegen fühlte.

Erik versuchte, darüber hinwegzusehen. »Und sonst ist Ihnen nichts aufgefallen? Ein Auto, eine Person, die sich verdächtig benommen hat ...«

»Wie oft denn noch, Herr Hauptkommissar? Ich habe nix gesehen. Wenn Sie mich noch dreimal fragen, habe ich immer noch nix gesehen.«

Erik trank die Tasse leer, und Sören tat es ihm gleich. Auf den Schein, den Erik auf die Theke legte, reagierte Tove nicht, er legte ihn nicht in die Kasse und machte auch keine Anstalten, das Wechselgeld herauszugeben.

Erik bestand nicht darauf. Er erhob sich und sagte: »Die jungen Leute in der vergangenen Nacht gehörten zu den Rennfahrern. Und Sie wissen von den Straßenrennen. Versuchen Sie gar nicht, es abzustreiten, Herr Griess.«

Nun fuhr Tove Griess herum und funkelte die beiden Polizisten böse an. »Da habe ich nix mit zu tun.«

Erik sprach absichtlich sehr leise. »Bei einem dieser Rennen ist ein junger Mensch tödlich verunglückt. Das wissen Sie! Vermutlich wissen Sie ebenso, dass Wyn Wildeboer in Verdacht steht, diesen Unfall absichtlich herbeigeführt zu haben. Und sicherlich wissen Sie auch, dass er verschwunden ist. Sieht nicht so aus, als hätte Wildeboer ein reines Gewissen. Und Sie!« Eriks Zeigefinger schoss so unvermittelt vor, dass Tove erschrak. »Sie sehen auch nicht so aus!« Aufreizend langsam zog er sein Notizbuch hervor. »Ich will die Namen der Rennfahrer. Alle!«

Aber Tove Griess schüttelte den Kopf und lächelte verächtlich. »Nicht von mir. Ich weiß von nix.«

Erik wartete so lange, bis Tove nervös wurde, seine Finger zu beben begannen und seine Augen durch den Raum irrten, als suchten sie an den dunklen Holzverkleidungen nach einem Ausweg. Dann erst, als der Wirt weiterhin schwieg, steckte er den Notizblock zurück. »Überlegen Sie sich das noch mal, Herr Griess.«

Vor der Tür der Imbissstube griff Erik nach seinem Handy. Eine Stimme meldete sich sofort, das Büro des Bestattungsunternehmens war auch an den Wochenenden und an Feiertagen geöffnet. Allerdings war nicht Freesemann selbst am Apparat, sondern eine Angestellte, die den Wochenenddienst versah. Sie zögerte, als Erik sie bat, Herrn Freesemann zu holen, entschloss sich dann aber, der Forderung der Polizei Folge zu leisten.

»Was wollen Sie von Freesemann?«, fragte Sören, während Erik wartete.

»Wissen, ob sich Wyn Wildeboer krankgemeldet hat. Vielleicht hat er …« Er brach ab, weil Freesemann sich meldete. Das Gespräch war nur kurz, Erik steckte sein Handy schon nach wenigen Augenblicken zurück. »Angeblich weiß er von nichts. Wildeboer hat sich nicht bei ihm gemeldet. Morgen um zehn fängt seine Schicht an, er hat am Wochenende frei. Freesemann hat ihn bisher nicht vermisst.« Ärgerlich hantierte er am Fahrradschloss herum. »Und er ist sich auch ganz sicher, ihn mit keiner Bemerkung gewarnt zu haben.«

»Wir müssen uns diese Rennfahrer mal gründlich vornehmen.« Sören schob sein Rad auf die Straße. »Die Namen haben wir ja.«

»Ob das auch die Rennfahrer sind, wissen wir nicht, wir vermuten es nur. Beweise haben wir keine, nicht mal Indizien.«

Erik überprüfte seinen Sattel und den Lauf der Pedale, als suchte er nach einem Grund, das Fahrrad nach Hause zu bringen und auf die Herausgabe seines Wagens zu pochen. »Wenn diese Autorennen unser einziger Fall wären ... Ich hoffe immer noch, dass es damit vorbei ist und die Gefahr vorüber.«

»Dieses Treffen auf dem Parkplatz der Vogelkoje sieht für mich eher so aus, als suchten diese Kerle eine neue Strecke.«

»Auch nur eine Vermutung.«

»Und der Tod von Roluf van Scharrel?« Sören war nun gereizt. »Das ist keine Vermutung.«

»Die Fahndung nach Wyn Wildeboer ist raus.« Erik schwang sich auf den Sattel und fuhr langsam Richtung Westerlandstraße. Sören war schnell an seiner Seite. »Wenn wir ihn haben, müssen wir ihn zu einem Geständnis bewegen. Garantiert verrät er dann auch die Namen der anderen Rennfahrer. Bis es so weit ist, kümmern wir uns um den Mörder von Tabea Helmis.«

Carlotta erkannte das Fahrrad, das an der Wand von Käptens Kajüte lehnte, sofort. Erik hatte es kurz vorher aus dem Schuppen geholt, Carolin den Autoschlüssel hingelegt und war wieder losgefahren. Dass er einen Besuch bei Tove Griess machen wollte, hatte er nicht erwähnt. Was wollte er von ihm? Etwa den Namen der Frau erfahren, mit der der Wirt in der vergangenen Nacht in seinem Lieferwagen ein Schäferstündchen abgehalten hatte? Mamma Carlotta brach der Schweiß aus. Hoffentlich ließ Tove Griess sich nicht zu einer unbedachten Äußerung verleiten! Was für ein Glück, dass Lilly Heinzes Anruf erst später gekommen war! Sonst säße sie jetzt womöglich schon mit ihr in Käptens Kajüte.

Eilig schob sie ihr Fahrrad in den Hof der Imbissstube. Erik durfte es nicht sehen, wenn er herauskam. Mit zitternden Händen lehnte sie es an eine der Mülltonnen, die Tove hinter dem Haus aufgestellt hatte. Was, wenn Lilly Heinze kam und Erik verriet, dass sie mit seiner Schwiegermutter zum zweiten Frühstück verabredet war? Die Sorge erzeugte umgehend Hitze in ihrem Körper. Aber schon während sie den oberen Knopf ihrer Jacke öffnete, kühlte ihre Angst wieder ab. Sie würde einfach sagen, Lilly Heinze habe sich für diesen Ort entschieden. Das war die reine Wahrheit! Und wenn Erik sich darüber wundern sollte, dann gab es eine einleuchtende Erklärung für diesen Treffpunkt. Lilly Heinze wollte niemandem begegnen, der zu ihrem Bekanntenkreis gehörte und sich vielleicht noch auf der Insel aufhielt. Erst recht wollte sie ihrem untreuen Ehemann nicht in die Arme laufen. Und diese Gefahr war eben in Käptens Kajüte erheblich geringer als bei Gosch, im Café Lindow oder im Kliffkieker. Das musste jeder einsehen. Auch Erik!

Trotzdem wollte Mamma Carlotta im Küchenhof warten, bis Erik gegangen war. Vorsichtshalber! Er würde sich ja nicht lange in Käptens Kajüte aufhalten, das tat er nie. Es war gut zu wissen, dass sie ihre überzeugende Ausrede noch nicht verpulvern musste, dass sie ihr erhalten blieb für eine andere Gelegenheit.

Sie schlich sich zu der Tür, die in die Küche führte. Von dort ging es in den Schankraum, direkt hinter die Theke. Diese Tür war selten geschlossen, aber trotzdem konnte sie nicht hören, was dort gesprochen wurde.

Vorsichtig legte sie die Handflächen auf die Glastür und lächelte, als sie nachgab. Tove warf die Tür zum Küchenhof meist nachlässig ins Schloss, er verriegelte sie nur im Winter, damit die Küche einigermaßen warm blieb, und natürlich wenn er Feierabend machte und die Imbissstube schloss. Nun konnte sie Eriks Stimme hören, aber es waren nur Abschiedsworte, die an ihr Ohr drangen.

Sie ging zurück zur Hausecke und konnte beobachten, dass Erik telefonierte, während Sören sein Rennrad aufschloss. Nur kurz, dann setzte er sich aufs Fahrrad und fuhr mit Sören davon. Sie wartete eine Weile. Erst als die beiden nicht mehr zu sehen waren, ging sie zurück und holte ihr Fahrrad aus dem Küchenhof, um es vor der Tür von Käptens Kajüte abzustellen.

Ein Auto kam von der Westerlandstraße und hielt auf Käptens Kajüte zu. Eriks alter Ford! Eilig huschte Mamma Carlotta zurück. Carolin? Was wollte sie in Käptens Kajüte? Mit wenigen Schritten war sie an der vorderen Hausecke angelangt und konnte gerade noch sehen, wie Ronni die Imbissstube betrat. Eriks Auto war leer, niemand saß auf dem Beifahrersitz. Hatte Carolin den Wagen Ronni überlassen? Das war ja die Höhe!

Eilig huschte Mamma Carlotta zurück und schlich sich durch die offene Tür in die Küche von Käptens Kajüte. »Bist du unter die Autobesitzer gegangen?«, hörte sie Tove fragen. »Sonst leihst du dir doch immer die Karre von deinem Kumpel.«

Ronni lachte. »Du wirst es nicht glauben, das ist der Wagen von dem Bullen.«

»Von Hauptkommissar Wolf?« Hinter der Theke klirrte es, ein Glas war zu Bruch gegangen. »Bist du verrückt geworden? Wie kommst du an den Wagen?«

»Ich war mit seiner Tochter unterwegs. Und sie hatte nichts dagegen, dass ich mit Papas Auto noch kurz eine Besorgung mache.« Schon wieder lachte er. So wie ein junger Mann lachte, wenn er nicht nur die Situation, sondern auch ein junges Mädchen im Griff hatte.

Dass Tove wütend war, konnte Mamma Carlotta seiner aufgebrachten Stimme entnehmen. »Weißt du eigentlich, wie viel Glück du gehabt hast? Der Hauptkommissar war vor ein paar

Minuten noch hier. Mit dem Fahrrad! Was hätte der wohl gesagt, wenn er seinen eigenen Wagen vor der Tür entdeckt hätte?«

Nun war es mit Ronnis Überheblichkeit vorbei. »Das konnte ich ja nicht ahnen. Mach mir erst mal ein Bier, ehe du dich weiter aufregst.«

»Aber nur eins! Mehr bekommst du nicht, wenn du mit der Karre von dem Bullen unterwegs bist.« Mamma Carlotta hörte das vertraute Zischen des Zapfhahns. »Die Sache läuft aus dem Ruder. Der Hauptkommissar glaubt, dass ich in der Sache mit drinhänge. Dass ihr letzte Nacht getürmt seid, hat euch nichts genützt. Der Wolf weiß Bescheid.«

»Er hat keine Beweise, höchstens Vermutungen. Und du fällst natürlich drauf rein.«

»Du hast jetzt nur so eine große Klappe, weil er dir nichts anhaben kann. Aber was ist mit mir? Wenn der rauskriegt, was hier gelaufen ist, bin ich meine Konzession los.«

»Reg dich ab. Ist ja vorbei. Du hast doch selbst gesagt, dass du nicht mehr willst.«

»Weil mir die Sache zu heiß wird.« Toves Stimme klang jetzt beinahe so wie die eines pflichtbewussten Bürgers, dem eingefallen war, dass er etwas getan hatte, was nicht in Ordnung war. »Roluf hat dran glauben müssen. Von dieser blöden Leiche, die auf den Parkplatz gepoltert ist, mal ganz zu schweigen. Wenn ihr an der Vogelkoje weitermachen wollt – nicht mit mir. Ich bin draußen.«

»Ist ja schon gut. Wir warten.« Es entstand eine kurze Pause. Als Mamma Carlotta hörte, wie ein Glas auf der Theke abgestellt wurde, wusste sie, dass Ronni einen Schluck Bier genommen hatte. Alkohol am hellen Vormittag! Dann noch, während Ronni mit dem Wagen ihres Schwiegersohns unterwegs war! »Die anderen werden jeden Augenblick hier sein. Wir müssen darüber reden, wie wir die Sache mit Wyn regeln. Und was wir mit Jorin machen! Das ist eine Sauerei, was da abgeht.«

In diesem Moment hörte Mamma Carlotta eine weibliche Stimme. »Guten Morgen!« Lilly Heinze! Sie war pünktlich und würde sich wundern, dass die Schwiegermutter des Hauptkommissars noch nicht an der Theke saß.

Lautlos schlich sich Mamma Carlotta aus der Küche, lief ums Haus herum und betrat die Imbissstube. Über Toves schmieriges Grinsen sah sie hinweg. Wenn er glaubte, dass sich etwas zwischen ihnen verändert hatte, dass die vergangene Nacht sie näher zueinander geführt hatte, dann hatte er sich getäuscht!

Während sie Lilly Heinze begrüßte, nahm Ronni sein Bier und setzte sich an einen Tisch, weit von der Theke entfernt. Vielleicht hoffte er, nicht erkannt worden zu sein, und wollte sich aus Mamma Carlottas Aktionskreis entfernen. Aber da hatte er sich getäuscht. Nachdem sie bei Tove einen Cappuccino bestellt hatte, ging sie zu Ronni an den Tisch, stützte sich mit beiden Fäusten auf die Platte und sah ihn scharf an. »Sie bringen sofort den Wagen meines Schwiegersohns zurück! Sonst bekommen nicht nur Sie eine Menge Ärger, auch Carolin werde ich die Hölle heiß machen! Sie können sich meinetwegen ihr Fahrrad leihen, aber nicht den Wagen meines Schwiegersohns!«

Ob Ronni von ihrer Ansprache beeindruckt war, konnte sie nicht sagen. Sie drehte sich um und kehrte an die Theke zurück. Als sie in ihrem Rücken hörte, dass Ronnis Stuhl scharrte und er zur Tür ging, lächelte sie zufrieden.

»Willst du dein Bier nicht bezahlen?«, rief Tove.

»Bin gleich zurück«, war Ronnis Antwort, bevor die Tür von Käptens Kajüte ins Schloss fiel und kurz darauf der Motor von Eriks Wagen ansprang.

Lilly Heinze sah Mamma Carlotta fragend an, verlangte aber keine Erklärung. Sie nahm den Espresso, den sie bestellt hatte, und nickte zu einem Tisch in der Nähe der Tür. »Dort sitzen wir bequemer.«

Mamma Carlotta war voller Verständnis. Ja, wenn man so

dick war, hielt man es auf dem kleinen Sitz der Barhocker nicht lange aus.

»Ist Ihr Mann immer noch auf Sylt?«, fragte sie, als sie sich niedergelassen hatten.

Lilly Heinze stieß ein Lachen aus, das nahe am Weinen war. »Er ruft jeden Tag an. Das Wetter ist so schön, er genießt die Spaziergänge am Strand. Der Weg vom Bodensee zur Nordsee ist so weit, da ist es doch vernünftig, ein paar Tage dranzuhängen.« Sie hatte wohl den Tonfall ihres Mannes angenommen, näselnd, überheblich und ein wenig anmaßend. »Und angeblich ist er auch hier, um mitzukriegen, was die Polizei herausfindet.« Wieder lachte sie und auch diesmal so traurig, dass es Mamma Carlotta ins Herz schnitt. »Er tut so, als stünde er im ständigen Kontakt mit dem Hauptkommissar und erführe alles von dessen Ermittlungsergebnissen.« Jetzt veränderte sich ihr Blick, verlor die Traurigkeit und wurde aufmerksam. »Sie erfahren doch viel von Ihrem Schwiegersohn, Signora. Hat er mal davon gesprochen, dass mein Mann ihn aufgesucht hat?«

Mamma Carlotta schüttelte den Kopf. Zwar war sie keinesfalls sicher, dass Erik ihr von dem Besuch dieses Herrn erzählt hätte, aber dass Lilly Heinze von ihrem Mann hinters Licht geführt wurde, war sicher. Sie dachte an den Mann und das junge Mädchen, die sie in der Friedrichstraße gesehen hatte. Er ein gut aussehender Mann, sie ein elfenhaftes Wesen mit langen blonden Haaren ... Am liebsten hätte sie Lilly Heinze dazu geraten, um ihren Mann zu kämpfen. Nicht, indem sie ihn ausspionierte und ihm Vorwürfe machte, sondern indem sie sich um ihn und für ihn bemühte, sich zum Beispiel hübscher anzog. Aber sie trug einen Rock im Kartoffelsackformat, darüber einen weiten Pullover, mit dem sie wohl ihren gewaltigen Busen kaschieren wollte, und bequeme Halbschuhe, die alles andere als attraktiv waren. Ihre Frisur war zwar untadelig, die Haare glänzten, und der Wind hatte nichts durcheinandergebracht, aber es schien, als trüge sie eine Haarmütze, unter der sie ihre Augen verstecken wollte. Die unnatürliche Haarfarbe, zu der sie vermutlich ein Friseur überredet hatte, machte sie noch blasser, als sie sowieso war. Ihr ungeschminktes Gesicht wirkte krank, die Falten traten an diesem Tag deutlich hervor.

Aber war das ein Wunder? Mamma Carlotta schämte sich für ihre Gedanken. Eine Frau, die von ihrem Mann betrogen wurde, konnte keine runden, rosigen Wangen haben. Sie sah genauso aus wie Lilly Heinze: verhärmt und enttäuscht. Die Kraft für einen Kampf ging verloren, wenn man derart belogen wurde!

»Haben Sie schon von der Leiche in der Vogelkoje gehört?«, fragte sie, um sich auf andere Gedanken zu bringen.

Lilly Heinze riss die Augen auf. »Was?«

Carlotta erzählte, was sie wusste und weitergeben konnte, ohne ein polizeiliches Dienstgeheimnis zu verraten. Ihre eigene Rolle verschwieg sie jedoch. Dass sie auf dem Boden eines Geländewagens als blinder Passagier zur Vogelkoje gefahren war, wollte sie nicht preisgeben, erst recht nicht, dass sie sich, um nicht aufzufallen, von Tove Griess hatte küssen lassen müssen. Um nichts auf der Welt hätte sie das verraten. »Und jetzt kommt's!« Carlotta liebte es, den Höhepunkt einer Geschichte so weit wie möglich hinauszuzögern und sich dann im Licht der Pointe zu sonnen. »Die Tote ist die Pflegerin Ihrer Freundin. Ich meine ... die Pflegerin der Frau, die ... Allora, Sie wissen schon.«

»Nicht möglich«, hauchte Lilly Heinze und starrte die gegenüberliegende Wand an, als sähe sie dort das Bild der Toten.

Drei junge Männer kamen herein und ließen die Tür offen. »Schon mal was von frischer Luft gehört, Tove?«

Sie lümmelten sich an den Tisch, der am weitesten von dem entfernt war, an dem Mamma Carlotta mit Lilly Heinze saß und auf dem noch Ronnis halbvolles Bierglas stand. »Ist Ronni nicht da?«

Tove warf Mamma Carlotta einen Blick zu, ehe er antwortete: »Der kommt gleich.«

Sie beobachtete, wie er denjenigen, der ihn ansah, mit einem intensiven Blick aus weit aufgerissenen Augen und einem kurzen Nicken in ihre Richtung auf die Schwiegermutter des Kriminalhauptkommissars aufmerksam machte. Ob der junge Mann ihn verstand, war nicht zu erkennen.

Mamma Carlotta ließ sich nicht anmerken, dass sie die Männergruppe und auch Tove im Blick hatte, und sich von ihrem Gespräch nichts entgehen.

»Mein Schwiegersohn glaubt übrigens, dass Klara Seeberg nicht mehr lebt.«

Lilly Heinze nahm den Blick von der Wand. »Daran habe ich auch schon gedacht. Heio ...« Ihre Stimme verlosch. Sie mochte nicht aussprechen, was sie dachte.

Mamma Carlotta übernahm es für sie. »Sie glauben, der Mann Ihrer Freundin ist ein Mörder?«

Lilly Heinze nickte schweigend, als fehlte ihr noch immer die Kraft, das Schreckliche beim Namen zu nennen. Mamma Carlotta versah ihr Gesicht ebenfalls mit einem höchst nachdenklichen Ausdruck, während sie hörte, dass an dem anderen Tisch die Namen Wyn Wildeboer und Jorin Freesemann fielen.

»Wir müssen Wyn aus der Sache rausholen.«

»Wie denn? Willst du sagen, dass du auf dem Parkplatz von Buhne 16 dabei warst?«

Lilly Heinze hob so plötzlich die Hand, dass Mamma Carlotta erschrak. »Zwei Prosecco«, rief sie zur Theke und wandte sich dann lächelnd wieder Mamma Carlotta zu. »Ich finde, wir sollten Brüderschaft trinken.«

Eriks Laune verschlechterte sich deutlich, als er merkte, dass der Wind von vorne kam, und wurde miserabel, als leichter Regen einsetzte. Völlig überraschend! Vor ein paar Minuten war der Himmel noch blau gewesen, und die wenigen Wolken hatten nichts Böses vermuten lassen. Aber wie es auf Sylt eben häufig vorkam, hatte sich innerhalb von Minuten die Wolkendecke geschlossen. Genauso schnell konnte sie wieder aufbrechen, aber diese vage Hoffnung vermochte Erik nicht zu trösten. Er hatte keine Regenjacke an und wollte Sörens besänftigende Worte nicht hören.

»Ist ja nur ein bisschen Nieselregen, Chef. Der ist gut für den Teint.«

Erik warf einen Blick nach links, als sie Wenningstedt verließen. Von dem Haus, in dem Svea wohnte, war nur das Dach zu erkennen. Ob sie allein zu Hause saß? Dann fragte sie sich vielleicht, warum sie eine Beziehung mit einem Mann eingegangen war, der keine Zeit für sie hatte. Es tat ihm gut, sich einreden zu können, dass sie vermutlich in ihrem Büro am Lerchenweg ihrer Arbeit nachging und versuchte, den Tod und die Beerdigung ihrer Mutter in ihren Arbeitsplan zu drücken. Aber schuldig fühlte er sich trotzdem. Schuldig, obwohl er es nicht war. Es blieb ihm ja nichts anderes übrig, als zu ermitteln, wenn sich auf Sylt ein Mordfall ereignete. Die einzige Möglichkeit, sich zu entziehen, bestünde darin, die Staatsanwältin um eine Sonderkommission zu bitten, aber das wollte er auf keinen Fall. Das wäre ihm wie eine Kapitulation vorgekommen.

Leider hatte sich Tove Griess zu keiner Aussage verleiten lassen. Einen schwarzen Kia Sorento hatte er nicht gesehen, einen Mann, der aus der Vogelkoje gekommen war, auch nicht, und die jungen Leute hatte er nur am Rande wahrgenommen. Dass sie es vorgezogen hatten zu verschwinden, als die Polizei auftauchte, war ihm angeblich nicht aufgefallen. Und selbstverständlich hatte er auch nie etwas von illegalen Straßenrennen gehört. Dass er Wyn Wildeboer kannte, musste er zugeben, auch Jorin Freesemanns Name war ihm bekannt, mehr hatte er jedoch nicht wissen wollen. Dass Wyn und Jorin sich mit anderen jungen Leuten gelegentlich in Käptens Kajüte trafen, war ihm nach reiflicher Überlegung wieder eingefallen, aber an weitere Namen konnte er sich nicht erinnern. »Meinen Sie, ich frage jeden Gast nach seinem Namen? Und neugierig bin ich auch nicht. Ich belausche nicht die Gespräche meiner Gäste.«

»Aber Sie würden sie doch wiedererkennen?«, hatte Sören gefragt. »Die Leute, die regelmäßig bei Ihnen ihr Bier trinken! So viele Stammgäste haben Sie nicht.«

Darauf hatte Tove beleidigt reagiert. Und gegen sein Argument, es sei ja viel zu dunkel gewesen, um auf dem Parkplatz jemanden zu erkennen, waren Erik und Sören machtlos gewesen.

Als sie im Revier ankamen, war Eriks Jeans klamm und schien sogar eingelaufen zu sein, das Hemd klebte ihm am Körper, das unter der Jacke zwar keinen Regen abbekommen hatte, aber feucht vom Schweiß war. Funktionskleidung, wie Sören sie trug, schien echte Vorteile zu haben.

Wütend auf seine Tochter, auf seine eigene Gutmütigkeit und auf den Erfinder des Fahrrades, stapfte er in den Revierraum und fühlte sich noch schlechter, als Enno Mierendorf sagte: »Sie haben Besuch. Die Eltern von Tabea Helmis.«

Sie waren um die sechzig, beide hatten sie rote, verweinte Augen. Eriks Herz quoll über vor Mitgefühl. So herzlich, wie er es vermochte, begrüßte er sie und sprach ihnen sein Beileid aus. Auch Sören machte ein bekümmertes Gesicht und schüttelte den beiden die Hand. Daraufhin begann Frau Helmis zu schluchzen, während ihr Mann sich über die Augen wischte und versuchte, etwas zu sagen, was ihm jedoch nicht gelang. Schließlich brachte er es mit zitternder Stimme hervor: »Wir wollen Tabea sehen.«

Erst nachdem Erik ihnen zugesichert hatte, in Ruhe von ihrer Tochter Abschied nehmen zu dürfen, kam die Frage, die alle Angehörigen von Mordopfern stellten: »Wer hat das getan? Und warum?«

»Das wissen wir noch nicht. Wir haben ja gerade erst mit unseren Ermittlungen begonnen.«

Behutsam begannen Erik und Sören mit der Befragung. Herr Helmis schaffte es schließlich, von seiner Tochter zu erzählen, ohne zu weinen. Erik sah, wie sehr er sich zusammenriss, und war ihm dankbar, dass er sich um Fassung bemühte.

»Sie hat sich immer nach Abenteuern gesehnt«, begann er mit leiser Stimme. »Sie wollte anders leben als wir.« Ein Lächeln huschte über sein Gesicht, das ihm vermutlich gar nicht bewusst war. »Warum auch nicht? Wir freuten uns, dass sie ehrgeizig war und etwas erreichen wollte. Sie ist ja ... war ja unsere Einzige. Wir wollten ihr alles ermöglichen. Auch das Medizinstudium ...«

Er brach ab, weil seine Frau aufschluchzte. Verlegen griff er nach ihrer Hand und tätschelte sie. Erik war sicher, dass er zu den Menschen gehörte, die Gefühle nie an die Öffentlichkeit trugen. »Ihre Tochter hat Medizin studiert?«

Aber Herr Helmis schüttelte den Kopf. »Sie wollte es, aber sie hat das Abi nicht geschafft. In der elften Klasse hat sie die Schule geschmissen und wurde Altenpflegerin.« Er sah Erik an, als erwartete er eine Bestätigung. »Ein anständiger Beruf! Wenn man auch nicht viel verdienen kann.«

Erik tat ihm den Gefallen und nickte. »Ja, eine sehr verantwortungsvolle Aufgabe.«

»Das finde ich auch.« Herr Helmis war zufrieden. »Sie hat lange in einem Pflegeheim gearbeitet, aber irgendwann hat es ihr dort nicht mehr gefallen.«

Nun mischte sich Frau Helmis ein. »Sie wollte eine private Pflegestelle annehmen. Das war so eine Idee von ihr. Sie wollte irgendwo arbeiten, wo andere Urlaub machen, am liebsten in der Karibik.« Sie stieß ein freudloses Lachen aus. »Das hat zwar nicht geklappt, aber Sylt war ihr auch recht. Sie hatte die Anzeige von Herrn Seeberg gelesen und sich beworben.«

»Hat einfach alles hingeworfen«, ergänzte ihr Mann, »und ist nach Sylt gezogen.«

Er erhielt einen strafenden Blick von seiner Frau. »Wir haben häufig mit Tabea telefoniert.«

»Zuletzt nur noch gelegentlich«, korrigierte ihr Mann.

Frau Helmis fing an, ihr Taschentuch um die Finger zu wickeln und es zu verknoten. »Wir waren nicht damit einverstanden, dass sie sich in ihren Arbeitgeber verliebte. Immerhin war er verheiratet.« Zaghaft ergänzte sie: »Noch.«

Nun vergaß Herr Helmis für einen Augenblick seine Trauer und polterte: »Was ist das denn für eine Art, auf den Tod eines Menschen zu warten? Schrecklich ist das, ganz schrecklich.«

Auch Frau Helmis veränderte sich nun und wurde stark und mutig, als sie ihre Tochter verteidigte: »Sie hat sich den Tod der Frau nicht gewünscht. Es war ja klar, dass sie bald sterben würde.«

Erik führte die beiden auf den Weg zurück, auf dem es nur die Trauer um die Tochter gab. »Sie wollen sagen, dass Tabea Herrn Seeberg nach dem Tod seiner Frau heiraten wollte?«

»Natürlich erst nach dem Trauerjahr«, entgegnete Frau Helmis schnell. »Aber dann ...« Sie sah aus dem Fenster, als erblickte sie dort etwas, was sie ablenkte. »Dann hat sie sich nicht mehr gemeldet. Und oft nahm sie auch nicht ab, wenn wir sie anriefen. Ihre Mailbox sprang dann an, aber sie rief nur noch selten zurück.«

»Wann war das?«, fragte Sören. »Wann haben Sie diese Veränderung festgestellt?«

Die beiden zögerten. »Vor ein paar Wochen hat es begonnen.« Zu einer genaueren Zeitangabe waren sie nicht fähig.

»Jedenfalls hatte sich irgendwas geändert«, beschloss Herr Helmis. »Es war uns, als hätte sie ein Geheimnis.«

Sie konnte riechen, dass Ronni vor ihr angekommen war und schon den Pinsel in den Farbeimer getaucht hatte.

»Eigentlich wollte er mir beim Wischen helfen«, sagte Carolin, als müsste sie ihrer Großmutter erklären, warum Ronni seine eigene Arbeit wichtiger war als das, was sie zu tun hatte. »Aber Svea hat sich erkundigt, ob er heute mit dem Schlafzimmer fertig wird.« Sie wartete, bis Ida mit dem Putzeimer das Wohnzimmer verließ, um das schmutzige Wasser zu entsorgen. »So eine Sklaventreiberin! Schließlich ist Sonntag!«

Mamma Carlotta sah ihre Enkelin strafend an. »Er kann froh sein, dass er Arbeit hat und Geld verdienen kann. Er hat eine Chance! Da pocht man nicht auf ein freies Wochenende.«

»Tut er ja auch nicht«, gab Carolin gereizt zurück. »Aber muss sie deswegen vorbeikommen, um ihn zu kontrollieren?«

»Come? Die Signora kommt zu uns? Will sie mit uns essen?«

Carolin grinste. »Glaubst du das wirklich?«

»Madonna! Es gibt Tomatenblüten. Aber ohne Eier und Thunfisch? No! Dann Karottencremesuppe! Mit Milch, Fleischbrühe, Fontina-Käse ...«

»Kannst du vergessen«, kam es von Carolin.

»Aber mein würziger Kartoffelsalat! Wenn ich die Sardellen und das Ei weglasse ...«

»Schmeckt das?«

»Natürlich nicht so gut. Und von dem Joghurt-Ricotta-Kuchen wird sie wohl kein Stück anrühren.«

Ida kam wieder herein. Sie hatte mitbekommen, dass Carlotta und Carolin über ihre Mutter sprachen. »Meine Ma verlangt keine Sonderbehandlung. Außerdem kommt sie doch nur vorbei, um zu sehen, wie weit Ronni mit der Arbeit ist.«

»D'accordo! Das werde ich mir auch mal ansehen.«

Mamma Carlotta stieg die Treppe in die erste Etage hoch, dem Farbgeruch entgegen. Obwohl Eriks Schlafzimmertür geschlossen war, hörte sie Ronni telefonieren.

»Was soll ich tun? Er macht sich in die Hose vor Angst.«

Carlotta schlich auf Zehenspitzen näher, das Ohr auf die Tür, ihren Blick auf das Erdgeschoss gerichtet.

»Das dauert noch. Heute muss ich mit dem Schlafzimmer

fertig werden, schließlich brauche ich einen Job von der Gysbrecht. Und außerdem kriege ich mehr mit, wenn ich unten im Wohnzimmer arbeite.«

Carlotta hörte die Wohnzimmertür, Schritte bewegten sich zur Treppe. Felix? Sie musste den Horchposten verlassen und tun, was sie angekündigt hatte. Sie öffnete die Schlafzimmertür und strafte Ronni mit einem scharfen Blick, weil er während der Arbeitszeit telefonierte. Prompt beendete er sein Telefonat und steckte das Handy weg. »Nur ein ganz kurzes Gespräch ... keine zwei Minuten ...«

Mamma Carlotta tat so, als hörte sie ihn nicht, und sah sich aufmerksam um. Gern hätte sie etwas zu beanstanden gehabt, aber tatsächlich war Ronnis Arbeit tadellos. Drei weiß gestrichene Wände und dazu eine hellgraue, dort, wo das Bett stehen würde, das Svea für Erik bestellt hatte. Sie hatte erklärt, dass die Wand genau denselben Farbton haben würde wie die Tagesdecke, die sie ebenfalls bestellt hatte, und die kleinen Kissen, die tagsüber darauf liegen sollten. Mamma Carlotta fragte sich, wie Svea reagieren würde, wenn die Tagesdecke ihre Tage zusammengeknüllt auf einem Stuhl verbringen würde und die Kissen Stück für Stück durchs Haus gewandert waren und sich über alle Zimmer verteilt hatten.

Ronni rückte den Farbeimer zurecht und gab sich arbeitseifrig. »Wollen Sie mich auch kontrollieren?«

»Warum nicht? Mein Schwiegersohn hat keine Zeit, da schaue ich eben nach dem Rechten. Auch wenn Signora Gysbrecht diejenige ist, die Sie engagiert hat, mein Schwiegersohn ist der Auftraggeber, der Sie bezahlt.«

»Gibt's was zu beanstanden?«

»Nein, alles in Ordnung.« Mamma Carlotta schritt alle vier Wände ab, blieb dann neben Ronni stehen und sah ihn an. Schweigend! So machte sie es in ihrem Dorf auch immer bei dem Nachbarssohn, wenn er etwas in seinen Hosentaschen hatte verschwinden lassen, was nicht im eigenen Garten, sondern hinter dem Haus der Capellas gewachsen war. Sie wartete dann mit der Macht der Stärkeren, derjenigen, die im Recht war. Und richtig! Bei diesem jungen Anstreicher funktionierte es genauso wie bei dem Nachbarjungen, der so gerne Kirschen klaute. Ronni wurde nervös.

»Sie haben was mitgekriegt in Käptens Kajüte. Stimmt's?«
»Kann sein.«
»Und warum verraten Sie mich nicht?«
»Vielleicht tu ich das noch.«
»Dann verrate ich auch, was ich weiß.«
Mamma Carlotta lächelte milde. »Was wissen Sie schon?«
»Tove hat es mir verraten. Ihr Schwiegersohn darf nicht wissen, dass Sie Stammgast in Käptens Kajüte sind.«

Leider gelang es Mamma Carlotta nicht, ihre Position zu behaupten. Und Ronni bemerkte sofort, dass es mit ihrer Selbstsicherheit vorbei war.

»Keine Sorge, ich sag nix.«

Mamma Carlotta machte einen Schritt auf Ronni zu, bis sie so dicht vor ihm stand, dass er Mühe hatte, nicht zurückzuweichen. »Sie lassen die Finger von meiner Enkelin! Und Sie werden es nicht noch einmal wagen, sie zu etwas zu verleiten, von dem sie weiß, dass es nicht richtig ist. Zum Beispiel den Wagen ihres Vaters einem Fremden zu überlassen!« Nun bewegte sie sich Richtung Tür, ging aber rückwärts, um Ronni nicht aus den Augen zu lassen. »Noch einmal ein Autorennen, und mein Schwiegersohn wird sofort erfahren, was ich weiß. Noch einmal eine Wette in Käptens Kajüte, und ich werde auch auf Tove Griess keine Rücksicht nehmen.«

»Ist ja schon gut.«

»Und ich habe Ihnen nicht versprochen zu schweigen, dass Sie das nur nicht glauben. Wenn ich es für nötig halte, werde ich meinem Schwiegersohn verraten, wen er in seinem Haus arbeiten lässt.«

»Ja, ja.«

Leise öffnete sie die Tür, trat auf den Flur und warf sie dann donnernd hinter sich zu. Ein Poltern und ein Fluchen zeigten ihr, dass Ronni vor Schreck der Pinsel aus der Hand gefallen war. Mamma Carlotta grinste. Ronni würde sich in Zukunft vorsehen, da war sie sicher.

Zurück in der Küche machte sie sich sofort daran, das Mittagessen vorzubereiten. Die Kinder waren mit dem Wischen des Wohnzimmers fertig und suchten nun den Garten nach Zigarettenkippen und weggeworfenem Plastikgeschirr ab. Während sie für die Tomatenblüten die hartgekochten Eier halbierte und das Eigelb herauslöste, dachte sie an das, was sie in Käptens Kajüte gehört hatte. Leider war es ihr nicht gelungen, alles mitzubekommen, da das Gespräch mit Lilly Heinze mindestens ebenso spannend gewesen war wie das, was am anderen Ende der Imbissstube getuschelt wurde. Von Wyn Wildeboer war die Rede gewesen und von dem Sohn des Beerdigungsunternehmers. Leider hatte sie so ausgiebig und intensiv mit ihrer neuen Freundin Brüderschaft getrunken und sich an dem Angebot, sich zu duzen, derart berauscht, dass sie vorübergehend glatt vergessen hatte, auf das verschwörerische Geflüster zu lauschen. Aber irgendwas war im Gange, das hatte sie gespürt. Es gab einen Plan, der in Käptens Kajüte gefasst worden war. Und sie hatte bemerkt, dass Tove immer wieder an den Tisch der Rennfahrer getreten war, um sie zu ermahnen, leise zu reden und nicht zu vergessen, dass die Schwiegermutter des Hauptkommissars in der Nähe war. Das hatte sie natürlich nicht gehört, aber Toves Beschwichtigungen so interpretiert. Irgendwann aber war ihr klar geworden, dass Vermutungen auf Dauer unbefriedigend waren, jedenfalls dann, wenn man sie sich aus winzigen Kopf- und Handbewegungen und Geflüster zusammenreimen musste. Da hatten sich Lillys Vermutungen doch als wesentlich aufschlussreicher erwiesen. Carlottas neue Freundin war fest davon überzeugt, dass ihre Freundin Klara von ihrem eigenen Ehemann umgebracht worden war. Ihr waren Bemerkungen eingefallen, die sie erst jetzt, nach Klaras Verschwinden, richtig zu verstehen glaubte. »Sie hat mir mal gestanden, dass sie glaubte, ihr Mann hasse sie. Und zwar deswegen, weil sie klüger und erfolgreicher war als er. Sie hatte es geschafft, die Firma zu erhalten und sogar zu vergrößern! Ihr hatte Heios Vater vertraut, nicht seinem Sohn.«

»Er könnte doch froh sein, eine so tüchtige Frau zu haben.«

»Klar! Sie sorgte dafür, dass es ihnen gut ging. Aber er litt darunter, dass er selbst dazu nicht fähig war. Statt ihr dankbar zu sein, hat er sie gehasst, weil sie ihm Tag für Tag vor Augen geführt hat, wie unfähig er ist.«

Mamma Carlotta wurde aus ihren Gedanken gerissen, als Ida eintrat, mit Kükeltje auf dem Arm. Sorgfältig schloss sie die Tür und ließ die Katze zu Boden, die sofort zur Tür der Vorratskammer lief und maunzte, als hätte sie tagelang nichts zu fressen bekommen.

Ida sah eine Weile zu, wie Mamma Carlotta Thunfisch, Oliven, Eigelb, Mayonnaise und Senf zu einer Paste verrührte, dann sagte sie leise, als läge ihr etwas schwer auf der Seele, was durch laute Worte noch schwerer wurde: »Sie waren gerade bei Ronni, Signora?«

Mamma Carlotta kontrollierte den Zustand der Karotten, die in einem großen Topf kochten, stellte fest, dass sie weich waren, goss das Kochwasser ab und suchte nach dem Pürierstab. »Er macht gute Arbeit.«

Sie sah Ida nicht an, weil sie merkte, dass das Mädchen etwas loswerden wollte, was sie womöglich sofort wieder in sich verschließen würde, wenn sie gedrängt wurde. Ida schien sich mit Loyalitätskonflikten zu plagen. »Irgendwas ist mit Ronni«, sagte sie schließlich, als Carlotta den Pürierstab gefunden hatte. »Mit dem stimmt was nicht.«

Carlotta legte den Pürierstab zur Seite, ohne ihn benutzt zu haben. »Was meinst du?«

»Er verhält sich merkwürdig. Manchmal verschwindet er

kurz, für eine halbe Stunde oder länger, will aber nicht sagen, was er vorhat und wo er gewesen ist. Er führt komische Telefongespräche und tut dann so, als hätte seine Schwester angerufen oder ein alter Kumpel aus Australien.«

»Aber das stimmt nicht?«

Ida schüttelte den Kopf. Es schien ihr schwerzufallen zu gestehen, dass sie Ronni belauscht hatte. »Ich fürchte, er plant schon wieder krumme Touren. Obwohl er mir doch versprochen hat, die Chance, die meine Ma ihm gibt, zu nutzen. Vielleicht ist es seine letzte. Wenn er erst im Knast gelandet ist ...« Sie sprach den Satz nicht zu Ende.

Mamma Carlotta betrachtete sie ausgiebig, ehe sie fragte: »Hast du konkrete Befürchtungen?«

»Er ist während der Party verschwunden. Erst hat er es bestritten, dann wollte er nicht sagen, wo er gewesen ist.«

Nun zog Mamma Carlotta es vor, sich weiterhin mit dem Essen zu beschäftigen, statt in Idas Augen zu blicken. Während sie die Karotten pürierte, fiel kein Wort mehr. Erst als das Geräusch des Pürierstabs erstarb, sagte Ida: »Ich glaube, er hat was mit der Toten in der Vogelkoje zu tun. Die Frau ist doch während Caros Party umgebracht worden, oder?«

Mamma Carlotta fuhr herum. »Was willst du damit sagen?«

»Ronni hat sie gekannt. Das habe ich mitbekommen, als er telefonierte.« Ida blickte Mamma Carlotta unsicher an. Erst als kein Vorwurf in Mamma Carlottas Augen erschien, ergänzte sie: »Er ist hier, um zu spionieren. Jede Gelegenheit nutzt er, um etwas mitzubekommen. Wenn Erik im Haus ist, liegt er immer auf der Lauer. Ich glaube, er will wissen, wie weit Erik mit seinen Ermittlungen ist und wen er in Verdacht hat.«

Carlotta hatte Mühe, den Fontina-Käse zu reiben und dabei die Unversehrtheit ihrer Finger im Blick zu behalten. »Ronni kannte Tabea Helmis? Woher?«

Sie schmeckte die Karottencremesuppe ab, während sie auf Idas Antwort wartete. Sie traute dem Mädchen nichts Schlechtes zu, aber konnte es nicht trotzdem sein, dass sie Ronni in ein schlechtes Licht setzen wollte, weil sie eifersüchtig war? Weil er sich Carolin zuwandte und nicht ihr? Ihr fiel ein, dass sie selbst als Vierzehnjährige einmal etwas getan hatte, wofür sie sich mindestens zwanzig Jahre lang geschämt hatte. Damals hatte sie versucht, der unbeliebtesten Klassenkameradin einen Diebstahl in die Schuhe zu schieben, obwohl sie wusste, dass sie ihn nicht begangen hatte. Sie hatte gehofft, Adelia würde dann von der Schule verwiesen und so aus der Reichweite eines Jungen kommen, auf den auch Carlotta ein Auge geworfen hatte. All ihre Freundinnen waren empört gewesen, dass Adelia sich ausgerechnet in Riccardo verguckt hatte, und Carlotta hatte sich eingeredet, es sei ihre Pflicht, Riccardo vor einem großen Fehler zu bewahren. Zum Glück war die wahre Diebin bald darauf entlarvt worden, aber Carlotta spürte noch heute das Brennen der Scham. Dass Riccardo nicht von Adelia ließ, dass er nach der Schule mit ihr zusammenblieb und sie später heiratete, war etwas, was Carlotta dann sehr begrüßte, weil es ihre Schuld ein wenig leichter machte. Ganz war sie ihr jedoch nie von den Schultern genommen worden.

»Worum geht's dir, Ida? Um Ronni oder um Carolina?«

»Caro findet ihn auch komisch, aber sie redet sich ja alles schön, weil sie in Ronni verknallt ist.«

»Was redet sie sich schön?«

»Sie hat doch mit Ronni zusammen die Boxen zurückgebracht. Danach wollte er sich mit Freunden in Käptens Kajüte treffen, und Caro wollte mit. Aber das hat er verhindert. Er hat ihr Eriks Auto abgeschwatzt, aber mit seinen Freunden bekannt machen wollte er sie nicht. Das ist doch merkwürdig, oder?«

Mamma Carlotta fand es viel weniger merkwürdig als Ida, aber das konnte sie dem Mädchen schlecht erklären.

»Ich will nicht, dass Caro sich an einen Typen hängt, der im Knast landen wird.«

»Aber du bist es gewesen, die dafür gesorgt hat, dass er eine zweite Chance bekommt.«

»Da dachte ich noch, er wäre okay, er würde sich fangen.«

»Das glaubst du jetzt nicht mehr?«

Ida holte Kükeltje auf ihren Schoß, damit sie in ihr Fell sprechen konnte. »Ronni hat sich früher mit kleinen Diebereien über Wasser gehalten. Ladendiebstähle und so. Manchmal ist er auch irgendwo eingestiegen, wenn gerade ein Fenster offen stand. Oli hat es mir auf Caros Party erzählt. Der war früher mal eng mit Ronni befreundet. Aber als er das erste Mal geschnappt wurde, wollte Oli nichts mehr mit ihm zu tun haben.«

Mamma Carlotta hatte gerade begonnen, die Sardellen für den Kartoffelsalat zu hacken. Sie hielt inne, das Messer noch gezückt, als wollte sie auf Ronni losgehen, wenn er sich in der Küche blicken ließ. »Nicht nur ein Ladendieb? Auch ein Einbrecher? Weiß Carolina davon?«

»Sie war ja dabei, als Oli das erzählt hat. Aber sie wollte ihm nicht glauben. Sie hat gesagt, Oli übertreibt.« Ida legte einen Zeigefinger auf die Lippen. »Ich musste ihr versprechen, nichts zu verraten. Aber jetzt...«

Mamma Carlotta sah ein, dass sie ihren Zorn auf die kriminellen Machenschaften des jungen Anstreichers hintenanstellen musste, wenn sie mehr von Ida erfahren wollte. Und das wollte sie unbedingt. »Was hat das mit der Toten in der Vogelkoje zu tun?«

Ida sprach nun so leise, dass sie kaum zu verstehen war. »Ich habe Ronni darauf angesprochen. Auf das, was ich gehört hatte, als er telefonierte. Natürlich wollte er sich rausreden, aber ich habe ihm gesagt, dass er mir die Wahrheit schuldig ist. Schließlich habe ich ihm Arbeit besorgt. Und wenn er demnächst öfter von meiner Ma beschäftigt wird, dann hat er das mir zu verdanken. Grund genug, mich nicht anzulügen.«

»Hat er das eingesehen? Hat er dir erzählt, woher er die Frau kennt?«

»Er ist auch einmal bei den Seebergs in Kampen eingestiegen. Ein Fenster im Erdgeschoss stand offen, die Pflegerin versorgte die Kranke, Heio Seeberg war bei ihr. Ronni hat die beiden reden hören.«

Mamma Carlotta ließ die Sardellen im Stich und setzte sich zu Ida. »Was hat Heio Seeberg gesagt?«

Ida zögerte, dann gab sie sich einen Ruck. »Er soll gesagt haben ... ›Ich bin froh, dass ich Klara los bin. Jetzt noch Lilly! Wenn die auch im Jenseits angekommen ist, können wir starten.‹«

»Lilly? Hat er wirklich diesen Namen genannt?«

Idas Blick wurde ängstlich. »Wissen Sie, wer gemeint ist?«

Mamma Carlotta zog es vor, den Kopf zu schütteln. Mit eisernem Willen schaffte sie es, sich unbeteiligt zu geben und nichts von ihrer persönlichen Betroffenheit spüren zu lassen. Nun hatte sie den Beweis! Heio Seeberg hatte seine Frau Klara auf dem Gewissen. Und dessen Freundin Lilly sollte auch dran glauben! Aber warum?

Ida ahnte nichts von ihren Gedanken. »Ronni sagt, die Pflegerin wäre auf ihn aufmerksam geworden. Er hatte sich durch ein Geräusch verraten. Herr Seeberg hat gemerkt, dass jemand im Haus war, und die Pflegerin hat Ronni dann verfolgt. Er sagt, die war ganz schön flott auf den Beinen, er hatte seine liebe Mühe, ihr zu entkommen.«

»Aber er hat es geschafft?«

»Nicht ganz. Sie hat ihn zu fassen gekriegt, aber er konnte sich losreißen. Seitdem hat er Angst, dass sie ihn wiedererkennen könnte, wenn er ihr auf Sylt begegnet.«

Plötzlich stieg in Mamma Carlotta eine schreckliche Ahnung auf. »Du meinst ... die beiden sind sich begegnet?«

»Sie wusste vielleicht, was er gehört hat. Sie wollte ihn zum Schweigen bringen. Oder sie hat ihm gedroht ...«

Mamma Carlotta war es, die den Satz vollendete: »... und er hat sie umgebracht, damit sie den Mund hält.«

Nun weinte Ida tatsächlich. »Muss ich das Erik sagen, Signora? Muss er das wissen?«

»Eigentlich...«

»Aber was, wenn Ronni es gar nicht war?«

Mamma Carlotta verlegte sich aufs Sardellenhacken, um Ida nicht mehr anblicken und ihre Qual nicht mehr sehen zu müssen. »Besser, wir warten ab, Ida. Enrico ist ein guter Polizeibeamter. Wenn Ronni es war, wird er es auch ohne deine Hilfe herausfinden.« Sie dachte wieder an Adelia, die man vielleicht ihr Leben lang eine Diebin genannt hätte, wenn die Schuldige nicht entlarvt worden wäre. »Es ist ja nur eine Vermutung. Wenn wir uns irren und Ronni trotzdem ins Gefängnis kommt, verliert er die letzte Hoffnung auf einen neuen Start in eine ehrliche Zukunft, und der wahre Täter hat Zeit, sich abzusetzen.«

Das überzeugte Ida. Sie trocknete ihre Tränen und öffnete die Tür der Vorratskammer, um Kükeltje ein Stück von der Salami abzuschneiden, die am Fenstergriff hing.

»Wir sollten Ronni aber im Auge behalten«, meinte Mamma Carlotta und rührte das Dressing für den Kartoffelsalat zusammen. »Entweder wir finden Beweise für seine Schuld oder für seine Unschuld.«

Ida kehrte mit einer sehr zufriedenen Katze zurück. »Und bitte, sagen Sie Caro nichts davon, Signora. Sie würde denken, ich schwärze Ronni nur an, weil ich eifersüchtig bin.«

Es sah so aus, als überlegte Erik sich, ob er überhaupt ein Mittagessen haben wollte.

Sören wurde unruhig. »Das ist doch nur ein Katzensprung, Chef. Und es regnet nicht mehr.«

»Wir können auch in den Bahnhof gehen, ins Entrée.«

»Und Ihre Schwiegermutter mit Antipasti, Primo, Secondo und Dolce sitzen lassen?« Sören war empört. »Das geht nicht.«

Erik aber kam einfach nicht gegen seine schlechte Laune an,

die ihn in dem Moment befallen hatte, als ihm bewusst wurde, dass sein Auto nicht auf dem Hof des Polizeireviers stand. Angeschlichen hatte sich die Verstimmung schon, als die Eltern der Toten sich verabschiedet hatten. Er hatte ihnen nachgesehen, wie sie davontrotteten, die Köpfe gesenkt, mit kleinen Schritten, und hatte beobachtet, wie der Mann nach der Hand seiner Frau griff, weil er Halt brauchte, weil er allein nicht weitergekommen wäre. Es war Sonntag! Er sollte zu Hause bei seiner Familie sein, sich aufs Mittagessen und auf ein anschließendes Schläfchen freuen, auf Kaffee und Kuchen im Garten, auf eine gut gestopfte Pfeife und einen Spaziergang zum Meer, wenn die Dämmerung hereinbrach. Und was tat er? Er musste sich dem Leid eines Elternpaares aussetzen, auf einen freien Sonntag verzichten und auch noch – als Krönung des Ganzen – mit dem Fahrrad nach Hause fahren. Als er aus dem Fenster sah und mit dem Blick einer Gruppe von Radlern folgte, die aus einem guten Dutzend alberner Frauen bestand, verschlechterte sich seine Laune noch einmal. Und als das Telefon klingelte, gerade in dem Moment, in dem er sich damit abgefunden hatte, dass er sich die Mittagspause mit körperlicher Ertüchtigung verdienen musste, ging seine Laune noch weiter in den Keller, wenn das überhaupt möglich war.

Vetterich merkte nichts davon. Ihm waren Menschen mit strahlender Laune ja eher suspekt, er fühlte sich wohler, wenn er auf einen muffeligen Zeitgenossen stieß, also auf jemanden, der so war wie er selbst. »Wir sind mit dem Auto fertig«, erklärte er. »Jede Menge DNA, sowohl vom Opfer als auch vom vermeintlichen Täter. Ich hatte ja genug Vergleichsmaterial. Heio Seeberg und Tabea Helmis haben sich beide in dem Kia Sorento aufgehalten, so viel steht fest. Natürlich gab's auch noch weitere DNA, vor allem eine dritte, frische Spur. Aber dafür fehlt mir das Vergleichsmaterial, die kann ich nicht zuordnen. Im Computer habe ich nichts gefunden.«

»Und das Seidentuch?«

»Eindeutig die Mordwaffe.«

»DNA von Herrn Seeberg?«

»An dem Tuch nicht. Da hat er wohl Handschuhe getragen.«

»Die Frau wurde in dem Wagen umgebracht?«

»Sieht so aus. Sie hat zugetreten, während sie sich wehrte. Die Spuren im Fußraum und am Bodenblech sind eindeutig. Es sei denn ...«

»Was?«

»Na ja ... in sexueller Ekstase können solche Spuren auch entstehen.«

Erik beendete das Gespräch und folgte Sören nun, ohne zu protestieren. »Vermutlich war sie völlig arglos, als sie sich zu ihm ins Auto setzte.«

»Wir müssen den Kerl finden«, stöhnte Sören, während er sein Rennrad aufschloss. »Die Staatsanwältin hat die Fahndung auf Dortmund, den früheren Wohnort, konzentriert.«

»Das ist vernünftig. Es würde mich wundern, wenn Seeberg sich noch auf Sylt aufhält.«

»Nee, der ist weg, garantiert.«

Der Fahrradweg an der Kjeirstraße war breit genug, um nebeneinander herzufahren. »Mit Fahndungen läuft's zurzeit ja nicht besonders gut«, meinte Erik. »Von Wyn Wildeboer gibt's auch nach wie vor keine Spur.«

Sie bogen rechts in die Nordmarkstraße ein und fuhren auf den Norderplatz zu. »Und wir haben auch noch immer keine Ahnung, wer die unbekannte Tote ist, die als Klara Seeberg bestattet werden sollte.«

»Vielleicht bringt das Foto etwas, was morgen oder übermorgen in den Zeitungen erscheinen wird.«

Sören war skeptisch. »Der Tod verändert einen Menschen. Und am Ende einer so langen und schweren Krankheit sieht keiner mehr so aus wie in der Blüte seines Lebens.«

»Es ist unsere einzige Chance. Sie wissen, dass es mir auch

nicht gefällt, das Foto einer Toten zu veröffentlichen. Sogar die unsensible Staatsanwältin hat Schwierigkeiten damit.«

»Und das will schon was heißen.«

Ein Auto brauste an ihnen vorbei, dessen Fahrerin hupte, als sie auf ihrer Höhe war. Erik lag schon eine böse Entgegnung auf der Zunge, da merkte er, dass es sich um Sveas Wagen handelte. Er winkte ihr nach und gab ihr ein Zeichen, als sie langsamer fuhr und das Auto an den Straßenrand steuerte. Prompt gab sie wieder Gas. Sie hatten die kleine Anhöhe zwischen Westerland und Wenningstedt so weit überwunden, dass sie sehen konnten, wie Svea in den Süder Wung einbog.

Sören sah nicht sehr glücklich aus. »Die arme Signora! Die wird nun wieder durch die Vorratskammer fegen und nach etwas suchen, was man einer Veganerin vorsetzen kann.«

Als sie das Haus betraten, hörten sie Sveas Stimme, die aus dem Schlafzimmer in der ersten Etage drang. Der Anstreicher erhielt neue Anweisungen. »Morgen früh machen Sie mit dem Wohnzimmer weiter.«

»Alles klar!« Ronnis Antwort kam zackig und arbeitseifrig. Er stieg hinter Svea die Treppe herunter, grüßte knapp, als hätte er zu wenig Zeit, um die Anwesenheit seines Auftraggebers ausführlicher zu würdigen, und folgte Svea ins Wohnzimmer. Erik blieb in der Tür und hörte zu, wie Svea dem Anstreicher erklärte, was zu geschehen hatte, während Sören in die Küche ging, wo er sich wohler fühlte. Eriks Abneigung gegen jedes ihrer Worte wurde zu einem körperlichen Unwohlsein. Wie hatte er sich nur darauf einlassen können, eine neue Einrichtung anzuschaffen? Er hing doch an den alten Möbeln! Sie waren ein Teil seiner Erinnerungen an Lucia, aber genau das hatte er Svea nicht sagen können, als sie ihm mit der Idee gekommen war, sein Heim auf Vordermann zu bringen, das sie unzeitgemäß und altbacken genannt hatte. Svea sollte nicht glauben, dass sein Herz noch nicht frei war, sie sollte sicher sein, dass er den Tod seiner Frau überwunden hatte und bereit war, sich auf ein neues Glück einzulassen. Deswegen hatte er nicht sagen können, dass er die Möbel behalten wollte.

Er hörte etwas von dezenter, aber wirkungsvoller Abgrenzung der Zonen, von Leuchten, Steckdosen, Stromleitungen und Lichtschaltern und vom Raster der senkrechten und waagerechten Linien, die durch Farben hervorgehoben werden sollten. Helles Grau sollte mit roten Akzenten korrespondieren, lederne Polstermöbel und gläserne Beistelltische hatte sie aus der Kelly-Hoppen-Kollektion ausgesucht, wobei Erik nicht die geringste Ahnung hatte, wer Kelly Hoppen war. Ein Ohrensessel von Tom Dixon war angeblich angeschafft worden, damit Erik nicht auf die Gemütlichkeit verzichten musste, die ihm wichtig war, und flache, mit Moos bepflanzte Glasschalen sollten die runde Form der großen Leuchte aufgreifen, die das Gegengewicht zum geradlinigen Glastisch darstellten. Erik schwirrte der Kopf, wenn er hörte, wie Svea theoretisierte. Er hatte die komplette Gestaltung ihr überlassen, als sie ihm endlich die Zustimmung abgeschmeichelt hatte, nun fragte er sich, ob er wirklich mit Moos bepflanzte Glasschalen auf dem Tisch stehen haben wollte und wie er seine geliebten grünen Kissen, die er vorsichtshalber im Keller versteckt hatte, in dieses Design zurückschmuggeln sollte.

Er fing einen Seitenblick von Svea auf. Es ging nun um den Fußboden, den er verteidigt hatte, weil ihm die Kosten zu hoch erschienen waren, ihn herauszureißen und durch eine Auslegware in Taupe zu ersetzen. Nun würde die Ausstattung des Wohnraums also nicht so perfekt sein, wie Svea es sich gewünscht hatte. Dass er ihr diesen Widerstand entgegengesetzt, dass er etwas erfolgreich verteidigt hatte, tat ihm gut, machte den Verzicht auf alles andere etwas leichter. Zur Preisgabe gewohnter Gegenstände zählte er mittlerweile sogar die Kristallschale von Lucias Tante Rosalia, die er nicht hatte leiden können, und die Kerze mit dem Bild des heiligen Adone von Arezzo, dem Schutzheiligen von Panidomino, die niemals angezündet worden war und seit seiner Hochzeit in einem der offenen Fächer der Schrankwand gestanden hatte. Svea hatte ausgesehen, als litte sie unter akuter Gastritis, als ihr Blick auf diese Kerze gefallen war.

Mamma Carlotta drängte sich an Erik vorbei ins Wohnzimmer. »Bleiben Sie zum Essen, Signora? Den Bacon habe ich noch nicht über den Kartoffelsalat gegeben. Nur das Ei ... aber ein einziges Ei von einem glücklichen Huhn ...«

»Danke«, ging Svea dazwischen. »Aber ich habe keine Zeit. Ich muss nach Kampen. Dem Bestatter fehlt noch eine Urkunde.«

»Domenica?«

»Herr Freesemann ist auch sonntags für seine Kunden da. Schließlich wird auch am Wochenende gestorben.« Sie wandte sich an Erik und berührte zärtlich seinen Arm. »Die Polizei muss ja auch sonntags arbeiten.«

Erik wünschte, seine Schwiegermutter und Ronni wären nicht anwesend. Er hätte Svea jetzt gerne in die Arme gezogen und sein Gesicht in ihre Halsbeuge gelegt.

Er räusperte sich. »Ich werde sehen, dass ich heute Abend nicht zu lange im Büro sein muss.«

»Dann kommst du hoffentlich zu mir. Meine Cousine kommt heute Abend. Tina möchte dich kennenlernen.«

Eriks Motivation, früh seinen Dienst zu beenden, wäre erheblich ausgeprägter gewesen, wenn ein paar Stunden Alleinsein mit Svea gelockt hätten. Trotzdem sagte er zu, ohne zu überlegen. »Gegen sieben?«

Svea war einverstanden und wandte sich an Mamma Carlotta. »Sie sind natürlich auch herzlich eingeladen, Signora.«

Erik hoffte, seine Schwiegermutter, die sich so viel auf ihr Fingerspitzengefühl einbildete, würde merken, dass diese Einladung aus reiner Höflichkeit ausgesprochen wurde, aber Mamma Carlotta sagte schon begeistert zu, noch ehe Svea ergänzt hatte: »Ich koche uns dann eine Kleinigkeit.«

Spätestens jetzt musste ihr einfallen, dass sie am Abend etwas vorgesetzt bekommen würde, was ohne Fisch und Fleisch, ohne Eier, Sahne und Mascarpone auskommen musste. Doch Mamma Carlotta blieb bei ihrer Zusage. Kein Wunder eigentlich. Es war das erste Mal, seit sie regelmäßig nach Sylt kam, dass sie eine Einladung zum Essen erhielt. »Ich könnte Torta di Mela mitbringen oder Gelatina di vino bianco. Den Joghurt würde ich weglassen.«

»Nein danke, Signora. Es ist bereits für alles gesorgt.« Svea gab Erik einen flüchtigen Kuss auf die Lippen, rief nach Ida, die sie nach Kampen begleiten sollte, und drehte sich zu Ronni um. »Sie haben alles verstanden?«

Es fehlte nicht viel, und Ronni hätte salutiert. »Alles klar.«

Nun erschien Sören in der Diele, der sich anscheinend in der Küche gelangweilt hatte. Erst jetzt fiel Mamma Carlotta ein, dass sie ihre Pflichten als Gastgeberin sträflich vernachlässigt hatte. Ein Gast hatte allein am Tisch sitzen müssen! Eine grobe Unhöflichkeit. »Mi dispiace, Sören!«

»Kein Problem.« Sören winkte ab, er sah sogar so aus, als hätten ihm die Minuten, die er in absoluter Ruhe verbracht hatte, gutgetan. »Mir ist gerade eingefallen«, sagte er zu Erik, »dass wir die Durchsuchung der Wohnungen heute noch vornehmen sollten. Sonntags erreichen wir die Bekannten von Wyn Wildeboer vermutlich am ehesten. Vielleicht gleich auf dem Rückweg?«

Erik zog die Stirn kraus, dann fiel es ihm ein. »Den Zettel mit den Namen habe ich im Büro. Also heute Nachmittag! Oder am frühen Abend.«

Als die Tomatenblüten gegessen waren, wusste Mamma Carlotta endlich, was sie am Abend anziehen würde. Als die Karottencremesuppe abgetragen wurde, hatte sie sämtliche Bedenken, die mit Sveas Einladung einhergingen, erörtert und weitgehend über Bord geworfen. Bei dem würzigen Kartoffelsalat kamen gelegentlich Carolin und Felix zu Wort, was ihre Nonna prompt daran erinnerte, dass der Anstreicher im Haus war, woraufhin die Unterhaltung so leise fortgesetzt wurde, dass Ronni nicht mithören konnte. Bis der Joghurt-Ricotta-Kuchen auf den Tisch kam, hatte Carolin zu hören bekommen, dass Ronni nicht von der Arbeit abgehalten werden dürfe, und Felix hatte schwören müssen, auf seine Schwester aufzupassen, sie also möglichst nicht mit dem Anstreicher allein zu lassen.

Das war der Moment, in dem Erik der Kragen platzte. Er erinnerte daran, dass Carolin und Felix aus dem Kindergartenalter heraus waren und Carolin sehr gut auf sich selbst aufpassen könne. Daraus entstand eine hitzige Debatte, die schließlich bei der frühen Mutterschaft einer Urahnin endete, die ins Wasser gegangen war, nachdem sie ihr uneheliches Kind zur Welt gebracht hatte.

Letzten Endes waren sämtliche Beteiligten froh, als das Telefon klingelte und die Diskussion nicht mit der Frage fortgesetzt wurde, wer die unsachlichsten Argumente hatte. Mit Vehemenz legte Mamma Carlotta ihrem Schwiegersohn ein weiteres Stück Kuchen auf den Teller, der sich mit dem Hörer am Ohr gerade nicht wehren konnte, stockte dann aber, als auch Sören ein zweites Stück erhalten sollte, was er eigentlich nicht wollte.

»Was? Tot?« Eriks Gesicht war voller Entsetzen. Sören vergaß, den Kuchen abzuwehren, und Mamma Carlotta traf den Teller nicht, sodass der Kuchen kopfüber auf die Tischdecke fiel.

»Ich komme sofort.« Erik stand schon neben seinem Stuhl.

Sören sah verdattert zu ihm hoch, der solche schnellen Entschlüsse und Bewegungen von seinem Chef nicht gewöhnt war. Er brauchte länger, bis er neben ihm stand. »Was ist passiert?«

»Svea hat Freesemann gefunden. Böse zusammengeschlagen. Ida hat den Notarzt verständigt. Er lebt, ist aber bewusstlos. Anscheinend liegt er schon länger in seinem Büro.«

»Madonna!« Mamma Carlotta folgte den beiden lamentierend zur Tür. »Ein Raubüberfall?« Sie war stolz auf diese Vokabel, sah aber schnell ein, dass sie in diesem Augenblick keine Anerkennung ernten konnte.

Erik griff nach dem Autoschlüssel, den Carolin auf dem Garderobenschrank deponiert hatte, antwortete nicht und schob Sören vor sich her, der Mühe hatte, sich im Vorübergehen seine Jacke zu schnappen und überzuwerfen. »Die Durchsuchung der Wohnungen müssen Enno und Rudi machen. Ich rufe die beiden von unterwegs an.«

Mamma Carlotta stand in der Tür, bis der Wagen in der Westerlandstraße verschwunden war, dann erst kehrte sie in die Küche zurück. »Dio mio!«

Sie stutzte, als ihr die halb geöffnete Wohnzimmertür auffiel. Dahinter war es still, kein Klappern des Farbeimers, auch das raue Geräusch des Pinsels war nicht zu hören. So leise wie möglich ging sie auf die Tür zu und schob sie auf. Ronni stand in der Nähe der Terrassentür und drehte sich erschrocken um, als er merkte, dass er nicht mehr allein war. »Ich muss Schluss machen«, sagte er und steckte das Handy wieder zurück.

Mamma Carlotta sagte kein Wort, was ihr sehr schwerfiel. Und sie wartete, bis Ronni den Pinsel wieder in die Farbe getaucht hatte, was ihr ebenfalls sehr schwerfiel. Erst als er sich zur Wand drehte, ging sie so schweigend, wie sie gekommen war, in die Küche zurück. Die Wohnzimmertür hatte sie weit offen gelassen. Ein Paradestück für einen wortlosen Vorwurf!

»Was ist mit Herrn Freesemann geschehen?«, fragte Carolin.

Mamma Carlotta antwortete mit sehr lauter Stimme: »Er ist überfallen worden, das hast du doch gehört. Ich bin gespannt, um welche Uhrzeit.« Sie machte eine Pause, von der sie hoffte, dass sie wirkungsvoll war. »Würdest du eigentlich auf die Idee kommen, Carolina, den Wagen deines Vaters zu verleihen, ohne ihn zu fragen?«

Carolin stand auf und machte sich daran, die Teller in die Spülmaschine zu räumen. »Natürlich nicht«, sagte sie, während sie ihrer Großmutter den Rücken zudrehte.

Freesemann wurde gerade auf einer Trage in den Notarztwagen geschoben, als Erik und Sören eintrafen. An seiner Schläfe war getrocknetes Blut zu erkennen, sein Gesicht war bleich, die Augen hielt er geschlossen.

»Er ist stabil«, sagte der Notarzt, »aber die Kopfverletzungen sind nicht ohne.« Ein Sanitäter sprang an Freesemanns Seite, die Türen wurden zugeworfen, der Notarzt und der Fahrer warfen sich auf ihre Sitze, und der Wagen preschte davon.

Erik sah ihm nach, wie er mit jaulendem Martinshorn Richtung Nordseeklinik raste. Dann wandte er sich Svea und Ida zu, die blass und mitgenommen vor der Tür des Beerdigungsinstitutes standen. Er schob sie beide ins Haus. »Ich schaue mal, ob nebenan jemand da ist.«

»Brauchst du nicht«, sagte Svea. »Ich habe am Privateingang geklingelt.« Sie griff nach Idas Schultern und drückte das Mädchen fest an sich. »Niemand zu Hause.«

Sie betraten das Büro, in dem Freesemann gelegen hatte, als Svea und Ida angekommen waren. »Die Eingangstür war nicht ganz geschlossen«, erklärte Svea und strich Ida besorgt übers Haar, die sich blass in einen Sessel kauerte und noch immer kein Wort von sich gab. »Das hat mir zu denken gegeben. Als dann auf mein Klingeln keine Reaktion kam, bin ich einfach reingegangen. Und da lag er.« Sie zeigte auf die Stelle, wo sie Rayk Freesemann gefunden hatte. Getrocknetes Blut war im Muster des Teppichs zu erkennen, der verrutscht und an einer Ecke umgeschlagen war, als hätte darauf ein Kampf stattgefunden. Vom Schreibtisch waren ein Lineal, zwei Stifte und ein Hefter heruntergefallen. Scheinbar waren Freesemann oder sein Angreifer während einer Rempelei gegen den Schreibtisch geprallt. Ansonsten herrschte die gewohnte Ordnung im Raum.

Sämtliche Schranktüren waren geschlossen, ebenso die Laden des Schreibtisches.

»Schrecklich«, flüsterte Svea.

Erst jetzt fiel Erik auf, wie ruhig sie war. Als wäre im Angesicht dieser Gewalttat alle Hast von ihr abgefallen, unter der sie sonst ständig litt. In diesem Augenblick war nur Ida wichtig, die Sorge um ihre Tochter hatte sie alles vergessen lassen, den Tod ihrer Mutter, das Drängen ihrer Auftraggeber, die Zeitnot, die noch größer geworden war, weil ihr Privatleben einen Teil ihrer Arbeitszeit beanspruchte. Eriks Herzschlag dagegen war nur mit zwei, drei langsamen, gleichmäßigen Atemzügen zu beruhigen. Am liebsten hätte er Svea an sich gezogen und ihr all das gegeben, was Ida von ihr erhielt: Sicherheit, Geborgenheit, Frieden.

Sören brach in seine Gefühle ein. »Ich rufe Vetterich an.« Er sah sich um, als wollte er sich vorab einen Eindruck über die Spurenlage machen. »Wir sollten uns woanders hinsetzen«, sagte er dann. »Nicht, dass hier noch irgendwelche Spuren zertrampelt werden.«

Erik erhob sich und ging auf eine Tür zu, die in den privaten Teil des Hauses führte. Er öffnete sie zögerlich, steckte zunächst nur den Kopf herein, lauschte auf Geräusche, Stimmen oder Schritte und betrat erst den Flur, als nichts zu hören war. Wie immer fiel es ihm schwer, sich in den Intimbereich eines Menschen zu begeben, der ihn nicht daran hindern konnte.

Der Flur endete in einer Küche, deren Tür offen stand. Das Sonnenlicht, das durchs Fenster hereinfiel, drang bis auf den Flur und spielte dort auf den Bodenplatten. Erik steuerte auf die Helligkeit zu und ignorierte die Tür, die vermutlich in den Wohnbereich führte. Sie war geschlossen, er zog die Tür vor, wo er vom Sonnenlicht empfangen wurde.

Es war eine geräumige Wohnküche mit einer Essecke, als hätte hier einmal eine große Familie gemeinsam das Essen eingenommen. Eine lange Eckbank stand gegenüber dem Fenster, zwei Stühle auf der anderen Seite des Tisches. Auf einer handgestickten Decke stand noch das Frühstücksgeschirr, ein Gedeck, ineinandergestellt, ein Brotkorb mit zwei Brötchen darin. Svea schob die Krümel mit der rechten Handkante in die Wölbung ihrer linken Hand und klopfte sie in den Brotkorb. Anschließend ließ sie sich nieder, Ida immer noch fest an ihrer Seite.

Sören war durchs Haus gelaufen, hatte in sämtliche Zimmer geblickt und kam nun die Treppe wieder herunter. »Alles unauffällig.« Er telefonierte auf dem Flur mit Vetterich. Dann erst betrat auch er die Küche. »Die KTU wird gleich hier sein.«

Erik wollte sich zu Svea und Ida setzen, wurde aber in diesem Augenblick auf ein Geräusch vor dem Haus aufmerksam. Das rhythmische Treten von Fahrradpedalen, das Quietschen der Bremsen, ein Klappern, als das Rad an die Hauswand geworfen wurde. Ein junger Mann lief auf die Haustür zu und klingelte. Einmal, zweimal, als wäre er sehr ungeduldig.

Erik öffnete ihm und sah den Schrecken in seinem Gesicht. »Ist was passiert? Meine Mutter sagt, sie hätte einen Notarztwagen vor dem Haus gesehen.«

Erik bat den jungen Mann, der sich als Tom Paulsen vorstellte, herein und hielt ihm seinen Dienstausweis hin, woraufhin sein Gegenüber nur noch besorgter aussah. »Was ist denn los?«

Es stellte sich heraus, dass er zu Freesemanns Mitarbeitern gehörte. Tom Paulsen war dafür zuständig, die Leichen zu waschen und so herzurichten, dass die Angehörigen einen letzten Blick auf sie werfen konnten, ohne zu erschauern. Er war tief betroffen, als er hörte, was seinem Chef zugestoßen war.

»Bewahrt er größere Geldsummen in seinem Büro auf?«

Tom Paulsen schüttelte den Kopf. »Hier wird ja nie bar bezahlt.«

»Wir müssen den Sohn verständigen. Haben Sie die Handynummer?«

»Klar!« Ein Blick in das Telefonverzeichnis seines Smartphones, und schon konnte Tom Paulsen die Handynummer diktieren. »Der Chef hat gesagt, Jorin musste zu einer Fortbildung. Ganz plötzlich.«

Der Nachsatz machte Erik stutzig. »Die Teilnahme an dieser Fortbildung war nicht langfristig geplant?«

»Kann aber auch sein, dass ich das nicht mitbekommen habe.« Warum Rayk Freesemann überfallen worden war, konnte Tom Paulsen sich nicht vorstellen. Dass der Bestatter Feinde hatte, hielt er für ausgeschlossen. »Ein ganz normaler Mann. Als Chef total in Ordnung. Und in seinem Job war er gut. Der hatte voll die Ahnung.«

»Ist Ihnen irgendwas aufgefallen? War etwas anders als sonst? Sind Sie heute schon am Haus vorbeigekommen?«

Tom Paulsen zögerte. »Jetzt, wo Sie's sagen ... Heute Vormittag habe ich einen Wagen hier gesehen.« Er ging zum Fenster und wies auf Eriks alten Ford. »So einen. Das könnte er gewesen sein. Der stand heute Vormittag vor dem Haus.«

Erik lächelte. »Das ist mein Wagen.«

Tom Paulsen erschrak, als hätte er einen Polizisten einer Straftat verdächtigt. »Ach so ... dann wohl nicht ... aber so einer war das. Ein alter dunkelblauer Ford. Ein hiesiger.«

»Sie haben das Kennzeichen gesehen?«

»Nur das NF. Auf den Rest habe ich nicht geachtet.«

»Wann war das?«

Tom Paulsen kratzte sich am Kopf. »Schwer zu sagen. Vielleicht ... so gegen elf. Aber genau weiß ich es nicht.«

Erik bedankte sich bei ihm und wählte Jorins Handynummer, kaum dass der junge Mann aus dem Haus war. Der Ruf ging jedoch ins Leere, niemand nahm ab. Irgendwann sprang die Mailbox an, und Erik bat um Rückruf. »Es ist dringend.«

Er sah Sören an. »Haben Sie Zeit zu recherchieren, wer auf Sylt einen Wagen fährt, der so aussieht wie meiner? Das können aber auch Rudi und Enno erledigen.«

Sören wählte die Nummer des Polizeireviers, Erik versuchte es, als Vetterich mit seinen Leuten erschien, noch einmal vergeblich bei Jorin Freesemann, und nachdem er Svea und Ida nach Hause geschickt hatte, ein weiteres Mal. »Der sitzt vermutlich in einem Vortrag und hat das Handy in seinem Zimmer gelassen.«

»Oder er will nicht drangehen.« Sören zog ein Gesicht, als wüsste er mehr als sein Chef. Auf Eriks fragenden Blick fuhr er fort: »Wenn das was mit den illegalen Autorennen zu tun hat, dann könnte Jorin Freesemann da ebenfalls drinstecken.«

Erik runzelte die Stirn, dann sagte er: »Schauen Sie mal nach, wie der Verband der Bestatter heißt. Telefonnummer, Adresse, Tagungsorte...«

Es dauerte nicht lange, und Sören hatte sich auf seinem Smartphone informiert. Aber sein Anruf führte zu nichts, am anderen Ende wurde nicht abgenommen. »Kein Wunder, am Sonntag.«

»Wenn der Verband Tagungen übers Wochenende abhält, muss doch jemand zu erreichen sein.«

»Das war die Telefonnummer der Verwaltung.« Sören vertiefte sich ein weiteres Mal in sein Smartphone. »Da gibt's ein Ausbildungszentrum mit einem Schulungsgebäude und einem Gästehaus.« Überrascht sah er auf. »Sogar einen Lehrfriedhof.«

»Versuchen Sie, dort jemanden zu erreichen.«

Sören wählte erneut eine Nummer, und Erik hörte ihn sprechen, während er selbst ins Büro zurückging, um sich dort noch einmal umzusehen. Er glaubte nicht, dort etwas Aufschlussreiches zu finden, öffnete dennoch alle Schränke und Schubladen, warf jeweils aber nur einen Blick hinein und schloss sie wieder. Der Eindruck, dass in diesem Büro nichts gesucht worden war, hatte sich damit bestätigt. Rayk Freesemann war ein akkurater Mensch, in seinen Arbeitsunterlagen herrschte penible Ordnung.

Als Erik in die Küche zurückging, hatte Sören sein Telefonat beendet. »Das war der Hausmeister.« Verwirrt sah er seinen Chef an, als er das Handy zurücksteckte. »Er sagt, an diesem Wochenende gibt's keine Fortbildungsveranstaltungen.«

Erik betrachtete seinen Assistenten eine Weile, glättete gründlich seinen Schnauzer, während er nachdachte, und wählte dann Jorin Freesemanns Telefonnummer ein weiteres Mal. »Nichts. Er geht nicht dran.«

»Vielleicht, weil er nicht will?«

»Sie meinen ...«

»Vielleicht ist er auf der Flucht. Abgehauen. Oder sein Vater hat ihn weggeschickt, weil er bedroht wurde.«

»Von wem? Und warum?«

»Oder ... er ist gar nicht auf dem Festland, sondern ...«

»Tot?«

Sören starrte in das Licht, das durchs Küchenfenster fiel, bis ihm die Augen brannten. »Das hat vielleicht etwas mit unserer unbekannten Leiche zu tun.«

Mamma Carlotta hatte sich für ihr rotes Sommerkleid entschieden, das sie in Panidomino niemals anzog. Dort trugen die Frauen ab fünfzig gedeckte Farben, vor allem Witwen wie sie waren dazu verdonnert, den Rest ihres Lebens in der Farbe der Trauer zuzubringen. Tagsüber schwarze Kittelschürzen, zu Hochzeiten, Taufen und Geburtstagen durfte das Schwarz ein paar Streublümchen erhalten, für Beerdigungen hing in jedem Schrank ein schwarzes Kostüm. Basta! Zwar hielten sich mittlerweile nicht mehr alle daran, aber nach wie vor wurden diejenigen, die sich von der Tradition abwandten, mit schiefen Blicken bedacht.

Nun drehte sich Mamma Carlotta vor dem Spiegel hin und her und war zufrieden. Dass ihre Freundin Marina von ›un scandalo‹ reden würde, wenn sie Carlotta in diesem roten Kleid sähe, bereitete ihr sogar heimliche Freude. Die Frage, ob sie diese unangemessene Eitelkeit nach ihrer Rückkehr in Panidomino würde beichten müssen, verschob sie auf später. Jetzt freute sie sich viel zu sehr darauf, einmal auszugehen. Bei Blumen-Goemann hatte sie einen bunten Frühlingsstrauß erworben, den sie Svea am Abend mitbringen wollte. Der einzige Wermutstropfen, der ihre Vorfreude bitter gemacht hatte, war der Gedanke an Ronni. Was hatte er getan? Sie wusste, dass er mit Eriks Auto nach Kampen gefahren war. War er es gewesen, der Freesemann überfallen hatte? Aber wie konnte sie Erik davon erzählen? Dann musste sie Carolin verraten, musste zugeben, dass sie Ronni belauscht hatte, und schließlich sogar gestehen, dass sie wusste, wen Erik ahnungslos in seinem Haus arbeiten ließ. Von dort war der Weg nicht mehr weit bis zu dem Geständnis, dass sie in Käptens Kajüte ein und aus ging und sogar wusste, dass dort Wetten für die illegalen Autorennen stattgefunden hatten. Am Ende würde noch herauskommen, dass sie die Frau gewesen war, die sich auf dem Parkplatz der Vogelkoje von Tove Griess hatte küssen lassen. Nur das nicht! Nein, sie musste schweigen und Ronni im Auge behalten. »Madonna!« Außerdem musste sie unbedingt dafür sorgen, dass Lilly nichts zustieß! »Dio mio!« Wie war das alles unter einen Hut zu bringen? Zum Glück war Erik der Ansicht, dass sich Heio Seeberg nicht mehr auf Sylt aufhielt. Aber was, wenn er sich irrte? Wenn dieser Mann, der schon die junge Pflegerin und seine Ehefrau auf dem Gewissen hatte, nun auch noch deren Freundin beseitigen wollte? Wenn es stimmte, was sie von Ida erfahren hatte, dann hatte Ronni gehört, dass er Lilly nach dem Leben trachtete. »Heiliger Adone von Arezzo!« Und sie? Bei all dem Schrecklichen, was um sie herum geschah, konnte sie sich an einem roten Kleid erfreuen? Sie war froh, dass niemand mitbekommen hatte, wie sie von der Eitelkeit übermannt worden und eine Weile von ihrem eigenen Spiegelbild verzaubert gewesen war. Ja, um eine Beichte würde sie wohl nicht herumkommen.

Sie ging ins Badezimmer, wo sie in Carolins Schminkutensilien stöberte, obwohl ihre Enkelin es nicht leiden konnte, wenn sich jemand an ihren Pinseln, Stiften, Pasten und Cremes bediente. Aber da Carolin damit beschäftigt war, von ihren Jeans so viel abzuschneiden, dass Ronni demnächst ihre Beine in voller Länge bewundern konnte, suchte sich Mamma Carlotta in aller Ruhe einen Lippenstift heraus, der zur Farbe ihres Kleides passte. Aus dem Spiegel lachte ihr kurz darauf eine Frau entgegen, die mit ihrem Mund verlockte und der Welt ihre Lebenslust zeigte. Sie war derart beeindruckt, dass sie, wenn auch zögernd, zu dem Kajalstift griff, mit dem Carolin ihre Augen ummalte. Carlotta versuchte es ebenfalls, aber nun starrte ihr aus dem Spiegel jemand entgegen, der in einer Theateraufführung die Rolle der bitterbösen Verwandten übernommen hatte, die dem jungen Paar, das vergeblich zusammenzukommen versuchte, sein Glück nicht gönnte. Schnell wischte sie den schwarzen Rahmen ihrer Augen wieder ab und versuchte es stattdessen mit Carolins Augenbrauenstift. Aber mit den schwarzen Balken über ihren Augen war sie ebenfalls nicht zufrieden. Ein wenig Rouge auf den Wangen, das reichte aus, und zwanzig Bürstenstriche, die ihre dunklen Locken zum Glänzen brachten. »Perfetto!« Noch waren ihre Haare dunkel zu nennen, obwohl die grauen Strähnen eindeutig auf dem Vormarsch waren. Carolin hatte ihr bereits einen Friseur empfohlen, der ihre grauen Haare im Nu verschwinden lassen könnte. Aber ... wollte sie das wirklich? Wenn sie auf Sylt war, kam es ihr tatsächlich gelegentlich in den Sinn, aber in Panidomino? Die Freundinnen und Nachbarinnen in ihrem Alter hätten über so einen Gedanken nur gelacht.

Sie fuhr sich mit beiden Händen durch die Locken, damit sie an Volumen gewannen, stülpte die Lippen nach vorn, als wäre sie allzeit zum Küssen bereit, und fügte noch zwei Pinselstriche von dem Rouge hinzu, dann war sie zufrieden. Hoffentlich konnte Erik pünktlich sein!

Sie trat aus dem Bad, blieb am Treppengeländer stehen und

lauschte ins Haus hinein. Felix war mit seinen Freunden Ben und Finn zum Sport gegangen, auch auf Carolins Sportplan stand eigentlich eine Pilatesstunde, aber sie hatte es vorgezogen, zu Hause zu bleiben. Warum, das war ihrer Großmutter klar.

Sie kam nicht dazu, sich das Horrorszenario auszumalen, auf das sie gefasst war, denn in diesem Augenblick öffnete sich die Haustür, und Erik kam nach Hause. Dass er von Kükeltje begrüßt wurde, nahm er nicht zur Kenntnis, aber die Dame in Rot, die die Treppe herunterkam und mit sanftem Hüftschwung ein Bein nach dem anderen auf die Stufen setzte, konnte er einfach nicht übersehen.

Mit offenem Mund starrte er ihr entgegen. »Donnerwetter! Du hast dich aber ganz schön aufgebrezelt.«

Diese Vokabel kannte Mamma Carlotta nicht, aber es schien ihr, dass sie nicht das ausdrückte, was sie hören wollte. Deswegen fragte sie lieber nicht nach. Sie hätte sowieso keine Gelegenheit gehabt, denn Eriks Handy klingelte.

»Moin, Enno!«, sagte er und lauschte dann eine Weile.

Carlotta drängte sich an ihm vorbei in die Küche und fragte ihn mit Handzeichen, ob er, bevor sie zu Svea aufbrachen, einen Espresso trinken wolle. Wie zu erwarten, war Erik damit überfordert, gleichzeitig Enno Mierendorfs Worten zu lauschen und über die Frage seiner Schwiegermutter zu entscheiden. Er drehte ihr den Rücken zu, damit er mit seinem Telefongespräch allein sein konnte. Carlotta beschloss, das als ›Ja‹ zu interpretieren.

»In allen drei Wohnungen also nichts gefunden?«

Doch sie hatte die falsche Entscheidung getroffen. Erik fühlte sich durch den Lärm des Mahlwerks gestört und ging auf den Flur, um dort das Telefonat fortzusetzen. »Maledetto!«, flüsterte Mamma Carlotta.

Es wäre besser gewesen, die Küchentür zu schließen, damit Ronni nicht hören konnte, was Erik mit seinem Mitarbeiter zu besprechen hatte. Ihr brach der Schweiß aus, als sie seine Stimme hörte, nachdem der Kaffee gemahlen war.

»Die Wohnungen von André Jensen und Lasse Bongartz sind clean? Und Daniela Scheeles Zimmer?«

In ihr schoss die Idee hoch, über den Flur zu laufen und Eriks Worte mit einem laut vorgetragenen ›O sole mio‹ zu übertönen, aber sie wusste, dass sie damit eher Gefahr lief, für unzurechnungsfähig gehalten zu werden. Ihr Schwiegersohn fand schon ihren Gesang während der Arbeit oder in der Badewanne äußerst befremdlich.

»Klar, das Zimmer gehört zum Hotel van Scharrel, dort kann sie niemanden verstecken, ohne dass es auffällt. Aber was ist mit diesem Ronald Borix?«

Zum Glück hatte Erik bemerkt, dass in der Küche wieder Ruhe herrschte, und kehrte zurück. Vielleicht war ihm auch in diesem Moment eingefallen, dass jemand im Hause war, der nicht zur Familie gehörte, und wollte deswegen sein Telefonat nicht im Flur beenden. Aber es war zu spät. Wenn Ronni lauschte, dann hatte er ohnehin das Wichtigste mitbekommen. »Gut, lassen Sie den Wohnwagen öffnen. Ich besorge einen Durchsuchungsbeschluss von der Staatsanwältin. Wenn der Platzwart Zicken macht, müssen wir warten, bis der Beschluss da ist. Aber vielleicht reicht ihm ja das Versprechen, dass er folgen wird.«

Den Espresso, den Mamma Carlotta ihm hinhielt, wies Erik zurück. »Ich muss mit der Staatsanwältin telefonieren.«

Er machte Anstalten, die Treppe hochzusteigen, weil er sich offenbar während des Gesprächs umziehen wollte, besann sich dann jedoch anders und ging zur offenen Wohnzimmertür. »Moin.«

Carlotta hörte Ronnis Stimme, die erklärte, dass er mit der Arbeit schon weit gekommen sei, aber auf keinen Fall hudeln wolle und deshalb langsam weitermachen werde. Ihm liege Sorgfalt am Herzen. »Frau Gysbrecht hat mir alles erklärt.«

»Was ist das für ein Grau?«

Ronnis Stimme wurde unsicher. »Für die Wand, an dem das Sofa stehen wird. Schwarzes Leder vor einer grauen Wand – cool.«

»Ich will nur weiße Wände.«

»Aber Frau Gysbrecht ...«

»Es handelt sich um meine Wand. Und ich sage Ihnen, dass sie weiß sein soll. Alle vier Wände weiß. So wie vorher!«

Im Wohnzimmer fiel der Pinsel in den Eimer, Carlotta hörte Ronni stöhnen. Was war das für eine merkwürdige Entscheidung? Svea würde es nicht gefallen, dass Erik ihre Autorität als Innenarchitektin untergrub. Sie hatte lange über das Design nachgedacht und für jede Entscheidung viele imponierende Fremdwörter parat. Und nun wischte Erik das alles mit einem einzigen Satz beiseite? Carlotta sah Probleme auf ihren Schwiegersohn zukommen und fürchtete mit einem Mal um den harmonischen Verlauf des Abends.

Eriks Schlafzimmertür war ins Schloss gefallen, nun hörte sie Schritte auf der Treppe, die nur von Carolin stammen konnten. Durch die geöffnete Küchentür sah sie die Beine ihrer Enkelin langsam die Treppe herunterkommen. Sie schauten aus Jeans heraus, die so kurz waren, dass ihr Anblick von hinten vermutlich unters Jugendschutzgesetz fiel. Carlotta fächelte sich aufgeregt Luft zu. Auch deswegen, weil Carolin es versäumt hatte, die Säume der Hosenbeine umzunähen, damit sie nicht ausfransten. Aber vermutlich war das sogar beabsichtigt, und eigentlich war auch gar nicht genug Stoff übrig, um noch einen weiteren Zentimeter für einen sauberen Saum herzugeben. Mamma Carlotta hörte ihre Enkelin kichern und Ronnis tiefe Stimme, der ihr anscheinend ein Kompliment machte, denn Carolins Kichern wurde nun noch eine Oktave schriller. Noch nie hatte Mamma Carlotta ihre Enkelin so lachen hören. Carolin war ja so wie ihr Vater, lachte lautlos und schmunzelte lieber. Warum sie jetzt ein Gekicher einsetzte, das nicht zu ihr passte, war klar. Und es versetzte Mamma Carlotta in größte Unruhe. Dieser junge Anstreicher würde ihre Enkelin enttäuschen. Wenn Ida recht hatte, flirtete er nur mit Carolin, um an Informationen zu kommen. Was er nicht selbst aufschnappen konnte, wenn Erik im Hause war, sollte Carolin ihm verraten. Gern wäre Mamma Carlotta in den Flur gelaufen und hätte ihre Ansicht zu den amputierten Jeans kundgetan, aber mittlerweile wusste sie, dass sie mit solchen Maßnahmen oft das genaue Gegenteil erreichte. Vielleicht war es klug, so zu tun, als gefiele ihr die kurze Jeans? Carolins Selbstbewusstsein war ja nicht halb so stark, wie sie vorgab. Es durfte nicht geschwächt werden, indem ihre Großmutter vor den Augen Ronnis ihren Kleidungsstil kritisierte. Madonna! Wie konnte sie Carolin vor einer großen Enttäuschung bewahren? Ob sie ihr verraten sollte, dass Ronni zu den Rennfahrern gehörte? Würde sie ihr damit die Augen öffnen? Dass Ida ihn sogar für den Mörder von Tabea Helmis hielt, konnte sie natürlich nicht verraten. Aber vielleicht würde eine winzig kleine Andeutung schon etwas bewirken?

Sveas Cousine war jung, höchstens Ende zwanzig, eine kleine, zarte Person mit langen blonden Haaren. Sie trug eine rosa Hose, ein weißes Polohemd und eine pinkfarbene Steppweste, die sie auszog und über eine Stuhllehne hängte, ehe sie Erik und Carlotta begrüßte. Bello drängte sich dazwischen, sprang an jedem hoch und konnte sich vor Begeisterung kaum halten.

Tinas Freund stand auf dem Balkon und rauchte, drehte ihnen den Rücken zu und schien die Ankunft der Gäste nicht bemerkt zu haben. Ein großer, sehr schlanker, grauhaariger Mann, ein Stück älter als Sveas Cousine, das war sogar von hinten zu erkennen. Erik musste gegen seine hochschießende Ablehnung ankämpfen, als er die aufrechte Haltung des Mannes sah, den zurückgelegten Kopf, die Hand, die die Zigarette hielt, wie er sie als Halbwüchsiger gehalten hatte, als er zeigen wollte, dass er alt genug war, um zu rauchen. Nein, er durfte keine Vorurteile haben. Ein Mann, der eine Frau hinhielt, bis seine Karriere sicher war, und sich eine andere, noch dazu sehr junge sicherte, war vielleicht kein Schuft, sondern ein vorausschauender Mann, der sein Leben im Griff hatte.

Als er Viktor Wahlig begrüßte, hatte er seine Voreingenommenheit heruntergeschluckt. Und dass Sveas Cousine ihn gleich mit Beschlag belegte und ihm erzählte, wie sehr sie seine Insel liebte, gefiel ihm trotzdem. Tina mochte er auf Anhieb. Während sie redete, sah er lächelnd auf sie herab und grinste breit, wenn das Lachen aus ihr herausfiel wie Glasmurmeln aus einer Schachtel. Er hatte noch nie jemanden getroffen, dessen Lachen so kollern und klicken konnte.

Sein Blick fiel nur zufällig auf seine Schwiegermutter. Er hatte sie schon an der Eingangstür sich selbst überlassen, denn sie gehörte ja nicht zu denen, die in neuer Umgebung und unbekannter Gesellschaft Hilfe brauchten, so wie er selbst, der froh war, wenn er angesprochen wurde und nicht derjenige war, der eine Unterhaltung in Gang bringen musste. Carlotta stürmte dagegen immer auf neue Bekanntschaften zu und hatte oft schon Freundschaften geschlossen, bevor er sich selbst den Namen seines Gegenübers gemerkt hatte.

Diesmal aber war etwas anders. Mamma Carlotta zeigte ihre Freude nicht, mit der sie kurz zuvor noch das Haus betreten hatte, sie sah eher so aus, als wäre ihr jemand vorgestellt worden, dem ein schlechter Ruf vorauseilte. Hatte sie davon gehört, dass Viktor Wahlig in der Liebe zweigleisig fuhr? Möglicherweise wusste Ida davon und hatte es Mamma Carlotta verraten.

Sie reichte Viktor Wahlig nur zögernd die Hand und nahm diesen Gesichtsausdruck an, den Erik schon ein paarmal gesehen hatte. Wenn sie einen Film mit Mario Adorf anschaute, setzte sie den gleichen Blick auf. Dieser Schauspieler erinnerte sie allzu sehr an einen Bewohner ihres Dorfes, der jahrzehntelang dort gelebt hatte, bevor sich herausstellte, dass er ein ehemaliger Mafiakiller war. Mamma Carlottas Empörung war damals groß gewesen. Und das hatte nicht nur an dem schmutzigen Geschäft gelegen, mit dem dieser Mann reich geworden war, sondern vor allem daran, dass er es geschafft hatte, sie dermaßen hinters Licht zu führen. Jetzt sah sie ebenfalls so aus, als fühlte sie sich getäuscht.

Svea servierte einen Brokkolisalat und referierte, während sie zu Tisch bat, über Agavendicksaft, den sie zum Süßen benutzt hatte. »Die Agave gilt ja schon lange als Heilmittel. Bereits die Azteken haben den Saft zur Wundheilung und gegen Entzündungen genutzt.«

Erik hoffte, dass ihr Missionseifer nicht lange anhalten würde, denn er kannte mittlerweile die Gesichter ihrer Mitmenschen, die versuchten, sich ihre Ungeduld nicht anmerken zu lassen. Er war richtig froh, als sein Handy klingelte.

»Tut mir leid«, sagte er zu Svea, »aber du weißt ja ...«

»Natürlich!« Wenn es um seine beruflichen Pflichten ging, war sie einfach großartig. Derart verständnisvoll war nicht einmal Lucia gewesen. »Wenn es auf Sylt einen Mord gibt ...«

Mehr bekam er nicht mit, bevor er aus dem Zimmer ging. Er konnte nur hoffen, dass Svea nichts verriet, was er ein Dienstgeheimnis nannte, und seine Schwiegermutter nicht davon angestachelt wurde, ihr Wissen beizusteuern.

Enno Mierendorf war am anderen Ende. »Ich will Sie nicht stören, Chef, aber ich bin sicher, Sie möchten wissen, was die Untersuchung des Wohnwagens ergeben hat.«

»Sie haben den Durchsuchungsbeschluss bekommen?«

»Noch nicht, aber der Platzwart war einsichtig.« Mierendorf holte tief Luft, ehe er weitersprach: »Fest steht, dass in diesem Wohnwagen zwei Leute übernachtet haben. Ronald Borix hat zwar versucht, alle Spuren zu beseitigen, aber es gibt ein paar Hinweise.«

Erik wollte nicht, dass Enno Mierendorf sie umständlich aufzählte. »Wer hat dort übernachtet? Wyn Wildeboer?«

»Das weiß ich nicht«, antwortete Mierendorf. »Möglich ist

es. Aber ... möglich ist auch, dass Heio Seeberg sich dort versteckt hat.«

»Ronald Borix ein Komplize von Seeberg? Wie kommen Sie darauf? Was ist das überhaupt für ein Kerl?«

»Arbeitslos! Mehr weiß der Platzwart nicht. Es gibt ein paar Spuren, die müssen wir mit Wyn Wildeboers vergleichen. Wir haben doch Fingerabdrücke von ihm?«

Erik zögerte. »Wenn nicht, besorgen wir sie uns in seiner Wohnung.«

»Ein DNA-Abgleich dauert zu lange.« Ennos Stimme triumphierte nun. »Ich habe Vetterich geholt, und der hat die Fingerabdrücke genommen, die überall im Wohnwagen zu finden waren. Also die von Ronald Borix.«

»Und?«

»Dieselben Fingerabdrücke hat Vetterich auch in dem Kia von Seeberg gefunden. Nicht viele, aber die Sache ist eindeutig.«

Enno Mierendorf hatte erreicht, was er wollte: Sein Chef war perplex. »Ich will alles über diesen Mann wissen. Und postieren Sie bitte einen Kollegen in der Nähe des Wohnwagens. Wenn dieser Borix nach Hause kommt, will ich ihn vor meinem Schreibtisch sehen. Unverzüglich!«

»Alles klar, Chef!«

»Haben Sie was von Freesemann gehört?«

»Negativ, Chef.«

»Und Jorin Freesemann?«

»Fahndung läuft.« Mierendorf zögerte. »Ziemlich viele Fahndungen zurzeit. Heio Seeberg, Wyn Wildeboer, Jorin Freesemann ...« Er verschluckte sich, weil ihm ein Gedanke kam, so plötzlich, dass er auf dem Weg zum Sprechorgan beinahe den Weg verfehlt hätte. »Die Sache mit dem alten dunkelblauen Ford, Chef ... es gibt keinen auf Sylt.«

Erik war nicht weiter enttäuscht. Dieser Tom Paulsen schien nicht besonders helle zu sein. Seinen Aussagen hätte er nie voll und ganz vertraut.

Mamma Carlotta war angefüllt von gerechtem Zorn. Diesen Mann würde sie nicht davonkommen lassen. Niemals! Sie würde ihm sagen, was sie von ihm hielt. Klar und deutlich! Vielleicht sogar vor aller Augen und Ohren. Und seine Freundin würde sie aufklären. Noch an diesem Abend sollte Tina erfahren, was das für ein Mann war, auf den sie sich eingelassen hatte.

Svea bestand darauf, dass sie schon mit dem Brokkolisalat begannen, obwohl Erik noch telefonierte. Er schmeckte überraschend gut. Mamma Carlotta, die zunächst misstrauisch nur ein winziges Brokkoliröschen aufgespießt hatte, machte der Köchin ein Kompliment. »Buono, Signora! Delizioso.«

Svea strahlte. »Sehen Sie! Ein gutes Essen lässt sich auch zubereiten, ohne ein Tier auszubeuten.«

Darauf antwortete Mamma Carlotta nicht. Bei einem Salat war es tatsächlich leicht, ohne Tierprodukte auszukommen. Auch sie selbst servierte häufig einen veganen Salat, ohne dass es ihr bewusst war. Aber eine Suppe, ein Hauptgericht? Sie warf Tina und Viktor Wahlig einen Blick zu und entdeckte in ihren Gesichtern dieselbe Frage. Prompt begann Svea darüber zu reden, dass das Tierprotein den Blutcholesterinspiegel erhöhte. »Sogar mehr als gesättigte Fette und Nahrungscholesterin. Bevölkerungen, die sich von traditioneller, pflanzlicher Kost ernähren, leiden weit weniger häufig an Herzerkrankungen.«

Mamma Carlotta unterbrach sie, indem sie die Einrichtung bewunderte. »Was für interessante Stühle! Und dann die Lampen – sehr geschmackvoll.«

Svea lächelte bescheiden, als auch Tina und ihr Freund ein paar anerkennende Worte sagten, die beide genauso froh waren, dass die Gastgeberin von weiteren Belehrungen zur veganen Ernährung abgehalten wurde.

Das erinnerte Svea daran, dass Eriks Schlafzimmermöbel am nächsten Tag geliefert werden sollten. »Ende der Woche dann auch die Schrankwand und die Sitzmöbel fürs Wohnzimmer.«

Diese Worte hatte Erik mitbekommen, der sein Handy wegsteckte, als er das Zimmer betrat. Während er den Brokkolisalat aß, erkundigte er sich nach der Einrichtung seines Hauses, als wäre er nicht dabei gewesen, als die Möbel ausgesucht worden waren. »Welche Farbe hat noch mal das Sofa? Graues oder schwarzes Leder?«

Svea versuchte seine Erinnerung zu wecken, indem sie ihm von dem Boxspringbett vorschwärmte, von dem er sich morgens, vom guten Schlaf erquickt, erheben würde, und gab sogar mit einem kleinen Augenzwinkern zu verstehen, dass dieses Bett nicht nur zum Schlafen angeschafft würde. Aber Mamma Carlotta, die schlüpfrige Bemerkungen nicht leiden konnte, sandte prompt einen warnenden Blick und verhinderte damit, dass dieses Thema vertieft wurde. Also erzählte Svea von den Lampenschirmen aus Leinen, die demnächst Eriks Nachttische zieren würden und die sie selbst ebenfalls besaß. »Richtig edel! Und sie geben ein wunderbares Licht.«

Tina wollte sie unbedingt in Augenschein nehmen, weil sie wohl, wie sie mit einem Zwinkern in Wahligs Richtung erklärte, demnächst eine Umgestaltung ihres Schlafzimmers vornehmen müsse. Svea nickte zur Tür, während sie sich an den Herd begab, um sich an die Zubereitung des Hauptgangs zu machen. »Die nächste Tür rechts ist mein Schlafzimmer. Wenn dir die Lampenschirme gefallen ... ich kann sie dir günstig besorgen.«

Tina verließ den Raum, und Viktor Wahlig begann über sein Leben als Junggeselle zu plaudern, über die karge Möblierung seines Apartments, dem die Hand einer Frau fehlte, und wechselte übergangslos zu seiner beruflichen Laufbahn und dem Karrieresprung, dem er entgegensah.

»Danach werden Sie mit Tina zusammenziehen?«, fragte Erik, und es klang so herausfordernd und streitsüchtig, dass Mamma Carlotta sich wunderte.

Viktor Wahlig nickte. »Dann werde ich wohl auch eine größere Wohnung suchen müssen.«

Mamma Carlotta spürte das Brodeln in sich, das ihr wohlbekannt war. Es entstand immer dann, wenn jemand direkt auf ihren Gerechtigkeitssinn gezielt und voll ins Schwarze getroffen hatte. Dino hatte ihr oft erklärt, dass sie dann am besten bis hundert zählen sollte, ehe sie reagierte, aber das gelang ihr nur selten. Irgendwas musste sie dann tun! Am liebsten hätte sie natürlich diesem Mann, der sich Viktor Wahlig nannte, die Wahrheit um die Ohren gehauen, aber damit wäre vermutlich der Abend verdorben gewesen, was man einer Hausfrau, die sich Mühe mit dem Kochen gab, niemals zumuten durfte. Selbst dann nicht, wenn sie ausschließlich mit pflanzlichen Nahrungsmitteln hantierte. Wie gut, dass ihr prompt eine andere Lösung einfiel, ihre Wut herauszulassen.

Sie stand auf und erklärte, dass auch sie so interessiert an den leinenen Lampenschirmen sei wie Tina. Zufrieden stellte sie fest, dass sie von niemandem beachtet wurde, als sie den Raum verließ.

Tina hatte die Schlafzimmertür nicht geschlossen. Als Mamma Carlotta den Raum betrat, strich sie gerade bewundernd über das helle Leinen des Lampenschirms. »Wirklich todschick«, sagte sie und betrachtete die gesamte Einrichtung mit anerkennendem Blick. »Svea hat wirklich Geschmack. Und sie weiß natürlich auch, was gerade im Trend liegt.«

Carlotta hatte nicht die Absicht, über Einrichtungsdesign zu sprechen. Und ihr wurde in diesem Augenblick schlagartig klar, dass sie nicht viel Zeit haben würde, um Tina in vollem Umfang aufzuklären. Sie musste sich beeilen, denn die junge Frau würde anschließend eine Weile brauchen, um über das hinwegzukommen, was sie unbedingt erfahren musste.

Sie zog Tina auf die Bettkante, die derart erstaunt war, dass sie es sich gefallen ließ. »Signorina, ich muss Ihnen etwas sagen. Etwas, das Sie unbedingt wissen müssen.«

Tina sackte die Kinnlade herab. »Worum geht es?«

»Um Ihren Freund.«

Tina gab ein Geräusch von sich, was ein Lachen sein sollte, aber nicht war. »Was ist mit ihm?«

»Sie wissen nicht, dass er in Wirklichkeit Heinze heißt?«

Tina brachte nur ein Kopfschütteln zustande.

»Er ist der Ehemann einer Freundin von mir. Wenn er Ihnen gesagt hat, dass er unverheiratet ist, dann hat er gelogen.« Sie griff nach Tinas Hand, weil sie das Gefühl hatte, dass Sveas Cousine sich mit Fluchtgedanken trug. »Seine Frau ist auf der Insel. Gestern haben wir auf der Friedrichstraße vor Leysieffer Kaffee getrunken, und da haben wir Sie gesehen. Ich kannte ihren Mann ja bisher nicht, aber Lilly hat mich auf ihn aufmerksam gemacht. Und auf Sie natürlich. Sie hatte schon lange den Verdacht, dass er sie betrügt.«

»Was?«, keuchte Tina. »Das kann nicht sein.«

»Sind Sie sicher?« Mamma Carlotta beobachtete Tinas Gesicht, auf dem sich schon bald die Erkenntnis abzeichnete, dass es durchaus sein konnte. Tina wusste von ihrem Freund nur das, was er ihr erzählt hatte. »Aber ...« Sie brach ab.

Mamma Carlotta gab ihr zu verstehen, dass es keinen Sinn machte, nach Ausflüchten zu suchen. »Wenn er Ihnen die Wahrheit verschwiegen hat, dann heißt das doch, dass er sich nicht scheiden lassen will. Er nutzt Sie aus. Vermutlich hat er Ihnen irgendeine Geschichte erzählt, dass er Ihre Liebe geheim halten muss?«

Nun schoss die Röte in Tinas Wangen. »Sein Job! Die Chefsekretärin, mit der er liiert ist! Von ihr kann er sich erst trennen, wenn sie ihm nicht mehr schaden kann. Aber das ist eine Sache von ein paar Wochen.«

Mamma Carlotta erhob sich und sah voller Mitgefühl auf Tina hinab. »So etwas habe ich mir schon gedacht.«

Tina sprang auf. »Ich habe ihm geglaubt. Ich hätte nie was

mit ihm angefangen, wenn ich gewusst hätte, dass er verheiratet ist.«

Mamma Carlotta nickte beruhigend. »Das werde ich meiner Freundin erklären.« Sie sah unruhig zur Tür, als in der Küche mit Geschirr geklappert wurde. Anscheinend stellte Svea die Teller auf den Tisch, die für den Hauptgang gedacht waren.

»Ich gehe erst mal ins Bad.« Tina schniefte. »Dieses Schwein! Das werde ich ihm heimzahlen.«

Zufrieden kehrte Mamma Carlotta zurück und setzte sich mit einem Lächeln an den Tisch, das Erik mit einem erstaunten Blick bedachte. »So gut haben dir die Lampenschirme gefallen?«

Beinahe hätte Mamma Carlotta mit der Gegenfrage »Was für Lampenschirme?« geantwortet, aber gerade noch rechtzeitig fiel ihr eine passende Bemerkung ein: »Todschick!« So hatte Tina die Lampenschirme bezeichnet. Als Svea die Schüssel mit dem Rosenkohl-Süßkartoffel-Curry auf den Tisch stellte, ergänzte sie schnell: »Tina macht sich noch eben ein bisschen frisch, sie kommt gleich.«

Während Svea jedem etwas auftat und dabei vom Tierprotein sprach, das durch den Überschuss an Kalzium und Oxalat zu Nierensteinen führen konnte, betrachtete Mamma Carlotta Tinas Freund mit einem kleinen Lächeln. Der würde sich wundern!

»Sogar Demenz und Schlaganfälle können durch den übermäßigen Verzehr von Fleisch und Tierprodukten entstehen«, behauptete Svea und sah sich zufrieden um, als niemand widersprach. Ob sie wirklich glaubte, dass das Schweigen Zustimmung bedeuten sollte und das Ergebnis ihrer Überzeugungsarbeit war?

Mamma Carlottas Frage an Viktor Wahlig verstand niemand: »Haben Sie bis heute viel Fleisch gegessen? Demenz heißt, dass jemand vergesslich wird, e vero? Wer Demenz hat, vergisst vielleicht sogar, dass er zu Hause eine Ehefrau hat.«

Erik wählte die Nummer des Polizeireviers direkt nach dem Klingeln des Weckers. Er saß noch auf der Kante seiner wackeligen Liege, starrte die frisch gestrichenen Wände an, nahm aber den Farbgeruch nicht wahr, weil ihm die Frage, auf die er eine Antwort brauchte, viel wichtiger war.

Enno Mierendorf hatte Spätdienst gehabt, aber Polizeiobermeister Rudi Engdahl hatte beim Schichtwechsel alles erfahren, was Erik wissen musste. »Komischerweise ist der Kerl nicht an seinem Wohnwagen aufgetaucht, Chef.«

Enttäuscht beendete Erik das Gespräch. Hatte Ronald Borix Wind davon bekommen, dass er gesucht wurde? Nein, völlig unmöglich! Oder war ihm etwas zugestoßen? Wenn dieser Mann etwas mit Heio Seeberg zu tun hatte, dann bestand die Möglichkeit, dass auch er dessen Opfer geworden war. Erik wusste, dass die Hemmschwelle für einen Täter sank, wenn er sie einmal überwunden hatte. Wer einen Mord begangen hatte, fackelte beim zweiten nicht mehr lange.

Er hatte Mühe, sich von der instabilen Liege zu erheben, die auf unangenehme Weise nachgab und ihm zeigte, wie schlecht es um seine Oberschenkelmuskulatur bestellt war. So wenig er sich auf seine neue Einrichtung freute, so erleichtert war er dennoch, dass das Provisorium heute ein Ende haben würde. In der folgenden Nacht würde er in einem Bett schlafen, das höchsten Schlafkomfort versprach. Natürlich war es auch entsprechend teuer, was Erik schon deswegen verdross, weil ihm sein altes Bett lieb und wert gewesen war und es keinen Grund gegeben hatte, es auszutauschen. Aber irgendwie konnte er auch verstehen, dass Svea, wenn sie bei ihm übernachtete, nicht in dem Ehebett schlafen wollte, das auch Lucia gehört hatte. Wiebke war da wesentlich unkomplizierter gewesen.

Er tappte ins Bad und lauschte nur kurz auf die Geräusche, die von unten heraufdrangen. Natürlich war seine Schwiegermutter schon auf den Beinen, klapperte mit dem Geschirr, ließ die Espressomaschine brodeln und zischen und sorgte dafür, dass das ganze Haus nach Geborgenheit duftete und alle Bewohner willkommen hieß. Dafür war er ihr dankbar.

Während er duschte, dachte er an den vergangenen Abend zurück. Ein denkwürdiger Abend. Völlig verrückt! Als Mamma Carlotta zum Tisch zurückgekommen waren, hatte er gleich gespürt, dass etwas anders war als vorher. Und als sich Sveas Cousine wieder zu ihnen gesetzt hatte, war die Spannung mit Händen greifbar geworden. Was hatten die beiden Frauen im Schlafzimmer besprochen? Er ahnte, dass eine Explosion zu befürchten war. Ganz im Gegensatz zu Viktor Wahlig, der Tina unbefangen entgegenlächelte und ihre verkniffene Miene nicht zu bemerken schien. Er wurde erst stutzig, als sie ihr Gedeck nahm und es auf die andere Seite des Tisches stellte. So, als wollte sie nicht mehr neben ihm sitzen.

Von da an beobachtete er sie aufmerksam. Und es dauerte nicht mehr lange, da fiel auch Svea auf, dass Tina jede Äußerung ihres Freundes entweder mit gerunzelter Stirn, mit verächtlichen Einwürfen oder sogar mit aggressiven Kommentaren quittierte. Welche Meinung er auch vertrat, sie war anderer Ansicht.

Schließlich fragte er lächelnd: »Sag mal, bist du heute auf Krawall gebürstet?«

»Und ob«, fauchte sie ihn an. »Aber so was von!«

Das Lächeln fiel aus seinem Gesicht, seine Augen wurden kühl. Mit einem Mal schien auch seine Sonnenbräune verloren zu sein, er sah blass aus, als wäre er von einem plötzlichen Unwohlsein befallen worden. »Du kannst mir ja später erzählen, welche Laus dir über die Leber gelaufen ist.« Damit hatte er ihr geschickt klargemacht, dass er jetzt nicht mit ihr darüber diskutieren wollte und dass ihm ihr Verhalten missfiel. Er wandte sich an Erik und führte das Gespräch fort, das durch Tinas Bemerkung unterbrochen worden war. »Das ungebremste Wachstum der Zweitwohnungen auf Sylt muss eingedämmt werden. Ich finde die Quotenregelung okay.«

Erik stimmte ihm zu, gab aber trotzdem zu bedenken: »Jedem ist klar, dass auf der Insel Dauerwohnraum geschaffen werden muss, aber viele halten die Quotenregelung für kalte Enteignung durch die Hintertür des Baurechts.«

Erik sah, wie Mamma Carlotta Tina einen Blick zuwarf, als wüsste sie genau, warum diese so missmutig dasaß. Aber auch sie hielt es wohl für besser, kein Öl ins Feuer zu gießen, das Thema der beiden Männer zu ihrem Thema zu machen und Tina so bald wie möglich ebenfalls dafür zu gewinnen. Mit einer großen Geste bezog sie Tina ausdrücklich mit ein, als sie fragte: »Was meinst du mit Quotenregelung, Enrico?«

Erik erklärte es ihr so kurz und bündig wie möglich: »Es muss etwas gegen die Wohnungsnot der Sylter Bevölkerung getan werden. Deshalb sollen Bebauungspläne geändert werden. Besitzer von Sylt-Immobilien können jetzt gezwungen werden, eine Dauerwohnung einzurichten. Keine Zweitwohnung, sondern eine, die das ganze Jahr lang bewohnt wird.«

»Das klappt doch nie!«, rief Svea dazwischen. »Wer für ein Luxushaus ein paar Millionen hinblättert, der vermietet sicherlich nicht einen Teil seines Hauses als Dauerwohnung.«

»Diese Regelung tritt nur in Kraft, wenn er Umbauten vornimmt«, erklärte Erik.

»Auch dann wird er eine andere Lösung finden. Zum Beispiel wird die Oma mit dem ersten Wohnsitz auf Sylt angemeldet.« Svea schüttelte den Kopf. »Das macht keiner mit, der Geld und Macht hat und davon jede Menge. So einer lässt sich was einfallen. Und der findet auch was, um durch eine Lücke des Gesetzes zu schlüpfen.«

Viktor Wahlig seufzte. »Das fürchte ich allerdings auch.« Er sah zu Tina, die auf ihrem Teller herumstocherte und nicht aufsah.

Die Explosionsgefahr lag nach wie vor wie eine tiefe Wolke über dem Tisch, alle spürten sie, alle duckten sich, aber niemand begriff, was los war. Nur Mamma Carlotta! Erik warf ihr einen Blick zu. Ja, seine Schwiegermutter wusste Bescheid, da war er sicher. Sie hatte etwas damit zu tun, dass die lockere Stimmung an diesem Tisch von einem Augenblick zum anderen verloren gegangen war.

Er wollte gerade das Curry loben, um die Spannung zu vertreiben, unter der alle litten, da hob Tina den Kopf und sagte zu Viktor: »Deine Frau ist auf Sylt. Wusstest du das?«

Svea sah Viktor Wahlig empört an. »Sie sind verheiratet?«

»Nein, bin ich nicht!«, rief er.

Tina sprang auf und machte Anstalten, ihm das Curry an den Kopf zu werfen. »Du Lügner! Du hast mir nicht einmal deinen richtigen Namen genannt. Aber ich weiß jetzt, wie du heißt. Und ich werde dafür sorgen, dass dieser Name bald nichts mehr wert ist, darauf kannst du dich verlassen.«

»Ich weiß nicht, wovon du redest!« Viktor Wahlig gab sich Mühe, verzweifelt auszusehen.

»Ich mache dich fertig.«

»Tinchen!«

»Wage es nicht, mich noch einmal so zu nennen!«

Viktor wandte sich an Mamma Carlotta. »Das ist doch auf Ihrem Mist gewachsen! Was haben Sie Tina für einen Unsinn erzählt?«

Es kam selten vor, dass ein anderer schneller im Antworten war als Carlotta Capella, aber Tinas Zorn wirkte wie ein Düsenantrieb. »Versuch nicht, die Schuld auf andere zu schieben. Du bist hier der Falschspieler, kein anderer!«

Viktor sprang auf und stieß seinen Stuhl zurück, sodass er an die Wand prallte. Er wandte sich an Svea und beherrschte nur mit Mühe seine Stimme. »Tut mir leid, Frau Gysbrecht. Es ist wohl besser, wenn ich jetzt gehe. Das ist natürlich sehr unhöflich, noch während des Essens, aber Sie sehen ja ...«

Svea ließ ihn nicht zu Ende reden und bestärkte ihn in seinem Beschluss. Sie begleitete ihn zur Tür, wo er sich umdrehte und in Eriks Richtung sagte: »Auf Wiedersehen.«

»Wenn ich komme«, hatte Tina gefaucht, »möchte ich dich nicht mehr sehen. Lass den Schlüssel auf dem Tisch liegen.«

Wahlig hatte nicht darauf reagiert. Kurz bevor die Wohnungstür hinter ihm ins Schloss gefallen war, hatte Tina ihm noch nachgerufen: »Und grüß Lilly!«

Erik trocknete sich ab und rubbelte seine Haare trocken. Lilly Heinze! Nun war ihr Mann tatsächlich als Ehebrecher überführt worden. Tina war, nachdem Viktor Wahlig gegangen war, in Sveas Schlafzimmer gelaufen und hatte sich dort weinend aufs Bett geworfen. Svea war ihr gefolgt, um sie zu trösten, und während Erik darauf wartete, dass der Abend weitergehen würde, hatte Mamma Carlotta ihm erzählt, was sie wusste. Erik dachte an die dicke, unattraktive Frau, die er kennengelernt hatte, verglich sie mit der bildhübschen Tina und hatte seine liebe Mühe, für Viktor Wahlig, den er in Gedanken immer noch so nannte, kein Verständnis aufzubringen. Viktor Heinze!

Er kürzte mit einer schmalen Schere seinen Schnauzer um höchstens einen Millimeter, kontrollierte, ob er noch lang genug war, um in seine Mundwinkel zu wachsen, und dachte dann daran, dass der Vorname von Lilly Heinzes Mann vielleicht genauso erfunden war wie der Nachname. Was Männer alles auf sich nahmen, wenn eine junge, schöne Frau im Spiel war! Er selbst hätte schon aus Gründen der Bequemlichkeit einer solchen Verlockung widerstanden. Wenn er sich vorstellte, welche Unruhe so ein Doppelleben verursachte, welche Aufregungen damit verbunden waren, dann schüttelte es ihn. Für so was brauchte man wohl ein gehöriges Maß an Abenteuerlust, das er ganz bestimmt nicht besaß. Auch wenn er Lucia nicht geliebt hätte, auch wenn er von seiner Ehe enttäuscht gewesen, auch wenn aus Lucia so eine dicke, ungepflegte Frau geworden wäre wie Lilly Heinze – er hätte niemals sein Glück in einem Seitensprung gesucht und sich auf die vielen Lügen eingelassen, die damit zwangsläufig einhergingen. Das war nur was für starke Nerven und für Männer, die die Gefahr liebten. Zu denen gehörte er eindeutig nicht.

Er stieg in seine enge Jeans und stellte verärgert fest, dass das Curry vom Vorabend sie noch ein bisschen enger gemacht hatte. Der Knopf war nur mit Mühe zu schließen. Gut, dass der Nachtisch unberührt geblieben war. Als nach einer halben Stunde immer noch Tinas Schluchzen und Sveas begütigende Stimme zu hören gewesen waren, hatte er die Jacken geholt und durch den Spalt der Schlafzimmertür geflüstert: »Wir gehen wohl besser.«

Svea und ihre Cousine sollten Zeit haben, miteinander zu sprechen, Tina musste sich alles von der Seele heulen und Svea ihr gut zureden, damit aus ihrer Verzweiflung wieder der Zorn wurde, mit dem es sich leichter leben ließ.

Er warf einen Blick hinaus, stellte fest, dass ein trüber Tag vor dem Fenster stand, und suchte sich den dünnen, orangefarbenen Pullover heraus, den Svea bei Campus auf der Friedrichstraße für ihn gekauft hatte. Schon ein paarmal hatte sie reklamiert, dass er ihn nie trug, heute wollte er ihr den Gefallen tun. Er zögerte, als er ihn gerade über den Kopf ziehen wollte. Sveas Mutter war gestorben! Sollte er sich nicht besser für einen Pulli in einer gedeckten Farbe entscheiden? Schlimm genug, dass sie gestern kein einziges Mal über die tote Mutter gesprochen hatten. Übermorgen würde die Beerdigung sein, Sveas Cousine war aus diesem Grund nach Sylt gekommen, und dennoch war am Ende der Tod von Frau Gysbrecht vergessen gewesen. Die Wohnungsnot auf Sylt, der Ehebruch von Lilly Heinzes Mann, seine Lügen und Tinas Verzweiflung hatten alles andere verdrängt. Svea war es wohl darauf angekommen, den neuen Mann an der Seite ihrer Cousine nicht gleich mit dem Todesfall zu konfrontieren, sondern ihn zunächst wie einen Besucher zu behandeln, der zum ersten Mal zu Gast war und einen schönen Abend verleben sollte. Später wäre sie sicherlich auf die bevorstehende Beerdigung zu sprechen gekommen, aber das hatte seine Schwiegermutter ja erfolgreich verhindert.

Er hatte sich nicht verkneifen können, während der Rückfahrt zu fragen: »Musste das unbedingt sein?«

Mamma Carlotta hatte auf diese Frage empört reagiert. »Sollte ich zusehen, wie diese nette junge Frau betrogen wird? Nein, der Kerl hatte es verdient.«

Erik stimmte ihr einerseits heimlich zu, ärgerte sich aber andererseits trotzdem, dass Svea dieser Abend kaputt gemacht worden war, auf den sie sich gefreut hatte.

Als sie im Süder Wung angekommen waren, lag das Haus dunkel da, als wären seine Bewohner schlafen gegangen. Erik hatte auf die Uhr gesehen und erstaunt festgestellt: »Die Kinder sind schon im Bett? Schläft Ida auch bei uns?«

Mamma Carlotta hatte im Brustton der Überzeugung geantwortet: »Naturalmente! Es ist schon nach zehn. I ragazzi müssen morgen zur Schule. Da sollten sie ausgeschlafen sein.«

Aber dann hatte Erik im Garten ein Licht flackern sehen und gehört, dass sich die Hollywoodschaukel mit einem sanften Knarren bewegte. Der Anstreicher saß in der Mitte, in jedem Arm ein Mädchen.

Ida bemerkte als Erste, dass Erik und Mamma Carlotta schon zu Hause waren. Sie kam über den Rasen gelaufen, während Carolin sich nur zögerlich aus den Armen des Anstreichers löste.

»Ihr seid schon da? War das Essen etwa ungenießbar?«

Erik beruhigte sie diesbezüglich und behauptete, es habe ausgezeichnet geschmeckt, was im Großen und Ganzen sogar der Wahrheit entsprach. Währenddessen beobachtete er, wie der Anstreicher dafür sorgte, dass auch Carolin sich erhob. Er verhinderte, dass sie nach seiner Hand griff, indem er beide Hände in die Hosentaschen steckte. »'n Abend«, nuschelte er.

»Wo ist der Autoschlüssel, Papa?«, fragte Carolin. »Ich habe Ida versprochen, sie nach Hause zu fahren.«

Erik fuhr erschrocken herum. »Du? Mit dem Auto?«

»Willst du etwa, dass Ida bei Dunkelheit allein mit dem Fahrrad unterwegs ist?«

Komisch, bisher war es immer andersherum gewesen. Die Mädchen waren mit den Rädern durch die finstersten Ecken von Sylt gefahren, hatten seine sämtlichen Ermahnungen in den Wind geschlagen und seine Sorgen lästig und sogar peinlich gefunden.

»Warum schläft Ida nicht bei uns?«, fragte Mamma Carlotta.

»Weil sie ihrer Mutter versprochen hat, nach Hause zu kommen. Schließlich ist eine Verwandte zu Besuch.«

Mamma Carlotta murmelte etwas Beifälliges, und Erik stellte verwundert fest, dass mit dem Erwerb eines Führerscheins scheinbar auch ein Stück Herzensbildung gewonnen worden war. Früher jedenfalls hätte Carolin sich um keinen Verwandtenbesuch gekümmert.

Sie gingen gemeinsam ins Haus, und Carolin nahm den Autoschlüssel so gnädig entgegen wie ein Filmstar ein Glas Champagner. »Ronni bringe ich dann auch auf einem Weg nach Hause.«

Erik wollte fragen, wer um alles in der Welt Ronni sei, aber da fiel es ihm schon ein. Der Anstreicher! Eigentlich hätte er Carolin gerne ermahnt, den Abschied von dem jungen Mann vor dessen Haustür nicht bis Mitternacht auszudehnen, aber er riss sich zusammen und nickte nur. Dass seine Schwiegermutter ebenfalls sämtliche Warnungen, die ihr zweifellos auf der Zunge lagen, heruntergeschluckt hatte, rechnete er ihr hoch an.

In der ersten Etage klappte eine Tür, Felix erschien auf der Treppe. »Ich komme mit.«

Carolin wehrte empört ab, Mamma Carlotta schwankte zwischen der Mahnung, dass Felix morgen früh ausgeschlafen sein müsse, und der beruhigenden Erkenntnis, dass er verhindern könne, was seine Schwester womöglich im Schilde führte. Erik dagegen beschloss einfach, nichts gehört zu haben. Er ging in die Küche, während auf der Diele debattiert wurde, und wählte die Nummer seiner Dienststelle.

»Gibt's Neuigkeiten vom Campingplatz?«, fragte er Enno Mierendorf. »Ist der Kerl aufgetaucht?«

Er erfuhr, dass sich Ronald Borix noch immer nicht hatte blicken lassen, dass man aber in den nächsten beiden Stunden mit seinem Erscheinen rechnete. Er brummte etwas Zustimmendes und ließ den Hörer so lange am Ohr, bis die Diskussion in der Nähe der Haustür zu Ende war. Carolin und der Anstreicher verließen das Haus, gefolgt von Ida und Felix. Erik sah das stille Lächeln auf dem Gesicht seiner Schwiegermutter und gab es genauso still zurück. Ein heimliches Einverständnis, das sie beide nicht in Worte kleiden wollten. Mamma Carlotta ging ans Fenster und sah dem Auto so lange nach, bis die Rücklichter nicht mehr zu erkennen waren, dann ging sie in die Vorratskammer und holte eine Flasche Vino rosso.

Erik hatte abgewinkt. »Nicht für mich! Ich muss morgen früh fit sein.«

Zu einem halben Glas hatte er sich dann aber doch überreden lassen. Und noch während er die Treppe in die erste Etage hochstieg, hatte er Mamma Carlotta nach dem Telefon fahnden hören. Sie suchte ja nie schweigend, sondern mit vielen Worten, lockte das Teil, das sich nicht finden lassen wollte, mit irrwitzigen Versprechungen und schimpfte mit ihm, wenn sie feststellte, dass es sich unter nachlässig hingeworfenen Geschirrtüchern versteckt hatte. Als er vom Bad ins Schlafzimmer ging, hörte er ihre Stimme. Das Telefon hatte sie also gefunden. Und ihm war klar gewesen, mit wem sie telefonierte. Lilly Heinze würde nun erfahren, dass Carlotta Capella an diesem Abend als Rächerin einer betrogenen Ehefrau in die Chronik von Sylt eingegangen war.

Carlotta verdrängte ihre Müdigkeit mit aller Macht. Natürlich hatte das Telefongespräch mit Lilly sehr lange gedauert, aber selbstverständlich hatte sie ihr in aller Ausführlichkeit erzählen müssen, was geschehen war. Lilly war sprachlos gewesen, als sie hörte, dass ihr Mann ausgerechnet mit der Cousine von Eriks Freundin ein Verhältnis angefangen hatte.

»Er hat einen falschen Namen benutzt?« Diesen Satz hatte sie nur mühsam herausbekommen.

»Und er hat Tina eine falsche Geschichte aufgetischt«, hatte Mamma Carlotta ergänzt. »Dem jungen Mädchen darfst du nicht böse sein, Lilly. Tina hat nicht gewusst, dass dein Mann verheiratet ist.«

Natürlich war es mit dieser Information nicht getan gewesen. Sie hatten die Angelegenheit noch lang und breit von allen Seiten beleuchten, jedes Für und Wider erörtern und alle möglichen Maßnahmen beratschlagen müssen. So was dauerte lange. Das war aber nicht weiter schlimm, da Mamma Carlotta sowieso nicht ins Bett gegangen wäre, bevor die Kinder heil nach Hause zurückgekehrt waren. Als ihre Söhne die ersten Erfahrungen mit der Motorisierung machten, hatte sie ganze Nächte auf dem Küchenstuhl verbracht, bis das Auto auf den Hof geröhrt war und sie sicher sein konnte, dass alle Beteiligten an dem Ausflug noch heil und gesund waren. Völlig undenkbar, sich ins Bett zu legen und einzuschlafen, solange die Gefahr bestand, dass ein Kind die Serpentinen von Città di Castello nach Panidomino nicht bewältigte, ob die Strecke nun in einem Auto, auf einem Moped oder einem Fahrrad zurückgelegt wurde.

Lilly allerdings war bald von Müdigkeit übermannt worden. Sie hatte herzzerreißend gegähnt und erklärt, dass sie erst mal über diese Angelegenheit schlafen müsse. Selbstverständlich würden die beiden sich zum Frühstücken treffen, um gemeinsam zu überlegen, wie mit dem untreuen Ehemann umzugehen war. Es war ja zu vermuten, dass er bereits auf dem Rückweg zum Bodensee war oder sich spätestens morgen auf den Weg zum Bahnhof machen würde. Das bedauerte Mamma Carlotta ausgiebig, denn dann würde wohl auch Lilly Heinze ihren Aufenthalt auf Sylt abbrechen.

»Lass uns morgen darüber reden«, bat Lilly. »Am besten in Käptens Kajüte. Ich habe mich an diese Kaschemme gewöhnt.«

Mamma Carlotta war zufrieden gewesen, denn in diesem Augenblick hatte sich die Haustür geöffnet, und Carolin und Felix waren erschienen, in ein intensives Gespräch vertieft, das irgendwas mit dem Rückwärtsgang und der Fähigkeit von Frauen zu tun hatte, einen Wagen in eine Parklücke zu bugsieren. Die beiden hatten ihrer Nonna nur einen kurzen Gruß zugeworfen und waren schimpfend und zeternd, was Carolin betraf, und hohnlachend, was Felix anging, die Treppe hochgestiegen. Die Diskussion war aber bald durch Eriks wütende Stimme beendet worden, und erst als alles ruhig im Hause gewesen war, hatte auch Mamma Carlotta den Weg ins Bett gefunden.

Trotzdem war sie natürlich als Erste wieder auf den Beinen, sorgte nun dafür, dass Carolin und Felix zeitig am Frühstückstisch erschienen, und lockte mit frischem Rührei und selbst gekochter Feigenmarmelade. Dennoch war Sören der Erste, der sich in ihre Obhut begab. Erik kam kurz darauf und berichtete seinem Assistenten, dass die Überwachung des Campingplatzes ohne Erfolg verlaufen war. »Der Kerl muss Wind davon bekommen haben, dass wir ihn auf dem Kieker haben.«

Sören widmete sich ausgiebig dem Rührei und warf seinem Chef nur einen kurzen Blick zu. »Unmöglich. Wie denn?«

Darauf wusste Erik keine Antwort. »Kann das wahr sein, dass schon die nächste Fahndung fällig ist? Die Staatsanwältin wird mir was erzählen, wenn ich nach Heio Seeberg, Wyn Wildeboer und Jorin Freesemann jetzt auch noch Ronald Borix zur Fahndung ausschreiben will.«

»Von Klara Seeberg ganz zu schweigen«, fügte Sören mit vollem Mund an. »Die fehlt uns auch noch.«

»Diese Angelegenheit ist noch immer genauso mysteriös

wie am Anfang«, stöhnte Erik. »Ich hab's allmählich satt, nur im Nebel herumzustochern.«

»Vielleicht erfahren wir heute, wer die unbekannte Tote ist«, sagte Sören. »Wenn das Foto in allen Zeitungen steht.«

Erik sprang auf und lief zum Briefkasten, um die Tageszeitung zu holen. Schon während er zurückkehrte, blätterte er sie auf. Dass Mamma Carlotta ihm über die Schulter blickte, bemerkte er nicht. »Die haben sie ja ganz schön zurechtgemacht.«

»Die Frage ist nur, ob sie so zu erkennen ist.«

Erik faltete die Zeitung wieder zusammen und begann zu frühstücken. »Das werden wir ja sehen.«

»Wenn sie erkannt wird, bin ich gespannt, warum sie bisher nicht vermisst wurde.«

In diesem Augenblick erschien Felix in der Küche, dicht gefolgt von Kükeltje, die augenscheinlich bei ihm übernachtet hatte und nun auf ihren Anteil am Frühstück wartete. Doch sie wurde enttäuscht. Felix war in Zeitnot und behauptete, daran sei seine Schwester schuld, die keine Bereitschaft erkennen ließe, ihn mit dem Auto zur Schule zu fahren. Er schob sich ein Stück Panino in den Mund und wollte schon zur Tür hinaus, wurde aber von seiner Großmutter gestoppt, die darauf bestand, dass er einen Kakao trank und sich eine Scheibe Schinken auf sein Panino legen ließ.

Erik fragte: »Mit dem Auto? Wieso fragst du Carolin und nicht mich? Soviel ich weiß, gehört der Wagen immer noch mir.«

Felix verdrehte die Augen. »Eins sage ich euch ... wenn ich endlich die Flappe habe, spare ich auf ein eigenes Auto.«

»Flappe?«, fragte Mamma Carlotta. »Ist das eine Krankheit?«

Felix verpasste ihr lachend einen Kuss auf die Wange, ohne zu antworten, und war schon aus der Tür hinaus, ehe sie ihn zurückhalten konnte.

Bei Carolin sah es nicht anders aus. Ihr hoffnungsvoller

Blick zu ihrem Vater wurde nicht auf die Weise zurückgegeben, wie sie es sich gewünscht hatte. »Mit dem Auto würde ich es noch schaffen, aber so werde ich wohl zu spät kommen.«

»Netter Versuch«, sagte Erik. »Da musst du eben früher aufstehen.«

Sören grinste von einem Ohr zum anderen. »Bin gespannt, wie lange Sie das durchhalten, Chef. Vermutlich werden Sie demnächst ein richtig sportlicher Hauptkommissar, weil Sie ständig mit dem Fahrrad unterwegs sind.«

Erik konnte darüber nicht lachen und tat so, als hätte er Sörens Bemerkung nicht gehört. »Was meinen Sie? Ziehen wir den Posten auf dem Campingplatz ab?«

»Ein Tag noch. Wenn er bis heute Abend nicht zurückgekommen ist, dürfen wir davon ausgehen, dass er getürmt ist.«

»Oder tot im Watt liegt.«

Carlotta fuhr erschrocken herum. »Schon wieder ein Toter?«

Erik winkte ab. »Bist du heute Nachmittag zu Hause? Dann werden wohl meine Schlafzimmermöbel geliefert.«

»Naturalmente! Gut, dass sie nicht heute Morgen kommen, denn ich möchte mich mit Lilly Heinze treffen.«

»War ja klar.« Erik grinste. »Der arme Heinze tut mir direkt leid. Der wird was auszuhalten haben!«

»Wie kannst du so was sagen, Enrico?« Mamma Carlotta kam aber mit ihrer Entrüstung nicht weit, da weder Erik noch Sören sich daran beteiligen wollten, über Ehebruch im Allgemeinen und im Besonderen zu diskutieren. Sie tranken ihre Tassen aus und sprangen auf, weil es im Kommissariat von Westerland natürlich viel zu tun gab. »Bis heute Mittag!«

Der Arzt der Nordseeklinik war noch sehr jung, ein Assistenzarzt, dem die Müdigkeit im Gesicht geschrieben stand. »In den frühen Morgenstunden ist er aufgewacht. Reden will er allerdings auf keinen Fall. Aber ich hatte Ihnen ja versprochen, Bescheid zu sagen, wenn er wach ist.«

»Wie geht's ihm?«, fragte Erik.

»Besser, als wir anfänglich dachten. Eine schwere Gehirnerschütterung. Sieht aber so aus, als brauchten wir keine Spätfolgen zu befürchten.«

Er führte sie zur Tür von Freesemanns Zimmer. »Bitte keine Aufregungen! Und höchstens zehn Minuten.«

Freesemann sah blass aus. Er lag in einem abgedunkelten Raum, blickte hoffnungsvoll auf, als die Tür sich öffnete. Sobald er die beiden Beamten erkannte, drehte er wortlos den Kopf zur Wand.

»Guten Tag, Herr Freesemann.« Erik trat an das Bett. »Schön, dass es Ihnen besser geht.«

Sie erhielten keine Antwort, Freesemann blickte sie nicht an.

»Wir müssen mit Ihnen sprechen.«

Wieder keine Antwort. Freesemann tat so, als wäre er allein im Raum.

»Wer hat Ihnen das angetan? Was waren das für Leute?«

Freesemanns Gesicht zerquälte sich, er sah die beiden Polizisten an, als fürchtete er sich vor ihnen. »Ich kann mich an nichts erinnern.«

»Amnesie?«

»Wenn man das so nennt.«

Erik betrachtete ihn so lange, bis Freesemann seinem Blick nicht mehr standhalten konnte und wegschaute.

»Ich brauche Ruhe. Hat Ihnen das der Arzt nicht gesagt?«

Was verbarg der Mann? Warum diese ablehnende Haltung? Warum war er nicht darauf bedacht, dass die Täter gefasst wurden? Warum wollte er nicht aussagen? Dass er es nicht konnte, vermochte Erik nicht zu glauben.

Sören stellte sich neben seinen Chef. »Sind Sie ganz sicher, dass Sie uns nichts verschweigen?«

»Warum sollte ich das tun?«

»Weil Sie den Täter schützen wollen zum Beispiel. Warum?«

Als Freesemann schwieg, fragte Erik: »Oder sind Sie von

ihm bedroht worden? War dieser Angriff nur der Anfang? Soll es noch schlimmer kommen, wenn Sie etwas verraten? Waren es vielleicht sogar mehrere?« Freesemann antwortete nicht, wurde aber unruhig, als Erik fortfuhr: »Sie haben uns belogen, Herr Freesemann. Ihr Sohn ist nicht zu einer Fortbildungstagung gefahren.« Er beugte sich über den Kranken. »Wo ist er? Und warum geht er nicht an sein Handy?«

Freesemann entschied sich für die Mitleidstour und sah nun so aus, als täte ihm jede Ansprache körperlich weh. Wie ein malträtiertes Kaninchen sah er Erik an. Erst als dieser sich aufrichtete, sagte er mit schwacher Stimme: »Ich weiß es nicht.«

Sören wurde ungeduldig. »Binden Sie uns keinen Bären auf. Hat das was mit den illegalen Autorennen zu tun? Oder mit der falschen Leiche in dem Sarg Ihres Bestattungsunternehmens?«

Prompt fühlte sich Freesemann in seiner beruflichen Ehre gekränkt und protestierte: »Ich habe Ihnen doch gesagt...«

Er stockte, als er Eriks Blick bemerkte. Der war auf seine Nachttischschublade gefallen, die einen Spalt offen stand. Und im selben Augenblick musste ihm klar sein, was Erik sah. Doch verhindern konnte er nicht, dass Erik in die Schublade griff und das Handy herausholte.

»Was erlauben Sie sich?«, keifte Freesemann mit erstaunlich kräftiger Stimme. »Das ist Amtsmissbrauch.«

Aber Erik ließ sich nicht beirren, obwohl auch sein Assistent ihn mit einem Blick warnte. Er scrollte durch die Anrufliste und entdeckte den Anruf, der vor einer halben Stunde von Freesemanns Handy abgegangen war. Empfänger des Anrufs: Jorin. Er drückte auf die entsprechende Taste, und kurz darauf ertönte eine junge Stimme: »Ist noch was, Papa?«

Am anderen Ende entstand Schweigen, als Jorin nicht die Stimme hörte, auf die er gefasst gewesen war. »Sie kommen sofort zurück nach Sylt. Unverzüglich! Wann können Sie da sein?«

Erik lauschte auf das Schweigen, dann hörte er ein Knacken. Jorin Freesemann hatte aufgelegt.

Mamma Carlotta legte den Telefonhörer zur Seite. Svea hatte angerufen und mitgeteilt, dass Ronni erst am Nachmittag zum Anstreichen kommen würde. Sie brauchte ihn woanders. Und er würde heute ja locker mit dem Wohnzimmer fertig werden. »Die Möbel kommen vermutlich erst übermorgen.«

Mamma Carlotta seufzte. Heute neue Schlafzimmer-, übermorgen neue Wohnzimmermöbel. Wie würde sich dieses Haus anfühlen, anhören und wie würde es riechen, wenn sich hier so vieles veränderte? Wollte Svea Gysbrecht dem Haus ihren Stempel aufdrücken? Sollte Erik sie, wenn die beiden sich jemals trennten, niemals vergessen können, weil er in einem Haus wohnte, das sie gestaltet hatte?

Carlotta schüttelte diesen Gedanken ab und machte sich an die Arbeit. Sie räumte den Frühstückstisch ab und überlegte, was sie fürs Mittagessen einkaufen sollte. Irgendetwas, was schnell anzurichten war. Wenn sie mit Lilly ins Plaudern kam, konnte es länger dauern. Seitensprünge und entlarvte Ehemänner waren Themen, die viel Gesprächsstoff hergaben und auf keinen Fall in einer einzigen Stunde abzuhandeln waren. Wie mochte Lilly darauf reagieren, dass ihr Mann überführt war? Hatte sie vielleicht noch in einer Ecke ihres Herzens eine kleine Hoffnung gehegt? Dann würde sie viel Trost und Zuspruch nötig haben, um mit der Gewissheit umzugehen, dass ihr Ehemann ein untreuer Schuft war. Und dann musste Carlotta natürlich ausgiebig sämtliche Folgen mit Lilly bereden – Trennung oder Versöhnung, Rache oder Verzeihen. Würde sie Sylt auf der Stelle verlassen, um am Bodensee ihre Scheidung in die Wege zu leiten? Vielleicht sollte sie ihr sogar dazu raten, denn hier auf der Insel war Lilly in Gefahr. Wie sie damit herausrücken sollte, war Mamma Carlotta allerdings noch nicht klar. Wenn sie verriet, dass Heio Seeberg ihr nach dem Leben trachtete, würde Lilly wissen wollen, wie sie davon erfahren hatte. Natürlich durfte sie Ida auf keinen Fall verraten, auch Ronni nicht, der sich Ida anvertraut hatte. Da war Fingerspitzengefühl gefragt.

Das Einkaufen bei Feinkost Meyer ging flott vonstatten, für den Weg brauchte sie nur wenige Minuten, die Einkäufe landeten schwungvoll im Kühlschrank, seine Tür knallte ins Schloss, sodass Kükeltje es nur knapp schaffte, den Kopf rechtzeitig herauszuziehen, und die Tür des Schuppens fiel beinahe aus den Angeln, als Mamma Carlotta sie aufriss, um das Fahrrad herauszuholen. Skandale beflügelten sowohl ihre körperlichen Kräfte als auch ihr Lebensgefühl. Sie war glücklich, wenn der Alltag etwas von seiner Normalität verlor, sich von unvorhergesehenen Ereignissen aufwirbeln und Stück für Stück wieder einfangen ließ.

Dass Tove Griess sie mit einem zweideutigen Lächeln empfing, gefiel ihr gar nicht. Aber sie hätte es sich ja denken können. Jetzt kam es darauf an, ihn von der Idee abzubringen, dass sich irgendetwas geändert hatte, seit sie zulassen musste, dass er sie küsste. Was dachte er sich nur?

Sogar Fietje verzog das Gesicht zu einem Grinsen, das sie noch nie gesehen hatte. War Tove etwa indiskret mit dem Erlebnis vor der Vogelkoje umgegangen? Das wäre der Gipfel!

»Moin, Signora«, begrüßte Fietje sie und erwies sich damit als außergewöhnlich gesprächig. »Ich habe gehört, bei Ihnen zu Hause sieht's jetzt richtig schnieke aus. Neue Wände, neue Möbel ...«

»Woher wissen Sie das?« Eigentlich hatte Mamma Carlotta sich ohne viele Worte statt an die Theke an einen Tisch setzen wollen, um dort auf Lilly zu warten, aber nun war sie neugierig geworden.

Fietje zog erschrocken den Kopf ein. Auf Nachfragen war er nicht eingestellt.

»Ronni hat ein bisschen geschnackt«, gab Tove statt seiner

Auskunft. »Ich hab noch zu ihm gesagt, er soll die Klappe halten. Kunden haben es nicht gern, wenn in der Öffentlichkeit über ihre Wohnverhältnisse geredet wird.«

»Ronni erzählt, wie es bei uns aussieht?«

Nun merkten Tove und Fietje, dass sie ein Thema angeschnitten hatte, das zu Kontroversen führen konnte. »Nichts Besonderes. Nur über die Farbe der Wände hat er geredet, mehr nicht.«

»Er will ja alles richtig machen«, fügte Fietje an. »Er hofft, dass er von der Freundin des Hauptkommissars demnächst regelmäßig Aufträge bekommt.«

»Klar«, bekräftigte Tove. »Dann kann er sich irgendwann eine richtige Wohnung leisten und muss nicht mehr in diesem windschiefen Wohnwagen hausen.«

»Wohnwagen?« Nun setzte sich Mamma Carlotta doch wie gewohnt an die Theke und bestellte einen Cappuccino. Erik hatte davon gesprochen, dass es eine Festnahme auf dem Campingplatz geben sollte. Ein Beamter war dort postiert worden, der darauf wartete, dass der Gesuchte endlich an seinem Wohnwagen auftauchte. War etwa Ronni damit gemeint?

»Ihr Schwiegersohn hat ja zurzeit die Jungs fest im Griff.« Tove nickte zu dem Tisch, an dem die illegalen Rennfahrer gesessen hatten, wenn sie sich in Käptens Kajüte einen auf die Mütze gossen. »Alle Wohnungen sind durchsucht worden.«

Er sprach nicht weiter, als hoffte er, dass Mamma Carlotta das übernehmen würde. Doch sie schwieg, und so war es Fietje, der ergänzte: »Aber Wyn ist nirgendwo gefunden worden.«

Mamma Carlotta wurde den Eindruck nicht los, dass die beiden versuchten, sie auszufragen. Deswegen nahm sie ihre Tasse und ging zu dem Tisch in der Ecke. »Ich warte auf meine Freundin«, verkündete sie. »Sie wird gleich kommen.«

Aber eine halbe Stunde verging, ohne dass sich die Tür öffnete und Lilly Heinze erschien. Tove und Fietje führten mit lauter Stimme Gespräche, die sie zwingen sollten, sich einzumischen, stellten sich gegenseitig Fragen und hofften auf Antworten von Mamma Carlotta, die sie aber nicht bekamen. Und immer wieder erwähnte Tove in irgendwelchen Nebensätzen, dass er ja niemals wieder Wetten für illegale Autorennen annehmen würde. »Nee, ehrlich! Das ist vorbei. So was von!«

Schließlich kam er zu Mamma Carlotta und setzte einen weiteren Cappuccino vor sie hin. »Geht aufs Haus!«

Mamma Carlotta bedankte sich notgedrungen, dann nahm sie die Tasse und setzte sich wieder an die Theke. Allein an einem Tisch, ohne sich unterhalten zu können, das war ja schrecklich! Es war langweilig, Tove mit Verachtung zu strafen, und es war nicht auszuhalten, mit einer schrecklichen Sorge allein zu bleiben. »Ich habe Angst um meine Freundin«, flüsterte sie, als wollte sie erst mal ausprobieren, wie es sich anhörte, etwas preiszugeben, was sie eigentlich in sich hatte verschließen wollen. »Was, wenn ihr etwas zugestoßen ist?«

Tove verlor endlich die Anzüglichkeit und sah wieder so aus wie immer, ein Seebär, der vom Käpten zur Nachtwache verdonnert worden war. »Was soll ihr denn zugestoßen sein? Vom Fahrrad gefallen? Oder sollte der Drahtesel unter ihr zusammengebrochen sein?«

Mamma Carlotta gefielen diese Bemerkungen nicht, aber da sie mit der Indiskretion angefangen hatte, machte sie dennoch weiter. »Sie wird bedroht.« Wieder flüsterte sie, sodass sich Tove und Fietje weit vorbeugen mussten, um sie zu verstehen. »Es gibt jemanden, der sie loswerden will.«

»Wer?«, fragte Fietje, erntete aber nur ein Kopfschütteln.

»Weiß Ihr Schwiegersohn das?«, fragte Tove.

Carlotta schüttelte wieder den Kopf. »Das ist mir anvertraut worden. Und ich musste versprechen, es niemandem zu verraten.«

»Na, das hat ja prima geklappt.« Schon wieder stieg dieses Grinsen in Toves Gesicht, das sie nicht leiden konnte, seit sie vor der Vogelkoje in seinen Lieferwagen geflüchtet war. »Hat das etwa was mit unserem Stelldichein zu tun?«

Fietje fing an zu kichern, verschluckte sich an seinem Bier und verschüttete einen Teil davon. Damit war klar, wie Tove mit ihrem gemeinsamen Erlebnis umgegangen war. Zwar hatte Mamma Carlotta keine Ahnung, was ein Stelldichein war, aber sie konnte es sich vorstellen und hätte um nichts in der Welt nach dieser unbekannten Vokabel gefragt. Sie trank ihren Cappuccino unter den Blicken der beiden Männer, deren Feixen jedoch schon in sich zusammenfiel, als sie die Tasse absetzte. Während sie ihr Kleingeld zusammensuchte, verlor es sich völlig, und als sie mit einem kurz angebundenen »Arrivederci« die Imbissstube verließ, waren zumindest Fietjes Augen voller Schuldbewusstsein. Nur Tove hatte sich einen Rest von Impertinenz bewahrt und rief ihr nach: »Immer wieder gerne, Signora.«

Draußen blieb sie stehen und atmete tief die würzige Luft ein. Die Sonne brach in diesem Augenblick durch die Wolken, von einem Augenblick zum anderen wurde aus dem grauen Morgen ein leuchtender Tag. Mamma Carlotta ließ die Sonnenstrahlen auf ihren Wangen tanzen und den leichten Wind mit ihren Locken spielen, während sie nachdachte. Anscheinend musste sie sich eine neue Stammkneipe suchen. Vielleicht Gosch am Strand oder das Eiscafé im ›Haus am Kliff‹? Sie würde es ausprobieren. Jemand hatte ihr erzählt, dass Jürgen Gosch, der tüchtige Mann, der aus dem Nichts ein ganzes Imperium aufgebaut hatte, in seinem neuen Restaurant gern von Tisch zu Tisch ging und mit den Gästen plauderte. Vielleicht konnte sie in ihm einen Ersatz für Tove Griess und Fietje Tiensch finden. Die hatten es ja beide nicht verdient, von ihr ins Vertrauen gezogen zu werden.

Sie sah den Hochkamp hinauf, zögerte kurz, aber dann blickte sie auf die Uhr und stellte fest, dass fast eine Stunde vergangen war. Sie würde nach Hause fahren und versuchen, Lilly

Heinze auf dem Handy zu erreichen. Wenn sie dort keinen Erfolg hatte, musste sie überlegen, wie sie Erik dazu bringen konnte, nach ihrer Freundin zu suchen, ohne ihm zu verraten, dass sie in Gefahr war. Während des Kochens würde ihr vielleicht einfallen, wie sie das bewerkstelligen konnte, ohne die Verschwiegenheit zu missachten, die sie Ida versprochen hatte.

Enno Mierendorf kam aufgeregt in Eriks Büro. »Der erste Anrufer. Jemand will die Tote erkannt haben.«

Erik merkte, dass seine Hände zitterten. Trotzdem ließ er sich die Zeit, erst mal seinen Schnauzer glatt zu streichen und sich bequem hinzusetzen, ehe er das Telefonat entgegennahm.

Am anderen Ende war ein Mann aus Lindau, der sich als Wolfgang Frenzel vorstellte. Er war ganz sicher, dass es sich bei der Toten um seine Nachbarin handelte, die er gut kannte, obwohl sie, wie er anmerkte, sehr entstellt aussah. »Trotzdem habe ich sie sofort erkannt. Meine Frau auch.«

Erik spürte die Unruhe in sich, die man ihm niemals ansah, und kreuzte die Arme vor der Brust. »Warum wurde sie nicht als vermisst gemeldet?«

Sören kam ins Zimmer und sah ihn fragend an. Mit den Lippen formte er unhörbar die Frage, ob es um die unbekannte Tote ginge. Als Erik nickte, hockte er sich auf die Schreibtischkante seines Chefs und versuchte, das Gespräch zu verfolgen.

»Sie hat sich von uns verabschiedet«, sagte Wolfgang Frenzel. »Ein Abschied für immer. Sie wusste, dass sie todkrank war, wollte aber auf keinen Fall in einem Krankenhaus sterben. Sie war von einem alten Freund auf Sylt...« Er stockte, als fiele ihm der Name nicht ein.

»Heio Seeberg?«

»Ja, so heißt er wohl. Sie war ihm sehr dankbar, weil er bereit war, sie in seinem Haus auf Sylt zu pflegen. Die beiden sind wohl seit Jahrzehnten befreundet.« Wolfgang Frenzel schluckte hörbar. »War echt schlimm, dieser Abschied. Meine Frau hat noch stundenlang geheult. Aber natürlich haben wir uns auch für sie gefreut, weil sie so sterben durfte, wie sie es sich immer gewünscht hatte.«

»Was ist mit ihrer Wohnung geschehen?«, fragte Erik.

»Alles ausgeräumt und neu vermietet, dafür hat sie noch selbst gesorgt. Sie wusste ja, dass sie nicht zurückkommen würde. Aber nun sagen Sie mal ...« Die Stimme des Anrufers wurde energisch. »Wie ist ihr Bild in die Zeitung gekommen? Wieso kannten Sie den Namen nicht?«

»Das ist eine lange Geschichte, Herr Frenzel«, gab Erik zurück und beschloss, das Gespräch zu beenden, ohne die verständliche Neugier des Anrufers zu befriedigen.

Als er aufgelegt hatte, sah er Sören derart entgeistert an, dass dieser drängelte: »Nun sagen Sie schon! Wer ist die Frau? Wie heißt sie?«

»Lilly Heinze«, flüsterte Erik.

Es meldete sich niemand, auch die Mailbox sprang nicht an. Wieder und wieder wählte Mamma Carlotta die Nummer, als könnte sie Lilly damit zwingen, endlich abzuheben. Aber es war immer das Gleiche, am anderen Ende der Leitung blieb es still. »Dio mio!« War ihr etwas zugestoßen? Hatte Heio Seeberg seine Drohung wahr gemacht? Mamma Carlotta spürte, dass sich in ihrem Innern etwas schaudernd zusammenzog, so wie sich eine Grimasse nicht vermeiden ließ, wenn man in eine Zitrone gebissen hatte. Es war, als verzerrte sich ihr Herz! Und es schien mit dem Finger auf ihr Gewissen zu zeigen und zu schreien: Du hättest es verhindern können!

Sie stellte den Herd ab und legte den Deckel auf den Topf, in dem sie gerade Tomaten und Gemüse für die Pomarola anschmorte, die Tomatensoße, die sie zu den Nudeln servieren wollte. Doch die Angst ließ sie nicht los. »Madonna!«

Sie riss sich die Kittelschürze herunter und eilte in den Flur, wo ihr Kükeltje begegnete, die auf dem Weg in die Küche war.

Dass sie dort nicht mit offenen Armen, den abgeschnittenen Fetträndern des Schinkens und mit Käsewürfeln empfangen wurde, missfiel ihr sehr. Ungehalten miaute sie, versuchte es dann, als Mamma Carlotta nicht auf sie einging, mit einem Umschmeicheln ihrer Beine, merkte aber schnell, dass es keinen Sinn hatte. Beleidigt stolzierte sie in die Küche, um zu sehen, ob dort irgendwas herumstand, das versehentlich nicht in den Kühlschrank gekommen war, während Carlotta eine leichte Jacke überzog und aus dem Haus stürmte. Die Nachbarin winkte ihr zu und sah so aus, als sei sie zu einem Plausch aufgelegt, aber Mamma Carlotta winkte nur kurz zurück, schwang sich aufs Fahrrad und raste den Süder Wung entlang. Dass die Nachbarin, die ein solches Tempo für gesundheitsschädlich hielt, ihr besorgt nachblickte, bekam sie nicht mit.

Eine Pause gönnte sie sich erst, als es am Ortsausgang von Wenningstedt abwärts ging und sie ihr Rad rollen lassen konnte. Doch kaum war sie vom Norderplatz in die schnurgerade Steinmannstraße eingebogen, trat sie wieder in die Pedale und fuhr, so schnell sie konnte. Am Brandenburger Platz hielt sie sich rechts, fuhr am Syltness-Center vorbei und verlangsamte dann das Tempo, weil die Fußgänger, die über die Friedrichstraße bummelten, aus irgendeinem Grunde der Meinung waren, dass Auto- und Radfahrer auf sie und ihr Urlaubsgefühl Rücksicht zu nehmen und ihnen Vortritt zu gewähren hatten. Anschließend ließ sie das Rad rollen, denn auch auf dem folgenden Stück war Aufmerksamkeit geboten. Die Autos kamen von rechts, vom Parkplatz vor dem ›Haus Metropol‹, und von links, wenn sie von den Parkstreifen auf die Straße fuhren. Ein ewiges Hin und Her!

Sie stieg vor dem ›Haus am Meer‹ vom Rad und schob es zu den Fahrradständern, die am Rand der Friedrichstraße aufgestellt worden waren. Dann ging sie zur Eingangstür des großen Apartmenthauses, doch die war verschlossen. Ratlos sah Mamma Carlotta nach rechts und links. Was nun?

Das kann nicht sein«, sagte Sören. Er sagte es zum wiederholten Mal, und es klang jedes Mal ein bisschen hilfloser.

»Wer ist diese Frau, die sich an meine Schwiegermutter herangemacht hat?«, flüsterte Erik.

»Stimmt das so überhaupt? Die Signora hat es anders geschildert. Sie war es, die Frau Heinze ... die diese Frau angesprochen hat. Und ...«

Erik sprang auf. »Sie trifft sich heute Morgen mit ihr.«

»Wann?«

»Keine Ahnung!«

»Wo?«

»Das weiß ich auch nicht.«

Sören sah seinen Chef an, als wollte er ihm den Vorwurf machen, sich zu wenig um seine Schwiegermutter zu kümmern. »Hat sie ein Handy dabei?«

»Sie wissen doch, dass sie Handys nicht leiden kann.«

»Rufen Sie zu Hause an. Vielleicht ist sie noch nicht weg.«

Aber der Ruf ging ins Leere. Vorsichtig legte Erik das Telefon zurück, als könnte es beschädigt werden. Dann glättete er ausgiebig seinen Schnauzer, ehe er sagte: »Noch mal ganz langsam und von vorne, Sören. Lilly Heinze oder eine Frau, die sich so nennt, kommt zur Beerdigung ihrer Freundin Klara Seeberg nach Sylt ...«

»Falsch, Chef! Ihr Mann kommt zur Beerdigung einer Frau nach Sylt, die nicht Klara Seeberg ist.«

»Vom Bodensee.«

»Lilly Heinze wohnte in Lindau.«

»Viktor Wahlig!« Erik sprang auf, lief einmal um seinen Schreibtisch herum, dann nahm er das Telefon und wählte Sveas Handynummer. Sie war im Büro und so kurz angebunden wie immer, wenn sie beschäftigt war. »Ist eigentlich alles klar mit der Beisetzung?«, fragte Erik. »Freesemann liegt ja noch im Krankenhaus.«

»Rufst du deswegen an?«

»Nein, wegen Viktor Wahlig. Oder vielmehr ... wegen Herrn Heinze oder wie er heißt.«

»Tina ist nach wie vor fix und fertig.«

»Weiß sie, wo er geblieben ist?«

»Er war weg, als sie letzte Nacht ins Apartment zurückkam. Also wird er Sylt wohl verlassen haben. Warum fragst du?«

»Kannst du mir bitte Tinas Handynummer geben? Ich muss mit ihr reden.«

»Kümmert sich die Polizei nun auch schon um Ehebruch?«

Erik antwortete nicht, wartete einfach ab, bis sie die Nummer gefunden und ihm diktiert hatte. Er konnte sich darauf verlassen, dass Svea viel zu beschäftigt war, um ihn darüber auszufragen, was er von dem Liebhaber ihrer Cousine wollte.

»Pass auf dich auf«, sagte er. »Gönn dir zwischendurch ein bisschen Ruhe. Diese Woche wird noch schwer genug für dich. Die Beerdigung ...«

»Ich habe alles im Griff.«

»Vielleicht könnten wir uns heute Mittag bei mir treffen? Ich werde zum Essen zu Hause sein.«

»Mal sehen. Versprechen kann ich es nicht.«

Erik war gar nicht aufgefallen, dass Sören während des Gesprächs das Zimmer verlassen hatte. Nun kam er zurück. »Ich habe noch mal Lilly Heinze im Internet gecheckt. Von einem Ehemann habe ich nichts gefunden.«

»Sie kennen ja seinen Vornamen nicht.« Erik wählte Tinas Nummer, doch es sprang nur die Mailbox an. Er hinterließ seinen Namen und seine Telefonnummer und bat um baldigen Rückruf. Dann stand er auf und griff nach seinem Autoschlüssel. »›Haus am Meer‹, Apartment 54! Mal sehen, ob wir die Dame antreffen.«

Sie parkten den Wagen direkt vor dem großen Apartmenthaus und stellten die Warnblinkanlage an. Kurz darauf standen sie vor der Eingangstür und rüttelten an der Klinke. Verschlossen!

»Wir müssen den Hausmeister sprechen«, sagte Sören.

In diesem Moment kam ein Paar auf den Eingang zu, der Mann zog während der letzten Schritte einen Schlüssel aus seiner Jacke. Er wusste zu berichten, dass die Telefonnummer des Hausmeisters an einer Informationstafel stand, die im Hausflur hing, und blieb neben Erik und Sören stehen, als fürchtete er, seinen Hinweis an eine unwürdige Person gegeben zu haben. Währenddessen holte seine Frau den Fahrstuhl und winkte ungeduldig, als er im Erdgeschoss angekommen war. Doch erst als er hörte, dass Erik sich dem Hausmeister als Polizeibeamter vorstellte, war er zufrieden und folgte seiner Frau in den Lift.

Der Hausmeister brummte ins Telefon: »Komme! Moment!«

Kurz darauf setzte sich einer der drei Aufzüge in Bewegung. Er kam vom Keller herauf, ein Mann in Arbeitskleidung trat heraus. »Moin! Wollen Sie etwa auch zu Frau Heinze?« Er wies mit dem Daumen über die rechte Schulter. »Ich habe dieser Dame schon gesagt, dass ich nicht einfach in ein Apartment spazieren kann, nur weil...«

Weiter kam er nicht. Erik hörte ein wohlbekanntes »Enrico!« und brauchte keine weiteren Erklärungen.

»Was machst du hier?«

»Du weißt doch, dass ich mit Lilly Heinze verabredet war. Aber sie ist nicht gekommen. Da habe ich mir Sorgen gemacht...« Nun schien ihr schlagartig klar zu werden, was sein Besuch zu bedeuten hatte. Sie schlug beide Hände vor den Mund und riss die Augen weit auf. »Ist ihr etwas zugestoßen?«

Erik weigerte sich, darauf eine Antwort zu geben. Ein kurzer Blick, den er mit Sören wechselte, reichte zum Glück aus, um sich mit ihm darüber zu verständigen, in der Anwesenheit seiner Schwiegermutter bei dem Namen Lilly Heinze zu bleiben. Sie brauchte nicht zu wissen, dass ihre neue Freundin sich den Namen einer Toten angeeignet hatte.

Erik wandte sich an den Hausmeister und verlangte, in das

Apartment von Lilly Heinze gelassen zu werden. »Es ist dringend.«

Der Hausmeister zögerte immer noch. »Für so was braucht man doch wohl einen Durchsuchungs ... wie heißt das?«

»So was brauchen wir nicht, wenn Gefahr im Verzug ist.« Erik nickte zum Aufzug und ging dem Hausmeister voran. »Sie haben einen Generalschlüssel dabei?«

»Immer!«

Dass seine Schwiegermutter sich zu ihnen in den Lift drängte, ließ sich dummerweise nicht verhindern. Erik hätte es gern versucht, aber da er wusste, dass er damit sowieso keinen Erfolg haben würde, ließ er es. Mamma Carlotta war nicht abzuschütteln, wenn sie Unheil witterte, das wusste keiner besser als ihr Schwiegersohn. Er musste nur dafür sorgen, dass sie nicht die Erste war, die die Wohnung betrat, was ihr durchaus zuzutrauen war. Deswegen drängte er sie mit ausgestrecktem Arm nach hinten, als der Hausmeister die Tür des Apartments Nr. 54 öffnete. Der große, vierschrötige Mann wirkte nun ängstlich, ganz im Gegensatz zu Mamma Carlotta, und trat zur Seite, als wollte er nicht sehen, was sich in Lilly Heinzes Apartment zugetragen hatte, während Erik versuchte, sich noch breiter zu machen, damit Mamma Carlotta nicht sah, was sich seinen Augen bot. Aber natürlich hatte sie über seine Schulter geblickt und sofort begriffen, was geschehen war, was geschehen sein musste.

Nun wurde auch Sören gebieterisch, was ihm Mamma Carlotta gegenüber sichtlich schwerfiel. Doch zu ihrem eigenen Schutz schaffte er es, sich zu ihr umzudrehen und sie scharf anzublicken. »Sie bleiben hier stehen, Signora! Keinen Schritt weiter! Verstanden?« Und vorsichtshalber ergänzte er noch: »Capito?«

Mamma Carlotta spürte die Tränen kaum, die der Fahrtwind ihr von den Wangen wischte, und merkte nicht, dass sie schluchzte, als sie die Lornsenstraße hinabfuhr. Sie mied den Autoverkehr, wollte so nah wie möglich am Meer sein und war froh, als sie den Radweg erreicht hatte, der durch den Lornsenhain führte. Alleine war sie zwar auch hier nicht, denn die Zahl der Radfahrer schien sich in den letzten beiden Stunden vervielfacht zu haben, dennoch fühlte sie sich besser ohne das aggressive Rauschen der vorbeirasenden Autos, das bedrohliche Zischen ihrer Räder, das ungeduldige Hupen der Fahrer. Die Steigung hinter der Nordseeklinik tat ihr gut, sie konnte sich verausgaben und über die Anstrengung des Radfahrens die schlimmsten Gedanken für Augenblicke vergessen. Doch dann ging es über den Kleinen Arnikaweg weiter, das Radeln wurde wieder leicht, und die Bilder, die sie gesehen hatte, fuhren mit. In der Dünenstraße zögerte sie. Sollte sie wirklich weiterradeln zu Gosch, um herauszufinden, ob der Besitzer an ihr und ihrer Lebensgeschichte interessiert war? Sie brauchte nicht lange zu überlegen und fuhr weiter geradeaus den Hochkamp hinab. Für das, was sie jetzt zu erzählen hatte, gab es nur einen Ort und einen oder auch zwei Menschen. Zu Hause hätte sie die Kinder geängstigt und in Ida schwere Schuldgefühle geweckt, nur in Käptens Kajüte konnte sie ihre Probleme loswerden, und zwar so, wie sie ihr unter den Nägeln brannten. Um das Mittagessen brauchte sie sich keine Gedanken zu machen, Erik und Sören würden keine Zeit haben, zum Essen zu kommen. Ihren Speiseplan konnte sie auf den Abend verschieben. Jetzt war es wichtiger, dass sie sich von einem doppelten Espresso beleben ließ. Sie schüttelte den Kopf, als sie vor der Tür von Käptens Kajüte bremste. Nein, ein Espresso würde nicht reichen, erst recht nicht ein Espresso, wie Tove ihn anbot, ein dünnes Gebräu, das in Italien zu einer Schlägerei der Gäste mit dem Wirt führen würde. Nein, sie brauchte unter diesen tragischen Umständen einen Rotwein aus Montepulciano. Dass es für Alkohol viel zu früh war, spielte in diesem Fall keine Rolle. »Überhaupt keine! No!«

Zum Glück tat Tove ihr diesmal den Gefallen, sie nicht mit

einem zweideutigen Grinsen zu begrüßen, und Fietje blickte ihr ebenfalls entgegen, als habe er nie etwas von einem Kuss zwischen Tove und der Schwiegermutter des Hauptkommissars gehört. Mamma Carlotta atmete erleichtert auf. Vielleicht konnte man ja doch einfach so tun, als sei alles beim Alten, und die Nacht vor der Vogelkoje aus dem Gedächtnis streichen?

»Was ist los, Signora?« Tove Griess wurde nun sogar regelrecht freundlich. »Sie sehen so ... so ...«

»... echauffiert aus«, ergänzte Fietje, dem es gelegentlich Spaß machte, Tove damit zu ärgern, dass er in grauer Vorzeit ein paar Jahre das Gymnasium besucht hatte.

»Wer hat Sie chauffiert?«, blaffte Tove prompt. »Sind Sie nicht mit dem Fahrrad gekommen?«

Fietje grinste nur und zwinkerte Mamma Carlotta zu, als hätten sie beide ein intellektuelles Geheimnis, das Tove niemals lüften würde. »Aufgeregt«, erklärte er dann. »Ich meine, dass die Signora aufgeregt aussieht.«

»Sì! Und deswegen brauche ich einen Vino rosso.«

»Obwohl die Sonne noch nicht untergegangen ist?«

»Das spielt heute keine Rolle.«

Tove suchte die Flasche mit dem Rotwein aus Montepulciano, während Fietje fragte: »Was ist denn passiert?«

»Meine neue Freundin ... Sie wissen doch, mit der ich mich in letzter Zeit ein paarmal hier getroffen habe.«

»Die Dicke?«

»Sì. Sie ist tot.«

Toves Kopf fuhr in die Höhe. »Abgemurkst?«

»Sì! Vuol dire ... ich glaube es. Alles sieht danach aus.«

Tove schenkte den Rotwein ein, schüttelte dabei ärgerlich den Kopf und schaffte es bei der ganzen Schüttelei nicht, einzugießen, ohne zu kleckern. »Was denn nun? Wenn sie mit eingeschlagenem Schädel dalag, wird sie wohl keinen Selbstmord begangen haben.«

»Sie lag gar nicht da.« Mamma Carlotta nahm einen guten Schluck Rotwein, fühlte sich prompt ein wenig besser und konnte sich nun verständlicher ausdrücken. »Sie war überhaupt nicht da. Aber ihre Wohnung! Dio mio! Sie sah aus, als hätten dort i vandali gehaust. Hai capito?«

»Wandalen«, übersetzte Fietje, und Tove knurrte ihn an, das hätte er auch ohne Fietjes Klugscheißerei verstanden. »Also alles auf den Kopf gestellt?«

»Es hat auf jeden Fall ein Kampf stattgefunden«, flüsterte Mamma Carlotta. »Das sagt Enrico auch. Alles sieht danach aus, als wäre Lilly bedroht worden und hätte sich erbittert gewehrt.« Sie nahm noch einen kräftigen Schluck. »Anscheinend vergeblich.«

Erik konnte sich erst auf das Bild konzentrieren, das sich ihm bot, als er mit Sören allein war. Seine Schwiegermutter hatte sich endlich wegschicken lassen, den Hausmeister hatte er zum Glück nicht zweimal bitten müssen. Der war so eilig davongelaufen, als vermutete er den Mörder noch in der Nähe. Die KTU würde erst in einigen Minuten erscheinen, Erik hatte also Zeit, den Raum auf sich wirken zu lassen.

Er deutete auf das Sofa, das schief stand, mit einer Ecke an der Wand, wo es ein Stück aus dem Putz geschlagen hatte. Ein Stuhl war umgestürzt, als wäre jemand dagegen gestoßen, mehrere Gegenstände waren aus dem Regal gefallen und lagen auf dem Boden. Eine Schranktür stand offen, Kleidung war von den Bügeln gerutscht, die Gardine heruntergerissen, als hätte sich jemand daran festgehalten.

»Sieht so aus, als hätte er sie hochgezerrt. Sie hat ihn abgewehrt, sich losgerissen und ist zurückgefallen. Mit viel Schwung! Vielleicht wurde sie auch zurückgestoßen.«

Sören nickte. »Hier ist es ganz schön zur Sache gegangen.« Er ging mit hochgezogenen Beinen zum Fenster, als watete er durch Schlamm und Dreck. »Ein regelrechter Kampf hat hier stattgefunden.«

Sören blieb am Fenster stehen, als vertiefte er sich in die schöne Aussicht. Diese Wohnung bot einen schönen Blick aufs Meer. Das ›Haus Metropol‹ versperrte anderen Apartments die Aussicht, von diesem war die Sicht jedoch frei über einen Anbau, der nur eine Etage hoch war. »Hat er sie umgebracht? Oder konnte sie fliehen?«

»Von wem sprechen Sie? Von Heio Seeberg?«

Sören fuhr herum und starrte seinen Chef ungläubig an. »Von wem sonst?«

»Ja, ja.« Erik winkte ab. »Er ist also noch auf der Insel.«

Zu dieser Erkenntnis war Sören auch gerade gekommen. »Ich hätte geschworen, dass er längst dort ist, wo er sich auskennt. In Dortmund und Umgebung.«

»Anscheinend hatte er hier noch eine Aufgabe zu erfüllen. Den Mord an Lilly Heinze?«

»Eine Frau, die sich so nennt«, korrigierte Sören.

»Wie hat er sie nur aus dem Haus bekommen?«

Sören starrte auf die Eingangstür. »Nachts ist hier nichts los. Aber ... sicher kann er sich nicht sein, wenn er eine Leiche zum Aufzug schleift. Jemand könnte spät heimkommen ...«

»Selbst wenn er sie nach unten gebracht hat, ohne gesehen zu werden ... was dann? Wie hat er sie abtransportiert? Seinen Wagen hat er nicht mehr zur Verfügung.«

»Leihwagen?«

»Den könnte er nebenan auf dem Parkplatz abgestellt haben, ja. Aber so ein Risiko wäre er doch nicht eingegangen. Auf der anderen Straßenseite gibt es unzählige Wohnungen. Irgendjemanden mit Schlafstörungen gibt es immer, der nachts am Fenster steht.«

Sören schüttelte den Kopf. »Warum hat er sie nicht einfach im Apartment liegen lassen? Das Verschwinden der Leiche hilft ihm nicht weiter.«

Erik sah nachdenklich erst auf seine Fußspitzen, dann aufs Meer hinaus und glättete lange und ausgiebig seinen Schnauzer. »Ich glaube ... sie ist gar nicht tot. Er hat sie mitgenommen.«

»Entführung?«

Erik mochte darauf keine Antwort geben. Das Ganze kam ihm merkwürdig vor, er hatte es von Anfang an gespürt. Hier stimmte etwas nicht. Ärgerlich verzog er das Gesicht. Er hatte sich von dem Geschrei seiner Schwiegermutter durcheinanderbringen lassen, die natürlich sofort davon überzeugt gewesen war, dass man ihre neue Busenfreundin ermordet hatte. Nein, hier war kein Mord geschehen. Hier war jemand überwältigt und genötigt worden. »Vermutlich ist sie kampfunfähig gemacht und dann weggebracht worden. Mit gefesselten Händen zum Beispiel und einer Pistole oder einem Messer im Rücken. Das ist von einem der gegenüberliegenden Häuser nicht zu erkennen. Schon gar nicht bei Dunkelheit.«

»Warum hat er das getan?«

»War er es überhaupt? Wer sagt uns, dass wirklich Heio Seeberg dafür verantwortlich ist? Wir wissen ja nicht mal, wer die Frau wirklich war. Solange wir ihren Namen nicht kennen und nichts von ihren Lebensumständen wissen, können wir auch nicht wissen, wer sie bedroht haben könnte. Und warum!«

»Intuition«, gab Sören trotzig zurück, der wusste, was sein Chef von solchen Erklärungen hielt. Aber dann stutzte er plötzlich, beugte den Oberkörper so weit wie möglich nach links und warf einen Blick unters Sofa. Erik erschrak, als er zwei schnelle Schritte darauf zumachte und das Sofa mit einer so heftigen Bewegung verschob, dass es erneut an die Wand stieß und weiterer Putz herabrieselte. Sören bückte sich und hielt etwas hoch, das Erik zunächst nicht erkennen konnte. Ein orangefarbenes Papier, etwa daumennagelgroß, auf dem der Ausschnitt eines weißen Kreises zu sehen war, dazu am äußeren Rand ein grüner Punkt.

Sören sah seinen Chef an, als wäre er unter die Schatzsucher gegangen. »Na? Was sagt uns das?«

Erik konnte nur flüstern: »Seebergs Zigarettenmarke.«

»Peel Menthol Orange! Eindeutig!«

»Der Beweis, dass Seeberg hier war.«

»Aber warum? Um die Frau, die sich Lilly Heinze nennt, zu entführen?«

»Das können wir erst herausbekommen, wenn wir wissen, wer diese Frau wirklich ist.«

Sie hörten Geräusche auf dem Gang, Vetterich war mit seinen Leuten im Anmarsch, vom Hausmeister eskortiert, der so aussah, als wollte er sich in der nächsten Stunde krankmelden. Erik öffnete die Tür und ließ sie ein. Er gab Sören einen Wink. »Ich glaube, wir verdrücken uns lieber.«

Sie gingen den langen, dämmerigen Gang zurück zu den Aufzügen. Die Tür, die zu den Etagen führte, schloss sich hinter ihnen, danach war es nur möglich, mit einem Schlüssel wieder hereinzukommen.

Erik starrte die geschlossene Tür an. »Wie ist der Täter an den Schlüssel gekommen?«

Sörens Hand schwebte noch über der Taste, mit der er den Aufzug holen wollte, nun ließ er sie sinken. »War es umgekehrt? Ist die Frau, die hier wohnte, die Täterin? Hat sie jemanden in ihre Wohnung gelockt und dann ...?« Sören zog eine Handkante vor der Kehle her. »Mensch, Chef! Darauf sind wir noch gar nicht gekommen.«

Erik nickte mit angespannter Miene. »Wohnte sie überhaupt hier? Wir wissen das nur von ihr selbst.« Er drückte entschlossen die Taste, und der Aufzug erschien schon nach wenigen Augenblicken. »Das Immobilienbüro, das diese Wohnungen vermietet, liegt im ›Haus Metropol‹. Da gehen wir jetzt hin.«

Aber nach diesem Besuch waren sie nicht schlauer geworden. Das Apartment war auf den Namen Lilly Heinze gemietet worden, und zwar für eine Woche. »Eigentlich wollte die Dame die Wohnung nur für drei Tage haben, aber die meisten Apartments haben eine Mindestmietdauer von einer Woche«, berichtete eine Mitarbeiterin des Immobilienbüros. »Frau Heinze hat sich dann entschlossen, die Wohnung für eine Woche zu mieten.«

Sie traten wieder auf die Andreas-Dirks-Straße hinaus und blickten auf die hohen Häuser der anderen Straßenseite. Der Wind fing sich in der Gebäudeecke, wirbelte an dieser Stelle nicht, sondern zog und zerrte, fuhr nicht über die Haut, sondern unter die Kleidung und ließ sie frieren, während sie an anderer Stelle den Wind tief eingeatmet hätten. Sie entschlossen sich, vor ihm zu fliehen, indem sie die Einkaufspassage benutzten, die zum Strandübergang führte. Ein lichtloser, kalter, wenig einladender Gang, in dem es einige Geschäfte gab, die ums Überleben kämpften. Auf der Strandstraße kamen sie wieder heraus, links lag der Strandübergang, ihnen gegenüber die Sylter Welle. Auch hier wurden sie vom Wind angegriffen, aber es war keine heimtückische Zugluft, sondern ein ehrlicher Frühlingswind, der direkt vom Meer kam, frisch, kalt, salzig, ein Wind, der in den Möwen Gestalt annahm, die sich auf ihn legten und zeigten, wohin er sie treiben konnte. Die beiden standen da, ließen ihn auf ihren Gesichtern spielen und blickten aufs Meer, was immer half, die Gedanken anzuschieben, den Gefühlen zu vertrauen und Fragen zu beantworten oder zumindest neu zu formulieren.

»Wie kriegen wir raus, wer diese Lilly Heinze wirklich ist? Und warum sie sich den Namen einer Toten ausgesucht hat? Und woher sie weiß, dass Lilly Heinze tot ist?«

»Vielleicht weiß sie es gar nicht.«

»Zufall? Nee, das glaube ich nicht. Die hat sich den Namen ausgesucht, weil die lebende Lilly Heinze ihr nicht mehr in die Quere kommen kann.«

»Meinen Sie, die Frau steckt mit Seeberg unter einer Decke?«

»Quatsch! Das passt ja vorne und hinten nicht.«

Erik griff nach Sörens Arm. »Lassen Sie uns unten bei Gosch ein Fischbrötchen essen.« Er merkte, dass sein Assistent zauderte. »Ich habe meiner Schwiegermutter gesagt, sie soll heute Mittag nicht kochen. Für vier Gänge haben wir keine Zeit.« Er sah die Enttäuschung auf Sörens Gesicht und tröstete ihn. »Heute Abend gibt's Antipasti, Primo, Secondo und Dolce. Da reicht heute Mittag ein Fischbrötchen.«

Kurz darauf standen sie vor dem Gosch-Imbiss schräg gegenüber der Konzertmuschel, in dem es jahrelang ein altmodisches Café gegeben hatte, in dem der Cappuccino noch mit Sahne serviert worden war. Erik hatte einmal seine Schwiegermutter im Winter in dieses Café eingeladen und Zeuge einer erregten Diskussion werden müssen. Cappuccino mit Sahne, das war für Mamma Carlotta etwa so schlimm wie ein Kaffee, der Espresso genannt wurde, oder Gemüse aus der Konservendose.

Erik entschied sich für ein Bratheringbrötchen, Sören gab einem Matjes den Vorzug. »Wo mag Lilly Heinze geblieben sein?«, fragte er kauend. »Wenn Ihre Schwiegermutter wüsste...«

Erik fuhr zusammen. »Für sie muss diese Frau Lilly Heinze bleiben. Verstanden? Die mischt sich sonst ein.«

»Schon klar.« Sören hielt sein Brötchen hoch und ließ den Matjes nicken.

Erik focht einen Kampf mit den riesigen Zwiebelringen und antwortete erst, als er ihn gewonnen hatte. »Wir müssen das Handy von Lilly Heinze orten.«

»Dafür brauchen wir einen richterlichen Beschluss.«

»Den kriegen wir. Bei Gefahr für Leib und Leben können wir sogar ohne Erlaubnis orten. Jedenfalls vorübergehend. Die Erlaubnis bekommen wir ohne Weiteres nachträglich vom Richter.«

Sören war trotzdem nicht restlos begeistert. »Wenn das Handy abgeschaltet ist oder die SIM-Karte entnommen wurde, bringt uns das gar nichts. Dann kann uns auch der Netzbetreiber nicht helfen.«

»Wir versuchen es trotzdem.«

»Bleibt uns ja gar nichts anderes übrig.«

Die deprimierende Erkenntnis, dass sie wieder einmal ohne ein Ziel dastanden und ohne den Weg zum Ziel zu kennen, ließen sie an den Heringen aus. Der Matjes wurde besonders mitleidlos zerbissen, der Brathering sogar zur Hälfte weggeworfen. Trotzdem fühlten sich die beiden kein bisschen besser, als sie die Treppe wieder hochstiegen.

»Haben Sie überhaupt die Handynummer von Lilly Heinze?«, fragte Sören.

Erik blieb stehen, sah in den Himmel, als wollte er eine Möwe fragen, ob sie ihm helfen könne. Dann schüttelte er den Kopf und ging weiter. »Aber meine Schwiegermutter.«

Mamma Carlotta schmuggelte die beiden Konservendosen in die Mülltonne der Nachbarn, als sie sicher war, dass sich niemand in der Nähe aufhielt, der sie dabei erwischen und womöglich verraten konnte. Dann rückte sie die beiden Tonnen, die zum Hause Wolf gehörten, scheinheilig zurecht und ging in die Küche zurück. Tove hatte behauptet, sein Labskaus wäre eine Delikatesse, es gäbe Kunden, die extra aus Lübeck anreisten, um sein Labskaus zu essen, und das Rezept sei mütterlicherseits über Generationen vererbt worden. Mamma Carlotta hatte ihm kein Wort geglaubt. Da war Fietjes Erklärung überflüssig gewesen, dass Tove für dieses Gericht nur einen gut funktionierenden Dosenöffner brauchte. Aber sie musste den Kindern ein Mittagessen anbieten, das schnell zuzubereiten, aber dennoch sättigend war. Dass diese Mahlzeit nicht mit Liebe zustande gekommen war, würde sie am Abend wiedergutmachen, indem sie dann mit besonders viel Aufopferung kochte. Die Kinder mussten einsehen, dass ihre Nonna vom Verschwinden ihrer neuen Freundin den ganzen Vormittag in Anspruch genommen worden war und die Anlieferung der Schlafzimmermöbel außerdem viel Zeit gekostet hatte. Schließlich musste sie vorher alles aus dem Weg räumen, was die Möbelpacker am zügigen Arbeiten hindern konnte, ihnen voranlaufen, um alle Türen zu öffnen, ihnen sagen, worauf sie zu achten hatten, und nebenbei erzählen, dass sich der Spediteur in ihrem Dorf beim Transport eines alten Klaviers die Finger der rechten Hand zwischen Wand und Instrument gequetscht hatte und dass ihm darüber hinaus beim Absetzen des Klaviers der Deckel der Tastatur auf die linke Hand gefallen war. Der Arme war von da an berufsunfähig gewesen.

Carolin, Felix und auch Ida, die sich angewöhnt hatte, die Mahlzeiten im Hause Wolf einzunehmen, wenn ihre Mutter im Büro war, kamen in dem Moment von der Schule zurück, in dem das neue Boxspringbett den Eingang versperrte und die Möbelpacker beratschlagten, wie es in die erste Etage zu bugsieren war. So brauchte Mamma Carlotta nur einen Hinweis auf das Essen zu geben, das im Topf auf dem Herd stand, und konnte sich die Lüge ersparen, sie habe das Labskaus bei Feinkost Meyer gekauft und dafür viel Geld hingeblättert. Ida erbot sich sofort, das Essen aufzutun, und lotste Carolin und Felix durch den Garten ins Haus, damit sie den Möbelpackern nicht im Wege standen. Das besorgte bereits Mamma Carlotta, ohne zu bemerken, dass die beiden muskelbepackten Friesen nervös wurden, während viele gute Ratschläge auf sie herabprasselten.

Als ihr endlich auffiel, dass ihre rhetorische Unterstützung nicht gefragt war, hörte sie Carolin in der Küche sagen: »Igitt! Das Zeug schmeckt ja wie in Käptens Kajüte.«

Daraufhin beschloss sie, die Küche noch eine Weile zu meiden, bis man dort mit dem Labskaus fertig geworden war. Ob gegessen oder anderweitig entsorgt, das würde sie nicht kontrollieren. Die Möbelpacker hatten also weiterhin Gelegenheit, ihre stählernen Nerven zu beweisen, bis schließlich einer sagte: »Wollen Sie uns nicht lieber einen Kaffee machen, junge Frau? Wenn Sie das genauso gut können wie schnacken, tragen wir das Bett anschließend auf dem kleinen Finger nach oben.«

Mamma Carlotta gefiel die Tatsache, als junge Frau bezeichnet zu werden, derart gut, dass sie in die inzwischen leere Küche schwebte, über die kaum angerührten Teller mit dem Labskaus hinwegsah und sich um die Möbelpacker kümmerte, indem sie auf jede Tasse die doppelte Menge Kaffeepulver gab, die ein Kardiologe für gesundheitszuträglich gehalten hätte.

Tatsächlich hatten Jan und Jobst, wie die beiden hießen, gewartet und stemmten das Bett erst wieder in die Höhe, als die Koffeinzufuhr ihnen Kraft verliehen hatte. »Donnerschlag! Das Gesöff weckt ja Tote auf!«

Frisch gestärkt stöhnten sie sich Stufe um Stufe nach oben, von Mamma Carlotta angefeuert und bewundert, immer im Wechsel. Sie wusste, dass Männer bei solch einer Unterstützung über sich hinauswachsen konnten, und hatte, als das Bett endlich oben stand, genauso das Gefühl, etwas geleistet zu haben, wie Jan und Jobst.

»Passen Sie bloß auf die frisch gestrichenen Wände auf«, sagte da eine Stimme hinter ihr. Svea stand in der offenen Haustür, ihr blasses Gesicht dezent geschminkt, die blonden Haare straff zurückgekämmt und im Nacken gebunden, in einem hellen Trenchcoat, den Mamma Carlotta missbilligend betrachtete.

»Ist Erik noch nicht da?«

»Er wird nicht kommen, Signora! Hat er Ihnen nicht Bescheid gesagt?« Sie bat Svea aufgeregt herein und vergaß die Möbelpacker, die in der ersten Etage stöhnten, als sie das Boxspringbett auf die Seite legten, damit es durch die Tür passte. Für Mamma Carlotta gab es nichts Schlimmeres, als einen Gast zu empfangen, für den nichts zu essen im Hause war, jedenfalls nichts, was ihm schmecken würde. »Enrico muss schon wieder in einem Mordfall ermitteln. Ist das nicht terribile?«

Svea sah erschrocken aus. »Wer ist denn ermordet worden?«

»Lilly Heinze! Die Ehefrau von dem Mann, der Ihre Cousine so schändlich betrogen hat.«

»Die ist tot?«

»Jedenfalls sieht alles danach aus. Die Leiche wurde noch nicht gefunden, aber in ihrem appartamento gab es einen Kampf. Alles durcheinander. Madonna! Aber sicherlich wird Enrico herausfinden, wo sie hingebracht wurde. Er hat gerade angerufen und nach ihrer Handynummer gefragt. Wie gut, dass ich sie notiert hatte! Er sagt, er kann ihr Handy ... Come si dice?« Sie wedelte mit beiden Armen, wie sie es tat, wenn sie ein kleines Kind herbeilockte, damit es sich in ihre Arme warf.

»Orten?«

»Sì, chiaro. Orten! So hat er es genannt. Er kann herausfinden, wo sich ihr Handy befindet. Was für eine verrückte Welt! Che mondo pazzo!«

Jetzt erst bemerkte sie, dass Svea nicht allein gekommen war. Ronni hatte sich im Hintergrund gehalten und geduldig gewartet, bis die beiden Frauen die Tür freigaben, damit auch er eintreten konnte.

»Die Dicke, mit der Sie in Käptens Kajüte waren?«, fragte er nun. »Die ist tot?«

Mamma Carlotta hoffte, dass Svea den Namen der Imbissstube schnell wieder vergaß. Damit Ronni ihn nicht wiederholte, schob sie ihn ins Wohnzimmer. »Sie müssen heute fertig werden, e vero?« Sie drehte sich zu Svea um. »Die Wohnzimmermöbel kommen morgen?«

»Übermorgen«, korrigierte Svea. »Er kann sich also Zeit lassen. Aber besser, die Sache ist heute erledigt.«

Sie folgte Ronni ins Wohnzimmer, während Mamma Carlotta hinter ihr herlamentierte, dass sie ihr leider nur Labskaus anbieten könne und nicht einmal selbst gekocht. »Ich hatte ja keine Zeit heute Morgen. Aber ich glaube, das kann eine Veganerin essen.«

»Ein Labskaus schmeckt nur mit Corned Beef oder Pökelfleisch«, antwortete Svea, ohne sich zu Mamma Carlotta umzudrehen. »Ein Hering gehört auch dazu oder ein Rollmops.« Sie gab mit einer Handbewegung zu verstehen, dass sie sowieso nicht die Absicht hatte, sich von Mamma Carlotta beköstigen zu lassen. »Danke, dass Ida bei Ihnen essen darf. Hat sie das Zeug wirklich runterbekommen?«

»Naturalmente!« Mamma Carlotta wollte gerade das köstliche Labskaus loben, da zeigte Svea, dass für sie etwas anderes wichtiger war. »Die graue Wand!«, fuhr sie Ronni an. »Ich habe Ihnen gesagt, dass die Wand hinter dem Sofa grau werden soll. Genauso wie die Wand im Schlafzimmer. Verdammt!«

Mamma Carlotta wollte in diesen Streit nicht hineingezogen werden und ging in die Küche zurück, während Ronni sich verteidigte. »Herr Wolf hat gesagt, er will keine graue Wand. Alle Wände sollen weiß werden.« Sie schloss zufrieden die Tür hinter sich. Lucia hatte nach ihrem Einzug die Wände, die Eriks Eltern mit geblümter Tapete beklebt hatten, weiß streichen lassen. Gut, dass Erik bei dieser Wandfarbe bleiben wollte! Schlimm genug, dass die Möbel, die Lucia geliebt hatte, abgeschafft worden waren. Mamma Carlotta war froh über alles, was so bleiben würde, wie es zu Lucias Lebzeiten gewesen war. Eine graue Wand hätte ihrer Tochter nicht gefallen.

Svea erschien bald in der Küche, vergewisserte sich, dass es ihrer Tochter gut ging, und wies Espresso und Cantuccini so entschieden zurück wie vorher das Labskaus. »Erik hätte mir Bescheid sagen können, dass er heute Mittag keine Zeit hat.«

»Sì, Signora! Aber das hat er wohl vergessen. Über all die viele Arbeit kann einem so was schon mal entfallen.« Listig fügte sie hinzu: »Sie wissen selbst am besten, wie das ist.«

Ihr Schuss hatte ins Schwarze getroffen. Svea nickte friedfertig. »Egal! Ich wollte sowieso sehen, wie weit Ronni ...«

In diesem Augenblick klingelte ihr Handy. Sie blickte aufs Display und lächelte. Als sie das Gespräch annahm, nannte sie weder ihren eigenen Namen noch den des Anrufers. »Willst du mir sagen, dass aus dem Treffen heute Mittag nichts wird?« Ihr

Ton war so versöhnlich, dass Mamma Carlotta bald beruhigt war. Svea trug Erik sein Versäumnis nicht nach. Was für ein Glück! Bei all den schrecklichen Ermittlungen auch noch Krach mit der Freundin? Das wäre zu viel für ihn.

»Zu spät! Ich bin schon am Süder Wung.«

Carlotta hörte die Stimme ihres Schwiegersohns, der versuchte, mit Lautstärke sein Schuldgefühl zu übertönen.

»Nicht schlimm. Ich wollte sowieso nachsehen, was Ronni macht.« Nun schüttelte sie den Kopf. »Der Anstreicher! Mein Gott, so kompliziert ist der Name doch nicht.«

Jetzt war Eriks Stimme wieder so leise wie gewohnt. Dass er sprach, konnte Mamma Carlotta nur an Sveas Miene erkennen.

»Warum keine graue Wand? Das hatten wir doch verabredet. Das passt super zu dem schwarzen Ledersofa.«

Erik redete jetzt lange, zu lange für Svea, die unruhig wurde und nervös hin und her ging. Er verteidigte die weißen Wände, fand anscheinend viele Argumente, die für sie sprachen.

»Schon gut. Sind ja deine Wände.« Svea unterbrach seine Rechtfertigungen. »Ich habe gehört, die Frau von Tinas Lover ist tot?« Während sie auf Eriks Antwort lauschte, warf sie Mamma Carlotta einen Blick zu, der bei ihr ankam wie eine Ermahnung. »Ach so, nur verschwunden. Meinst du, dass Viktor etwas damit zu tun hat?« Sie warf einen Blick auf die Armbanduhr. »Das wäre ja ein Ding. Erst die Ehefrau betrügen und dann abmurksen. Das geht zu weit.« Sie lachte, als hätte sie einen guten Scherz gemacht. »Wo kann die Frau geblieben sein? Hast du einen Verdacht?« Murmelnd kommentierte Svea, was sie von Erik zu hören bekam: »Entführt, mein Gott! Immer noch auf der Insel? Na, der Kerl hat Nerven! Und Freesemann? Geht es ihm besser? Noch immer in der Klinik, aha. Also gut, kümmer du dich um deine Mörder, ich sorge dafür, dass dein Schlafzimmer heute Abend fertig ist. Du wirst die nächste Nacht wie in Orpheus' Armen schlafen.« Sie kicherte. »Lieber in meinen? Na, mal sehen ...«

Carlotta runzelte die Stirn. Die Vorstellung gefiel ihr nicht, dass Svea sich zu Erik auf das neue Bett legte, sich an seine Seite kuschelte und ihn küsste. Bei Wiebke hatte sie keine Probleme damit gehabt, aber Svea? Es fiel ihr schwer, sich vorzustellen, dass Erik in ihren Armen glücklich war.

Svea drückte Ida hastig einen Kuss auf den Scheitel und winkte Carolin und Felix zu. »Ciao!«

Carlotta sah ihr nach, beobachtete, wie sie auf die Uhr blickte, ehe sie ins Auto stieg, runzelte die Stirn, als Svea nach ihrem Handy griff und ein Telefongespräch begann, während sie den Wagen startete und losfuhr.

Plötzlich stand Ida neben ihr. »Meine Ma hat's immer eilig. Manchmal geht mir das auf den Geist.«

Mamma Carlotta legte einen Arm um Idas Schultern. »Es ist nicht einfach, Ida, für alles allein zuständig zu sein. Wenn ich mir vorstelle, ich hätte neben den Kindern und dem Haushalt auch noch für den Lebensunterhalt sorgen müssen ...«

Kükeltje drängte sich zwischen ihre Füße, und Carlotta konnte von oben die grünen Schnurrbarthaare erkennen. Wenigstens ein Familienmitglied, dem das Labskaus geschmeckt hatte!

Felix lief nach oben, um seine Gitarre zu holen und zum Musikunterricht aufzubrechen, Carolin verließ ebenfalls die Küche. Kurz darauf war ihre Stimme aus dem Wohnzimmer zu vernehmen, und Mamma Carlotta spürte, dass Ida nervös wurde. Sie sagte nichts, als das Mädchen sich von ihrer Seite löste und sich dorthin begab, wohin die Eifersucht sie trieb. Oder war es längst keine Eifersucht mehr? Mamma Carlotta dachte an das, was Ida ihr anvertraut hatte. Konnte sie noch in jemanden verliebt sein, dem sie derart misstraute? Ging sie nur deshalb ins Wohnzimmer, damit sie Carolin vor dem Anstreicher beschützen konnte?

Die Möbelpacker trugen nun die leichteren Teile in die erste Etage, kurz darauf erhielten sie einen weiteren Kaffee und eine große Tüte mit Cantuccini, die für den Rest des Tages reichen würden. Mamma Carlotta verabschiedete sie mit vielen freundlichen Worten und ging in die Küche zurück. Die Tür ließ sie offen und konzentrierte sich auf das, was nebenan gesprochen wurde. Gelegentlich ließ sie eine Tasse klirren oder scharrte mit einem Stuhl, damit weder Carolin noch Ida auf die Idee kamen, sie würden belauscht. Jemand drehte die Musik etwas lauter, aber Mamma Carlotta konnte dennoch jedes Wort verstehen. Sie hörte Carolin fragen: »Gefällt dir das eigentlich? Auf dem Campingplatz wohnen?«

Mamma Carlotta hörte das Geräusch des Pinsels, der sich im Rhythmus der Musik bewegte. »Zurzeit penne ich woanders.« Die Antwort auf die Frage, wo das denn sei, umschiffte er sehr geschickt und bot den Mädchen stattdessen an, einen Spaziergang in der Vogelkoje zu machen. »Vorausgesetzt, dein Vater überlässt dir das Auto, Caro. Dann können wir uns mal angucken, wo die Leiche gelegen hat.«

Sören kam ins Zimmer und blieb stehen, als er seinen Chef nachdenklich am Schreibtisch sitzen sah, das Telefon noch in der Hand. »Ist was?«

Erik nahm das Telefon von einer Hand in die andere, drei-, viermal von der linken in die rechte und wieder zurück. »Ich habe mit Viktor Wahlig telefoniert. Mit dem Mann von Lilly Heinze.«

»Der Toten?«

»Nein, die andere. Die, die sich den Namen der Toten geliehen hat.«

»Dann heißt dieser Typ also doch nicht Heinze?«

»Als er abnahm, hat er sich mit dem Namen Wahlig gemeldet.«

»Vielleicht hat er sich extra ein Handy zugelegt, damit Tina ihn nicht durchschaut. Wenn dieses Handy klingelt, meldet er sich immer mit ›Wahlig‹.« Sören betrachtete seinen Chef so ausgiebig, als ginge es um eine Stilberatung. »Sie glauben, dass er tatsächlich Wahlig heißt?«

»Er sagt, er hat weder etwas mit einer lebenden noch mit einer toten Lilly Heinze zu tun. Angeblich hat er den Namen nie zuvor gehört. Und er hat noch einmal betont, dass er ledig ist und wirklich Viktor Wahlig heißt.«

»Sie glauben ihm?«

»Warum sollte er mich belügen? Tina hat er sowieso verloren.«

»Ich könnte das vorsichtshalber noch recherchieren.«

»Ja, tun Sie das.« Erik zog seine Schreibtischschublade auf und nahm eine Tafel Schokolade heraus. Bevor er sie auspackte, brach er sie in mundgerechte Stücke, dann wickelte er das Stanniolpapier ab und reichte Sören die Schokolade. »Trauben-Nuss! Hilft vielleicht beim Denken.«

Sören langte zu und zerbiss die Haselnüsse laut knackend, während Erik die Schokolade immer schmelzen ließ, bis die Nüsse und Rosinen auf seiner Zunge lagen. Dann erst biss er zu.

»Es sind übrigens noch mehrere Anrufe eingegangen. Alle aus Lindau. Leute, die Lilly Heinze erkannt haben.«

»Es gibt also keinen Zweifel.«

»Sollen wir nicht trotzdem einen DNA-Abgleich machen?«

»Natürlich! Aber bis wir das Ergebnis haben, sind wir ein paar Tage älter.« Erik seufzte tief auf. »Meine Schwiegermutter sagt, Lilly Heinze habe ihren Mann auf der Friedrichstraße gesehen und sich vor ihm versteckt.«

»Viktor Wahlig?«

»Er war mit Tina auf dem Weg zum Strand.«

Nun tat Erik etwas, was noch nie vorgekommen war und was Sören derart konsternierte, dass er es nicht schaffte, seinen Chef zu hindern. Erik zog die Pfeife aus seiner Schublade und setzte sie in Brand. Sie stieß bereits kleine Wolken aus, als Sören seine Sprache wiederfand.

»Sind Sie wahnsinnig? Sie können doch hier nicht rauchen!«

»So? Kann ich das nicht?« Eriks Stimme wurde lauter. »Warum darf ich nur das tun, was erlaubt ist? Heio Seeberg macht, was er will, diese Rennfahrer tun, was ihnen passt. Freesemann schert sich einen Dreck um die Wahrheit. Von Ronald Borix, Jorin Freesemann und Tove Griess ganz zu schweigen. Viktor Wahlig geht fremd, Wyn Wildeboer übt Rache und verschwindet dann ...«

»Erwiesen ist das noch nicht, Chef.«

Diesen Einwand wollte Erik nicht hören. »Alle machen, was sie wollen. Und ich soll mir nicht mal eine Pfeife anzünden dürfen?« Den letzten Satz hatte er laut herausgeschrien.

Die Tür sprang auf, Enno Mierendorf stürzte herein. »Was ist hier los?« Fassungslos starrte er Erik an, der ihm trotzig entgegenblickte.

Erst als Sören hilflos die Schultern zuckte und Rudi Engdahl hinter seinem Kollegen erschien und hustete, als litte er unter Rauchvergiftung, löschte Erik die Pfeife und legte sie wieder weg. Enno Mierendorf und Rudi Engdahl gingen beruhigt zurück, während Sören immer noch um Fassung rang. »Was ist nur mit Ihnen los, Chef?«

»Was mit mir los ist? Das kann ich Ihnen sagen.« Erik fuhr in die Höhe, sodass Sören regelrecht erschrak. »Ich weiß nicht mehr weiter, das ist los! Was um uns herum geschieht, ist mir alles ein Rätsel. Was hat Heio Seeberg vor? Warum hat er Tabea Helmis umgebracht? Wenn er es überhaupt getan hat! Das wissen wir ja nicht mal mit Sicherheit! Wo ist seine Frau Klara geblieben? Warum will er die tote Lilly Heinze unter dem Namen seiner Frau beerdigen lassen? Warum läuft hier eine Frau herum, die den Namen der Toten trägt? Und wo ist Wyn Wildeboer? Warum kommt dieser Ronald Borix nicht zu seinem Wohnwagen zurück? Wer hat ihn gewarnt? Was hat Freesemann auf dem Kerbholz? Und warum hat sich sein Sohn aufs Festland verdrückt und ist unauffindbar?«

Sören war Schritt für Schritt zurückgegangen, bis er an die Fensterbank stieß, von Erik verfolgt, der jeden Satz mit dem Zeigefinger auf ihn abschoss. »Ist ja gut, Chef.« Sören sah aus, als wollte er die Hände heben.

»Und dann noch diese Umbauarbeiten bei mir zu Hause! Ein neues Schlafzimmer! Neue Wohnzimmermöbel! Warum fragt mich eigentlich nie jemand, ob ich das alles will?«

»Aber ... das hätten Sie doch nicht zulassen müssen.«

»Hätte ich nicht?« Die Aggression fiel von Erik ab, als wäre sie ein Umhang, der ihm drei Nummern zu groß war. »Nein, hätte ich nicht«, sagt er leise. »Habe ich aber.«

Er ging zurück zu seinem Schreibtisch, als hätte er mit Sören nach einem kurzen Brainstorming die richtige Idee entwickelt. »Ich rufe die Staatsanwältin an. Sie soll eine Sonderkommission bilden. Das wächst uns ja alles über den Kopf.«

»Moment, Chef!« Für Sören war die Bildung einer Sonderkommission ein rotes Tuch. »Wir haben so viele Fahndungen laufen. Irgendeine muss doch endlich Erfolg haben.« Er schob unauffällig das Telefon aus Eriks Reichweite. »Dieser Viktor Wahlig ... vielleicht stimmt es ja. Vielleicht ist er wirklich verheiratet, nur dass seine Frau, die sich Lilly Heinze nannte, in Wirklichkeit den Nachnamen Wahlig trägt.« Er machte einen Schritt zur Tür. »Ist das eine Spur? Vielleicht! Ich recherchiere den Namen gleich mal im Internet.« Er schenkte Erik einen Blick, wie ihn Kinder bekommen, denen suggeriert werden soll, dass ein Zahnarztbesuch so richtig lustig ist.

Erik antwortete nicht, blieb einfach sitzen und starrte auf die Platte seines Schreibtisches, auf sein Telefon, auf den Hefter, den Locher und die Schale mit den Schreibgeräten. Wie hatte alles angefangen? Mit dem illegalen Autorennen. Der schwarze Kia, der vielleicht Heio Seeberg gehörte. Der Leichenwagen der Firma Freesemann. Der Tod von Roluf van Scharrel, mit dem Wyn Wildeboer sich vielleicht gerächt hatte. Die Leiche, die aus dem Sarg gefallen war, die Leiche einer

Frau, die einen falschen Namen trug. Dann das Verschwinden von Heio Seeberg und der Pflegerin. Der Mord an Tabea Helmis. Die Tote, die so hieß wie die Frau, die zur Beerdigung ihrer Freundin Klara nach Sylt gekommen war. Und diese Frau war nun ebenfalls verschwunden. Anscheinend mit Gewalt aus ihrem Apartment geholt... Nichts von all dem hatte er der Aufklärung näher bringen können. Gar nichts! Er war gescheitert. Auf ganzer Linie!

Lustlos griff er zum Telefon und wählte die Nummer der KTU. »Erfolg bei der Ortung des Handys?«

»Anscheinend abgestellt«, bekam er zur Antwort. »Oder die Standortbestimmung wurde ausgeschaltet. Wir bleiben dran.«

Erik nickte, obwohl sein Gesprächspartner es nicht sehen konnte, und beendete das Telefonat ohne Gruß. Er tat genau das, was ihn bei der Staatsanwältin auf die Palme brachte. Aber es war ihm egal.

Wieder versank er in stilles Brüten und wusste nicht, wie lange er dagesessen und sich nicht gerührt hatte, als sein Telefon klingelte. Er erschrak so heftig, dass er für einen Moment nicht wusste, ob er aus einem Albtraum geholt worden war.

Am anderen Ende meldete sich Herr Öding, der pikiert reagierte, als Erik nicht auf der Stelle klar war, um wen es sich handelte. »Der Nachbar der Seebergs. Wir hatten schon ein paarmal das Vergnügen.«

Nun erinnerte sich Erik. Der Mann, der mit einigen Hinweisen hatte aufwarten können, die für ihn wichtig gewesen waren!

»Nebenan ist jemand«, sagte Öding. »Gestern hatte ich nur einen Verdacht, heute bin ich mir sicher. Die Gardinen haben sich bewegt, im Wohnzimmer wurden sie ein wenig aufgeschoben. Ich bin ums Haus herumgegangen und habe gesehen, dass das Badezimmerfenster geöffnet ist.«

Erik bedankte sich so überschwänglich, wie Öding es erwartete, und stand neben seinem Schreibtisch, als Sören zurückkam. Dieser merkte sofort, dass eine Veränderung mit seinem Chef vorgegangen war. »Wir müssen zu Seebergs Haus. Sagen Sie der Bereitschaft Bescheid. Das volle Programm!«

»Seeberg?«

»Anscheinend ist er wieder in sein Haus eingezogen. Hat wohl gedacht, dass dort niemand mehr vorbeischaut, nachdem der Erkennungsdienst das Feld geräumt hat. Raffiniert! Er hatte recht.«

Sören war nun sehr aufgeregt. »Er brauchte einen Ort, an den er Lilly Heinze bringen kann. Wenn er in einer Pension, in einem Zelt oder sogar am Strand geschlafen hat, dann geht das nicht mehr, wenn er eine Frau entführt hat. Die kann er nur dort verstecken, wo er sich auskennt.«

Während sie sich anzogen und Enno Mierendorf und Rudi Engdahl alles in die Wege leiteten, erzählte Sören, was er selbst herausgefunden hatte. Aber das fand Erik in diesem Augenblick nicht so wichtig. »Lilly Heinze war unverheiratet. Viktor Wahlig ist ebenfalls ledig.«

Was vor allem Letzteres für Sveas Cousine bedeutete, war Erik in diesem Augenblick völlig egal.

Auf dem Campingplatz wohnen! Diesen Satz zerhackte Mamma Carlotta mit der Möhre, die an die Pomarolasoße kam, und zog ihm mit den Tomaten die Haut ab. War das der Beweis, dass Erik einen Mann suchte, den er täglich in seinem eigenen Haus vor Augen hatte? Als Carolin und Ida den Wunsch äußerten, ihn in seinem Wohnwagen zu besuchen, hatte er abgelehnt. Er wohne derzeit woanders. Überhaupt sprach er nicht gern über seine Wohnverhältnisse, obwohl sich die beiden Mädchen durchaus interessiert und empathisch zeigten, angesichts der Wohnungsnot auf Sylt, das verzweifelte Bemühen derjenigen, die auf der Insel arbeiteten und keinen bezahlbaren Wohnraum fanden. Sie taten es beide, um von Ronni den Druck des Scheiterns zu nehmen und ihm aufzuzeigen, dass nicht er, sondern die Politik und die Gemeindevertreter der Insel versagt hatten. Ronni brachte dennoch das Gespräch wieder auf die Vogelkoje. Warum wollte er mit den Mädchen ausgerechnet dort spazieren gehen?

Das Telefon klingelte, als Mamma Carlotta die Kalbschnitzel panierte und mit bemehlten Händen dastand, hoch erhoben, als würde sie mit der Waffe bedroht.

»Carolina! Telefono! Ich kann gerade nicht.«

Es dauerte lange, bis sich ihre Enkelin endlich bequemte, die Nähe zu Farbeimer, Pinsel und Anstreicher aufzugeben und in den Flur zu gehen, wo das Telefon stand. »Hey, Papa.«

Das Gespräch dauerte nicht lange. »Okay, ich sag's ihr.« Carolin legte auf und ging ins Wohnzimmer zurück. »Papa weiß nicht, wann er zum Abendessen kommen kann«, rief sie durch die geöffnete Küchentür. »Er muss irgendein Haus stürmen. Kann länger dauern, wenn da einer drinsitzt, der sich wehrt.«

»Ein Haus stürmen? Dio mio!«

Mamma Carlotta war fertig mit dem Panieren und fand, dass dies eine Gelegenheit war, das Geturtel im Wohnzimmer mit einer kleinen Geschichte aus dem Ersten Weltkrieg zu unterbrechen. Da hatte einer ihrer Vorfahren in einem Haus gelebt, das ebenfalls gestürmt wurde, und sein Leben nur retten können, indem er aus einem Fenster aufs Dach kletterte, sich neben den Schornstein hockte und dort so lange festklammerte, bis das Innere des Hauses verwüstet worden war. Er hatte sogar das Glück, vom Dach herunterzukommen, bevor das Haus in Flammen aufging.

Dass ihre Erzählung auf keinerlei Interesse stieß, hatte sie erwartet, aber das war nicht weiter schlimm. Sie sah sogar darüber hinweg, dass Carolin genervt die Augen verdrehte und Ida mit einem feinen, fast unhörbaren Seufzen die Position auf der Fensterbank aufgab und beschloss, nach Hause zu fahren, um dort die Schularbeiten zu erledigen. Und da Mamma Carlotta erkennen ließ, dass dieser Geschichte noch viele weitere folgen könnten, entschied auch Carolin, dass eine Stunde ohne Ronni unterhaltsamer war als eine Stunde mit Ronni und ihrer Großmutter zusammen, in der sie keine Gelegenheit haben würde, ihre körperlichen und sonstigen Vorzüge zur Geltung zu bringen.

Kurz darauf war Ronni allein, und Mamma Carlotta ging in die Küche zurück, als hätte sie es eilig, mit den Essensvorbereitungen fertig zu werden. Dass Ronni auf der Stelle zum Handy greifen würde, hatte sie erwartet. Geschickt nutzte sie die Pausen, in denen er seinem Gesprächspartner zuhörte, indem sie mit Geschirr klapperte und nur dann lauschte, wenn er sprach. Sehr leise, anscheinend in dem festen Glauben, dass er in der Küche nicht zu verstehen war. Leider hatte er recht. Tatsächlich kam von dem, was er sagte, in der Küche nichts an. Ärgerlich wandte sich Mamma Carlotta der Mascarponecreme zu, die am besten schmeckte, wenn sie ein bis zwei Stunden im Kühlschrank gestanden hatte, bevor sie serviert wurde.

Als das Geräusch des Pinsels wieder zu hören war, fiel ihr ein, dass sie Svea nicht zum Abendessen eingeladen hatte. Das marinierte Gemüse, das sie als Antipasti servieren wollte, war durch und durch vegan, auch die Tomatensoße konnte sie Svea anbieten. Wenn sie frech behauptete, die Nudeln wären ohne ein einziges Ei ausgekommen, und den geriebenen Pecorino getrennt reichte, würde Svea lediglich beim Secondo leer ausgehen. Natürlich würde sie auch die Mascarponecreme von sich weisen, aber Mamma Carlotta wollte ihr dann eine Kiwi auf den Teller legen. »Basta!« So heilig ihr eigentlich die Gastfreundschaft war, jemand, der so komplizierte Essgewohnheiten hatte wie Svea Gysbrecht, war selbst schuld, wenn er trotz voller Schüsseln und Platten Zaungast beim Essen blieb.

Sie teilte die Eier mit solcher Vehemenz, dass sie Mühe hatte, das Eiweiß unversehrt in die hohe Schüssel zu geben, damit es später zu Schnee geschlagen werden konnte. Dass sie viel Kraft aufwenden konnte, um das Eigelb mit dem Zucker schaumig zu schlagen, tat ihr gut. Wie konnte sie Erik nur unauffällig einen Hinweis geben, was es mit Ronni auf sich hatte? Ronald – Ronni! Dass ihm das selbst noch nicht aufgefallen war! Aber er konnte sich den Namen des Anstreichers ja nicht merken, guckte immer wieder erstaunt von einem zum anderen, wenn von diesem Ronni die Rede war. Doch sie durfte ihm nicht Unrecht tun. Er wusste eben nicht das, was sie wusste. Zum Beispiel wusste sie, warum er nicht mehr in seinem Wohnwagen übernachtete: Er hatte mitbekommen, dass Erik ihn suchte. Erik selbst hatte es ihm auf die Nase gebunden. Dio mio! Und dann das, was sie von Ida erfahren hatte! Ronni hatte die Pflegerin gekannt, die tot in der Vogelkoje gefunden worden war! Er hatte gehört, was Heio Seeberg gesagt hatte. Er wäre froh, dass er Klara los sei, und warte nur darauf, dass auch Lilly endlich das Zeitliche segnete! Dass Erik davon überhaupt keine Ahnung hatte, war ein schrecklicher Gedanke! Beinahe so schrecklich wie die Erinnerung an Lilly Heinze. Was mochte mit ihr geschehen sein? Heio Seeberg hatte zu der Pflegerin gesagt, sie solle das Zeitliche segnen. Also hatte er sie aus ihrem Apartment geholt, um sie umzubringen, das war doch klar. Mamma Carlotta spürte, dass ihr die Tränen kamen. Die arme Lilly! Vermutlich war sie längst tot. Und wenn nicht – was mochte sie auszuhalten haben in diesem Augenblick, in dem Carlotta Capella nichts anderes zu tun hatte, als sich um ein leckeres Abendessen zu kümmern? Lilly würde vielleicht hungern und Durst leiden und sich nichts sehnlicher wünschen, als an einem reich gedeckten Tisch zu sitzen und sich an netter Gesellschaft zu erfreuen. Oder sie lag irgendwo... nein, diesen Gedanken konnte Mamma Carlotta nicht zu Ende denken. »Lilly!« Sie flüsterte den Namen mehrmals vor sich hin. Sie hatte sie von Anfang an gemocht. Und sie war stolz gewesen, als Lilly ihr das Du angeboten hatte. Sie würde sich etwas einfallen lassen müssen, um Lilly aus den Klauen von Heio Seeberg zu befreien. Aber was? Wenn nicht einmal Erik eine Idee hatte...

Dabei fiel ihr ein, dass er nicht pünktlich zum Essen kommen konnte, weil die Polizei ein Haus stürmen musste. Um welches Haus mochte es sich handeln? Und wer hatte sich darin versteckt? Jemand, den Ronni kannte? Oder war es wirklich Zufall gewesen, dass er zum Handy gegriffen hatte, kaum dass er davon erfahren hatte? Er telefonierte ja häufig während der Arbeitszeit. Sie würde Augen und Ohren offen halten und geschickt nachfragen müssen, damit sie beim Abendessen erfuhr, welches Haus gestürmt worden war und warum. Dann wusste sie vielleicht auch, ob Ronni seine Finger im Spiel hatte. Und wenn das stimmte...

Aber dazu fiel ihr nichts ein. Am nächsten Morgen würde sie wohl, sobald die Familie aus dem Haus war, in Käptens Kajüte einkehren müssen. Was immer sie sich vornahm, es war sinnvoll, es vorher mit Tove und Fietje zu besprechen. Die beiden kannten sich aus. Dass Mamma Carlotta in Erwägung gezogen hatte, demnächst ihre Gespräche mit Jürgen Gosch zu führen, hatte sie längst wieder vergessen.

Die beiden Transporter der Bereitschaftspolizei fuhren langsam den Wattweg entlang und blieben schließlich kurz vor der Einmündung in den Hans-Hansen-Wai stehen. Aus jedem Wagen stieg ein Polizist aus, der Zugführer und sein Stellvertreter. Sie beratschlagten kurz und zeigten dann mit beiden Händen zu der Stelle, die der Ausgangspunkt für ihre Aktion sein sollte, der Bouleplatz im Avenariuspark. Dort gab es erneut eine kurze Beratung, dann sorgten Erik und Sören dafür, dass die Straße abgesperrt wurde und niemand mehr in den Hans-Hansen-Wai einbog. Anschließend war es ihre Aufgabe, dafür zu sorgen, dass sämtliche Haustüren geschlossen blieben und kein Gaffer auf der Straße erschien, der den Beamten ins Handwerk pfuschte.

Danach ging alles ganz schnell. Die Polizisten klappten ihre Visiere herunter, liefen auf Seebergs Haus zu, verteilten sich im Garten, die Waffen im Anschlag. Zwei öffneten mit einem Rammbock die Haustür und stürmten, kaum dass sie offen war, ins Haus. »Polizei!«

Erik spürte, dass seine Handflächen feucht wurden, während er auf eine Reaktion wartete, auf einen Schrei, auf laute Stimmen, aber er hörte nichts. Sören trat nervös von einem Fuß auf den anderen, horchte angestrengt, doch im Haus blieb alles ruhig. Nichts war zu hören, was auf einen Kampf oder eine gewaltsame Festnahme hinwies.

Erik beschlich eine böse Ahnung. »Das Haus ist leer.«

»Das darf nicht wahr sein«, flüsterte Sören zurück. »So viel Pech können wir doch nicht haben.«

Aber tatsächlich dauerte es nicht lange, und die beiden Bereitschaftspolizisten erschienen in der Haustür, klappten ihre Visiere hoch und meldeten mit Handzeichen: niemand da.

Erik und Sören eilten auf die beiden zu. »Sind Sie ganz sicher?« Sie nickten und gingen zu ihren Kollegen zurück, der Einsatz war für sie beendet.

Erik und Sören betraten das Haus vorsichtig, trotz der Zusicherung, dass niemand sich dort aufhielt. In der Küche stand schmutziges Geschirr auf dem Tisch, auf dem Herd eine Pfanne, in der noch ein Rest Rührei klebte, mehrere Gläser standen in der Spüle. Im Kühlschrank fanden sie ein paar Joghurtbecher, eine Packung Salami und ein Stück Käse, im Brotkasten ein paar kümmerliche Scheiben Toastbrot.

In der oberen Etage standen alle Zimmertüren offen. Erik erinnerte sich an sein erstes Eindringen hier. Da war das Eheschlafzimmer von einem Paar bewohnt worden, von Heio Seeberg und Tabea Helmis, das Gästezimmer, das für die Pflegerin eingerichtet worden war, hatte leer gestanden, das Bett dort war nie benutzt worden. Jetzt hatte in diesem Zimmer jemand geschlafen, ebenfalls im Doppelbett des großen Schlafzimmers.

In dem Raum, in dem Lilly Heinze gepflegt worden und gestorben war, hatte sich nichts verändert. Das Pflegebett stand noch in der Mitte des Zimmers, das Bettzeug lag sauber gefaltet auf der Matratze.

Langsam ging Erik von Zimmer zu Zimmer und sah sich gründlich um, ehe in ihm ein Bild entstanden war, das Bild von zwei jungen Männern, die hier gehaust hatten. »Nicht Seeberg hat hier gewohnt«, sagte er, und Sören nickte. Zu dieser Auffassung war er soeben auch gekommen. »Lilly Heinze auch nicht.«

Die beiden waren offensichtlich eilig aufgebrochen, vermutlich geflohen, und hatten lediglich das Nötigste mitgenommen. Wahrscheinlich nur das, was sie mit ein paar Handgriffen zusammenraffen konnten, das, was ihnen wichtig war. Ein paar T-Shirts, eine Jeans, drei Boxershorts und schmutzige Turnschuhe waren zurückgeblieben, im Badezimmer fand sich ein Einwegrasierer und ein Töpfchen mit einer Feuchtigkeitscreme für Männer.

»Das waren junge Kerle.« Sören betrachtete die Turnschuhe und die Jeans mit Kennermiene. »Wohnungslose, die gemerkt haben, dass das Haus leer steht?« Er wartete Eriks Entgegnung nicht ab, sondern beantwortete seine Frage schon selbst: »Diese Schuhe sind teuer. Die Jeans stammt auch nicht von einer Billigmarke. Andererseits ... Auf Sylt kann man sogar als Normalverdienender obdachlos werden.«

Erik stand da und drehte den Kopf hin und her, sodass man sich fragen musste, ob er ihn schüttelte oder ob er seine Nackenmuskulatur dehnte. »Ronald Borix und Wyn Wildeboer.«

»Wie sind sie reingekommen?«, fragte Sören.

»Lassen Sie uns nachsehen.«

Sören ging schon zur Treppe, um sie hinabzusteigen, aber vor der ersten Stufe blieb er stehen und drehte sich um. »Hat sie jemand gewarnt?«

»Schon wieder?« Erik stellte sich neben ihn. »Borix ist gewarnt worden, er ist nicht zu seinem Wohnwagen zurückgekommen. Wyn Wildeboer auch! Als wir ihn verhaften wollten, war er weg. Und hier ist es genauso gewesen. Wo ist die undichte Stelle?«

Sören sah aus, als wollte er die Schultern seines Chefs umfangen und ihn trösten. Es blieb dann aber bei einer friesisch-herben Berührung mit dem Ellbogen, die wirkte, als wäre sie zufällig geschehen. »Jetzt soll erst mal die KTU dafür sorgen, dass unsere Vermutungen bestätigt werden. Wir haben genug Material von Ronald Borix und Wyn Wildeboer. Heute Abend wissen wir Bescheid, ob Sie wirklich richtigliegen, Chef. Dann müssen wir uns die beiden nur noch schnappen.«

In diesem Moment hörten sie die Stimme eines Bereitschaftspolizisten. »Stehen bleiben! Polizei!«

Mamma Carlotta war froh, dass wenigstens ein Teil ihrer schweren Gedanken vom Licht der Wiedergutmachung durchflutet wurde. Sie wollte Svea anrufen, um ihr zu sagen, dass sie am Abend mit ihr rechnete. Die Worte hatte sie sich genau überlegt. Nicht einladen wollte sie Svea Gysbrecht, sondern so tun, als wäre es eine Selbstverständlichkeit, dass die Freundin ihres Schwiegersohns am Abend an ihrem Tisch saß. Nur eine Bestätigung wolle sie haben, damit genug zu essen im Hause sei. Sie würde sogar bereit sein, mit Svea zu erörtern, was einer Veganerin als Secondo anzubieten sei, wenn der Rest der Familie Kalbschnitzel vorgesetzt bekam. Natürlich mit der sicheren Erwartung, dass Svea ihr nicht zumuten würde, noch einmal zu Feinkost Meyer zu laufen und vegane Lebensmittel zu besorgen. Svea würde selbstverständlich ablehnen, wenn Carlotta ein entsprechendes Angebot machte, und sie selbst würde beteuern, dass es ihr nicht die geringsten Umstände bereite, eine Portion Seidentofu, ein Fläschchen Sojamilch oder ein paar Weizenkeime für Svea einzukaufen. Dann würden sie sich beide für das Verständnis und die Großzügigkeit der jeweils anderen bedanken, und Svea würde alles zurückweisen, was zu einer zusätzlichen Belastung der Gastgeberin führen könne. So jedenfalls würde es in Italien ablaufen. Mamma Carlotta hoffte sehr, dass sie von der geborenen Friesin nicht enttäuscht wurde.

Sie zögerte, als sie im Telefonregister hinter Sveas Namen drei Nummern entdeckte. Sie auf dem Handy zu erreichen, erschien ihr zu intim, die wichtig erscheinende Büronummer zu wählen, traute sie sich nicht, obwohl Svea vermutlich bei der Arbeit war, die Festnetznummer der Wohnung schien ihr die richtige zu sein. Womöglich lief der Anrufbeantworter, dem sie alles anvertrauen und sich dann unter Umständen sagen konnte, dass es nicht ihre Schuld war, wenn er nicht rechtzeitig abgehört wurde. Oder Ida ging an den Apparat, die bereit war, ihrer Mutter alles auszurichten. Und wenn sie es vergessen sollte, würde Carlotta kein Wort des Vorwurfs an sie richten.

Dann aber nahm jemand den Hörer am anderen Ende ab, mit dem sie nicht gerechnet hatte. Tina! Schlagartig änderte Mamma Carlotta den Kurs, setzte die Segel neu und behauptete, sie habe in der Hoffnung angerufen, Sveas Cousine fragen zu können, wie es ihr ginge. »Haben Sie die schreckliche Enttäuschung überwunden?«

Tinas Gefühle schwankten noch zwischen »Mistkerl« und »Herzschmerz«, also zwischen Wut und Verzweiflung. Mamma Carlotta war jedoch zuversichtlich, dass die Wut schon bald den Sieg davontragen würde. Auf jeden Fall stimmte Tina unumwunden zu, dass ein Abend im Hause Wolf ihre Stimmung aufheitern könne. »Ohne veganes Essen? Wunderbar!«

Sie erhielt den Auftrag, Svea und Ida entsprechend zu instruieren, und dazu die Erlaubnis, zu kommen, wann sie wolle. Zu welcher Zeit Svea Feierabend machen konnte, stand ja in den Sternen, und ob Erik und Sören pünktlich heimkommen würden, war ebenfalls unklar. »Er muss ein Haus stürmen lassen. Vermutlich hat sich ein Mörder dort verschanzt. Dio mio, hoffentlich passiert ihm nichts.«

Tinas Betroffenheit war so tief, wie Mamma Carlotta erwartet hatte, beinahe italienisch, auf jeden Fall kein bisschen friesisch, sodass Sveas Cousine noch mit einer weiteren Information belohnt wurde. Sie erfuhr, dass die Frau des Mannes, den sie in einem Atemzug einen Lumpenhund und die Liebe ihres Lebens nannte, verschwunden und wahrscheinlich ermordet war. »Aber vielleicht wissen Sie das längst von Signora Gysbrecht?«

Die Erschütterung, die durch den Telefonhörer drang, wunderte sie nicht weiter, sie hatte damit gerechnet, dass Tina ahnungslos war. Es stellte sich heraus, dass sie mit ihrer Cousine an diesem Tag noch kein Wort gewechselt hatte, weil Svea schon sehr früh ins Büro gefahren war. »Kann es sein, dass seine Frau ihm auf die Schliche gekommen ist? Hat sie Viktor gedroht? Und er hat sich nicht in den Zug gesetzt, sondern ist in ihr Ferienapartment gegangen, um sie kaltzumachen?«

»Madonna! Sie meinen, er ist der Mörder?« Mamma Carlotta fragte sich, ob Erik schon eine ähnliche Schlussfolgerung getroffen hatte oder ob es sinnvoll war, ihn beim Abendessen mit einem zarten Hinweis auf diese Spur zu lenken. Zwischenmenschliche Dramen waren ja nicht gerade seine Stärke. Vermutlich kam er gar nicht auf die Idee, dass am Ende von ehelicher Untreue ein Mord stehen könnte. Er hatte ja auch vor Jahren keinerlei Verständnis für Signora Colombo aufgebracht, die mit einem Küchenmesser in der Handtasche von Panidomino nach Rom gereist war, um dort ihren Mann mit seiner Geliebten zu ertappen und ihn höchst effektvoll direkt vor dem Trevi-Brunnen zu erstechen. Damals hatte Erik ganz lapidar gemeint, eine schlichte Scheidung wäre die bessere Lösung gewesen. Dass eine Italienerin einer Tragödie mit viel Getöse auf jeden Fall den Vorzug gab statt einer bürokratischen Entscheidung durch einen richterlichen Beschluss, hatte er nicht verstehen können und würde wohl heute noch genauso wenig Verständnis für eine derart leidenschaftliche Lösung haben. Leider war ihm argumentativ nicht beizukommen. Dass Signora Colombo noch immer im Gefängnis saß, statt ihr Singleleben zu genießen, sprach eher für Eriks Auffassung über eine vernünftige Bewältigung.

Er kam früher nach Hause als erwartet. Erschöpft sah er aus, blass und deprimiert. Sören schien es nicht anders zu gehen. »Moin«, war das Einzige, was er herausbrachte. Und als er sah, dass Carlotta für acht Personen gedeckt hatte, wollte er auf dem Absatz wieder kehrtmachen. »Sie erwarten Besuch?«

»Sie gehören natürlich dazu, Sören!« Mamma Carlotta ließ sich nicht umstimmen. »I ragazzi, Signora Gysbrecht und ihre Cousine. Was ich gekocht habe, wird für alle reichen. Warum also sollten Sie woanders essen? Womöglich noch ein Fischbrötchen im Stehen? No, no!« Ein Fischbrötchen war für Mamma Carlotta noch schlimmer als die Currywurst von Tove Griess oder sein Labskaus. Wer sich mit einem Fischbrötchen begnügen musste, war für Carlotta Capella ein ganz armer und bedauernswerter Mensch. »Wir fangen schon mal mit den Antipasti an. Streng vegan! Signora Gysbrecht wird begeistert sein.«

»Ist der Anstreicher mittlerweile fertig?«, fragte Erik.

»Sì! Und deine Schlafzimmermöbel sind auch geliefert worden. Ich habe versucht, alles zu dekorieren, wie Signora Gysbrecht es gern haben will.«

Wortlos stieg Erik die Treppe hoch, Mamma Carlotta folgte ihm auf dem Fuße. Sören entschloss sich ebenfalls zu einer Schlafzimmerbesichtigung, weil er nicht allein in der Küche sitzen bleiben wollte, und da Carolin und Felix in diesem Augenblick das Haus betraten, erschienen auch sie neugierig in der ersten Etage.

»Geil!« Das war Felix' Kommentar.

Es klingelte, und Ida, die vor der Tür stand, wollte ebenfalls auf der Stelle sehen, wie sich Eriks Schlafzimmer verändert hatte. Das brachte auch Küköltje auf den Plan, die es wohl für möglich hielt, dass unter dem neuen Bett eine Schinkenscheibe verborgen war.

Mamma Carlotta beobachtete ihren Schwiegersohn, während die anderen damit beschäftigt waren, jedes Teil des Designs zu würdigen. Erik stand da, ließ seinen Blick von einem Einrichtungsgegenstand zum anderen wandern und schien sich so unwohl zu fühlen wie in seiner engen Jeans. Er versuchte, sie in die Höhe zu ziehen, was aber nicht möglich war, da es keinen Spielraum zur Veränderung gab. Er würde wohl am Abend, wenn er zu Bett ging, auch versuchen, die neuen Möbel seinen Wünschen anzupassen. Mit ein bisschen Unordnung und dem Verrücken der Lampen vom idealen Standort zum unvollkommenen würde es ihm schon besser gehen. Und wenn seine Schwiegermutter nach dem Essen sein Bett bezog, würde er sich daran freuen, dass die Bettwäsche überhaupt nicht zur Tagesdecke passte.

Wieder klingelte es. Felix, dessen Interesse für gelungenes Design am wenigsten ausgeprägt war, lief nach unten und öffnete Tina die Tür. Mamma Carlotta hörte deren Erklärung, dass Svea später kommen würde und sie beschlossen habe, den Weg zu Fuß zurückzulegen. »Bello brauchte Auslauf.«

»Bello?« Mamma Carlotta drängte Carolin und Sören zur Seite, kam aber zu spät, um zu verhindern, was sich nun nicht mehr abwenden ließ. Der kleine weiße Hund war ebenso begeistert wie neugierig die Treppe hochgelaufen, begrüßte alle, die ihm bekannt waren, mit großer Freude und merkte zu spät, dass Kükeltje unter Eriks neuem Bett saß und ihn fixierte. Als sie auf ihn zusprang, blieb ihm nur die Flucht. Da Sören ihm die Tür versperrte, sah er lediglich die Möglichkeit, über Eriks Bett zu entkommen, musste aber an der anderen Seite feststellen, dass Kükeltje schneller gewesen war und ihn dort schon empfing. Die Katze fauchte, der Hund winselte erschrocken und fand auf der Flucht vor Kükeltjes Krallen keinen anderen Weg als den zurück auf die brandneue teure Tagesdecke. Ida machte schreiend darauf aufmerksam, dass die Krallen der Katze bereits einige Fäden des Kaschmiranteils gezogen hatten, Tina rief etwas von dem Schlamm, in dem sich der Hund auf dem Weg gewälzt hatte, und kurz darauf konnten sich alle davon überzeugen, dass Bello den Dreck, der an seinen Pfoten gehaftet hatte, losgeworden war. Die kleinen Kissen, die Svea passend zum Kopfteil des Bettes ausgesucht hatte, purzelten über den Boden, die Tagesdecke wurde an einer Seite von der Katze heruntergerissen, auf der anderen von dem Hund verteidigt. Mamma Carlotta versuchte, sich auf Kükeltje zu stürzen, um noch Schlimmeres zu verhindern, Ida hetzte hinter Bello her, der jedoch das Vertrauen in jedermann verloren hatte und so sinnlos herumsprang, dass sogar eine der Lampen mit den empfindlichen Leinenschirmen vom Nachttisch fiel, für die Svea lange auf Erik hatte einreden müssen. Erst als es erneut klingelte, fiel Bello ein, dass dieses Haus eine Treppe besaß, über die er flüchten konnte, und rannte ins Erdgeschoss, als wollte er die Tür öffnen. Das erledigte jedoch Ida im Vorüberhasten, die Bello ins Wohnzimmer folgte, wo er wenigstens kein Möbelstück ruinieren konnte. Dass er mit schmutzigen Pfoten an eine Wand sprang, wäre nicht weiter schlimm gewesen, wenn Ida nicht versucht hätte, es zu verhindern. Aber Bello wusste nun gar nicht mehr, was erlaubt und was verboten war, raste einfach kopflos durch den Raum, der durch die fehlende Möblierung keinerlei Orientierung oder Schutz bot, und landete schließlich auf dem Griff des Gitters, das auf dem Farbeimer lag, darauf der Pinsel, den der Anstreicher dort abgestreift und liegen gelassen hatte, damit er abtropfte. Nun jedoch vollführte er einen tadellosen Salto, spritzte dabei die weiße Farbe in alle Richtungen und landete mit dem Geräusch auf dem Boden, das ein Turmspringer verursacht, wenn er ins Wasser eintaucht.

Der Schrei, der durchs Haus gellte, war eigentlich das Schlimmste an der ganzen Angelegenheit. Aber Svea war wohl außerstande, dieses Chaos anders zu kommentieren, und erst recht war sie unfähig, die Nerven zu bewahren. Als Erik als Letzter die Treppe herunterkam, sprang sie ihn an, als wäre er es gewesen, der den neuen Fußboden im Wohnzimmer ruiniert hatte. »Sieh dir das an!«

Vielleicht wäre der Abend zu retten gewesen, wenn Erik die Bestürzung an den Tag gelegt hätte, die Sveas Entsetzen in etwa entsprach. Aber seine Reaktion war quasi der Gipfel. Mamma Carlotta konnte Svea sogar verstehen, als diese sich an den Kopf fasste, weil Eriks Reaktion nur aus den Worten bestand: »Dann muss der Anstreicher eben wiederkommen.«

Mamma Carlotta erinnerte sich, dass es einmal eine Situation gegeben hatte – wirklich nur eine einzige! –, in der sie ihren Schwiegersohn ebenfalls verflucht hatte. Das war während der Weinlese gewesen, als die Frauen und Kinder von Panidomino nach alter Sitte die Trauben mit nackten Füßen zerstampften und bei einer Nachbarin am nächsten Tag Fußpilz diagnostiziert wurde. Die Aufregung war groß gewesen, hysterisch waren die Frauen, wütend die Männer, nur Erik war genauso leidenschaftslos gewesen wie in diesem Augenblick und hatte sich unterstanden, dieses Drama mit dem einsilbigen lapidaren deutschen Wort »Pech« zu kommentieren. »Pech!« Das war alles gewesen, was er gesagt hatte. Wenn Lucia damals noch Zweifel an ihrer Liebe zu Erik gehabt hätte, wäre es Carlotta eine Freude gewesen, ihr die Verlobung, die sich gerade anbahnte, wieder auszureden.

Sie hatte also vollstes Verständnis, als Svea auf ihn zuging, als wollte sie ihn tätlich angreifen. »Was sagst du da?«

Und dann traute Mamma Carlotta ihren Ohren nicht. Er sagte es tatsächlich noch einmal. Hatte er vergessen, wie damals sämtliche Frauen der Familie Capella über ihn hergefallen waren und die Männer sich tagelang geweigert hatten, mit ihm Rotwein zu trinken? Anscheinend war es so. Denn Erik sagte auch diesmal: »Pech!«, und schien sich allen Ernstes zu fragen, warum dieses schlichte, kurze Wort zu derartiger Aggression führte, wie er sie nun erlebte.

Der nächste Morgen war kühl, ein böiger Wind riss an den Bäumen. Irgendwo klapperte ein Eimer, den der Wind sich geholt hatte, eine Weile an eine Hauswand warf und dann vor sich herrollte. Die Luft, die durch das halb geöffnete Fenster ins Zimmer drang, roch nach feuchten Blättern und unreifem Obst und trug den bitteren Geschmack von Sand herein, über den die Brandung hinweggegangen war. Erik streckte sich und stellte fest, dass er ausgezeichnet geschlafen hatte. Trotz des verkorksten Abends. Das neue Boxspringbett schien wirklich sein Geld wert zu sein. Svea hatte recht gehabt.

Svea! Der Name bestand mit einem Mal aus mehr als vier Buchstaben, er enthielt auch ein Stück Verunsicherung, Enttäuschung und viele unbeantwortete Fragen. Eigentlich hatte er die erste Nacht mit ihr zusammen in dem neuen Bett verbringen wollen. Aber sie hatte ja wütend das Haus verlassen, ihn einen Dickhäuter ohne einen Funken Sensibilität genannt und die Tür hinter sich zugeschlagen. Die Frage, ob Tina und Ida mit ihr nach Hause fahren wollten, hatte sie nicht gestellt.

Und Tina hatte Eriks Angebot, sie zum Grenzweg zu bringen, abgelehnt. »Wetten, dass sie ins Büro fährt?«

Dort würde sie hoffentlich den Anstreicher anrufen, damit er am nächsten Tag noch einmal kam, um die Spuren von Bellos Panikattacke zu beseitigen.

Mamma Carlotta hatte das Essen mit so viel Schwung aufgetragen, als wäre sie froh, keine Veganerin am Tisch zu haben, und die Kinder entspannten sich, nachdem Kükeltje in den Garten geschickt worden war. Auch Sören, der immer, wenn er in einen familiären Disput geriet, so aussah, als trüge er sich mit Fluchtgedanken, widmete sich kurz darauf der Vorspeisenplatte, als wäre nichts gewesen. Und Tina schien nach dem Fiasko mit Viktor Wahlig sowieso nach dem Grundsatz zu handeln, dass das Leben für Trauer und Verzweiflung zu kurz war. Sie legte eine künstliche Fröhlichkeit an den Tag, die auf Erik eine ähnliche Wirkung hatte, als gäbe sie sich ihrem Schmerz hin und bräche in Tränen aus. Ein Abend, der nicht mehr zu retten war!

Alle tranken zu viel Rotwein, jeder aus einem anderen Grund. Mamma Carlotta, weil sie sich Sorgen um Lilly Heinze machte, Tina, weil sie nach wie vor unter Liebeskummer litt, es aber nicht zeigen wollte, Carolin, weil sie der Ansicht war, dass sie als Volljährige selbst bestimmen könne, ob und wann sie Alkohol zu sich nahm, Ida, weil sie im Spätsommer ebenfalls achtzehn wurde und der Meinung war, dass es auf die paar Monate nicht ankam, und Felix, weil er nicht einsah, dass er als Einziger auf Rotwein verzichten müsse, nur weil er erst sechzehn war. Und Erik selbst natürlich, weil der Einsatz am Nachmittag, der zunächst zu nichts zu führen schien, schließlich doch noch von Erfolg gekrönt gewesen war. Für Sören gleichermaßen ein Grund, zur Rotweinflasche zu greifen.

Sie hatten eine fachmännisch aufgebrochene Kellertür gefunden, die in die Sauna führte und von dort ins Haus. Ronald Borix und Wyn Wildeboer! Die beiden mussten es gewesen sein, die sich Zutritt verschafft hatten. Anders konnte es gar nicht sein! Sie kannten also den Fall, sie wussten, dass Heio Seeberg verschwunden und die Pflegerin Tabea Helmis tot war.

Aber dann hatte mit einem Mal alles anders ausgesehen. Der Mann, der von dem Bereitschaftspolizisten auf den Rasen getrieben wurde, war nicht Wyn Wildeboer. Noch bevor Erik darüber nachdenken konnte, ob es sich um Ronald Borix handelte, sagte Sören: »Mein Gott! Jorin Freesemann!«

Erik ging auf ihn zu. »Wo ist Wyn Wildeboer?«

Jorin Freesemann, ein blasser junger Mann mit einem schmalen Gesicht und dünnem Blondhaar, zuckte mit den Schultern. Er warf einen Blick zu dem Bereitschaftspolizisten, der noch immer die Waffe im Anschlag hatte. Erst auf einen

Wink Eriks ließ er sie sinken. Jorin Freesemann zog erleichtert seinen Pullover herunter und löste ein paar Blätter, die in der Wolle hängen geblieben waren. Dann strich er auch die Hose glatt, eine konservative Bundfaltenhose, die nicht zu seinem Alter passte. Als er auch seine Haare geglättet hatte, sah er genauso aus wie der Sohn eines Bestattungsunternehmers, der von einer Fortbildungstagung zurückkehrte.

Erik nickte zu Seebergs Eingangstür. »Wie lange hausen Sie da schon? Und wo ist Ronald Borix?«

Wieder erntete er nur ein Schulterzucken.

»Waren Sie in letzter Zeit auf dem Festland? Oder hat mir Ihr Vater auch da einen Bären aufgebunden? Dass es keine Fortbildungstagung gibt, an der Sie teilgenommen haben, wissen wir längst.«

»Vorgestern bin ich zurückgekommen. Ich war in Itzehoe. In einem Hotel.«

»Und warum verstecken Sie sich jetzt hier?«

»Ich habe zu Hause übernachtet, mein Vater ist ja noch im Krankenhaus. Warum sollte ich mich hier verstecken?«

»Weil Sie gesehen werden können?«

»Die Mitarbeiter haben nur Schlüssel für die Firma. Nicht vom Privathaus.«

»Was haben Sie dann hier zu suchen?«, mischte sich nun Sören wieder ein.

»Ich wollte zu Wyn.« Jorin Freesemann sah zum Haus hinüber. »Aber die Bude ist ja leer. Als dann das Polizeiaufgebot auftauchte, konnte ich mir denken, warum.« Wieder strich er sich die Haare glatt und richtete den Sitz seines Pullovers. »Ziemlich viel Aufwand für einen wie Wyn.«

»Woher wissen Sie, dass er sich hier versteckt hat?«

Als Jorin Freesemann nicht antwortete, hatte Erik nach seinem Arm gegriffen. »Sie kommen jetzt mit. Im Polizeirevier werden wir uns in aller Ruhe unterhalten.«

Erik richtete sich in seinem neuen Bett auf und sah sich um.

Der große Schrank auf der anderen Seite des Raums war noch leer. Ob er seine Schwiegermutter bitten konnte, seine Kleidung dort einzusortieren? Vermutlich würde sie es gerne tun. Sie war ja ganz hingerissen davon gewesen, dass im Inneren des Schrankes automatisch ein Licht anging, sobald man eine der Schiebetüren bewegte. Erik runzelte die Stirn. Der Schrank war viel zu groß, aber Svea hatte seinen Einwand lächelnd zurückgewiesen, sie wolle dafür sorgen, dass er nach und nach gefüllt würde. Nach Hamburg wollte sie mit ihm fahren, zu einigen Herrenausstattern, die sich darauf verstanden, die Garderobe von modisch unsicheren Männern zu aktualisieren. Nicht nur, dass es ihm ziemlich egal war, ob seine Kleidung up to date war, er sah eine Zeit vor sich, in der es keine bequemen Hosen mehr geben würde, in der jeder Bund kniff und jede Hemdenbrust spannte, in der er auf sein Gewicht achten musste, damit ihm die Kleidung weiterhin passte, die Svea ihm auf den Leib schwatzte. Perfekte Passform! Mittlerweile wusste er, was das bedeutete. Die Hosen waren dann so eng, dass er schon nach den Antipasti den Wunsch hatte, den oberen Knopf zu öffnen, und bei den Hemden und Jacken verhielt es sich ähnlich. Sie hielten keiner Schlemmerei stand, weder den Köstlichkeiten, die seine Schwiegermutter ihm vorsetzte, noch den Fast-Food-Erzeugnissen, mit denen er sich und die Kinder ernährte, wenn er wieder der alleinerziehende Vater war, der keine Zeit und keine Lust zum Kochen hatte. Erik hatte das beklemmende Gefühl, dass ihm ein Leben mit eingezogenem Bauch bevorstand, wenn er nicht rechtzeitig gegensteuerte.

Als er sich erhob, stellte er fest, dass er sich im Schlaf die kleinen Kissen, die Svea farblich perfekt auf das Raumdesign abgestimmt hatte, unter den Kopf geschoben hatte, obwohl sie doch nur der Zier dienten, und dass die Tagesdecke vor dem Bett lag, zusammengedrückt und zerknittert.

Verdrießlich hob er alles auf und warf es aufs Bett. Wie lästig diese ganze Dekoration war, die Svea für so wichtig erachtete!

Tagsüber zwangen ihn diese Zierstücke dazu, das Bett zu machen, damit sie ihren Sinn erfüllen konnten, und abends stand er mit einem Haufen Kissen und einer Decke unter dem Arm da und wusste nicht, wo er alles hinpacken sollte, damit es am nächsten Tag erneut sein Schlafzimmer zieren konnte. Warum hatte er sich nur darauf eingelassen? Mit einem Mal war ihm sogar so, als hörte er den Hall in seinem ausgeräumten Wohnzimmer bis in die erste Etage, ohne dass es etwas gab, was einen Gegenklang bewirkte. Die Leere schien zu dröhnen, die Schritte seiner Schwiegermutter auf dem Flur erzeugten ein Echo im Wohnzimmer. Hart und hohl. Nicht gemütlich und anheimelnd. Sein Schlafzimmer war jetzt nur noch dekorativ, nicht mehr behaglich. Und so würde es im Wohnzimmer womöglich auch bald sein.

Unter der Dusche dachte er darüber nach, ob es wirklich möglich war, dass sich Viktor Wahlig seine Frau vorgeknöpft hatte. Nein, nicht Viktor Wahlig, korrigierte er sich. Aber vielleicht ein Mann, der in Wirklichkeit Heinze hieß? Auszuschließen war es nicht. Schon möglich, dass die beiden gestritten hatten, bis es sogar zu Handgreiflichkeiten gekommen war. Am Ende hatte er sie dazu gebracht, mit ihm nach Hause zu fahren, um sich dort entweder zu versöhnen oder die Scheidung in die Wege zu leiten? Aber während Erik sich abtrocknete, sah er ein, dass es so nicht gewesen sein konnte. Unter diesen Umständen hätte Lilly Heinze ihren Koffer gepackt, den Schlüssel zurückgegeben und sich sicherlich auch von seiner Schwiegermutter verabschiedet. Beides war jedoch nicht geschehen. Außerdem blieb immer noch die Frage, warum sie den Namen einer Toten trug. Er stockte. Oder konnte das einfach nur ein dummer Zufall sein? Nein, diesen Gedanken verwarf er gleich wieder. Außerdem war da ja noch das kleine Papierstück der Zigarettenmarke, die Heio Seeberg bevorzugte. Er war in diesem Apartment gewesen, so viel stand fest. Dass Viktor Wahlig ebenfalls Peel Menthol Orange rauchte, war sehr unwahrscheinlich.

Erik versuchte, sich Tinas Liebhaber ins Gedächtnis zu rufen, Viktor Wahlig, der auf dem Balkon stand und rauchte, aber er konnte sich nicht erinnern, um welche Zigarettenmarke es sich handelte. Nein, sie mussten nach Heio Seeberg suchen, alles andere war unklug. Und natürlich nach Wyn Wildeboer.

Erik glaubte Jorin Freesemann, dass er nicht in Seebergs Haus gewesen war. Angeblich hatte er Wyn Wildeboer aufsuchen, mit ihm sprechen und ihm erklären wollen, was geschehen war. »Ich lasse mich nicht mehr von meinem Vater manipulieren«, hatte er trotzig gesagt, als er vor Eriks Schreibtisch saß. »Ein Bestatter braucht einen untadeligen Ruf.« Erik bemerkte sofort, dass er den Tonfall seines Vaters nachahmte. »Die Leute vertrauen ihm ihr Kostbarstes an, einen verstorbenen Angehörigen. Sie müssen sich voll und ganz auf ihn verlassen können.«

Mit einem Schlage begriff Erik, was Jorin Freesemann sagen wollte. »Sie haben den Leichenwagen gefahren?«

Jorin ließ nun den Kopf hängen und starrte auf seine Hände. Erik wartete nicht auf eine Bestätigung, Jorins Haltung sagte schon »ja«, sie schrie es geradezu: »Ja, ja, ja!«

»Wer hatte die Idee, Wyn Wildeboer die Schuld in die Schuhe zu schieben?« Auch hier wartete er eine Antwort nicht ab. »Ihr Vater.«

Nun kam Leben in Jorins starre Gestalt. Er hob den Kopf und sah Erik an. »Ich war in Panik nach dem Unfall. Bin nur aus dem Wagen raus und losgelaufen. Ich war ja unverletzt. Nur ein paar Schrammen. Unwichtig. Weg, nach Hause! Zu Fuß! Mein Vater merkte natürlich sofort, dass was passiert war.« Er schluckte und schien Kraft sammeln zu müssen, um weiterzusprechen.

Sören half ihm. »Sie haben ihm gestanden, was passiert war?«

»Und Ihr Vater«, fuhr Erik fort, »hat Sie aus der Schusslinie geholt.«

»Wyn hatte oft genug getönt, dass er sich Roluf irgendwann vornehmen würde«, erzählte Jorin mit tonloser Stimme. »Er hatte ein Motiv, es konnte so aussehen, als hätte er den Unfall absichtlich herbeigeführt.«

»Und die anderen?«, fragte Sören. Sein Gesicht wurde ärgerlich, als er selbst antwortete: »Die haben die Klappe gehalten, weil keiner von ihnen zugeben wollte, dass er in der Nacht an Buhne 16 dabei gewesen war.«

»Und die Sache mit den Schuhen?«, fragte Erik.

»Das war auch die Idee meines Vaters.« Jorin grinste verächtlich. »Ihm war sofort klar, dass Sie Schuhabdrücke finden würden. Und Wyn hatte tatsächlich mal meine Trekkingschuhe angezogen, als seine Latschen nass geworden waren.«

Mit einem Mal, so plötzlich, dass Erik und Sören erschraken, schlug er die Hände vors Gesicht und begann zu weinen. »Ich wollte das nicht. Wyn ist in Ordnung, ich wollte nicht, dass er für mich den Kopf hinhält.« Jorin schluchzte so heftig, dass seine Worte nur mit Mühe zu verstehen waren. »Mein Vater hat mir versprochen, ihn wieder einzustellen, wenn er aus dem Knast kommt, und er meinte, ich könne ihn ja bis zum Lebensende weiterbeschäftigen, wenn der Laden erst mir gehört ...«

Sören sprach in die kurze Pause hinein. »... nachdem Wyn Wildeboer dafür gesorgt hatte, dass Sie weiterhin einen untadeligen Ruf genießen.«

Es war nicht zu erkennen, ob Jorin diese Worte zur Kenntnis genommen hatte. »Aber würde Wyn das überhaupt wollen?«, fragte er leise. »Bei einem Mann arbeiten, der ihm den Ruf ruiniert hat, damit sein eigener Ruf nicht angekratzt wird? Und was ist mit den anderen?, habe ich meinen Vater gefragt. Die wissen, was wirklich geschehen ist.«

»Wie haben Ihre Freunde reagiert?«, fragte Erik.

»Die haben mich mit Anrufen bombardiert. Ich solle gefälligst dafür sorgen, dass Wyn sich nicht mehr vor der Polizei verstecken muss. Ich soll die Wahrheit sagen.« Nun sah Jorin auf, und Erik fragte sich, ob die Verzweiflung in seinem Gesicht echt war. »Die hätten mich doch keine Minute mehr in Ruhe gelassen. Mein Vater meinte ja, die könne man mit Geld ruhigstellen. Allesamt! Aber ich kann so nicht leben. Ich will die Wahrheit sagen. Ich bin schuld an Rolufs Tod.«

Erik beugte sich weit über den Schreibtisch und sah Jorin intensiv an. »Da bleibt aber noch etwas: Wer hat Ihren Vater zusammengeschlagen? Jemand, der wollte, dass er die Wahrheit sagte? Dass er zurücknahm, was er behauptet hatte?«

Jorin hatte nur mit den Achseln gezuckt und versucht, Eriks Blick auszuweichen. Erik war sicher, dass er wusste, was mit seinem Vater geschehen war.

Er hatte sich erhoben. »Sie bleiben über Nacht hier. Wir reden morgen weiter.«

Nun fragte sich Erik, wie Jorin Freesemann die Nacht in Gewahrsam überstanden hatte. Er gähnte, reckte sich, stand auf und schob eine Tür des neuen Kleiderschrankes auf. Müde blinzelte er in das Licht, von dem das Innere beleuchtet wurde, und betrachtete die Kleidungsstücke, die dort bereits hingen. Die Jeans, die Svea für ihn ausgesucht hatte, die Hemden, die ihr gefielen, die flotten Pullis in den auffälligen Farben, die er früher niemals angezogen hätte. Seine Breitcordhosen und die Pullunder mit den Querstreifen über der Brust waren von ihr aussortiert worden. Erik hatte sie nur im allerletzten Augenblick vor einem Ende in den Säcken der Kleidersammlung bewahren können und sie heimlich im Wäschekeller verstaut.

Im Gedanken an den vergangenen Abend stieg Trotz in ihm hoch. Auf Socken und in Boxershorts stieg er die Treppe hinab, was seiner Schwiegermutter, die einen Blick durch die geöffnete Küchentür warf, einen Ausruf des Erstaunens entlockte.

»Buon giorno, Enrico! Soll ich dir ein Hemd bügeln?«

Aber Erik brachte nur ein mürrisches »Moin« heraus und

stieg die Kellertreppe mit einer Miene herab, als wollte er dort jeden mit dem Gartenschlauch abspritzen, der es wagte, ihm zu folgen.

Seine Schwiegermutter unterließ es demzufolge und schaffte es sogar, kein Wort zu sagen, als er, in seiner ältesten Breitcordhose und dem Pullunder, den Lucia ihm vor ungefähr zehn Jahren gestrickt hatte, in der Küche erschien.

Carolin erwies sich als weit weniger feinfühlig. »Igitt!«, schrie sie. »Wie siehst du denn aus?«

Felix grinste von einem Ohr zum anderen. »Lass das bloß Svea nicht sehen.«

Sören dagegen war genauso klug wie Mamma Carlotta und sagte kein Wort, obwohl ihm die Überraschung durchaus anzumerken war. Aber er vergaß sie sofort wieder. Erik berichtete ihm, was er erfahren hatte, als er mit einem Bein in der Breitcordhose gesteckt und an dem Pullunder geschnüffelt hatte, der wie Schmutzwäsche roch, die wochenlang nicht aus einem Plastiksack herausgekommen war. Da seine Schwiegermutter gerade einen Kampf mit den Kindern ausfocht, die sich weigerten, dem kalten Wind mit einer warmen Jacke zu trotzen, die vom Frühling redeten, während ihre Großmutter von einem Wintereinbruch mitten im Mai fantasierte, worauf sich eine heftige Diskussion über die Wetterverhältnisse in Umbrien im Vergleich zu denen auf Sylt anschloss, gelang es Erik, seinem Assistenten zuzuflüstern: »Das Handy ist geortet worden.«

»Wo?«, fragte Sören genauso leise zurück.

Eriks Antwort blieb aus, weil die Kinder es in diesem Moment geschafft hatten, das Haus ohne warme Jacken zu verlassen und Mamma Carlotta von der Haustür in die Küche zurückkehrte, um ihrer Verzweiflung Ausdruck zu verleihen. »I ragazzi werden mit Lungenentzündung zurückkehren.«

Das Lamento über die gesundheitliche Gefährdung ihrer Enkel dauerte so lange, bis Erik und Sören mit dem Frühstücken fertig waren und sich verabschiedet hatten. Sie saßen kaum im Auto, als Sören wiederholte: »Wo ist das Handy geortet worden?«

»Im ›Haus am Meer‹. Es muss noch im Apartment sein, das ist die einzige Erklärung.«

»Mist!«, fluchte Sören. »Dann sind wir also genauso schlau wie vorher. Wir haben keine Ahnung, wo die Frau ist.«

Mamma Carlotta stellte, kaum dass die Familie aus dem Haus war, Butter, Käse und Aufschnitt in den Kühlschrank, alles andere ließ sie auf dem Tisch stehen. Für Hausarbeit war an diesem Tag keine Zeit. Sie musste mit Tove und Fietje reden. Sofort! Wenn sie allein bliebe, würde sie platzen, und wenn sie niemanden zum Reden hätte, auf keine gute Idee kommen. Und gerade die brauchte sie jetzt. Unbedingt! Was zwischen ihr und Tove vorgefallen war, musste vergessen werden. Zumindest vorübergehend...

Sie sah in die Wolken, ehe sie aufs Fahrrad stieg. Was für ein kühler Tag! In Umbrien stand die Sonne jetzt schon am Himmel, eine Jacke wäre dort nicht nötig. Auf Sylt aber war die Wolkendecke geschlossen, und der Wind fuhr durch Mamma Carlottas dünne Strickjacke. Frühling auf Sylt war wie Herbst in Panidomino. Schrecklich!

In Käptens Kajüte war es auch nicht gerade gemütlich, weil Tove gern Heizkosten sparte und der Meinung war, dass die Fritteuse und der Grill für genug Wärme sorgten, und wenn das nicht reichte, mussten eben Musik und Schnaps das Herz erwärmen. ›Wochenend und Sonnenschein und dann mit dir im Wald allein...‹

Glücklicherweise gab es keinen weiteren Gast in der Imbissstube. Außer Fietje natürlich, aber den zählte Mamma Carlotta schon lange nicht mehr zu den Gästen, er gehörte zum Inventar. Nachdem sie den beiden Männern ihr »Buon giorno!« entgegengeschmettert hatte, fragte sie den Strandwärter auch schon: »Haben Sie Zeit? Oder müssen Sie schon bald in Ihr Strandwärterhäuschen?«

Fietje quetschte sich erst mal ein »Moin« heraus, dann sah er auf die Uhr. »Hetzen muss ich mich nicht. Soll ja auch ungesund sein.«

»Das ist gut.« Mamma Carlotta schwang sich auf einen Barhocker, sah Tove so lange an, bis der sich ebenfalls zu einem »Moin« bequemte, dann orderte sie einen Cappuccino. »Ich muss mit Ihnen reden.« Sie legte die Unterarme auf die Theke, die Körperhaltung, in der sie sowohl zur Wiedergabe als auch zur Aufnahme von Neuigkeiten bereit war.

Tove stellte eine Tasse unter den Kaffeeautomaten. »Wenn Sie meinen, dass Sie Neuigkeiten haben, dann hören Sie sich erst mal an, was Fietje auf Lager hat.«

Der Strandwärter fand sich mit einem Mal im Mittelpunkt des Interesses, sah vier Augen auf sich gerichtet und Mamma Carlottas Nervosität, die ihm die Worte am liebsten aus dem Mund gezogen hätte. So etwas konnte Fietje Tiensch überhaupt nicht ab. Bevor er damit klarkam, brauchte er einen guten Schluck Jever, dann erst begann er zögernd: »Also letzte Nacht ... da war ich mal wieder unterwegs ... ein bisschen rumgucken, mal sehen, was so los ist ...«

»Spannen!«, stieß Tove verächtlich hervor. »Hast du irgendwo eine nackte Frau gesehen? Oder ein Pärchen beim Pimpern?«

»Pim ...?« Mamma Carlotta biss sich auf die Zunge. Nein, dieses Wort wollte sie nicht erklärt bekommen, sie konnte sich denken, was es bedeutete. Immer, wenn von Fietjes unangenehmer Gewohnheit, in fremde Schlafzimmer zu gucken, die Rede war, wartete sie am liebsten ab, bis das Thema vom Tisch war und sie vergessen konnte, dass Fietje Tiensch ein Spanner war.

So hielt sie es auch diesmal und wartete, wenn auch mit großer Ungeduld, bis Tove endlich aufhörte, seinen Stammgast zu beschimpfen, und Fietje so weit war, herauszudrucksen, was er erlebt hatte.

»Das war schon nach Mitternacht, da ist mir ein Mann in der Friedrichstraße aufgefallen, der aus dem Wirtshaus Glöckl kam. Anscheinend kann man da, wenn die Geschäfte geschlossen sind, noch eine Flasche Wein bekommen. Jedenfalls hatte der Mann, als er herauskam, eine in der Manteltasche. Konnte man genau sehen.«

»Was war das für ein Mann?« Mamma Carlotta ertrug die Spannung nicht mehr. »Etwa ...?« Beinahe hätte sie den Namen ausgesprochen, aber sie brachte ihn nicht über die Lippen. Die Hoffnung war zu groß, die Angst vor Enttäuschung noch größer.

Tove stellte die Musik ab, als erschien ihm ›Wochenend und Sonnenschein‹ nicht passend für dieses schwere Thema. »Fietje sagt, es war Heio Seeberg.« Er blickte den Strandwärter an, damit dieser seine Worte bestätigte.

Fietje tat ihm den Gefallen. »Ich habe ihn gleich erkannt. Den habe ich ja schon öfter gesehen.«

»Und wo ist er hingegangen?« Tove, der schon umfassend informiert war, versuchte, die Angelegenheit zu beschleunigen.

»Zum ›Haus am Meer‹«, antwortete Fietje brav. »Da hat er lange in seinen Taschen herumgesucht, wahrscheinlich nach dem Schlüssel ... dann hat er irgendwo geklingelt. Einmal, zweimal, immer wieder. Irgendwann hat dann wohl jemand den Hörer der Sprechanlage abgenommen. Ich habe gehört, wie der Seeberg sagte: Mach auf, ich bin's. Und dann ...« Er machte eine bedeutungsvolle Pause, die auch aus Erschöpfung zustande gekommen sein konnte. »Dann hat eine Stimme gesagt: Okay. Eine Frauenstimme!« Wenn es Fietje nicht zu kraftaufwendig gewesen wäre, hätte er jetzt vielleicht den Zeigefinger gehoben, um seiner Aussage Nachdruck zu verleihen. »Und die Tür wurde aufgedrückt. Jawoll!« Erschöpft hielt er inne, trank sein Glas aus und winkte ein neues Jever herbei. Er war fix und fertig von den vielen Worten, die er von sich gegeben hatte.

»Lilly?«, flüsterte Mamma Carlotta.

»Wer sonst?«, blaffte Tove.

»Dann ist sie also doch nicht tot?«

»Sieht so aus.«

»Es kann aber auch eine andere Frau gewesen sein.«

Es blieb eine Weile still in der Imbissstube, nur der Zapfhahn tropfte, der Grill, auf dem noch kein Würstchen lag, summte, im Lautsprecher der Musikanlage knisterte es. Als ein vorüberfahrendes Auto die Stille unterbrach, fragte Mamma Carlotta: »Woher kennen Sie Herrn Seeberg?« Noch immer hatte sie Mühe, alles, was ihr zu Ohren gekommen war, in die richtige Reihenfolge und einen logischen Zusammenhang zu bringen.

Tove ließ Fietje keine Gelegenheit zu antworten. »Bei den Seebergs gab's natürlich immer viel zu gucken«, höhnte er. »In dem Haus in Kampen ist es wohl richtig zur Sache gegangen. Der Seeberg und die junge Pflegerin! Haben wohl selten daran gedacht, die Vorhänge zuzuziehen.« Er grinste Mamma Carlotta an, die fassungslos vor der Theke hockte und in ihre Tasse starrte. »Sie sehen so aus, Signora, als brauchten Sie jetzt einen Rotwein aus Montepulciano. Oder gilt in solchen Fällen auch, dass für Alkohol erst die Sonne untergehen muss?«

»Bloß kein Vino rosso!«, brachte Mamma Carlotta hervor. »Wir müssen einen klaren Kopf bewahren.«

»Wir?« Toves Miene wurde prompt misstrauisch. »Also ... ich hab da nix mit zu tun.« Zornig fuhr er zu Fietje herum. »Wieso hast du eigentlich die Bullen nicht angerufen? Du weißt doch, dass der Seeberg gesucht wird. Die Signora hat gesagt, das ist ein Mörder!«

Fietje weigerte sich, eine Antwort zu geben, bevor er ein weiteres Bier zum Festhalten bekommen hatte. Erst als Tove erneut den Zapfhahn betätigt hatte, tippte er sich an die Stirn und traf dabei den Rand seiner Bommelmütze. »Ich? Die Bullen anrufen? Bei dir piept's wohl.«

»Aber du weißt doch, dass diese Lilly Dingsbums eine Freundin von der Signora ist.«

»Eben!« Fietje nahm erst mal einen langen Schluck. »Sollte ich Hauptkommissar Wolf etwa verraten, dass ich seine Schwiegermutter mit der verschwundenen Frau in Käptens Kajüte gesehen habe? Und dass ich seine Schwiegermutter so gut kenne, dass sie mir von dem Verschwinden dieser Frau erzählt hat? Oder hast du davon schon irgendwas in der Zeitung gelesen?«

Selbst Tove sah ein, dass Fietjes Bedenken nicht von der Hand zu weisen waren. Mamma Carlotta fand sogar, dass er ausgesprochen klug vorgegangen war, als er Heio Seeberg lediglich beobachtet hatte, aber nicht eingeschritten war.

Das beflügelte Fietje. »Ich bin mit ihm ins Haus geschlüpft und habe so getan, als wollte ich meinen alten Kumpel, den Hausmeister, besuchen. Da habe ich gesehen, dass der Aufzug bis in den fünften Stock fuhr.«

»Die Wohnung, in der Lilly wohnte, liegt im zweiten Stock«, flüsterte Mamma Carlotta. »Das ist ja ... davvero strano. Sehr, sehr seltsam.« Sie musste noch lange über diese Merkwürdigkeit nachdenken, scharf beobachtet von Tove und Fietje, die auf ihre Reaktion warteten. »Was, wenn die Frau, die da oben wohnt, wirklich Lilly Heinze ist?«

»Am besten, Sie rufen sie einfach an«, schlug Tove vor. »Sie haben doch ihre Handynummer?« Er wies mit dem Daumen über die Schulter in die Küche. »Sie können mein Telefon benutzen.«

»Was für eine dumme Idee«, fuhr Mamma Carlotta ihn an, und Fietje tippte sich erneut an den Rand seiner Bommelmütze. »Wenn der Seeberg sie gefangen hält, hat er ihr das Telefonino natürlich abgenommen.«

»Wieso hat er eine Gefangene überhaupt allein gelassen?«,

fragte Fietje. »Hatte er keine Angst, dass sie abhaut, während er weg ist?«

»Sicherlich hat er sie eingeschlossen«, meinte Tove. »Im Badezimmer oder...«

»Wie konnte sie ihm dann die Tür öffnen?«, fragte Carlotta.

»Sie hätte ja auch schreien können, so laut, bis jemand in den anderen Wohnungen sie gehört hätte.« Fietje schien sich nun mit dem langen Gespräch abzufinden und keine Schwierigkeiten mehr zu haben, seine Meinung ausführlich darzulegen. »Auf den Balkon laufen und brüllen, was das Zeug hält! Warum hat sie das nicht gemacht?«

»Vielleicht aus Angst?«, überlegte Mamma Carlotta. »Er hat ihr sicherlich gedroht.«

Tove fiel etwas ein, was sie sofort überzeugte: »Sie steht natürlich unter Drogen. Deswegen hat es auch so lange gedauert, bis sie auf das Klingeln reagiert hat. Ist doch klar! Wenn er die nicht kampfunfähig gemacht hätte, wäre er doch nicht zum Weinholen gegangen. Das muss er ja sogar, um mal in Ruhe pennen zu können. K.-o.-Tropfen oder so was, das braucht man, wenn man jemanden rund um die Uhr in Schach halten will.«

Fietje runzelte die Stirn. »Und so jemand kann trotzdem die Tür aufmachen?«

»Klar! Die ist dann nur wehrlos, aber nicht bewusstlos.«

»Warum hat er keinen Schlüssel mitgenommen?«

»Hast du noch nie deinen Schlüssel vergessen?«

Mamma Carlotta gab Tove in allen Punkten recht. »Trotzdem kann ich sie unmöglich anrufen. Wenn er mitbekommt, dass ihr Handy klingelt, wird ihm womöglich klar, dass wir ihm auf der Spur sind.«

»Sind wir das?« Fietje glotzte Mamma Carlotta verständnislos an. »Was für eine Spur meinen Sie?«

»Ist das etwa keine Spur, wenn wir wissen, wo sich der Seeberg versteckt? He?«

»Was hat der Kerl denn eigentlich vor?«, fragte Tove, aber darauf musste Mamma Carlotta passen.

Doch sie hielt sich nicht lange mit dieser offenen Frage auf. »Immerhin wissen wir nun, wo Lilly ist. Madonna, was bin ich froh, dass sie noch lebt! Und wo der Seeberg sich aufhält, wissen wir auch. Und dass die beiden nicht mehr lange auf der Insel sein werden, können wir uns ebenfalls denken. Die können sich natürlich ausrechnen, dass an der Verladestation und an der Fähre in List nach ihnen gefahndet wird. Aber sobald die Kontrollen nachlassen, werden sie abhauen. Wir haben nicht mehr viel Zeit.«

Toves Überlegungen waren von simplerer Art. »Wenn der Seeberg Ihre Freundin umbringen will, warum tut er es nicht? Warum versteckt er sich mit ihr in der fünften Etage?«

Nun brauchte Mamma Carlotta doch einen Rotwein aus Montepulciano. Bis Tove ihn eingeschenkt hatte, klopfte sie mit nervösen Fingern die Fakten auf die Theke, um weitere Folgerungen herbeizulocken. »Der Seeberg hat die Pflegerin umgebracht, so viel steht fest. Er ist abgehauen, nachdem die falsche Leiche aus dem Sarg gefallen war. Er versteckt sich in einer Wohnung im ›Haus am Meer‹, ausgerechnet dort, wo Lilly Heinze auch ein Apartment gemietet hat. Und dort hat er sie mit Gewalt herausgeholt.«

Das Rotweinglas erschien nun neben ihren trommelnden Fingern. »Sie haben recht, Signora«, bestätigte Tove. »Der Kerl führt nichts Gutes im Schilde. Aber was?«

Das konnte Mamma Carlotta sich auch dann nicht vorstellen, als sie den Rotwein bereits getrunken hatte. Ihr, deren Fantasie sonst für viele Mutmaßungen reichte, fiel diesmal keine einzige ein. »Wir müssen Lilly befreien.« Nur so viel stand für sie fest.

Wieder rutschte der Gleichmut aus Toves Gesicht und machte blankem Argwohn Platz. »Wir?«, wiederholte er auch diesmal, und seine Miene füllte sich mit Widerwillen. »Wenn

Sie meinen, dass Sie Sherlock Holmes spielen müssen ... okay. Aber ich mache da nicht mit.«

»Ich auch nicht. Jawoll!« Dies war einer der seltenen Augenblicke von Einigkeit zwischen Tove Griess und Fietje Tiensch.

Sie hielt jedoch nicht lange an. Carlotta erinnerte Tove daran, dass seine Imbissstube als Wettbüro gedient hatte, und Fietje bekam zu hören, dass er davon gewusst und sich also mitschuldig gemacht hatte. »Oder haben Sie schon vergessen, dass bei dem letzten Straßenrennen ein junger Mann ums Leben gekommen ist?«

Fietje hatte es scheinbar vergessen, aber nun fiel es ihm wieder ein. Entsprechend schuldbewusst beugte er sich über sein Bier und gab sich Mühe, über eine Lösung des verzwickten Falls nachzudenken, während Tove einfiel, dass er ein vielbeschäftigter Gastronom war, der keine Zeit für Detektivspiele hatte, sondern damit zu tun hatte, die Theke abzuwischen und die Chromteile seines Kaffeeautomaten zu polieren.

Fietje sagte schließlich: »Wir wissen ja nicht mal, in welchem Apartment der Seeberg wohnt. Das Haus ist groß. Da gibt es auf jeder Etage zwanzig, dreißig Wohnungen.«

»Wir müssen herausbekommen, in welcher Wohnung Lilly gefangen gehalten wird«, sagte Mamma Carlotta.

Tove grinste. »Dann klingeln Sie doch einfach überall und fragen nach ihr.«

Aber sein Grinsen fiel in sich zusammen, als er erkannte, dass seine Bemerkung zu einem Plan geführt hatte. In Mamma Carlottas Gesicht ging ein Leuchten auf. »Ich habe eine Idee.«

»Ohne mich«, sagte Tove, ehe sie auf einen anderen Gedanken kommen konnte.

»Mit mir auch nicht.« Fietje fiel sogar schlagartig ein, dass er nun wohl endlich seinen Dienst im Strandwärterhäuschen antreten müsse.

Aber Mamma Carlotta sorgte mit einer einzigen energischen Geste dafür, dass Fietje sich wieder duckte und Tove das Gesicht verzog, als hätte er in eine Zitrone gebissen. »Zu dritt kriegen wir das hin!«

Kommissar Vetterich rutschte so verlegen auf seinem Stuhl herum, als müsste er sich zu irgendeiner Schuld bekennen. »Wir haben alles auf den Kopf gestellt. In dem Apartment befindet sich kein Handy.«

»Wie konnte es trotzdem im ›Haus am Meer‹ geortet werden?«, fragte Erik besonders freundlich und aufmerksam, damit der Leiter der KTU nicht glaubte, er zweifle an seinen Fähigkeiten.

»Wenn es dort geortet wurde, muss es auch dort sein«, sagte Vetterich, und es klang so bockig wie bei einem Kind, dem ein Eis versprochen worden war und das nun an der Hand seines Vaters vor dem verschlossenen Eiscafé stand.

Erik war froh, als ihm eine Idee kam. »Vielleicht in einem Müllcontainer? Seeberg hat es womöglich einfach weggeworfen.«

Vetterich fuhr in die Höhe, als bemerkte er mit einem Mal, dass er auf einem frisch gestrichenen Stuhl Platz genommen hatte. Ohne ein Wort verließ er Eriks Büro. Kurz darauf knallte die Tür des Polizeireviers ins Schloss, und Erik wusste, dass der Hausmeister vom ›Haus am Meer‹ nun ein paar schwere Stunden vor sich hatte. Hoffentlich war der Müll noch nicht abgeholt worden! Sonst wäre das Handy bestenfalls auf der Mülldeponie zu orten.

Sören trat ein, ließ sich von dem Gespräch mit Vetterich erzählen, wollte seinen Chef schon für seinen Geistesblitz feiern, da kamen Erik Bedenken. »Wenn das Handy im Müll gelandet ist, wieso wurde es zuerst nicht geortet und jetzt schon?«

Sören fiel zum Glück eine Erklärung ein. »Es wird ja bewegt, durch neuen Müll, der dazu geworfen wird. Mal ist es eher zugänglich für eine Ortung, mal nicht.«

Erik wusste nicht, ob Sören recht hatte oder ob er ihm nur Mut machen wollte. Der Augenblick der Verzweiflung, in dem sein Chef sogar im Büro zur Pfeife gegriffen hatte, war anscheinend nicht spurlos an seinem Assistenten vorübergegangen.

Erik war ganz froh, dass er keine Einwände vorbringen musste, weil sein Telefon klingelte. Svea war am anderen Ende. Er erschrak. Wollte sie etwa über den vergangenen Abend mit ihm reden? Nur das nicht! Die beruflichen Konflikte quälten ihn schon genug, er wollte sich nicht auch noch mit privaten beschäftigen. Er habe keine Streitkultur, hatte Svea ihm einmal vorgehalten, als er versuchte, eine Unstimmigkeit auszusitzen, und ein gekaufter Friede sei ihm lieber als ein erkämpfter.

Aber Svea hatte den Streit entweder vergessen oder ihre To-do-Liste überflogen und befunden, dass eine Diskussion sämtliche folgenden Termine durcheinanderbringen würde. »Ich komme gerade von Freesemann«, begann sie ohne einleitende Worte. »Dieser Mitarbeiter ... ich war mir nicht ganz sicher, ob der wirklich alles verstanden hatte. Schließlich ist die Beerdigung schon morgen.«

Endlich morgen, korrigierte Erik heimlich, der jeden Tag, an dem der Sarg von Sveas Mutter in der Leichenhalle stand, für einen Tag hielt, der unangemessen vorüberging. Sobald die alte Frau Gysbrecht zu Grabe getragen worden war, würde man sagen können, dass das Leben weitergehen müsse, aber bevor es so weit war, erfüllte es ihn mit Unbehagen, dass diese Tage zwischen Tod und Beisetzung dahinflogen, als wäre nichts geschehen.

»Freesemann wurde gerade nach Hause gebracht. Das Taxi kam mit mir zusammen an. Es geht ihm wieder gut, sagt er, nur ein bisschen Schonung ... Ich dachte, das interessiert dich.«

Ja, das interessierte Erik. »Ich komme und fühle ihm auf den Zahn.« Dass er Freesemann erzählen würde, wo sein Sohn sich zurzeit aufhielt, erwähnte er nicht.

»Soll ich auf dich warten?«

Beinahe hätte Erik bejaht, hätte Svea gesagt, wie sehr er den Streit vom vergangenen Abend bereute und wie gerne er sie küssen würde, dass er sie überhaupt viel zu wenig geküsst hatte in diesen schweren Tagen... Da fiel ihm ein, dass er seine alte Cordhose trug und den uralten Pullunder, der so schlecht roch, dass Svea sich nie und nimmer an seine Brust schmiegen würde. »Lass dich nicht aufhalten«, sagte er stattdessen und begriff nicht, warum er diese Worte so abweisend klingen ließ.

Während er nach Kampen fuhr, wuchs in ihm die Hoffnung, dass er sie doch noch vor Freesemanns Haus antreffen würde, aber ihr Auto kam ihm in der Ortsmitte entgegen. Svea fuhr an ihm vorbei, ohne ihn zu sehen. Er hätte sie auf sich aufmerksam machen können, hätte anhalten, die Seitenscheibe herunterlassen und ihr ein paar zärtliche Worte mit auf den Weg geben können, aber den Pullunder hätte er damit auf jeden Fall preisgegeben. Und wo so ein Pullunder war, würde Svea auf der Stelle auch eine weite Cordhose vermuten. Nein, es war schon besser so. Vielleicht war es auch eine dumme Idee gewesen, die alten Sachen aus dem Keller zu holen. Plötzlich kam er sich wie ein trotziger kleiner Junge vor, der sagte: Jetzt erst recht. Für so was war er zu alt. Definitiv!

Tom Paulsen war es, der sie empfing. »Ja, der Chef ist wieder da. Aber er hat gesagt, er will niemanden sehen.« Er schob die Ellbogen nach außen, um so breit zu werden wie die Türfüllung. »Niemand ist niemand.«

Erik wollte seinen Dienstausweis zücken, da warf Tom Paulsen einen Blick über Eriks Schulter. »Schon wieder dieser Wagen«, sagte er. »Ich bin sicher, dass der hier gestanden hat.«

Erik sah ihn aufmerksam an. »An dem Tag, an dem Ihr Chef zusammengeschlagen wurde?«

Tom Paulsen nickte. »So eine alte Karre fällt einem doch sofort auf.«

Er hatte es schon einmal gesagt, ohne dass sich in Erik mehr gerührt hatte als der Ärger darüber, dass jemand so verächtlich von seinem alten Auto sprach. Aber da hatte sich noch nicht herausgestellt, dass es auf Sylt nur einen einzigen dunkelblauen Ford dieses Baujahres gab ...

Mamma Carlotta war derart nervös, dass sie den Schinken für die Melonen würfelte, als hätte sie vor, ihn für Eriks Rührei zu braten. Kopfschüttelnd legte sie die Würfel für den nächsten Morgen zur Seite und zählte aufgeregt die verbliebenen Schinkenscheiben, die zum Glück ausreichten, um jedem Kind zwei davon auf die Melonenspalten zu legen. »Madonna!« Sie musste auf ihre Nerven achten und unbedingt einen kühlen Kopf bewahren! Auf Tove und Fietje allein wollte sie sich nicht verlassen. Die beiden hatten sich lange gegen ihren Plan gewehrt, erst als Mamma Carlotta ihnen vorgeworfen hatte, dass sie sich am Tod einer hilflosen Frau schuldig machten, kam ihr »Nee, Signora, niemals!« und »Nur über meine Leiche!« leiser heraus und von Mal zu Mal langsamer. Schließlich hatten sie geschwiegen und nur hilflos die Köpfe auf- und abbewegt. Trotzdem war Mamma Carlotta nicht sicher, ob sie die beiden wirklich zur verabredeten Zeit in Käptens Kajüte antreffen würden. Womöglich war die Imbissstube abgeschlossen und von den beiden nichts zu sehen. Fietje drückte sich immer gern vor allem, was sein tägliches Einerlei durcheinanderbrachte, und Tove war im Erfinden fauler Ausreden ein Weltmeister. Man musste die beiden bei der Ehre packen, nur dann entschieden sie sich für das Richtige. Trotzdem würde es Mamma Carlotta nicht wundern, wenn sie vergeblich auf die beiden warten würde, wenn Fietje morgen einen Verband um den Kopf trüge, weil er angeblich gegen eine Schranktür gelaufen, Tove schwer humpelte, weil ihm ein Bierfass auf den Fuß gerollt sei. Und beide würden behaupten, sie wären leider nicht in der Lage gewesen, Mamma Carlotta zu unterstützen, es täte ihnen ja so leid. Andererseits ... Fietje hatte begriffen, dass alles an ihm hing. Er war derjenige, der Seeberg kannte. Ohne ihn war ihr Plan von vornherein zum Scheitern verurteilt. Würde er es da fertigbringen, die Rettung von Lilly Heinze einfach zu schwänzen?

Seine Bedeutung in dieser Angelegenheit hatte ihm überhaupt nicht gefallen. »Wollen Sie nicht lieber Ihren Schwiegersohn informieren?«, hatte er gefragt, als ihm kein Argument mehr eingefallen war, was gegen Mamma Carlottas Plan sprach. »Wenn der wüsste, was Sie vorhaben, dann ...«

Diesen Satz wollte sie nicht bis zum Ende hören. »Was soll ich ihm denn sagen? Dass Fietje Tiensch, den ich gut kenne, weil er genau wie ich Stammgast in Käptens Kajüte ist, Heio Seeberg entdeckt hat? Ganz zufällig? Weil er ihn nämlich ganz zufällig kennt?«

Dass diese Alternative ausfiel, war sowohl Fietje als auch Tove schnell klar geworden. Und dass man einer hilflosen Frau, die sich in den Händen eines Gangsters befand, helfen musste, verstanden sie im Prinzip ebenfalls. Nun kam es nur noch darauf an, dass den beiden der Mut nicht abhandenkam ...

Ida war die Erste, die zum Essen erschien. Mamma Carlotta kam es sogar so vor, dass sie Carolin und Felix absichtlich vorausgeradelt war, um mit deren Nonna zu reden. Sie warf eilig ihren Rucksack auf die Erde und ihre Jacke über den nächsten Stuhl. »Caro will heute Abend was mit Ronni unternehmen«, sagte sie ohne Umschweife. »Ronni sagt, sie wollen mit Eriks Auto eine Spazierfahrt machen. Ich weiß nicht, was die beiden vorhaben.«

Mamma Carlotta war aufs Höchste alarmiert. »Kannst du nicht versuchen mitzufahren?«

Ida tippte sich an die Stirn. »Glauben Sie etwa, Signora, dass Caro das will?«

Mamma Carlotta senkte die Stimme, als hätte sie Angst, dass Kükeltje, die gerade die Küche betrat, sie später verraten könnte.

»Wo wohnt Ronni überhaupt zurzeit? Enrico sucht ihn. Aber er ist nicht zu dem Wohnwagen zurückgekommen.«

Ida machte große Augen. »Erik sucht ihn? Warum?«

Mamma Carlotta wurde nervös. So deutlich hatte sie eigentlich nicht werden wollen. Ida wusste ja nicht, was es mit Ronni auf sich hatte. Und Erik wusste nicht, dass es Ronni war, den er suchte. »Er braucht irgendeine Aussage von ihm«, erklärte sie hastig. »Aber ich finde es merkwürdig, dass er nicht in seinen Wohnwagen zurückgekehrt ist. Und Enrico findet das auch sehr merkwürdig.«

Ida flüsterte nun ebenfalls. »Sie meinen also auch, dass etwas mit ihm nicht in Ordnung ist? Sie denken an ... die Tote in der Vogelkoje?«

Darauf konnte Mamma Carlotta nicht antworten, weil Carolin und Felix in diesem Moment ins Haus kamen. Sie war nun vollauf damit beschäftigt, die Kinder glauben zu lassen, dass sie ein vollständiges Essen serviert bekamen, wie es in Italien üblich war. In Wirklichkeit hatte sie es jedoch nicht geschafft, für ein Secondo zu sorgen, der Besuch in Käptens Kajüte hatte viel zu viel Zeit beansprucht. Wie gut, dass sie für solche Gelegenheiten immer vorsorgte! Melone mit Schinken war ja eine Vorspeise, die in Sekundenschnelle zuzubereiten war, und Penne mit Gorgonzolasoße ließ sich ebenfalls sehr zügig auf den Tisch bringen. Und für einen Tag wie diesen hatte sie immer Granita alla menta in der Tiefkühltruhe. Das Lieblingsdessert der Kinder! Nicht nur Carolin und Felix liebten es, auch alle anderen Enkelkinder von Mamma Carlotta mochten das Pfefferminzsorbet besonders gern. Sie hatte den Nachtisch nur aus dem Kühlschrank holen müssen, und die Kinder hatten es nach dem Primo kaum abwarten können, ihn zu essen, und das Secondo keinen Augenblick vermisst. Ihr Plan war aufgegangen. Zufrieden sah sie den dreien zu, wie sie begeistert das Dessert löffelten, und konnte in Ruhe nachdenken. Was hatte Ronni vor? Warum wollte er den Abend mit Carolin verbringen? Sie musste unbedingt herausbekommen, wo sich die beiden treffen wollten. Vielleicht fand sie dann auch heraus, wo Ronni wohnte.

Durch Idas Blick wurde sie aus ihren Überlegungen gerissen. Was hatte Carolin da gerade gesagt? Sie hatte ihren Vater bereits davon überzeugt, ihr am Abend das Auto zu geben? Stolz lächelte sie Felix und Ida an. »Ronni hat mich eingeladen. Wir wollen nach Kampen.«

Mamma Carlottas Gedanken rasten, während sie so lapidar wie möglich fragte: »Wo wohnt Ronni eigentlich?«

»Keine Ahnung«, nuschelte Carolin.

»Aber ... das musst du doch wissen, wenn du ihn abholst.«

»Wir treffen uns vor Käptens Kajüte.«

»Du wirst doch keinen Alkohol trinken, Carolina?«

»Natürlich nicht, Nonna. Was denkst du denn?«

Felix lachte Ida an. »Wie wär's, wenn wir beide eine Spritztour auf zwei statt auf vier Rädern machen? Du hast doch den Mofa-Führerschein?«

»Aber kein Mofa. Und erst recht keine Lust. Oder willst du mich auch nach Kampen einladen? Wie wär's mit dem Gogärtchen?«

Das Geplänkel der Kinder wurde unterbrochen durch einen Schlüssel, der sich im Schloss drehte. Mamma Carlotta sprang auf. »Enrico?« Sie riss die Küchentür auf und wäre beinahe mit Erik zusammengeprallt. »Du hast gesagt, du hast keine Zeit, zum Mittagessen zu kommen. Nun habe ich nur für die Kinder gekocht. Die Penne sind alle, die Melonen auch ...«

Erik schob sie zur Seite und trat an den Tisch. Nun erst fiel Mamma Carlotta auf, dass Sören im Auto sitzen geblieben war. Aber noch bevor sie nach dem Grund fragen konnte, sagte Erik: »Ich bin nicht zum Essen hier. Nur um eine Frage zu stellen ...« Nun sah er seine Tochter an. »Es geht um den Sonntagvormittag, Carolin. Du wolltest das Auto haben, um irgendwelche Musikboxen zurückzufahren, die du dir für die Party ausgeliehen hattest. Zusammen mit dem Anstreicher.«

Carolin ließ den Blick nicht von ihrem Dessertteller. »Ja, stimmt. Wieso?«

»Warst du mit dem Wagen in Kampen?«

»Der Typ, der mir die Boxen geliehen hat, wohnt in Morsum.«

»Und danach?«

»Nix.«

»Oder ... hast du das Auto verliehen? Ist jemand anders damit nach Kampen gefahren?«

Mamma Carlotta brach der Schweiß aus. Würde Carolin mit der Wahrheit herausrücken? Und wenn nicht, was war dann ihre Pflicht? Ihre Enkeltochter verraten? Gestehen, dass sie selbst längst wusste, wer Eriks Wagen gefahren hatte? Die Gedanken jagten durch ihren Kopf. Wie sollte sie erklären, was sie wusste, ohne zu viel zu verraten?

Was sie dann zu hören bekam, war für eine Mutter und Großmutter, die ihre Kinder zu ehrlichen Menschen erzogen hatte und jeden Sonntag in der Kirche eine Kerze für ihre Enkelkinder anzündete, damit auch sie zu rechtschaffenen Menschen wurden, ein schwerer Schlag.

»Wem hätte ich denn dein Auto überlassen sollen?«

»Du hast es also nicht verliehen?«

»Natürlich nicht.«

Ausgerechnet Carolin! Schon als kleines Mädchen hatte sie mit Mamma Carlotta darüber diskutiert, ob es wirklich zu den lässlichen Notlügen zählte, bei denen sogar der Pfarrer ein Auge zudrückte, wenn ihre Nonna eine Tante mit großer Herzlichkeit empfing, die sie kurz vorher noch zum Teufel gewünscht hatte, ihr Kaffee und Kuchen anbot und behauptete, sie freue sich über den unerwarteten Besuch. Bei Felix verhielt es sich etwas anders. Selbstredend war auch aus ihm ein ehrlicher Mensch geworden, aber seine Neigung, den Begriff der Notlüge zu dehnen, zu biegen und zu entfalten, war schon früh deutlich geworden. Bei ihm war eben der italienische Erbteil größer, der dafür sorgte, dass ein Problem locker angegangen und so hingebogen wurde, dass alle mit dem Ergebnis zufrieden waren, während Carolin stets mit friesischer Sturheit den einmal eingeschlagenen Weg verfolgte und jede Abzweigung, die zu einer Umgehung der Angelegenheit führte, übersah. Ausgerechnet dieses Kind log seinem Vater eiskalt ins Gesicht!

Und sie, Carolins Nonna? Sie stand daneben, schritt nicht ein, sorgte weder für Ehrlichkeit noch dafür, dass Erik erfuhr, was er wissen musste. Sie stand einfach da und schwieg.

»Also gut«, sagte Erik. »Ich glaube dir natürlich.«

Mamma Carlotta sah ihrer Enkelin an, dass dieser Satz die Wirkung einer Ohrfeige hatte. Vollstes Vertrauen für eine Lüge zu bekommen, das war eine wirklich schwere Strafe. Würde sich Carolin jetzt schrecklich schlecht fühlen? So schlecht, dass sie über kurz oder lang mit der Wahrheit herausrücken würde? Mamma Carlotta wusste es nicht.

»Du möchtest heute Abend den Wagen haben?«, fragte Erik. »Oder war das erst morgen?«

Carolin sah nicht auf, als sie antwortete: »Ja, heute. Eine Party. So gegen zehn geht's los. Und trinken werde ich keinen Tropfen.«

»Natürlich nicht«, bestätigte Erik lächelnd. »Ich werde dann heute Abend mit dem Fahrrad zu Svea fahren.«

Mamma Carlotta folgte ihm zur Haustür, warf ihm Abschiedsworte nach, auf die er nicht achtete, und hörte, dass er beim Einsteigen zu Sören sagte: »Wahrscheinlich hat sich der Typ in der Automarke oder der Farbe geirrt.«

Dann startete Erik den Motor und merkte nicht, mit welcher Verzweiflung seine Schwiegermutter ihm nachblickte. Dass seine Tochter in der Küche mit den Tränen kämpfte, ahnte er nicht einmal.

Herr Öding, Seebergs Nachbar, hatte angerufen, und seine Stimme hatte nicht gerade freundlich geklungen. »Was soll eigentlich mit der Post der Seebergs geschehen? Heute hat der Briefträger alles bei mir abgegeben, weil nebenan nichts mehr in den Postkasten passt. Aber was soll ich mit den ganzen Briefen machen? Könnte ja auch was Wichtiges dabei sein ...«

Erik hatte ihn unterbrochen. »Wir kümmern uns darum.«

»Und wann, wenn ich fragen darf?«

»Heute noch.«

»In einer Stunde bin ich zum Golf verabredet.«

»Dann kommen wir sofort. In zehn Minuten sind wir da.«

Erik durchfuhr den Kreisverkehr vor Feinkost Meyer mit ungewöhnlicher Dynamik und verließ ihn in Richtung Kampen. »Irgendwie hat der Öding recht. Wir hätten selbst darauf kommen können, den Postkasten zu leeren.«

»Eigentlich hätte ich lieber erst mit Jorin Freesemann gesprochen«, meinte Sören. »Ich glaube, der weiß, was mit seinem Vater geschehen ist. Aber er will die Täter nicht verraten.«

»Das hat Zeit«, entgegnete Erik. »Das Wichtigste hat er gestanden. Der Rest kommt, wenn er lange genug geschmort hat.«

»Wir können ihn nicht ewig festhalten.«

»Das weiß ich auch. Aber ein Tag hinter Gittern wirkt ja oft schon Wunder.«

»Eins hat sich nicht geändert«, sagte Sören. »Wir müssen Wyn Wildeboer finden. Er ahnt nicht, dass er vor etwas davongelaufen ist, das sich längst geklärt hat. Er ist unschuldig und glaubt, wir wissen es nicht.«

Eine Stunde später wurde ihnen klar, warum es besser gewesen wäre, den Briefkasten schon früher zu leeren. Während Öding ihnen die Post überreicht hatte, die der Briefträger kurz vorher bei ihm abgegeben hatte, war es ihnen zwar gelungen, ein gleichmütiges Gesicht zu ziehen und Öding zu zeigen, dass es auf die Post nicht ankam. Der Mann sollte nicht merken, dass sie sich bei einem Versäumnis ertappt fühlten. Danach hatten sie genauso teilnahmslos den Briefkasten der Seebergs geleert, der tatsächlich überquoll. Aber jetzt, in Eriks Büro, ließen sie die Neugier zu, die sie ergriffen hatte, während sie noch auf dem Weg waren. Der Brief einer Versicherung war Sören schnell aufgefallen, doch Erik hatte gebeten: »Erst im Büro! Lassen Sie den Brief noch geschlossen.«

Und Sören hatte nicht protestiert. Im eigenen Interesse! Er wusste ja, dass sein Chef Schwierigkeiten mit den Verkehrsvorschriften, mit den Gängen seines Autos und sogar mit dem Bremsen und Gasgeben bekam, wenn er gleichzeitig emotional oder intellektuell erschüttert wurde. Nun sah er regelrecht dankbar aus. Denn was in diesem Augenblick ans Licht kam, hätte durchaus zu einer Karambolage führen können.

Erik ließ den Brief der Versicherung sinken. »Endlich eine Spur«, flüsterte er. »Jetzt ist klar, warum Heio Seeberg wollte, dass auf dem Totenschein der Name seiner Frau steht.«

Sörens Gedanken verhakten sich noch in anderen Sorgen. »Wenn die Staatsanwältin davon erfährt, macht sie uns einen Kopf kürzer. Wir hätten gleich auf die Idee kommen müssen, die Post zu sichten.«

Erik legte den rechten Zeigefinger unter das Absendedatum. »Der ist vielleicht erst gestern angekommen. Wir müssen nicht verraten, dass wir an die Tagespost nicht gedacht haben.«

»Wir sollten sie wenigstens informieren.«

Auf Eriks Gesicht stahl sich ein kleines Lächeln, während er die Telefonnummer der Staatsanwältin wählte. Als sie abnahm, musste er sich zunächst die Frage gefallen lassen, warum er mit dem Mordfall Tabea Helmis nicht weiterkam und noch immer nicht wusste, was aus Klara Seeberg geworden war.

Aber Erik blieb ganz ruhig, erwähnte, dass der Todesfall Roluf van Scharrel aufgeklärt sei, als handle es sich um eine Lappalie, ließ die Staatsanwältin nicht dazu kommen, diesen erfreulichen Umstand zu kommentieren, und fragte: »Sie haben doch die Büros der Firma Seeberg durchsuchen lassen. Ist Ihnen da keine Versicherungspolice in die Hände gefallen?«

Er spürte die Unsicherheit auf der anderen Seite der Telefonleitung und schämte sich für die Häme, die er empfand. Ganz unterbinden ließ sie sich trotzdem nicht.

»Oder im Privathaus in Dortmund?«

»Nein«, kam es zögernd zurück. »Weder in der Firma noch in den privaten Räumlichkeiten der Seebergs hat sich irgendetwas gefunden, was Aufschluss über das Motiv gegeben hätte.«

»Merkwürdig!« Erik legte eine wohldosierte Pause ein. »Wir wissen jetzt jedenfalls, warum Heio Seeberg eine andere Frau als seine eigene beerdigen lassen wollte. Er brauchte einen Totenschein, auf dem der Name Klara Seeberg stand. Ihm ging es nämlich darum, eine Versicherungssumme zu kassieren. Eine Million, wenn seine Frau vor ihm stirbt.«

Erik hatte einen langen Blick auf die Essensvorbereitungen seiner Schwiegermutter geworfen, ehe er das Fahrrad aus dem Schuppen holte, um zu Svea aufzubrechen. »Hoffentlich sorgt Tina dafür, dass das Abendbrot nicht total vegan ausfällt.«

Mamma Carlotta sprach ihm Mut zu, ließ herzliche Grüße ausrichten und wies ein weiteres Mal das Angebot zurück, Erik zu begleiten, der sich anscheinend nicht damit wohlfühlte, seine Schwiegermutter allein zu lassen. »No, no!« Sie wolle sich einen ruhigen Abend machen, versicherte sie Erik immer wieder. Ein alter Sissi-Film wurde im Fernsehen gezeigt, den wolle sie sich in aller Ruhe ansehen. Carolin sei ja zu einer Party in Kampen eingeladen, und Felix wolle mit Ida etwas unternehmen. »Ein Abend allein vor la televisione mit Romy Schneider! Fantastico! Einfach himmlisch!« Das letzte Wort sprach sie so, als gäbe es in der ersten Silbe mindestens sieben I.

Dass sie noch nie einen Abend genossen hatte, an dem sie allein bleiben musste, schien Erik nicht einzufallen. Er selbst liebte es ja auch, einen ungestörten Abend mit der Sportschau zu verbringen, die Pfeife im Mundwinkel, ein Glas Bier vor sich, im Rücken eins seiner geliebten grünen Kissen und die Füße auf dem niedrigen Couchtisch. Wie das demnächst ohne die grünen Kissen und den Tisch, der eine robuste Platte gehabt hatte, gehen sollte, hatte er sich vermutlich noch nicht überlegt oder bisher erfolgreich verdrängt. Ebenso wie den Gedanken, dass ein solcher Abend für seine Schwiegermutter die reinste Folter war. Derart war er in Gedanken vertieft, dass ihm nicht einmal einfiel, wo der Fernseher stand, seit seine Wohnzimmermöbel abgeholt worden waren: im Keller. Daran hatte auch Mamma Carlotta nicht gedacht. Ihr wurde erst klar, dass sie sich mit ihrer Ausrede beinahe selbst eine Falle gestellt hätte, als Erik bereits mit dem Rad unterwegs war.

Die Kinder hatten darauf bestanden, nichts anderes als die Pizza Napolitana zu bekommen, die Ida genauso gern mochte wie Carlottas Enkel. Aber eine italienische Hausfrau brachte es nicht fertig, ihre Familie mit einem derart simplen Essen den Tag beenden zu lassen. Eine kleine Vorspeise in Form von Radieschen mit Thunfisch, dazu ein paar Pizzafladen mit Rosmarin und Oliven, mogelte sie dennoch auf den Tisch, als die Kinder zum Essen in die Küche kamen. Und da die Pizza noch im Ofen war, machten sie sich bereitwillig darüber her. Nach der Nachspeise, von der mittags zum Glück einiges übrig geblieben war, genoss Mamma Carlotta das gute Gefühl, für die Kinder getan zu haben, was in ihrer Macht stand. Dieses Gefühl hatte sie dringend nötig, damit ihr schlechtes Gewissen nicht überhandnahm. Es wurde immer drohender, kesselte sie ein und ließ ihr keine Ruhe, wohin sie sich auch drehte, welcher Schuld sie sich auch zuwandte, es gab immer noch eine, die in ihrem Rücken lauerte. Was sie Erik unterschlug, war unverzeihlich. Hätte sie nur nicht damit angefangen! Aber als sie sich einmal dafür entschieden hatte, über die illegalen Rennfahrer zu schweigen, Tove Griess' Rolle bei dieser unrühmlichen Angelegenheit zu verheimlichen und jetzt auch noch ihre Freundschaft mit ihm und Fietje Tiensch dadurch zu retten, dass sie nichts darüber verlauten ließ, wo Heio Seeberg und Lilly Heinze sich befanden, kam sie aus der Sache nicht wieder raus. Und dann noch das, was Ida ihr anvertraut hatte! Auch hier musste sie den Mund verschließen, wenn auch aus edlerem Motiv. Dass sie, wenn sie Verschwiegenheit versprochen hatte, nichts sagen durfte, musste selbst Erik einsehen. Dass ihr aber der Wirt von Käptens Kajüte und der Strandwärter von Wenningstedt in diesem Fall wichtiger waren als ihr eigener Schwiegersohn, würde Erik nie verstehen. Und das konnte sie ihm wahrlich nicht verübeln. Dass dieser Eindruck selbstverständlich nicht den Tatsachen entsprach, würde sie ihm schwer vermitteln können. Sie musste nun sehen, wie sie aus dieser Sache wieder herauskam. Und zwar am besten so, dass Erik nicht durchschaute, welche Rolle sie gespielt hatte, und außerdem zu den Ermittlungsergebnissen kam, die ihn endlich zum Erfolg führten. Er trat ja beruflich auf der Stelle, das war Mamma Carlotta längst klar. Er war den Rennfahrern nicht auf die Schliche gekommen, die seine Schwiegermutter längst kannte, suchte nach Ronald Borix, obwohl seine Schwiegermutter wusste, dass er ihm ständig vor Augen war, fahndete nach Heio Seeberg und Lilly Heinze, ohne zu ahnen, dass Mamma Carlotta deren Aufenthaltsort kannte. Bei Wyn Wildeboer und Jorin Freesemann hätte sie ihm wirklich nicht helfen können, auch wenn sie gewollt hätte, im Fall Klara Seeberg war sie ebenfalls ahnungslos. Aber wer konnte schon sagen, wie weit Erik mit seinen Ermittlungen jetzt wäre, hätte er sich auf seine Schwiegermutter verlassen können.

Dieser schreckliche Gedanke setzte ihr derart zu, dass Ida sich besorgt erkundigte, ob sie die Signora eigentlich allein lassen durften. »Sie sehen so unruhig aus. Es ist nicht richtig, dass wir alle tun, was wir wollen, nur Sie müssen zu Hause bleiben.«

Ida, das gute Kind! Mamma Carlotta beeilte sich, ihr zu versichern, dass ihr nichts lieber wäre, als allein zu sein. »Ich muss dringend mit meinem Bruder in Panidomino telefonieren. Da bin ich froh, wenn ich ungestört bin.«

Es war schon nach zehn, als Carolin endlich aufbrach und sich auch Ida und Felix auf ihre Räder schwangen, um nach Westerland ins Kino zu fahren. Alle drei bekamen viele Ermahnungen mit auf den Weg. Carolin solle vorsichtig fahren, ihrer Nonna zuliebe niemals über fünfzig, und Felix wurde eindringlich ermahnt, sich als Kavalier zu erweisen, Ida in der Dunkelheit auf keinen Fall allein zu lassen und sie vor der Tür ihrer Mutter abzuliefern, damit ihr nichts geschah.

Natürlich wurde ihr diese Fürsorge nicht gedankt, sondern im Gegenteil mit genervtem Augenrollen, Stöhnen und lapidarem »ja, ja« quittiert, aber sie fühlte sich trotzdem besser, als sie sich sagen konnte, dass sie alles getan hatte, um ihre Enkel zu schützen. Als es ihr dann sogar gelungen war, Carolin eine dicke Strickjacke, Felix seine Steppweste und Ida einen zweiten Pullover aufzuschwatzen, ging es ihr so gut wie jemandem, der nichts unversucht gelassen hatte, das Schlimmste zu verhüten.

Das Alleinsein von etwa zwei Stunden, das sich nun vor ihr ausdehnte wie eine lange, unübersichtliche Strecke, füllte sie, indem sie die Küche penibel aufräumte, alles an seinen Platz rückte und hängte, Küheltje mit einigen Streicheleinheiten versorgte und alles so herrichtete, als sei sie soeben schlafen gegangen. Da die Kinder es gewöhnt waren, von ihrer Nonna empfangen zu werden, wann immer sie heimkamen, damit sie sich vergewissern konnte, dass sie unversehrt und bei bester Gesundheit waren, bereitete sie vorsichtshalber noch einen Zettel vor, den sie mitten auf den Küchentisch legte. ›Ich hoffe, ihr hattet einen schönen Abend. Ich war sehr müde und bin schon zu Bett gegangen.‹ Die Kinder würden glauben, dass sie ihre Enkel nun endlich für erwachsene Menschen hielt, und sich freuen, der Fürsorge ihrer Nonna, die sie seit jeher für völlig übertrieben hielten, entkommen zu sein. Blieb dann nur noch die Frage, wie Mamma Carlotta ins Haus zurückkehren konnte, ohne bemerkt zu werden. Das hing davon ab, ob hinter den Fenstern noch Licht brannte oder ob die Kinder schon schliefen. Am besten wäre es natürlich, wenn sie noch nicht daheim sein würden. Dann könnte Mamma Carlotta den Zettel vernichten und auf ihre Rückkehr warten, so wie immer. Sollte sie selbst beim Heimkommen erwischt werden, hatte sie bereits eine Ausrede parat, eine Lüge natürlich, aber eine Notlüge, denn auf eine weitere kam es mittlerweile nun wirklich nicht an. Sie würde den Kindern erzählen, sie habe sich spontan entschlossen, der Nachbarin einen Besuch abzustatten und hätte sich dort festgequatscht. So was konnte schon mal vorkommen und dauerte immer lange.

Sie ging in ihr Schlafzimmer und suchte die Kleidung heraus, die sie für passend hielt. Eine dunkle Hose, bequeme Schuhe, die winddichte schwarze Jacke, die Erik ihr immer zur Verfügung stellte, wenn sie auf Sylt war. Die Insulaner selbst liefen ja bei diesem Wetter in T-Shirts herum, sie jedoch ging, seit sie auf Sylt angekommen war, nie ohne Jacke aus dem Haus. Erst recht nicht nachts. Sie zog sich um, betrachtete das Ergebnis im Spiegel und wünschte sich selbst mit leiser Stimme viel Glück. Sie war so weit. Eine knappe Stunde noch, dann würde es losgehen ...

Erik war mit dem Verlauf des Abends sehr zufrieden, obwohl er alles andere als ungezwungen und heiter war. Aber er entwickelte sich und verlief angemessen. Endlich wurde über Sveas Mutter gesprochen. Svea erzählte von ihrer Kindheit, Tina von den Ferien auf Sylt, zu denen die Besuche bei Tante Liesel, wie sie Sveas Mutter nannte, gehört hatten. Es war weder von Eriks noch von Sveas Arbeit die Rede, nicht von Viktor Wahlig und auch nicht von Lilly Heinze. Auch der vergangene Abend wurde mit keiner Silbe erwähnt. Svea trug das Essen auf, ohne es zu kommentieren, und Tina und Erik aßen, ohne es zu loben. Nicht einmal die enge Jeans konnte an Eriks Wohlgefühl etwas ändern. An diesem Abend nahmen sie endlich Abschied von Frau Gysbrecht, jeder auf seine Weise, die Tochter, die Nichte, der Mann, der die Tochter liebte. Dieser Abschied verband sie, umschloss sie und ließ nichts anderes eindringen, auch nicht das Klingeln von Eriks Handy. Er war froh, dass er es in der Jackentasche gelassen hatte, die im Flur am Garderobenhaken hing. Das Klingeln war so leise, dass nur er es hörte. Er war erleichtert, dass es das Gespräch nicht störte, und dachte gar nicht daran, in den Flur zu laufen, um das Telefonat anzunehmen. Selbst wenn es die Staatsanwältin sein sollte, es war ihm egal. Er genoss die Leichtigkeit dieses Abends, die ihn erstaunte, weil der Anlass so gewichtig und so traurig war, hatte aber trotzdem kein einziges Mal das Gefühl, dass sie dem Anlass nicht gerecht würden, nicht einmal, als sie alle drei über Tinas Geschichte lachten, in der Tante Liesel im Nachthemd hinter einem scheinbaren Einbrecher her gewesen war, der sich als ihr eigener Bruder entpuppte. Erik wünschte sich, dass es nach seinem Ableben auch so einen Abend geben würde, an dem Carolin und Felix mit anderen Familienmitgliedern in dieser Leichtherzigkeit über ihn redeten.

Dass er viel Wein getrunken hatte, merkte er erst, als er aufstand, um zur Toilette zu gehen. Nachdem er die Wohnzimmertür geschlossen hatte, blieb er stehen und atmete tief durch. Ab jetzt nur noch Mineralwasser! Am nächsten Tag wollte er frisch und ausgeruht neben Svea am Grab ihrer Mutter stehen. Sie sollte stolz auf ihren neuen Freund sein.

Als er die Klinke der Badezimmertür heruntergedrückte, ging sein Handy erneut. Diesmal gelang es ihm nicht, das Klingeln zu ignorieren. Mit einer schnellen Bewegung griff er in seine Jackentasche, zog das Handy heraus und verschwand damit eilig im Bad, bevor Svea und Tina etwas bemerkten. Er fühlte sich schlecht dabei, aber der Gedanke an seine ungelösten Fälle war stärker. Und die Tatsache, dass Sören am nächsten Tag ohne ihn weitermachen musste, tat sein Übriges. Wer ihn um diese Zeit zu erreichen versuchte, musste einen guten Grund haben. Vielleicht hatte die Staatsanwältin herausbekommen, warum Heio Seeberg eine so hohe Versicherung auf seine Frau abgeschlossen hatte?

Doch es war nicht Frau Dr. Speck, dessen Stimme er zu hören bekam, es war seine Mailbox, die einen eingegangenen Anruf meldete. »Sie haben eine neue Nachricht!«

Erik hörte die Stimme eines Mannes, der sich als Wiegand Sattler vorstellte. Er rufe aus Neuseeland an und könne eine Aussage zum Verschwinden von Heio Seeberg machen. Wenn Erik daran interessiert sei, solle er sich melden.

Erik starrte verblüfft sein Handy an. Ein Anruf aus Neuseeland? Wieso wusste jemand, der dort lebte, was sich hier auf Sylt ereignete?

Er benutzte die Toilette, wusch sich die Hände und entschied dann, dass der Rückruf keinen Aufschub duldete. Er steckte das Handy weg und holte stattdessen die Pfeife aus der Brusttasche seiner Jacke, dazu ein zusammengerolltes Päckchen Tabak. Zwischen Svea und Tina war das Gespräch nicht abgebrochen, er hörte ihre Stimmen, leise, intensiv, und machte einen Schritt auf die Tür zu. »Ich geh mal vor die Tür, eine Pfeife rauchen.«

Dass Svea rief: »Das kannst du doch auch auf dem Balkon machen«, überhörte er. An diesem Abend wollte er nicht zugeben, dass ein berufliches Telefonat wichtig für ihn war.

Er trat auf die Straße, ließ die Tür aber hinter sich geöffnet. In den umliegenden Häusern brannte kein Licht. Vermutlich Ferienwohnungen, die im Mai noch nicht vermietet waren. Auf der Straße war es still, er sah keinen Menschen, nur von der Westerlandstraße her waren Verkehrsgeräusche zu hören. Er machte ein paar Schritte in die andere Richtung, während er auf ›Antworten‹ drückte.

Wiegand Sattler meldete sich schon nach dem ersten Klingeln. »Ich habe mir gerade ausgerechnet, dass es in Deutschland schon ziemlich spät sein muss. Eigentlich hatte ich mit Ihrem Rückruf nicht mehr gerechnet.«

Erik ließ durchblicken, dass er während wichtiger Ermittlungen quasi immer im Dienst sei, und fragte dann, was Herr Sattler von Heio Seeberg wisse. »Wie konnte es sich bis nach Neuseeland rumsprechen, dass wir ihn suchen?«

Wiegand Sattler antwortete: »Ich mache Urlaub hier, vier Wochen. Natürlich telefoniere ich regelmäßig mit zu Hause. Gestern hat mir meine Tochter erzählt, was sie in der Zeitung gelesen hat. Heio ist verschwunden. Und er wird verdächtigt, einen Mord begangen zu haben?«

Darauf wollte Erik nicht antworten. »Woher kennen Sie ihn?«

»Unsere Frauen waren befreundet, und wir Männer haben uns auch ganz gut verstanden. Meine Frau ist letztes Jahr gestorben, seitdem haben wir uns seltener gesehen.« Seine Stimme nahm einen anderen Tonfall an, wurde schleppender und dunkler. »Lebt Klara noch? Oder ist Heio auch schon Witwer? Ich habe vergeblich auf eine Nachricht von ihm gewartet.«

Erik war verblüfft. »Wie kommen Sie darauf, dass Klara Seeberg tot sein könnte?«

»Na, hören Sie mal! Sie hat sich von mir verabschiedet. Telefonisch! Ich habe Krebs, Wiegand, hat sie gesagt, ein paar Monate noch, dann ist es vorbei. Ich war fix und fertig und wollte sofort nach Sylt kommen, aber Heio sagte, Klara wolle niemanden mehr sehen. Schade. Ich hätte sie gerne noch einmal in den Arm genommen. So ein Abschied für immer ... dabei sollte man sich in die Augen blicken. Dass sie auf der Insel sterben wollte, konnte ich verstehen. Sie hat sich auf Sylt immer sehr wohlgefühlt. Seit die Geschäfte nicht mehr so gut gingen, waren die beiden noch häufiger dort als sonst. Manchmal glaube ich, Klara ist krank geworden, weil sie nicht sehen wollte, wie die Firma den Bach runterging. Sie war ihr Ein und Alles.«

Erik ließ ihn reden, hörte sich an, dass Heio Seeberg eifersüchtig auf Klaras geschäftliche Erfolge gewesen war, dass er selbst einmal den ganz großen Deal machen wollte und dabei auf die Nase gefallen war.

»Eine Ferienhaussiedlung in Spanien! Viel investiert und nichts zurückbekommen! Klara war von Anfang an dagegen gewesen, aber Heio wollte endlich auch mal den cleveren Unternehmer geben. Der hat mindestens eine Million in den Sand gesetzt, wenn nicht mehr. Heio war einfach kein Geschäftsmann, das hat sein Vater schon früh erkannt.«

»Trauen Sie Heio Seeberg einen Mord zu?«

Es blieb eine Weile still in der Leitung. »Sie meinen diese junge Pflegerin, die er für Klara engagiert hatte? Die tot in der Vogelkoje gefunden wurde?« Wieder tat sich ein Schweigen auf, dann gab Wiegand Sattler sich einen Ruck. »Heio wäre nie mein Freund geworden, wenn nicht meine Frau großen Wert darauf gelegt hätte, dass ich mich gut mit dem Mann ihrer besten Freundin verstand. Ein Gernegroß! Die Firma und sein Vermögen, damit konnte er viele beeindrucken. Wenn so einer, der voller Minderwertigkeitskomplexe steckt, gezwungen wird, zu seiner Talentlosigkeit zu stehen, dann werden ungeahnte Kräfte frei. Er neigte zur Gewalt, wenn er nicht bekam, was ihm seiner Meinung nach zustand. Ich habe miterlebt, wie er seinen Tennisschläger kaputtschlug, weil er ein Spiel verloren hatte. Und einem Geschäftspartner ist er einmal an die Gurgel gegangen, als er sich betrogen fühlte. Er konnte von Glück sagen, dass dem anderen daran gelegen war, die Sache nicht an die große Glocke zu hängen.«

»Danke, Herr Sattler, Sie haben mir sehr geholfen.« Erik fand, dass ein Telefongespräch mit dem anderen Ende der Welt nun lange genug gedauert hatte.

»Moment! Warum ich Sie angerufen habe, wissen Sie ja noch nicht! Ich glaube, dass ich Ihnen sagen kann, wo Heio Seeberg sich versteckt hat.«

Erik stand mit einem Mal kerzengerade. »Wo?«

»In meiner Ferienwohnung. Wir haben ja immer gegenseitig ein Auge auf unsere Zweitwohnsitze gehabt. Wenn ich auf Sylt war, habe ich in Kampen nach dem Rechten gesehen, und die Seebergs haben nach meiner Wohnung in Westerland geguckt, wenn sie auf der Insel waren. Heio weiß, dass ich in Neuseeland bin, er hat meinen Wohnungsschlüssel ... Also, wenn ich an seiner Stelle wäre, ich würde in mein Apartment ziehen. Da sucht ihn doch niemand. Und er ist mobil. Ich habe ein Auto auf Sylt, es steht in der Tiefgarage. Ein roter Toyota Lexus.«

Es war dunkel in Wenningstedt. Als Mamma Carlotta das Haus verließ, blickte sie nach links und rechts, aber auf dem Süder Wung war niemand zu sehen. Eilig lief sie der Westerlandstraße entgegen, wo gelegentlich ein Auto vorbeifuhr. Passanten gab es auch hier nicht. Die Spaziergänger, die Flanierer, diejenigen, die später auf einen Absacker einkehren wollten, hielten sich in der Nähe des neuen Kurhauses auf. Das ›Haus am Kliff‹ wurde eingerahmt von Restaurants und Bars und hatte auch selbst einiges an Gastronomie zu bieten.

Mamma Carlotta lief in den Hochkamp, wo es genauso aussah wie im Süder Wung: dunkel und einsam. Neben den Türen brannten Lampen, aber ihr Licht war zu schwach, um die Straße zu erhellen, sie dienten nur der Beleuchtung des Eigenen, nicht des Allgemeinen.

Auch neben der Tür von Käptens Kajüte brannte ein Licht, das anzeigte: Der Wirt steht noch hinter der Theke. In diesem Fall in Gesellschaft des Strandwärters. Beide führten gerade einen Köm zum Mund, als Mamma Carlotta eintrat, anscheinend mussten sie sich Mut antrinken.

»Auch einen?«, fragte Tove.

Carlotta lehnte ab. »Wir müssen einen kühlen Kopf bewahren.«

»Das kann ich mit Köm besser als ohne«, erklärte Fietje und hielt Tove sein Schnapsglas hin.

Mamma Carlotta stellte zufrieden fest, dass die beiden sich mit ihrem Schicksal abgefunden hatten. Sicherlich war ihrem Erscheinen eine längere Debatte vorausgegangen, wie man den Plänen der Signora entkommen könne, aber beide hatten sie wohl keinen Ausweg gefunden.

»Wat mutt, dat mutt«, sagte Tove, und Fietje nickte bekümmert.

Tove spülte noch umständlich die Schnapsgläser, als wollte er den furchtbaren Moment, der ihnen bevorstand, hinauszögern, genauso zeitraubend schloss er Türen und Fenster ab, kontrollierte alles zweimal, steckte seine Tageseinnahmen in die Innentasche seiner Jacke und war dann endlich so weit, dem Rest der Nacht ins schaurige Antlitz zu blicken.

Nun, als es so weit war, konnte es ihm mit einem Mal gar nicht schnell genug gehen. Er schob Fietje und Mamma Carlotta eilig zu seinem Lieferwagen. »Los! Einsteigen! Fietje, du gehst nach hinten, die Signora sitzt neben mir.« Mamma Carlotta biss die Zähne zusammen, weil sie ihn für das schmierige Grinsen, das er nun aufsetzte, nicht attackieren konnte, ohne ihre Unternehmung zu gefährden. Lillys Rettung! Sie durfte nicht riskieren, dass Tove beleidigt seine Zusage zurückzog, froh, einen Grund gefunden zu haben. Nein, sie schwieg mit übermenschlicher Kraft, als er sagte: »Auf dem Beifahrersitz kennt sie sich aus, da haben wir eine schöne gemeinsame Erinnerung.«

Er fuhr mit überhöhter Geschwindigkeit nach Westerland, als hätte er nichts dagegen, sich von einer Polizeistreife stoppen zu lassen, und schlitterte durch die beiden Kurven, die zum Syltness-Center führten. Die Strandstraße überquerte er, als rechnete er um diese Uhrzeit mit keinem Fußgänger, erst danach fuhr er langsam und hielt schließlich ganz unauffällig am Straßenrand. Zehn Meter vor dem ›Haus am Meer‹.

»Ich wende den Wagen, während die Aktion läuft. Im Rückspiegel kann ich ja alles sehen. Sobald Sie mit Ihrer Freundin aus dem Haus kommen, lasse ich den Motor an. Fietje müsste dann längst wieder im Wagen sitzen. Sie springen dazu, und ab geht's!«

Der Strandwärter zog einen Schlüssel aus seiner Tasche und schob ihn zwischen Tove und Mamma Carlotta hindurch, damit sie ihn sehen konnten. Anscheinend wollte er sich ein weiteres Mal für seinen grandiosen Einfall loben lassen, der ihn in der vergangenen Nacht den Schlaf gekostet hatte. Aber wenig Schlaf war für Fietje Tiensch kein Problem, erst recht nicht das Konsumieren größerer Mengen Schnaps. Der Hausmeister vom ›Haus am Meer‹ hatte sich jedenfalls gefreut, dass sein alter Kumpel mal wieder einen Besuch bei ihm machte. Und da so etwas gefeiert werden musste, hatte er natürlich den Köm aus dem Kühlschrank geholt und sich mit Fietje von einem Denkspruch zum nächsten getrunken, von »Auf einem Bein kann man nicht stehen« bis »Im Dutzend ist es billiger«, was sowohl Fietje als auch dem Hausmeister nur noch schwer über die Zunge gekommen war. Da aber Fietje besser in Übung war, kam er auch mit den Folgen besser zurecht. Als der Hausmeister irgendwann eingeschlafen war, befand sich Fietje geistig noch so weit auf der Höhe, dass er den Generalschlüssel an sich nehmen konnte, bevor er verschwand. Auf den Besuch des Hausmeisters am nächsten Morgen in seinem Strandwärterhäuschen konnte er ebenso cool reagieren. Es gelang ihm, den guten Mann, der sich aufgeregt nach dem Verlauf und vor allem dem Ende des vergangenen Abends erkundigte, zu beruhigen. Der Generalschlüssel werde sich schon wiederfinden, und zum Glück gäbe es ja ein zweites Exemplar. Nein, er solle nicht gleich zur Hauptverwaltung rennen und sich dazu bekennen, dass ihm sein wichtigstes Arbeitsmittel abhandengekommen sei, sondern erst einmal abwarten, ob sich der Schlüssel nicht wiederfände. Fietje versprach, seine Hosentaschen zu durchsuchen, sobald er Feierabend habe, und bedauerte ein ums andere Mal, sich ausgerechnet an diesem Tag für eine andere Hose entschieden zu haben. Verschmitzt hatte er hinzugefügt, dass es absolut notwendig gewesen sei, die alte zum Lüften ins offene Fenster zu hängen, was dem Hausmeister noch einmal bestätigte, wie ausschweifend der Abend verlaufen war. Wenn sich zwei alte Kumpels nach langer Zeit mal wieder einen hinter die Binde gossen, konnte es schon mal passieren, dass der Generalschlüssel seinen angestammten Platz nicht fand. Der tauche schon wieder auf! Das hatte Fietje so oft gesagt, bis der Hausmeister es glauben konnte und nun darauf wartete, dass sich der Generalschlüssel an einem Ort finden würde, an dem ihn nur ein total Betrunkener abgelegt haben konnte. Sicherlich hatte er schon im Kühlschrank, unter dem Bett und im Brotkasten nachgesehen und würde sich wahnsinnig freuen, wenn Fietje ihm am nächsten Tag erzählte, er habe den Schlüssel in der Spitze seines Schuhs gefunden, die am Tag danach ebenfalls dringend gelüftet werden mussten und deshalb einen ganzen Tag neben der Hose am offenen Fenster gestanden hatten.

Sie stiegen erst aus, als niemand auf der Straße zu sehen war. Fietje voran, mit dem Generalschlüssel des Hausmeisters in der Hand, als trüge er eine Fahne voraus, die dem Gegner Angst machen sollte. Er fummelte so lange an dem Schloss herum, dass Mamma Carlotta schon befürchtete, es wäre ausgetauscht worden, aber schließlich schwang die Tür doch auf. Einer der Aufzüge stand im Erdgeschoss, und so kamen sie zügig und ungesehen in der fünften Etage an. Auch dort brauchten sie den Generalschlüssel, um auf den Flur zu gelangen, von dem die Apartmenttüren abgingen. Mamma Carlotta drückte sich hinter einen Mauervorsprung, zischte »Jetzt!« und schloss die Augen, als Fietje zu schreien begann: »Feuer! Alle raus! Es brennt!«

Erik machte ein paar weitere Schritte den Bürgersteig entlang, bis zur Grenze des Nachbargrundstücks. Noch immer starrte er sein Handy an, aber es fiel ihm schwer, Sörens Nummer zu wählen. Unschlüssig drehte er sich um und warf einen Blick zurück zu dem Haus, in dem Svea mit Tina saß und glaubte, dass ihr Freund sie nicht mit Tabakrauch belästigen wollte. Vor ein paar Minuten hatte er sich noch wohlgefühlt und mit Erleichterung festgestellt, dass Svea sich endlich mit dem Tod ihrer Mutter auseinandersetzte, ihn in ihr Leben ließ, nicht nur die notwendigen Erledigungen, sondern mit seiner ganzen Bedeutung. Wenn er jetzt nach oben ging und sagte, er müsse weg, ein wichtiger Einsatz ... was würde er damit zerstören? Nur den angenehmen Moment oder auch das Vertrauen, das Svea in ihn setzte? Würde sie sich damit abfinden können, dass ihm seine Ermittlungen wieder einmal wichtiger waren als ihre Gefühle? Würde sie verstehen können, dass sein Beruf manchmal wichtiger sein musste? Dass ihm gar keine andere Wahl blieb?

Er machte ein paar Schritte hin und her. Hatte er wirklich keine Wahl? Er könnte bis zum nächsten Morgen warten. Aber dann waren schon die ersten Frühaufsteher unterwegs, um Brötchen zu kaufen, und der Einsatz würde nicht unbemerkt vonstattengehen können. Was, wenn auch Heio Seeberg zum Brötchenholen aufbrach und Gelegenheit zur Flucht bekäme, wenn er bei seiner Rückkehr die Streifenwagen vor dem Haus sah? Erik runzelte angestrengt die Stirn. Wenn er nun wartete, bis der Abend vorbei war, bis Tina müde wurde und in ihr Apartment zurückkehrte, bis Svea anfing, die Küche aufzuräumen, ihren schwarzen Hosenanzug für den nächsten Tag heraushängte und die linke Hälfte des Bettes für ihn richtete? Nein, dann würde es noch grausamer sein, sie allein zu lassen. Svea war zwar immer sehr verständnisvoll, wenn es um seinen Beruf ging, aber in dieser Nacht und am nächsten Tag würde sie andere Prioritäten von ihm erwarten. Er war ja auch von dem Vorsatz beseelt gewesen, einen ganzen Tag lang nicht an seine Fälle zu denken, alles, was nötig war, Sören zu überlassen und endlich nur für Svea da zu sein, aber ... Erik seufzte tief auf, ehe er Sörens Nummer wählte, und war froh, dass sein Assistent, ohne lange zu überlegen, bestätigte, dass er richtig gehandelt habe. Wenn sogar Sören dieser Ansicht war, der sicherlich gern eine ungestörte Nachtruhe gehabt hätte, dann musste es richtig sein.

»Sehen Sie zu, Chef, dass Sie Ihrem Privatleben etwas Raum verschaffen, ich kümmere mich um den Rest. Wir treffen uns vor dem ›Haus am Meer‹?«

Es fehlte nicht viel, und Erik hätte seinem Assistenten in aller Deutlichkeit gesagt, welch große Stücke er auf ihn hielt und sich nicht vorstellen könnte, jemals mit einem anderen Mitarbeiter so gut zurechtzukommen wie mit Sören ... aber dann schluckte er die Worte herunter, die ihm schwer von der Zunge gekommen wären, und sagte sich, dass Sören auch ohne diese Worte wusste, wie sehr er von seinem Chef geschätzt wurde.

Es dauerte nicht lange, bis sich die ersten Türen öffneten. Verschlafene Gesichter schauten heraus, große Augen, erstaunt, entsetzt, ungläubig, einige Bewohner traten auf den Flur, ohne sich von ihrem Erscheinungsbild abhalten zu lassen.

»Was ist los?«
»Ein Feuer?«
»Wo?«
»Man riecht ja gar nichts.«

Einige trugen Schlafanzüge, die Jüngeren Boxershorts und T-Shirts, ein paar Frauen hatten sich Bademäntel übergeworfen.

»Es brennt!«
»Um Gottes willen!«

Fietje spielte seine Rolle gut. Er hetzte von einem Ende des

Flurs zum anderen und schien sich selbst zu wundern, wie flott er auf den Beinen war. Immer wieder schrie er »Feuer!«, ließ sich auf keine Nachfragen ein, sondern drängte nur jeden, der sich blicken ließ, zum Ausgang. »Schnell! Die Treppe! Auf keinen Fall den Aufzug nehmen!«

Dabei waren seine Augen überall. Mamma Carlotta, die sich nun aus ihrer Deckung heraus traute, sah, wie er jedem Flüchtenden ins Gesicht blickte, während er weiterhin schrie: »Raus! So schnell wie möglich!«

Es war die letzte Tür, die sich öffnete. Ein Mann stürmte auf den Flur, nur mit einer Pyjamahose bekleidet. Mit großen Schritten lief er auf den Ausgang zu.

Fietje sah sich nach Mamma Carlotta um. »Das war er! Apartment 508«, flüsterte er. »Den Generalschlüssel brauchen Sie nicht. Die Tür ist noch offen.« Er lief zum Ausgang und rief leise zurück: »Ich passe auf, dass Seeberg nicht zurückkommt.«

Mit einem Schlage war es still auf dem Flur, mucksmäuschenstill. Die aufgeregten Stimmen hatten sich entfernt, verschwanden Stockwerk für Stockwerk in der Tiefe des Hauses. Ob andere Bewohner es vorgezogen hatten weiterzuschlafen? Oder hatten sie nichts gehört, weil das Hörgerät auf dem Nachttisch lag oder Ohropax in den Ohren steckte? Andere mochten unbekümmert sein und nicht an die große Gefahr glauben, aber natürlich gab es auch Wohnungen, die zurzeit nicht bewohnt waren. In der Tür vom Apartment 508 rührte sich nichts. Niemand trat auf den Flur, dabei hätte Lilly Heinze doch nun die Gelegenheit zu fliehen. Sie rief auch nicht um Hilfe, damit jemand kam, um sie zu befreien. Vermutlich war sie gefesselt oder eingesperrt, und Heio Seeberg hatte sich einen Teufel darum geschert, ob sie in den Flammen umkam, denen er selbst entkommen wollte. Vielleicht war ihm dieser Feueralarm sogar ganz recht gekommen.

Mamma Carlotta spürte eine Gänsehaut auf ihrem Rücken.

Die Sache lief anders, als sie gedacht hatte. Sie hatte erwartet, dass sich Lilly weinend in ihre Arme warf, ihr für die Rettung dankte ... mit dieser Stille hatte sie nicht gerechnet. Oder war Lilly schon gar nicht mehr in dem Apartment? Hatte Seeberg sie woanders hingebracht? Lebte sie womöglich nicht mehr?

Nun zögerte Mamma Carlotta keine Sekunde mehr. Sie lief auf die geöffnete Tür zu und rief: »Lilly! Komm raus! Du bist in Sicherheit. Ich sorge dafür, dass dir nichts passiert.«

Noch immer bekam sie keine Antwort. In der Wohnung blieb alles still, gespenstisch still. Als Mamma Carlotta den ersten Schritt in die Wohnung setzte, wurde ihr klar, dass sie Lilly Heinze nicht vorfinden würde. Sie war nicht mehr hier. Heio Seeberg hatte sie weggebracht, oder er hatte sie ermordet und irgendwo abgelegt, wo sie noch nicht gefunden worden war. Das Entsetzen schnürte Mamma Carlotta die Kehle zu, am liebsten hätte sie ihre ganze Angst und Verzweiflung herausgeschrien. Nach der toten Lilly hatte sie nicht suchen wollen, aber ihr wurde von Schritt zu Schritt klarer, dass es wohl das war, was sie finden würde. Lillys Leiche! Eine lebende Lilly hätte sich längst zu erkennen gegeben.

Lillys Leiche! Als diese beiden Worte sie durchfuhren, als sie glasklar hinter ihrer Stirn standen, als ihr der Sinn dieser vier Silben bewusst wurde, da endlich gab es kein Halten mehr. Sie stieß die Tür des einzigen Zimmers auf, aus dem dieses Apartment bestand. Nichts! Sie kehrte in den winzigen Flur zurück und warf einen Blick in die noch winzigere Küche. Unmöglich, dort eine tote Frau zu verstecken. Blieb also nur das Badezimmer.

Vorsichtig öffnete sie die Tür und starrte in die Finsternis des fensterlosen Raums. »Lilly?«

Ihre rechte Hand suchte nach dem Lichtschalter, eine hässliche Neonröhre sprang an, flackerte ein paarmal und tauchte das Bad in graues Licht. Der dunkle Duschvorhang, roter Mohn auf olivenfarbenem Grund, bewegte sich leicht, ob durch den

Luftzug, den Mamma Carlotta mit dem Öffnen der Tür verursacht hatte, oder durch etwas, was sich dahinter verbarg, war schwer zu sagen. Fest stand, dass sie es herausfinden musste. So groß ihre Angst vor dem war, was sie finden würde, so groß war auch ihre Überzeugung, dass sie sich nicht davor drücken durfte.

Sie machte einen Schritt auf den Duschvorhang zu und öffnete dabei die Badezimmertür ein Stück weiter. Nicht ganz weit, nicht so weit, dass die Türklinke die Wand oder ein Möbelstück berührte, denn das war gar nicht möglich: Die Tür wurde von etwas Weichem gestoppt, von etwas Nachgiebigem, was kein Geräusch erzeugte, kein Metall auf Wandfliese oder Kunststoff auf Holz. Noch bevor sie nach dem Duschvorhang greifen konnte, um ihn zur Seite zu schieben, wusste sie, dass sie einen Fehler machte. Aber die Zeit der Erkenntnis reichte nicht aus, um zu reagieren. Jemand stieß ihr etwas in den Rücken, jemand, der sich hinter der Tür verborgen hatte, jemand, der eine Waffe in der Hand hielt, jemand, der sie bedrohte ...

Sören hatte angekündigt, mit einem alten Golf, dem Wagen seines Vaters, zu kommen. Dass es eine Zeit lang dauerte, kam Erik gut zupass. So konnte er noch eine Weile an Sveas Tisch sitzen, obwohl es ihm Mühe machte, Ruhe zu bewahren. Nachdem er sich einmal entschlossen hatte, dem Ruf aus Neuseeland zu folgen, wollte er keine Zeit mehr vergeuden. Aber natürlich wusste er, dass Sören sich nicht nur anziehen, sondern danach auch mit dem Fahrrad zu dem Haus seiner Eltern fahren musste. Dort würde er die alten Kretschmers aus dem Schlaf holen, ihnen erklären, dass die Tochter seines Chefs neuerdings einen Führerschein besaß, dass das Auto des Vaters deshalb unbedingt für polizeiliche Ermittlungen beschlagnahmt werden musste. So was dauerte. Aber da davon auszugehen war, dass Heio Seeberg schlief und keine Ahnung hatte, was ihn erwartete, kam es auf eine Stunde nicht an.

Die Zeit reichte aus, um Tina darin zu bestärken, Viktor Wahlig anzurufen, sich mit ihm zu versöhnen oder sich wenigstens anzuhören, was er zu seiner Verteidigung vorzubringen hatte. Genau genommen war er ja gar nicht zu Wort gekommen, nachdem Eriks Schwiegermutter ihn als Ehebrecher entlarvt hatte. Da das Schicksal von Lilly Heinze äußerst mysteriös war, konnte auch ihre Ehe anders sein, als man auf den ersten Blick glauben mochte.

»Und gleich schnappst du dir ihren Mörder?«

Erik hatte abgewehrt. Ob Lilly Heinze demselben Mann zum Opfer gefallen war wie Tabea Helmis, war noch vollkommen unklar. Nicht einmal, dass sie tot war, konnte er genau sagen. Ebenso wenig, wie feststand, dass sie die Frau von Viktor Wahlig war. Seit Lilly Heinze verschwunden war und seit er wusste, dass sie sich mit dem Namen einer Toten vorgestellt hatte, war dieser ganze Fall ein Buch mit sieben Siegeln für ihn. Er hoffte inständig, dass er in dieser Nacht der Lösung näher kommen würde.

Erik war froh, dass die Zeit des Wartens mit diesem Gespräch ausgefüllt war und nicht mit der Diskussion darüber, ob es wirklich nötig war, dass er in dieser Nacht noch dienstlich unterwegs war.

Zum Glück hatte Svea, wenn sie auch geseufzt und vorwurfsvoll ausgesehen hatte, Verständnis für ihn signalisiert. »Aber ich habe bei dir was gut«, hatte sie beim Abschied gesagt. Und er wusste genau, was das bedeutete: Sie würde tage- und nächtelang über einem Auftrag sitzen, Ida bei den Wolfs abgeben und seine Telefonanrufe ignorieren, ohne dass er sich darüber beklagen durfte.

»Aber zur Beerdigung bist du pünktlich?« Das waren ihre letzten Worte gewesen, und sie hatten Erik ins Herz geschnitten. Eine Frage, die ihm zeigte, was er ihr antat.

Er warf sich auf den Beifahrersitz, und gemeinsam schwiegen sie, bis sie an der Kreuzung zum Brandenburger Platz von einem Feuerwehrauto gestoppt wurden, das aus Richtung Tinnum kam. Die Freiwillige Feuerwehr hatte ihren Standort am südlichen Rand des Flugplatzes.

Das Martinshorn war schon von Weitem zu hören, Sören bremste, zunächst ohne recht zu wissen, woher die Sirene kam. Dann bog ein Löschzug vor ihnen in die Brandenburger Straße ein. »Feuer?« Sören machte einen langen Hals, als wollte er irgendwo Flammen und Rauch entdecken. »Etwa im ›Haus am Meer‹?«

Nun gab er so heftig Gas, dass er beinahe aus der Kurve getragen worden wäre, als er dem Feuerwehrauto folgte.

Sie stolperte voran, den Flur entlang, der düster und still dalag. Was sich in ihren Rücken bohrte, konnte sie nicht identifizieren. Aber selbst wenn es nur ein Kugelschreiber wäre, würde ihr das genauso viel Angst machen wie ein Messer oder einer Pistole. Denn die Frau, die sie stieß und drängte, war gefährlich, daran hatte Mamma Carlotta nicht den geringsten Zweifel. Dass es sich um eine Frau handelte, wusste sie, obwohl diese verhinderte, dass sie sich umdrehte. Aber Mamma Carlotta hatte einen Blick auf eine Hand erhaschen können, eindeutig eine Frauenhand. Und auch der schwache Duft, der von ihren Haaren ausging, war weiblich. Mehr wusste sie von der Frau nicht, die sie vor sich hertrieb wie ein störrisches Tier. Sie sprach nicht. Glaubte sie, dass ihre Stimme sie verraten könnte? Trotz ihrer Bemühungen, nichts von sich preiszugeben, entstand dennoch ein Bild vor Carlottas Augen. Sie war sicher, dass die Frau sehr schlank war. Die flüchtigen Berührungen verrieten es, selbst ihre Bewegungen, die sie nur spürte und nicht sah, zeigten, dass ihre Angreiferin flink und schmal sein musste. Wer war diese Frau? Warum hatte sie sich in dem Apartment versteckt, in das sich Heio Seeberg geflüchtet hatte? Steckte sie mit ihm unter einer Decke?

Die Frau verlangte mit verstärktem Druck auf Carlottas Schulterblätter, dass sie die Tür öffnete, die ins Treppenhaus führte, und stieß die Waffe mehrmals heftig in ihren Rücken, bis Carlotta begriff, dass sie den Aufzug holen sollte. Als sie hörte, dass er herankam, anhielt und die Tür sich öffnete, wurde sie von der Frau, die immer hinter ihr blieb, herumgedreht und gezwungen, sich rückwärts in den Aufzug zu schieben. Mamma Carlotta konnte sich vorstellen, warum. In den meisten Aufzügen gab es Spiegel an der Rückseite. Der Frau ging es also darum, sich nicht zu erkennen zu geben. Warum?

Der Aufzug fuhr am Erdgeschoss vorbei, wo es ebenfalls still und ruhig war. Die Bewohner hatten sich anscheinend alle ins Freie geflüchtet. Der nächste Halt war die Tiefgarage. Hinter der Tür des Lifts stand Dunkelheit, als Carlotta gezwungen wurde, sie zu öffnen und aus dem Aufzug zu treten. Ihre Angst wurde jetzt konkreter, war kein diffuses Gebilde mehr, sondern formte sich zu Fragen und Schreckensvisionen. Wollte man sie verschwinden lassen? Sollte sie umgebracht werden? Warum? Wem war sie auf die Schliche gekommen? Für wen war sie gefährlich geworden?

Sie stolperte auf die nächste Tür zu, versuchte zu verzögern, gab vor, die Anweisungen ihrer Entführerin nicht zu verstehen. Sie musste Zeit gewinnen. Irgendwann würde Tove und Fietje auffallen, dass etwas schiefgelaufen war. Sie mussten ja längst auf sie warten! Vielleicht kamen sie ihr rechtzeitig zu Hilfe!

Sie blieb vor der verschlossenen Tür stehen, hinter der sie durch ein kleines Fenster die Finsternis der Tiefgarage sehen konnte. Aber nicht lange, dann schlug die Frau ihr die Stirn an die geschlossene Tür, so heftig, dass Mamma Carlotta aufschrie. Es hatte keinen Zweck, sie musste sich fügen. Sie öffnete die Tür, der bittere Geruch von Benzin und Abgasen schlug ihr entgegen. Zum Glück flackerte ein Licht auf, als sie den ersten Schritt in die Tiefgarage setzte, eine gespenstisch anmutende Neonröhre, nur eine einzige. Kalte, blasse Helligkeit stach in ihre Augen und in ihre Angst, machte sie sichtbar, aber nicht greifbar.

Die Frau wurde jetzt hektischer, trieb sie voran, schlug ihr in den Rücken, damit sie sich schneller bewegte. Mamma Carlotta merkte bald, zu welchem Auto sie getrieben wurde. Die Tiefgarage war nicht ganz gefüllt, es ging um einen kleineren roten SUV, der in einer Ecke geparkt war. Auf dem Parkplatz für das Apartment 508. Vier Lichter blitzten auf, das Auto war per Fernbedienung geöffnet worden. Und wieder wurde Mamma Carlotta gestoßen und geschlagen, bis sie begriff, dass sie die Kofferraumhaube öffnen sollte. Noch einmal eine Fahrt in einem Kofferraum? Sie war froh, dass es sich nicht um eine Limousine handelte, in deren Kofferraum sie unter Atemnot und Platzangst gelitten hätte. Dieser war ähnlich wie der des Geländewagens, in dem sie als blinder Passagier zur Vogelkoje gefahren war. Nach oben offen! Allerdings zog die Frau, nachdem sie Mamma Carlotta kopfüber in den Kofferraum gestoßen hatte, eine Plane über ihren Kopf, damit sie nicht gesehen werden konnte.

Vorsichtig suchte sie eine halbwegs erträgliche Position, bis sie mit angezogenen Beinen auf dem Rücken lag. Es war nicht angenehm, in einem so engen Raum zu liegen, aber es half zu wissen, dass die Plane über ihr weich und elastisch war und an den Rändern Licht durchließ.

Der Wagen wurde gestartet, mit Schwung zurückgesetzt, dann fuhr die Frau zur Ausfahrt. Mamma Carlotta konnte hören, wie sich ein Tor öffnete, kurz darauf jagte der Wagen eine Rampe hoch. Mamma Carlotta wusste, wo sie jetzt waren, diese Ausfahrt kannte sie. Sie war Teil des Parkplatzes vor dem ›Haus Metropol‹. Der Lieferwagen konnte nur wenige Meter entfernt stehen. Aber Tove würde sich natürlich auf den Rückspiegel konzentrieren, denn er erwartete, dass Mamma Carlotta mit Lilly Heinze durch die große Eingangstür kam. Außerdem kannte er diesen roten SUV nicht. Warum sollte er Verdacht schöpfen? Mamma Carlotta kamen die Tränen, nur mühsam konnte sie ein Schluchzen unterdrücken. Was würde mit ihr geschehen?

Ihre Hände berührten etwas Großes, Weiches, das in eine Plastikhülle gewickelt war. Mamma Carlotta tastete darüber, es fühlte sich schwabbelig an wie Gallert. Was konnte das sein? Aber ihr Interesse ließ schnell nach. Sie brauchte etwas, das sie als Waffe einsetzen konnte, sobald die Frau sie aus dem Kofferraum herausließ. Mit fahrigen Fingern fuhr sie über den Boden und schrie leise auf, als sie mit einem Mal Haare in der Hand hatte. Ein Mensch? Aber sie merkte schnell, dass es sich um eine Perücke handelte. Vorsichtig griff sie danach und versuchte, Farbe und Form zu erkennen, als der Wagen eine Straße entlangfuhr, die mit hohen Laternen gesäumt war. Dunkel waren die Haare und nicht sehr lang, kinnlang vielleicht. Einen Pony ertastete sie. Ein Pagenkopf?

Die Neugier, die Erregung und Spannung ließen wieder nach, als es draußen dunkel wurde, als keine Straßenbeleuchtung mehr zu sehen war. Nur noch Angst war in ihr! Was kam jetzt? Würde sie eine Chance haben, sich vor dem zu schützen, was ihr bevorstand? Würde ihr die Flucht gelingen?

Der Wagen verlangsamte seine Fahrt, bog ab. Die Räder knirschten, Kies spritzte auf, als das Auto anhielt. Mamma Carlotta hörte, wie die Handbremse angezogen wurde und die Fahrertür sich öffnete. Dann Schritte, leichte Schritte, und das Schloss des Kofferraums. Er öffnete sich, kühle Luft drang herein. Die Frau zog die Plane weg. Offenbar war sie nun nicht mehr darauf aus, unerkannt zu bleiben. Sie stand vor Mamma Carlotta, war in der Finsternis aber nicht zu erkennen. Die Umrisse blieben ihr fremd, eine so schlanke Frau weckte in ihr kein Wiedererkennen. Ihre Haare waren sehr kurz, schienen blond zu sein, aber da war Mamma Carlotta sich nicht sicher. Nein, diese Frau kannte sie nicht.

Aber dann hörte sie ihre Stimme. »Raus!« Diese Stimme

kannte sie. Und ihr gefror das Blut in den Adern, als ihr klar wurde, wem sie gehörte.

Was ist denn hier los?«

Das Feuerwehrauto war direkt vor dem Eingang zum Stehen gekommen. Mehrere Feuerwehrleute in ihren Uniformen sprangen heraus. Der Hausmeister stürzte sich auf sie und zeigte nach oben. Ohne viele Worte liefen die Männer ins Haus und verschwanden.

Erik sprang aus dem Wagen und starrte die Menschen an, die vor dem ›Haus am Meer‹ standen, in Nachtkleidung, mit nackten Füßen, wirren Haaren und ratlosen, ängstlichen Gesichtern. »Ein Brand! Verdammt!« Er fuhr zu Sören herum. »Ob das was mit Seeberg zu tun hat?« Er zeigte auf die Leute, die ihnen entgegensahen, als erwarteten sie Kompetenz und Tatkraft von ihnen. »Schauen Sie sich unauffällig um, Sören. Sie kennen Seeberg.«

»Nur flüchtig«, gab Sören zurück und ließ seine Augen von einem zum anderen springen, ohne den Kopf zu bewegen.

»Sehen Sie ihn? Ist er dabei?«

»Ich glaube nicht. Aber wenn er sein Äußeres verändert hat, Haarfarbe, Bart ...«

Erik schnitt ihm das Wort ab. »Es ist klar, dass er nicht hier rumsteht. Wenn er mit den anderen rausgelaufen ist, hat er sich natürlich verdrückt.«

Erik ging dem Hausmeister nach, der den Feuerwehrmännern folgen wollte, und hielt ihn zurück. »Was ist passiert?«

»Ein Feueralarm«, stieß der Mann hervor. »Im fünften Stock ist jemand über den Flur gelaufen, hat ›Feuer!‹ geschrien. Ich habe sofort die Feuerwehr verständigt, obwohl ich keine Ahnung habe, was da oben los ist. Feuer und Rauch sind jedenfalls nicht zu sehen und auch nicht zu riechen.«

»Verdammt«, stieß Erik noch einmal hervor und winkte Sören heran. »Wir müssen sofort hoch. Vielleicht ist er noch in der Wohnung. Der wird sich ja nicht gern in Gesellschaft begeben.« Er griff nach dem Arm des Hausmeisters. »In die fünfte Etage! Apartment 508! Bringen Sie uns hin! Schnell!«

»Aufzüge dürfen im Brandfall nicht benutzt werden«, gab der Hausmeister zu bedenken, folgte aber den beiden Polizisten in den Aufzug und drückte den Knopf neben der Fünf. Während sie sich nach oben bewegten, sickerte die Stille zwischen sie, die in jedem Aufzug Menschen voneinander trennt, die enger beieinanderstehen, als ihnen lieb ist. In diesem Fall kam noch ein spezielles Unbehagen hinzu, das vor allem Sören am Gesicht abzulesen war. Fuhren sie einer Feuerkatastrophe entgegen?

Kurz bevor die Tür sich öffnete, flüsterte Erik: »Kann das blinder Alarm gewesen sein?«

Sören antwortete nicht, und der Hausmeister brummte etwas Unverständliches, während er die Tür aufschloss, die auf den Flur führte. Dort liefen die Feuerwehrmänner bereits von einem Apartment zum anderen, trommelten diejenigen heraus, die nichts von dem Alarm mitbekommen hatten, und öffneten alle Türen, hinter denen es still blieb, mit Gewalt. Es waren die Apartments, die zurzeit unbewohnt waren.

Einer der Feuerwehrmänner sagte zu dem Hausmeister: »Wir kümmern uns um die anderen Etagen.«

»Was ist mit Apartment 508?«, rief Erik ihm nach.

»Leer«, bekam er zur Antwort.

Trotzdem bewegten sie sich sehr vorsichtig auf die geöffnete Tür zu, Sören zog sogar seine Dienstwaffe, die Erik gar nicht dabeihatte. Aber der Feuerwehrmann hatte recht, in dem Apartment hielt sich niemand auf. Sie sahen sich ratlos um, dann zog ein Grinsen über Sörens Gesicht. Er zeigte zu einer Zigarettenpackung, die auf der Fensterbank lag: »Peel Menthol Orange! Ihr Neuseeländer hatte recht.«

Erik konnte sich an dieser Erkenntnis nicht erfreuen. »Und wo ist Seeberg? Weg! Verdammt!« Er schlug auf die Lehne des

Sofas. »Immer kommen wir zu spät. Jedes Mal war schon vor uns einer da. Wer diesmal? Wer hat Seeberg gewarnt?«

Sören sah nun erschrocken aus. »Sie meinen, die Sache mit dem Feueralarm diente nur dazu, Seeberg aus seinem Apartment zu holen?«

Erik zuckte entmutigt mit den Schultern. »Kann ja sein, dass wirklich irgendwo jemand eine Kerze angezündet hat und eingeschlafen ist.«

»Dann ist Seeberg irgendwo in Deckung gegangen und hat uns ins Haus gehen sehen. Der kommt nicht wieder.« Sören sah sich nervös um. »Und wir sollten auch verschwinden und uns in Sicherheit bringen. Wenn das doch stimmt mit dem Feuer ...«

»Riechen Sie was? Sehen Sie was? Hören Sie was?« Nein, Erik wollte an keine Gefahr glauben. Er wandte sich an den Hausmeister. »Haben Sie den Mann jemals gesehen, der hier wohnt?«

Der Hausmeister schüttelte bedächtig den Kopf. »Die Wohnung gehört Herrn Sattler. Eigentlich müsste sie zurzeit leer stehen. Herr Sattler hat mir bei seinem letzten Besuch gesagt, dass er in diesem Mai nicht kommen würde, er wolle Urlaub in Neuseeland machen.«

»Stimmt es, dass Freunde von Herrn Sattler hier gelegentlich nach dem Rechten sehen?«

»Die Seebergs!« Die Miene des Hausmeisters verfinsterte sich. »Aber Frau Seeberg ist ja gestorben, und ihr Mann wird von der Polizei gesucht.« Vorwurfsvoll fügte er an: »Das müssten Sie doch wissen.«

»Sie haben Herrn Seeberg also nicht gesehen.«

»Während meiner Arbeitszeit ist der hier jedenfalls nicht durchs Haus spaziert. Dann hätte ich Ihnen ja Bescheid gegeben, Herr Hauptkommissar. Ich weiß, dass Herr Seeberg gesucht wird. Obwohl ... ganz unter uns ... dass er ein Mörder sein soll, kann ich nun wirklich nicht glauben.«

Erik ging in die Wohnung zurück und winkte Sören zu sich. »Wir warten hier.«

»Aber das Feuer«, stotterte der Hausmeister.

»Glauben Sie daran, dass hier irgendwo ein Brand schwelt?«

Nein, der Hausmeister glaubte es auch nicht. »Aber man weiß ja nie. Nicht, dass es hinterher heißt ...«

Erik versicherte ihm, dass er nicht mit Regressansprüchen kommen würde, wenn ihm in diesem Haus ein Haar gekrümmt werden sollte. »Gehen Sie bitte nach unten. Sehen Sie nach, ob Sie Herrn Seeberg vor dem Haus finden. Wenn ja, sagen Sie nichts davon, dass wir hier sind. Lassen Sie ihn mit allen anderen zurückgehen, als hätten Sie ihn nicht erkannt.«

Der Hausmeister trollte sich, und Sören fragte: »Glauben Sie das wirklich? Dass er hinter irgendeiner Hausecke darauf wartet, dass er in die Wohnung zurückkann?«

»Wenn er ebenfalls im Schlafanzug aus dem Haus geflüchtet ist, wird er darauf bedacht sein, schnell wieder in die Wohnung zu kommen.«

»Wir müssen die Nachbarn fragen. Vielleicht hat ihn jemand gesehen und weiß, ob hier auch eine Frau gewohnt hat.«

Aber niemand wusste Genaues, keiner der Bewohner der fünften Etage, die nach und nach in ihre Apartments zurückkehrten, hatte etwas beobachtet. Nur die unmittelbaren Nachbarn hatten mitbekommen, dass das Apartment 508 bewohnt war, hatten auch gelegentlich Stimmen gehört, die Stimmen eines Mannes und einer Frau, aber die beiden hatten sich nie blicken lassen.

»Einmal«, sagte die Frau, die im Apartment 506 wohnte, »habe ich ganz kurz eine Frau auf dem Balkon gesehen.«

»Eine große dicke? Mit dunklen, kinnlangen Haaren?«

Sie schüttelte den Kopf. »Nein, eine sehr schlanke Frau mit sehr kurzen blonden Haaren.«

»Also nicht Lilly Heinze«, stöhnte Erik, als sie allein im Wohnzimmer des Apartments 508 saßen und nicht mehr darauf hofften, dass Heio Seeberg sich hier blicken lassen würde. »Wer mag diese Frau gewesen sein?«

Sören antwortete nicht, sondern stand auf und öffnete sämtliche Schränke. Sie enthielten nicht viel Aufschlussreiches. Die Kleidung bestand aus konservativen Hosen und Hemden für einen älteren Mann, Damengarderobe in Größe 36 hing daneben, zwei farbige Baumwollhosen, farblich dazu passende T-Shirts, ein warmer Pullover und eine Bluse. Das war's.

Wen sie auch fragten, niemandem war etwas aufgefallen. »Fehlanzeige! Auf ganzer Linie!«, stöhnte Sören.

Auch ihre Fragen, wer der Mann gewesen sei, der den Feueralarm ausgelöst hatte, wurden nur zögernd und ungenau beantwortet. Im Alter gab es eine Spanne von zehn Jahren, bei der Größe war man sich auch nicht einig. Nur dass er einen Vollbart und eine Bommelmütze getragen hatte, war eine Aussage, die übereinstimmte.

»Klingt ganz nach Fietje Tiensch.« Sören grinste breit.

Erik lachte nur deshalb, weil er endlich mal wieder ein positives Gefühl in seinem Gesicht spüren wollte. Beide versanken wieder in dumpfes Brüten, fragten sich, ob es Sinn machte, hier auf Heio Seeberg zu warten, und überlegten, wer mit einem blinden Alarm dafür gesorgt haben könnte, dass sich Heio Seeberg seiner Verhaftung entzog. Gab es jemanden, der Interesse daran hatte, dass er ungeschoren davonkam?

»So viel Pech auf einmal kann man doch gar nicht haben«, seufzte Sören.

Durch Eriks Körper ging mit einem Mal ein Ruck. Er sprang auf und zog Sören von der Sessellehne, auf der er hockte. »Das Auto in der Tiefgarage! Sattler hat erwähnt, dass er einen roten SUV hat, der immer auf der Insel bleibt. Kommen Sie!« Er lief mit Sören zum Aufzug. »Die Parkplätze haben dieselben Nummern wie die Apartments, das weiß ich. Wenn das Auto weg ist, können wir lange auf Seeberg warten.«

Auf dem Weg in die Tiefgarage begegneten ihnen zwei

Feuerwehrleute, die ihre Helme abgenommen hatten und erklärten, dass sie ihre Sachen zusammenpacken und nach Hause fahren wollten. »Hier ist definitiv kein Feuer ausgebrochen. Da hat sich wohl jemand einen Scherz erlaubt.«

Erik bedankte sich und versicherte ihnen sein Bedauern für diesen überflüssigen Einsatz, dann bestieg er den Fahrstuhl und drückte die unterste Taste.

Kurz darauf standen sie vor einem Parkplatz mit der Nr. 508. »Der Wagen ist weg«, flüsterte Erik. »Seeberg ist abgehauen. Auf den brauchen wir nicht mehr zu warten.«

Deprimiert gingen sie zurück, fuhren ins Erdgeschoss, stiegen aus dem Aufzug und lauschten auf die Stimmen, die von der fünften Etage herunterdrangen. Mittlerweile herrschte auch auf allen anderen Etagen Unruhe. Dass das Feuer ein blinder Alarm gewesen war, sprach sich nur ganz allmählich herum. Viele waren nach wie vor besorgt und trauten der Feuerwehr nicht, die womöglich etwas übersehen hatte. Erik hörte die Stimme eines Mannes, der versprach, für den Rest der Nacht Wache zu halten, damit er notfalls sofort einen Alarm auslösen konnte.

Sören zeigte nach oben. »Sollen wir noch mal in die Wohnung?«

»Wir müssen sie verschließen, am besten versiegeln. Aber vorher sollten wir sie uns noch einmal gründlich ansehen.«

Sie fanden nichts, was zu irgendwelchen Erkenntnissen geführt hätte. Missmutig ging Erik auf den Balkon, starrte aufs Meer, das kaum zu erkennen war in der Schwärze der Nacht. Nur der Flutsaum wurde von den Lichtern der Kurpromenade erhellt und holte die Gischt aus der Finsternis. Lange lauschte er auf die Brandung, merkte, dass Sören sich neben ihn stellte, und schwieg mit ihm gemeinsam.

Nach einer Weile kehrte Eriks Blick vom Meer zurück auf den Balkon. Er schaute sich um, als suchte er nach einem Indiz, und warf dann einen Blick auf den Nachbarbalkon. Er flüsterte, weil er niemanden stören wollte. »Was hat die Nachbarin gesagt? Die Frau, die sie kurz auf dem Balkon gesehen hat, war sehr schlank und hatte blonde Haare?« Er stöhnte auf und griff sich an den Kopf. »Klara Seeberg! So hat sie ausgesehen. Sehr schlank mit kurzen blonden Haaren. Wir haben doch in dem Haus in Kampen ein Foto von ihr gesehen!«

Sören sah seinen Chef zweifelnd an. »In meinem Bekanntenkreis gibt es mindestens drei Frauen, die schlank sind und kurze blonde Haare haben.«

»Trotzdem!« Erik wollte sich nicht von einer Hoffnung abbringen lassen, wenn sie auch noch so klein war. »Sie könnte es gewesen sein.«

Sören wollte kein Spielverderber sein. »Dann lassen Sie uns mal überlegen ... Heio Seeberg hat den Tod seiner Frau fingiert, um an die Million zu kommen ...« Plötzlich veränderte sich sein Gesichtsausdruck, seine Stimme wurde lauter und eifriger. »Und Lilly Heinze – die echte meine ich – hat mitgespielt! Sie war einverstanden, als Klara Seeberg beerdigt zu werden, wenn sie als Gegenleistung nicht im Krankenhaus sterben musste, sondern in dem Haus in Kampen! Liebevoll umsorgt von ihrem alten Freund Heio Seeberg und einer Pflegerin, die extra für sie engagiert wurde.«

Erik sah seinen Assistenten an, als hätte er gerade festgestellt, dass er übers Wasser gehen konnte. »Das ist es!«

Sören neigte sich an Eriks Ohr. »Wer aber ist die andere Lilly Heinze? Die Dicke mit dem dunklen Pagenkopf? Und wo ist sie geblieben? Was ist ihr zugestoßen, nachdem sie gewaltsam aus ihrem Apartment geholt wurde? Und warum hat Heio Seeberg die Pflegerin umgebracht?«

Lilly«, stieß Mamma Carlotta hervor. Immer wieder: »Lilly!«

Wie ein kleines Kind, das »Mama« bettelte, bis die Mutter endlich versöhnt war und es in die Arme nahm. Auch in ihr gab es die winzige Hoffnung, dass Lilly sie wieder ihre Freundin nennen und ihr in aller Ruhe erklären würde, was es mit diesem merkwürdigen Verhalten auf sich hatte und warum sie ganz anders aussah als vorher. Dass sie sich an diese irrwitzige Hoffnung geklammert hatte, wurde Mamma Carlotta erst richtig klar, als sie einsehen musste, dass alles Hoffen vergebens war. In Lilly Heinzes Augen standen keine freundschaftlichen Gefühle, nur Abneigung und Überdruss.

»Jetzt kannst du dich meinetwegen ausgiebig wundern. Im ›Haus am Meer‹ hättest du mir diese Aktion ja kaputtgeredet.«

Carlotta richtete sich ächzend auf und saß nun auf der Kante des Kofferraums. Immer noch starrte sie Lilly ungläubig an. Nach wie vor konnte sie nicht fassen, dass Lillys Stimme von einer Person kam, die sie nicht kannte.

»Raus!«, wiederholte diese nun und wartete ungeduldig, bis Mamma Carlotta aus dem Kofferraum geklettert war und ihre verspannten Glieder dehnte.

Aber nach wie vor, trotz aller verlorenen Hoffnung, hatte Carlottas Angst, die sich in der Ungewissheit von Minute zu Minute vergrößert hatte, nun ein erträgliches Ausmaß angenommen. Noch immer war Lilly Heinze trotz ihrer schrecklichen Veränderung doch eine Frau, vor der sie sich nicht zu fürchten brauchte. Anders, als sie sie gekannt hatte, aber doch keine Gefahr! Sie würde Mamma Carlotta nichts antun! Unvorstellbar!

Sie sah sich um und stellte fest, dass der Wagen auf dem Parkplatz der Vogelkoje stand, weit weg von der Straße, nah an den Bäumen, hinter denen sich das Naturreservat ausdehnte. Dort war es einsam und dunkel. Diese Erkenntnis war die eines Durstigen, der in der Wüste auf eine Fata Morgana reingefallen war. Der Moment, in dem sie begriff, wie ernst es war, wie verzweifelt ihre Situation war. In der Vogelkoje war auch Tabea Helmis' Leiche gefunden worden. Sollten morgen ahnungslose Spaziergänger auf die von Carlotta Capella stoßen?

Lilly drängte sie zum Eingang des Naturreservats. »Nur zu! Das Tor ist noch nicht repariert. Wir machen jetzt eine schöne kleine Nachtwanderung.«

Zynisch klangen diese Worte, verächtlich und grausam. Mamma Carlotta fand sich damit ab, dass es sinnlos war, an das zu appellieren, was sie in den vergangenen Tagen mit Lilly verbunden hatte. Sie musste anders vorgehen, wenn sie ihr Leben retten wollte. Vor allem musste sie Zeit gewinnen. Noch immer hielt sie es für möglich, dass Tove auf Lillys Auto aufmerksam geworden war. Und wenn nicht, würde er dennoch irgendetwas unternehmen, nachdem sie nicht zurückgekommen war. Mittlerweile musste er in großer Sorge sein. Er würde sie suchen, an diese Gewissheit klammerte sie sich mit aller Kraft.

Lilly verlangte von ihr, dass sie das Tor öffnete, das jemand nur notdürftig zusammengebunden hatte. Mamma Carlotta brauchte lange dafür, gab sich besonders ungeschickt und lauschte auf ein Auto, das von Kampen kam. Toves Lieferwagen? Nein, der Wagen fuhr vorüber.

»Wie bist du eigentlich darauf gekommen, dass ich mich im ›Haus am Meer‹ verstecke?«

»Fietje hat Herrn Seeberg gesehen und herausgefunden, dass er in der fünften Etage wohnt.«

Lilly Heinze stieß ein hässliches Lachen aus. »Und da seid ihr auf die Idee gekommen, mit dem Feueralarm alle Türen zu öffnen? Damit ihr seht, wo Heio Seeberg wohnt?«

Carlotta betrachtete das Gesicht, das sie in der Dunkelheit nur unscharf sehen konnte, mit wachsender Abscheu. »Wir wollten dich retten.«

Nun lachte Lilly noch lauter und noch hässlicher. »Dann hättet ihr einen anderen als diesen verpennten Strandwärter schicken müssen. Ich habe ihn sofort erkannt. Und mir wurde gleich klar, dass das eine Falle war.«

»Aber nicht für dich, für Heio Seeberg! Wir dachten ja…«

Lilly Heinze ließ sie nicht weitersprechen. Sie schien sich wieder auf ihr eigentliches Anliegen zu besinnen und stieß etwas in Carlottas Rücken, hart und schmerzhaft. Aber Mamma Carlotta wusste mittlerweile, worum es sich handelte, hatte es kurz aufblitzen sehen. Kein Messer, auch keine Schusswaffe, nur ein simpler Schraubenzieher. Doch auch wenn Lilly nicht schießen oder zustechen konnte, die Gefahr, die von ihr ausging, wurde damit nur geringfügig kleiner. Carlotta fügte sich also und öffnete schließlich das Tor.

»Warum, Lilly?«, fragte sie, während sie voranstolperte. »Warum hast du dich verkleidet? Wie ist das überhaupt möglich? Erst dick und jetzt schlank.«

»Hör auf, mich Lilly zu nennen«, erhielt sie zur Antwort. »Ich heiße Klara.«

Mamma Carlotta blieb stehen und widerstand den Stößen, die sie weiter in die Dunkelheit des Reservates drängen wollten. Sie dachte an die Perücke, die sie im Kofferraum ertastet hatte. »Wie kannst du jetzt schlank sein und als Lilly so dick?«

Wieder war es ihr gelungen, die Frau, die auf einmal Klara hieß, in das Gespräch zu ziehen. Zwar schob sie Mamma Carlotta immer noch, drängte sie nach wie vor, aber ihre Stöße wurden milder, sie ließ sich auf ein langsameres Vorankommen ein, ohne es selbst zu merken. »Ein Fettanzug«, sagte sie. Mamma Carlotta konnte ihr Gesicht zwar nicht sehen, aber sie war sicher, dass Klara Seeberg grinste. »So was benutzt man auch in Filmen und Theaterstücken. So wird aus einem schlanken Menschen ein dicker. Hat gut funktioniert, oder?«

»Warum?«, fragte Mamma Carlotta. »Warum hast du das getan?«

Nun war es Klara, die stehen blieb. Mamma Carlotta warf einen verstohlenen Blick zurück. Der Eingang der Vogelkoje war nicht mehr zu erkennen, der Weg nur Teil der nächtlichen

Schwärze. Voraus war es jedoch noch schlimmer, nichts als undurchdringliche Nacht, eingeschlossen unter einem dichten Blätterdach. Links ein feuchter Graben, rechts Dickicht. Flucht war nur auf diesem Weg möglich, ausweichen konnte sie nicht. Aber wie sollte ihr das gelingen? Es ging nur zurück. Wenn sie in die andere Richtung liefe, würde sie niemals einen Ausweg finden.

»Hast du dir nicht auch einmal gewünscht, bei deiner eigenen Beerdigung dabei zu sein?«, fragte Lilly, die jetzt Klara hieß. »Gucken, welche Leute wirklich traurig sind und welche nur so tun? Ich konnte dieser Versuchung nicht widerstehen. Aber dann musste ja der Sarg, in dem Lilly lag, aus dem Leichenwagen fallen.« Sie verpasste Mamma Carlotta wieder einen Stoß, sodass sie vorwärtstaumelte. »Zum Glück wurde ich von dir immer gut informiert. Meinst du, mir war wirklich an einer Freundschaft mit dir gelegen? Ich wollte nur wissen, wie weit der Hauptkommissar mit seinen Ermittlungen war.« Wieder erhielt Carlotta einen Stoß, so heftig, dass sie auf die Knie fiel.

»Was hast du vor?«

»Kannst du dir das nicht denken?«

Mamma Carlotta rappelte sich hoch und konnte trotz der Dunkelheit einen Blick auf Klaras Gesicht erhaschen. Nackte Mordlust sah sie darin.

Sie stiegen in den Golf von Kretschmer senior, Sören lehnte sich für eine Weile zurück und schloss die Augen, als würde er von Müdigkeit überwältigt. Erik dagegen war über den Punkt hinaus, in dem man gegen zufallende Augenlider ankämpft, er war sogar sicher, dass er keine Ruhe finden würde, wenn er gleich zu Bett ging. »Soll ich fahren?«

Aber Sören riss die Augen auf und startete. »Geht schon.«

Als sie die Steinmannstraße erreicht hatten, fragte er: »Soll ich Sie wieder zu Ihrer Freundin bringen?«

Erik schüttelte den Kopf. »Ich habe den Schlüssel nicht dabei und müsste klingeln. Besser, ich lasse Svea schlafen, morgen ist ein schwerer Tag für sie.«

»Also in den Süder Wung!« Sören drückte aufs Gas. »Ihre Schwiegermutter hält sich sicherlich an ihrem Rotweinglas fest, um nicht einzuschlafen. Wetten, dass sie wach bleibt, bis die Kinder zurück sind? Die wird sich freuen, wenn sie Gesellschaft beim Warten bekommt.«

Erik stöhnte auf, als sähe er sich schon schlafend vom Stuhl fallen, das Weinglas noch in der Hand und eine Geschichte von Mamma Carlotta im Ohr, die ihn nicht interessierte.

Dass er doch nicht mehr voll auf der Höhe war, wurde ihm im nächsten Moment klar. Denn das Klingeln, das er hörte, hielt er doch glatt für eine Mahnung seines Gewissens, nicht schlecht über seine Schwiegermutter zu denken.

Aber Sören fragte: »Wer ruft Sie denn um diese Zeit an?«

Erik fuhr zusammen und suchte mit zitternden Händen nach seinem Handy. »O Gott! Carolin ist mit dem Wagen unterwegs...«

Dass auf dem Display seines Handys nicht die Nummer seiner Tochter, sondern die des Polizeireviers leuchtete, beruhigte ihn kein bisschen. »Ist was mit meiner Tochter?«, fragte er, statt sich zu melden.

Am anderen Ende herrschte verblüfftes Schweigen, dann ertönte Rudi Engdahls Stimme: »Ihre Tochter? Wieso?«

»Warum rufen Sie an? Nicht wegen meiner Tochter?«

»Ganz sicher nicht. Wenn ich ehrlich bin, habe ich gar nicht damit gerechnet, Sie um diese Zeit ans Ohr zu bekommen. Aber ich dachte, ich versuch's mal. Sonst hätte ich Ihnen auf die Mailbox gesprochen, damit Sie morgen früh gleich Bescheid wissen.«

»Über was Bescheid wissen?«

Rudis Stimme klang jetzt belustigt. »Eine Streife in Westerland hat gerade einen Mann aufgegriffen, der nichts anderes als eine Schlafanzughose trug. Er irrte herum und schien nach einem warmen Platz zum Schlafen zu suchen.«

Erik suchte aufgeregt nach dem Knopf, mit dem er den Lautsprecher seines Handys anstellen konnte. Dabei geriet er dummerweise auf den roten, der das Gespräch beendete. Während er Rudi Engdahls Nummer wählte, sagte er aufgeregt: »Seeberg ist gefunden worden.«

Rudi redete erst weiter, als er erfahren hatte, warum das Gespräch so schnell beendet worden war. Bei dieser Gelegenheit erfuhr er dann auch, dass der Hauptkommissar und sein Assistent noch dienstlich unterwegs waren. »Mitten in der Nacht?« Rudis Stimme hörte sich an, als sei er beeindruckt.

Darüber wollte Erik nicht mit ihm sprechen. »Wem ist das Auto aufgefallen, in dem Seeberg saß?«

»Auto? Der war zu Fuß unterwegs. Auf der Strandstraße. In den Abfallbehältern vor dem kleinen Supermarkt suchte er nach Plastiktüten, um sich daraus so was wie einen Umhang zu machen. Er fror natürlich wie ein Schneider. Die Kollegen dachten an einen verwirrten Alten, der irgendwo ausgebüxt ist. Aber einem ist dann eingefallen, dass es eine Fahndung nach Heio Seeberg gibt und dass dieser Halbnackte ihm verdammt ähnlich sieht.«

»Wo ist er?«

»Hier bei uns. In eine warme Decke gewickelt und mit einem heißen Tee in der Hand. Ich lasse ihn gleich in die Zelle bringen, da kann er pennen.«

»Nein, warten Sie damit. Wir sind gleich da.«

Er brauchte gar nicht zu sagen, was er von Sören erwartete. Der war schon in eine Grundstückseinfahrt gebogen und wendete. »Warum ist der nicht in seinem Auto geblieben und hat die Heizung voll aufgedreht?«

Ihre Augen gewöhnten sich allmählich an die Finsternis, nun konnte sie sogar einige Umrisse ausmachen und einen hellen

Stein oder eine Bank erkennen. Der Himmel schien etwas heller geworden zu sein, jedenfalls konnte Mamma Carlotta die dunklen Zweige einiger Bäume sehen, die sich vor den Wolken bewegten. Aber der Weg vor ihr blieb pechschwarz, sie setzte jeden Schritt ins Ungewisse. Und mit jedem Schritt spürte sie, wie die Trostlosigkeit näher kam. Sie blieb stehen und sah in den Himmel. Nein, solange es dort noch ein wenig Licht gab, sollte es in ihrem Herzen auch eine kleine Flamme geben, die leuchtete, solange es ging.

»Weiter!«, zischte es in ihrem Rücken. »Mach schon!«

Aber Mamma Carlotta blieb stehen, wo sie stand, widerstand dem Druck in ihrem Rücken, wehrte ihn ab, machte sich steif und stark. Wer lauschen wollte, durfte sich nicht bewegen und selbst kein Geräusch verursachen. Gab es wirklich nichts außer dem Flüstern der Bäume, dem verstohlenen Streichen des Windes und dem Rascheln zu ihren Füßen? Kein Schritt, kein heimliches Anschleichen, nichts, was sie hoffen ließ? Sie konzentrierte sich, versuchte, das schnelle Atmen in ihrem Rücken auszublenden, und lauschte angestrengt dorthin, wo das Geräusch dieses Atems nicht hinkam. Dann sackte ihr Kopf auf die Brust, der Blick in den Himmel tat nur noch weh. Nein, nichts!

»Weiter!«

Aber warum musste sie dieser Frau gehorchen? Mamma Carlotta würde ihre Lage nicht durch Fügsamkeit verbessern. Klara Seeberg wollte sie umbringen! Sie war ihr auf die Spur gekommen, und dafür musste sie büßen. Aber sie, Carlotta Capella, würde um jede Sekunde ihres Lebens kämpfen. Und wenn sie nur ein paar Augenblicke länger leben durfte, als Klara Seeberg es wollte, dann würde sie auch um diese Augenblicke kämpfen.

»War es wirklich dein Mann, der Tabea Helmis ermordet hat?« Sie tat nun so, als bemühte sie sich, voranzukommen, in Wirklichkeit waren ihre Schritte nur noch winzig.

Klara Seeberg lachte leise. »Habe ich gut gemacht, oder? Dein Schwiegersohn glaubt es, stimmt's?«

»Ja. Aber warum hast du das getan?«

»Ich lasse mir meinen Mann von so einer Schlampe nicht wegnehmen. Dabei wollte ich Heio nur warnen, nachdem ich gehört hatte, was mit dem Sarg passiert ist, in dem Lilly lag.«

»Lilly?«

»Ja, so hieß die Frau.«

Mamma Carlotta spürte, dass ihre Hoffnung stieg, wenn sie Klara Seeberg reden ließ. Vielleicht stimmte es, was sie einmal gelesen hatte, dass ein Täter gern über seine Taten spricht. Erik hatte diese Behauptung zwar als Unsinn abgetan, aber nun merkte Mamma Carlotta, wie gut es Klara Seeberg tat, zu reden und sich mit ihrer Cleverness zu brüsten.

»Heio und Tabea waren nicht da, aber ich hatte ja einen Schlüssel. Ich wollte ins Haus, Heio eine Nachricht dalassen, ihm kurz erklären, warum ich auf Sylt war. Ich wusste, er würde sauer sein, ein unnötiges Risiko, hätte er gesagt, nur um bei der eigenen Beerdigung dabei sein zu können ...«

Wieder stieß sie Mamma Carlotta vorwärts, aber es schien, als hätten ihre Stöße an Kraft verloren. Und sie achtete nicht mehr darauf, mit welchem Erfolg sie zustieß.

»Wie gut, dass ich nicht am Bodensee geblieben bin. Dann hätte ich nie erfahren, dass Heio mich mit dieser Pflegerin betrügt. Das war auf den ersten Blick zu erkennen. Das große Doppelbett, in dem zwei Menschen geschlafen hatten, das unberührte Bett im Gästezimmer, das für die Pflegerin hergerichtet worden war, das gemeinsam benutzte Bad ...«

»Kanntest du Tabea Helmis?« Mamma Carlotta bewegte sich nur noch zentimeterweise vorwärts, nur damit Klara Seeberg das Gefühl hatte, es ginge weiter und sie gehorche aufs Wort.

»Ich hatte sie sogar selbst ausgesucht. Natürlich nicht als Frau Seeberg, sondern als deren gute Freundin. Sie sollte ja nichts von unseren Plänen wissen. Nur ein kurzes Gespräch, dafür reichte schon eine Perücke.«

Hier hätte Mamma Carlotta gern eingehakt, um mehr von diesen Plänen zu erfahren, aber Klara Seeberg sprach schon weiter, und sie hielt es für besser, sie nicht zu unterbrechen, ihr das Gefühl zu lassen, ein Selbstgespräch zu führen, mit sich selbst ins Reine zu kommen.

»Ich bekam einen Riesenschreck, als ich sie auf der Friedrichstraße sah. Trotz meiner Verkleidung! Ganz automatisch habe ich mich geduckt, aber du hast es ja trotzdem gemerkt.«

»Du hast gesagt, du hättest deinen Mann mit seiner Freundin gesehen.«

»Und später habe ich mich totgelacht.« Tatsächlich stieß Klara Seeberg so etwas wie ein Lachen aus, ein irres Kichern. »Als du mir erzählt hast, dass du den bösen Ehebrecher vor seiner Freundin entlarvt hast.« Wieder lachte sie, und diesmal konnte sie gar nicht wieder damit aufhören. Mamma Carlotta lief eine Gänsehaut über den Rücken, während dieses Lachen in ihren Ohren gellte. Klara lachte und lachte, stieß im Rhythmus ihres Lachens mit dem Schraubenzieher zu, als wollte sie Mamma Carlotta zeigen, dass ihr Lachen sie nicht sanftmütiger machte. Aber Mamma Carlotta spürte den Schmerz gar nicht. Denn in diesem Augenblick drang ein Motorengeräusch an ihr Ohr. Weit entfernt zwar, aber es raste nicht vorüber, entfernte sich nicht Richtung List oder Kampen. Nein, es wurde ruhiger, leiser, erstarb jedoch nicht ganz. Und dann kam ein weiteres hinzu und noch eins ...

Heio Seeberg war nicht der erste Mörder, dem Erik begegnete, der im Augenblick seiner Entlarvung ein jammerndes Häufchen Elend wurde. Er hockte auf einem Stuhl, die Arme um seinen Oberkörper gewickelt, als fröre er immer noch, die Füße um die Stuhlbeine gedreht, als wollte er sich selbst festketten. Er trug eine alte Hose und einen viel zu weiten Pullover, Kleidungsstücke, die es seit Jahren im Polizeirevier Westerland gab, eigentlich für diejenigen gedacht, die nach einem Besäufnis besudelt in der Ausnüchterungszelle landeten oder nach einer Schlägerei mit blutigen oder zerrissenen Klamotten eingebuchtet wurden. Dass sich Heiko Seeberg in dieser fremden Kleidung nicht wohlfühlte, war offensichtlich. Er war ein blasser, hagerer Mann, unter besseren Umständen vermutlich gut aussehend, jetzt jedoch farblos und unscheinbar. Erik ahnte, dass er zu den Männern gehörte, die erst durch ihren Nimbus attraktiv wurden, durch ihre Umstände, durch das, was sie besaßen und gern herzeigten. Jetzt demonstrierte er nichts als Unglück. Wie aufgemalt lag es auf seinen Zügen, sodass man den Eindruck gewinnen konnte, er bemühte sich um dieses Unglück auf seinem Gesicht, damit ihm Mitleid entgegengebracht wurde.

Erik war entschlossen, ihm diesen Wunsch nicht zu erfüllen. Er wollte ihm nicht einmal die Gelegenheit geben, auf der Stelle sein Gewissen zu erleichtern. Deswegen tat er ihm auch nicht den Gefallen, sich nach Tabea Helmis und der Frau zu erkundigen, die mit ihm in Apartment 508 gewohnt hatte. Stattdessen fragte er leichthin: »Warum haben Sie sich nicht ins Auto geflüchtet? Vergessen? Und dann nicht den Mut gehabt zurückzukehren?«

»Zu spät gekommen bin ich«, antwortete Seeberg weinerlich. »Der Wagen war schon weg. Hätte ich mir ja denken können. Sie fackelt nicht lange.«

»Sie?« Erik gab sich uninteressiert, zupfte an seinen Hemdsärmeln und sah Heio Seeberg nicht an. »Wer?«

Die Stille entstand so plötzlich, als wäre sie mit einem gewaltigen Satz zwischen sie gesprungen. Unerwartet war sie gekommen, und ohne jede Erklärung stand sie da.

Nun blickte Erik auf und sah, dass Heio Seeberg mit sich rang. »Ihre Frau?« Er genoss den überraschten Blick. »War sie dabei, als Sie Tabea Helmis umgebracht haben? Hat sie Ihnen sogar geholfen? Warum musste Tabea sterben? Wurden Sie von ihr unter Druck gesetzt?«

Heio Seeberg starrte Erik an. »Tabea? Sie ist nicht tot. Verlassen hat sie mich. Einfach weggegangen. Klara hatte es ja gleich gesagt. Die ist nur an der Million interessiert, hat sie prophezeit. Die kommt morgen nicht wieder. Die will ein schönes Leben in der Karibik, nicht in einem Versteck, nicht mit einem Mann, der mit einem Bein im Gefängnis steht. Wegen Versicherungsbetrug.«

»Tabea hat Sie verlassen?«, fragte Sören ungläubig.

»Sie hat gesagt, sie geht joggen. Wie jeden Tag. Aber dann kam sie nicht wieder. Und alles, was ihr wichtig war, hatte sie mitgenommen. Ihre Schminksachen, ihren Pass, ihr Geld. Alles, was sie tragen konnte, ohne dass es mir auffiel. Klara hatte es vorhergesagt.« Er beugte sich vor, verschränkte die Hände zwischen den Knien und seufzte tief. »Ich war so froh, dass sie mir verziehen hat. Ohne Klara ...«

Erik und Sören warfen sich einen Blick zu. Beiden ging es ähnlich: Was Heio Seeberg gesagt hatte, klang ehrlich.

Sören schüttelte sich, als wollte er diesen Gedanken so schnell wie möglich wieder loswerden. »Tabea Helmis ist tot, Herr Seeberg. Sie wurde erwürgt. In Ihrem Auto.« Nun fand Erik, dass es an der Zeit war, die gemütliche Vernehmung aufzugeben und die Fragen auf Heio Seeberg abzuschießen. »Und was ist mit der Frau, die in der zweiten Etage wohnte? Sie nannte sich Lilly Heinze. Augenscheinlich wurde sie gewaltsam aus ihrer Wohnung gebracht. Und wissen Sie, was wir dort gefunden haben? Einen kleinen Teil einer Zigarettenpackung. Peel Menthol Orange! Eine seltene Marke.«

Heio Seeberg blickte ihn an, als könnte er nicht folgen. Mühsam rang er sich die Frage ab: »Tabea ist tot? Umgebracht?« Er schlug die Hände vors Gesicht und begann zu weinen. »Oh Gott! Meine arme Kleine!«

Klara Seeberg wurde unruhig. »Was sind das für Autos?«

Sie machte einen langen Hals, um zu erkennen, was auf dem Parkplatz vor sich ging. Natürlich waren sie viel zu weit weg, aber Mamma Carlotta glaubte dennoch einen Lichtschein zwischen den Bäumen zu erkennen. Ganz schwach. Oder war es nur Einbildung? Konnten das Scheinwerfer sein? War Tove gekommen, um sie zu retten? Nein, sie hatte mehrere Autos gehört, nicht nur einen Motor.

Schon wieder röhrte ein Wagen heran. Der Motor erstarb, eine Tür schlug zu. Von weit her kamen diese Geräusche, gedämpft und beinahe unwirklich, aber da die Nacht still war, glitt jeder Laut, jede Unruhe durch sie hindurch wie ein schwacher Lichtschein durch einen dünnen Vorhang.

Mamma Carlotta veränderte ihre Körperhaltung vorsichtig, nur minimal. Millimeterweise wandte sie sich zurück, unbemerkt von Klara Seeberg, die nach wie vor angestrengt lauschte. Sie war abgelenkt, keine Frage. Eine Chance? Mamma Carlotta war nicht sicher. Sie würde einen gehörigen Vorsprung brauchen, wenn sie eine echte Chance haben wollte. Klara Seeberg sah sehr sportlich aus, eine mollige italienische Mamma würde gegen sie wenig ausrichten können. Und wie würde Klara reagieren, wenn sie Angst bekam, wenn sie fürchtete, nicht ungesehen verschwinden zu können? Mamma Carlotta wusste es nicht. Eins jedoch wurde ihr unmissverständlich klar: Sie musste es wagen. Aufgeben, ohne den Versuch zu machen, ihr Leben zu retten? Nein, niemals!

Als sie sich in eine Ausgangsposition manövriert hatte, die ihr aussichtsreich erschien, entschloss sie sich zum Angriff. Sie stieß Klara Seeberg mit so großer Kraft weg, dass diese rückwärts taumelte und zu Boden fiel. Wie schnell sie wieder auf den Beinen war, konnte Mamma Carlotta nicht mehr sehen. Sie war schon losgelaufen. Sie rannte um ihr Leben, ohne zu wissen, wohin sie trat, ohne zu ahnen, welche Chance sie hatte. Sie trat auf Steine, die sie ins Wanken brachten, streifte Grasbüschel, die sie straucheln ließen, kam vom Weg ab und hatte urplötzlich einen Busch vor sich, den sie umrunden musste. Das kostete sie einen guten Teil ihres Vorsprungs. Nun konnte sie Klaras Schritte hinter sich hören, ihr Schnauben, ihr Keuchen. Sie wurde sogar von ihren Fingerspitzen berührt, aber gerade noch rechtzeitig konnte sie sich entziehen und weiterlaufen. Weiter, weiter, immer weiter ...

Mittlerweile war es halb zwei. Sören hing auf seinem Stuhl, als könnte er jeden Moment herunterfallen, der kurze Aufschwung, den Erik kurz vorher erlebt hatte, geriet in einen klaren Abschwung. Auch er selbst war todmüde. Dieses Verhör brachte sowieso nichts. Er musste morgen noch einmal von vorn beginnen, wenn er einigermaßen frisch und ausgeruht war.

Heio Seeberg war dabei geblieben, dass er mit Tabeas Tod nichts zu tun hatte und von der Frau, die in der zweiten Etage vom ›Haus am Meer‹ wohnte, nichts wusste. Er sei in seinem Versteck geblieben, weil Klara es so gewollt hatte. Er hatte ja immer getan, was sie wollte, und er war gut dabei gefahren. Einmal hatte er sich gegen ihren Willen für etwas entschieden, was dann prompt zur geschäftlichen Katastrophe geführt hatte. Und beim zweiten Mal, als er sich in eine junge Frau verliebt hatte, die nicht so stark und überlegen gewesen war wie Klara, war alles noch schlimmer geworden. Immer wieder wurde er von Weinkrämpfen geschüttelt. Dass seine Trauer um Tabea gespielt war, konnte Erik nicht glauben. Selbst das winzige Leuchten, das in Seebergs Augenwinkeln aufblitzte, fast wie ein Lächeln, erschien ihm authentisch. Tabea hatte ihn nicht verlassen! Sie war von seiner Seite gerissen worden. Bei aller Trauer gab es in dieser Erkenntnis ein kleines Glück, das schon im nächsten Augenblick zu noch größerer Verzweiflung führte. Tabea hatte mit ihrem Leben dafür bezahlt, dass er versucht hatte, sich von seiner Frau zu befreien. Er selbst hatte alles verloren, und Klara ... ja, Klara war sogar zur Mörderin geworden.

Das jedenfalls behauptete er immer wieder, schluchzend, stammelnd, aufbegehrend. »Sie hatte die Möglichkeit, mich zu belasten. Das war ihre Vergeltung. Sie hat nur so getan, als hätte sie mir verziehen, in Wirklichkeit hat sie einen Plan geschmiedet, sich an mir zu rächen. Ja, das passt zu Klara!«

Erik hatte ihn ungläubig angesehen, aber gleichzeitig gespürt, wie eine kleine Einsicht in ihm heranwuchs. Könnte es tatsächlich so gewesen sein? Oder wollte Seeberg nur die Schuld von sich auf seine übermächtige Frau lenken?

»Sie konnte den Autoschlüssel nehmen, sie wusste, wo ich den Kia abgestellt hatte. Und von einer Zigarettenpackung etwas abzureißen und es an einem angeblichen Tatort zu platzieren, das war für sie eine Kleinigkeit.«

Erik stand auf und registrierte Sörens Dankbarkeit, der auf das Ende dieser nächtlichen Unternehmung hoffte. »Abführen«, sagte er zu dem Kollegen, der neben der Tür gestanden und das Gespräch verfolgt hatte. »Wir machen morgen weiter.«

Heio Seeberg sah aus, als wollte er protestieren, aber auch er war viel zu müde für eine Auseinandersetzung. Vielleicht hatte er auch gar nicht damit gerechnet, dass er freikommen würde, denn er fügte sich ziemlich schnell.

Als Seeberg abgeführt worden war, sah Sören seinen Chef nachdenklich an. »Kann es sein, dass er die Wahrheit sagt?«

Erik strich sich in aller Ruhe seinen Schnauzer glatt, ehe er antwortete: »Ja, es könnte sein. Ist die Fahndung nach dem Toyota rausgegangen?«

»Nicht nur das«, ertönte eine Stimme von der Tür her. »Wir haben sogar schon eine Meldung.« Nico, ein Kollege der Nachtschicht, grinste breit, als er das Verhörzimmer betrat. »Sie können zwei Fliegen mit einer Klappe schlagen! Ein Kollege aus List hat gemerkt, dass auf dem Parkplatz vor der Vogelkoje was los ist. Da scheint sich wieder eins von diesen Straßenrennen zu formieren. Deswegen hat er ein bisschen genauer hingeguckt und dabei den roten Toyota Lexus gesehen. Wenn die Kfz-Nummer auch unbekannt ist, so häufig ist dieser Wagentyp ja nicht. Eine Fahrt nach Kampen dürfte sich lohnen.«

Sören stöhnte auf, Erik reagierte auch nicht halb so erfreut, wie Nico es erwartet hatte.

»Der Lister Kollege«, fuhr Nico fort, »ist übrigens in Deckung geblieben. Er wollte die fröhliche Runde nicht gleich aufscheuchen, sondern erst mal schauen, was passiert. Wir wollen diese Straßenrennen ja nicht nur verhindern, sondern auch nachweisen, oder?«

Aus der Finsternis ragte mit einem Mal etwas auf und stellte sich in den Weg. Ein Baum, ein Pfeiler, ein Mast? Nein, es bewegte sich. Ein Mensch! Ein großer, breiter Mann, der aussah, als wollte er ihr den Weg versperren.

»Hilfe!« Jetzt endlich brachte Mamma Carlotta das Wort heraus, für das ihr bis zu diesem Augenblick die Kraft gefehlt hatte. »Hilfe!«

Der große, breite Mann hatte sie gehört, er kam auf sie zu. Beide Arme hatte er ausgebreitet, als wollte er sie auffangen. Vielleicht wollte er aber auch Klara daran hindern, auszuweichen und in eine andere Richtung zu fliehen. Oder er wollte sie beide haben, Täterin und Opfer. Mamma Carlotta hielt auf ihn zu. Egal, wer er war, er würde ihr helfen, allein durch seine Anwesenheit. Sie stolperte, hielt sich nur mit Mühe aufrecht, verlor Sekunden ... aber die waren jetzt nicht mehr kostbar. Sie war nicht mehr allein. Der Teufel, der sie jagte, konnte ihr nichts mehr anhaben.

»Hilfe!« Nun konnte sie nur noch keuchen. Und als sie erkannte, wer der große, breite Mann war, ließ sie sich einfach vornüberfallen und vertraute darauf, dass er sie auffing. Die Schritte hinter ihr, die so bedrohlich gewesen waren, entfernten sich. Aber das nahm sie nur am Rande wahr.

»Nun mal langsam, min Deern, immer mit der Ruhe.« Toves Stimme hatte noch nie so sanft geklungen. Vielleicht kam es Carlotta aber nur so vor, weil alles, was sich von Klaras hasserfülltem Keifen unterschied, Musik für ihre Ohren war.

»Wie kommen Sie hierhin? Wieso sind Sie ...?«

»Ganz ruhig. Kommen Sie erst mal zu Atem.«

»Klara Seeberg ... die Frau, die hinter mir her ist ... sie wollte mich umbringen. Sie darf nicht ...«

»Schon gut, Signora, sie kann nicht weg, wir haben ihren Wagen blockiert. Höchstens zu Fuß, aber da wird sie nicht weit kommen.«

»Wir müssen ... schnell ...«

»Hören Sie endlich auf zu sabbeln! Gibt's denn keinen Moment in Ihrem Leben, in dem Sie mal den Mund halten können?«

Mamma Carlotta erschrak. So, wie man auch über ein großes Glück und eine unerwartete positive Wendung erschrecken konnte. Sie erschrak darüber, dass Tove es schaffte, sie in Sekundenschnelle nicht nur aus der Gefahr zu retten, aus ihrer Angst zu befreien, sondern sogar mit einem einzigen kräftigen Stoß dorthin zu befördern, wo sie hingehörte, wo sie sein wollte. Das riesige Glück, die große Erleichterung schwanden auf wundervolle Weise dahin, sodass sie wieder in ihrem normalen Leben landete. Von einem Moment zum anderen. Glück und Erleichterung waren eben leicht verderbliche Gefühle, Beständigkeit fand man in anderen. Zum Beispiel in Toves Bärbeißigkeit. »Klappe!«

Vom Parkplatz her klangen nun Schreie, Klara Seeberg keifte, laute Stimmen antworteten ihr. Ihr war es offenbar gelungen, durch das dichte Gestrüpp zu steigen und über einen Zaun zu klettern, von dem die Vogelkoje umschlossen war. Klar, sie wollte zu ihrem Auto, um so schnell wie möglich zu verschwinden.

»Ich habe gesehen«, sagte Tove, »wie der rote Toyota aus der

Tiefgarage raste. Da habe ich mir gleich gedacht, dass Sie da drin sitzen. Sie hätten ja längst zurück sein müssen. Gerade hatte ich Fietje losgeschickt, damit er Sie sucht. Der wird sich fragen, wo ich geblieben bin ...«

»Was sind das für Leute?« Mamma Carlotta wollte sich losreißen, aber Tove hielt ihren Arm so fest umklammert, dass sie keinen Schritt weiterkam.

»Heute soll wieder ein Rennen stattfinden, das wusste ich.«

»Die Rennfahrer also.«

»Ich wollte nichts damit zu tun haben, ehrlich. Aber als mir klar wurde, wohin Ihre Reise ging, habe ich dafür gesorgt, dass alle ein bisschen früher hier eintreffen.« Sie sah es nicht, aber sie hörte das Grinsen in seiner Stimme. »Dummerweise ist auch Ihre Enkelin dabei.«

Mamma Carlotta fuhr zusammen. »Carolin? Mit Enricos Wagen?«

»Und mit Ronni. Der hat sie wohl zu dem Straßenrennen eingeladen. Ohne Auto hätte er ja nicht mitmachen können.«

»Das ist ja ...« Wieder wollte sich Mamma Carlotta losreißen, aber auch diesmal wurde sie mit roher Kraft zurückgehalten.

»Und dann kam da gerade noch ein Moped an. Ida fuhr, und Ihr Enkel saß hinten drauf.«

»Dio mio!«

»Wollen Sie denen etwa in die Arme laufen?«

»No, no! Auf keinen Fall! Andererseits ... noch ein Straßenrennen? Mit Carolina und Felice? Das muss verhindert werden.«

»Da wird nix draus. Dafür sorge ich schon.«

»D'accordo.«

»Besser, wir sind ganz vorsichtig. Ich stehe Schmiere, während Sie zu meiner Karre laufen. Wenn Sie rauskommen, gleich links. Die Beifahrertür ist offen.« Nun endlich war er bereit, mit ihr zum Eingang zu gehen. Aber ein paar Meter vorher hielt er sie noch einmal zurück. »Sie warten hier! Wenn die Luft rein ist, sage ich Ihnen Bescheid. Dann rennen Sie los. Klar?«

»Ho capito!« Mamma Carlotta konnte nur noch flüstern. »Heiliger Adone von Arezzo!« Worauf hatte sie sich da eingelassen?

Nun waren sie dem Licht näher gekommen, sie konnte Toves Gestalt gut erkennen. Er hatte einen Arm nach hinten gestreckt, wohl um ihr zu zeigen, dass sie zurückbleiben solle, und pirschte sich langsam an das Eingangstor heran, das schief in den Angeln hing. Sie folgte ihm, obwohl er ihr immer wieder Zeichen gab, dass sie abwarten sollte. Aber sie konnte jetzt nicht warten. Völlig unmöglich! Sie musste sehen, was mit Klara Seeberg geschah, musste unbedingt einen Blick auf Carolin und Felix werfen, und sie wollte in Sicherheit sein. Raus aus diesem Gelände, wo so schreckliche Dinge geschahen. Rein in Toves Lieferwagen, wo Klara Seeberg ihr nichts mehr anhaben konnte und wo sie vor den Blicken ihrer Enkel geschützt war.

»Verdammter Mist!«, hörte sie Tove flüstern. »Die Bullen.«

»Enrico?«

»Nee, die aus List, die mir das letzte Mal den Wagen flottgemacht haben. Dass aus dem Straßenrennen heute Nacht nix wird, steht schon mal fest.«

Mamma Carlotta blieb wie angewurzelt stehen. Sie hörte eine laute Stimme, ohne zu verstehen, was sie sagte, vernahm aber gleichzeitig ganz klar, was sich änderte. Jeder auf dem Parkplatz schien nun zu reden, eine Stimme wollte lauter sein als die andere. Eine junge Frau schrie auf, männliche Stimmen übertönten sie, eine herrische Stimme brüllte unverständliche Befehle, die mit einem Tumult beantwortet wurden. Mamma Carlotta konnte zwar nichts sehen, aber das hörte sich nach einer Schlägerei an.

Unhörbar schlich sie sich in Toves Rücken und sah über seine Schulter, obwohl er versuchte, sie zurückzudrängen. Viel konnte sie nicht erkennen, aber tatsächlich sah es so aus, als gäbe es ein Handgemenge, als schlüge jemand auf einen anderen ein, als versuchte der Polizist, zwei Streithähne zu trennen. Oder war er selbst es, der Gewalt anwendete?

»Verdammter Mist! Was geht da ab?«, flüsterte Tove. »Das läuft ja total aus dem Ruder!«

»Come?« Mamma Carlotta machte entschlossen einen Schritt an seine Seite. Und in diesem Augenblick, noch ehe Tove sie wegschieben konnte, sah sie es auch. Klara Seeberg löste sich aus dem Durcheinander, ganz vorsichtig, Schritt für Schritt. Der Polizist lieferte sich immer noch ein Wortgefecht mit den Umstehenden, und Klara hatte es schon geschafft, sich in ihren Rücken zu manövrieren. Dann, als niemand mehr auf sie achtete, drehte sie sich um und rannte los. Auf den Eingang des Naturreservats, direkt auf Tove und Mamma Carlotta zu.

Was ist da los?« Erik schnallte sich schon ab, obwohl Sören noch mal ordentlich Gas gab, um keine Sekunde zu versäumen. Die Müdigkeit, unter der sie am Ortsausgang von Kampen noch gelitten hatten, fiel nun von ihnen ab. Erik zeigte auf den Streifenwagen, der auf dem dämmrigen Parkplatz am besten zu erkennen war, weil sein Blaulicht flackerte. »Die Kollegen haben sich nun doch eingemischt. Da muss was passiert sein! Nehmen Sie Ihre Waffe mit.« Er selbst hatte mal wieder nicht daran gedacht, sich zu bewaffnen.

Mehrere Autos standen auf dem Parkplatz der Vogelkoje, der rote Toyota in ihrer Mitte, von den anderen Wagen umzingelt. Hennes, der Polizist von List, hatte den Streifenwagen ein Stück entfernt abgestellt, vor einem Lieferwagen, dessen Fahrer, wenn er auftauchen sollte, vor dem gleichen Problem stehen würde wie die Fahrerin des Toyota Lexus.

Hennes stand vor ein paar jungen Männern, die auf ihn einredeten, während sein Kollege, den Erik nicht kannte, in die Vogelkoje lief. Im Nu wurde er von der Dunkelheit verschluckt.

Erik und Sören sprangen aus dem Wagen, Sören mit der Pistole im Anschlag. »Wo ist Klara Seeberg?«, rief Erik. »Die Frau, der dieser Wagen gehört.«

Hennes sah ihn verwirrt an. »Hat sich verdrückt. So was passiert ja gelegentlich, wenn Frauen Angst haben. Dieter holt sie zurück, der ist schon unterwegs.«

»Angst? Sie hatte Angst?« Sören nahm seine Pistole herunter. »Wovor?«

Hennes zeigte auf die drei jungen Männer. »Die Frau ist belästigt worden. Ich wollte ja eigentlich auf euch warten und mir erst mal ansehen, wie das Straßenrennen abläuft. Aber dann habe ich gesehen, wie sie diese Frau angegangen sind. Da musste ich einschreiten.« Er wies auf den roten Toyota, als wäre er ein Beweisstück. »Erst zuparken, dafür sorgen, dass die Frau nicht wegkommt, und dann ...«

»Wir müssen sie zurückholen! Sofort!« Erik kniff die Augen zusammen, um trotz der schwachen Lichtverhältnisse sehen zu können, ob Hennes bewaffnet war. »Nehmen Sie Ihre Knarre und folgen Sie der Frau. Aber Vorsicht! Die ist gefährlich.«

Hennes sah ihn entgeistert an. »Wie kommen Sie denn darauf?«

»Erkläre ich Ihnen später. Tun Sie jetzt einfach, was ich sage.« Erik gab Sören mit einer Kopfbewegung zu verstehen, dass er den Lister Polizisten nachlaufen sollte. »Ich bleibe hier, damit uns unsere Zeugen nicht abhauen.« Er streckte den jungen Männern die Hand hin. »Ihre Papiere bitte.«

Während sie ihre Hosentaschen durchsuchten, wanderte sein Blick von einem Wagen zum anderen. An einem dunkelblauen Ford, der dicht hinter einem Peugeot stand, blieb sein Blick hängen. Das durfte doch nicht wahr sein!

Er nahm den Führerschein und die beiden Personalausweise, die ihm hingehalten wurden, nicht entgegen, sondern ging um den Peugeot herum. Das Auto, vor dem er jetzt stand, kannte er genau. Hinter dem Steuer saß der Anstreicher, so klein, als wollte er sich unsichtbar machen, und auf dem Beifahrersitz seine Tochter, die ihn anstarrte wie an ihrem dritten Geburtstag, als ihm ein Zauberer eine Papierblume aus dem Ärmel zog.

Erik suchte Halt an dem Außenspiegel des Peugeots. Beinahe hätte er an seine Brust gegriffen, weil er es für möglich hielt, dass ein Herzanfall im Anmarsch war. Als die Türen sich öffneten, war er jedoch froh, dass er sich diese Theatralik versagt hatte. So richtete er sich nur kerzengerade auf, als Carolin ausstieg. »Hi, Papa!« Und er kniff die Augen zusammen, als der Anstreicher um die Motorhaube auf ihn zukam. »Moin, Herr Hauptkommissar.«

Hinter dem Wagen rief eine helle Stimme: »Ciao, Papa!«

Felix nahm den Helm vom Kopf, und auch Ida nestelte an dem Verschluss ihres Helms. »Wir dachten, dass es besser ist, ein Auge auf Caro und Ronni zu haben.«

Carolin fuhr herum, hatte anscheinend einiges auf der Zunge liegen, aber als Ida ergänzte: »Straßenrennen sind schließlich gefährlich«, klappte sie den Mund wieder zu und schwieg.

Erik musste sich große Mühe geben, Herr der Lage zu bleiben, die Vorwürfe herunterzuschlucken, die in dieser Umgebung fehl am Platz waren, und sich zu sagen, dass er hier als Polizist stand und nicht als Vater. Er wünschte sich, Sören würde zurückkehren und ihm bei der Bewältigung dieser Situation helfen. Er fühlte sich komplett überfordert, als Vater sowie als Polizeibeamter. Hilflos rettete er sich in einen Akt, in dem er Übung hatte und sich sicher fühlte. »Ihre Papiere.«

Er nahm die drei an sich, die ihm schon kurz vorher ausgehändigt werden sollten, und sah zu, wie der Anstreicher in seiner Jacke herumsuchte.

»Ihr Name?«, fragte er, um die Stille zu überbrücken.

»Mensch, Papa!«, rief Felix. »Wieso kannst du dir Ronnis Namen nicht merken?«

Nun hatte der Anstreicher seinen Personalausweis gefunden. »Ronald Borix. Aber Sie kennen mich ja.«

Langsam wiederholte Erik den Namen, als wären es vier Silben, deren Zusammenhang er nicht erkannte. »Ronald Borix.« Verwirrt sah er den Mann an. Ich glaube, ich werde alt, dachte er. Bei seinem Vater hatte es wesentlich später angefangen, dass er sich neue Namen nicht merken konnte. Er selbst war doch noch nicht einmal fünfzig!

Mamma Carlotta lag bäuchlings im Dreck. Sie hatte sich im letzten Augenblick in den Graben neben dem Weg geworfen und Tove, der sich noch ratlos nach rechts und links gedreht hatte, mit sich gezogen. Er war über sie gestolpert und dann mit einem so hörbaren Plumps zu Boden gefallen, dass Carlotta schon glaubte, Klara habe sie bemerkt.

»Still«, zischte sie Tove zu, während Klara Seeberg mit großen Schritten an ihnen vorbeihastete, kopflos, ohne etwas zu sehen und zu hören.

Fluchend richtete Tove sich auf. »Wir hätten uns ihr in den Weg stellen sollen. Was kann sie uns denn schon anhaben? Wir sind zu zweit. Und ihr dummer Schraubenzieher ...«

Carlotta unterbrach ihn. »Wetten, dass gleich jemand die Verfolgung aufnimmt?«

Schon im nächsten Augenblick duckte Tove sich wieder.

»Stehen bleiben! Polizei!«, schallte es durch die Nacht.

Zwei Männer liefen mit schweren Schritten an ihnen vorbei, Mamma Carlotta und Tove machten sich so klein wie möglich. Mit angehaltenem Atem warteten sie, dann hob sich Carlotta auf alle viere und spähte durchs Gebüsch. »Jetzt nur schnell weg hier, ehe einer von denen zurückkommt.«

In der Ferne hörten sie einen hellen Schrei. Klara Seeberg? Ja, das musste sie sein. Zwei Männerstimmen waren nun zu hören und das wütende Gekreische einer Frau. »Sie haben sie.«

Tove war nun ebenfalls der Meinung, dass sie an diesem Ort nicht länger bleiben sollten. Schwerfällig stand er auf und klopfte sich den Schmutz von der Hose. Das hatte Mamma Carlotta bei ihrer eigenen schon längst erledigt und zog ihn auf den Weg zurück. »Schnell! Weg hier!«

Sie schlichen zu der Holzpforte, die nun weit offen stand, Tove voran, Mamma Carlotta in seinem Schatten. »Vorsicht, Signora! Erst mal die Lage sondieren.« Er schob seinen Oberkörper so weit vor, wie es ging, und sorgte dafür, dass Carlotta hinter ihm blieb. »Verdammt! Nun auch noch Ihr Schwiegersohn!«

»Dio mio!« Die gesamte Familie! Mamma Carlottas erster Gedanke war, dass die Kinder längst zu Hause sein und im Bett liegen müssten, der zweite war jedoch weitaus alarmierender. »Enrico darf mich nicht sehen. Wir müssen irgendwie in Ihren Wagen kommen, ohne dass man uns bemerkt.«

»Schön und gut. Aber dieser Bulle hat meine Karre blockiert. Dieser Torfkopp! Wir kommen hier nicht weg.«

»Aber wenigstens ins Auto. Dort können wir uns verstecken! Prego!«

Tove zögerte, dann sagte er: »Jetzt! Und so tief wie möglich ducken.«

Mamma Carlotta warf nur einen ganz kurzen Blick nach rechts, während sie loslief. So klein wie möglich machte sie sich, hielt den Blick starr geradeaus gerichtet, in der Hoffnung, dass sie, wenn sie niemanden ansah, selbst auch nicht gesehen wurde. Sie sah nur auf Toves Lieferwagen, auf die rettende Tür.

Gleichzeitig sprangen sie in den Wagen, so geräuschlos wie möglich zog Tove die Tür ins Schloss, und tief drückten sie sich in die Sitze, um nicht gesehen zu werden. Schwer atmend saßen sie da, keuchend, stöhnend.

»Wie lange wird es dauern, bis dieser Torfkopp seinen Wagen wegfährt?«, flüsterte Tove.

»Und was, wenn er uns sieht?«

»Wir müssen uns in den Fußraum kauern, sobald er sich nähert. Damit er denkt, der Wagen wäre leer.«

Nun war es schon wieder vorbei mit Mamma Carlottas Erleichterung. Toves Lieferwagen, der ihr ein paar Augenblicke vorher noch Schutz versprochen hatte, war nun zur nächsten Gefahr geworden. »Wir müssen hier weg.«

»Wie denn? Wollen Sie zu Fuß nach Wenningstedt laufen?«

Er griff nach ihrem Arm und sorgte dafür, dass sie sich noch tiefer duckte. »Hennes kommt zurück. Das ist der Bulle, der uns schon das letzte Mal in flagranti erwischt hat.«

Mamma Carlotta tat, was Tove wollte, rutschte noch tiefer in ihren Sitz und schloss auch diesmal die Augen, um nicht sehen zu müssen, was ihr bevorstand. Sie wartete auf ein beruhigendes Wort von Tove, auf »Der sieht uns nicht« oder »Der geht vorbei«, aber nichts dergleichen kam von ihm. Mamma Carlotta riskierte einen Blick. Und als sie Tove sah, wusste sie, dass sie ein neues Problem hatte. Er starrte konsterniert geradeaus, zu jemandem, der auf seinen Lieferwagen zukam. Dann fuhr er so plötzlich zu Carlotta herum, dass sie einen Schrecken bekam. »Tut mir leid, Signora. Das geht jetzt nicht anders.«

Damit zog er sie in seine Arme und tat das, was sie niemals wieder erleben wollte. In ihrem ganzen Leben nicht! Er küsste sie. Er beugte sich sogar mit seinem ganzen Körper so weit wie möglich über sie, bedrängte sie mit seinem Gewicht, seinem Körpergeruch, seinen Händen und bändigte ihre Abwehr. Und obwohl sie wusste, dass er all das nur tat, damit der Polizist, der sich ihrem Auto näherte, nichts von ihr zu sehen bekam, hätte sie ihm am liebsten eine Ohrfeige verpasst.

Erik hatte das Gefühl, seine Umgebung doppelt zu sehen, als sei er schwer betrunken. Besorgt blickte er nach links zu Sören, der sich immer wieder über die Augen rieb.

»Zwei, drei Stunden Schlaf, mehr ist nicht drin.« Er dachte mit Schaudern an den nächsten Tag. »Ich muss sogar einen schwarzen Anzug anziehen und einen guten Eindruck machen.«

»Und ich muss die Vernehmungen allein durchführen?« Sören sah seinen Chef fragend an, als bestünde die Hoffnung, dass er die Beerdigung absagen und stattdessen im Polizeirevier erscheinen könne.

»Heio Seeberg können wir noch eine Weile schmoren lassen. Es sieht ja alles danach aus, als sagte er die Wahrheit. Aber Klara Seeberg würde ich am liebsten jetzt schon verhören. Sie soll mir endlich erzählen, wer die Frau ist, die sich Lilly Heinze nannte. Und wo sie geblieben ist. Stellen Sie sich vor, die arme Frau ist irgendwo eingesperrt!«

Sören war sogar für diese Vorstellung zu müde. Er setzte Erik am Süder Wung ab, wo bereits sein Auto vor der Tür und ein Moped direkt daneben stand, und machte keinen Hehl daraus, dass er postwendend in seine Wohnung fahren und dort ins Bett fallen wollte.

»Ronald Borix«, murmelte Erik, während er sich abschnallte. »Caro wird mir eine fürchterliche Szene machen, weil ich ihn verhaftet habe. Aber der Kerl hat mir einiges zu erklären. Warum ist er nicht in seinen Wohnwagen zurückgekehrt? Wie ist er an den Kia von Seeberg gekommen, um damit ein Straßenrennen zu fahren? Warum hat er sich zusammen mit Wyn Wildeboer in Seebergs Haus verschanzt? Und er soll mir klipp und klar ins Gesicht sagen, dass er mich zu Hause belauscht und dann alles verraten hat.«

»Das mit Wyn Wildeboer«, sagte Sören nachdenklich, »ist ja richtig tragisch. Kein Wunder, dass Jorin Freesemann unter Schuldgefühlen leidet.«

Erik war zu müde für Mitgefühl. »Klar, er hatte einen guten Grund, Freesemann anzugehen. Der sollte endlich die Wahrheit sagen. Aber Freesemann ist ein harter Hund. Da konnte Wildeboer noch so auf ihn einprügeln, der hat nicht nachgegeben.«

»Wegen gefährlicher Körperverletzung ist er nun dran.«

Erik stieg aus und rief, ehe er die Beifahrertür ins Schloss warf: »Aber nun erst mal: Gute Nacht!«

Während er auf die Haustür zuging und in der Jackentasche nach seinem Schlüssel suchte, warf er einen Blick in den Himmel, auf dem sich bereits das erste Licht des Morgens zeigte. Er nahm sich fest vor, sich auf keine Diskussion mit seiner Schwiegermutter einzulassen, ihr nicht zu erklären, warum er diese Nacht in seinem eigenen Bett verbrachte, wo sie ihn doch bei Svea vermutete, und auf keinen Fall die Frage zu erörtern, warum die Kinder so spät nach Hause gekommen waren, dass ihre Nonna sich entsetzlich gesorgt hatte und schon drauf und dran gewesen war, die Polizei zu verständigen, und warum ihr Vater seine Erziehungsaufgaben sträflich vernachlässigte, indem er es hinnahm, dass seine Kinder sich die ganze Nacht herumtrieben ... Nein, er würde die Treppe hochsteigen, sich auch nicht von Carolins Tränen am Zubettgehen hindern lassen und notfalls sogar den Schlüssel herumdrehen, damit er nicht gestört wurde. Auch dass Ronald Borix sein Auto benutzt hatte, um zu Freesemann zu fahren und dafür zu sorgen, dass Wyn Wildeboer von ihm abließ, wollte er heute nicht mehr erörtern. Nicht einmal die Frage, wie Carolin dazu gekommen war, sein Auto zu verleihen und ihm auf Nachfrage schamlos ins Gesicht zu lügen. Erst morgen würde er entscheiden, ob hier mildernde Umstände galten. Nein, nicht morgen, erst übermorgen. Morgen würde er neben Svea am Grab ihrer Mutter stehen und dafür sorgen, dass sie stolz auf ihn war.

Während Mamma Carlotta im Badezimmer stand und ihre Abendtoilette machte, summte, brummte, kreiselte, rumorte, hüpfte, schluchzte und säuselte es. Zum ersten Mal in ihrem Leben machte sie sich Sorgen um ihre Gesundheit. Konnte eine Frau, die auf die sechzig zuging, derartige Aufregungen ertragen, ohne Schaden zu nehmen? Ihre Nachbarin in Panidomino, Signora Gerola, hatte schon von Gefahren für Herz, Kreislauf, Galle und Magen gesprochen, als die Tomatenernte, der Besuch des Gynäkologen und die Reparatur ihres Pizzaofens auf einen Tag fiel. Signora Gerola hatte ja keine Ahnung! Wenn sie wüsste, was Carlotta Capella in der vergangenen Nacht hatte überstehen müssen!

Diesmal war kein Wort über ihre Lippen gekommen, nachdem der Polizist sich gönnerhaft bereit erklärt hatte, den Wagen wegzustellen, damit Tove Griess mit der Dame, die sich auf keinen Fall zu erkennen geben wollte, heimfahren konnte.

»Such dir ein anderes Plätzchen zum Schnackseln aus, Tove! Hier hast du ja keine Ruhe.«

Beinahe ohne die Lippen zu bewegen, hatte Tove gesagt, als er den Lieferwagen zurücksetzte: »Vorsicht, Ihr Schwiegersohn kommt! Nicht aufblicken!«

Mamma Carlotta hatte sich so tief wie möglich nach vorn gebeugt, das Gesicht in ihren Schoß vergraben, und den Schutzheiligen ihres Dorfes angefleht, sie vor Bloßstellung zu bewahren. »Heiliger Adone von Arezzo!«

Ihre Mutter hatte ihr eingeschärft, den Namen des Heiligen nicht überzustrapazieren und nur um seine Hilfe zu bitten, wenn es wirklich nötig war, wenn die eigene Kraft nicht ausreichte, um aus einer Gefahr herauszukommen. Wer seine Hilfe in Anspruch nahm, um es sich einfach zu machen, würde im Ernstfall nichts von ihm erwarten können. Und sie hatte recht gehabt. Da Carlotta ihn niemals angerufen hatte, wenn ein Essen anbrannte oder eine Laufmasche zehn Minuten vor der kirchlichen Trauung einer Nichte die Freude an der Hochzeit empfindlich störte, wurde sie jetzt belohnt. Nur in großer Gefahr ließ er sich erweichen – und die war in diesem Fall unbedingt gegeben.

Erik war tatsächlich stehen geblieben, als Hennes ihm erklärte, dass der Wirt von Käptens Kajüte nur rein zufällig auf diesem Parkplatz stand. Mamma Carlotta hörte, wie er sagte: »Der hat hier mal wieder rumgeknutscht.«

Wie gut, dass Erik genug anderes zu tun hatte! So gelang es ihr, zu Hause anzukommen, ehe die Kinder eintrafen. Ihr Gesicht war ohnehin schon von Sorge gezeichnet, sie musste sich gar nicht anstrengen so auszusehen, dass sie glaubten, ihre Nonna um den Schlaf gebracht zu haben. Dass Carolin wortlos in ihr Zimmer ging, hätte ihr unter anderen Umständen keine Ruhe gelassen, in dieser Nacht aber war sie zufrieden, dass sie ihr schauspielerisches Talent nicht weiter unter Beweis stellen musste. Vielleicht würde es ihr morgen beim Frühstück besser gelingen, alles, was sie längst wusste, als unerhörte Neuigkeit mit vielen erstaunten Ausrufen zu quittieren.

Als Felix erschien, ging es nur um die Frage, ob Ida in die Wohnung gelangt war, ohne Svea zu wecken und ohne dass sie merkte, wie spät ihre Tochter heimgekommen war. Solche Fragen mochte Mamma Carlotta eigentlich nicht, die noch zwanzig Jahre später sehr gekränkt war, wenn ihre Kinder über etwas lachten, was ihr damals verheimlicht worden war. Aber in diesem Fall lag die Sache anders. Svea brauchte ihren Schlaf, sie musste bei der Beerdigung ihrer Mutter ausgeruht sein. So war ihr nur zu wünschen, dass sie am nächsten Tag davon überzeugt war, ein braves Kind zu haben, das sich an Verabredungen hielt.

Dass Erik nach Hause kam, überraschte sie nicht so, wie er selbst vermutlich annahm. Aber das durfte sie ihm natürlich nicht zeigen. Mit vielen Worten der Bestürzung fiel sie über ihn her, obwohl sie sich schon gedacht hatte, dass er es vorziehen würde, den Rest der ohnehin kurzen Nacht am Süder Wung zu verbringen. Dass er nicht mit ihr reden wollte, war ebenfalls ganz in ihrem Sinne, und so konnte sie ins Bett gehen und den unzähligen Gefühlen in ihr das Wort verbieten. Niemand hatte etwas gemerkt. Was Tove getan hatte, war auch diesmal abscheulich gewesen, aber sie musste zugeben, dass es auch in diesem Fall das Richtige gewesen war. Nein, richtig nicht – auf keinen Fall –, aber es war erfolgreich gewesen. Der Gedanke, vor Erik und den Kindern aus Toves Lieferwagen zu klettern und gefragt zu werden, was um Himmels willen sie mitten in der Nacht mit dem übel beleumundeten Wirt von Käptens Kajüte auf dem Parkplatz der Vogelkoje zu suchen habe, war nach wie vor entsetzlich. Sie würde vor dem Bild des Schutzheiligen nach ihrer Rückkehr mindestens drei Kerzen anzünden.

Sie wollte gerade vom Bad in ihr Zimmer gehen, als sie hinter Carolins Tür Schluchzen hörte. Madonna! Sie war müde, entsetzlich müde und schon drauf und dran, die Verzweiflung ihrer Enkelin zu überhören. Aber dann schüttelte sie den Kopf, obwohl sie sich selbst dazu kaum noch in der Lage fühlte. Sollte sie etwa schlafen gehen, während Carolin sich quälte?

Vorsichtig schob sie die Tür auf und flüsterte in den Raum: »Kann ich dir helfen, Carolina?«

Da die Gardine nicht ganz geschlossen war, konnte sie sehen, dass ihre Enkelin den Kopf schüttelte und gleichzeitig die Arme nach ihr ausstreckte. »Nonna, es ist so schrecklich!«

Was ihr Vater dem armen Ronni vorwarf, sei ja so gemein und ungerecht. Dass Ronni ihren Vater belauscht und seine Freunde gewarnt hatte, sei eine total fiese Behauptung, und dass Ronni nicht in seinen Wohnwagen zurückgekehrt war, zeige nur, dass er Angst vor den Ungerechtigkeiten ihres Vaters hatte, womit er ja auch recht habe, das war soeben eindrucksvoll bestätigt worden. Und so ein kleines Autorennen, mitten in der Nacht, wenn niemand auf der Straße war ... ihr Vater habe wohl vergessen, dass er selbst auch mal jung gewesen war. »Er hat ihn verhaftet. Nur weil er keinen festen Wohnsitz hat! Und Wyn Wildeboer auch! Ronni soll was mit diesem Mordfall zu tun haben. Bei den anderen bestehe angeblich keine Fluchtgefahr und auch kein dringender Tatverdacht. Ich glaube, Papa hat einen Sprung in der Schüssel!«

»Carolina!« Respektlosigkeiten gegen die eigenen Eltern

ließ Mamma Carlotta niemals gelten. Auch nicht, wenn sie müde war. Und da sie wusste, dass ihr Schwiegersohn mit seinen Vermutungen genau richtiglag, ergänzte sie: »Findest du denn nicht, dass sich Ronni merkwürdig verhält?«

Diese Frage gefiel Carolin nicht. Nun hatte sie gleich einen zweiten Schuldigen für ihr Elend gefunden, was aber zum Glück ihr Lamento stoppte. Mit einem Mal wollte sie nicht mehr über die Untaten ihres Vaters sprechen, drehte sich beleidigt zur Wand und empfahl ihrer Großmutter, ebenfalls schlafen zu gehen. »Und weck mich bloß nicht zu früh. Eine halbe Stunde vor der Beerdigung, das reicht.«

Es war ein blauer Tag, blau der Himmel, durchsichtig blau auch die Luft, und sicherlich war auch das Meer an diesem Tag dunkelblau. Das glaubte Erik ganz fest. Schade, dass er das Meer wohl nicht zu sehen bekommen würde. Er war sicher, dass er einen besonders schönen Anblick verpasste. Es sah ja jeden Tag anders aus, mal dunkel, mal grün, mal war es von einem schmutzigen Grau, dann wieder, wenn der Sand aufgewühlt wurde, braun wie nasses Katzenfell.

Er fühlte sich erstaunlich gut, als er sich erhob. Viel besser, als er befürchtet hatte. Ein Anruf bei Svea zeigte ihm, dass sie gefasst war und dem Tag entgegensah wie etwas Unvermeidlichem, das sich nicht ändern ließ. Tina war bereits bei ihr, die beiden hatten zusammen gefrühstückt. Dass Ida erst in den Morgenstunden heimgekehrt war, hatte Svea nicht bemerkt, und Erik hütete sich, eine diesbezügliche Bemerkung zu machen.

»Treffen wir uns auf dem Friedhof? Oder möchtest du, dass ich dich abhole? Wir können auch zusammen fahren.«

Svea dachte so praktisch wie an jedem anderen Tag. »Wir passen nicht alle in mein Auto. Ihr seid schon zu viert.«

Sie verabredeten sich vor der Kirche. Als Erik aufgelegt hatte, saß er eine Weile da und spürte den Frieden, der ihn ausfüllte.

Er konnte sich ganz und gar auf die Familie konzentrieren. Während der Verhöre, für die er möglicherweise am Nachmittag oder am frühen Abend noch Zeit haben würde, konnte alles geklärt werden, was jetzt noch nicht ins Bild passte. Die Frau, die sich Lilly Heinze nannte, zum Beispiel. Aus Klara Seeberg würde er herausbekommen, wer diese Frau war, wo sie geblieben und was mit ihr geschehen war. Er fühlte sich trotz der kurzen Nacht an diesem Morgen stark genug. Der Tod von Roluf van Scharrel war ja zum Glück geklärt. Und der Anstreicher hatte schon gestern den Eindruck auf ihn gemacht, dass er sich alles von der Seele reden wollte. Die Nacht in Gewahrsam verstärkte ein solches Bedürfnis, das wusste Erik aus Erfahrung. Ronni musste klar sein, dass er nicht ungeschoren davonkommen würde. Mit seinem Verschwinden hatte er gezeigt, dass er etwas zu verbergen hatte, er würde zugeben müssen, dass er an illegalen Straßenrennen teilgenommen hatte. Und wenn er so weit war, würde er auch gestehen, dass er im Haus des leitenden Ermittlers gelauscht und sein Wissen weitergegeben hatte. Und dann noch die Sache mit dem Kia von Heio Seeberg, den Spuren, die Ronni hinterlassen hatte … er würde einiges mit dem jungen Mann zu besprechen haben.

Die Jagd hatte ein Ende, nur darauf kam es im Moment an. Dass der familiäre Frieden noch in Gefahr war, musste er verdrängen. Carolin würde ihm viele Vorwürfe machen, aber er hoffte, dass sie, wenn er die Aussage von Ronald Borix hatte, anders über das denken würde, was ihr Vater hatte tun müssen. Und natürlich litt sie darunter, dass sie Erik belogen hatte.

Er hielt das Handy noch in der Hand, legte es auch nicht weg, als er den schwarzen Anzug aus dem Schrank holte, und wechselte nur gelegentlich die Hände, während er Manschettenknöpfe und die Uhr heraussuchte, die er von seinem Vater geerbt hatte und die den besonderen Gelegenheiten vorbehalten war.

Als er seine schwarzen Socken anzog, wusste er, dass er es

tun würde. Wenn er auch den Frieden, den er soeben genossen hatte, gefährdete. Es war riskant, das wusste er. Trotzdem wählte er die Flensburger Nummer, die er vorher schon eingespeichert hatte, damit er sie nicht vergaß. Nach dem Telefonat erst legte er das Handy weg und bereitete sich auf die Beerdigung vor, ohne es noch einmal anzublicken.

Mamma Carlotta sah zu Lucias Grab und bemerkte, dass auch Carolin und Felix den Blick nicht von dem weißen Stein nahmen, auf dem der Name ihrer Mutter stand. Erik hatte es sich anscheinend verboten, er sah stur geradeaus, während er dem Sarg von Sveas Mutter folgte. Aber dass er in diesem Augenblick seiner Frau besonders nah war, wusste Mamma Carlotta trotzdem. Sie sandte ein unhörbares »Ciao, piccola!« hinüber, dann fiel ihr Blick auf das Grab, das für Klara Seeberg ausgehoben worden war. Nun würde wohl bald Lilly Heinze darin zur Ruhe gebettet werden. Die wirkliche Lilly Heinze! Hoffentlich bekam Erik selbst heraus, was es mit der Frau auf sich hatte, die im zweiten Stock vom ›Haus am Meer‹ gewohnt hatte. Wenn nicht, würde sie sich überlegen müssen, wie sie ihm zu dieser Erkenntnis verhalf. Natürlich fragte er sich auch, was Klara Seeberg mitten in der Nacht in der Vogelkoje gesucht hatte, warum sie nach dem Feueralarm ausgerechnet dorthin geflohen war. Ob er darauf schon eine Antwort hatte? Das konnte verzwickt werden. Aber würde Klara freimütig gestehen, dass sie die Absicht gehabt hatte, Eriks Schwiegermutter umzubringen? Wenn sie diesen Mordversuch lieber verschwieg, konnte es gut für Mamma Carlotta ausgehen.

Sie schüttelte diese Fragen ab und konzentrierte sich auf den Sarg, in dem Sveas Mutter lag. Alles andere musste warten. Doch es fiel ihr schwer, ihre Aufmerksamkeit auf das zu richten, was nun geschah. Die Reihe der Trauergäste kam zum Stehen, das Grab, in dem die alte Frau Gysbrecht ihre letzte Ruhe finden würde, war erreicht. Ida begann zu weinen, Erik griff nach Carolins Hand, und Mamma Carlotta war dankbar, dass ihre Enkelin es zuließ. Felix war an der Seite seiner Nonna geblieben und bemühte sich, seine Rührung nicht zu zeigen.

Als die Träger den Sarg anhoben, schweiften Mamma Carlottas Gedanken schon wieder ab, obwohl sie sich redlich Mühe gab, es zu verhindern. Die Frage, was Klara Seeberg preisgeben würde, quälte zu sehr. Würde Erik seiner Schwiegermutter am Abend vorwerfen, dass sie sich auf eine Mörderin eingelassen hatte? Dass sie sich in seine Arbeit eingemischt und ihm sogar wichtige Erkenntnisse vorenthalten hatte? Wenn es so weit kam, war alles umsonst gewesen.

Der Sarg wurde in die Erde gelassen, Svea und Ida traten vor, um Blumen ins Grab zu werfen.

Und dann Ronni! Würde er zugeben, dass er versucht hatte, in Seebergs Haus einzusteigen? Dass er an den Straßenrennen teilgenommen hatte? Und was war mit den Rennfahrern? Würden sie Tove verraten? Ach, so viele unbeantwortete Fragen!

Erik trat mit Carolin ans offene Grab, kurz darauf Mamma Carlotta mit Felix. Sie umarmte Svea und drückte Ida an ihr Herz, dann ging es ins Café Lindow, wo Svea ein leichtes Mittagessen für die Trauergäste bestellt hatte. Mamma Carlotta, die gern neue Bekanntschaften schloss, hielt sich diesmal zurück. Sie war mit ihren Gedanken nicht bei der Sache, schaffte es nicht, sich voll und ganz auf andere einzulassen, was ihr sonst immer leicht gelang. Nein, sie war zu nervös. Es fehlten ihr die Ruhe, eine gehörige Portion Sicherheit und ihre komplette Zuversicht. Was würde Klara Seeberg verraten? Wie oft würde in ihrem Geständnis der Name Carlotta Capella vorkommen?

Als Erik das Café verließ, wurde sie wachsam. Dass er im Vorgarten sein Handy aus der Tasche zog, konnte sie durchs Fenster erkennen. Mit einem entschuldigenden Lächeln erhob sie sich ebenfalls und ließ ihre Tischnachbarn glauben, dass sie zur Toilette gehen wolle.

Erik hatte sich auf den Bürgersteig verzogen, drehte dem

Eingang des Cafés den Rücken zu und schaute auf die Straße, während er telefonierte. Dass Sören am anderen Ende war, wurde Mamma Carlotta bald klar. Sie hockte sich in einen Strandkorb, von denen es im Vorgarten des Cafés einige gab, fühlte sich angenehm unsichtbar und lauschte.

»Fettanzug und Perücke? Mein Gott, Sören! Das hätte ich nicht für möglich gehalten. Obwohl ... ihre Augen und ihre Stimme ... Jetzt, wo ich's weiß, denke ich, es hätte uns auffallen müssen.«

Mamma Carlotta lächelte erleichtert. Er wusste es! Gott sei Dank! Dass seine Schwiegermutter es vor ihm herausgefunden hatte, musste niemals zur Sprache kommen. Kein Sterbenswörtchen würde je über ihre Lippen kommen!

»Wie hat sie Tabea Helmis in den Kia locken können?«, fragte Erik gerade. »Hat sie darüber etwas gesagt?«

Carlotta bedauerte außerordentlich, dass sie Sörens Antwort nicht hören konnte. Aber zum Glück schaffte sie es, sich aus Eriks Gemurmel zusammenzureimen, was sie wissen wollte.

»Sie hat nicht zugegeben, was sie herausgefunden hatte? Dass ihr Mann und die Pflegerin ...« Er lachte, als wüsste er nicht, ob er Klaras Cleverness bewundern oder sie verabscheuen sollte. »Richtig, sie war bei ihrem Mann gewesen, da konnte sie den Kiaschlüssel mitgehen lassen ... Tabeas Sachen ebenfalls? Klar! Da musste Seeberg glauben, dass Tabea ihn verlassen hat ... Genau so, wie seine schlaue Frau es ihm vorhergesagt hatte.«

Erik machte ein paar Schritte auf und ab, drehte Mamma Carlotta nicht mehr den Rücken zu, sondern mal seine rechte und mal seine linke Seite. Sie drückte sich noch tiefer in den Strandkorb, merkte aber schnell, dass sie sich keine Sorgen zu machen brauchte. Erik war derart auf das Telefonat konzentriert, dass er für nichts anderes Augen und Ohren hatte.

»Tabea sollte glauben, Klara hätte ein besseres Versteck organisiert? Die Wohnung der Sattlers sei nicht mehr sicher? Sie haben recht, Sören, so könnte es gewesen sein. Nun muss die Seeberg es nur noch zugeben.« Carlotta hörte, wie er tief durchatmete. »Und wir haben die ganze Zeit einen männlichen Mörder gesucht. Heio Seeberg!« Er griff sich an die Stirn, dann tat er das, was ihm das Denken immer erleichterte: Er glättete seinen Schnauzer. »Dass die Seeberg aber auch ausgerechnet zur Vogelkoje geflüchtet ist! Wahrscheinlich, weil sie wusste, wie einsam es dort ist. Sie hatte ja nicht umsonst ihr Opfer dort abgelegt. Die muss völlig kopflos gewesen sein. Einfach irgendwohin, wo niemand sie sehen kann!« Erik lachte jetzt leise. »So wütend ich auf diese Rennfahrer bin, in diesem Fall haben sie wirklich ganze Arbeit geleistet. Die haben sofort erkannt, dass da was im Busch ist.« Er runzelte die Stirn, blieb stehen und machte einen langen Hals sowohl nach rechts als auch nach links, als erwartete er aus einer der beiden Richtungen die Ankunft eines guten Argumentes. »Warum? Hm ... wahrscheinlich hat sie sich auffällig verhalten, oder auch in diesem Fall ist irgendwas durchgesickert. Verdammt, ich habe noch nie einen Fall mit so vielen undichten Stellen gehabt! Dass bloß die Staatsanwältin nichts davon erfährt!«

Carlotta starrte ihren Schwiegersohn an, sodass dieser ihren Blick irgendwann spürte und sich suchend umblickte. Erschrocken kauerte sie sich so tief wie möglich in den Strandkorb und zog sogar die Beine an, damit Erik sie nicht sehen konnte.

»Ja, Tove Griess war in der Nacht schon wieder auf dem Parkplatz? Ist das nicht unglaublich?«

Ein paar Radfahrer schoben sich zwischen Erik und Mamma Carlotta, die ihre Räder an den Zaun des Cafés stellten. Sie hatte nun Mühe, Erik zu verstehen.

»Du lieber Himmel! Was mag das nur für eine Frau sein?«

Mamma Carlotta spürte, wie ihr die Hitze in den Kopf stieg. Sie wusste, dass sie jetzt puterrot geworden war, so wie als Sechzehnjährige, als sie ihrer Mutter gestehen musste, dass sie schwanger war.

Erik schüttelte lange den Kopf, als brauchte er Zeit, alle neuen Informationen in die richtige Reihenfolge zu bringen. »Und dieser Feueralarm? Was hat es damit auf sich?«

Über Mamma Carlottas Rücken rieselte eine Gänsehaut. Madonna, würde Erik diese Angelegenheit verfolgen? Würde er Fietje zur Rechenschaft ziehen, wenn er erkannt worden war?

»Blöder Zufall? Ja, ich wüsste auch nicht, was sonst. Erst dachte ich ja, Seeberg sollte aus der Wohnung gelockt werden. Aber von wem?« Nun sah er sich unruhig um, als wäre ihm eingefallen, dass Svea ihn suchen könnte. »Sobald das hier vorbei ist, komme ich ins Büro. Borix nehmen wir uns gemeinsam vor. Wyn Wildeboer kann warten. Was der getan hat, ist ja klar.«

Er trug noch den schwarzen Anzug, als er im Polizeirevier erschien. Zwar hätte er am Süder Wung Station machen und sich umziehen können, aber er wollte jetzt keine Zeit verlieren. Außerdem hatte er Angst, dass ihn der Anblick seines Bettes aller guten Vorsätze berauben könnte. Einmal kurz hinlegen, fünf Minuten die Augen schließen ... und er wäre vermutlich erst Stunden später wieder erwacht. Nein, er wollte so bald wie möglich ins Kommissariat. Er war ja dankbar gewesen, als die Kaffeetafel im Café Lindow beizeiten aufgehoben wurde, weil die Verwandten aufs Festland zurückkehren wollten und sich damit auch Bekannte und Geschäftsfreunde von Svea verabschiedeten. Dass ihr erster Weg nicht nach Hause, sondern ebenfalls ins Büro führen würde, hätte er sich denken können.

Sören gab sich beeindruckt, als sein Chef das Büro betrat. »Donnerwetter! Muss ich mir jetzt auch einen Schlips umbinden?«

Erik riss sich die Krawatte ab und öffnete den oberen Knopf seines weißen Hemdes. »Klara Seeberg ist voll geständig?«

»Wissen Sie was, Chef? Heute tat sie mir sogar ein bisschen leid. Sie hat sich alles, was sie besaß, hart erkämpft. Ein Heimkind! Erst war es naserümpfend ausgesprochen worden, dann anerkennend und mit dem Zusatz ›aber trotzdem sehr clever‹ und schließlich voller Hochachtung. Donnerwetter, dieses Heimkind hat es ja richtig zu was gebracht. Aber ein Heimkind ist sie immer geblieben, so oder so.«

Erik fiel es schwer, Mitleid mit Klara Seeberg zu haben, er wollte es auch nicht. »Sie hat ein Menschenleben auf dem Gewissen.«

»Ja, und nun wird jeder sagen: Typisch Heimkind, so sind sie eben, die Kinder, die keine Familie haben. Klara Seeberg jedenfalls glaubt, dass nun so über sie gesprochen wird.«

Erik spürte einen leichten Ärger in sich aufsteigen. »Hören Sie auf, Sören. Sie hat Tabea Helmis umgebracht und alles darangesetzt, ihren Mann in den Knast zu bringen.« Er unterband das Gespräch mit einer kurzen Handbewegung. »Sorgen Sie dafür, dass Ronald Borix in den Vernehmungsraum gebracht wird.«

Eine halbe Stunde später saß er vor ihnen, nervös, mit unstetem Blick und flatternden Händen. »Ich sage alles, was Sie wollen«, bot er an, noch ehe er gefragt worden war.

»Dann mal zu.« Erik lehnte sich zurück und sah ihn erwartungsvoll an. »Wo sollen wir anfangen? Bei dem Straßenrennen, das mein Kollege und ich beobachtet haben?«

»Es war nicht Wyn, der Roluf zu dieser Notbremsung gezwungen hat, es war Jorin.«

»Das wissen wir längst.« Erik beugte sich vor und sah Ronni streng an. »Was ist mit dem Kia? Das war Seebergs Wagen, mit dem Sie am Straßenrennen teilgenommen haben. Stimmt's? Wir können nachweisen, dass Sie in diesem Auto gesessen haben.«

Ronni schien es zu drängen, die Wahrheit zu sagen. »Das war so …« Er erzählte von seinem Einbruch bei Seeberg, von dem Satz, den er gehört hatte, und von seiner Flucht, der Tabea Helmis, die eine gute Sportlerin gewesen war, ein Ende gesetzt hatte.»Ich konnte gar nicht fassen, dass sie mich ungeschoren davonkommen ließ. Aber mir wurde bald klar, warum. Wenn sie mich angezeigt hätte und ich verhaftet worden wäre, dann hätte ich natürlich erzählt, was ich gehört hatte. Nämlich, dass diese Lilly ins Gras beißen sollte. Das wollten die anscheinend für sich behalten.« Nun wuchs Ronnis Selbstbewusstsein, sein schlechtes Gewissen wurde mit einem stolzen Lächeln erhellt. »Ich hab's dann ausprobiert. Als ich bei Seeberg eingestiegen war, hatte ich mir ja als Erstes den Autoschlüssel geschnappt. Der lag direkt neben der Tür auf einem kleinen Tisch. Als ich einen Wagen für ein Rennen brauchte, habe ich mir den Kia geholt. Einfach so. Und hinterher habe ich ihn wieder hingestellt.« Er griff sich an die Stirn. »Das müssen die doch gemerkt haben!« Er lehnte sich zurück und verschränkte die Arme vor der Brust. »Aber nein! Nichts passierte. Da war für mich klar: Die haben Dreck am Stecken. Die fahren mir nicht an den Karren, damit ich den Mund halte. Eine Hand wäscht die andere.« Er zwinkerte Erik zu, was dieser ausgesprochen unpassend fand.

Sören ging es genauso. Er stand auf und sagte: »Gut, wir werden das überprüfen.«

»Wie, überprüfen? Soll das heißen, dass ich in dieser Bude warten muss, bis Sie wissen, ob ich die Wahrheit sage?«

»Dauert nicht lange.« Sören konnte sich ein Lächeln nicht verkneifen. »Zum Glück hat Herr Seeberg auch bei uns... eingecheckt. Vielleicht kann er Ihre Angaben ja bestätigen.«

Auch Erik erhob sich nun. »Mal gucken, was wir für Sie tun können.« Er wollte den Raum verlassen, drehte sich aber an der Tür um, als Ronni sagte: »Richten Sie bitte Ihrer Tochter aus, dass es mir leidtut. Einer wie ich ist einfach nicht der Richtige für sie...«

Mamma Carlotta beschloss, noch einmal zum Friedhof zu gehen, um Lucias Grab einen Besuch abzustatten. Svea war, nachdem sie ihre Gäste verabschiedet hatte, ins Auto gestiegen, Erik hatte sich unverzüglich zum Polizeirevier aufgemacht, und die Kinder waren trotz der kurzen Nachtruhe erstaunlich unternehmungslustig. Sie wollten im Sportverein ihre Fitness stählen, die Mädchen mit Pilates, Felix durchs Gewichtheben. Mit einem Mal hatte Mamma Carlotta allein vor dem Café Lindow gestanden, und ihr war klar geworden, dass sie sich zu Hause allein fühlen würde. Nach all diesen aufwühlenden Erlebnissen würde sie niemanden haben, mit dem sie reden konnte? Eine schreckliche Vorstellung! Und Käptens Kajüte kam an diesem Tag nicht infrage. Sie brauchte sich nur Toves Grinsen vorzustellen und wusste, dass sie sich woanders Gesellschaft suchen musste.

Das Mindeste war, dass sie Lucia alles anvertraute, was sie bewegte. So bog sie, als sie an der Kreuzung mit der abknickenden Vorfahrt angekommen war, nicht nach rechts, sondern nach links ab, wanderte am Dorfteich vorbei und öffnete schon bald die weiße Pforte des Friedhofs. Die Gärtner hatten das Grab von Frau Gysbrecht geschlossen, die Kränze und Blumen darauf angeordnet, während das Grab, das sie für Lilly Heinze ausgehoben hatten, noch immer leer war. Mamma Carlotta nahm sich vor, ihrer Beerdigung beizuwohnen. Sie setzte sich auf die Bank, auf der sie vor ein paar Tagen Klara Seeberg kennengelernt hatte, und ließ Revue passieren, was seitdem geschehen war. In Gedanken erzählte sie Lucia jedes kleine Detail und sah immer wieder in den Himmel, um sich von dort die Antworten ihrer Tochter zu holen. Lucia sollte Verständnis für ihre Mutter haben, sie sollte ihr sagen, dass es verzeihlich war, Erik im Unklaren gelassen zu haben. Jetzt war ja die Wahrheit heraus, das bestätigte Lucia mit der dünnen Wolke, die vor der Sonne herzog, also konnte Mamma Carlotta sich beruhigt zurücklehnen. Das tat sie eine Weile und hielt ihr Gesicht in die Sonne. Doch bald merkte sie, dass sie in dieser Körperhaltung im Nu ein Opfer ihres Schlafbedürfnisses werden würde.

Nein, sie musste sich bewegen, nur so konnte sie ihrer Müdigkeit ein Schnippchen schlagen.

»Scusi, piccola«, murmelte sie Lucias Grabstein zu. »Ich muss wieder gehen.«

Auf dem Rückweg machte sie vor den Schaufenstern von Annanitas Modestübchen halt, widerstand aber der Versuchung, für Unterhaltung zu sorgen, indem sie Geld für ein Seidentuch verschwendete, das sie nicht benötigte, oder für eine Bluse, die sie sich in Panidomino selbst nähen konnte. Die Boutique mit dem Vorsatz zu betreten, sich lediglich mit der Verkäuferin zu unterhalten und nur scheinheilig ein paar Artikel in Augenschein zu nehmen, traute sie sich nicht. Als der Punkt gekommen war, an dem sie spätestens die Straße überqueren musste, um in den Süder Wung zu gelangen, gestand sie sich endlich ein, dass sie keine Wahl hatte: Sie würde wohl doch einen Abstecher zu Käptens Kajüte machen. Es ging nicht anders! Sie brauchte jetzt einfach jemanden, mit dem sie sich unterhalten konnte. Und wenn es Tove Griess war, mit dem sie am liebsten nie wieder ein Wort reden würde.

In der Imbissstube war sie diesmal nicht allein. An einem Tisch in der Ecke saßen drei junge Leute, die Mamma Carlotta sofort erkannte. Sie gehörten zu den Rennfahrern. Sie warf ihnen nur einen kurzen Blick zu, zauberte die hochmütige Miene auf ihr Gesicht, die sonst Signora Renzoni vorbehalten war, nachdem diese einmal behauptet hatte, Carlotta Capella hätte ihr das Rezept für ihre Amarettinitorte gestohlen, und bestellte einen Espresso. »Aber wenn ich Espresso sage, meine ich Espresso und nicht einen Kaffee in einer kleinen Tasse.«

»Schlecht gelaunt?«, fragte Tove zurück. »Waren Sie etwa nicht früh genug zu Hause?«

Mamma Carlotta sah ein, dass sie im Begriff war, einen Fehler zu machen. Tove war wie der Teufel gerast, nachdem der Lister Polizist den Streifenwagen zur Seite gefahren und den Weg für den Lieferwagen frei gemacht hatte. Das musste sie ihm hoch anrechnen. Er hatte Kopf und Kragen oder zumindest seinen Führerschein riskiert. Und die Sache mit dem Kuss ... tatsächlich hatte er sie damit vor Schlimmerem bewahrt. Ein zweites Mal! Wenn es nur nicht so schwierig wäre, das einzusehen! Alles wäre leichter zu ertragen, wenn Tove Griess schuldbewusst dastehen und ihr zeigen würde, wie leid es ihm tat, was zwischen ihnen vorgefallen war. Aber nein! Er grinste sie schon wieder an, als dächte er bei ihrem Anblick an nichts anderes als an den Kuss.

»No«, gab sie zu, »ich war früh genug zu Hause. Die Kinder und Enrico kamen erst nach mir an.«

»Dann ist doch alles in Butter.«

Mamma Carlotta begriff, dass sie ihren Hochmut und ihren Ärger auf Tove fahren lassen musste. Sogar der Espresso schmeckte ihr, sodass ihr nichts anderes übrig blieb, als ihre Haltung aufzugeben. Es ging nicht anders.

Sie beugte sich über die Theke und tuschelte: »Ronni ist verhaftet worden. Wissen Sie das?«

Tove nickte zu den Rennfahrern. »Das hat sich schon rumgesprochen.« Das Grinsen huschte aus Toves Gesicht. »Hoffentlich hält er dicht.«

»Sie meinen ... Ihr Wettbüro?«

Tove sah nun sehr sorgenvoll aus. »Wenn er den Mund nicht halten kann ... Ihr Schwiegersohn muss mir das erst mal beweisen.« Trotzig reckte er nun sein Kinn vor.

»Noch ein Bier, Tove!«, klang es vom Tisch der Rennfahrer herüber. »Eigentlich solltest du einen ausgeben. Bei dem Glück, das du letzte Nacht gehabt hast!«

Ein anderer lachte hämisch. »Stell uns die Tussi mal vor, die sich von dir angrabschen lässt.«

Mamma Carlotta schob ihre Espressotasse zur Seite und erhob sich. »Ich gehe wohl besser. Arrivederci!«

Sie würdigte den Tisch der Rennfahrer keines Blickes, als sie die Imbissstube verließ. Tussi! Angrabschen! Das war ja wohl

477

die Höhe! Sie brauchte den gesamten Heimweg und sehr energisches Ausschreiten, bis sie diese Worte in den Boden gestampft hatte.

Und dann ... ja, dann vergaß sie sie von einem auf den anderen Moment. Denn vor dem Haus stand ein Möbelwagen. Zwei Möbelpacker lehnten an der Seite und rauchten. Sie sahen ihr interessiert entgegen. »Wohnen Sie hier?«

»Sì! Aber ... die neuen Wohnzimmermöbel sollen erst morgen geliefert werden.«

»Neu?« Einer der beiden Männer lachte. »Nee, neu sind die nun wirklich nicht.«

Mamma Carlotta sah ihn entgeistert an. Sie verstand kein Wort. Erst als sie vor die offenen Türen des Möbelwagens trat, wurde ihr alles klar. Die braune Schrankwand, die braunen Sitzmöbel, die Kommode, die Lampen – alles, was Lucia vor der Hochzeit ausgesucht hatte, stapelte sich darin. Sogar die Kerzenleuchter, eine Kristallvase und eine bunte Schale sah sie in einem Karton und in einem anderen mehrere Spitzendecken.

»Dieser Herr Wolf muss ja ein komischer Kauz sein«, sagte einer der Möbelpacker. »Erst verscherbelt er die Sachen an unseren Second-Hand-Laden und dann gibt er ein paar hundert Euro aus, um die Sachen zurückzukaufen.«

»Madonna!«, flüsterte Mamma Carlotta. »Was wird seine Freundin dazu sagen?«

ENDE

REZEPTANHANG

Pizza alla napoletana

Für den Quark-Öl-Teig: 200 g Mehl, 3 gestr. TL Backpulver, 100 g Magerquark, 4 EL Milch, 4 EL Öl, ein gestr. TL Salz
Für den Belag: 4 EL Öl, 8 EL Ketchup, eine große Dose geschälte Tomaten, ein Glas Champignons (Abtropfgewicht 425 g), 2 Zwiebeln, ein gestr. TL Salz, Pfeffer, ein TL Oregano, 12 Scheiben Salami, 100 g geraspelter Käse

Diesen Teig können sogar schon meine jüngsten Enkelkinder bewältigen. Eine Pizza mit Quark-Öl-Teig ist das Erste, was sie in meiner Küche lernen. Dafür wird das Mehl mit dem Backpulver gemischt und in eine Rührschüssel gesiebt. Dann kommen Quark, Milch, Öl und Salz dazu. Mein ältester Enkel, der Quark besonders gern mag, hat einmal so viel davon genascht, dass nur noch die Hälfte der Menge in den Teig kam. Das war das einzige Mal, dass der Boden der Pizza nicht luftig genug war. Alles andere hatte er aber richtig gemacht: Die Zutaten mit dem Handrührgerät (Knethaken) zu einem glatten Teig verarbeiten, auf einer bemehlten Arbeitsfläche zu einer Rolle formen und auf einem gefetteten Backblech ausrollen.

Für den Belag den Teig mit Öl und Ketchup bestreichen. Tomaten abgießen und in Würfel schneiden. Die Champignons abtropfen lassen und in Scheiben schneiden. Tomatenwürfel, Champignon- und Zwiebelscheiben gleichmäßig auf dem Teig verteilen. Mit Salz, Pfeffer und Oregano würzen. Mit Salamischeiben belegen und mit Käse bestreuen.

Das Backblech in den vorgeheizten Backofen schieben und bei etwa 200 °C 25 Minuten backen (Heißluft etwa 180 °C). Kinderleicht!

Pizzafladen mit Rosmarin und Oliven

Für den Hefeteig: 500 g Mehl, 2 Päckchen Trockenhefe, 1,5 TL Salz, 250 ml lauwarmes Wasser, 2 EL Olivenöl, 100 g schwarze Oliven, 2 EL Rosmarin
Zum Bestreichen und Bestreuen: 8 EL Olivenöl, 2 bis 3 TL grobes Meersalz

Für den Teig Mehl in eine Rührschüssel sieben und mit der Hefe sorgfältig vermischen. Salz, Wasser und Olivenöl hinzufügen. Die Zutaten mit dem Handrührgerät (Knethaken) zu einem glatten Teig verarbeiten und ihn zugedeckt so lange an einem warmen Ort gehen lassen, bis er sich deutlich vergrößert hat.

In der Zwischenzeit Oliven entsteinen und klein schneiden.

Den gegangenen Teig leicht mit Mehl bestäuben, auf einer bemehlten Arbeitsfläche nochmals kurz durchkneten und ihn halbieren. Unter die eine Teighälfte Olivenwürfel und unter die andere Rosmarin kneten.

Beide Teigportionen nochmals halbieren und auf der bemehlten Arbeitsfläche rund ausrollen. Jeweils zwei Fladen auf ein gefettetes Backblech legen und mit dem Daumen mehrere Vertiefungen in den Teig drücken.

Olivenöl auf den Fladen verteilen, sodass es sich in den Vertiefungen sammelt. Die Rosmarinfladen mit Meersalz bestreuen. Die Backbleche nacheinander (bei Heißluft zusammen) in den vorgeheizten Backofen schieben. Bei 220 °C (Heißluft 200 °C) etwa 15 Minuten backen und dann auf einem Rost abkühlen lassen.

Sie können die Pizzafladen auch kurz vorbacken und einfrieren. Die aufgetauten Fladen dann im vorgeheizten Backofen etwa 5 Minuten aufbacken. Hervorragend für Überraschungsbesuch!

Radieschen mit Thunfisch

2 Bund Radieschen, 2 Dosen Thunfisch, Salz, Pfeffer, 4 EL Olivenöl, 2 Frühlingszwiebeln

Die Radieschen putzen, waschen und trocken tupfen, in feine Stifte schneiden und in eine Salatschüssel geben. Den Thunfisch abtropfen lassen, mit einer Gabel zerpflücken, zu den Radieschen geben. Mit Salz und Pfeffer bestreuen, mit Öl beträufeln. Frühlingszwiebeln putzen, waschen, in Ringe schneiden und auf dem Salat verteilen.

Molto presto, ganz einfach, aber sehr lecker.

Penne mit Gorgonzola

250 g Gorgonzola, 200 g Schlagsahne, Salz, Pfeffer, 500 g Penne-Nudeln, 60 g Butter, 40 g frisch gehobelter Parmesan

Für die Soße den Gorgonzola in eine Rührschüssel geben und mit einer Gabel zerdrücken. Sahne hinzufügen und zu einer geschmeidigen Masse verrühren. Anschließend mit Salz und Pfeffer abschmecken.

Die Nudeln in Salzwasser kochen. Dann abgießen und in eine vorgewärmte Schüssel geben. Butter zerlassen und unter die Nudeln mischen. Die Gorgonzolasoße und den Parmesankäse auf den Nudeln verteilen und gut untermischen.

Nudeln habe ich immer im Haus – naturalmente, das hat jede Italienerin –, und da meine Schwiegertochter Sandra besonders gern Gorgonzola isst, habe ich auch davon immer ein Stück im Kühlschrank. Und panna? Natürlich sowieso! Sahne muss man immer zur Hand haben. Wenn ich also nicht weiß, was ich kochen soll – Penne mit Gorgonzola geht immer!

Pfefferminz-Granita

Das Lieblingsdessert meiner Enkelkinder! Vor allem Carolina und Felice lieben es. Dafür braucht man: 5 Stängel frische Pfefferminze, 500 ml Wasser, 90 g Zucker, ein EL flüssiger Honig, 60 g Schoko-Minz-Täfelchen

Wasser mit Zucker in einem Topf verrühren und aufkochen lassen. 3 Pfefferminzstängel etwa 2 Minuten in die Zuckerlösung legen und wieder herausnehmen. Honig in die Pfefferminz-Zucker-Lösung rühren und erkalten lassen, sie anschließend 4–5 Stunden zugedeckt in die Tiefkühltruhe stellen. Dabei die Masse in regelmäßigen Abständen etwa achtmal mit einem Schneebesen kräftig durchrühren. Die Schoko-Minz-Täfelchen ebenfalls etwa 30 Minuten tiefgefrieren, dann in kleine Stücke schneiden und unter die Pfefferminz-Granita rühren. Zum Garnieren die Blättchen der restlichen 2 Pfefferminzstängel abzupfen und die Granita mit den Pfefferminzblättchen garnieren.

Nudeln mit La Pomarola (Tomatensoße)

500 g Tomaten, eine halbe Möhre, eine halbe Zwiebel, ein kleines Stück Staudensellerie, einige Petersilienblätter, 2 Knoblauchzehen, 2–3 Blätter Basilikum, 7 EL Olivenöl, ein TL Salz, ein TL Zucker, 1–2 TL geriebener Pecorino pro Person

Geben Sie 4 EL Öl in einen Topf, dazu die in Stücke geschnittenen Tomaten, die gewürfelte Möhre, die gewürfelte Zwiebel, Salz und Zucker. Alles vermischen, den Deckel auf den Topf geben und bei niedriger Hitze eine halbe Stunde kochen. Gelegentlich umrühren! Danach die Soße abkühlen lassen und pürieren. Sobald Sie die Nudeln abgegossen haben, richten Sie sie in einer Schüssel mit der Pomarola, dem restlichen Olivenöl und dem Pecorino an.

Vitello al Pecorino mit Safran-Risotto

Für das Vitello al Pecorino: 500 g Kalbfleischscheiben, ebenso viele Scheiben Pecorino, 4 EL Olivenöl, 3 EL Mehl, ein halbes Glas Wein, ein Bund Petersilie, Salz

Die Kalbfleischscheiben auf beiden Seiten bemehlen und in Öl goldbraun anbraten, von jeder Seite zwei Minuten. Gesalzen wird immer nur die Seite, die schon angebraten ist. Dann den Weißwein angießen, die Hitze erhöhen und den Wein einkochen. Jede Fleischscheibe mit einer Scheibe Pecorino belegen und den Topf verschließen, damit der Käse weich werden kann. Das Fleisch mit der Soße, die sich gebildet hat, servieren und mit gehackter Petersilie bestreuen.

Für das Safran-Risotto: eine Stange Porree, 70 g Butter, eine Knoblauchzehe, 250 g Risottoreis, 200 ml Weißwein, 1,5 l Gemüsebrühe, ein Päckchen Safran, 50 g Parmesan, Salz und Pfeffer

Porree in sehr dünne Ringe schneiden und in 2 EL Butter anbraten, den fein gewürfelten Knoblauch hinzufügen. Den Reis hinzugeben und mitdünsten. Sobald alle Reiskörner vom Fett überzogen sind, den Weißwein angießen. Anschließend die heiße Brühe dazugeben. Das Risotto mit Salz und Pfeffer würzen und leise köcheln lassen, dabei immer wieder umrühren. Ein Risotto braucht leider Geduld, nicht gerade meine hervorstechende Eigenschaft. Manchmal stelle ich deswegen meinen ältesten Sohn Guido an den Herd, dem es nichts ausmacht, den Risottoreis so lange zu rühren, bis er den Großteil der Brühe aufgesogen hat. Anschließend rühre ich den Safran unter den Reis. Dann kommen die restliche Butter und der Parmesan dazu, und während Guido wieder rührt, köchelt alles noch ein bisschen weiter, so lange, bis sich Parmesan und Reis zu einer cremigen Konsistenz verbunden haben. Anschließend stelle ich immer wieder fest, dass sich die Geduld gelohnt hat.

Mascarponecreme

Das einfachste dolce der Welt und dennoch äußerst delikat! Wer nicht viel vom Kochen versteht, wird vielleicht sogar glauben, etwas besonders Raffiniertes und Arbeitsaufwendiges vorgesetzt zu bekommen. Dr. Hillmot, der Gerichtsmediziner von Sylt, war davon überzeugt, dass er etwas aß, womit ich vorher stundenlang beschäftigt gewesen war.

3 Eier, 3 EL Zucker, 300 g Mascarpone, 3 EL Rum

Eigelb und Zucker in einer Schüssel hell und schaumig rühren. Das Eiweiß steif schlagen und unter die Eiermasse ziehen. Den Mascarpone glatt rühren und portionsweise unterziehen. Den Rum vorsichtig unterrühren. Die Creme kalt servieren, eventuell mit Feingebäck. Basta! Auch sehr geeignet für verliebte junge Frauen, die einem Mann weismachen wollen, sie seien eine geübte Köchin.

Brokkolisalat (vegan)

Dieses Rezept habe ich mir aus Höflichkeit geben lassen. Ich wollte Svea Gysbrecht, der neuen Freundin meines Schwiegersohns, zu verstehen geben, dass ich der veganen Küche tolerant gegenüberstehe. Das stimmt nicht ganz ... aber dieser Salat hat mir tatsächlich sehr gut geschmeckt.

Ein Kopf frischer Brokkoli, eine halbe Tasse getrocknete Cranberrys, eine halbe Tasse rote gehackte Zwiebeln, eine halbe Tasse gehackte Walnüsse, 2 EL Süßungsmittel (Agavendicksaft), 3 EL Reisessig, eine kleine Tasse vegane Mayonnaise (Rezept siehe weiter unten), Meersalz nach Geschmack

Brokkoli in mundgerechte Stücke schneiden, ihn mit den getrockneten Cranberrys, Zwiebeln und Walnüssen in eine Schüssel geben. In einer separaten Schüssel Süßungsmittel, Reisessig und Mayonnaise verrühren. Das Dressing über die Brokkolimischung geben und unterheben. Mit Salz abschmecken. Vor dem Servieren am besten 2 Stunden kalt stellen.

Für die vegane Mayonnaise ohne Eigelb: 170 g Seidentofu, eine halbe Tasse Cashewkerne, 2 EL Zitronensaft, ein TL Reisessig, 2 EL Apfelessig, ein TL Agavendicksaft, ein viertel TL Meersalz, ein halber TL Senf

Alle Zutaten gründlich vermischen. Für eine flüssigere Konsistenz ein wenig Wasser zugeben. Allora – ich gebe es zu: Diese Mayonnaise schmeckt erstaunlich gut.

Tomatenblüten

4 große Tomaten von etwa gleicher Größe, 6 hart gekochte Eier, 100 g abgetropfter, zerkleinerter Thunfisch, ein EL grüne entsteinte und gehackte Oliven, ein EL Mayonnaise, ein TL Senf, ein Bund Rucola, Salz

Von den Tomaten muss man am Stielansatz einen Deckel abschneiden und die Kerne herauslöffeln, dann das Innere salzen und die Tomaten zum Abtropfen mit der Öffnung nach unten auf Küchenpapier setzen. Die Eier schälen, längs halbieren und das Eigelb vorsichtig herauslösen, ohne das Eiweiß zu beschädigen. Thunfisch, Oliven, Eigelb, Mayonnaise und Senf zu einer Paste verarbeiten. Mit Salz abschmecken. Die Mischung in 8 Eihälften füllen. Rucolablätter blütenblattförmig in den Tomaten anordnen und die gefüllten Eihälften in die Mitte setzen. Mit Mayonnaise garnieren und auf einer Platte anrichten. Das restliche Eiweiß hacken und rund um die Tomatenblüten streuen.

Karottencremesuppe

800 g gehackte Karotten, eine Knoblauchzehe, 500 ml Milch, 400 ml Fleischbrühe, 40 g frisch geriebener Fontina-Käse, eine Prise frisch geriebene Muskatnuss, Salz und Pfeffer

Karotten und Knoblauch in einen Topf geben, mit Wasser bedecken und eine Prise Salz zufügen. Karotten habe ich immer im Garten. Es ist praktisch, einfach aus der Küche zu gehen, ein paar Karotten aus dem Beet zu ziehen und mit der Arbeit zu beginnen. Bei mittlerer Temperatur werden sie gekocht, bis die Flüssigkeit fast verdunstet ist. Danach glatt pürieren. Die Milch in einem zweiten Topf erhitzen. Karottenpüree und Brühe zugeben und alles verrühren. 10 Minuten unter gelegentlichem Rühren köcheln lassen, bis die Suppe eine dicke Konsistenz hat. Ich gebe zu, das Rühren vergesse ich manchmal, aber es ist wichtig. Die Suppe kann sonst anbrennen. Wenn alles gut gegangen ist, gebe ich sie in ofenfeste Suppenschalen und bestreue sie mit Käse, Muskatnuss und einer Prise Pfeffer. Unter dem vorgeheizten Grill wird sie dann überbacken, bis der Käse schmilzt.

Würziger Kartoffelsalat

700 g festkochende Kartoffeln, ein Ei, 2 in Salz eingelegte Sardellen, ein Stängel glatte Petersilie, ein EL Kapern, 4 Silberzwiebeln, 4 gewürfelte Gewürzgurken, eine fein gehackte eingelegte Paprika, 3 EL Essig, 3 EL Olivenöl, ein halber TL Senf, Salz und Pfeffer

Die Kartoffeln mit der Schale kochen, abgießen, schälen und in dünne Scheiben schneiden, dann in eine Schüssel geben und abkühlen lassen. Das Ei hart kochen, schälen und längs halbieren. Das Eigelb herausnehmen, durch ein Sieb in eine Schüssel streichen und mit Sardellen, gehackter Petersilie, Kapern, Silberzwiebeln, Gurken und Paprika verrühren. Essig, Öl und Senf in einer anderen Schüssel vermischen, mit Salz und Pfeffer würzen und zu den Sardellen geben. Gut umrühren und bei Bedarf etwas mehr Öl zugeben. Das Sardellendressing über die Kartoffeln gießen und behutsam mischen.

Mein Schwiegersohn isst am liebsten gebratenes Fischfilet dazu und am allerliebsten mit dicker Panade. Allora – manchmal tue ich ihm den Gefallen. Ein schwer arbeitender Kriminalhauptkommissar muss ja etwas zu essen bekommen, was ihm schmeckt. Wie soll er sonst einen Mord aufklären?

Joghurt-Ricotta-Kuchen

3 Eier, 150 g Naturjoghurt, 100 g Speisestärke, 100 g Zucker, 400 g zerkrümelter Ricotta

Den Ofen auf 200 °C vorheizen. Eine runde Kuchenform mit Butter einfetten. Zwei Eier trennen, das dritte in einer kleinen Schüssel verquirlen. Den Joghurt in einen kleinen Topf geben, die Speisestärke darüber sieben und unterrühren. Den Zucker zufügen und bei kleiner Hitze unter ständigem Rühren eindicken. Den Ricotta unterrühren. Den Topf vom Herd nehmen und auskühlen lassen. Das Eiweiß steif schlagen. Das Eigelb in die Ricottamasse rühren. Den Eischnee vorsichtig unterziehen. Die Masse in die vorbereitete Form füllen und etwa 30 Minuten backen.

Bresaola mit Öl, Zitrone und Rucola

Eine wunderbare Vorspeise! Und so schnell zuzubereiten! Einfach die hauchdünnen Bresaolascheiben auf dem Rucola anrichten, mit Öl und Zitronensaft beträufeln, salzen und pfeffern. Basta!

Ich habe mir sagen lassen, dass in Germania und vor allem in la Svizzera von Bündnerfleisch die Rede ist, wenn wir Italiener Bresaola meinen.

Kartoffel-Sellerie-Suppe mit Nudeln

3 EL Olivenöl, eine gehackte Möhre, 2 gehackte Herzen vom Staudensellerie, 50 g gewürfelter Pancetta (Speck), 1 kg gewürfelte Kartoffeln, ein EL Tomatenmark, 200 g Suppennudeln, Salz und Pfeffer, frisch geriebener Parmesan

Das Öl in einem Topf erhitzen. Karotte und Sellerie darin bei niedriger Temperatur 5 Minuten dünsten. Speck und Kartoffeln zugeben und ein Liter heißes Wasser angießen. Abgedeckt eine halbe Stunde köcheln lassen. Das Tomatenmark einrühren, mit Salz und Pfeffer abschmecken und bei Bedarf mit etwas Wasser verdünnen. Nudeln zufügen und al dente kochen. In eine Terrine füllen und mit Parmesan bestreut servieren. Ein schnelles, nahrhaftes und sättigendes Essen!

Glasierte Karotten mit Zitrone

800 g Karotten, in dicke Scheiben geschnitten, 40 g Butter, 2 gehackte Zwiebeln, Saft von einer Zitrone, ein TL Sesamsaat, ein Stängel glatte Petersilie, Olivenöl, Salz und Pfeffer

Die Karotten in eine Schüssel geben und mit Wasser bedecken. Eine Prise Salz zufügen und 15 Minuten stehen lassen, dann abgießen. Die Butter in einem Topf zerlassen, die Zwiebeln darin bei niedriger Temperatur 5 Minuten andünsten. Zitronensaft zufügen, einige Minuten mitdünsten. Die Karotten zugeben, salzen und pfeffern und 10 Minuten garen. Inzwischen die Sesamsaat ohne Fett in einer Pfanne einige Sekunden rösten, bis sie zu duften beginnen. Die Karotten in einer Schüssel anrichten und mit gehackter Petersilie und Sesamsaat bestreuen. Mit Öl beträufeln und servieren.

Puten-Senf-Topf

2 EL Olivenöl, 25 g Butter, eine gehackte Zwiebel, eine gehackte Knoblauchzehe, 600 g Putenbrust, in mundgerechte Stücke geschnitten, 175 ml trockener Weißwein, 250 ml Hühnerbrühe, 2 EL Senf, ein Stängel glatte Petersilie, Salz und Pfeffer

Olivenöl und Butter in einer Pfanne erhitzen, Zwiebel und Knoblauch hineingeben und bei niedriger Hitze 5 Minuten dünsten, dabei gelegentlich umrühren. Die Hitze ein wenig erhöhen, die Putenbrust zufügen und unter ständigem Rühren 10 Minuten goldbraun braten. Mit Salz und Pfeffer würzen, den Wein zugießen und kochen, bis er verdunstet ist. 175 ml heiße Brühe zugießen, abdecken und eine halbe Stunde köcheln. Restliche Brühe und Senf in einer Schüssel vermengen und in die Pfanne rühren. Die Petersilie darüber streuen und weitere 15 Minuten köcheln lassen. Delicato!

Grießauflauf mit Kirschen

Es gab Zeiten, da habe ich diesen Auflauf beinahe täglich gekocht, weil meine Kinder ihn liebten. Sie aßen ihn auch ohne Kirschen gern, sodass ich immer ein billiges Gericht hatte, das sie satt machte. Können Sie sich vorstellen, was es bedeutet, sieben Kinder zu versorgen und dazu einen kranken Mann, der kein Geld mehr verdienen kann? Aber die Zutaten für Grießauflauf konnten wir uns zum Glück immer leisten.

Ein Liter Milch, 100 g Zucker, 200 g Grieß, 50 g Butter, 300 g entsteinte Schwarzkirschen, 3 Eier, Salz

Milch, Zucker und eine Prise Salz in einem Topf zum Kochen bringen. Den Grieß unter schnellem Rühren einstreuen. Den Topf sofort vom Herd nehmen und Butter und Kirschen unterrühren. Auskühlen lassen. Währenddessen den Ofen auf 180 °C vorheizen. Eine Auflaufform einfetten. Das Eigelb einzeln in den ausgekühlten Grießbrei rühren. Das Eiweiß steif schlagen und unter den Grießbrei ziehen. In die vorbereitete Form füllen und 40 Minuten backen.

Gefüllte Zucchini

Olivenöl zum Einfetten und Beträufeln, 4 Zucchini, längs halbiert, 100 g Thunfisch in Öl, abgetropft und zerkleinert, 2 Eier, 2 EL frisch geriebener Parmesan, 2 EL Semmelbrösel, ein Stängel frisch gehackte glatte Petersilie, ein EL Weißwein, Salz und Pfeffer

Den Backofen auf 180 °C vorheizen. Einen Bräter mit Öl einfetten. Die Zucchini mit einem Teelöffel aushöhlen und beiseitestellen. Das Zucchinifleisch mit Thunfisch, Eiern, einem Esslöffel Parmesan, einem Esslöffel Semmelbrösel und gehackte Petersilie in eine Schüssel geben. Mit Salz und Pfeffer würzen, mit Olivenöl beträufeln. Alles gut vermengen und in die Zucchinihälften füllen. Diese in die Auflaufform legen, mit dem übrigen Parmesan und den restlichen Semmelbröseln bestreuen und mit dem Wein beträufeln. Etwa 30 Minuten backen.

Penne mit Safran

320 g Penne, eine Zwiebel, 12 g Safran, 40 g frisch geriebener Parmesan, Fleischbrühe, Butter und Olivenöl

Butter und Olivenöl in einem großen Topf erhitzen. Die Zwiebel zugeben und bei niedriger Temperatur 5 Minuten glasig dünsten. Die Nudeln zufügen und rühren, bis sie mit Öl bedeckt sind und glänzen. Eine Kelle Brühe zugeben und kochen, bis die Nudeln sie aufgenommen haben. Kellenweise weitere Brühe zugeben, bis die Nudeln gar sind. In der letzten Kelle Brühe den Safran auflösen. Gut umrühren, damit sich die Farbe gleichmäßig verteilen kann. Den Topf vom Herd nehmen, die Nudeln mit Parmesan bestreuen, durchrühren und nach Belieben etwas Butter zugeben. Ein sehr gutes Primo Piatto, schnell gemacht und lecker.

Huhn mit Ratatouille

Mein Nachbar bringt mir gelegentlich Geflügel, weil seine Frau sich weigert, ein Tier zu essen, das sie zu seinen Lebzeiten beim Namen genannt hat. Allora ... mir macht es nichts aus, wenn ein Huhn Luisa hieß und schon mal durch meinen Gemüsegarten spaziert ist. Nicht einmal, als Enrico, der Hahn, der meiner Nachbarin ans Herz gewachsen war, geschlachtet werden musste, habe ich ihn zurückgewiesen. Allerdings ... wenn mein Schwiegersohn am Tisch säße, würde ich mir die Sache vielleicht überlegen – oder ihm den Namen verschweigen.

Ein zerlegtes Hähnchen, 50 g Butter, 6 EL Olivenöl, 2 geviertelte Zwiebeln, 3 gewürfelte Zucchini, 2 gewürfelte Auberginen, 3 rote oder gelbe in Streifen geschnittene Paprika, vier Tomaten, zwei Knoblauchzehen, Salz und Pfeffer

25 g Butter und 3 EL Olivenöl erhitzen, Zwiebeln, Zucchini, Auberginen und Paprika zugeben, mit Salz und Pfeffer würzen und bei starker Hitze einige Minuten dünsten. Die Hitze reduzieren, Tomaten zufügen, abdecken und eine Stunde leicht köcheln. Die anderen 25 g Butter und das restliche Öl in einer anderen Pfanne erhitzen und das Huhn mit dem Knoblauch unter häufigem Wenden rundum goldbraun braten. Salzen und pfeffern und eine halbe Stunde schmoren, bis das Fleisch gar ist. Dann das Huhn zum Gemüse geben, alles vermischen und servieren.

Räucherforelle in Tomatencreme

80 g Butter, 400 g geräucherte Forellenfilets, ein EL Weinbrand, 2 EL Olivenöl, eine halbe gehackte Zwiebel, eine rote gehackte Paprika, 100 g Tomatenmark, 100 ml Sahne, Salz und Pfeffer

Die Butter im Wasserbad zerlassen und vom Herd nehmen. Inzwischen die Forelle in der Küchenmaschine zu einer Paste verarbeiten und diese in eine Schüssel geben. Die zerlassene Butter und den Weinbrand unterziehen, mit Salz und Pfeffer abschmecken. Die Forellenpaste auf vier kleine Formen verteilen und einige Stunden im Kühlschrank fest werden lassen. Das Olivenöl in einer Pfanne erhitzen. Zwiebel und Paprika darin bei schwacher Hitze etwa 5 Minuten dünsten. Das Tomatenmark untermengen, mit Salz und Pfeffer abschmecken und 15 Minuten köcheln. Vom Herd nehmen und etwas abkühlen lassen. Die Gemüsemischung in der Küchenmaschine zu einer Paste verarbeiten, in eine Schüssel geben und mit der Sahne verrühren. Auf 4 Teller je 2 EL Tomatencreme geben und die Formen darauf stürzen.

Spaghetti mit Kapern

4 EL Olivenöl, ein in Salz eingelegtes Sardellenfilet, 2 Knoblauchzehen, 2 EL Kapern, 350 g Spaghetti, Salz

Die Sardelle 10 Minuten in kaltes Wasser legen und abtropfen lassen. Das Öl in einem Topf erhitzen, Sardelle und Knoblauch zufügen und bei niedriger Temperatur unter häufigem Rühren anbraten, bis die Sardelle zerfällt und der Knoblauch goldbraun ist. Den Topf vom Herd nehmen, den Knoblauch entfernen und die Kapern zugeben. Die Spaghetti in einem großen Topf mit Salzwasser al dente kochen. Abgießen, mit der Soße mischen und servieren.

Gekochtes Rindfleisch mit Rosmarin

2 EL Olivenöl, 4 Scheiben gekochtes Rindfleisch, ein Zweig frischer Rosmarin, eine Knoblauchzehe, 5 EL Weißweinessig, Salz, gekochte Kartoffeln oder gekochte Rote Bete (oder auch beides)

Das Öl in einer Pfanne erhitzen. Das Fleisch darin einige Minuten braten. Rosmarin und Knoblauch zusammen hacken, in eine Schüssel geben, den Essig unterrühren und die Mischung über das Fleisch gießen. Die Pfanne abdecken und alles 5–10 Minuten köcheln lassen. Mit Salz würzen. Auf einer Platte mit Kartoffeln oder Roter Bete als Beilage servieren.

Fruchtgelee

Saft von einem Kg Orangen und von 2 Zitronen, 80 g Zucker, 2 EL gemahlene weiße Gelatine, 500 g Erdbeeren, eine kleine Honigmelone, halbiert und entkernt

Orangen- und Zitronensaft sowie Zucker in einen Topf gießen und unter ständigem Rühren sanft erhitzen, bis sich der Zucker aufgelöst hat. Die Gelatine, nach Packungsangabe vorbereitet, unterrühren und den Sirup zum Sieden bringen. Durch ein sehr feines Sieb in eine Schüssel gießen. Die Erdbeeren pürieren und in den Sirup rühren, im Kühlschrank mehrere Stunden, am besten über Nacht, fest werden lassen. Mit einem Kugelausstecher Bällchen aus der Melone ausstechen. Das Gelee auf einen Servierteller stürzen und die Melonenkugeln in die Mitte geben.

Eine Frau, ein Wohnmobil und ein Sack voll Geld

Gisa Pauly
Der Mann ist das Problem
Roman
Piper Taschenbuch, 336 Seiten
€ 9,99 [D], € 10,30 [A]*
ISBN 978-3-492-31018-5

Als ihr Mann sich zu ihrem Geburtstag seinen eigenen Wunsch erfüllt und ihr ein Wohnmobil schenkt, hat Helene genug! Sie setzt sich in den Wagen und düst los, ohne Ziel und ohne Kohle. Letzteres ändert sich, als sie im Wohnmobil ein kleines Vermögen findet. Wie ist Siegfried an so viel Geld gekommen? In einem toskanischen Städtchen beginnt für Helene ein aufregendes neues Leben. Als Siegfried plötzlich vor ihrer Tür steht, ist aber erstmal Schluss mit Dolce Vita. Ob er wohl sie zurück will oder nur sein Geld?

Leseproben, E-Books und mehr unter **www.piper.de**